中华古诗选读

ZHONG HUA GU SHI XUAN DU

主　编 ◎ 唐嗣德

副主编 ◎ 桂郁文

人民交通出版社股份有限公司
China Communications Press Co.,Ltd.

内 容 提 要

本书选录了中国历代诗歌名篇五百多首，勾画出了几千年来古典诗歌发展的粗略轮廓。每首诗均包括：原诗、作者简介、注释、译文和简析。

本书选材广泛，对历朝各代，对大家小卒，兼容并蓄；译文具有韵味性，将原诗用生动形象的语言和整齐句式译出，虽面目已改，但原诗的韵致犹存；简析具有实用性，针对青年学生当下的学识水平和今后的从业需要，注重启发和点拨，让他们现在读得懂，将来用得上。

本书可作为大中专院校的公共选修课教材，也可作为中小学教师和幼儿教师的教学、辅导参考用书。

图书在版编目（CIP）数据

中华古诗选读 / 唐嗣德主编 . -- 北京：人民交通出版社股份有限公司，2017.11
ISBN 978-7-114-14228-4

Ⅰ . ①中… Ⅱ . ①唐… Ⅲ . ①古典诗歌—诗集—中国 Ⅳ . ① I222

中国版本图书馆 CIP 数据核字（2017）第 239334 号

书　　名：中华古诗选读
著 作 者：唐嗣德
责任编辑：吴燕伶
出版发行：人民交通出版社股份有限公司
地　　址：（100011）北京市朝阳区安定门外外馆斜街 3 号
网　　址：http://www.ccpress.com.cn
销售电话：（010）59757973
总 经 销：人民交通出版社股份有限公司发行部
经　　销：各地新华书店
印　　刷：北京鑫正大印刷有限公司
开　　本：787×1092　1/16
印　　张：28.75
字　　数：675 千
版　　次：2017 年 11 月　第 1 版
印　　次：2017 年 11 月　第 1 次印刷
书　　号：ISBN 978-7-114-14228-4
定　　价：45.00 元

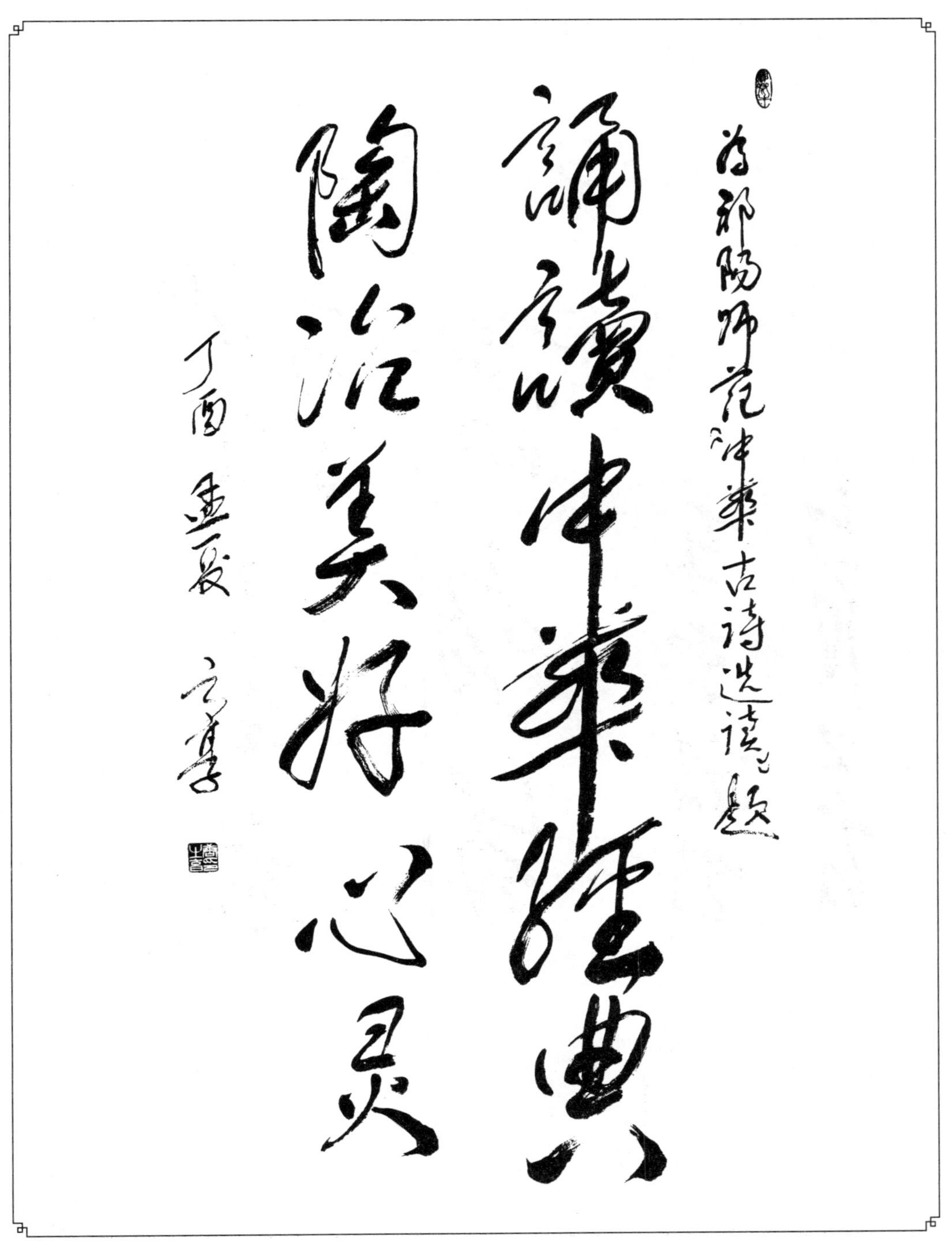

原湖南省副省长、湖南省人大常委会副主任、教授、博士生导师唐之享题词

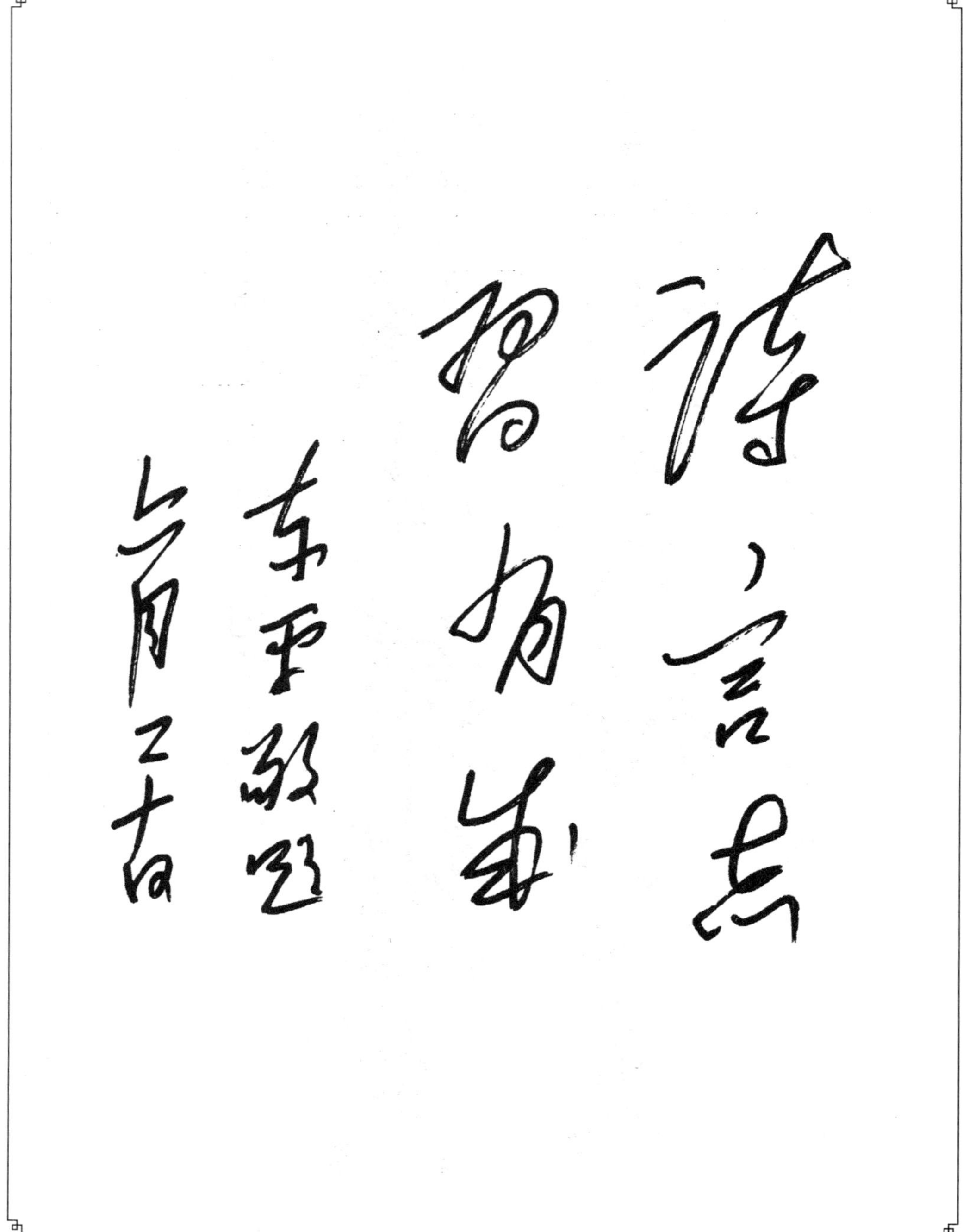

原中共湖南省纪委常委、纪检监察专员、中国廉政法制研究会学术咨询委员会委员唐东平题词

本书编委会

主　任：刘吉祥
副主任：唐嗣德
成　员：邓海云　何友好　石　球　贺红山　赵文玲

主　编：唐嗣德
副主编：桂郁文
参　编：彭双宝　刘艳敏　肖建辉　蒋　娟　阳　旦
　　　　桂金菊　谭　静

序

在中华民族光辉灿烂的优秀传统文化中，古典诗歌是一颗最为璀璨夺目的明珠。中国的古典文学，以诗歌最为受尊崇，以诗歌最为繁荣昌盛。中华民族上下五千年历史中，出现了许多杰出的诗人，创作了大量脍炙人口的优秀诗篇。这些高雅艺术承受住了历史的检验而成为经典，在世界古典诗歌的长廊上树起了一座不朽的丰碑。

古人非常喜欢写诗，十分重视诗的教化作用。不同时期所遗留下来的所谓“诗言志”“吟咏情性”“读诗养心”“以诗化人”等哲言，都是对诗的作用的精辟论述。而对此作出较为全面而深刻阐述的，最早的还是至圣先师孔子。他在《论语·阳货》里云：“小子何莫学夫诗？诗可以兴，可以观，可以群，可以怨。迩之事父，远之事君，多识于鸟兽草木之名。”其大意为：年轻人为什么不学习《诗经》呢？诗可以启发思想，可以观察事物，可以聚合群体，可以表达哀怨。近用来侍奉父母，远用来侍奉国君，还可以认识和记忆许多动、植物的名称。长期以来，先民们总是以“诗教”作为民族精神的课程，自春秋战国至秦汉，至隋唐，至宋元明清，乃至抗日战争时期与中华人民共和国的成立，提炼时代精神和心灵世界的总是诗歌一马当先，且功绩彰明昭著。

中华民族从来就是一个富有诗意的民族。长期以来，由先人们所创作并传承下来的锦心绣口、深入人心的古典诗歌，带给我们当代人的不仅仅是一种美轮美奂的文学形式，更重要的是它所承载的内容，生动而深刻地展现了中华民族传统文化的血脉和灵魂。事实充分证明，古典诗歌已植根于中国人的心灵，潜移默化地影响着中国人的思想方式和行为方式，今天仍然可以从中汲取丰富的营养。

习近平总书记于 2014 年 10 月 15 日在文艺工作座谈会上指出：“中华优秀传统文化是中华民族的精神命脉，是涵养社会主义核心价值观的重要源泉，也是我们在世界文化激荡中站稳脚跟的坚实根基。”如果淡化削弱优秀传统文化，就会出现不少问题，“其中一个问题就是一些人价值观缺失，观念没有善恶，行为没有底线，什么违反党纪国法的事情都敢干，什么缺德的勾当都敢做，没有国家观念、集体观念、家庭观念，不讲对错，不问是非，不知美丑，不辨香臭，浑浑噩噩，穷奢极欲”。因此，以中华优秀传统文化涵养社会主义核心价值观，以“诗教”来滋育广大青年学生，可谓正当其时，十分必要。

古典诗歌内涵丰富，语言凝练，往往以一当百，一语胜过千字文。吟咏古诗，可以回想“呦呦鹿鸣，食野之苹”的恬静境界，可以聆听“狗吠深巷中，鸡鸣桑树颠”的自然物语，可以领略“大漠孤烟直，长河落日圆”的壮美图景，可以感受“春蚕到死丝方尽，蜡炬成灰泪始干”的圣洁爱情，可以体悟“人生自古谁无死，留取丹心照汗青”的生命真谛……

当然，并不是所有的古典诗歌都是香花，都是精品。对于古典诗歌，我们要有慧眼识珠的本领，善于甄别与鉴定。毋庸置疑，古典诗歌自然有不容回避的缺陷，我们要以时代精神对其予以梳理和重新解读。我们要以辩证思维的方法，去粗取精，去伪存真，在继承中扬弃，在扬弃中继承。我们要坚持“择其善者而从之，其不善者而改之”，做到以古开今，古为今用。只有这样，才能从形形色色的古典诗歌作品中汲取玉液琼浆，以滋养和丰富精神家园。

读书是乐，读书是雅，读书也是积极向上的人生态度。自古以来，中华民族的先人们把读书看得重如泰山，其潜心苦读的佳话不胜枚举，有读《易》而“韦编三绝”的孔子，有“头悬梁”的孙敬，有“锥刺骨”的苏秦，有“凿壁借光”的匡衡，有“映雪”的孙康，有“囊萤”的车胤……他们读书的目的，是“修身、齐家、治国、平天下”，是“为天地立心，为生民立命，为往圣继绝学，为万世开太平”。他们的坚毅与付出传承着中华民族优秀传统文化，为世代读书人做出了光辉的榜样。他们的读书理念，也应是我们当代国人的心志与担当。今天，我们倡导青年学生发愤读书，则是为了实现“两个一百年”的奋斗目标和中华民族伟大复兴的中国梦。2013 年 10 月 21 日，习近平总书记在欧美同学会成立 100 周年庆祝大会上的讲话指出：“梦想从学习开始，事业从实践起步。当今世界，知识信息快速更新，学习稍有懈怠，就会落伍。有人说，每个人的世界都是一个圆，学习是半径，半径越大，拥有的世界就越广阔。”我们处于用知识和智慧开启未来的时代，一定要铭记习总书记的谆谆教导，认真读书学习，自觉地回归系统阅读，自觉地多接触古典诗歌，这不仅可以有效地拓展生活的宽度和厚度，而且能滋养内心，坚守正道，远离各种诱惑，以逐步登上人生的高界。

我校语文组的老师们夜以继日，苦心经营，用了近一年时间编撰出《中华古诗选读》一书，在选目、注释、译文和简析诸方面均有独到之处，颇值一读。希望广大青年学生一扫浮躁之气，沉下心来用“一章三遍读，一句十回吟”的笨功夫，定会读出文化根脉，定会读出智慧哲理，定会读出乐观豁达，定会读出精神高峰！

是为序。

湖南省祁阳师范学校校长、党委书记　刘吉祥

2017 年 7 月

前言

2016年7月1日，习近平总书记在庆祝中国共产党成立95周年重要讲话中明确提出："坚持不忘初心、继续前进，就要坚持中国特色社会主义道路自信、理论自信、制度自信、文化自信。"并强调"文化自信，是更基础、更广泛、更深厚的自信"。中华民族坚定文化自信的基础，在于五千多年博大精深的优秀传统文化。这种优秀传统文化，积淀着中华民族最深沉的精神追求，包含着中华民族最根本的精神基因，代表着中华民族独特的精神标识，是中华民族的"根"和"魂"，是中华民族生生不息、发展壮大的丰厚滋养。为实现"两个一百年"的奋斗目标和中华民族伟大复兴中国梦，必须要很好地传承和弘扬中华优秀传统文化。

古典诗歌是中华优秀传统文化的瑰宝。自先秦以来，诗歌的创作从未间断过，在漫长的岁月中，名家辈出，精品叠现，形成群星闪耀的灿烂局面。古典诗歌虽然产生的年代久远，但其认识作用、教化作用、价值作用、美感作用和鉴赏作用在今天依然焕发着夺目的光彩。只要我们不数典忘祖，只要我们认真借鉴古代的文明成果，对古诗就会常读常新，温故知新。大文豪苏轼说过："腹有诗书气自华。"在社会日益商品化、功利化的今天，要使自己的品格高雅脱俗，要使自己的气度卓尔不群，要使自己的人生绚丽多彩，就应该多读有益的诗书，尤其要多读诗书中的无上妙品——优秀的古典诗歌。

在祁阳师范学校的青年学生中，学习幼教专业和小教专业的占了绝大多数，他们毕业后，大多数人将从事学前教育工作和基础教育工作。教育者必须先受教育，让广大青年学生熟读、精读一些古典诗歌，从中汲取丰富营养并生发美好的感受和联想，是语文教学的一项重要内容，也是引导青年学生树立正确的历史观、民族观、国家观，不断增强文化自信和价值观自信的重要举措。"诗言志，歌咏言"，"诗教"的伟力在于它可以熏陶人、净化人、滋育人、塑造人。就青年学生而言，运用"诗教"，在今天有利于化己，在明天则有利于育人，功莫大焉！在祁阳师范学校校长、党委书记刘吉祥的极力倡导下，学校迅即组建写作班子，着手编写《中华古诗选读》。语文教研组同仁不负重托，经一年的苦心经营，该书的编辑工作已经告罄。

在莽莽书林中，古诗选读本随处可见，各有独创，异彩纷呈。我们编辑《中华古诗选读》一书，力避蹈常袭故，着意另辟蹊路，在以下三个方面作了一些初步尝试。

一是选材的广泛性。本书所选的古诗，就其本身价值而言，基本上都是历代为人们乐于传诵的名篇，文质兼美，思想性和艺术性都较高。但也有极少部分是艺术性较高而思想内容比较贫弱，必须用批判继承的观点和辨证思维的方法取其精华，去其糟粕，有鉴别地为我所用。本书所选的古诗，就其作者身份而言，绝大多数是诗坛的大家、名家；也有位高权重者，如皇帝、宰相之类；还有的是名不见经传，处于社会最底层的平民。对于这些不同类型作者的作品选录，本着突出大家、兼顾小家、不因人废诗的原则，多则十余首，少则一二首。对于同一位诗人的作品，除选录水平最高、影响力最大的代表作之外，也接触一些笔力平平的篇什，以便了解诗人的创作全貌。本书所选的古诗，就其各代的权重而言，既突出重点，又包容一般，专而精，广而杂，有助于读者增长见识，拓宽视野，发展智力。为了彰显我国古典诗歌的历史渊源和发展轨迹，对自先秦至晚清的诗歌兼容并蓄，做到"代代均发"，一脉相承不断线。但所选的篇数并非各朝代均等，而是多少不一。古诗创作在唐代空前繁荣，李白、杜甫、白居易等几十位诗坛巨擘留下了难以尽数的光辉诗篇，令后代诗家无法逾越。因此，本书选录唐诗近200首，约占全书的五分之二。

二是译诗的韵味性。古诗有其自身严格的体式规范和独特的艺术技巧，语言凝练，意蕴高深，用现代白话文把古诗的内容和风貌忠实无误、绝对准确地传达出来，实非易事。汉代董仲舒在《春秋繁露·精华》中说："诗无达诂。"清代沈德潜在《唐诗别裁·凡例》中也认为："况古人之言，包含无尽，后人读之，随其性情高下，各有会心。"他们所说的都是同一个意思——古诗今译是一种繁难的再创造。本书在古诗翻译的过程中，本着"信""达""雅"三原则进行艺术再创造。"信"，就是要忠于原作，不移神走样；"达"，就是要文通意顺，不含糊艰涩；"雅"，就是要浅而彰美，不寡淡乏味。本书的译诗，不单停留在字面意思的直译上，也不局限于原诗的语序，而是立足全局，精心架构，基本上用整齐的句式，其语言流畅和谐，语调抑扬顿挫，并尽量保持原诗的韵脚，或者另押口头韵脚，读来朗朗上口，听来舒坦悦耳。这种译诗运用音乐性的语言进行声情并茂的传诵，自然颇费反复推敲、反复锤炼之力，却可以更好地再现美的形象，展示美的意境，传达美的诉求，有助于青年学生对原诗的深刻领悟，有利于培养他们的感受美、鉴赏美和创造美的能力。

三是简析的实用性。"熟读唐诗三百首，不会作诗也会吟。"要继承古典诗歌这份宝贵文学遗产，重在研读，重在鉴赏。针对青年学生现有的学识水平和社会阅历，针对他们将来在社会实践中的需要，简析文章不求大、求全，侧重于思想内容和艺术特色，有重点、有选择地进行分析，做到弹无虚发，在精准上发力。对有关诗的格律、体式、意境、意象、炼句、修辞等诗学理论，一般不展开评述。简析文字繁简适中，有话则长，无话则短，根据作品的实际情况酌定。考虑到青年学生当下的"学"和今后的"教"与"用"，为他们送一根"拐杖"和一把"钥匙"，足以终生受用。求学之道，在于自力。师傅领进门，修行在个人。山要自己往上爬，师傅在前面引路做向导，最后要爬上山巅，全靠自己努力攀登。因此，简析重在提要，重在点拨，重在设疑，重在留有余地，重在点燃青年学生求索创新的思想火花。

本书是在祁阳师范学校校长、党委书记刘吉祥的策划和指导下编写而成的，他亲历了从选目到出版的全过程，期间多次主持编务工作会议，及时解决具体问题，保证了编辑工作的顺利进行。本书由唐嗣德、桂郁文二人总其事。唐嗣德负责确定框架，统一体例，终审定稿。桂郁文负责提供资料，筛选编目，分配任务，组稿审校，联系出版。本书的撰稿工作，由语文教研组全体同仁承担。对于五百多首古诗的撰稿分工，原则上每人负责一至两个朝代，或者多人负责同一朝代，以保持相对集中，也便于展示同一朝代诗歌的创作成就和发展走向。但由于多种原因，尚存在着相互交错的情况。因此，只得将撰稿者在各篇文末加以注明。

本书在编辑过程中，得到了社会各界的关心和支持。原湖南省副省长、湖南省人大常委会副主任、教授、博士生导师唐之享，原中共湖南省纪委常委、纪检监察专员、中国廉政法制研究会学术咨询委员会委员唐东平，他们在百忙之中拨冗为本书濡笔题词，使其增光添彩。人民交通出版社股份有限公司的领导对本书的出版给予了多方面的指导与帮助，责任编辑就书稿中诸多问题屡予匡正。在本书付梓之际，我们谨向上述诸君一并深表谢忱！

唐嗣德

2017 年 7 月

目录

卿云歌（第一章）虞舜……1
南风歌虞舜……1
卷耳《诗经·周南》……2
桃夭《诗经·周南》……3
芣苢《诗经·周南》……4
甘棠《诗经·召南》……5
采葛《诗经·王风》……5
风雨《诗经·郑风》……6
东方未明《诗经·齐风》……7
无衣《诗经·秦风》……8
九歌·湘夫人［战国·楚］屈原……9
易水歌［战国·魏］荆轲……11
大风歌［汉］刘邦……12
垓下歌［汉］项羽……13
舂歌［汉］戚夫人……14
五噫歌［汉］梁鸿……15
疾邪诗［汉］赵壹……16
上邪汉乐府民歌……17
江南汉乐府民歌……18
长歌行汉乐府民歌……19
悲歌汉乐府民歌……20
十五从军征汉乐府民歌……20
上山采蘼芜汉乐府民歌……22
行行重行行［汉］古诗十九首……23
迢迢牵牛星［汉］古诗十九首……24
观沧海［三国·魏］曹操……25
龟虽寿［三国·魏］曹操……26
七哀诗（其一）［三国·魏］王粲……28
赠从弟（其二）［三国·魏］刘祯……29
燕歌行［三国·魏］曹丕……30
杂诗·南国有佳人［三国·魏］曹植……31
野田黄雀行［三国·魏］曹植……32
七步诗［三国·魏］曹植……33
咏怀（其一）［三国·魏］阮籍……34
咏怀（其三十一）［三国·魏］阮籍……35
情诗（其五）［晋］张华……36
赴洛道中作（其二）［晋］陆机……37
咏史（其二）［晋］左思……39
思吴江歌［晋］张翰……40
兰亭诗［晋］王玄之……41
桃叶歌［晋］王献之……42
归园田居（其三）［晋］陶渊明……43
饮酒（其五）［晋］陶渊明……44
杂诗［晋］陶渊明……45
登池上楼［南朝·宋］谢灵运……46
岁暮［南朝·宋］谢灵运……48
赠范晔［南朝·宋］陆凯……49
拟行路难（其四）［南朝·宋］鲍照……50
拟行路难（其六）［南朝·宋］鲍照……51
夜夜曲［南朝·齐］沈约……52
后园作回文诗［南朝·齐］王融……53
晚登三山还望京邑［南朝·齐］谢朓……54
新亭渚别范零陵云［南朝·齐］谢朓……55
之零陵郡次新亭［南朝·梁］范云……56
别诗［南朝·梁］范云……57
相送［南朝·梁］何逊……58
中山杂诗三首（其一）［南朝·梁］吴均……59
入若耶溪［南朝·梁］王籍……60
春江曲［南朝·梁］萧纲……61
咏细雨［南朝·梁］萧绎……62

于长安归还扬州，九月九日行薇山亭赋韵
[南朝•陈]江总……62
江津送刘光禄不及[南朝•陈]阴铿……63
子夜歌[南朝]乐府民歌……65
渡河北[北朝•北周]王褒……66
寄王琳[北朝•北周]庾信……67
折杨柳枝歌北朝民歌……68
敕勒歌北朝民歌……68
春江花月夜[隋]杨广……69
人日思归[隋]薛道衡……70
送别[隋]无名氏……71
野望[唐]王绩……71
秋日[唐]李世民……73
腊日宣诏幸上苑[唐]武则天……74
咏鹅[唐]骆宾王……75
在狱咏蝉[唐]骆宾王……75
易水送别[唐]骆宾王……76
风[唐]李峤……77
中秋夜[唐]李峤……78
和晋陵陆丞早春游望[唐]杜审言……78
正月十五夜[唐]苏味道……79
九日登高[唐]王勃……80
九日[唐]王勃……81
送杜少府之任蜀川[唐]王勃……82
从军行[唐]杨炯……83
黄台瓜辞[唐]李贤……84
渡汉江[唐]宋之问……85
独不见[唐]沈佺期……85
咏柳[唐]贺知章……87
回乡偶书（其一）[唐]贺知章……87
登幽州台歌[唐]陈子昂……88
山中留客[唐]张旭……89
望月怀远[唐]张九龄……90
西江夜行[唐]张九龄……91
凉州词（其一）[唐]王翰……91
登鹳雀楼[唐]王之涣……92
凉州词[唐]王之涣……93
望洞庭湖赠张丞相[唐]孟浩然……94
与诸子登岘首[唐]孟浩然……95
春晓[唐]孟浩然……95
宿建德江[唐]孟浩然……96
黄鹤楼[唐]崔颢……97
长干行（其二）[唐]崔颢……98
从军行（其四）[唐]王昌龄……98
芙蓉楼送辛渐（其一）[唐]王昌龄……99
闺怨[唐]王昌龄……100
出塞（其一）[唐]王昌龄……101
采莲曲（其一）[唐]王昌龄……101
山居秋暝[唐]王维……102
送元二使安西[唐]王维……103
鸟鸣涧[唐]王维……104
相思[唐]王维……105
终南山[唐]王维……105
使至塞上[唐]王维……106
积雨辋川庄作[唐]王维……108
山中[唐]王维……109
杂诗（其二）[唐]王维……109
画[唐]王维……110
别董大[唐]高适……110
除夜作[唐]高适……111
山中问答[唐]李白……112
渡荆门送别[唐]李白……113
送孟浩然之广陵[唐]李白……114
赠汪伦[唐]李白……114
独坐敬亭山[唐]李白……115
静夜思[唐]李白……115
早发白帝城[唐]李白……116
望庐山瀑布（其二）[唐]李白……117
关山月[唐]李白……117
秋登宣城谢朓北楼[唐]李白……118
塞下曲（其一）[唐]李白……119
望天门山[唐]李白……120
峨眉山月歌[唐]李白……121
送友人[唐]李白……121
登金陵凤凰台[唐]李白……122
夜下征虏亭[唐]李白……123
夜宿山寺[唐]李白……124
劳劳亭[唐]李白……124

江南曲四首（其三）[唐] 储光羲……125
劝学 [唐] 颜真卿……126
次北固山下 [唐] 王湾……127
临川送别 [唐] 卢僎……128
题破山寺后禅院 [唐] 常建……129
赋新月 [唐] 缪氏子……130
逢雪宿芙蓉山主人 [唐] 刘长卿……131
送灵澈上人 [唐] 刘长卿……131
望岳 [唐] 杜甫……132
漫成一首 [唐] 杜甫……133
江南逢李龟年 [唐] 杜甫……134
八阵图 [唐] 杜甫……135
归雁 [唐] 杜甫……135
绝句 [唐] 杜甫……136
春望 [唐] 杜甫……136
春夜喜雨 [唐] 杜甫……137
登高 [唐] 杜甫……138
登岳阳楼 [唐] 杜甫……139
旅夜书怀 [唐] 杜甫……140
秋兴（其一）[唐] 杜甫……141
闻官军收河南河北 [唐] 杜甫……142
前出塞（其六）[唐] 杜甫……143
绝句（其三）[唐] 杜甫……143
江畔独步寻花 [唐] 杜甫……144
送崔九 [唐] 裴迪……145
欸乃曲五首并序（其四）[唐] 元结……146
枫桥夜泊 [唐] 张继……147
同王徵君湘中有怀 [唐] 张谓……148
江村即事 [唐] 司空曙……149
别张赞 [唐] 司空曙……150
归雁 [唐] 钱起……150
寒食 [唐] 韩翃……151
过三闾庙 [唐] 戴叔伦……152
滁州西涧 [唐] 韦应物……153
秋夜寄邱员外 [唐] 韦应物……154
初发扬子寄元大校书 [唐] 韦应物……154
长安春望 [唐] 卢纶……155
塞下曲 [唐] 卢纶……156
夜上受降城闻笛 [唐] 李益……157
观祈雨 [唐] 李约……158
游子吟 [唐] 孟郊……159
登科后 [唐] 孟郊……160
城东早春 [唐] 杨巨源……160
题都城南庄 [唐] 崔护……161
岭上逢久别者又别 [唐] 权德舆……162
雨过山村 [唐] 王建……163
梅溪 [唐] 张籍……164
没蕃故人 [唐] 张籍……165
秋思 [唐] 张籍……165
早春呈水部张十八员外 [唐] 韩愈……166
左迁至蓝关示侄孙湘 [唐] 韩愈……167
续父井梧吟 [唐] 薛涛……168
海棠溪 [唐] 薛涛……169
浪淘沙 [唐] 刘禹锡……169
望洞庭 [唐] 刘禹锡……170
酬乐天扬州初逢席上见赠 [唐] 刘禹锡……171
竹枝词 [唐] 刘禹锡……172
秋风引 [唐] 刘禹锡……173
暮江吟 [唐] 白居易……173
白云泉 [唐] 白居易……174
大林寺桃花 [唐] 白居易……175
观游鱼 [唐] 白居易……175
问刘十九 [唐] 白居易……176
钱塘湖春行 [唐] 白居易……177
遗爱寺 [唐] 白居易……177
忆江柳 [唐] 白居易……178
邯郸冬至夜思家 [唐] 白居易……179
赋得古原草送别 [唐] 白居易……179
惊雪 [唐] 陆畅……180
悯农 [唐] 李绅……181
悯农二首（其一）[唐] 李绅……182
零陵早春 [唐] 柳宗元……183
江雪 [唐] 柳宗元……183
独觉 [唐] 柳宗元……184
夏昼偶作 [唐] 柳宗元……185
得卢衡州书因以诗寄 [唐] 柳宗元……185
登柳州峨山 [唐] 柳宗元……187
与浩初上人同看山寄京华亲故 [唐] 柳宗元……187

登柳州城楼寄漳汀封连四州 [唐] 柳宗元 ……188
渔翁 [唐] 柳宗元 ……189
牧童词 [唐] 李涉 ……190
离思五首（其四）[唐] 元稹 ……191
行宫 [唐] 元稹 ……192
寻隐者不遇 [唐] 贾岛 ……193
题李凝幽居 [唐] 贾岛 ……194
剑客 [唐] 贾岛 ……194
灞上秋居 [唐] 马戴 ……195
小儿垂钓 [唐] 胡令能 ……196
宫怨 [唐] 张祜 ……197
八月十五夜 [唐] 徐凝 ……198
《南园》（其五）[唐] 李贺 ……198
马诗 [唐] 李贺 ……199
江边柳 [唐] 雍裕之 ……200
清明 [唐] 杜牧 ……201
赤壁 [唐] 杜牧 ……202
泊秦淮 [唐] 杜牧 ……202
盆池 [唐] 杜牧 ……203
江南春 [唐] 杜牧 ……204
山行 [唐] 杜牧 ……205
商山早行 [唐] 温庭筠 ……205
陇西行 [唐] 陈陶 ……206
韩冬郎即席为诗相送 [唐] 李商隐 ……207
贾生 [唐] 李商隐 ……208
柳 [唐] 李商隐 ……209
无题 [唐] 李商隐 ……210
牡丹 [唐] 李商隐 ……210
嫦娥 [唐] 李商隐 ……212
官仓鼠 [唐] 曹邺 ……212
乞巧 [唐] 林杰 ……213
己亥岁二首（其一）[唐] 曹松 ……214
蜂 [唐] 罗隐 ……215
天竺寺八月十五日夜桂子 [唐] 皮日休 ……216
题菊花 [唐] 黄巢 ……216
咏田家 [唐] 聂夷中 ……217
独望 [唐] 司空图 ……218
焚书坑 [唐] 章碣 ……219
晓日 [唐] 韩偓 ……220
山中寡妇 [唐] 杜荀鹤 ……221
再经胡城县 [唐] 杜荀鹤 ……222
社日 [唐] 王驾 ……222
春夕旅怀 [唐] 崔涂 ……224
贫女 [唐] 秦韬玉 ……224
垂柳 [唐] 唐彦谦 ……226
早梅 [唐] 齐己 ……227
端午 [唐] 文秀 ……227
春怨 [唐] 金昌绪 ……228
白鹿洞（其一）[唐] 王贞白 ……229
劝少年 [唐] 杜秋娘 ……230
题龙阳县青草湖 [唐] 唐温如 ……231
晚次湘源县 [五代] 张泌 ……232
寄人 [五代] 张泌 ……233
述亡国诗 [五代] 花蕊夫人 ……234
春残 [五代] 翁宏 ……234
秋宿湘江遇雨 [五代] 谭用之 ……236
七夕 [宋] 杨朴 ……237
村行 [宋] 王禹偁 ……238
咏华山 [宋] 寇准 ……239
书河上亭壁 [宋] 寇准 ……240
山园小梅 [宋] 林逋 ……240
江上渔者 [宋] 范仲淹 ……241
寓意 [宋] 晏殊 ……242
陶者 [宋] 梅尧臣 ……243
鲁山山行 [宋] 梅尧臣 ……244
戏答元珍 [宋] 欧阳修 ……245
丰乐亭游春 [宋] 欧阳修 ……246
咏零陵 [宋] 欧阳修 ……246
画眉鸟 [宋] 欧阳修 ……247
自菩提步月归广化寺 [宋] 欧阳修 ……248
蚕妇 [宋] 张俞 ……249
西楼 [宋] 曾巩 ……250
闲居 [宋] 司马光 ……251
登飞来峰 [宋] 王安石 ……252
泊船瓜洲 [宋] 王安石 ……253
梅花 [宋] 王安石 ……254
书湖阴先生壁 [宋] 王安石 ……254
孤桐 [宋] 王安石 ……255

元日［宋］王安石……256
四时之风［宋］郭熙……257
送春［宋］王令……258
春日偶成［宋］程颢……258
偶成［宋］程颢……259
秋月［宋］程颢……260
饮湖上初晴后雨［宋］苏轼……261
有美堂暴雨［宋］苏轼……262
海棠［宋］苏轼……263
题西林壁［宋］苏轼……263
惠崇春江晚景［宋］苏轼……264
赠刘景文［宋］苏轼……265
春宵［宋］苏轼……266
琴诗［宋］苏轼……266
咏华清宫［宋］杜常……267
雨中登岳阳楼望君山（其一）［宋］黄庭坚……268
春日（五首选一）［宋］秦观……269
打球图［宋］晁说之……269
春日郊外［宋］唐庚……270
病牛［宋］李纲……271
夏日绝句［宋］李清照……272
三衢道中［宋］曾几……273
牡丹［宋］陈与义……274
池州翠微亭［宋］岳飞……275
游山西村［宋］陆游……275
书愤［宋］陆游……277
秋夜将晓出篱门迎凉有感［宋］陆游……278
夏日六言［宋］陆游……279
冬夜读书示子聿［宋］陆游……279
偶读旧作有感［宋］陆游……280
示儿［宋］陆游……281
夏日田园杂兴（其一）［宋］范成大……281
夏日田园杂兴（其七）［宋］范成大……282
后催租行［宋］范成大……283
小池［宋］杨万里……284
晓出净慈寺送林子方［宋］杨万里……285
八月十二日夜诚斋望月［宋］杨万里……285
舟过安仁［宋］杨万里……286
闲居初夏午睡起二首［宋］杨万里……286
宿新市徐公店（其二）［宋］杨万里……287
摩崖［宋］李若虚……288
春日［宋］朱熹……289
观书有感［宋］朱熹……290
偶成［宋］朱熹……291
水口行舟［宋］朱熹……292
岩桂［宋］朱熹……292
立春偶成［宋］张栻……293
落花［宋］朱淑真……294
春暮［宋］曹豳……295
颂平常心是道［宋］无门慧开禅师……296
湖上［宋］徐元杰……296
乡村四月［宋］翁卷……297
初夏游张园［宋］戴复古……298
约客［宋］赵师秀……299
游园不值［宋］叶绍翁……300
题临安邸［宋］林升……300
寒夜［宋］杜耒……301
庆全庵桃花［宋］谢枋得……302
花影［宋］谢枋得……303
过零丁洋［宋］文天祥……304
金陵驿［宋］文天祥……305
画菊［宋］郑思肖……306
湖州歌（其六）［宋］汪元量……307
绝句［宋］僧志南……307
雪梅二首［宋］卢梅坡……308
赤日炎炎似火烧［宋］民歌……309
失题［辽］赵延寿……310
题李俨《黄菊赋》［辽］耶律洪基……311
怀古［辽］萧观音……312
在金日作（其二）［宋·金］宇文虚中……313
奉使行高邮道中（之一）［金］党怀英……314
渔村诗画图［金］党怀英……315
绝句［金］王庭筠……316
晚望［金］周昂……316
翠屏口七首（其二）［金］周昂……317
论诗［金］王若虚……318
岐阳（其二）［金］元好问……319
论诗三十首（其二）［金］元好问……320

同儿辈赋未开海棠二首（其一）
[金] 元好问……321
同儿辈赋未开海棠二首（其二）
[金] 元好问……322
风雨图 [元] 许衡……322
咏永州 [元] 陈孚……323
观梅有感 [元] 刘因……324
山家 [元] 刘因……325
岳鄂王墓 [元] 赵孟頫……326
绝句 [元] 赵孟頫……327
挽文丞相 [元] 虞集……328
听雨 [元] 虞集……329
秋夜闻笛 [元] 萨都剌……330
归舟 [元] 揭傒斯……331
溪村即事 [元] 周权……331
河湟书事 [元] 马祖常……332
墨梅 [元] 王冕……333
白梅 [元] 王冕……334
感事 [元] 张昱……335
秋千 [元] 杨维桢……336
题春江渔父图 [元] 杨维桢……336
题芭蕉美人图 [元] 杨维桢……337
题郑所南兰 [元] 倪瓒……338
登岳 [元] 傅若金……339
寒夜 [明] 朱元璋……340
金鸡报晓 [明] 朱元璋……340
题米元晖山水 [明] 张以宁……341
五月十九日大雨 [明] 刘基……342
杂诗（其三十三）[明] 刘基……343
幼女词 [明] 毛铉……344
过高邮有感 [明] 汪广洋……344
京师得家书 [明] 袁凯……345
客中除夕 [明] 袁凯……346
天平山中 [明] 杨基……347
孤雁 [明] 高启……347
寻胡隐君 [明] 高启……348
吊岳王墓 [明] 高启……349
春雁 [明] 王恭……350
赴广西别甥彭云路 [明] 解缙……351
秋日登石壁精舍 [明] 林鸿……352
石灰吟 [明] 于谦……352
荒村 [明] 于谦……353
入京 [明] 于谦……354
题画 [明] 沈周……355
栀子花诗 [明] 沈周……356
柯敬仲墨竹 [明] 李东阳……356
涪溪感怀 [明] 杨廉……357
新春日 [明] 祝允明……358
明日歌 [明] 钱鹤滩……359
感怀 [明] 唐寅……360
言志 [明] 唐寅……361
暮春斋居即事 [明] 文徵明……361
泛海 [明] 王守仁……362
汴京元夕 [明] 李梦阳……363
嫦娥 [明] 边贡……364
济上作 [明] 徐祯卿……365
竹枝词 [明] 何景明……365
鲥鱼 [明] 何景明……366
出郊 [明] 杨慎……367
泛舟 [明] 薛蕙……368
秋闺曲 [明] 谢榛……368
送毛伯温 [明] 朱厚熜……369
夜泊钱塘 [明] 茅坤……370
塞上曲送元美 [明] 李攀龙……371
杪秋登太华山绝顶 [明] 李攀龙……372
就义诗 [明] 杨继盛……373
题葡萄图 [明] 徐渭……374
登太白楼 [明] 王世贞……374
送妻弟魏生还里 [明] 王世贞……375
无题 [明] 彭述先……376
系中八绝 [明] 李贽……377
马上作 [明] 戚继光……377
登盘山绝顶 [明] 戚继光……378
江宿 [明] 汤显祖……379
东阿道中晚望 [明] 袁宏道……380
燕子矶口占 [明] 史可法……381
渡易水 [明] 陈子龙……382
别云间 [明] 夏完淳……383

采石矶 [清] 吴伟业 ……………………………………384
一舸 [清] 吴伟业 ……………………………………384
精卫•万事有不平 [清] 顾炎武 ……………………………386
春日田家 [清] 宋琬 ……………………………………387
船中曲 [清] 吴嘉纪 ……………………………………388
漆树叹 [清] 施闰章 ……………………………………388
甲辰八月辞故里（其二）[清] 张煌言 ……………389
出居庸关 [清] 朱彝尊 ……………………………………390
鲁连台 [清] 屈大均 ……………………………………391
白菊 [清] 屈大均 ……………………………………392
读秦纪 [清] 陈恭尹 ……………………………………393
红桥绝句 [清] 王士禛 ……………………………………394
真州绝句 [清] 王士祯 ……………………………………395
邯郸道上 [清] 宋荦 ……………………………………395
钓台 [清] 洪昇 ……………………………………396
初入小河 [清] 查慎行 ……………………………………397
舟夜书所见 [清] 查慎行 ……………………………………398
秣陵怀古 [清] 纳兰性德 ……………………………………399
萤火 [清] 赵执信 ……………………………………399
偶然作 [清] 屈复 ……………………………………400
过许州 [清] 沈德潜 ……………………………………401
竹石 [清] 郑燮 ……………………………………402
新竹 [清] 郑燮 ……………………………………403
山中雪后 [清] 郑燮 ……………………………………404
铜壶歌 [清] 郑燮 ……………………………………404
暮春 [清] 翁格 ……………………………………405
镜石 [清] 陈大受 ……………………………………406
咏菊 [清] 曹雪芹 ……………………………………407
苔 [清] 袁枚……………………………………408
由桂林溯漓江至兴安 [清] 袁枚 ……………………409
雨过 [清] 袁枚 ……………………………………410
所见 [清] 袁枚 ……………………………………410
夜立阶下 [清] 袁枚 ……………………………………411
遣兴 [清] 袁枚 ……………………………………411
岁暮到家 [清] 蒋士铨 ……………………………………412
论诗五首（其二）[清] 赵翼 ……………………………413
野步 [清] 赵翼 ……………………………………414
别老母 [清] 黄景仁 ……………………………………415
秋夕 [清] 黄景仁 ……………………………………415
梅修重有浙江之行（其二）[清] 宋湘 ……………416
论诗十二绝句（选一）[清] 张问陶……………………417
吴兴杂诗 [清] 阮元……………………………………418
新雷 [清] 张维屏 ……………………………………419
赴戍登程口占示家人（其一）[清] 林则徐 ……419
赴戍登程口占示家人（其二）[清] 林则徐 ……421
咏史 [清] 龚自珍 ……………………………………422
己亥杂诗（其二）[清] 龚自珍 ……………………423
己亥杂诗（五）[清] 龚自珍 ……………………………424
己亥杂诗（一二三）[清] 龚自珍……………………425
己亥杂诗（一二五）[清] 龚自珍……………………425
寰海十章（第九首）[清] 魏源 ……………………426
慈仁寺荷花池 [清] 何绍基 ……………………………428
饲蚕词 [清] 金和 ……………………………………429
江行（二首选一）[清] 翁同龢 ……………………430
村居 [清] 高鼎 ……………………………………431
春愁 [清] 丘逢甲 ……………………………………431
元夕无月（其二）[清] 丘逢甲 ……………………432
夜起 [清] 黄遵宪 ……………………………………433
狱中题壁 [清] 谭嗣同 ……………………………………434
太平洋遇雨 [清] 梁启超……………………………………435
黄海舟中日人索句并见日俄战争地图
[清] 秋瑾……………………………………436

参考文献……………………………………438
后记……………………………………439

卿云歌（第一章）虞舜

卿云烂兮①，糺缦缦兮②。
日月光华③，旦复旦兮④！

作者简介

虞舜（生卒年不详），姓姚，名重华，冀州人，传说为黄帝血脉后裔，生活在4000多年前的氏族社会晚期，是上古五帝之一。亦称舜、舜帝、大舜、有虞、虞皇等。他受命于危难之秋，以救民、安民、治民为己任，为老百姓创设一个安定的生产、生活环境。他主动禅位给以贤德闻名的大禹，是为中华文明的典范。他推行“父义、母慈、兄友、弟恭、子孝”五教，以德育人，是中华传统道德文化的开创者。

注释

①卿云：即庆云，又名景云。五色彩云，古人视为祥瑞之气。《史记·天官书》：“若烟非烟，若云非云，郁郁纷纷，萧索轮囷，是谓卿云。”卿云见，喜气也。《竹书纪年》卷上：“十四年，卿云，命禹代虞事。”兮（xī）：文言助词，相当于现代的“啊”。②糺：结集、连合。缦（màn）缦：纠结环绕的样子。③光华：光辉照耀。④旦复旦：言明明相代，即光明又复光明。旦，明亮。

译文

卿云灿烂美如锦，瑞气萦回喜来临。
太阳月亮齐照耀，光明光明更光明。

简析

这首《卿云歌》，相传是舜禅位于禹时，同群臣互贺的唱和之作。全诗共三章，由舜帝首唱（第一章）、群臣相和（第二章）、舜帝续歌（第三章）三部分组成。当年帝尧禅位于虞舜，虞舜功成身退，效法先圣而荐禹于天，代代相传，形成了以“礼让”为美德的中华民族精神，对后世产生极大的影响。全诗盛赞卿云之灿烂，瑞气之萦回，预示着又一位圣贤将受禅登位。而日月光华，旦旦弗替，表明前途更加光明美好。全诗既是对虞舜禅让英明之举的赞颂，又是对继位者大禹创业辉煌的殷切期盼。诗句华美，辞达而意深，声曼而情婉，孕育着骚赋的艺术特色。

（唐嗣德）

南风歌虞舜

南风之薰兮①，可以解吾民之愠兮②。
南风之时兮③，可以阜吾民之财兮④。

注释

①南风：东南风，是季节之风，它能滋养万物，故又称之为“凯风”。《诗经·风·邶风》的《凯风》篇有“凯风自南”之说。薰（xūn）：通“熏”，清凉温和。②愠（yùn）：怨恨，恼怒。③时：适时，及时。④阜（fù）：盛多，丰富。

译文

南风吹来多么清凉温暖啊，可以解除天下百姓的愁苦。

南风能及时吹来多么好啊，可以帮助天下百姓增添财富。

简析

《礼记·乐记》：“昔者舜作五弦之琴，以歌南风。”《淮南子·泰族训》：“舜为天子，弹五弦之琴，歌南风之诗，而天下治。”《南风歌》，是一首赞颂“南风”养育万物，造福百姓的恩泽之歌。前两句写南风徐来，春雨滋润，耕作开始，播种希望，万民由愠转喜。后两句写南风吹得及时，“春风潜入夜，润物细无声”，庄稼茁壮，丰收在望，万民获得的财富多多。由“解民之愠”而“阜民之财”，诗意更深进了一层。虞舜歌南风之诗，践南风之行，施仁政之德，使天下老百姓尽得其恩泽。虞舜以“勤民事，苦忧人，只为苍生不为身”为训，实在难能可贵，堪为社会公仆的楷模。

（唐嗣德）

卷耳 《诗经·周南》

采采卷耳[①]，不盈顷筐[②]。嗟我怀人[③]，寘彼周行[④]。
陟彼崔嵬[⑤]，我马虺隤[⑥]。我姑酌彼金罍[⑦]，维以不永怀[⑧]。
陟彼高冈，我马玄黄[⑨]。我姑酌彼兕觥[⑩]，维以不永伤[⑪]。
陟彼砠矣[⑫]，我马瘏矣[⑬]！我仆痡矣[⑭]，云何吁矣[⑮]。

《诗经》简介

《诗经》是我国最早的诗歌总集，它收录了从西周初年到春秋中叶（公元前11世纪至公元前6世纪）大约500年间的305首诗歌。《诗经》分为“风”“雅”“颂”三部分，依据配乐调的不同而加以分类。《诗经》中大多数作品是劳动人民口头创作的民歌，展现了周朝500多年间的社会生活面貌，表达了劳动人民对美好生活的憧憬。《诗经》的思想意义和艺术价值之高，是我国古典诗歌的第一个里程碑，对后世诗歌的发展有极为深远的影响。

注释

①采采：采了又采。也有茂盛之意。卷耳：野菜名，一说苍耳。也有说是可食用的地蔓，

类似木耳。②盈：满。③嗟：叹息。怀：想，想念。④寘（zhì）：放置。周行（háng）：大道。⑤陟（zhì）：登上。崔嵬（wéi），山势高低不平。⑥虺隤（huǐ tuí）：疲乏而生病。⑦姑：姑且。金罍（léi），青铜酒杯。⑧维：语气助词，无实义。永怀，长久思念。⑨玄黄：马因病而改变颜色。⑩兕觥（sì gōng）：犀牛角做成的酒杯。⑪永伤：长久思念。⑫砠（jū）：有土的石山。⑬瘏（tú）：马疲劳而生病。⑭痡（pū）：人生病而不能走路。⑮云：语气助词，没有实义。何，多么。吁（xū）：忧愁。

译文

采呀采呀采卷耳，半天不满一小筐。
我啊想念心上人，菜筐弃在大路旁。
攀那高高土石山，马儿足疲神颓丧。
且先斟满金壶酒，慰我离思与忧伤。
登上高高山脊梁，马儿腿软已迷茫。
且先斟满大杯酒，免我心中长悲伤。
艰难攀登乱石冈，马儿累坏倒一旁！
仆人精疲力又竭，无奈愁思聚心上。

简析

本诗记述了一位在公府任职的官员的妻子思念并驾马迎接或探望丈夫的情形。该诗通篇语气连贯，感情衔接顺畅，一连三处“陟彼”，体现了浓烈的思念情感和路途急迫情形，也从侧面体现了她急于见到所怀之人，以及对所怀之人的热切之心。

（肖建辉）

桃夭《诗经·周南》

桃之夭夭①，灼灼其华②。之子于归③，宜其室家④。
桃之夭夭，有蕡其实⑤。之子于归，宜其家室。
桃之夭夭，其叶蓁蓁⑥。之子于归，宜其家人。

注释

①夭（yāo）夭：少壮姣好之貌。②灼灼（zhuó）：鲜明光明的样子。华：同“花”。③之子：这个姑娘。之：指示代词。于归：女子出嫁。于：语助词，无实义。归：嫁，出嫁。④宜：适宜，和顺。室家：家庭。⑤有：语助词，无实义。蕡（fén）：果实硕圆肥大。⑥蓁（zhēn）蓁：树叶茂盛的样子。

译文

桃树林茂盛美如画，枝头上开着鲜艳的花。

这年轻的姑娘要出嫁，祝你建立一个和顺的家！
桃树林茂盛美如画，枝头上的桃子肥又大。
这年轻的姑娘要出嫁，祝你建立一个圆满的家！
桃树林茂盛美如画，浓密的绿叶放光华。
这年轻的姑娘要出嫁，祝你建立一个幸福的家！

简析

这是一首在婚礼上演唱的祝福女子出嫁、新婚幸福、家庭美满的赞歌。全诗三章，每章都先以“桃之夭夭”起兴，比喻新娘的青春年少、面容姣好、体态健美。继以花、果、叶兼作比喻，极富层次感；由开花到结果到绿叶成荫，象征着结婚生子、家业兴旺的全过程。状物工巧，联想合理，自然浑成，有机地融为一体，从而使人物的姿色和美好的祝愿，变得更加鲜明可感，倍觉清新而平添美趣。

（唐嗣德）

芣苢《诗经·周南》

采采芣苢①，薄言采之②。采采芣苢，薄言有之③。
采采芣苢，薄言掇之④。采采芣苢，薄言捋之⑤。
采采芣苢，薄言袺之⑥。采采芣苢，薄言襭之⑦。

注释

①采采：同“粲粲”，鲜艳的样子。芣苢（fú yǐ）：车前草。②薄、言：均为发语词，没有实义。采：有选择地摘取。③有：取。④掇（duō）：拾取，摘取。⑤捋（lǚ）：用手顺着摸过去，使物体顺溜或干净。⑥袺（jié）：用手提着衣襟兜东西。⑦襭（xié）：把衣襟掖在腰带间以用来盛东西。

译文

车前种子粲粲明，采来采去忙不停。车前种子粲粲明，东摘西摘摘不赢。
车前种子粲粲明，捡呀拾呀忙不停。车前种子粲粲明，抹来抹去抹不赢，
车前种子粲粲明，盛呀载呀载不停。车前种子粲粲明，装呀兜呀兜不赢。

简析

这是周朝时期南方妇女在辛勤劳动中即兴口唱的山歌。在结构上，按韵分为三章，每章四句；而每两句只换用一个关键字，即六个动词：采、有、掇、捋、袺、襭。因此，实际上可分为六章，每章是两句。这六个动词，恰到好处地表现了六种不同而又紧密相连的动作，写得细腻真切，富有实感。而这些动作又按时序的迁移顺次，可细分为三组：“采”和“有”是一般性描述，较为抽象；“掇”和“捋”是描写用双手采集车前子的具体动作，

真切而生动；“袺”和“襭”是描写用裙襟盛载车前子的具体动作，生动而传神。如此安排，显示出劳动的节奏美，表现出一种极为清新自然、活泼轻快的风格。正如清代方玉润在《诗经原始》中所说：“涵咏此诗，恍听田家妇女，三三五五，于平原旷野、风和日丽中群歌互答，余音袅袅，若远若近，忽断忽续，不知其情之何以移而神之何以旷。”可见此诗言简意丰，能启发读者展开生动美妙的联想。

（唐嗣德）

甘棠《诗经·召南》

蔽芾甘棠①，勿翦勿伐②，召伯所茇③。
蔽芾甘棠，勿翦勿败④，召伯所憩⑤。
蔽芾甘棠，勿翦勿拜⑥，召伯所说⑦。

注释

①蔽芾(fèi)：树木茂盛貌。甘棠，棠梨树；落叶乔木，果实甜美。②翦(jiǎn)：同“剪”，修剪。③召伯：即召公奭，西周的开国元勋。茇（bá）；草屋，这里是指在草屋中居住。④败：破坏，毁坏。⑤憩（qì）：休息。⑥拜：“拔”，拔除。⑦说（shuì）：休息，歇息。

译文

梨棠枝繁叶又茂，不要修剪莫砍伐，召伯曾经住树下。
梨棠枝繁叶又茂，不要修剪莫损毁，召伯曾经歇树下。
梨棠枝繁叶又茂，不要修剪莫拔掉，召伯曾经停树下。

简析

这首诗歌，描写了一棵郁郁苍苍、独立挺拔高大的棠梨树，追述了当年召伯曾经在棠梨树下听政教化的故事，“思其人，犹爱其树”，诗中劝告人们不要砍伐、不要攀折这棵棠梨树，要倍加珍视。细读此诗，可领略到诗中洋溢着的赞颂之情，也仿佛感受到当年召伯在甘棠树下息人争讼的情景。

（肖建辉）

采葛《诗经·王风》

彼采葛兮①。一日不见，如三月兮。
彼采萧兮②。一日不见，如三秋兮。

彼采艾兮[3]。一日不见，如三岁兮。

注释

①葛：葛藤。②萧：蒿香。③艾：苍艾。

译文

那人正在采葛藤。一天不见她，就像过了三月整。
那人正在采蒿香。一天不见她，就像三季那么长。
那人正在采苍艾。一天不见她，就像熬过三年来。

简析

《采葛》是思念恋人的情歌。思念的对象是依靠采集为生的农村姑娘，她常外出采集葛藤（其纤维可织布）、青蒿（一种有香气的草，可用于祭祀）和白艾（艾叶可制成艾绒，供灸病用），不易见面。由此可见，当时当地的生活条件多么艰苦，而劳动青年之间的爱情多么坚贞、纯朴。诗作者运用“艺术夸张”和“心境物化”的艺术表现手法，用简短精练的语言充分地表达了长相思的真挚恋情。

（肖建辉）

风雨《诗经·郑风》

风雨凄凄[1]，鸡鸣喈喈[2]。
既见君子，云胡不夷[3]。
风雨潇潇[4]，鸡鸣胶胶[5]。
既见君子，云胡不瘳[6]。
风雨如晦[7]，鸡鸣不已[8]。
既见君子，云胡不喜。

注释

①凄：寒冷，凄清。②喈（jiē）喈：象声词。鸡叫声，谓初鸣稀声尚微。③云：句首助词，无实义。胡：何，为什么，疑问代词。夷：通“怡”，高兴，喜悦。④潇潇：形容风急雨骤。⑤胶胶：象声词。鸡叫声。谓再鸣同声渐高。⑥瘳（chōu）：伤病痊愈。⑦如：而。晦：昏暗。⑧已：止。谓鸡三鸣不已，天将破晓。

译文

风吹雨打冷清清，雄鸡喔喔正长鸣。
能够见到心爱的人，令我怎么不高兴！
风雨交加声潇潇，雄鸡喔啼声更高。

能够见到心爱的人，心头忧伤全跑掉！
风雨如磐天地昏，雄鸡报晓声沉沉。
能够见到心爱的人，笑在眉头喜在心！

简析

这是一首具有长青艺术生命力的抒情佳作。全诗着重刻画一位少妇风雨怀人的生动形象，细致地描绘了她在刻骨相思之后与丈夫相会时无限激动、无限喜悦的心情。其心理变化十分真切动人，显示了古代女性单纯开朗的性格和纯洁朴质的品格。这首诗在形式结构上采用重叠反复的章法，全诗三章均用同一形式反复歌咏，中间只更换了极少的几个字。写风雨，分别用“凄凄”“潇潇”“如晦”；写鸡鸣，分别用“喈喈”“胶胶”“不已”；写心情，分别用“不夷”“不瘳”“不喜”。其余的字完全一样，反复咏叹三遍。仔细咀嚼，会发现有和而不同的韵味，时态随三章有不同的分次，少妇思人的心态有所区别。“喈喈”言鸡初鸣，“胶胶”言鸡再鸣，而“不已”言鸡鸣三遍，此唱彼和，天将晓。鸡叫声由弱到强而不已，表明天气由夜晦到晨晦。同样，“不夷”“不瘳”到“不喜”也即有伦次，谓情感的惊喜、深切由强至弱。环境和人物心境行成强烈反差，表明希冀相见之心愈切，而最终失望愈甚。如此匠心独运，富有文学和美学情趣。

（唐嗣德）

东方未明《诗经·齐风》

东方未明，颠倒衣裳①。颠之倒之，自公召之②。
东方未晞③，颠倒裳衣。颠之倒之，自公令之。
折柳樊圃④，狂夫瞿瞿⑤。不能辰夜⑥，不夙则莫⑦。

注释

①衣裳：古时上衣叫“衣”，下衣叫“裳”。②公：公家。③晞（xī 希）：“昕”的假借，破晓，天刚亮。④樊：即“藩”，篱笆。圃，菜园。⑤狂夫：指监工。一说狂妄无知的人。瞿瞿（jù）：瞪视的模样。⑥不能辰夜：指不能掌握时间。辰，借为“晨”，指白天。⑦夙：早。莫（mù 暮），古“暮”字，晚。

译文

东方还未露曙光，衣裤颠倒乱穿上。
衣作裤来裤作衣，公家召唤我忧急。
东方还未露晨曦，衣裤颠倒乱穿起。
裤作衣来衣作裤，公家号令我惊惧。
折下柳条围篱笆，狂汉瞪眼真强霸。
不分白天与黑夜，不早就晚真作孽。

简析

这首诗在一定程度上真实反映了先秦时代的现实生活，使读者犹如身临其境，感受到奴隶们心底隐藏着一种压抑已久而行将喷发的愤怒。作者从奴隶的身世遭际出发，抒发对现实的愤懑，对统治阶级进行了活生生的鞭辟入里的揭露和批判。

全诗每句两个音拍，二二节奏，体现了当时劳动人民口头歌谣创作的艺术特点。

（肖建辉）

无衣《诗经·秦风》

岂曰无衣？与子同袍①。王于兴师②，修我戈矛③，与子同仇④！
岂曰无衣？与子同泽⑤。王于兴师，修我矛戟⑥，与子偕作⑦！
岂曰无衣？与子同裳⑧。王于兴师，修我甲兵⑨，与子偕行⑩！

注释

①袍：外面的长衣。闻一多说："行军者日以当衣，夜以当被。"②王：指周王，秦国出兵以周天子之命为号召。一说指秦君。于：语助词。兴师：起兵。③戈矛：皆古代长柄兵器。戈，平头横刃，用以横击、钩杀。矛，尖头侧刃，用以直刺。④同仇：齐心合力打击敌人。⑤泽：贴身的内衣。因易染汗垢，故名。⑥戟：古代长柄兵器，合戈矛为一体，即可横击又可以直刺。⑦偕作：同起，共同行动。偕，共同。作，起，起来。⑧裳：下衣，指战裙。古称裙为裳，上衣下裳。⑨甲兵：铠甲与兵器。⑩偕行：偕同，一同前往。

译文

谁说没有衣裳？把我的战袍穿上。
大王起兵去打仗，快修好我们的刀枪。
大敌当前，同你一道上战场！
谁说没有衣裳？请穿上我的汗衫。
大王起兵去打仗，快修好我的戟剑。
大敌当前，同你一道并肩作战！
谁说没有衣裳？请穿上我的战裙。
大王起兵去打仗，快修好我们的甲盾。
大敌当前，同你一道并进！

简析

全诗三章，每章五句，每句四言。每章前两句一层，中间两句一层，末句一层。其章法变化奇特有致，突破了以往全用偶句的惯例。这是一首军中歌谣，用士兵相语的口吻，号召大家同心协力，共同抵御敌人侵略，写得慷慨激昂，反映了士兵们在保卫祖国的战斗中团结友爱、同仇敌忾的爱国热情和一往无前的大无畏精神。他们藐视困难，乐意“同袍”“同泽”“同裳”；他们做好充分战斗准备，修我“戈矛”“矛戟”“甲兵”；他们在思想和行动上保持高度一致，与子“同仇”“偕作”“偕行”。这种慷慨赴难的精神，保家卫国的决心，团结必胜的信念，具有巨大的鼓舞力量。

（唐嗣德）

九歌·湘夫人[1] [战国·楚]屈原

帝子降兮北渚[2]，目眇眇兮愁予[3]。
袅袅兮秋风[4]，洞庭波兮木叶下[5]。
登白薠兮骋望[6]，与佳期兮夕张[7]。
鸟何萃兮苹中[8]，罾何为兮木上[9]。
沅有芷兮澧有兰[10]，思公子兮未敢言[11]。
荒忽兮远望[12]，观流水兮潺湲[13]。
麋何食兮庭中[14]？蛟何为兮水裔[15]？
朝驰余马兮江皋[16]，夕济兮西澨[17]。
闻佳人兮召予，将腾驾兮偕逝[18]。
筑室兮水中，葺之兮荷盖[19]；
荪壁兮紫坛[20]，播芳椒兮成堂[21]；
桂栋兮兰橑[22]，辛夷楣兮药房[23]；
罔薜荔兮为帷[24]，擗蕙櫋兮既张[25]；
白玉兮为镇[26]，疏石兰兮为芳[27]；
芷葺兮荷屋，缭之兮杜衡[28]。
合百草兮实庭[29]，建芳馨兮庑门[30]。
九嶷缤兮并迎[31]，灵之来兮如云[32]。
捐余袂兮江中[33]，遗余褋兮澧浦[34]。
搴汀洲兮杜若[35]，将以遗兮远者[36]；
时不可兮骤得[37]，聊逍遥兮容与[38]！

作者简介

屈原（约前340—约前278），名平，字原，又自云名正则，号灵均。战国时期楚国政治家，著名爱国主义诗人。学识渊博，初辅佐楚怀王，任三闾大夫、左徒。主张对内举贤能，修明法度，对外联齐抗秦。因遭贵族排挤，被流放沅湘流域。后因楚国政治腐败，首都郢被秦攻破，无力挽救楚国命运的屈原，以死明志，遂自投汨罗江。他写下了《离骚》《天问》《九章》《九歌》等不朽诗篇。

其诗作抒发了炙热的爱国主义思想感情，表达了对楚国的热爱，体现了他对理想的不懈追求和为此九死不悔的精神。他在吸收民间文学艺术营养的基础上，创造出骚体这一新形式，以优美的语言、丰富的想象，融合神话传说，塑造出鲜明的形象，富有积极浪漫主义精神，对后世影响很大。其传世作品，均见汉代刘向辑集的《楚辞》。

注释

①九歌：屈原十一篇作品的总称。“九”是泛指，非实数，《九歌》本是古乐章名。王逸《楚辞章句》认为：“昔楚国南郢之邑，沅湘之间，其俗信鬼而好祠。其祠必作歌乐鼓舞以乐诸神。屈原放逐，窜伏其域，怀忧苦毒，愁思沸郁，出见俗人祭祀之礼，歌舞之乐，其词鄙陋，因为作《九歌》之曲，上陈事神之敬，下见己之冤结，托之以风谏。”也有人认为是屈原在民间祭歌的基础上加工而成。湘夫人：湘水之神，女性。一说即舜二妃娥皇和女英。关于湘夫人和湘君是谁，多有争论。二人为湘水之神，则无疑。②帝子：犹天帝之子。指湘夫人。舜妃为帝尧之女，故称帝子。③眇眇（miǎo）：望而不见的样子。愁予：使我忧愁。④袅袅（niǎo）：绵长不绝的样子。⑤洞庭：洞庭湖。波：生波。下：落。⑥蘋（fán）：一种近水生的秋草。或谓乃“蘋”之误。骋望：纵目而望。⑦佳：佳人，指湘夫人。期：期约。张：陈设。⑧萃：集聚。苹：水草名。鸟本当集在木上，反说在水草中。⑨罾（zēng）：渔网。罾原当在水中，反说在木上，比喻所愿不得，失其应处之所。⑩沅：即沅水，在今湖南省。澧（lǐ）：即澧水，在今湖南省，流入洞庭湖。芷（zhǐ）：即白芷，一种香草。⑪公子：指湘夫人。古代贵族称公族，贵族子女不分性别，都可称“公子”。⑫荒忽：犹“恍惚”，迷糊不清的样子。⑬潺湲：水缓慢流动的样子。⑭麋：兽名，似鹿，俗称“四不像”。⑮蛟：传说中的龙类动物。水裔：水边。此句意谓蛟本当在深渊而在水边。比喻所处失常。⑯皋：水边高地。⑰济：渡。澨（shì）：水边。⑱腾驾：驾着马车奔驰。偕逝：同往。⑲葺：编织覆盖。盖：指屋顶。⑳荪壁：用荪草饰壁。荪（sūn）：香草名。紫：紫贝。坛：中庭，楚地方言。㉑椒：花椒，多用以除虫去味。成：借作“盛”。㉒栋：屋梁。橑（lǎo）：屋椽（chuán）。㉓辛夷：香木名。楣：门上横梁。药：即白芷。㉔罔：同“网”，编结。薜荔：一种蔓生香草，缘木而生。帷：幕帐。㉕擗（pǐ）：掰开。蕙：一种香草。櫋（mián）：檐间木。㉖镇：镇压座席之物。㉗疏：分列。石兰：香草名。㉘芷：白芷。荷屋：荷叶覆顶的房屋。缭：缠绕。杜衡：一种香草。㉙合：会集。百草：指众芳草。实：充实。㉚馨：远传的香气。庑（wǔ）：走廊。㉛九嶷（yí）：湖南九嶷山，即传说中舜的葬地。这里指九嶷山神。缤：众多纷杂的样子。㉜灵：神灵。如云：形容众多。㉝袂（mèi）：衣袖。一说夹袄。㉞遗：丢下。褋（dié）：单衣。㉟搴（qiān）：摘取。汀州：水中或水边的平地。杜若：香草名。㊱遗（wèi）：赠送。远者：指湘夫人。㊲骤：骤然，立即。㊳逍遥：游玩。容与：悠闲的样子。

译文

美丽的帝子啊你降落在北洲之上，极目远眺啊使我惆怅。
树木轻摇啊秋风初凉，洞庭波涌啊树叶落降。
登上长着白蘋的高地啊放眼远望，与佳人相约啊在今天晚上。
鸟儿为什么啊聚集在水草之中？
渔网为什么啊挂结在树梢之上？

沅水有白芷啊澧水有兰花香，思念湘夫人啊却不敢明讲。
神思恍惚啊望着远方，只见江水啊缓缓流淌。
山林中的麋鹿为什么觅食啊在庭院里？
深渊的蛟龙为什么啊在水边游荡？
清晨我骑马啊在江畔奔驰，傍晚我渡到啊江水西旁。
我好像听到湘夫人啊把我召唤，我多想即刻驾车啊与她同往。
我要把房屋啊建筑在水中央，还要把荷叶啊盖在屋顶上。
荪草装点墙壁啊紫贝铺砌中庭，四壁撒满香椒啊用来装饰厅堂。
桂木做栋梁啊木兰为桁椽，辛夷装门楣啊白芷饰卧房。
编织薜荔啊做成帷幕，掰开蕙草饰檐木啊已经开张。
用白玉啊做镇席，分列石兰啊一片芳香。
用白芷啊覆盖在荷屋上，用杜衡啊缠绕四方。
汇集各种花草啊布满庭院，建造芬芳馥郁啊整个门廊。
九嶷山的众神啊都来相迎，神灵簇拥啊就像云霞一样。
我把那衣袖抛到啊湘江之中，我把那单衣扔到啊澧水旁。
我在小洲上啊采摘着杜若，将用来馈赠给啊远方的姑娘。
美好的时光啊难以马上得到，我姑且放慢步子啊徘徊游荡。

简析

《湘夫人》是《楚辞·九歌》组诗十一首之一，与《湘君》构成姊妹篇。一般认为，湘夫人是湘水女性之神，与湘水男性之神湘君是配偶神。《湘夫人》是祭湘水女性之神的诗篇，祭湘夫人时，以男性的歌者或祭者扮演角色迎接湘夫人，致以爱慕之深情。人们还认为，湘君和湘夫人是舜与二妃（娥皇、女英）的传说为原型的形象。

诗歌可分四个部分。第一部分（前八句），写湘君带着期盼的心情，在秋风萧瑟的洞庭湖畔，渴望湘夫人的到来。第二部分（接十句），续写湘君的渴望之情。第三部分（接十六句），写湘君幻想中与湘夫人如愿相会的情景。其情浪漫，其景神奇。最后部分（末六句），写湘君幻灭后的难以自禁的波动情怀。先是躁弃赠礼，接着安采香草，最后自宽自慰，爱慕之情得以深化。纵观全诗，表达了湘君赴约北渚，不见伊人的相思与爱恋，惆怅和迷惘。

诗歌想象丰富，情景交融，极具浪漫色彩。《楚辞》与《诗经》是中国古典诗歌的双璧，同为中国文学之根。其思想意义和艺术手法，给中国历代文学打下了深深的烙印。

（桂郁文）

易水歌[1] [战国·魏]荆轲

风萧萧兮易水寒[2]，壮士一去兮不复还[3]！

作者简介

荆轲，战国末年魏国人，为人深沉，喜读书，好击剑。后游历到燕国，被称为“荆卿”。当时秦国大军压境，为免灭国之危，燕太子丹命荆轲去刺杀秦王，荆轲只身提一匕首前往。行刺未能成功，后被秦王杀害。

注释

①易水：河名，在今河北省内。②萧萧：象声词，此处模拟风声。③壮士：勇敢顽强、视死如归的人，这里是作者的自许和自勉。复还：回来。

译文

刺骨的北风一阵阵呼啸啊，寒气凝结的易水失去了色彩。
为完成刺杀秦王的重任，我一上路啊就不打算回来！

简析

战国七雄，末期秦国最强，燕国非常弱小。秦国的军队去侵略燕国，燕太子丹请荆轲做使者到秦国去，乘机刺杀秦王。为解燕国之危和六国之困，荆轲所肩负的是英雄之任，所行使的是侠士之举，他明知难以生还，但为了大义仍然毅然前往，没有犹豫。

这首短歌唱出了慷慨赴难的壮士忠肝义胆的最强音。荆轲行刺虽然未能成功，最终被秦王所杀，但他的这首感天动地的战歌仍然在风寒水冷的易水河上震响，在漫长的历史长河中激荡不息！

（唐嗣德）

大风歌 [汉] 刘邦

大风起兮云飞扬①，
威加海内兮归故乡②，
安得猛士兮守四方③！

作者简介

刘邦（前256—前195），沛县丰邑（今江苏沛县）人。秦末农民起义军领袖之一。秦朝倾覆，他先后消灭了项羽军队及其他割据势力，建立了汉朝，史称汉高祖。

注释

①这一句以自然界风起云飞的景象，喻指风云际会、群雄纷争的时局。②威：威力。加：凌加。海内：天下，指中国。古人以为陆地四周是海，四海之内就是中国的土地。③安得：怎样才能够得到。猛士：勇士。四方：指国家四周的边疆。

译文

恶风凶猛地席卷大地，黑云疯狂地把天空遮挡。

我横扫群雄统一了中国，高居皇位才荣归故乡。

必须巩固胜利成果，要挑选大批勇士去守御四方！

简析

这首诗表达了作者既能艰苦创业又决心治国守业的豪迈气概，意境宏大，气势雄壮。刘邦虽是平民出身，但年少时就心高志远。奋斗走向辉煌，励志而出精彩。刘邦由普通平民而成为汉朝的开国皇帝，给后人留下了一个深刻的启示：出身卑微，决不能成为终生一事无成的借口！

（唐嗣德）

垓下歌[1] [汉] 项羽

力拔山兮气盖世[2]。时不利兮骓不逝[3]。

骓不逝兮可奈何[4]，虞兮虞兮奈若何[5]！

作者简介

项羽（前 232—前 202），名籍，下相（今江苏宿迁）人。他高举反秦大旗，为推翻秦王朝立下了不可磨灭的功劳。灭秦后，自称西楚霸王。后与刘邦争天下，被刘邦击败，困于垓下，终自刎于乌江。

注释

①垓（gāi）下：今安徽省灵璧县南沱河北岸。《垓下歌》是项羽在四面楚歌之时进行必死战斗前夕所作的绝命诗。②拔山：拽出高山，形容力大。盖世：笼盖世间，形容勇气超人，无可匹敌。③时：时势。骓（zhuī）：毛色青白间杂的马。这里指项羽经常骑坐的那匹战马。不逝：不能奔驰向前。④奈何：怎么办。⑤虞：虞姬，是项羽终生挚爱的、经常陪他东征西讨的一位美人。若：你。

译文

力能够拔山啊气可以盖世，时势不利啊战马不再奔驰。

战马不再奔驰啊已到穷途末路，虞姬啊我不能保护你悲痛不止。

简析

所谓人，只是在生死之间的一个旅客，其生命转瞬即逝，令人感喟不已。但爱情却是永恒的，它一直是人类使自己高雅和纯净的有力精神支柱之一。项羽在走到生命尽头之际，他对所失去的一切并不留恋，由一个盖世英雄而沦落为败将也不悲伤，当死神扼住了生命的喉头时也没有叹息，唯一牵肠挂肚的是虞姬今后的命运。生命诚可贵，爱情价更高。《垓下歌》这首感人肺腑的小诗，生动而深刻地表现了人生这两个方面的重大主题，千百年来曾打动过无数读者的心，所以永诵不衰，魅力长存。

（唐嗣德）

舂歌① [汉] 戚夫人

子为王，母为虏②。
终日舂薄暮③。
常与死为伍④。
相离三千里⑤。
当谁使告女⑥。

作者简介

戚夫人（？—前 194 年），又称戚姬，一名戚懿。秦末定陶（今山东菏泽定陶区）人。她容貌出众，能歌善舞，是汉高祖刘邦的宠姬，随刘邦征战了四年，生下刘邦的第三子赵王刘如意。曾因争立自己的儿子为太子，与吕后结仇。刘邦驾崩，惠帝刘盈继任，吕后当上了皇太后。戚夫人遭受到吕后惨绝人寰、骇人听闻的迫害而致死。

注释

①舂（chōng）：把谷物或其他东西放在石臼或乳钵里捣，使破碎或去皮壳。②子为王：指戚夫人之子刘如意为赵王。母为虏：母亲为奴仆。虏，奴仆。③薄：迫近，接近。④为伍：做同伴；看成同类。这里指与死为伴，时刻会丢掉性命。⑤三千里：此处为虚指，赵王刘如意的封国位于赵地，与京城长安相隔甚远。⑥女（rǔ）：通“汝”，你。

译文

我的儿啊，你身为赵王，
你的母啊，却沦为奴仆。
整日舂米一直舂到傍晚，
时刻忧虑性命，竟与死亡相伴。
母亲与你相隔，路途十分遥远，
有谁能将母亲的不幸告诉你呢？

简析

戚夫人是汉高祖刘邦的宠姬，曾因争立自己的儿子如意为储，成为吕后的仇家，遭到吕后忌恨。刘邦去世后，吕后的儿子刘盈继位，吕后成为皇太后，于是吕太后更是肆无忌惮地迫害戚夫人。她将戚夫人囚禁在永巷，头发剃光，令其穿上囚服，整日舂米，不得与外界有任何联系。《舂歌》（又名《戚夫人歌》）就是戚夫人在舂米时自编自唱的伴歌。此歌被吕太后知晓后，大怒。吕太后将戚夫人的儿子赵王如意召来毒死，并令人砍掉戚夫人的手脚，挖去双眼，用药熏耳成为聋子，命她喝药成为哑巴，并把她关入厕所，称之为“人彘（zhì）”。数天之后，戚夫人惨死于暴虐摧残之中。

这首诗歌是戚夫人被吕太后囚禁后所作，诗歌倾诉了戚夫人痛苦的遭遇，思子的情怀，以及愤怒的心声。诗歌一、二句直言呼告：“子为王，母为虏”，因以母子地位的鲜明对比，直抒身陷永巷沦为奴仆的愤懑和不平。三、四句，“终日舂薄暮，常与死为伍”，进一步倾诉自己的痛苦境遇；每天从早到晚舂米不停，性命随时不保。五、六句“相离三千里，当谁使告女”，唱出了戚夫人孤弱无依和思念儿子的辛酸与悲苦，绝望与幽怨。《舂歌》内容写实、言发心声，明白如话，语浅情长，摄人心魄，具有浓烈的艺术感染力。

（桂郁文）

五噫歌 [汉] 梁鸿

陟彼北芒兮，噫①！
顾览帝京兮，噫②！
宫室崔嵬兮，噫③！
人之劬劳兮，噫④！
辽辽未央兮，噫⑤！

作者简介

梁鸿（生卒年不详），字伯鸾，东汉时扶风平陵（今陕西咸阳）人。家贫好学，做过牧童、佣工，是当时名士。因写了《五噫歌》为汉章帝所不满，曾下令寻找他。他就改名换姓，隐居著书，死于吴地。今传诗三首。《后汉书》有传。

注释

①陟（zhì）：登。彼：那，那个。北芒：又作“北邙”，山名，在今洛阳城北。汉代的王侯死后大都葬在这里。噫（yī）：悲愤的叹息声。②顾览：一作“顾瞻”，瞻望，回头看。帝京：东汉首都洛阳。③宫室：帝王及豪门居住的宫殿。崔嵬（wéi）：高大雄伟。④人：一作“民”，百姓。劬（qú）劳：辛勤劳苦。⑤辽辽：本指路程遥远，这里指时间长久。未央：无尽。

译文

登上那个北邙山，啊！
回头遥看帝都城，啊！

宫殿高大多雄伟，啊！
全凭百姓劳作苦，啊！
苦难无边又无尽，啊！

简析

这首诗是梁鸿登洛阳北邙山时所作的一首古体诗。洛阳是当时的帝都，贵族统治阶级非常奢侈，而人民却过着无尽期的劳苦生活。诗人对这种现状表示了不满情绪。前三句写登山回望所见，诗人登上北邙山，回首俯瞰帝都洛阳城，看到皇家宫殿高大雄伟，富丽堂皇。后两句生发议论感慨，诗人看到这帝都皇家宫殿，很悲愤地想到它都是劳动人民的血汗、尸骨堆积而成，统治者的穷奢极欲的生活，全都建立在劳苦百姓的痛苦之上，而百姓的苦难生活又是无边无尽的。这首诗具有积极的思想意义，表现了对统治阶级的强烈不满和对劳动人民的深切同情。诗歌艺术形式古朴，“兮”字的运用，具有楚辞的痕迹，“噫”字的运用，加强了作品的抒情色彩，表现了诗人悲愤之情和叹息之声。

（桂郁文）

疾邪诗[①] ［汉］赵壹

河清不可俟[②]，人命不可延[③]。
顺风激靡草[④]，富贵者称贤[⑤]。
文籍虽满腹[⑥]，不如一囊钱[⑦]。
伊优北堂上[⑧]，肮脏倚门边[⑨]。

作者简介

赵壹（130—185），东汉辞赋家、诗人。字元淑，汉阳（今甘肃天水）人。有才学，名动京师。为人恃才倨傲，不肯趋炎附势，公府多次征召，皆辞而不就。著有《刺世疾邪赋》等，今存五言诗《疾邪诗》二首。

注释

①疾邪：痛恨不正之风的意思。②俟（sì）：等待。河：指黄河，富挟泥沙，是著名的浊流。古人传说：黄河清，圣人出；黄河清，天下平。因此，黄河水清被用作政治清明的象征。但黄河一千年才清一次，所以说“不可俟”。③人命：人的寿命。延：延长。④激：形容风疾吹、劲吹。靡草：被风刮倒的细弱小草，这里喻指没有骨气的人。⑤贤：品德高尚、有才学的人。⑥文籍：文章、学问。⑦囊：口袋。一囊钱，一袋钱。⑧伊优：谄媚、逢迎的样子。北堂：富贵之家面南的厅堂。⑨肮脏：高亢刚直、不同流合污。这里指正直不阿的人。倚：靠。倚门边，即倚门而立，不被接纳，迁升无望。

译文

不可能等到黄河的水清，人的生命不能无限延长。

没有气节的人常常被歪风刮倒，为富不仁之辈欺世逞强。

虽然有满腹的真才实学，但不如一袋钱那样荣光。

阿谀逢迎的人占据要职，刚直正派的君子仕进无望。

简析

这首诗从一个侧面揭露了东汉末年时社会的黑暗和不公平：有钱有势的被称为贤人，无权无势的虽满腹才华而受到冷落；卑躬屈节的小人窃占要职，刚直不阿的人却穷贱终身。诗中将智者与富贵者、刚直与屈膝者、知识与金钱、权势与公道等分别做了鲜明的对照，直言不讳，尖锐深刻。作者毫无禁忌地直抒胸臆，因而全诗呈现出了一种刚劲、质朴、流畅的特色，并闪烁出尖利、轻蔑的火花，其愤世疾邪、疾恶如仇之情溢于言表。

（唐嗣德）

上邪① 汉乐府民歌

上邪②！我欲与君相知③，长命无绝衰④。

山无陵⑤，江水为竭⑥，冬雷震震⑦，

夏雨雪⑧，天地合⑨，乃敢与君绝⑩！

注释

①《上邪》，为《铙歌十八曲》之一，属乐府《鼓吹曲辞》。②上邪（yé）：上天啊。上，指天。邪，同“耶”，语气助词，表示感叹。③君：指所爱的人。相知：相爱。④长命：长，永远；命，令，使。绝衰：断绝，衰减。⑤陵（líng）：山峰、山头。⑥竭：干涸，枯竭。⑦震震：形容雷声。⑧雨（yù）雪：降雪。雨，名词活用作动词。⑨天地合：天与地合二为一。⑩乃敢：才敢。

译文

上天啊！我想要与你相爱，我要让爱情永远不断绝，永远不衰减。

除非是高山没有山峰，江水干涸枯竭，

冬天雷声滚滚，夏日天下大雪，

天地合并一块，才敢同你爱断情绝。

简析

汉乐府民歌中有很多爱情诗作，生动传神，感人至深。《上邪》这首诗，更是其中的上乘之作。这首诗抒发了女主人公的爱情誓言，她说：上天啊！我要和你相爱，永不断绝，永不衰减，除非山无山峰，江水干枯，寒冬打雷，盛夏落雪，天地合在一起，我才能与你断绝。抒情女主人公指誓为凭的自然现象皆是不可思议、不会发生的，而她却以此作为“与君绝”的样样条件，实际上是发誓永远不会“与君绝”！真是海誓山盟，至死不渝！诗歌炽情似火，想象奇特，大胆反证，看似有条件，实际上无任何条件。诗歌具有浪漫主义色彩，对后世爱情诗的写作有着深远的影响。

（桂郁文）

江南 汉乐府民歌

江南可采莲①，莲叶何田田②，鱼戏莲叶间③。
鱼戏莲叶东，鱼戏莲叶西，鱼戏莲叶南，鱼戏莲叶北。

注释

①可：这里有“适宜”“正好”的意思。②何：多么。田田：莲叶生长得茂盛相连的样子。③戏：嬉戏。

译文

江南水乡好采莲，莲叶长得多茂盛，鱼儿嬉戏莲叶间。
鱼儿游到莲叶东，鱼儿游到莲叶西，
鱼儿游到莲叶南，鱼儿游到莲叶北。

简析

这首诗在《乐府诗集》中属汉代《相和歌辞·相和曲》，是江南民间采莲时所唱的民歌。诗歌描绘了江南采莲时节的嬉闹欢乐的情景，从鱼儿欢快地游来游去的场景中，我们仿佛看到了他们的嬉戏追逐。这首诗大量运用重复的词语和句式，体现了古代民歌朴素明朗的风格。全诗没有一字一句直接描写采莲人采莲时的愉快心情，而是通过对莲叶和鱼儿的描绘来表现采莲人的欢乐，手法别致。

若从中国传统文化、乐府诗的意象内涵来阅读本诗，采莲歌实际上又是一首与劳动相结合的情歌。“莲”音谐“怜”，象征爱情；“采莲”亦含有寻欢求爱之意；“莲叶何田田”，明写莲叶茂盛美好，实则暗喻采莲姑娘人数众多，姿态丰美。“鱼戏”五句，颇具《诗经》传统，比赋兼用，以鱼儿戏水于莲叶底下，暗喻采莲男女调情求爱的欢乐情景，复沓咏唱，委婉含蓄，耐人寻味。

（桂郁文）

长歌行[1] 汉乐府民歌

青青园中葵[2]，朝露待日晞[3]。
阳春布德泽[4]，万物生光辉。
常恐秋节至[5]，焜黄华叶衰[6]。
百川东到海[7]，何时复西归[8]。
少壮不努力，老大徒伤悲[9]。

注释

①歌行：古代诗歌的一种体裁。这首诗是乐府古辞，属《相和歌辞》。②青青：形容植物枝叶茂盛。葵：植物名。③朝露：清晨的露水。晞（xī）：晒干。④布：施予，给予。德泽：恩德，恩泽。⑤秋节：秋天的季节。⑥焜（kūn）黄：即“焜煌”，缤纷灿烂。华：同“花”。⑦百川：许多江河。⑧复：再。⑨徒：白白地。

译文

生长在园中郁郁葱葱的冬葵，
晒干全身的晨露等待着太阳的光辉。
三月的阳光为大地送来无限的温暖，
花草树木生机勃勃大显神威。
常常担心那肃杀的秋季就要到来，
一派繁华将落得个花谢叶萎。
大小江河向东流泻直奔大海，
什么时候能倒流再往西边回归？
青少年时期如果怠惰而不及时努力，
到老来势必一事无成只留下无穷的伤悲！

简析

这是一首著名的励志诗，它的思想内容是对不知珍惜青春韶光的人进行一次深刻的教育。全诗以循循善诱、浑朴天成的感受来化育人心，前八句通过具体的形象和生动的比喻，罗列出自然界春秋互换、万物由盛而衰、众水东流不复还的自然现象，最后揭示中心，劝勉人们要及时努力，奋发图强。人生积时为日，积日为月，积月为年，看似长久，其实一瞬即逝。如果任其蹉跎，自甘暴弃，终将后悔莫及。人的一生最宝贵的是青少年时期，全力抓住青少年时期，就打好了根基，人生必定出彩。

（唐嗣德）

悲歌 汉乐府民歌

悲歌可以当泣，远望可以当归[①]。
思念故乡，郁郁累累[②]。
欲归家无人，欲渡河无船。
心思不能言，肠中车轮转[③]。

注释

①可以：这里是“聊以”的意思，即姑且用来。②郁郁累累：重重积累之貌，形容忧思很重。郁郁，愁闷的样子。累累，失意的样子。③思：悲也。肠中车轮转：形容十分痛苦。

译文

放声悲歌替代思家的哭泣，登高望远当作回到了故乡。
思念故乡，忧愁满怀。
想要回家家无亲人，想要渡河河中无船。
内心的悲愁不能言说，就像肠中车轮辗转。

简析

这是一首描写征夫戍卒怀乡的抒情诗。诗歌以“悲歌可以当泣”开篇，先声夺人，表明悲愁至极，只能放声悲歌，聊以排遣。接着交代原因，“远望可以当归”，离乡日久，无法回到故乡，只能以极目望远来替代还乡，这也是聊以自慰的无奈之举。三、四句“思念故乡，郁郁累累”，十分沉重地表现了思念故乡而郁结成的满怀愁绪。五、六句“欲归家无人，欲渡河无船”，写无法归家的惨痛，家中无人，何以家还？即使回家，无船渡河。最后两句“心思不能言，肠中车轮转”，写心中的悲愁痛苦只能独自承受，不能向人诉说，这就像车轮在肠中辗转，叫人如何承受得了！诗歌以悲愁为基调，用朴素自然的语言，表达了行役戍卒或游子思乡的心郁气结、愁肠寸断。至于“欲归家无人，欲渡河无船”的诗句，则表现了更为深广的社会内容，是什么原因造成了这样的残酷现实，应是战乱。汉代从武帝开始，频繁发动战争，大量地征调行役戍卒，造成人民的大批死亡，也使很多家庭遭到毁坏。诗歌继承了自《诗经》以来的现实主义传统，其表现思乡怀乡的主题，对后世诗歌产生了深远的影响。

（桂郁文）

十五从军征[①] 汉乐府民歌

十五从军征，八十始得归[②]。
道逢乡里人[③]，“家中有阿谁[④]？”

“遥看是君家[⑤]，松柏冢累累[⑥]。”
兔从狗窦入[⑦]，雉从梁上飞[⑧]。
中庭生旅谷[⑨]，井上生旅葵[⑩]。
舂谷持作饭[⑪]，采葵持作羹[⑫]。
羹饭一时熟[⑬]，不知贻阿谁[⑭]。
出门东向看[⑮]，泪落沾我衣[⑯]。

注释

①此篇最早见于《乐府诗集·横吹曲辞·梁鼓角横吹曲》，题为《紫骝马歌辞》，四句一章。但同书引《古今乐录》说从“十五从军征”以下是“古诗”。②始：才。归：回家。③道逢：在路上遇到。道，路途上。④阿谁（ē）：即谁。语气词，无实义。⑤遥看：远远地望去。君：你，敬辞。⑥松柏（bǎi）：松树、柏树。冢累累：坟墓一个连着一个。冢（zhǒng），坟墓、高坟。累累（léiléi），与“垒垒”通，连续不断的样子。⑦狗窦：给狗出入的墙洞。窦（dòu），洞穴。⑧雉（zhì）：野鸡。梁：屋脊。⑨中庭：院子。旅谷：野生的谷物。旅，旅生，植物未经播种而野生。⑩井上：井台边。旅葵（kuí）：葵菜，嫩叶可以吃。⑪舂（chōng）谷：用石臼捣米，出去糠皮。舂，把东西放在石臼或乳钵里捣掉谷子的皮壳或捣碎。⑫羹（gēng）：用菜叶做的汤。⑬一时：一会儿。⑭贻（yí）：送，赠送。⑮看：一说为“望”。⑯沾：渗入。

译文

十五岁时当兵出征，八十岁了才把家归。
路遇乡亲怕问家情，“我的家里还剩有谁？”
“远远看去那是你家，松柏青青坟头累累。”
野兔穿墙狗洞出入，野鸡扑翅屋脊上飞。
家中院子长满野谷，井台旁边长满野葵。
舂掉谷壳拿米做饭，摘下葵叶做成汤羹。
汤饭很快就做好了，我却不知送与给谁。
走出家门向东张望，老泪纵横湿我征衣。

简析

《十五从军征》是一首叙事诗，诗歌描绘了汉代一位终生征戍的老兵家破人亡的悲惨情景。汉代统治者穷兵黩武的政策，残酷的兵役制度，耗尽他的一生，毁掉了他的一家。这位老兵，年少被征，老大返家。返家境遇，十分凄凉。家园早已变成了荒野，松柏阴森，坟头一个连着一个。房屋已然损毁，断壁残垣已成为野兔野鸡的巢穴、野生谷葵的场所。家人全无，既没有亲人为他煮饭做汤，更没有家人陪他进餐。他与亲人团聚的希望化为乌有，凄凉孤寂，无法言表。他只好走出家门，面向东方，呆然而望，老泪纵横打湿衣裳。诗歌以细腻的笔触，刻画了一位因战乱而失去了一切的老兵形象，揭露了汉代长期对外战争和残酷不合理的兵役制度给人民带来的深重灾难。其情其景，令人感愤，催人泣下，具有一定的真实性和警示意义。

（桂郁文）

上山采蘼芜[1] 汉乐府民歌

上山采蘼芜，下山逢故夫[2]。
长跪问故夫[3]，新人复何如[4]？
新人虽言好，未若故人姝[5]。
颜色类相似[6]，手爪不相如[7]。
新人从门入，故人从阁去[8]。
新人工织缣[9]，故人工织素[10]。
织缣日一匹[11]，织素五丈余。
将缣来比素，新人不如故[12]。

注释

①蘼芜（míwú）：一种香草，叶子可做香料。②故夫：前夫。③长跪：直身而跪。古时席地而坐，坐时两膝据地，以臀部著足跟。跪则伸直腰股，以示庄敬。④新人：指前夫新娶的妻子。⑤姝：好。“姝”和“好”是同义词，泛指各方面的优点，不专指容貌。⑥颜色：容貌，姿色。⑦手爪：指纺织的技巧，针线手艺。⑧阁（gé）：旁门，小门。这是弃妇向前夫诉委屈的话。工：善于，长于。⑨缣（jiān）：黄绢。⑩素：白绢。素的价值比缣贵。⑪匹：古代度量单位。一匹长四丈，宽二尺二寸。⑫不如：比不上。

译文

上山采得蘼芜回，下山碰巧遇前夫。
前妻长跪问前夫，你的新妻又如何？
新妻虽然人不错，但是未必有你好。
容貌与你还相似，纺织技巧差得多。
新妻正门娶回家，我从小门羞怨走。
新妻长于织黄绢，前妻善于织白绢。
黄绢一天织一匹，白绢日织五丈多。
若将黄绢比素绢，新妻哪能如前妻。

简析

这是一首弃妇诗。最早见于《玉台新咏》，题为“古诗”。第一、二句叙事，写巧遇。山路相逢，尴尬局促。前夫已再娶，前妻也再嫁。这是一个颇具戏剧性的场面。以下诗句，便是人物的对话。前两句，写前妻长跪问前夫：“你新娶的妻子又怎么样呢？”话中有话，余恨未消，谴责之意不难看出。接四句，写前夫的回答，表现了前夫喜新厌旧的心理，以及新妻不如前妻的复杂情感。又两句，写前妻的控诉，当时被弃是何等难堪，新人从正门而入，弃妇从小门而出，无端被休。怨尤之情，此刻一吐而快。后六句又写前夫的愧悔表白，前夫从纺织技巧作比较，当然还有多方面的比较，最后说出了“新人不如故”的悔愧之言。

这首诗通过描写弃妇与前夫山道偶遇的场景和对话，反映了古代社会妇女无端被弃的不幸遭遇，揭露了男子喜新厌旧的心理和行径，表达了对劳动妇女地位的同情和声援。诗歌截取生活片段，以对话的形式，表现人物的复杂心理，刻画人物形象，犹如一篇小小说。人物形象性格鲜明，呼之欲出。

（桂郁文）

行行重行行① [汉]古诗十九首

行行重行行②，与君生别离③。
相去万余里④，各在天一涯⑤。
道路阻且长⑥，会面安可知⑦？
胡马依北风⑧，越鸟巢南枝⑨。
相去日已远⑩，衣带日已缓⑪。
浮云蔽白日⑫，游子不顾反⑬。
思君令人老⑭，岁月忽已晚⑮。
弃捐勿复道⑯，努力加餐饭⑰！

注释

①从本篇到《迢迢牵牛星》一首，最早都见于《文选》，题为“古诗”。《文选》载“古诗”十九首，后世每把它们看作一个整体，称之为“古诗十九首”。这些诗大约写在东汉末年建安以前，实非一人一时一地之作。②行行：等于说走啊走啊。重：又。这句是说行而不止。③生别离：活生生的分开。生，硬的意思。④相去：相距，相离。⑤一涯：一方。涯，边际。⑥阻：指道路上的障碍。长：指道路间的距离很远。⑦安：怎么，哪里。知：一作“期”。⑧胡马：北方所产的马。依：依恋的意思。一作“嘶”。⑨越鸟：南方所产的鸟。巢南枝：在向南的枝上筑巢居住。巢，名词用作动词，筑巢。⑩日：一天又一天，渐渐的意思。已：同“以”。远：久。⑪缓：宽松。这句意思是说，人因相思而躯体一天天消瘦，衣带日渐宽松。⑫浮云：原是隐喻邪臣，这里指怕游子在外可能别有所恋，不想回家。白日：原是隐喻君王的，这里喻指未归的丈夫。⑬顾：顾恋、思念。反：同“返”，返回，回家。⑭老：这里指形体的消瘦，仪容的憔悴。⑮岁月：指眼前的时间。忽已晚：流转迅速，指年关将近。⑯弃捐：弃和捐同义，抛弃、丢开。复：再。道：谈说。⑰加餐饭：多吃一些饭，安慰之语。

译文

走啊走啊走不停，你我强硬相分离。
从此相距千万里，好似各在天一方。
路途艰险又遥远，何时相聚哪能知。
北马南来恋北风，南鸟北飞巢南枝。

咱俩相离日益久，身体消瘦衣带松。
难道你会有外遇，因此常年不回家。
越想你来越清瘦，转眼年关又将至。
心里有话不再说，还是加饭多保重。

简析

这是一首思妇诗。诗歌以思妇自述的口吻，委婉真切地抒发了家居妻子对远行丈夫的思念之情。前六句，写离别，着重写离别之痛。首二句，写离别时的情景。丈夫出门远行，妻子送了一程又一程，难割难舍，悲痛万分。次二句，写丈夫将要去很远很远的地方，恩爱夫妻从此天各一方。五、六句，写丈夫的行程路途非常艰险，并且还很遥远，夫妻的能否再次相聚会面实在难以预料。至于丈夫为什么要远行，是求学、求仕、抑或经商？诗中没有交代，但从后面的诗句可以看出，丈夫此次远行，绝非劳役戍边之事，他是为了去追寻更好的生活。而“道路阻且长，会面安可知？”这两句诗，特别耐人寻味，这道路的艰险漫长，不仅指行走的道路，也暗指社会环境的复杂多变、险恶难测。夫妻是否能够再相聚再团圆，无法预期。离别之痛，可想而知。

后十句，写别后，着重写相思之苦。她希望丈夫如“胡马”“越鸟”一样，不忘故土，不忘守望在家的妻子。她因为丈夫离开日久，寝食难安，以至于身体日渐消瘦，原来衣带已经越来越宽松，不能再穿了。她甚至心生疑虑，丈夫在外是否受人离间？是否受人诱惑？是否移情别恋、另有新欢？种种疑惑，皆因相思之苦。她长年累月思念丈夫，转眼又是一年，身体愈加消瘦，容颜日益衰老。她又想到，长此以往日夜相思身体坏了，将来如何面对丈夫？于是自我宽慰，还是要保养身子，多加餐饭！自宽自慰，实属无奈，相思之苦，翻出新意！

《行行重行行》这首诗语言质朴自然，比喻形象贴切。声韵抑扬顿挫，表现了具有时代特点的悲思，谱出了一支哀怨动人、余音不尽的离别相思之曲，具有强烈的艺术感染力和艺术影响力。

（桂郁文）

迢迢牵牛星 [汉] 古诗十九首

迢迢牵牛星①，皎皎河汉女②。
纤纤擢素手③，札札弄机杼④。
终日不成章⑤，泣涕零如雨⑥。
河汉清且浅⑦，相去复几许⑧？
盈盈一水间⑨，脉脉不得语⑩。

注释

①迢（tiáo）迢：形容遥远。牵牛星：在银河南。②皎皎：形容明亮。河汉女：指织女星，

在银河北，与牵牛星隔河相对。河汉，即银河。③纤纤：纤细柔长的样子。擢（zhuó）：摆动。素：洁白。④札（zhá）札：机织声。弄：摆弄。杼（zhù）：织布机上的梭子。⑤章：指布帛上的经纬纹理，这里指整幅的布帛。⑥涕：眼泪。零：落下。⑦清且浅：清又浅。⑧相去：相离，相隔。去，离。复几许：又能有多远。⑨盈盈：形容水光轻盈。一水：指银河。间（jiàn）：间隔。⑩脉脉（mò）：含情相视的样子。

译文

银河南面那遥远的牵牛星，银河北面那明亮的织女星。
织女正摆动柔长洁白双手，织布机的声音在响个不停。
思念牛郎整天织不出布帛，她无声哭泣泪水零落如雨。
银河的水啊清澈又很浅，相隔一条河又能有多远。
在水光轻盈的银河两岸，他们脉脉含情相顾无言。

简析

这是一首叙事诗。诗歌借用神话传说中牛郎织女被银河阻隔而不得一起生活的悲剧故事，写织女星的相思之苦，实际上是在写人世间恩爱夫妻，有情男女横遭阻隔，咫尺天涯，不得团聚相爱的哀怨与愁思。“迢迢”两句，直接入题，写诗人仰望星空之所见。点出诗中的描写对象——遥远而明亮的牵牛星和织女星。“迢迢”“皎皎”，互文见义，都写牛女双星。“纤纤”四句，描写织女织布的情形。这是诗人的想象之辞。诗人仿佛看到织女在用那纤细柔长洁白的双手摆弄着机杼，不停地织呀织，但因相思之苦，哪有心情织布，整日都没有织出布来。织女又在悲伤哭泣，泪如雨零。

最后四句，是诗人的慨叹。银河既清又浅，他们相距并不太远，只不过一水之隔，他们却只能含情相望，不能用言语倾诉衷肠，表达相思。咫尺天涯，相望而不能相聚，相思之苦更为揪心，悲剧色彩更为强烈。

诗歌善用叠词，十句之中有六句皆用叠词。叠词的运用，不仅使诗歌音节和谐，节奏舒缓，具有音韵美，而且体物写人，质朴清丽，具有形象美。

（桂郁文）

观沧海 ［三国・魏］曹操

东临碣石①，以观沧海②。
水何澹澹③，山岛竦峙④。
树木丛生，百草丰茂⑤。
秋风萧瑟⑥，洪波涌起⑦。
日月之行，若出其中⑧。
星汉灿烂⑨，若出其里。
幸甚至哉，歌以咏志⑩。

作者简介

曹操（155—220），字孟德，沛国谯（今安徽亳州）人。著名的政治家、军事家、诗人。他 20 岁举孝廉，后“挟天子以令诸侯”，统一北方，形成了与吴、蜀相峙的三国鼎立局面。“外定武功，内兴文学”，其诗以四言见长，风格慷慨悲壮，富有进取精神，作品体现了建安文学的特色。

注释

①临：登临。碣（jié）石：山名，在今河北省乐亭县西南，现已沉入大海。②沧海：大海。沧同“苍”，海水苍青色，故名沧海。③何：多么。澹（dàn）澹：水波摇荡的样子。④山岛：指碣石山。竦（sǒng）峙（zhì）：高峻挺拔的样子。竦，同“耸”，高。⑤丰茂：丰富茂盛。⑥：萧瑟：形容秋风的声音。⑦洪波：巨大的波涛。⑧若：好像。⑨星汉：银河。灿烂：光辉耀眼。⑩幸甚：非常幸运。幸，庆幸、吉庆。至：极。志：思想感情。这最后两句是合乐时的套语，与诗的内容无关。

译文

来到东海边的碣石山顶，观赏蓝色大海的大千景象。
茫茫大海上碧波万顷，只有山岛高高地耸立海上。
山上到处是繁茂的树木，各种野草正在蓬勃生长。
阵阵秋风发出萧瑟的声音，海面上顿时波涛万丈。
太阳和月亮规规矩矩地运行，似乎都由大海运筹执掌。
银河繁星光辉耀眼，也好像是从大海中起航。
看到这宏伟壮阔景象真是幸运极了，
于是写下这首诗来表达像大海一样的志向。

简析

这首诗写秋天登山观海的景象：海水、山岛、草木、秋风、日月星辰全在眼底，在我国文学史上，曹操之前似还不曾有过这种纯写自然风光的诗歌。它不但通篇写景，而且一洗悲秋的伤感情调，全片沉雄健爽，气象壮阔，独具一格，堪称中国山水诗的最早佳作。

读罢这首诗，我们会体会到曹操的宏阔胸襟和豪迈气概。作者的气度、品格和美学情趣，都是通过汹涌浩荡的景物描写，体现在典型艺术形象之中。

（唐嗣德）

龟虽寿 [三国·魏] 曹操

神龟虽寿①，犹有竟时②；

腾蛇乘雾[3]，终为土灰。
老骥伏枥[4]，志在千里；
烈士暮年[5]，壮心不已[6]。
盈缩之期[7]，不但在天[8]；
养怡之福[9]，可得永年[10]。
幸甚至哉，歌以咏志。

注释

①神龟：传说中的通灵之龟，能活几千岁。寿：长寿。②竟：终结，这里指死亡。③腾蛇：传说中龙的一种，能乘云雾升天。④骥（jì）：良马，千里马。枥（lì）：马槽。⑤烈士：有远大抱负的人。暮年：晚年。⑥已：停止。⑦盈缩：指人的寿命长短。盈，满，引申为长。缩，亏，引申为短。⑧但：仅，只。⑨养怡：指调养身心，保持身心健康。怡，愉快、和乐。⑩永年：长寿。

译文

神龟虽然寿命长，也有生命终结时。
腾蛇纵能乘雾飞，终会死亡化土灰。
衰老良马蹲马棚，壮志犹存奔千里。
抱负远大年老人，进取奋发心不止。
人生寿命有长短，决定不只由上天。
调养身心得益处，可以益寿又延年。
真是幸运到极点，唱起歌来抒我怀。

简析

这是一首富有哲理的四言抒情诗。这首诗是《步出夏门行》的第四章，写于汉献帝建安十二年（207）北征乌桓之后，曹操时年53岁。

《龟虽寿》全诗共十四句，最后两句为合乐时所加，与正文无关，其余十二句，每四句为一节。“神龟”四句，连用两个生动形象的比喻，说明不论何种神物都不可能抗拒死亡的客观规律，人生当然也不免一死。既然如此，人生态度是消极悲观还是积极进取呢？第二节，诗人作了正面、积极的回答。“老骥”四句，比兴兼用，表达了诗人自强不息、老而弥坚的进取精神和英雄气概。这是千古传诵的名句，鼓舞了后代无数的英雄壮士，令人赞赏不已。第三节“盈缩”四句，富于哲理，表达了诗人不信天命，事在人为的积极态度。

诗歌笔力劲健，句挟风雷，慷慨激昂。诗人借神龟、腾蛇、老骥等形象，表现了自己老当益壮、锐意进取的人生态度，抒发了自己生命不息、奋发不止的雄心壮志。诗歌哲理与诗情融为一体，引发共鸣，鼓舞人心。诗歌继承了《诗经》四言诗的传统，同时又赋予了新的时代精神，对后世四言诗的创作产生了积极的影响。

（桂郁文）

七哀诗（其一） [三国·魏] 王粲

西京乱无象[①]，豺虎方遘患[②]。
复弃中国去[③]，委身适荆蛮[④]。
亲戚对我悲，朋友相追攀[⑤]。
出门无所见，白骨蔽平原[⑥]。
路有饥妇人，抱子弃草间[⑦]。
顾闻号泣声[⑧]，挥涕独不还[⑨]。
“未知身死处，何能两相完？”
驱马弃之去，不忍听此言[⑩]。
南登霸陵岸[⑪]，回首望长安。
悟彼下泉人[⑫]，喟然伤心肝[⑬]。

作者简介

王粲（177—217），字仲宣，山阳高平（今山东邹城西南）人，在“建安七子”中以擅长诗赋见称。他出身于豪门士族，少年时便以才学见重于世。17岁时离开长安到荆州避难，依附刘表，历15年而不被重用。刘表卒，劝说刘表之子刘琮归附曹操。曹操任用其为丞相掾（yuàn）属，后位至魏国侍中。公元217年，王粲随曹操东征孙权，途中病亡。由于遭遇乱世，长期作客，他的诗赋里怀乡的内容很重，情调比较悲凉。但也因此能比较深刻地反映当时社会的动乱和人民的苦难。今存诗20多首。有辑本《王侍中集》。

注释

①西京：指长安，西汉时的国都。东汉建都在洛阳，洛阳称为东都。董卓之乱后，汉献帝又被董卓由洛阳撵到了长安。无象：无章法，无体统。②豺虎：指董卓的部将李傕、郭汜等。遘（gòu）患：给人民造成灾难。遘，通“构”，造成。③中国：中原地区。④委身：托身。适：往。委，托付。荆蛮：即指荆州。古代中原地区的人称南方的民族曰蛮，荆州在南方，故曰荆蛮。荆州当时未遭战乱，逃难到那里去的人很多。荆州刺史刘表曾从王粲的祖父王畅受学，与王氏是世交，所以王粲去投奔他。⑤追攀：追逐拉扯，表示依依不舍的样子。⑥蔽：遮盖，遮蔽。⑦弃：丢弃。⑧顾：回头看。号泣声：指孤儿的啼哭声。⑨独不还：偏不肯回身去。⑩“未知”二句：是“饥妇人”的话。两相完：母子两个都保全。完，全，保全。⑪霸陵：汉文帝的陵墓，在汉长安东南，今陕西省西安市灞桥区鹿原西侧。汉文帝是汉朝著名太平盛世的明君，作者这里寄有感慨。岸：高地。⑫悟：领悟，理解。下泉：《诗经·曹风》中的一篇，旧说是一首曹国人盼望贤明君王的诗。下泉人，指作《下泉》的诗人。⑬喟（kuī 丂）然：叹息起来。喟，叹息。

译文

西京长安乱糟糟，李傕等人酿祸殃。
忍痛告别中原地，避难荆蛮去远方。

亲戚对我悲离别，朋友追来牵衣裳。
出门所见无好景，只见白骨遍地躺。
逃难路上逢饥妇，竟把孩儿弃草间。
饥妇回头听儿哭，忍痛挥泪不返还。
“不知自身死何处，哪能母子都保全？”
策马前行离她去，心中不忍听此言。
南登霸陵高凸处，转身翘首望长安。
感悟《下泉》作诗者，叹息时局伤心肝。

简析

东汉献帝初平三年（192），董卓死后，其部将李傕、郭汜等举兵攻入长安，烧杀抢掠，生灵涂炭。次年，王粲离开长安，逃往荆州刘表处避难。这首诗写的是途中所见所闻所感。诗歌首先交代了逃离长安远去荆州的原因，描写了亲戚朋友悲伤乱离、依依不舍的情景。接着重点描写了逃难途中不堪入目、不忍听闻的惨剧。最后是诗人的感叹，意味深长地感叹那太平盛世的难得。

诗中“出门无所见，白骨蔽平原”两句，将战乱日久，死亡惨重之状广角摄入，寓意褒贬。“路有饥妇人”六句，诗人选择饥妇弃子的典型事件进行详细描写，表现了身处战乱、流离失所的百姓包括诗人自己的生死难卜。明朝大臣、学者孙月峰评曰：“亦只是古色妙。古古朴朴，更不着一绮靡语，苍劲有骨力，驱遣全是史笔。”（清·于光华《重订文选集评》）非常中肯。

（桂郁文）

赠从弟[①]（其二） [三国·魏] 刘祯

亭亭山上松[②]，瑟瑟谷中风[③]。
风声一何盛[④]，松枝一何劲！
冰霜正惨凄[⑤]，终岁常端正。
岂不罹凝寒[⑥]，松柏有本性！

作者简介

刘桢（？—217），字公干，东平（今山东东平）人，“建安七子”之一。曹操任为丞相掾属。性格倔强，曾以此获罪。他的五言诗风格遒劲，语言质朴，当时负有盛名，现在只存诗 15 首。有辑本《刘公干集》。

注释

①从弟：堂弟。②亭亭：端正立着的样子。③瑟瑟：形容寒风的声音。④一何：多么。⑤惨凄：凛冽、严酷。⑥罹（lí）凝寒：遭受严寒。罹，遭受。凝，严。

译文

挺拔耸立在山上的青松，近着山谷呼啸的寒风。
风声是多么的强盛，松枝是多么的刚劲！
正值冰霜严酷的时节，青松终年如一挺立端正。
难道是青松没有遭受到严寒？不，松柏自有抗拒严寒的本性。

简析

这是一首赠答诗，也是一首咏物诗。

诗歌前四句主要写松树的外在形象。首二句，描写松树傲岸挺拔于高山上的雄姿和它生长的恶劣环境。次二句，描写风声的强盛和松柏的刚劲。两相较量，表现了松树顽强不屈的高大形象。后四句，主要描写松树的内在品格。第五、六句，写松树即使在严寒冰霜的时节，却总是终年如一挺拔耸立，表现了松树不惧严寒、战胜严寒的铮铮傲骨。末两句，直接赞美松树的内在品格。它迎霜斗雪，傲然挺立，不是没有遭受严寒，而是具有与生俱来的不畏严寒的可贵本性。

这首诗题为《赠从弟》，有赞美和共勉两重意思。诗歌用简练的语言通过对山上松树的描写歌颂，赞美了堂弟的品格，以坚贞高洁共勉，表现了作者美好的理想追求。

松柏这一形象，在中国诗歌传统中，常用来象征坚贞不屈的英雄气概和高洁顽强的美好人格。无产阶级革命家陈毅有一首《青松》诗："大雪压青松，青松挺且直。要知松高洁，待到雪化时。"既具有传统的象征意味，又赋予了新的时代精神。

（桂郁文）

燕歌行[1] [三国·魏] 曹丕

秋风萧瑟天气凉[2]，草木摇落露为霜[3]。
群燕辞归鹄南翔[4]，念君客游思断肠[5]。
慊慊思归恋故乡[6]，何为淹留寄他方[7]？
贱妾茕茕守空房[8]，忧来思君不敢忘，
不觉泪下沾衣裳。
援琴鸣弦发清商[9]，短歌微吟不能长。
明月皎皎照我床，星汉西流夜未央[10]。
牵牛织女遥相望，尔独何辜限河梁[11]。

作者简介

曹丕（187—226），即魏文帝，字子桓，曹操次子，谯（今安徽亳州）人。汉献帝建安中任五官中郎将、副丞相，后立为魏王太子。曹操卒，嗣位为丞相、魏王。不久代汉称帝，国号魏，在位七年。曹丕为建安文学代表人物之一，其诗以深婉细致见长。又作有《典论》，开综评作家作品之风气，所言“文章经国之大业，不朽之盛举”，提高了文学的社会地位。其诗体式多样，现存完整的诗歌约40首。《燕歌行》一诗草创七言诗句的完整形式，具有继往开来的作用。

注释

①燕歌行：属《相和歌·平调曲》。燕是北方的边地，征戍不绝，因此《燕歌行》大多用来写离别之情。这一首诗是写妇人在秋夜怀念远客他乡的丈夫，是言情的名作。②萧瑟：风声。③摇落：凋残。④鹄（hú）：天鹅。一作“雁”。⑤思断肠：一作“多思肠”。⑥慊（qiàn）慊：恨，不满的样子。⑦何为：一作“君何”。⑧茕（qióng）茕：孤独。贱妾：妇人自称的谦辞。⑨援：取。清商：乐调名。清商音节短促，所以下句说“短歌微吟不能长。”⑩星汉西流：银河在向西流转，表示夜深了。未央，未尽。⑪尔：指银河两边的牵牛星和织女星。何辜：何故。河梁：河上的桥。限河梁：意谓平日银河无桥，受此限制，牛郎织女不能相会。

译文

秋风怒号天气寒凉，草木凋残白露为霜。
燕子辞归大雁南飞，思念丈夫痛断肝肠。
他远在异地定会思归，为什么迟迟不回故乡？
我茕茕孑立独守空房，思念不已泪沾衣裳。
本想弹唱来排遣忧伤，哀怨无限低吟短唱。
皎洁的明月空照我床，夜色深沉银河转向西方。
牛郎织女遥遥相望，为何不为他们架上桥梁。

简析

本诗写得情意委婉，包孕深厚。沈德潜《古诗源》云：“子桓诗有文士气，一变乃父悲壮之习矣。要其便娟婉约，能移人情。”这就道出了曹丕与曹操在诗歌创作上的不同风格。少妇思夫本是古诗中常见的内容，诗人在这首诗中表现这一内容时，别有见地，景和情的有机结合，情和景的互相渗透，使伤心的事、难言的愁和细腻的情都表现得缠绵悱恻，凄婉动人。这首诗在艺术上巧开妙境，因此能在众多的古代言情诗中占有十分重要的地位。

本诗获得后世人的注意，不仅是因为它是中国文学史上第一首完整的七言诗，还因为它在声韵上独具一格，句句用韵，一韵到底，音节和谐流畅、美妙动听。

（唐嗣德）

杂诗·南国有佳人 ［三国·魏］曹植

南国有佳人[①]，容华若桃李。
朝游江北岸[②]，夕宿潇湘沚[③]。

时俗薄朱颜[4]，谁为发皓齿[5]？
俯仰岁将暮[6]，荣耀难久恃[7]。

作者简介

曹植（192—232），字子建，曹操第三子。少聪慧，10岁能诵读诗论及辞赋数十万言。他是建安时期最负盛名的作家，被誉为“建安之杰”，今存诗80多首。前期作品多表现他的政治抱负、远大志向，后期作品多诉说自己怀才不遇、壮志难遂的悲愤哀苦心情。诗作声调和谐，韵节响亮，对五言诗的发展有重要贡献。

注释

①南国：南方。屈原《橘颂》：“后皇嘉树，生南国兮。”②江：长江。③潇湘沚：潇水、湘江中的小洲。沚，水中的小洲。④薄：鄙薄。朱颜：红颜，美色。⑤发皓齿：言笑或歌唱。皓，洁白、明亮。⑥俯仰：一俯一仰之间，形容时间短暂。⑦恃（shì）：依仗。

译文

南方有一位美丽的女子，姣好的容颜如同盛开的桃李。
早晨她游历于长江北岸，晚上她留宿在潇湘的小洲。
当时的风气瞧不起女子的美丽，没有谁赏识她能说善唱的才能。
时光流逝一年又将过去，美貌与才华终究难以永存。

简析

这首诗是曹植《杂诗》六首中的第四首，是曹植后期作品。诗歌运用比喻手法，表现了诗人怀才不遇的苦闷。开首二句，诗人自况佳人，佳人的容貌艳若桃李之花，比喻自己才能的杰出。“朝游”二句，写佳人的游踪，表现佳人有抱负、有追求，但又不被重视，形单影只，如同流放。“时俗”二句，写时俗本来如此，佳人的容貌和能说会唱的才华都不为世人赏识，比喻诗人的怀才不遇。“俯仰”二句，写时光如梭，韶华易逝，佳人的容貌和才华不能长久依仗，寄寓了自己盛年时无法施展抱负和才能的深沉慨叹。

这首诗在构思和写法上深受屈原诗歌的影响。诗歌第三、四句与屈原《涉江》非常相似，《涉江》有“旦余济乎江湘”“朝发枉渚兮，夕宿辰阳”的诗句。诗歌其他诗句也可在屈原的《湘君》《湘夫人》《离骚》等诗篇中找到类似的句子。美人香草的意象往往比喻贤能之士。“美人迟暮”出自《离骚》“惟草木之零落兮，恐美人之迟暮”。曹诗末两句与之命意相通，如出一辙。

（桂郁文）

野田黄雀行 [三国·魏] 曹植

高树多悲风，海水扬其波。利剑不在掌[1]，结友何须多？

不见篱间雀，见鹞自投罗[2]。罗家得雀喜，少年见雀悲。
拔剑捎罗网[3]，黄雀得飞飞。飞飞摩苍天[4]，来下谢少年。

注释

①利剑：锋利的剑。这里比喻权力。②鹞：比鹰小一点的一种非常凶狠的鸟类。③捎：挥击。④摩：迫近。“摩苍天”是形容黄雀飞得很高。

译文

高高的树木时常受到狂风的吹袭，
平静的海面被吹得不住地波浪迭起。
宝剑虽利却不在我的手掌之中，
无援助之力而结交很多朋友又有何必？
你没有看见篱笆上面那可怜的黄雀，
为躲避凶狠的鹞却又撞进了网里。
张设罗网的人见到黄雀是多么欢喜，
少年见到挣扎的黄雀不由心生怜惜。
拔出利剑对着罗网用力挑去，
黄雀才得以飞离那受难之地。
振展双翅直飞上苍茫的高空，
获救的黄雀又飞来向少年表示谢意。

简析

史载建安二十四年（219），曹操借故杀了曹植亲信杨修，次年曹丕继位，又杀了曹植知友丁氏兄弟。曹植身处动辄得咎的逆境，无力救助友人，深感愤忿，内心十分痛苦，只能写诗寄意。他有意在诗中塑造了一位“拔剑捎罗网”、拯救无辜者的少年侠士，借以表达自己的心曲。此诗开端，诗人以“高树多悲风，海水扬其波”的意象渲染出浓郁的悲剧气氛，隐喻当时政治形势的险恶；而少年拔剑捎网的形象则寄寓着诗人冲决罗网、一试身手的热切愿望。此诗意象高古，语言警策，急于有为的壮烈情怀跃然纸上。

（肖建辉）

七步诗[1] ［三国·魏］曹植

煮豆持作羹[2]，漉豉以为汁[3]。
其在釜下燃[4]，豆在釜中泣[5]。
本是同根生，相煎何太急[6]！

注释

①七步诗：曹植早年很受曹操喜爱，曾几次欲立其为太子。曹丕做了皇帝以后，对胞弟曹植一直心怀忌恨。有一次，他命曹植七步之内作诗一首，如果做不到就将行以“大法”(处死)，而曹植不等其话音落下，便应声吟咏出这首讥讽骨肉相残的诗，后世称之为《七步诗》。②羹（gēng）：用肉、菜等做成的带汁的食品。③漉（lù）：让水慢慢地渗下。这里指滤下煮豆的汁液。豉（chǐ）：豆豉，煮熟后的黄豆经过发酵制成的一种调味品。④萁（qí）：豆茎，豆秸。釜（fǔ）：古代的一种锅。⑤泣：小声哭。是对水接近沸腾时的响声的拟人化说法。⑥煎：煎熬，这里含有逼迫的意思。

译文

煮熟黄豆拿来做羹汤，把过滤的豆豉水作为调味的液汁。
豆的秸秆向着锅底燃烧，豆子在锅里悲伤地哭泣：
我和你本来是同一条根上生出来的，
你为什么把我熬煎得这样狠急！

简析

这首诗通过生动浅显的比喻，抒发了作者对胞兄曹丕残酷迫害自己的满腔悲愤，表达了希望兄弟之间和睦相处的强烈愿望。其设喻之巧，用语之妙，而且在刹那间脱口而出，一气呵成，实在令人叹服。“本是同根生，相煎何太急”这一肺腑之言，富有说服力，千百年来流传广泛，已成为人们劝解避免兄弟反目、自相残杀的黏合剂。

（唐嗣德）

咏怀[1]（其一）［三国・魏］阮籍

夜中不能寐[2]，起坐弹鸣琴。
薄帷鉴明月[3]，清风吹我襟。
孤鸿号外野[4]，翔鸟鸣北林[5]。
徘徊将何见？忧思独伤心。

作者简介

阮籍（210—263），字嗣宗，陈留尉氏（今河南尉氏）人。“建安七子”之一阮瑀的儿子，与嵇康等称“竹林七贤”。魏高贵乡公曹髦即位时曾封关内侯，任散骑侍郎。他本有济世壮志，但迫于司马氏黑暗统治，只能谈玄纵酒，故作狂放，以反对当时的政治和虚伪的礼教，为此几乎被杀。他曾慕步兵营人善酿酒而求为步兵尉，所以世称“阮步兵”。有辑本《阮步兵集》。

注释

①《咏怀诗》共82首，是阮籍生平诗作的总集，不是一时一地之作，但从思想内容及表达口吻看，大部分作于晚年，只有少数篇章可能是早期作品。这组诗用比较隐蔽曲折的比兴手法，表达了自己的抱负与苦闷，暴露和抨击了当时的黑暗社会，但是也流露了不少远害全身的消极思想。②夜中：中夜、半夜。③薄帷：薄薄的帐幔。鉴：照见。④孤鸿：失群的大雁。号：鸣叫、哀号。⑤北林：北面的树林。《诗经·秦风·晨风》，“鴥（yù）彼晨风，郁彼北林。未见君子，忧心钦钦。”“北林”因此又暗含着思念与“忧心”的意思，后人往往用“北林”一词表示忧伤。翔鸟，飞翔盘旋着的鸟。鸟在夜里飞翔正因为月明。

译文

半夜里不能入睡，起身我坐下弹琴。
薄薄的帷帐照见一轮明月，凉凉的清风吹拂我的衣襟。
失群的大雁悲号于野外，飞翔的鸟儿哀鸣于北林。
心神不定能有何物可见？忧思重重使我独自伤心。

简析

这是一首咏怀诗，诗歌表现了诗人生活在黑暗现实中的内心苦闷，反映了诗人幽寂孤愤心境，难以排遣的忧思。诗歌以半夜无法入睡，起坐弹琴开篇，勾勒出诗人的自我形象，表现了诗人内心的苦闷与被压抑。“薄帷鉴明月，清风吹我襟”，在漫无边际的黑暗之中，明月相照，清风吹来，似有一种清新爽快之感，然而，这非但没有缓解诗人胸中的郁结，反倒更增添了一种悲凉、落寞的意味，使诗人莫名的忧苦更加深重了，苦闷忧思仍然难以排遣。“孤鸿”“翔鸟”二句，渲染出一种令人恐怖的环境气氛，衬托出诗人忧虑的心境。最后两句，是全诗的归结，将诗人的所为目接耳闻心感一并统摄。一切的一切，都使得诗人更加苦闷，更加孤愤，最后诗人只得发出“忧思伤我心”的悲慨长叹！

钟嵘《诗品》中称阮籍《咏怀诗》的风格是“言在耳目之内，情寄八荒之表”，是为恰切。诗人善用比兴、象征等手法，含蓄曲折地表现了当时忧愤悲伤的心境。言近旨远，若详察，更有深悟。

（桂郁文）

咏怀（其三十一）［三国·魏］阮籍

驾言发魏都[①]，南向望吹台[②]。
箫管有遗音[③]，梁王安在哉[④]？
战士食糟糠，贤者处蒿莱[⑤]。
歌舞曲未终，秦兵已复来。
夹林非吾有[⑥]，朱宫生尘埃。
军败华阳下[⑦]，身竟为土灰。

注释

①言：语助词，无实义。魏都：指战国时魏国都城大梁（今河南省开封市）。②吹台：战国时魏国的建筑，魏王宴乐的地方，遗址在今开封市东南。此台又称繁台，范台。③遗音：指战国时遗留下来的音乐。④梁王：即魏王，旧说是指魏王婴。⑤蒿莱：草野。⑥夹林：吹台中的林苑。吾，代魏王自称。⑦华阳：在今河南省新郑市东。公元前273年，秦兵围大梁，破魏军于华阳，斩首十五万，魏割地求和。

译文

驾车出发大梁城，向南前行观吹台。
台上乐曲传至今，当年梁王在哪里？
战士浴血吃糟糠，贤德能人处草野。
轻歌曼舞未结束，秦兵又来围都城。
夹林苑囿非我有，朱门宫殿生尘埃。
魏军溃败华阳下，十万将士成土灰。

简析

这是一首意义深刻的咏史诗。诗人借凭吊战国时魏国古迹吹台，抒发对时政的慨讽。诗人所写昔日之魏国梁王为寻求享乐兴建吹台，笙箫管弦，轻歌曼舞，不重士兵，不用贤才。可是，歌舞未终，秦兵复来，最后国破家亡，军败华阳，梁王无数将士化为土灰。箫管遗音仿佛萦绕在耳，梁王早已不复存在，寄寓了盛衰兴亡的感慨。诗人今日所处之曹魏，明帝曹叡大营宫室，腐化奢靡，国事废弛。曹魏实行九品中正制，上品无寒门，下品无士族。选官只看出身而不论才能，寒门贤士进身无门，弃置草野。诗中“战士食糟糠，贤者处蒿莱”，既是对战国时的魏国的批判，也是当时政治的写照。虽然曹魏暂时还没有像战国时魏国那样惨败。但如果不吸取历史教训，国破家亡为期不远。诗人阮籍正是目睹了这种江河日下的时局，引发了自己的忧思，诗歌便以战国时魏国比喻三国时魏国，以梁王比喻魏君，以古讽今，表现了一位正直之士的家国忧患，寄寓了历史兴亡的深沉感慨，希望曹魏王朝不要重蹈覆辙。

（桂郁文）

情诗[1]（其五）［晋］张华

游目四野外[2]，逍遥独延伫[3]。
兰蕙缘清渠[4]，繁华荫绿渚[5]。
佳人不在兹[6]，取此欲谁与[7]？
巢居知风寒[8]，穴处识阴雨[9]。
不曾远别离，安知慕俦侣[10]？

作者简介

张华（232—300），字茂先，范阳方城（今河北霸州）人，早年生活贫苦，因得到阮籍的赏识，渐为时人所重。他博闻强识，有政治才能，晋统一后，声望很高，曾任中书监令，并因伐吴有功封侯。后因拒绝参与赵王司马伦和孙秀的篡夺阴谋被害。著有《博物志》等。诗歌今存30多首，思想内容比较一般，情调舒缓，工于写情状物，也偶有几篇艺术上清新或具有一定现实内容的作品。有辑本《张司空集》。

注释

①情诗共5首，都是游子思妇的主题。②游目：放眼远眺。③逍遥：自由自在。延伫：久立。④蕙：香草名，和兰同类，暮春开花，色香比兰花淡些。缘清渠：沿着清渠生长。⑤繁华：盛开的花朵，指兰蕙。华：即花。荫：遮，覆。渚：水中小洲。⑥佳人：美女，此处指作者的妻子。兹：此。⑦谁与：与谁，赠谁。⑧巢居：指鸟类。鸟雀筑巢树梢，易知风寒。⑨穴处：指虫蚁等。虫蚁深处洞穴，能预知阴雨。⑩慕：思慕。俦侣：指夫妻。

译文

放眼远眺四周郊外的景色，自由自在一个人久久伫立。
兰草蕙草沿着清澈的水渠生长，盛开的花朵覆盖了水中的小洲。
我那亲爱的妻子不在这里，采摘鲜花又能送给谁人？
鸟儿筑巢树梢容易知道风寒，虫蚁深处洞穴就能预知阴雨。
没有经受远别分离的夫妻，哪里知道思慕夫妻长相厮守的苦衷？

简析

张华的这首《情诗》抒发了远游丈夫思念居家妻子的真情实感。前六句，写游夫思妇，诗中的游夫，在他游目异地山川之形，眼观兰蕙繁花之景的时候，引发情思，遗憾而叹：妻子不在身边，采花无人可赠。可见远游丈夫用情之专一。这是以“乐景写哀”的艺术表现手法，起到了“倍增其哀”的表达效果。后四句，作者连用两个比喻，以“巢居”“穴处”比喻“远别离”，说明只有“巢居”才“知风寒”，只有“穴处”才“识阴雨”，只有夫妻“远别离”，才知“慕俦侣”之苦。但最后两句诗人用的是反诘句式，更有一种隽永深长的味韵，恩爱夫妻，终身厮守，永不分离，幸莫大焉！

（桂郁文）

赴洛道中作①（其二）［晋］陆机

远游越山川，山川修且广②。
振策陟崇丘③，案辔遵平莽④。
夕息抱影寐⑤，朝徂衔思往⑥。

顿辔倚嵩岩[⑦]，侧听悲风响。
清露坠素辉[⑧]，明月一何朗[⑨]。
抚枕不能寐，振衣独长想[⑩]。

作者简介

陆机（261—303），字士衡，吴郡华亭（今上海松江）人，西晋太康时期著名文学家、书法家。祖父陆逊，父亲陆抗，都是东吴名将。吴灭后，居家读书十年。太康末与弟入洛阳，文才倾动一时，世称“二陆”。曾任平原内史。“八王之乱”时从成都王司马颖讨伐长沙王司马乂，任后将军，河北大都督。兵败，被诬遇害。

西晋作家中，陆机的诗歌留存最多，共104首，最能代表太康时期缺少政治内容、偏重于艺术形式的诗风。长于拟古，但也有少量感受新鲜的作品，他的《文赋》在古代文学理论的发展中有一定贡献。有《陆士衡集》，近人郝立权有《陆士衡诗注》。

注释

①洛：洛阳。太康十年（289）陆机离开故乡吴郡前往洛阳，途中写了两首诗，本书选的是第二首。②修：长。③振策：挥动马鞭。陟（zhì）：登上。崇丘：高丘、高岗。④案辔：意思是扣紧马缰使马缓行或停止。案，通“按”。辔（pèi），马缰绳。遵：沿着。平莽：平坦广阔的原野。⑤夕：傍晚。抱影：守着影子。寐：入睡。⑥徂（cú）：往，行走。这里指启程。衔思往：含着更深的乡思走上旅途。衔思，心怀思绪。⑦顿辔：驻马，拉住马缰使马停下。倚：斜靠。嵩岩：即指岩石。嵩：泛指高山。⑧清露：清凉的露水。素辉：白色的亮光。这里指月光，或月光中露珠的形象。⑨一何：多么。朗：明亮。⑩振衣：振衣去尘，指不寐而起。

译文

赴洛阳越过了道道山川，这山川既绵长又多宽广。
挥马鞭登上那高高山丘，扣缰绳行走在平坦原野。
傍晚时好孤独抱影而寐，到早晨怀忧思又向前往。
停下马斜靠在高高山岩，侧耳听那秋风瑟瑟作响。
清露珠往下落闪耀白光，这明月又多么皎洁明朗。
抚摸枕我不能进入梦乡，披起衣心惆怅独自长想。

简析

这首诗是诗人被迫离别故园远赴洛阳途中的借景抒怀之作，表现了思乡念亲之情和对前途未卜的忧虑。开头四句，概括叙写诗人赴洛道中挥鞭策马飞度山川的情景。前两句写远赴洛阳。山川绵长而辽阔，表现了行程广远，千里迢迢，山一程，水一程，时而高山，时而平地，写出诗人策马而行的艰辛，活现了诗人仆仆风尘的形象。“夕息”二句，写诗人夜晚抱影而寐，早晨凄楚登程。表现了是诗人的孤独，寂寞和忧伤的复杂情思。“顿辔”两句，写驻马休息的情形，依着高岩，耳听悲风，表现出诗人对前途莫测的忐忑心情。最后四句转入抒写旅途夜宿的情景，是上面“夕息抱影寐”的详述和发展。前两句渲染月夜的环境气氛，草木清露欲滴，闪着白光，皓月当空，犹如白昼。后两句写诗人抚枕，不能入眠，只得披衣而起，独自忧思长想，表现了诗人的内心很不平静。

诗歌描绘了抒情主人公的自我形象，委婉含蓄地表现了自己的情思。借景抒情，凄切动人。语言精美婉约，不愧为陆机的代表之作。

（桂郁文）

咏史[1]（其二）［晋］左思

郁郁涧底松[2]，离离山上苗[3]。
以彼径寸茎[4]，荫此百尺条[5]。
世胄蹑高位[6]，英俊沉下僚[7]。
地势使之然[8]，由来非一朝。
金张藉旧业[9]，七叶珥汉貂[10]。
冯公岂不伟[11]，白首不见招。

作者简介

左思（约250—约305），字太冲，临淄（今山东淄博）人。出身寒素，后因妹左棻（fēn）入宫为妃，移居京都，曾以十年时间写成《三都赋》，一时洛阳为之纸贵。晚年退居在家，专意典籍，不问世事。他的诗今存14首，表达自己建功立业的抱负，揭露和讽刺门阀统治的不合理，显示出蔑视士族权贵的英雄气概。风格高亢雄迈，语言精切，形象鲜明。作品主要见于《文选》和《玉台新咏》。

注释

①咏史，咏叹古人古事以抒发自己见解与抱负的一种题目，这组诗共8首，是诗人早年作品。②郁郁：严密浓绿的样子。涧：两山之间。涧底松：比喻才高位卑的寒士。③离离：下垂的样子。山上苗：山上小树。苗，初生的草木。④彼：指山上苗。径：直径。径寸：直径一寸。径寸茎：即一寸粗的茎。⑤荫：遮蔽。此：指涧底松。条：树枝，这里指松树。⑥世胄（zhòu）：世族子弟。胄，后裔。蹑（niè）：履、登，有继步的意思。⑦沉下僚：沉没于下级的官职。下僚，下级官员，即属员。⑧地势：地理形势，即地势高低。⑨金：指汉代金日磾（jīn mì dī），他家自汉武帝到汉平帝，七代为内侍（见《汉书·金日磾传》）。张：指汉张汤，自汉宣帝以后，他家有十余人为侍中、中常侍。《汉书·张汤传赞》云："功臣之世，唯有金氏、张氏亲近贵宠，比于外戚。"⑩七叶：七代。珥（ěr耳）：插。珥汉貂：汉代侍中、中常侍的帽子上，皆插貂尾。⑪冯公：汉朝冯唐，文帝时他年已70左右，仍是小官作中郎署长。伟：奇，人才出众。招：指被皇帝召见重用。

译文

茂盛的松树生长在山涧底，风中低垂摇摆着的小苗生长在山头上。

小苗那径寸的树身，却能遮蔽高大的青松。

贵族世家的子弟能凭借出身获得高官厚禄，有才能的人出身低微只能做下官小吏。

这是因为出身的不同使他们这样的，这种情况由来已久，并非一朝一夕。

汉代金日磾和张世安两位世家，就是依靠祖上的遗业，子孙七世继承高官。

汉文帝时的冯唐难道不是出众的人才吗？但因为出身寒微，白了头发仍不被重用。

简析

这是一首咏史抒怀之作。诗歌可分为三层。第一层，开头四句，起兴作比。先言“涧底松”和“山上苗”因生长地势的不同所造成的境遇不同，引出后面两层的“咏史”；以处于涧底的百尺苍松，比喻出身寒微的有才能的士人，以长在山上的茂盛的径寸小苗，比喻世家贵族子弟。第二层，中间四句，普遍对照。直接揭露和鞭挞当时的门阀制度所造成的普遍皆然的不合理的社会现实。世家贵族子弟登上高官显位，寒门有才的士人沉没在低职下位，这就像自然界中的“山上苗”与“涧底松”的生存状态一样，根深蒂固，由来已久。第三层，最后四句，典型对比。运用对比手法，用典型史实，进一步揭露当时存在的不平等的社会现实。

诗歌运用比兴、对比手法，对当时的“上品无寒门，下品无士族”的不平等、不合理的黑暗的社会现实进行了无情的揭露和抨击。诗人冷眼谛视，大胆揭露，抒发了愤愤不平的深沉慨叹。

（桂郁文）

思吴江歌 [晋] 张翰

秋风起兮木叶飞①，吴江水兮鲈正肥②。
三千里兮家未归，恨难禁兮仰天悲。

作者简介

张翰（生卒年不详），西晋文学家。字季鹰。吴郡吴县（今江苏苏州）人。性格放纵不拘，时人比之为阮籍，号“江东步兵”。齐王司马冏执政，召授为大司马东曹掾。当时王室争权，张翰托言见秋风起而思吴中“莼羹”③、鲈鱼，弃官还乡。张翰的归乡既有放达情性的一面，又有惧祸避乱的一面。

注释

①木叶：树叶。②鲈：即桂花鱼，古名银鲈、玉花鲈。体侧扁，巨口细鳞，身有桂花色纹，肉肥嫩鲜美。③莼羹：即莼菜汤。莼，一种水生植物，叶椭圆，柔滑味美。

译文

秋风起，树叶飞，吴江的鲈鱼鲜又肥。

离家三千里，想回未能回。思念家乡的愁和恨，怎么也压抑不住，只能向天叹悲！

简析

《思吴江歌》是西晋诗人张翰的诗作。此诗表达了作者思归之情，此诗似是最早的七言四句押同部平声韵的作品，虽然句句用韵，句句有“兮”，未脱楚歌格调，但毕竟是向后来的七绝体式前进了一步。

（肖建辉）

兰亭诗① [晋] 王玄之

松竹挺岩崖②，幽涧激清流③。
萧散肆情志④，酣畅豁滞忧⑤。

作者简介

王玄之（生卒年不详），东晋著名书法家王羲之的长子，会稽（今浙江绍兴）人。少嗜学，性聪颖，才思横溢，善诗能文，挥笔而就。英年早逝，其生平事迹无从考。

注释

①兰亭：位于会稽郡山阴（今浙江绍兴市西南二十余里的兰渚山麓）。兰亭诗：晋穆帝永和九年（353）的三月三日，王羲之、孙绰、谢安与孙统等41人，在兰亭举行诗酒雅会，与会诸君临流赋诗，作者结集为《兰亭诗集》，王羲之为此集写下千古留名的《兰亭集序》。王玄之参与盛会并作《兰亭诗》，是《兰亭诗集》中之一篇。②挺：直立高耸。岩：巨石凸起形成的山峰。崖：高山陡壁的侧面。③幽涧：深邃的山间沟壑。涧：山间水沟。激：奔泻。④肆：毫无顾忌。⑤酣畅：舒畅痛快。豁（huō）：全部舍弃。滞忧：积郁在心里的忧愁。

译文

松竹矗立在岩崖之上，深涧中奔泻出一股清流。
淋漓尽致地抒发情志，抛弃心里所有的烦恼忧愁。

简析

诗的前两句，作者以独特的审美视角写兰亭秀美雄奇的物象。首句写松竹矗立于岩崖之上，这不仅是实写，而且富有象征意义。松竹不畏严寒，凌雪傲霜，足见凛气厚，风骨之刚；而在天朗气清、惠风和畅之时，更显出生生不息的风采。一个“挺”字，作者既巧妙地摄下了春景中这一特写镜头，又对松竹加以重塑，一种挺拔、傲岸的风姿耀人眼目，倾注了无限赞美之情。次句写幽涧中的急流。幽涧当以“岩崖”中化出，由于此地有崇山峻岭，才有幽涧，才有清流急湍。一个“激”字，写流水之疾急，活现出了山涧清流奔涌飞泻的雄姿。这开头两句选取兰亭的典型景物进行刻画，简洁明快，含情带意，表达了作者那种高洁儒雅、耿介不随、坚贞自守的襟怀。

诗的后两句，作者以自己的体察感受，表达了在美好的自然与人文环境中所获得的审美愉悦之情。欣于所遇，感物抒怀，笔势飘逸。“萧散”“酣畅”“肆”“豁”等这些词语，组构成一幅畅快释怀、言行举止不受任何羁束、一切烦恼忧愁抛诸九霄的意象图，将兰亭之美景及宴饮的气氛，升华到山水审美情趣的层面，开拓了山水诗的美学内涵。《兰亭诗集》中王微之的“散怀山水，萧然忘羁”，王蕴之的“散豁情志畅，尘缨忽已捐”等，也表达了这种在山水陶冶中忘却忧愁的情愫。王羲之在《兰亭集序》中写道：“一觞一咏，亦足以畅叙幽情”，“游目骋怀，足以极视听之娱”，则高度概括了与会文人的共同心声。

这首诗的艺术水平并不高。但作者以清新朴素的语言，如实地描绘了这次兰亭盛会临流畅饮、赋诗抒怀的愉悦场面，并直抒襟袍，挚情灼人。这是值得借鉴的。

（唐嗣德）

桃叶歌[①] ［晋］王献之

桃叶映红花[②]，无风自婀娜[③]。
春花映何限[④]，感郎独采我[⑤]。

作者简介

王献之（344—386），字子敬，东晋著名书法家王羲之的第七子，会稽（今浙江绍兴）人。少有盛名，高迈不羁。七八岁时学书，工草隶，善丹青。初为州主簿，又任秘书郎、丞相，谢安请之为长史。官历建威将军、吴兴太守、中书令，卒于官。因书法、文学多有建树，与其父并称“二王”。《先秦汉魏晋南北朝诗》辑得其诗四首。

注释

①桃叶歌：东晋乐府“清商曲辞·吴声歌曲”中的一个曲调。据《乐府诗集》引《古今乐录》，该曲调系东晋中期王献之所作，有歌词三首，本篇是其中之一。②桃叶：王献之的爱妾名，天生俏丽，楚楚动人。③婀（ē）娜（nuó）：随风摇曳的样子。古诗《为焦仲卿妻作》：“四角龙子幡，婀娜随风转。”④春花：春天盛开的百花，喻指娇艳动人的众多美女。⑤感：感动，感激。郎：指王献之。

译文

桃树的绿叶和红花相互应和，春风未动独自尽情婀娜。
青春时节美女如云激情似火，感谢你把爱单单给了我。

简析

中国古典爱情诗浩如烟海，王献之的这首《桃叶歌》是大海中一颗珍奇的珠贝。这首诗以女主人公桃叶的口吻运笔，尽情抒写桃叶对王献之忠贞爱情的珍惜和无限感激之情。前两句表面上是写桃树，实际上是以比喻手法刻画王献之的爱妾桃叶的娇媚艳丽：体态轻盈，花容月貌，婀娜多姿。后两句写春天百花盛开，在明媚的阳光下，焕发光彩的鲜花千姿百态，品类繁多，令人目不暇接；可是郎君千里挑一唯独喜爱、采撷我（桃叶），而且情有独钟，多么使人感动啊！全篇短短四句，通过生动的比喻，把桃叶的美丽、王献之与桃叶两人间的情爱表现得淋漓尽致，语短情长，堪称佳品。

爱情是一个十分严肃的人生课题，爱情是一场火与血的考验。王献之出身名门，当高官，享厚禄，但他能摆脱森严的礼法束缚，敢于表达对社会地位十分低下的婢妾桃叶的情爱，并经常无微不至地呵护她。王献之《桃叶歌》另有两首，其一为："桃叶复桃叶，渡江不用楫。但渡无所苦，我自迎接汝。"王献之府邸与桃叶的娘家分别在今南京市秦淮河之两岸，每当桃叶回娘家和返还府邸时，王献之都会在渡口边送往迎来，殷勤切切。如此情深义重，令人感佩。王献之与桃叶的情爱故事，给人们以深刻的启迪：在爱情生活中，美貌、青春、荣誉和地位都是最吸引人的。但真正的爱，皱纹白发遮不住，风霜雨雪推不动，坎坷窘困打不退，时光日月磨不掉。这种休戚相关、患难与共的爱情，这种坚贞的、经得起各种考验的爱情，才是纯粹圣洁的爱情！

（唐嗣德）

归园田居（其三）［晋］陶渊明

种豆南山下①，草盛豆苗稀②。
晨兴理荒秽③，带月荷锄归④。
道狭草木长⑤，夕露沾我衣⑥。
衣沾不足惜⑦，但使愿无违⑧。

作者简介

陶渊明（365—427），字元亮，名潜，号五柳先生，浔阳柴桑（今江西九江）人。曾三次出仕，后因不满当时的黑暗现实，弃官归隐。著有《陶渊明集》，现存诗120多首。他的诗多描绘自然景色及其在农村生活的情景，是山水田园诗的开创者。其艺术特色兼有平淡与爽朗之胜，语言质朴自然而又极为精炼，不愧为后人之范本。

注释

①南山：指庐山。②稀：稀少。③晨兴：早起。荒秽：荒芜。秽，杂草很多。④带：一作"戴"，披。荷锄：扛着锄头。荷：掮；扛着。⑤狭：狭窄。草木长：草木丛生。长，生长。⑥夕露：傍晚的露水。沾：（露水）打湿。⑦足：值得。⑧但：只。愿：即指"归园田居"的意愿。违：违背。

译文

我种豆子南山下，杂草茂盛豆苗稀。
早起下地除杂草，披着月色扛锄回。
山道狭窄草木长，夜露沾湿我衣裳。
衣裳沾湿不足惜，只要心愿不得违。

简析

《归园田居》组诗5首约作于晋安帝义熙元年（405），诗人从彭泽弃官归隐后的第一年，时年42岁。本篇是组诗中的第三首。这首诗描写了诗人归隐之后躬耕劳作的情景：南山种豆，杂草茂盛，豆苗稀疏，日出而作，日没而息。山道狭窄，夜露湿衣。可见诗人归隐园田，耕种经验尚不足，自然更为艰苦。但诗人乐得其所，庆幸自己实现了摆脱世俗官场的意愿。诗歌表现了诗人对黑暗污浊官场的厌恶，对躬耕田园的纯朴生活的欢愉。

值得探究的是，这首诗体现了组诗的真正旨趣，大有深意。"这首诗暗中融化了东汉著名学者杨恽因作'种豆诗'而被腰斩的悲剧故事。'种豆诗案'是中国历史上第一场文字狱。杨恽被朝廷免职后，家居治产，以财自慰，好友孙会宗写信给他加以劝慰，杨恽写了回信，信中有一首诗：'田彼南山，芜秽不治。种一顷豆，落而为萁。人生行乐耳，须富贵何时！'（《报孙会宗书》）陶渊明巧妙地化用了这首'种豆诗'，因此，在田园生活的表象之下蕴藏着一道滔天的历史洪波，一场惨烈的人生悲剧，一捧辛酸的文人血泪，这是诗人真意之所在。"（刘跃进、陈洪主编《中国古代文学史》上册）

（桂郁文）

饮酒（其五）［晋］陶渊明

结庐在人境①，而无车马喧②。
问君何能尔③？心远地自偏④。
采菊东篱下，悠然见南山⑤。
山气日夕佳⑥，飞鸟相与还⑦。
此中有真意⑧，欲辨已忘言⑨。

注释

①结庐：构筑房屋。结，建造、构筑。庐，简陋的房屋。在这里意为"居住"。人境：人世间。②车马喧：车马的喧闹声。指世俗来往的纷扰。③"问君"二句：是设问自答。君，陶渊明自谓。何能尔：为什么能够这样。尔：如此、这样。④心远：心远远地超脱世俗。⑤悠然：形容自得。见：一作"望"。南山：指庐山。因采菊而见南山，境与意会，此句最有妙处。⑥山气：指山景。日夕：傍晚。佳：美好。⑦相与：相伴、结伴。⑧此：指眼前情景。真意：从大自然里领会到的人生真谛。⑨欲辨已忘言：想要辨识却不知怎样

表达。辨，辨识。言，名词作动词，用言语表达。

译文

我家建在人世间，清净若无车马喧。
问我为何能如此，心超世俗地自偏。
采菊来到东篱下，安闲自得见南山。
山间景色夕阳美，飞鸟结伴把巢还。
此中妙境有真意，想要述说已无言。

简析

这是一首集叙事、说理、写景、抒情于一体的杰作。前四句叙事说理。首先叙说诗人即使将家建在熙熙攘攘车水马龙众人聚集的喧闹的地方，也会觉得宁静安详，没有车马喧闹、人声嘈杂之感。接着说明自己能达到这样一种境界的原因："心远地自偏"，自己的心是早已超脱尘世的凡俗、浮躁与喧嚣，因而即使身居闹市，也会觉得在偏僻的地方。"心远地自偏"，理趣盎然，直达心灵，超凡脱俗，境界幽远。宁静的心境，不关外物，实在是一种内心的修炼。后六句，叙事、写景、抒情、融理。"采菊"两句，既叙事又含景，亦抒情。物我交融，诗人的自我形象融入了东篱采菊、抬头见山的画面，表现了诗人闲适自在、隐逸自得的心情。"山气"二句，写景抒情，有静有动。夕阳西下，暮色苍茫，飞鸟结伴回巢。以美好的自然景象，衬托出诗人自由无羁的心灵愉悦。最后两句，写诗人融入此景而得意忘言，表现了诗人对辞官归隐后的纯朴自由的田园生活无法言表的无限情思。

诗歌善于叙事、说理、写景、抒情，四者有机结合。语言平易朴素，情思绵绵，韵味悠长。

（桂郁文）

杂诗① [晋] 陶渊明

人生无根蒂②，飘如陌上尘③。
分散逐风转④，此已非常身⑤。
落地为兄弟⑥，何必骨肉亲⑦！
得欢当作乐，斗酒聚比邻⑧。
盛年不重来⑨，一日难再晨。
及时当勉励⑩，岁月不待人。

注释

①杂诗：陶渊明于晋安帝义熙十年（414）作《杂诗》八首，此为第一首。②蒂：花果与枝茎相连接的部分。③陌（mò）：田间东西方向的小路。这里泛指路。④逐：追赶，跟随。⑤此：此身。非常身：已不再是最初的自我。⑥落地：刚生下来。⑦骨肉：比喻有血缘关系的人。⑧斗：酒器。比邻：近邻。⑨盛年：壮年。⑩及时：趁盛年之时。

译文

人生在世没有根蒂可依，如同路上不起眼的沙尘。
跟随着大风四处飘转，此时已不再是原来的本身。
四海之内都应该是兄弟，又何必在乎同胞亲情。
遇到高兴事就及时行乐，家有美酒邀聚邻居痛饮。
壮年可贵一去不会复返，一日之内难以得到第二个早晨。
趁着青春年华励志向上，岁月易逝要把握当下倍惜光阴。

简析

这首诗起笔低沉，以人生命运的不可把握而发出慨叹。读来令人感到迷惘。接着稍稍振起，作者执着地在生命中寻找着友爱，寻找着欢乐。这种及时行乐的思想倾向，我们今天看来不无消极意味，但在当时特定历史条件下是一种觉醒，具有进步意义。终篇慷慨激昂，语近义重，富有哲理，使人振奋。全诗用语朴实无华，取喻恰切而内蕴丰富，寄托遥深而不露痕迹。

（唐嗣德）

登池上楼[1] [南朝·宋] 谢灵运

潜虬媚幽姿[2]，飞鸿响远音[3]。
薄霄愧云浮[4]，栖川怍渊沉[5]。
进德智所拙[6]，退耕力不任。
徇禄反穷海[7]，卧疴对空林[8]。
衾枕昧节候[9]，褰开暂窥临[10]。
倾耳聆波澜[11]，举目眺岖嵚[12]。
初景革绪风[13]，新阳改故阴[14]。
池塘生春草[15]，园柳变鸣禽[16]。
祁祁伤豳歌[17]，萋萋感楚吟[18]。
索居易永久[19]，离群难处心[20]。
持操岂独古[21]，无闷征在今[22]。

作者简介

谢灵运（385—433），祖籍陈郡阳夏（今河南太康），出生于会稽始宁（今浙江上虞），东晋名相谢玄的孙子，袭封康乐公。东晋末年官至相国从事郎中、世子左卫率。刘宋代主，降为康乐侯，任散骑侍郎，转太子左卫率。少帝即位，与执政大臣争执失败，出为永嘉太守，不久辞官隐居会稽。文帝时，曾任临川内史。元嘉中年，以谋逆罪被杀。

晋、宋之际，谢灵运的诗名很高，为山水诗鼻祖，以大量山水诗打破了东晋以来玄言诗的局面，扩大了诗歌的表现领域，丰富了南朝的诗坛。他的山水诗反映了江南山水的自然美，刻画新鲜逼真，很多独到的名句，但仍未摆脱玄言诗的影响。此外，他在佛学上也有很深造诣，著作不少。有辑本《谢康乐集》。

注释

①池上楼：在永嘉郡，即今浙江省温州市，这池后来名为谢公池。②潜虬（qiú）：潜龙。象征隐士。虬：传说中有两角的小龙。媚：喜爱，此有自我怜惜之意。幽姿：潜隐的姿态。③飞鸿：能高飞的雁、鸿鹄等大鸟，象征仕宦之人。响远音：形容鸿鸟高飞。④薄霄：迫近云霄。薄：迫近。云浮：指飞鸿。⑤栖川：栖息水中。怍（zuò）：惭愧。渊沉：指潜虬。⑥进德：增进德业。这里指仕途上的进取。⑦徇禄：追求禄位。指出任永嘉太守。徇：从。穷海：边远的海滨。指永嘉。⑧痾（ē）：病。空林：指秋冬枯秃的树林。⑨衾枕昧节候：卧病衾枕之间分不清季节变化。衾：大被。昧：不知道。节候：季节物候的变化。⑩褰（qiān）开：揭开帷帘，打开窗子。褰：揭起。窥临：登楼观看。⑪倾耳：侧耳。聆（líng）：听。⑫岖嵚（qīn）：形容高险的山。⑬初景：初春的太阳。革：改变。绪风：秋冬余风。⑭阳：指阳春。阴：指寒冬。⑮塘：堤岸，塘岸。⑯“园柳”句：是说园柳枝桠发青，叫着的鸟儿也和秋冬时不一样了。⑰“祁祁”句：是说“采繁祁祁”这首豳歌使我悲伤。祁祁，众多的样子。豳歌，指《诗经·豳风·七月》：“春日迟迟，采繁祁祁，女心伤悲，殆及公子同归。”的句子。⑱“萋萋”句：是说“春草兮萋萋”这首楚歌使我感伤。萋萋，茂盛的样子。楚吟，指《楚辞·招隐士》：“王孙游兮不归，春草生兮萋萋”的句子。⑲索居：独居。索：穷、孤寂的意思。⑳群：朋友。处心：安心。㉑持操：保持节操。㉒无闷：没有烦闷。出自《周易·乾卦·文言》，“遁世无闷。”意为贤人能避世没有烦恼。征：验证，证明。

译文

深潜龙姿态美安闲自适，高飞鸿最得意声音远响。
近云霄我自知愧对飞鸿，栖川潭我又觉惭面潜龙。
进德业求仕途智慧拙劣，当隐士归园田力不胜任。
来永嘉做太守边远海滨，患疾病卧床头面对空林。
蒙被子躺枕上不知季节，揭窗帘暂时间登楼观看。
倾耳听一阵阵波澜声音，抬望眼远眺那高山峻岭。
初春的太阳光改变了秋冬余风，新阳春多温暖更替了阴冷寒冬。
池塘边生长出嫩嫩春草，园中柳发新芽变了鸣禽。
春日里想到那“采繁祁祁”《豳风·七月》心里悲伤，
春草茂吟诵那“春草萋萋”《楚辞》章句生发感慨。
身独处便易觉时间久远，离人群更觉得难以安心。
守节操难道是只有古人，我如今能应验避世无闷。

简析

这首诗作于谢灵运政治上受到沉重打击，迁为永嘉太守任上。来永嘉后的第一个冬天，诗人长久卧病，至第二年春始愈，于是登楼观景，写下了这一名篇。

全诗可分三层。第一层，前八句，写他出任永嘉太守的心境，表现了官场失意的不满与当时的矛盾处境。"潜龙"与"飞鸿"的意象，"愧"与"怍"的心态，"进德"与"退耕"的纠结，"徇禄"与"穷海"的现状等。诗人用形象的语言，表现了内心的不满与矛盾。

第二层，中八句，写久病初愈登楼所见。这一层写得最为精彩，有声有色，情景交融。其中"池塘生春草，园柳变鸣禽"两句，是为千古佳句。它形象地描绘了初春之景，表现了诗人久病初愈、由冬而春的欣喜之情。

第三层，末六句。抒写内心感受。"祁祁"二句，生发联想，用典抒怀，情绪伤感，照应第一层，表现诗人已有归隐之意。"索居"二句，写隐居生活将会孤寂枯索，难以安心，再次表现内心的矛盾和疑虑。最后两句，心定志坚地表白自己遁世归隐的志趣。事实上，在这大约半年之后，诗人终于称病辞官，归隐到始宁的祖居。

这首诗以登池上楼为中心，抒发了种种复杂的情绪。这里有孤芳自赏的情调，政治失意纷扰牢骚，进退不得的苦闷，对政敌含而不露的怨愤，归隐的志趣等。诗歌语言颇觉隐晦，却是真实地表现了内心活动的过程。诗中写景部分与抒情结合紧密，并且成为诗中情绪变化的枢纽。对景物的描绘，体现了诗人对自然的喜爱和敏感，而这正是诗人能够开创山水诗一派的艺术表现力的体现。

（桂郁文）

岁暮 ［南朝·宋］谢灵运

殷忧不能寐①，苦此夜难颓②。
明月照积雪，朔风劲且哀③。
运往无淹物④，年逝觉已催。

注释

①殷忧：深深的忧虑。殷：大、深。寐：睡着。②颓（tuí）：落下。这里指消逝，消退。③朔风：北风。劲：猛烈。哀：凄厉。④运往：四季更替。运：指一年四季的运转。淹：停留。

译文

深沉忧虑难入眠，苦恨今夜多漫长。
明月寒光照积雪，北风猛烈还凄厉。
四季更替万物变，岁月流逝催人老。

简析

这是一首岁暮感怀诗，抒发了岁月不居，生命易逝的感慨。第一、二句写诗人因深沉的忧虑而不能入睡的情形及其苦恨寒夜漫长的心理，刻画了一个心事重重、夜不能寐的诗人形象。"殷忧"表现了忧虑的深重，概括力极强。是诗人的人生际遇和思想性格使然。

著一“苦”字，写出了诗人在漫漫长夜中辗转反侧不能入眠的折磨之状。“此夜难颓”，不仅是时间上的长夜，更是诗人所处时代、社会环境的喻写。第三、四句，写岁暮之夜的所见所闻。这是写景佳句。明月皎皎，白雪皑皑。北风劲吹，凄厉哀咽。诗人从视觉和听觉上描写了岁暮之夜的高朗、萧瑟、凄清与寒凛，传达出一种孤寂而悲凉的感情，五、六句写四季更迭，一切景物不能长留，岁月流逝，无情地催逼着诗人的生命，诗人似乎预感到自己的来日不多了。

这首诗中的“明月照积雪，朔风劲且哀”历来受人赞赏，寓情于景、情景交融、富于内涵、耐人咀嚼。其中的“照”“劲”“哀”三字，还体现了诗人深厚的锤炼功夫。用一“照”字，不仅表现了明月白雪互相辉映的景色，还表现出天地之间一片白光泛泛的迷蒙气氛，更“照”出诗人悲哀伤感的心情。同样地，以“劲”和“哀”形容朔风，就可以收到景冽而情促的效果，表现了风势之猛烈，风威之寒冽，风声的凄厉与呜咽，仿佛在这样一种凄寒凛冽的境界中，一切生命与生机都受到沉重的压抑与摧残！

（桂郁文）

赠范晔[1] [南朝·宋] 陆凯

折花逢驿使[2]，寄与陇头人[3]。
江南无所有[4]，聊赠一枝春[5]。

作者简介

陆凯（生卒年不详，约420年前后在世），南朝宋代诗人，字智君，代（今河北蔚县）人。为人谨慎，敏而好学。曾任太子庶事等职，与范晔友善，彼此有诗相赠，以寄思念之情。

注释

①范晔（yè）：《后汉书》的作者。陆凯与范晔交情深厚，自江南寄了一枝梅花到长安给范晔，并附上这首诗。②驿使：古时传递文件、书信的使者。③陇头人：陇山人。陇山在今陕西陇县，因长安也在陕西，故称“陇头人”。这里还借指远别乡关的征人戍客。④江南：南国，指作者所在的地方。⑤聊：姑且。一枝梅：指梅花。

译文

折一枝梅花恰巧遇到送信人，寄给长安的好友范晔君。
我在江南没什么珍品相送，姑且赠一枝梅花谨表深情。

简析

这首诗用巧妙优雅的构思，表达了深深的怀念和纯真的友谊。折花赠远以表示情谊这是古来习俗。作者在南方为官，岁暮年初梅花已开，而北方花信尚早，于是折一枝梅花相赠。这一赠品非寻常物，不仅在于把南国之春带向北国，送上一份温暖，而且因为梅花象征了友谊的纯洁坚贞，故这份厚礼价值连城。“无所有”“聊赠”这些客套、谦和语，言轻意重，正见出情谊的珍贵。意境新鲜，浑然天成，很像唐人的绝句，向来受到人们的喜爱。

（唐嗣德）

拟行路难[①]（其四）［南朝·宋］鲍照

泻水置平地[②]，各自东西南北流。
人生亦有命，安能行叹复坐愁？
酌酒以自宽，举杯断绝歌路难[③]。
心非木石岂无感？吞声踯躅不敢言[④]。

作者简介

鲍照（约412—466），字明远，东海（今江苏涟水）人，一说上党（今属山西）人。生于京口，家世贫贱。早期生平不可考，只知“位尚卑”，后来为临川王刘义庆所赏识，获封临川国侍郎。此后作过秣稜令及中书舍人。后随临海王刘子顼前往江陵任前军参军。太始二年（466），刘子顼举兵叛乱，鲍照为乱兵所害。

鲍照一生沉沦下僚，很不得志，但他的诗文，在生前就颇负盛名。诗赋、骈文都不乏名篇，而成就最高的则是诗歌。他还擅长写七言歌行，能吸收民歌精华。感情丰沛，形象鲜明，并富于浪漫主义色彩，对于唐人七古有着显著的积极影响。他与谢灵运、颜延之合称“元嘉三大家”，有《鲍参军集》。

注释

①行路难：乐府杂歌谣曲名。鲍照《拟行路难》是一组诗，共10首，当为乐府古题“行路难”的仿作。②泻：倾，倒。③断绝：停止。这句是说因要饮酒而中断了《行路难》的歌唱。④吞声：隐忍的意思。踯躅（zhí zhú）：犹豫不前。

译文

将水倒在平地上，水向东西南北流。
人生如此都由命，怎能行坐都叹愁！
喝点酒来自宽慰，举杯停唱《行路难》。
人非草木石头怎会无情感？忍气吞声犹豫徘徊不敢言。

简析

《拟行路难》是咏叹人生苦闷的抒情组诗，本篇是“其四”。“泻水”四句，写水泻平地，人生有命。表面看来，诗人用泻水漫流比喻人生各自有命，欲借此从无可奈何的痛苦中解脱出来，冷静理智地接受了“人生亦有命”的无奈现实。实际上，诗人是借现象来含蓄地抨击“人生亦有命”的不合理的社会现实。诗人巧妙地运用了反讽的艺术手法，在质朴平淡的诗句中寄寓了深沉的叹谓。诗人越是说人生有命的正常，就越是显出这一现实的荒唐，越是平静地以“安能行叹复坐愁”来自我宽解，我们就越是感受到诗人内心的不平，对命运的苦苦抗争。“酌酒”二句，承接诗意，写诗人借酒消愁，自我排遣。诗人举起酒杯，暂停歌唱《行路难》。诗人喝的是闷酒，岂能消愁。正所谓“抽刀断水水更流，举杯消愁愁更愁！”末两句，笔锋一纵一收，情感一扬一抑。“心非木石岂无感？”纵笔直抒，情绪激昂，反问有力，掷地有声，慷慨陈词，震撼人心。最后一句，缰绳猛收，强抑激情。“吞声踯躅不敢言”，仿佛高速行驶的车辆遇到路障陡然刹车一般。由“岂无感”到“不敢言”，诗人的痛苦压抑达到了何种程度，真叫人扼腕叹恨！这是无声的控诉，无言的义愤！

诗歌语言质朴自然，采用五、七言句式，便于抒发情感。情感真切动人，有放有收，有扬有抑。诗歌写出了不敢明言的一段激情与痛苦，表现了诗人在门阀制度、不平世道压抑下怀才不遇的愤懑与抗争！

（桂郁文）

拟行路难（其六） [南朝·宋] 鲍照

对案不能食[1]，拔剑击柱长叹息。
丈夫生世会几时[2]？安能蹀躞垂羽翼[3]！
弃置罢官去，还家自休息。
朝出与亲辞，暮还在亲侧。
弄儿床前戏[4]，看妇机中织。
自古圣贤尽贫贱，何况我辈孤且直[5]！

注释

①案：古时进食用的小几，形如有脚的托盘。②会：能。③安能：怎能。蹀躞（diéxiè）：小步行走。④弄儿：逗小孩。戏：玩耍。⑤孤且直：孤寒并且耿直。孤：指“孤门细族”（亦称“寒门庶族”），这是跟当时占统治地位的“世家大族”相对的一个社会阶层。

译文

对几案那美食我不能吃，拔出剑向柱击长长叹息。
大丈夫生在世能有几时，怎能够行小步收起羽翼。
弃官职远官场毅然离开，回到家自休息多么快意。
早晨出与亲人一声道别，到傍晚返回来又在亲侧。
逗孩儿在床前玩耍嬉戏，看妻子织布机在把布织。
自古来圣贤人贫穷低下，更何况我这人孤寒耿直！

简析

这首诗写有志之士与现实社会的深刻矛盾。前四句，写诗人焦虑悲愤的心情。“对案”两句，诗人很巧妙地通过外形动作的描述，将内心的焦虑不安生动地表现出来，刻画出壮士失意的神态和内心痛苦。“丈夫”二句，是说人生短暂，大丈夫立身处世怎能够小心翼翼、唯唯诺诺、曲意逢迎、故作掩抑呢？由此，我们可以想象诗人的仕宦生涯受到了何等的屈辱！有志难酬，有翅难展，这样的官，不做也罢！中六句，是诗人设想着的退隐生活。“弃置”二句，表现了诗人意欲弃置官场、愤然而去的情状。“朝出”四句，以亲切自然的诗句描绘一幅幅怡然自得的生活画面，表现了骨肉完聚、朝夕厮守、温馨和谐的情调，包含了诗人官场失意渴望亲情慰藉的深层情感，传达出心中不平的愤慨。最后两句，自嘲自解，牢骚郁愤更为深广。“自古圣贤尽贫贱”，表面上征引自古圣贤的贫贱以自嘲自解，实质上将个人的失意扩大，深化到整个历史层面，寻觅历史的知音，诉说心中的不平。“何况我辈孤且直”，更是直面现实，自己出身寒微，性情耿直，自然仕途更加坎坷，更难施展才华，有所作为。

这首诗的情绪起伏跌宕，风格俊逸豪放，恰到好处地表现了诗人失意官场、不甘屈辱、自尊孤直的处境和人格，诗风影响到后世李白这样的大诗人。注重音律，采用杂言句式，音节错落有致，增强了诗歌艺术表现力。

（桂郁文）

夜夜曲① [南朝·齐] 沈约

河汉纵且横②，北斗横复直③。
星汉空如此，宁知心有忆？
孤灯暧不明④，寒机晓犹织。
零泪向谁道⑤，鸡鸣徒叹息。

作者简介

沈约（441—513），字休文，吴兴武康（今浙江武康）人，齐梁文坛领袖，好学能文。历任宋、齐、梁三朝。齐梁禅代之际，以拥立梁武帝萧衍功封建昌县侯，官至尚书令，领太子少傅。卒谥隐侯。

他和谢朓等开创了讲求声韵格律的“永明体”，进一步促使诗歌由古体向近体发展。他著有《四声谱》，提出“八病”之说，也同时加深了诗坛形式主义的倾向。但也有少数形象鲜明的作品。所著《四声谱》已佚，今存其《宋书》及辑本《沈隐侯集》。

注释

①夜夜曲：乐府《杂曲歌》名。创始人便是沈约。②河汉：银河。③北斗：指北斗星。④暧：昏暗。⑤零：落。

译文

银河纵横夜夜流，北斗转移横还直。
银河北斗空运转，怎知我心有所忆？
孤灯一盏半明灭，寒夜织机晓犹织。
泪流不止向谁说，鸡鸣声声徒叹息。

简析

这首诗写思妇独处空闺之情。前四句，写思妇夜观银河、北斗之景，烘托内心思念之苦。“河汉纵且横，北斗横复直。”这两句借“银河”“北斗”的方位变化，表现时间的流逝。夜空深沉，斗转星移，反映了思妇长夜难眠的内心愁苦。“星汉空如此，宁知心有忆？”以设问的形式，倾吐了思妇满腹愁肠。“星汉”空自流转横直，时间多么无情，你为什么不停下来，你怎么就不知道我的盼夫心切之情？这种看似毫无道理的怨气，却声情毕肖地活画出思妇的形象。后四句，写室内环境，映衬思妇独处之苦。“孤灯暧不明，寒机晓犹织。”仿佛把人们从室外带到昏暗不明的闺房中，看到了思妇的凄凉、孤独的处境和满脸的忧伤，心神不定的情态。“孤灯”“寒机”与思妇独处的愁苦相映衬，以景衬情。最后两句“零泪向谁道，鸡鸣徒叹息。”这是全诗情感的高潮，思妇夜盼夫归的愿望未能实现，内心凄凉悲苦，潸然泪下。思念的痛苦和眼泪无人了解。一夜无眠，断断续续，织布到晓，听到报晓的鸡叫声，只能独自叹息。全诗在一片“声泪”中结束了。独守闺房之愁，思念丈夫之苦，可能夜夜如是。全诗动静结合、寓情于景、情景交融、声泪俱下，描绘出一幅完整的思妇深夜盼夫图。用语朴实，无所藻饰，堪称千古名篇。

（桂郁文）

后园作回文诗[1] ［南朝·齐］王融

斜峰绕径曲，耸石带山连。
花馀拂戏鸟，树密隐鸣蝉。

作者简介

王融（466—493），字元长，南朝齐文学家，“竟陵八友”之一，琅琊临沂（今山东临沂）人。东晋宰相王导的六世孙，王僧达之孙，王道琰之子，王俭（王僧绰之子）的从侄。他自幼聪慧过人，博涉古籍，富有文才。年少时即举秀才，入竟陵王萧子良幕，极受赏识。累迁太子舍人。

注释

①后园作回文诗：古代藩王权贵的花园规模宏大，常是峰绕山连，包容广袤，极具宏丽大观。此处当指作者家中后园。回文诗：是中国诗歌独有的一种诗体，由回文词组连缀成

回文句，再由回文句结合为回文诗。回文能作一种特殊辞格，不能视为文字游戏回文诗歌诗在顺读和逆读时，由于字词颠倒，构成含义显著不同的词组和回文句，进而结合为回文诗。

译文

一条小径蜿蜒屈曲，环绕于斜峰间，山上多石，而且逐处耸拔，连绵不绝。

枝头只剩余花，叶茂渐成浓荫，那活泼嬉戏的鸟儿，时时从花底掠过。园中碧树葱茏，可以藏得住鸣蝉。

简析

本诗具有典型句式结构，且构思巧妙，措辞精当，使回文诗与正文意义相互补充，从而丰富了全诗意境，可将顺读反读连成一气，作为八句诗来欣赏。

先看正读：由远景收入近景，先写峰势倾斜，小径屈曲，环绕于斜峰之间。次句补写山上多石，耸石破土而出，纷呈异状，山石相连，漫山夹径，展示出深悠和高远境界。后二句写出了满园花树，戏鸟鸣蝉，暗示春末夏初。两句园景描写，构成一幅红稀、绿稠、花鸟动、树蝉静、动中见态、静中传声的幽美图画。

再看逆读：首句"蝉鸣隐密树"是由近及远（由近景拓出远景），先写所闻所见。次句"鸟戏拂馀花"，鸣蝉在浓密树林中欢唱，此伏彼起；群鸟在花间戏，轻跃枝头，振落残花，一片热闹欢乐景象。第三、四句"连山带石耸，曲径绕峰斜"，写出全园优美景观。园中山势绵延，乱石嶙峋，危石耸立，曲径两侧布满乱石。曲径萦回缭绕，通向峰峦深处。翠峰山势向下缓倾，渐远渐低，色彩渐渐淡化。饱览全园景色景观，令人兴高采烈，欣喜万分！回文诗既可正读，又可逆读，反复欣赏，妙趣横生，这就是此类诗的奇妙之处。

（阳旦）

晚登三山还望京邑[1] ［南朝·齐］谢朓

灞涘望长安[2]，河阳视京县[3]。
白日丽飞甍[4]，参差皆可见[5]。
余霞散成绮[6]，澄江静如练[7]。
喧鸟覆春洲[8]，杂英满芳甸[9]。
去矣方滞淫[10]，怀哉罢欢宴[11]。
佳期怅何许[12]，泪下如流霰[13]。
有情知望乡，谁能缜不变[14]？

作者简介

谢朓（464—499），字玄晖，陈郡阳夏（今河南太康）人，南朝齐诗人，"竟陵八友"之一。曾任宣城太守，故世称"谢宣城"；又因与谢灵运同族，且同有诗名，故又称"小谢"。其诗平仄协调，对仗工整，开唐律诗、绝句之先河。谢朓多写山水景色，是著名的山水诗人，现存诗200余首。其诗语言清新，描绘逼真，意境开阔，时有佳句。

注释

①三山：在今南京市板桥镇西南江边，周围三四里，上有三峰，俗称三山矶。还望：回头观望。京邑：都城。②灞：灞水，流经长安城东。涘（sì）：水边。③河阳：故城在今河南焦作孟州市西。京县：指洛阳。④白日：太阳。丽：附着，明丽。飞甍（méng）：形容屋脊的高耸。甍，承瓦的屋栋，借指屋脊。⑤参差（cēn cī）：高下不齐的样子。⑥绮：有文彩的丝织品。⑦澄江：清澈的江水。练：白色的丝绢。⑧喧鸟：喧闹的归鸟。覆：遮盖。⑨杂英：各种花卉。芳甸：长满芳草的郊野。⑩去矣：去吧。矣，语助词。方：将。滞淫：逗留不进。⑪怀哉：怀念啊。哉，感叹词。⑫佳期：还乡的好日子。怅（chàng）：烦恼。何许：在哪里。⑬霰（xiàn）：雪粒，雪珠子。⑭缜（zhěn）：黑色的头发。

译文

登上江岸的三山回头观望长安，犹如河阳县令潘岳遥望京县。
皇宫飞耸的屋脊高低不齐，在斜阳的照射下清晰可见。
灿烂的余霞铺满天空，清澈的江水像一条白绢。
喧闹的归鸟遮蔽了沙洲，各种鲜花把芬芳的郊野开遍。
离开京邑却又逗留不进，旧日的欢宴是多么令人留恋。
还乡的好日子遥遥无期，泪滴像雪珠子洒落在胸前。
人生有情总会怀念故土，久客异乡归心似箭白发平添。

简析

这是一首著名的写景诗，为谢朓山水诗的代表作。首二句从前人诗句中变化出来，领起望乡之意。中六句紧扣“望”字，选取富有特征性的景物，描绘出一幅壮丽无比的图画。后六句融景入情，抒发了登山临江望京邑所引起的怀乡愁思。这首诗写景其色调绚烂纷繁，满目彩绘；抒情则单纯柔和，清丽温婉。以乐景衬愁情，更见其愁；以壮美衬柔肠，柔肠百转。如此精心设计，凸显出大手笔的真功夫。“余霞散成绮，澄江静如练”两句，意境新颖，对仗工整，妙笔生花，被誉为千古绝唱。

（唐嗣德）

新亭渚别范零陵云①

[南朝·齐]谢朓

洞庭张乐地②，潇湘帝子游③。
云去苍梧野④，水还江汉流⑤。
停骖我怅望⑥，辍棹子夷犹⑦。
广平听方藉⑧，茂陵将见求⑨。
心事俱已矣⑩，江上徒离忧⑪。

注释

①新亭渚：渚，水边的陆地为渚。新亭是江边上的一座亭子。范零陵云：范云去赴任零陵郡内史，故称他为“范零陵云”。②洞庭：山名，又称君山，在洞庭湖中。张乐：犹言作乐。传说黄帝在此奏《成池》之乐。③潇湘帝子：指舜帝二妃娥皇和女英。舜巡视南方，二妃没有同行，后追至洞庭，听说舜死于苍梧，葬在九嶷山，便南望痛哭，投水以殉。娥皇和女英都是帝尧的女儿，故称帝子。子，古代是孩子的意思，男孩、女孩都可以称“子”。④苍梧：山名，又名九疑山，亦作九嶷山。相传舜南巡，就崩于苍梧之野。⑤水还：指江水归流大海。零陵郡的潇湘之水由汉江金陵东流入海，故说“水还”。⑥停骖：停车。骖，古代的一车驾三马，也指一车三马或四马中的两旁的马。⑦辍棹：停止划桨。夷犹：犹豫不前。⑧广平：指晋人郑袤，他曾为广平（郡治在今河北省永年县）太守，有政绩，为百姓爱戴。听方藉：藉，盛、隆的意思。听方藉，将有很高的声望。⑨茂陵：汉代大辞赋家司马相如晚年谢病，曾居住在茂陵。汉武帝遣人求其文章，作《子虚赋》为武帝大加赞赏，乃召至京师。又作《上林赋》，拜为郎，后又拜中郎将。⑩心事：心里所思念的，这里指经世济民的心志。岳飞《小重山》：“欲将心事付瑶琴，知多少，弦断有谁听！”⑪徒：只。离：通“罹”，遭受的意思。张衡《思玄赋》：“循法度而离殃。”忧：愁苦，忧愤。为全诗点睛之笔，归纳了全诗的意境，一片离情全由此字托出。

译文

浩浩洞庭游乐胜地，二妃死后在此神游。
九嶷山上白云飞去，潇湘之水滔滔东流。
停车江边我怅望不返，泊舟江上你不忍离走。
郑袤太守德高望重，司马相如武帝相求。
经国济民已成过往，江上送别满腹离愁。

简析

谢朓和范云都是“竟陵八友”的成员，他们友情深笃，过从甚密。范云被贬，出仕零陵郡内史，谢朓于新亭渚为他饯行，并写下了这首送别诗。好友远去，使人怅然若失，心潮翻涌，将古老的传说，离别的悲苦，失意的寥落一一道来，由远及近，由物境而入心境。全诗以“忧”为线索，以广袤的空间为背景，并运用丰富的想象，把对友人的同情和自己的满腔郁愤渲染得淋漓尽致。

（唐嗣德）

之零陵郡次新亭① ［南朝·梁］范云

江干远树浮②，天末孤烟起③。
江天自如合④，烟树还相似⑤。
沧流未可源⑥，高帆去何已⑦。

作者简介

范云（451—503），字彦龙，居南乡舞阳（今河南泌阳）。南朝梁诗人，“竟陵八友”之一，曾任尚书右仆射等职。少机警，长于应对，善属文，文思敏捷，下笔辄成。存诗40余首。

注释

①之：动词，往，到。零陵郡：治所在今湖南省永州市。次：住宿停留。新亭：又名劳劳亭，故址在今南京市南，地近江滨，当时为官员游宴和送别之所。②江干：指长江岸边。干，水边。③天末：天际，天边。末：尽头。④江天：江水同蓝天。⑤烟树：云烟和远处的树林。⑥沧流：指长江。源：源头。⑦已：停止。

译文

远处的树林浮在江水边，在天的尽头飘起一股云烟。
江水和蓝天融合浑然一色，远树朦胧像云烟一样轻淡。
江水浩荡滔滔不绝难觅其源，我这只扬帆的小船何时才能靠岸。

简析

范云由京官而外放，此次去荒僻的零陵郡任内史，心事重重，不胜惆怅。途中在新亭逗留数日，并写下这首诗。诗的前四句写江景的迷蒙淡远，“江”“天”“树”“烟”四种景物变换组合，悦目迷人。末两句笔极沉郁，作者面对着浩渺的江天和朦胧的烟树，借景抒情，隐隐透露出对飘零穷乡僻壤的苦恼和仕途前程的担忧。

（唐嗣德）

别诗[①] ［南朝・梁］范云

洛阳城东西[②]，长作经时别[③]。
昔去雪如花[④]，今来花似雪[⑤]。

注释

①别诗：惜别的诗。②洛阳：这里代指京都，即南朝的建康。东西：京都的城东城西。③经时：经历多时。④昔去：昔时别去。雪如花：指茫茫大雪的隆冬时节。⑤今来：今日归来。花似雪：指春花烂漫的暮春三月。

译文

在繁华京都的城东和城西，每天都有依依惜别的人群。
送别朋友是去年的隆冬腊月，归来已是花潮如雪的暮春。

简析

前两句写人们经常所见的送别的场面，平平稳稳，不露声色。后两句则是奇峰突起，通过季节的变换和时光的流逝，隐隐传递出作者悲喜交集的复杂心曲。本诗风格清丽，言情婉转，文字鲜活，仅以“雪”与“花”的反复比吟，展示了鲜明的意境；而“雪如花”与“花似雪”的强烈对照，顿使景观宏大，给人以美不胜收之感。

（唐嗣德）

相送[1] [南朝·梁] 何逊

客心已百念[2]，孤游重千里[3]。
江暗雨欲来，浪白风初起。

作者简介

何逊（约472—约519），字仲言，东海郯（今山东郯城）人。据说8岁即能赋诗，见重于当代名流，曾任尚书水部郎，后世多称“何水部”。曾为梁武帝所赏识，但不久即疏远失意，卒于庐陵王记室任上。他的诗多写行役羁旅之思，得民歌之长，风格婉转清新，时人以之与谢朓并论。有《何记室集》。

注释

①相送：题为“相送”，但并非诗人送朋友，而是留赠为诗人送行的朋友。②客心：谓异乡作客之心。已：已经。百念：谓百感交集。③重：更。

译文

作客异乡生百念，独自远游更惆怅。
江笼乌云雨欲来，白浪滔滔大风起。

简析

这是一首留赠给为诗人送行的朋友的抒情诗。一般认为，这首诗是与送别者告别时的联句。联句是古代作诗的一种方式，是指一首诗由两人或多人共同创作，每人一句或数句，联结成一篇。联句可一人作四句，并有较完整的意思，所以有些学者曾以此为后来“五言绝句”所从出。“绝句”之名梁代始正式出现，何逊正当其时。因此，这首诗作为独立的绝句亦可。

开头两句，直抒胸臆。写诗人长期作客在外早已百感交集，独自远游更是令人惆怅。“百感”一词，包含了种种复杂的情感。“孤游”一词，表现了漂泊远游的孤独寂寞。上、下两句通过“已”“重”两字又构成了递进关系，突出表现了诗人长期漂泊异乡的惆怅孤独之情和对朋友饯别送行的感激之情。后两句，借景寓情，描绘了江上风雨欲来的景象：

江面浓云密布，一场暴雨即将来临；狂风骤起，江中掀起滔滔白浪。这既是写分手时江上的实景，又象征着前方等待诗人的是江上风雨一般的艰难险阻，表达了诗人对未来的忧虑之情。诗歌语言精练，以景作结，寓情于景，耐人寻味。

（桂郁文）

中山杂诗三首（其一）［南朝·梁］吴均

山际见来烟①，竹中窥落日②。
鸟向檐上飞③，云从窗里出④。

作者简介

吴均（469—520），字叔庠（xiáng），吴兴故鄣（现浙江安吉）人，南朝梁时期的文学家。好学有俊才，深受沈约的称赞。其诗清新，且多为反映社会现实之作。其文工于写景，诗文自成一家，常描写山水景物，称为“吴均体”，开创了一代诗风。梁武帝天监初年，为郡主簿。天监六年（506），被建安王萧伟引为记室。临川王萧宏将他推荐给武帝，很受欣赏。后又被任为奉朝请（一种闲职文官）。欲撰《齐书》，求借齐起居注及群臣行状，武帝不许，于是私撰《齐春秋》，称梁武帝为“齐明帝佐命之臣”，触犯武帝，书焚，并被免职。不久奉旨撰写《通史》，未及成书即去世。吴均是历史学家，他著有《齐春秋》三十卷、注释《后汉书》九十卷等；他又是著名的文学家，有《吴均集》二十卷，可惜皆已亡佚。

注释

①山际：山边，山与天相接的地方。烟：指山里面的雾气。②竹中：竹林丛中。窥（kuī）：从缝隙中看。③檐（yán）：房檐。④这句是说山上的房屋地势很高，所以云从窗户里面穿进穿出。

译文

山与天相接的地方缭绕着阵阵云烟，从竹林的缝隙里看洒落下余晖的夕阳。

鸟儿欢快地向房檐上飞去，洁白的云儿竟然从窗户里轻轻地飘了出来。

简析

这首诗用单纯白描的手法，展现出了一片山村的景象，俨然是一幅绝妙的写生画。用以形成一种特殊的环境，给人以新鲜的感觉，用的就是这种格调。

诗歌描写的是诗人住在山中的有趣生活：山峰环绕，竹木茂盛，鸟在人家的房檐上飞，云彩从窗里飘出来。作者的幽居荡尽了人间的尘滓，随意而传神地表达了诗人惬意闲适的心情。此诗写作极有章法，动静结合。前两句形成大的环境氛围和背景；后两句点染出具体生动的景物，造成巨细相衬的艺术效果。同时，景物动静结合，构成山居特有的景物环境氛围。诗人又运用景中有人、景中含情、情景交融的手法来观察写出景物，寄托自己的情志于景物环境之中，体现了山居的清静超脱，远离尘嚣，表达了诗人安贫乐道的思想和对大自然的热爱之情。

（阳旦）

入若耶溪[1] [南朝·梁] 王籍

艅艎何泛泛[2]，空水共悠悠。
阴霞生远岫[3]，阳景逐回流[4]。
蝉噪林逾静[5]，鸟鸣山更幽。
此地动归念，长年悲倦游。

作者简介

王籍（生卒年不详），字文海，琅琊临沂（今山东临沂）人，南朝梁诗人。因其《入若耶溪》一诗，而享誉诗史。有文才，不得志。齐末为得军职参军，累迁外兵记室。梁天监末年任湘东王萧绎咨议参军，迁中散大夫等，王籍诗歌学谢灵运，《南史·王籍传》称“时人咸谓康乐之有王籍，如仲尼之有丘明，老聃之有庄周”。

注释

①本写泛溪景象，并寓久客思归之念。《梁书·文学传》：“（籍）除轻车湘东王咨议参军。随府会稽。郡境有云门、天柱山，籍尝游之，或累月不反。至若耶溪赋诗，其略云：‘蝉噪林逾静，鸟鸣山更幽。’当时以为文外独绝。”若耶溪，在今浙江绍兴南若耶山下。②艅艎（yú huáng）：舟名。泛泛：船随波荡漾貌。③岫（xiù）：山峦。④阳景：日影。景，同“影”。⑤逾（yú）：同“愈”，更加。

译文

驾着小舟随波流荡，水天一色，悠远得看不到尽头。
山峰上云霞萦绕，阳光仿佛有意地追逐着清澈曲折的溪流。
蝉的噪声和鸟的鸣叫使笼罩着若耶山林的寂静显得更为深沉。
面对林泉美景，不禁厌倦宦游，产生归隐之意。

简析

若耶溪在会稽若耶山下，景色佳丽。本篇是王籍游若耶溪时所创作的。开头两句写诗人乘小船入溪游玩，用一“何”字写出满怀的喜悦之情，用“悠悠”一词写出“空水”寥远之态，极有情致。三、四句写眺望远山时所见到的景色，诗人用一“生”字写云霞，赋予其动态，用一“逐”字写阳光，仿佛阳光有意地追逐着清澈曲折的溪流。把无生命的云霞阳光写得有知有情，诗意盎然。五、六句用以动显静的手法来渲染山林的幽静。“蝉噪”“鸟鸣”使笼罩着若耶山林的寂静显得更为深沉。这两句是千古传诵的名句，被誉为“文外独绝”。如同唐代王维的“倚杖柴门外，临风听暮蝉”，杜甫的“春山无伴独相求，伐木丁丁山更幽”，都是用声响来衬托一种静的境界，而这种表现手法正是由王籍首创。最后两句写诗人面对林泉美景，不禁厌倦宦游，产生归隐之意。全诗因景启情而抒怀，十分自然和谐。此诗文辞清婉，音律谐美，创造出一种幽静恬淡的艺术境界。

（阳旦）

春江曲①［南朝·梁］萧纲

客行衹念路②，相争度京口。
谁知堤上人，拭泪空摇手。

作者简介

萧纲（503—551），南朝梁简文帝。梁代文学家，字世缵，南兰陵（今江苏武进）人，梁武帝第三子。由于长兄萧统早死，他在中大通三年（531）被立为太子。太清三年（549），侯景之乱时梁武帝被囚饿死，萧纲即位，大宝二年（551）为侯景所害。

注释

①这是一首乐府歌辞，属于杂曲类，《玉台新咏》作《春江曲》，《乐府诗集》作《春江行》，故又名《春江行》。从首句的“客”字来看，这似乎是描述一位多情的青楼女子送别客人时的抒情诗。②衹：古字“衹”“祇”相通，都是仅仅、只是的意思。

译文

客人啊你只顾及前方的路，争相坐船渡过京口。
却丝毫看不到堤岸上为你送行的人，一边擦着眼泪，一边徒劳地挥手送别。

简析

“客行衹念路”，笔锋尖利，揭示那些寻花问柳的客人临别时所想的只是他们要走的“路”，毫无情意，只顾“相争度京口”，对岸边堤上送他的人视为乌有。京口即如今的镇江，古称丹徒、润州。《玉台新咏》作“相将”，从全诗来看，“相争”较为准确。“相争”才能衬托出“谁知堤上人，拭泪空摇首”的情景；才能把送客者有情，行者无谊的两种心境表现得更加透彻。这也是萧纲为诗的特点——细微。这首诗暗寓对那些追名求利者的挞伐之意，想是他尚未被立储之前所作。

（阳旦）

咏细雨[1] [南朝·梁] 萧绎

风轻不动叶，雨细未沾衣。
入楼如雾上，拂马似尘飞。

作者简介

萧绎（508—555），南朝梁元帝。字世诚，小字七符，自号金楼子，南兰陵（今江苏武进）人。梁武帝萧衍第七子，梁简文帝萧纲之弟。史载其善画佛画、鹿鹤、景物写生，技巧全面，尤其善于画域外胡人的形貌。传世作品《职贡图》原作残缺，现藏于中国国家博物馆的是北宋年间的摹本。

注释

①萧绎在一次冒雨踏青之际，脱口吟出《咏细雨》，咏细雨即咏唱细雨。

译文

风轻柔地吹，叶片纹丝不动，细雨轻盈，衣衫潮而未湿。

一旦登上楼阁，顿觉天宇四野迷迷茫茫，如堕雾海了不可辨，细雨洒落在骏马身上，试用手拂马鬃，却见雨珠弹飞，恍若灰尘。

简析

全诗通过细腻的笔触、反复的描绘、入神的比喻，全力表现细雨的“细”。前两句用直笔，正面描写细雨。轻风伴微雨、狂风挟暴雨，风雨相连是众所周知的自然常识，诗人落笔就以风发端。仰望高树，绿叶纹丝不动，可见流风之轻微；俯看自身，衣衫潮而未湿，可见雨点之细微。淡淡两笔就渲染出轻风细雨天的情调和氛围。后两句改用曲笔，借助于比喻，更深一层地观照细雨。

综览全诗，诗人将自己对自然景物的情感流泻于笔端，捕捉并表现出了细雨的神韵意趣——若有若无、乍隐乍现。正是这种自然情趣促使诗人去观察、品赏、领悟细雨之美，丰富了和发展了对自然美的审美力和表现力。

（阳旦）

于长安归还扬州，九月九日行薇山亭赋韵 [南朝·陈] 江总

心逐南云逝[1]，形随北雁来[2]。
故乡篱下菊，今日几花开？

作者简介

江总（519—594），字总持，南朝陈代大臣、文学家，祖籍济阳郡考城（今河南省民权县）。陈代亡国宰相，后宫“狎客”，宫体艳诗的代表诗人之一，其诗意浮艳靡丽，内容贫弱，多是一些为统治者淫乐助兴之作，因此在历史上声名不佳。但随着国家兴亡和个人际遇的变化，他的诗也渐渐洗去浮艳之色，而时有悲凉之音。今存诗百余首，少量赠答诗及陈亡后凭吊故土之作，有一定价值；《闺怨篇》开唐人七言排律之体。

注释

①南云：南飞之云。常以寄托思亲、怀乡之情。②北雁：候鸟之一。因其每年秋分后，由北南飞，故称。

译文

我的心思已追逐南飞的云而远去，
我的身形又随着秋天由北向南飞的大雁而归来。
故乡那篱笆下长着的菊花，
今天可有几朵花儿在盛开？

简析

这首诗是诗人入隋后的作品。诗人晚年辞官南归，重阳之日途经山东薇山亭，感时而作。扬州，指金陵，陈朝及隋初扬州府均治在金陵；那里有所谓“江令宅”的江总宅第。薇山，一作微山，在今山东省滕州市南，为南北交通要地。“行薇山亭”，即行走到薇山的驿亭。

前两句“心逐南云逝，形随北雁来”，写南归之情景。第一句写心情，人虽还未归故乡，但心情已追逐着南飞之云回到了故乡，可见归心似箭。第二句写行动，同时点明时令。北雁南飞的秋分时节，人在归途。“逐”“随”二字，表现了诗人急盼归家的心情。“来”字仿佛又蕴含了诗人内心的欣慰。后两句“故乡篱下菊，今日几花开”，写想象中的关切之物。故乡篱笆下手植的菊花，在这重阳节到来的时候，开放了几朵？年老回乡，人在归途，对故乡的怀想应该是多方面的，为什么要着意关切“篱下菊”呢？这便不由人很自然地联想到陶渊明“采菊东篱下，悠然见南山”的诗句，这仿佛又表现了诗人对即将到来的闲适生活的向往之情。

这首小诗，在艺术表现上，一是以景衬情，以“南云”“北雁”衬托思乡之情；二是有实有虚，前两句着重写实，后两句的想象之辞，乃是写虚。

（桂郁文）

江津送刘光禄不及[①] ［南朝·陈］阴铿

依然临江渚[②]，长望倚河津[③]。

鼓声随听绝[④]，帆势与云邻[⑤]。
泊处空余鸟[⑥]，离亭已散人[⑦]。
林寒正下叶[⑧]，钓晚欲收纶[⑨]。
如何相背远[⑩]，江汉与城闉[⑪]。

作者简介

阴铿（生卒年不详），字子坚，祖籍武威姑臧（今甘肃武威）。曾仕梁陈两朝，工五言诗，长于描写山水，风格清新流丽，与何逊相近，世称“阴何”，是南朝山水诗派的代表作家之一。其新体诗已接近唐律。杜甫曾在晚年写道，“颇学阴何苦用心”（《解闷》），“阴何尚清省”（《秋日夔府咏怀》），对阴铿诗极为推重。阴铿现存诗30多首，代表作有《和傅郎岁暮还湘州》《开善寺》《江津送刘光禄不及》《晚出新亭》等。原有集三卷，已佚。明人辑有《阴常侍集》。

注释

①江津：江边渡口。刘光禄：刘孺，字孝稚，曾任光禄卿。不及：没有赶上。②依然：依依不舍的样子。渚（zhǔ）：江中小洲。③长望：远望。津：渡口。④鼓声：古时开船，以打鼓为号。⑤帆势：帆船的姿影。⑥泊处：船只原来停泊之处。⑦离亭：渡头供人休息、饯别的亭子。⑧下叶：落下树叶。⑨纶：钓鱼用的丝绳。⑩相背远：远别，各分东西。⑪江汉：指朋友前去之地。城闉（yīn）：城门，指诗人回去的地方。

译文

面对着江中的小洲，依依不忍离去；站在这江边的渡口遥望着远去的船只。
随着朋友的船渐行渐远，那船桨摇动的声音听不到了；那船上的大帆也渐渐与云彩接近。
回看朋友船停过的地方，只有几只小鸟；再看那离亭中，为朋友送行的人也早已散去了。
傍晚风寒，林间的树叶纷纷落下；日暮黄昏，钓鱼人也正准备收拾回家。
为什么要让我们离别得这么远，一个远去江汉，一个归返城中。

简析

此诗共十句。首二句“依然临江渚，长望倚河津”是一幅目送朋友风帆逝去的远望图。“依然”是依恋，可以从中看出诗人内心是何等懊丧。从“长望”的凝神注目中能够窥见其情绪的起伏，有如这眼前的江水翻滚不已！

“鼓声随听绝”以下六句可分为两个层次，也可以把它看成两个镜头。第一层次“鼓声随听绝，帆势与云邻”两句是电影长镜头中的远景，写船已经远去的情状。友人开船时的打鼓声已在江空中绝响，而去帆也如脱弦之箭到了很远的江际，似乎已经与云为邻。这两句都是写诗人注目的那个远去所在。

紧接着的四句是第二层，可以看作近乎特写的近镜头。诗人回过头来写自己身边的情景，也就是朋友刚才离去的那个地方。林寒叶下，钓晚收纶正渲染出诗人独立苍茫、凄苦无着的情绪和氛围，景的色调变暗，从中可窥出诗人心中的悲凉。这里树叶的纷纷落下象征着朋友的孤帆远去、萍水漂泊，钓晚收纶暗示着诗人即将怏怏归去。这种诗歌欣赏的二重境界基于作者创造的第一重境界，这样才可以在欣赏、接受的过程中开拓出新的艺术天地。

最后二句是说朋友已去江汉而自己却返归城曲。“如何相背远”，诗的语气平淡朴素，其中深深透露出无可奈何的情调。这样写自己归来的情状于全诗而言，一是对江津送友不及情状的续写，更可见出诗人对朋友思念之深、之切；二是整个诗篇也更浑然一体，而且情意不绝，余音袅袅，更加显得深厚蕴藉。

（阳旦）

子夜歌[1] [南朝] 乐府民歌

始欲识郎时，两心望如一[2]。
理丝入残机[3]，何悟不成匹[4]。

注释

①子夜歌：乐府曲名，现存42首，收于《乐府诗集》。多以五言为形式，以爱情为题材，后来延伸出多种变曲。②望：希望。如一：像一颗心。③丝：谐“情思”的“思”。残机：残破的织布机。④悟：醒悟。匹：布帛宽二尺二寸为幅，长四丈为匹。这里用着双关语，暗喻二人不能成为匹配。

译文

想当初刚开始认识你时，我希望两人心像一颗心。
理好丝放入那残破织机，哪晓得就这样织不成匹。

简析

这首诗写一个女子失恋后的心情。第一、二句写开始时的希望。当初，她认识了一位男子，她希望这位男子的心与自己如同一颗心，心心相印，百年好合。这是回忆他当初与男子相识时的情形。而他们如何相识的，诗歌留下空白，读者诸君可以想象。从古代社会来看，应是男方主动，或许是这男子多次纠缠，发起攻势，才使得她萌生了想要与男子恋爱的念头。而女子一旦有了这种想法，便希望有一个好的结果。从“两心望如一”这句诗中，似乎也可以看出女子的某种隐忧。第三、四句写希望的破灭。至于出于何种原因，诗歌亦没有交代，同样留给读者想象的空间。但主要原因应是男方，是男方辜负她的期望，使她的美好希望化为泡影。她没有直说，只是用一个形象的比喻，说她不能与他在一起就像将理好的丝放在残破的织机上一样，不能成匹。写法上，一是运用谐音双关，体现了南朝乐府民歌特色。“丝”谐音“思”，即情思，“匹”，既有绢匹的意思，也有匹配的意思。情丝虽然理好，但爱情却是残破的，无法匹配成婚；二是运用前后对比，造成强烈反差，表现了女子的希望与希望的破灭，突出了失恋女子痛苦的心情。

（桂郁文）

渡河北[1] [北朝·北周] 王褒

秋风吹木叶，还似洞庭波。
常山临代郡[2]，亭障绕黄河[3]。
心悲异方乐[4]，肠断陇头歌[5]。
薄暮临征马[6]，失道北山阿[7]。

作者简介

王褒（513—576），字子渊，琅琊临沂（今山东临沂）人，南北朝诗人、书法家。曾任吏部尚书、左仆射。梁元帝时西魏南伐，江陵沦陷后，王褒入西魏，被扣留不复南返，北周武帝时为宜州刺史。在梁时曾写过《燕歌行》等诗歌，描写征战艰辛，塞北苦寒，曾被广泛传诵和模仿。到北方之后，他的诗风虽和齐梁诗人仍有相近之处，但由于受到北方生活风俗的影响，诗歌内容比过去充实了许多，风格也发生了很大的变化，写了不少关于边塞和征战等方面的乐府诗。王褒的诗歌多是到北方后所作，抒发羁旅之情、故国之思和边塞风情，风格雄健。如五言诗《渡河北》《关山月》等。

注释

①这首诗是王褒渡河北上所写。河，指黄河。南北朝时期，黄河以北的地区，先后有少数民族的军事领袖陆续建立政权，汉人认为此地乃异族统治。②常山：郡名，治所今河北省石家庄地区正定县，辖境至唐县。代郡：汉代北部边郡，今河北省蔚县东北和山西省东北部。临，靠近。③亭障：当时修筑的军事防御工事。④异方：异乡。⑤陇头歌：乐府歌曲名，属《梁鼓角横吹曲》，歌曲的内容是游子思乡。陇头歌也就是“异方乐”。⑥薄暮：靠近傍晚时分。⑦失道：迷路。山阿：山的拐角处。

译文

渡黄河，秋风起，落叶纷纷扬扬，好似洞庭湖波涌起，景色好似江南。
常山靠近汉代北部边郡县，黄河边上，绕着修筑的军事防御工事。
听着异乡凄凉的陇头歌，心里不由地悲伤起来。
傍晚时分，将驱动征马，在北山拐角的地方却迷失了道路。

简析

这首诗表达了诗人对故国的怀念和羁旅他乡的感慨。诗歌开头两句用“因物兴感”的手法来引出对江南故国的悠远思念。黄河边上的“木叶”在秋风中纷纷飘落，此番情景使诗人想起屈原的名句：“袅袅兮秋风，洞庭波兮木叶下。”想来此时此刻，那浩荡的秋风也同样吹拂着江南的洞庭湖水…… “还似”二字把诗人的怀念之情极其委婉地表达出来了。第三、四句写北渡所见之景，感慨原本汉代的北部边塞，却成了北朝异族的工事，把深沉的历史感慨融入故国之思中。第五、六句写北渡所闻。《陇头歌》是抒写思乡之情的乐府歌曲，作者正在愁惨之际，听到远方传来异国悲凉的歌声，更觉肝肠寸断。结尾二句用信马由缰、茫然迷路的动作来刻画诗人心灰意懒、怅然若失的情状，一种惆怅绵渺的情味萦绕在画面中。这首诗对仗工整，音韵和谐，同时又具有苍劲悲凉的格调，表现出南北朝诗诗风融和的特点。

（阳旦）

寄王琳[1] ［北朝・北周］庾信

玉关道路远[2]，金陵信使疏[3]。
独下千行泪[4]，开君万里书[5]。

作者简介

庾信（513—581），字子山，祖籍南阳新野（今属河南）。年15岁为昭明太子东宫讲读，萧统去世后为萧纲东宫通事舍人，官至御史中丞，袭封武康县侯。承圣三年（554），庾信奉命出使西魏，魏帝惜才，强留北方，历任骠骑大将军、开府仪同三司等职。不久，北周灭西魏，庾信到北周，官至洛阳刺史。庾信早年作品留存很少，现存大部分诗歌多是其羁留北朝后，痛感国破家亡、屈身异国，抒写乡关之思的。他用南朝丰富的文学技巧，抒写在北朝激发起来的生活感受，又善于运用各种诗歌体裁，所以在诗歌艺术的发展上成就很高，起了承前启后、南北交流的作用。有《庾子山集》。

注释

①王琳：（526—572），字子珩，南北朝梁朝名将。庾信好友。②玉关：玉门关，在今甘肃敦煌西，在汉代是通往西域各地的门户。这里是比喻自己身在北方，就像是在遥远的玉门关。③金陵：今南京。信使：送信的人，一说使者。疏：稀少。④千行泪：形容流泪多。⑤君：指王琳。万里书：从远方等来的信。时王琳在郢城练兵，志在为梁雪耻，他寄给庾信的书信中不乏报仇雪耻之意，所以庾信为之泣下。书：信。

译文

玉门关外的道路多么遥远，故都金陵的信使何等稀疏。
我很激动流下了千行热泪，是因为拜读了您万里来信。

简析

这首诗应是庾信在北方收到好友王琳书信后所作。庾信在北方时，南北朝对峙，自然极少信使往来。忽然收到王琳万里之外的书信，诗人激动无比。好友的来信，激起了诗人的故国之思、故友之念、仕敌之痛、失节之哀等等复杂情感，诗人的泪水遏制不住，滚滚直下。诗歌前两句，运用对仗。“玉关”喻自己身留长安，犹如玉门关外，“金陵”指梁朝旧都建邺，两者对举，实则包含了故国之思。“道路远”，从空间着笔，一方面表现了南北隔绝的现实，另一方面也包含着对政局动荡的不安和忧虑，以及对故都金陵的翘望和怀念。后两句先果后因，内涵丰富，描写了诗人泪流满面的形象，表现了诗人的孤独处境、朋友来信的珍贵以及无法言表的复杂心情。

（桂郁文）

折杨柳枝歌[①] 北朝民歌[②]

门前一株枣，岁岁不知老。
阿婆不嫁女[③]，那得孙儿抱[④]。

注释

①折杨柳枝歌：是一组乐府诗，共四首，属横吹曲辞。这是一组描写爱情的诗歌，诗中主要描写一个年轻少女对爱情的向往和追求。②北朝民歌：是指南北朝时期北方文人所创作的作品，其内容丰富，语言质朴，风格粗犷豪迈，主要收录在《乐府诗集》中，今存60多首。③阿婆：方言词。依地域不同，有多种意思。一般尊称老年妇女，这里指母亲。④那：同“哪”。

译文

我家门前一株枣，年年岁岁不苍老。
妈妈您不嫁女儿，哪里能有孙儿抱？

简析

这首民歌描写了一位少女对爱情的向往和追求。前两句用枣树“起兴”，先说门前有一株枣树，每年都不会苍老。“枣”与“早”谐音双关，这是民歌中常见的手法。诗歌以“枣”起兴，引出并反衬女儿年纪将会一年年逐渐增长，可不会像枣树那样“年年不知老”，从而自然引出后两句“阿婆不嫁女，那得孙儿抱？”后两句语言直白而有意蕴。从末句“那得孙儿抱”来看，仿佛还有潜台词，母亲很有可能在女儿面前说了“哪家哪家阿婆已经有孙儿抱了”之类的话语，女儿趁机接过话茬说来，自然而不突兀，既表露了心迹，又掩饰了提醒催促母亲的羞涩。这首诗先起兴，后直言，形象蕴藉，极具民歌风味。

（桂郁文）

敕勒歌[①] 北朝民歌

敕勒川[②]，阴山下[③]。
天似穹庐[④]，笼盖四野[⑤]。
天苍苍[⑥]，野茫茫[⑦]，
风吹草低见牛羊[⑧]。

注释

①敕（chì）勒歌：北朝时居住在中国北部一带敕勒族所唱的牧歌。敕勒为匈奴的后裔，当时生活在内蒙古大草原上。②敕勒川：指敕勒族游牧的大草原。川，平原。③阴山：又名大青山，坐落在内蒙古高原上，西起河套，东接大兴安岭，绵延千里。④穹（qióng）庐：用毡布制成的圆形帐篷，俗称蒙古包。⑤笼：遮住，盖住。⑥苍苍：深青色，这里形容高蓝的青天。⑦茫茫：辽阔深远。⑧见：同“现”，显现。

译文

辽阔而美丽的大草原，就在巍巍的阴山脚下。
天空像一座高大的圆形帐篷，
笼罩着无边无际的草原成为一个新家。
蓝天莽莽苍苍，原野渺渺茫茫。
风吹拂草原显露出遍地散布的牛羊。

简析

这是一首描写北方少数民族游牧生活的民歌。作者以气势磅礴的阴山为背景，描画了辽阔草原的雄伟景象，抒发了北方游牧民族热爱草原的壮志豪情，风格豪放浑朴，在那茫茫的草原上，青青的牧草和遍地的牛羊交相映衬，又以和风吹拂来点染大草原的勃勃生机。“风吹草低见牛羊”是画龙点睛的一笔，“吹”“低”“见”三字把草原的形象描绘得栩栩如生，真是令人神往！全诗具有无比的魅力，不愧为千古绝唱。

（唐嗣德）

春江花月夜[①] [隋] 杨广

暮江平不动[②]，春花满正开[③]。
流波将月去[④]，潮水带星来[⑤]。

作者简介

杨广（569—618），隋炀帝，诗人。为隋文帝第二子。他在位十四年，大兴土木，建宫殿，开运河，修长城，残酷的剥削使人民不堪忍受。虽是著名暴君，但他修建大运河、开创科举、三征高句丽等政绩却不可否认。今存诗40多首，多为乐府歌辞，内容或为应酬赠赐，或写声色游娱，词藻艳丽，多承袭齐梁之风。

注释

①春江花月夜：南朝时的乐府吴声歌曲。杨广的原诗共二首，这里是第一首。②暮：日暮黄昏时刻。平：波平浪失。③满：形容春花漫山遍野怒放。正：形容春花的资质，鲜

嫩而灿烂。④流波：江水流动，生起了波浪。⑤潮水：指夜潮涌起。

译文

薄暮冥冥江水平平整整，春花朵朵亮出丰美的身影。
滔滔波浪把明月倒影驱散，滚滚潮水带来了闪烁的群星。

简析

杨广杀父自立，史称隋炀帝。他虽是一位颇有争议的君主，却颇有诗才，其诗可谓初唐之先声。这首诗紧扣诗题五个字命笔，前两句写“春江花”，后两句写“江月夜”，短短20个字，就将可爱的春天、明净的江水、灿烂的鲜花、荡漾的星月、迷人的夜色这一幅绚丽画面呈现在读者面前。形象艳美，色调浓厚，语言清醇，字活句鲜。诗中的“平”“满”“正”“将”“带”等都是神来之笔，耐人咀嚼。

（唐嗣德）

人日思归[①] [隋] 薛道衡

入春才七日[②]，离家已二年[③]。
人归落雁后[④]，思发在花前[⑤]。

作者简介

薛道衡（539—609），字玄卿，河东汾阴（今山西万荣）人。少孤，专精好学，甚有才名，在隋朝文坛上显赫一时，朝廷许多应用文章都出自于他之手。其诗虽未摆脱六朝文学浮艳绮靡之余风，有些作品却具有刚健清新的气息，其善于用精巧的语言表现人物细致的内心活动。今存诗20余首。

注释

①人日：旧称正月初七为“人日”。南北朝时民俗已将春节开始的七天与人畜相对应：正月初一为鸡，初二为狗，初三为猪，初四为羊，初五为牛，初六为马，初七为人。②入春：进入春季。③已二年：作者掐指一算，已有两个年头，意味时间之长，并非两整年。④落雁后：落在归雁之后。⑤思：指思归想家的念头。发：产生。

译文

进入新春刚刚七天，离开家园已有二年。
回家落于归雁之后，相思却在花开之前。

简析

前两句，以“才七日”与“已二年”相对应，从时间短与时间长的比照中寓寄时不待我的深义。后两句，则以“人归”与“雁归”相比对，反衬出归心之急切。归思是一种普遍心理，是人之常情，但作者巧妙地抓住新春这一特定时节和特定环境中的细微思想活动来写，就新颖别致，技高一筹，更加深了诗的思想艺术感染力。

（唐嗣德）

送别 [隋] 无名氏①

杨柳青青著地垂②，杨花漫漫搅天飞③。
柳条折尽花飞尽，借问行人归不归？

注释

①无名氏：其作者已无法考证。②杨柳：古人常折杨柳枝表送别。折柳，本意在赠别，今柳条折尽，则意味着离别已久，睹旧物而怀远人。③花飞：飞花，本意指春暮；今杨花飞尽，则意味着春归已久，觉行人反不如春之知情。

译文

暮春时节，青青的杨柳垂下的枝条，摩挲着地面，
杨树花在微风的吹拂下，漫天飞舞。
如今，柳条折尽了，杨树花飞尽了，（春归已久），
借问远方的游子，你怎么还不回来呢？

简析

这首出自隋朝的《送别》，其作者已无法考证，然而诗中借柳抒发的那份恋恋不舍的心境，却流传至今。据说，折柳送别的风俗始于汉代。古人赠柳，寓意有二：一是柳树速长，折柳送友意味着无论漂泊何方都能枝繁叶茂，而纤柔细软的柳丝则象征着情意绵绵；二是柳与“留”谐音，折柳相赠有“挽留”之意。而我们今天从诗歌中所看到的用“柳”来表现离情别绪的诗句，要早于这种“习俗”。末两句写春已归去而人未归来。折柳，本意在赠别；今柳条折尽，则意味着离别已久，睹旧物而怀远人。飞花，本意指春暮；今杨花飞尽，则意味着春归已久，觉行人反不如春之知情。末句直扣题旨，问夫归否；说明她已忧思满怀，情渴似火，故似火山熔岩迸涌而出。其气度韵味，自不寻常。

（阳旦）

野望 [唐] 王绩

东皋薄暮望①，徙倚欲何依②。

树树皆秋色，山山唯落晖[③]。
牧人驱犊返[④]，猎马带禽归[⑤]。
相顾无相识[⑥]，长歌怀采薇[⑦]。

作者简介

王绩（585—644），一说（约589—644）字无功，自号东皋子、五斗先生。绛州龙门（今山西河津）人。隋末大业元年举孝廉，中高第，授秘书正字，后为六合县丞。时天下大乱，弃官还故乡。唐武德中，诏以前朝官待诏门下省。贞观初，以身有疾罢归河渚间，躬耕东皋，自号“东皋子”。性简傲，嗜酒，能饮五斗，自作《五斗先生传》，撰《酒经》《酒谱》。诗歌多写山水田园风光与隐士生活，平淡疏野，对唐诗的发展有一定影响。有《王无功集》。

注释

①东皋（gāo）：绛州龙门的一个地方，诗人归隐后的常游之地。皋：水边地。薄暮：傍晚，太阳快落山的时候。薄，迫近。②徙倚（xǐ yǐ）：徘徊，来回地走。欲何依：打算依靠什么。依，归依。③落晖：落日，夕阳余晖。④犊（dú）：小牛，这里指牛群。⑤禽：鸟兽，这里指猎物。⑥相顾：相看。⑦采薇：《诗经·召南·草虫》有：“陟彼南山，言采其薇。未见君子，我心伤悲。”《诗经·小雅·采薇》有：“采薇采薇，薇亦作止。曰归曰归，岁亦莫止，靡室靡家，猃狁之故；不遑启居，猃狁之故。”诗联想到《诗经》中关于“采薇”的片段，借以抒发苦闷。一说此处用典，相传周武王灭商后，伯夷、叔齐不愿做周的臣子，在首阳山上采薇而食，最后饿死。古时“采薇”代指隐君生活。薇，一种植物。

译文

夕阳西下站立东皋游目远望，心中彷徨我不知道何处归依。
山上层林染上了秋天的颜色，重重山峦只有那落日的余晖。
放牧之人驱赶牛群返回栏舍，骑马猎人带着猎物正往家归。
山道逢人相对无言互不相识，长歌一曲效法古人隐居采薇。

简析

这是现存唐诗中最早的一首格律完整的五言律诗，主要写野望秋景。首联言事抒情，写诗人傍晚时分于东皋远望秋景，和其徘徊不定不知归依何方的情态，表现了诗人百无聊赖的彷徨心情。颔联描写静态景物，写出了秋色浓重、暮色苍茫、安详宁静的景物特征，是为千古名句。颈联描写动态景物，使整个画面静中显动，具有田园牧歌式的格调。尾联感事用典，写诗人野望之中没有见到相识之人，只好追怀古代的隐士了。这首诗通过野望秋景的描绘，流露了诗人孤独抑郁的心情，表现了诗人惆怅、苦闷的心态。全诗语言自然流畅，风格朴素清新，摆脱了初唐轻靡华艳的诗风，在当时的诗坛别具一格。如果从句式、平仄、用韵、对仗、章法等方面进行分析，可以看出，这已是一首成熟的五言律诗。

（桂郁文）

秋日[1] [唐] 李世民

爽气澄兰沼[2]，秋风动桂林[3]。
露凝千片玉[4]，菊散一丛金[5]。
日岫高低影[6]，云空点缀阴[7]。
蓬瀛不可望[8]，泉石且娱心[9]。

作者简介

李世民（598—649），即唐太宗，陇西成纪（今甘肃秦安）人，唐朝开国皇帝李渊次子，武德九年（626）继帝位。在位期间，锐意图治，以亡隋为戒，善用贤，喜纳谏，轻刑薄赋，海内升平，世誉“贞观之治”。其诗在唐前期具有开创作用，内容大都是叙写战绩，欢庆功成，也有一些写景抒怀、赠别唱和的诗篇。他具有丰富的政治、军事经历，生活感受较深，加上他视野开阔，踌躇满志，不少诗篇洋溢着刚健质朴的战斗豪情。《全唐诗》录其诗 99 首。

注释

①秋日：原诗有两首，此录其二。②爽气：秋高新鲜爽朗之气。澄：水静而清。兰沼：岸边长有兰草的池塘。兰：古诗文中通指兰草，即泽兰。③动：吹拂，摇动。桂林：桂花树林。④露凝：凝结的小水珠，通指朝露。此句从吴声歌曲《子夜四时歌·秋歌》“清露凝如玉”一句中化出。⑤散：分开，分散，此指菊花盛开。⑥岫（xiù）：峰峦。高低影：在日光照射下，远远近近的峰峦随形造影，或高或低。⑦点缀：装点，修饰。指秋云变幻无定，经日光透射，其云影奇形怪状，姿态万千。⑧蓬瀛：指蓬莱、瀛州二仙山。这里泛指仙境。⑨泉石：泉流石上，清澈明净，淙淙有声。这里泛指壮丽的山川胜景。

译文

气爽池青泽兰吐翠，秋风吹拂桂花飘香。
朝露晶莹千片珠玉，菊花怒放一片金黄。
日照峰峦姿态万种，影随云变奇形怪状。
蓬瀛仙境无须探看，壮丽山川足可观赏。

简析

这首五津是咏秋的名篇。首联直接入题，描写秋天的典型环境，一洗悲秋的感伤意绪，显示出一种爽朗刚健的风格。颔联筛选出秋日大地的两种奇特景象，写晨露的晶莹高洁和秋菊的华贵辉煌，寄寓着一种人生理想的追求。颈联与颔联相对应，撷取一瞬间的奇景将秋空美化，写峰峦在日照下的随形造影，写云影随秋云变幻而相应作态，景物朦胧飘忽，明暗交织，反映出幽冷静谧的境界。尾联将仙境与现实对举，作者取舍分明，揭示了高尚的人格追求：不贪浮华而脚踏实地，以励精图治而怡然自乐。这首五律色调明丽，情景高雅，用语精巧。作为律诗，要求对仗甚严。而初唐时近体诗格律尚未成型，每联都用对仗尚不多见，而李世民的这首五律，四联皆对仗精工，可谓前无古人，后启来学，对唐代新兴体制律诗的形成和发展，起到了极为重要的开创作用。《全唐诗》卷一《太宗皇帝》小传指出："有唐三百年风雅之盛，帝实有启之焉！"

（唐嗣德）

腊日宣诏幸上苑[①] ［唐］武则天

明朝游上苑[②]，火速报春知[③]。
花须连夜发[④]，莫待晓风吹[⑤]。

作者简介

武则天（624—705），名曌（zhào），并州文水（今山西文水）人，唐高宗（李治）皇后。天授元年（690），武则天改唐为周自立为帝，是中国历史上唯一的女皇帝。广涉文史，亦能诗，写过一些祭神的歌词和纪游诗。《全唐诗》录其诗作 40 余首。

注释

①腊日：古代腊月的祭神日，即农历十二月初八，又称"腊八节"。此指天授一年（691）的腊八节。宣诏：宣布皇帝的命令。幸：指皇帝到达。上苑：皇帝的花园。②明朝：明天早上。③火急：形容十分紧急。④发：开，开放。⑤晓风：拂晓时的风，即晨风。

译文

明天早上我要游览皇家园林，火速传诏给春神做好安排。
百花必须在今夜里含笑齐放，绝不容许待明日让晨风吹开！

简析

腊八节正值天寒地冻之时，草木萧疏，即使春神有术，也无法使百花提前盛开。但古代认为君权神授，称帝王为天子，万事万物都由至高无上的天子主宰。武则天既贵为天子，就要求人间一切事物都必须按照她的意志而转移，金口一开，必一呼百应，以至于在凛冽严冬宣诏令百花在一夜之间齐放，绝不容许等到第二天早晨。真是蛮横无理，荒唐之极。如此刚愎自用，动辄颐指气使，强令顺从，难免殃民祸国。全诗不用一二闲字，事理清晰，意象俱足，节奏明快，一气呵成，富有浪漫主义情调，且语言明白如话，不事雕饰，实为难得。

（唐嗣德）

咏鹅[1] [唐]骆宾王

鹅，鹅，鹅，曲项向天歌[2]。
白毛浮绿水，红掌拨清波[3]。

作者简介

骆宾王（约638—约687），字观光，婺州义乌（今浙江义乌）人。唐初诗人，与王勃、杨炯、卢照邻合称“初唐四杰”。七岁时因作《咏鹅》诗而有“神童”之誉。骆宾王于睿宗光宅元年（684），为在扬州起兵反武则天的徐敬业作《代李敬业传檄天下文》，敬业败，亡命不知所之，世传被杀，或为僧。他的诗辞采华丽，格律谨严。

注释

①咏：用诗、词来叙述或描写某一事物。咏鹅：用诗词来赞美鹅。②曲项：弯着脖子。歌：长鸣。③拨：划动。

译文

鹅！鹅！鹅！面向蓝天，一群鹅儿伸着弯曲的脖子在歌唱。

雪白的羽毛漂浮在碧绿的水面上，红色的脚掌划着清波。

简析

作者七岁而作的这首千古流传的诗歌，没有什么深刻的思想内涵和哲理，而是以清新欢快的语言，抓住事物（鹅）的突出特征来进行描写。写得自然、真切、传神。

首句连用三个“鹅”字，表达了诗人对鹅十分喜爱之情。次句“曲项向天歌”，描写鹅鸣叫的神态。“曲”字形容鹅向天高歌之态，十分确切。鸡是引颈长鸣，鹅是曲项高歌。三、四句写鹅游水嬉戏的情景：“白毛浮绿水，红掌拨清波。”“浮”“拨”两个动词生动地表现了鹅游水嬉戏的姿态。“白毛”“红掌”“绿水”等几个色彩鲜艳的词组给人以鲜明的视觉形象。鹅白毛红掌，浮在清水绿波之上，两下互相映衬，构成一幅美丽的“白鹅嬉水图”，表现出儿童时代的骆宾王善于观察事物的能力。

（谭静）

在狱咏蝉[1] [唐]骆宾王

西陆蝉声唱[2]，南冠客思深[3]。
不堪玄鬓影[4]，来对白头吟[5]。
露重飞难进[6]，风多响易沉[7]。
无人信高洁[8]，谁为表予心[9]。

注释

①这首诗是骆宾王任侍御史因罪入狱之作。②西陆：指秋天。《隋书·天文志》："日循黄道东行……行西陆谓之秋。"③南冠：指囚徒。《左传·成公九年》："晋侯观于军府，见钟仪，问之曰：'南冠而絷者，谁也？'有司对曰：'郑人所献楚囚也。'"深：一作"侵"。④玄鬓：指蝉。⑤白头：指诗人自己，当时诗人已经发白了。⑥"露重"二句：比喻世道艰险，冤屈难伸。⑦响：指蝉声。沉：沉没，掩盖。⑧信：相信。高洁：指蝉，蝉栖高树上餐风饮露，也是自喻。⑨予心：我的心。

译文

秋天里那寒蝉声声哀唱，被囚人在异乡愁怨深深。
怎忍受似黑鬓秋蝉形影，竟对我白发人愁泣哀吟。
寒露重已使你有翅难飞，秋风动声再大也易掩沉。
没有人相信你饮露高洁，又有谁肯替我表白冰心？

简析

这是一首咏物诗，作于唐高宗仪凤三年（678）。当时骆宾王任侍御史，因上疏论事触忤武后，遭诬，以贪赃罪名下狱。作者无罪而深陷囹圄，故而愤慨不平，满腹委屈。牢狱之中，听到凄切悲凉的秋蝉的叫声，自然想到自己的危难处境。诗人认为蝉栖高树餐风饮露，品格高洁，却无人相信，这又自然联系到个人的洁白无辜，既无法自我表白心迹，也无人肯替他洗刷污垢。所以触物而起兴，借物而喻人，咏物以抒情。

这首诗作于患难之中，感情强烈，取譬明切，用典恰切，语多双关，咏物中寄情寓兴，使人感到既是咏物，又是写人。人与物之间，不即不离，若即若离，达到了物我一体，合二为一的境界。乃是咏物诗中的上乘之作。

（桂郁文）

易水送别[1] ［唐］骆宾王

此地别燕丹[2]，壮士发冲冠[3]。
昔时人已没[4]，今日水犹寒[5]。

注释

①易水：也称易河，河流名，位于河北省西部的易县境内，分南易水、中易水、北易水，为战国时燕国的南界。燕太子丹送别荆轲的地点。《战国策·燕策三》："风萧萧兮易水寒，壮士一去兮不复还。"②别燕丹：指的是荆轲作别。③壮士发冲冠：壮士，指荆轲；发冲冠，即怒发冲冠，愤怒到头发把帽子都顶起来了，形容非常愤怒。④没（mò）：死，即"殁"字。⑤水：指易水之水。犹：仍然。

译文

在此地离别了燕太子丹，壮士荆轲愤怒发已冲冠。

昔日的英豪人已经长逝，今天这易水还那样凄寒。

简析

《易水送别》是骆宾王创作的一首五绝。此诗描述作者在易水送别友人时的感受，并借咏史以喻今。前两句通过咏怀古事，写出诗人送别友人的地点；后两句是怀古伤今之辞，抒发了诗人的感慨。全诗寓意深远，笔调苍凉。

（谭静）

风 [唐] 李峤

解落三秋叶①，能开二月花②。
过江千尺浪③，入竹万竿斜④。

作者简介

李峤（644—713），字巨山，赵州赞皇（今属河北）人。少有才名。20岁时，擢进士第，调安定尉。举制策甲科，迁长安后，累官监察御史。邕、严二州僚族起义，他受命监军进讨，亲入僚洞劝降，罢兵而返。迁给事中。武后、中宗朝，屡居相位，封赵国公。睿宗时，贬怀州刺史。玄宗即位，贬滁州别驾，改庐州别驾。

注释

①解落：吹落，散落。三秋：秋季，一说指农历九月。②能：能够。二月：农历二月，指春季。③过：经过。④斜：倾斜。

译文

风可以吹落秋天金黄的树叶，可以吹开春天美丽的鲜花。

刮过江面能掀千尺巨浪，吹进竹林能使万竿倾斜。

简析

前两句就“风”的季节功能而言：秋风能令万木凋零；春风却又能教百花绽放。后两句则就“风”所到之处，呈不同景象来描写：风过江上时，则水面波浪滔滔；入竹林时，只见竹竿一齐倾斜。这首诗的妙处在于写风，全诗除诗名外，不见风字。每一句都表达了风的作用，如果将四句诗连续起来，反映了世间的欢乐和悲伤，表达了“世风”和“人风”，风是善变的，有柔弱，又有彪悍，风是多情的，姿态丰盈，万竹起舞，短短的四句诗，以动态的描述诠释了风的性格。还用夸张的手法以及“三”“二”“千”“万”这几个数字巧妙的组合来表现风的强大，也表达了诗人对大自然的敬畏之情。

（彭双宝）

中秋夜 [唐] 李峤

圆魄上寒空①，皆言四海同。
安知千里外②，不有雨兼风③？

注释

①圆魄：指中秋圆月。②安知：哪里知道。③雨兼风：急风和暴雨

译文

天上升起一轮明月，都说每个地方都是一样的月色。
哪里知道远在千里之外，就没有急风暴雨呢？

简析

此诗以咏月为题，写此地有月光，彼地有风雨，意在风雨，而非赏月。它揭示了一个真理：世上的事千差万别，千变万化，不可能全都一样。正如中秋夜，此处皓月当空，他处却风雨交加。

（彭双宝）

和晋陵陆丞早春游望① [唐] 杜审言

独有宦游人②，偏惊物候新③。
云霞出海曙，梅柳渡江春。
淑气催黄鸟④，晴光转绿萍⑤。
忽闻歌古调⑥，归思欲沾巾⑦。

作者简介

杜审言（？—708），唐代诗人。字必简，祖籍襄阳（今属湖北），迁居河南巩县（今河南巩义），是杜甫的祖父。高宗咸亨进士。少与李峤、崔融、苏味道齐名，称“文章四友”，晚期和沈佺期、宋之问相唱和，是唐代近体诗的奠基人之一。作品多朴素自然，其五言律诗，格律谨严。

注释

①和：指用诗应答。晋陵：现江苏省常州市。②宦游人：离家做官的人。③物候：气象和季节变化。④淑气：和暖的天气。⑤绿苹（píng）：浮萍。⑥古调：即题目中的《早春游望》。⑦巾：一作“襟”。

译文

只有远离故里外出做官之人，
特别敏感自然物候转化更新。
海上云霞灿烂旭日即将东升，
江南梅红柳绿江北却才回春。
和暖的春气催促着黄莺歌唱，
晴朗的阳光下绿萍颜色转深。
忽然听到你歌吟古朴的曲调，
勾起归思情怀令人落泪沾襟。

简析

这是一首和诗，作者是用原唱同题抒发自己宦游江南的感慨和归思，写得别有情致，惊新而不快，赏心而不乐，感受新鲜而思绪凄清，景色优美而情调淡然，甚至于伤感，有满腹牢骚在言外。

这首诗体例上韵脚分明，平仄和谐，对仗工整，可谓初唐时期完成近体诗体式定格的奠基之作，具有开源辟流的意义。

（肖建辉）

正月十五夜 ［唐］苏味道

火树银花合[①]，星桥铁锁开[②]。
暗尘随马去，明月逐人来。
游伎皆秾李[③]，行歌尽落梅[④]。
金吾不禁夜[⑤]，玉漏莫相催[⑥]。

作者简介

苏味道（648—705），诗人，赵州栾城（今河北栾城）人。少有才华，20岁举进士，累迁咸阳尉。与杜审言、崔融、李峤并称为“文章四友”，与李峤并称“苏李”，对唐代律诗发展有推动作用。诗多应制之作，浮艳雍容。但《正月十五夜》（一作《上元》）咏长安元宵夜花灯盛况，为传世之作。

注释

①火树银花：比喻灿烂绚丽的灯光和焰火。特指上元节的灯景。②星桥：这里指桥梁。铁锁开，指元宵夜京城开禁。③秾（nóng）李：指年轻人像盛开娇艳的桃花李花一样华美富丽。游伎：指街上游舞的艺伎。④落梅：古曲名《梅花落》，是汉乐府横吹曲名。⑤金吾：掌管京城戒备，禁民众夜行的官名，汉代置。⑥玉漏：古代用玉做的计时器皿，即滴漏。

译文

明灯错落，园林深处映射出璀璨的光芒，犹如娇艳的花朵一般；
由于四处都可通行，所以城门的铁锁也打开了。
人潮汹涌，马蹄下尘土飞扬；
月光洒遍每个角落，人们在何处都能看到明月当头。
月光灯影下的歌妓们花枝招展、浓妆艳抹，
一面走，一面高唱《梅花落》。
京城取消了夜禁，计时的玉漏你也不要着忙，
莫让这一年只有一次的元宵之夜匆匆过去。

简析

此诗是苏味道的代表作，也是历代咏元宵节最好的作品之一，它对后代诗歌创作有较大影响，大约作于唐神龙元年（705）。此诗对仗工稳，前后照应，结构紧密，可称得上初唐五律的典范。作品以其常读常新的艺术魅力昭示着后世诗人，促进了五言律诗的成熟。

（肖建辉）

九日登高[1] ［唐］王勃

九月九日望乡台[2]，他席他乡送客杯[3]。
人今已厌南中苦[4]，鸿雁那从北地来[5]？

作者简介

王勃（649—676），字子安，绛州龙门（今山西河津）人。少聪慧异常，6岁能文，14岁作《滕王阁诗并序》，为千古绝唱。28岁省亲渡海溺水而亡。与杨炯、卢照邻、骆宾王合称“初唐四杰”，以王勃才气最高，传世佳作也较多。其诗以五律最多，语气质朴清新，感情真挚动人，突破了齐梁香艳诗的框架和六朝宫体诗的窠臼，对近体诗格律的成熟起了重要的作用。

注释

①九日：即九月初九，重阳节。古人每逢此日要出外登高并举行宴会。②望乡台：在

成都市以北的玄武山上。③他席他乡：他乡的酒席。④人：指作者。南中：指成都的剑南，作者的家乡在剑南的北面，故指剑南为南中。作者此时客居于此。⑤鸿雁：大雁。那：奈何、为何之意。北地：泛指我国的北部。

译文

重阳佳节又登上了望乡的高台，
在他乡的席上端起送别的酒杯。
我早已厌倦了这南方的生活，
一批批大雁为什么还要从北方飞来？

简析

根据旧俗，九月九日是家人亲友团聚的日子。而今作者却独居异乡，而所登的高台又名望乡台，于是顿发相思之情；再加上客杯交错，恰恰大雁又从北地飞来，更搅动了作者的思乡念土的情怀。作者对鸿雁北来提出疑问，似乎问得无理，但却饱含痴情。正是这种痴情，才很好地表现了内心感受；而这种无理，却反衬出了十分有理。全诗命意清新，抒情真切，构思细致，结构完整，是客居远地的游子思念家乡的杰作。

（唐嗣德）

九日 [唐] 王勃

九日重阳节[①]，开门有菊花。
不知来送酒，若个是陶家[②]。

注释

①重阳节：又称重九节，为每年的农历九月九日，中国传统节日。我国历来有重阳节观赏菊花，饮菊花酒的习俗。②若个：哪个。陶家：晋代陶渊明的家。

译文

九月初九重阳节，开门一看有菊花。
不觉有人来送酒，问道哪里是陶家。

简析

这是一首写重阳节的小诗，是诗人王勃根据晋代陶渊明隐居田园的故事所作。

诗歌一、二句“九日重阳节，开门有菊花”，写重阳节那天，一开门便能看见盛开的菊花。东晋诗人陶渊明，为人有气节，因不满当时官场，不为五斗米折腰，辞官归隐，喜爱菊花，嗜酒如命。陶渊明有《饮酒》组诗二十首，其五有千古名句“采菊东篱下，悠然见南山”。而“菊花”这一意象，往往象征着超凡脱俗的隐者风范和凌寒斗霜的高洁品格。

三、四句“不知来送酒，若个是陶家”，正在没酒喝无可奈何之时，写来了一位送酒的人，询问哪里是陶渊明的家。这送酒之人，应是远道而来，或仰慕陶渊明风范，或敬重他人格，或与他志趣相投，故在重阳之日，特为陶渊明送酒。这所问之家，或许是别家，或许正是陶家。据南朝宋檀道鸾《续晋阳秋》载：“陶潜九月九日无酒，于宅边菊丛中摘盈把，坐其侧，人望见白衣人，乃王弘送酒，即便就酌而后归。”后“王弘送酒”“白衣送酒”因以为典。这或许是这首诗所本之事。

诗歌表达了对陶渊明以固守寒庐、隐居园田，犹如菊花般高洁品格的赞叹之情。语言浅显易懂，本事有据可考。

（桂郁文）

送杜少府之任蜀川① [唐] 王勃

城阙辅三秦②，风烟望五津③。
与君离别意④，同是宦游人⑤。
海内存知己⑥，天涯若比邻⑦。
无为在歧路⑧，儿女共沾巾⑨。

注释

①少府：官名，唐朝人对县尉的尊称。之任：赴任。蜀川：指四川一带地区。②秦阙：指长安。城墙上的望门叫阙。辅三城，以三城为辅，在三城的中枢。三城：指陕西一带地区，秦灭后，项羽曾把这个地区分为雍、塞、翟三个王国，故称三秦。③风烟：风尘烟雾。津：渡口。四川省岷江上有白华津、万里津、江首津、涉头津和江南津，合称五津。④君：指杜少府。意：情意，意绪。⑤宦游人：为了做官而远离家乡的人。⑥海内：四海之内，指全国。存：有，存在着。知己：知心的朋友。⑦天涯：天边，指极其遥远的地方。比邻：近邻。古代五家相连为比。⑧无为：不要不用。歧路：岔路，指离别分手之处。⑨儿女：指割不断柔情的儿女之态。沾巾：指泪水纵横而沾湿了佩巾。

译文

三秦拱卫着雄伟的长安城，
透过辽阔的风光遥遥望见五津。
你我都飘游四方以求进仕的游子，
分别时我们都怀着浓浓的别意离情。
四海之内总会有自己的知心朋友，
哪怕相隔天涯也如同近邻。
不要在这挥手告别的岔路口上，
像少男少女一样泪水沾湿佩巾。

简析

这是一首送别诗，作者意在劝慰杜少府不要为离别而悲伤，充分流露了作者的真挚友情和旷达的胸怀，一洗离愁别苦，读后使人产生一种清新刚健之感。“海内存知己，天涯若比邻”这一乐观豁达之语，以“海内”之至大与“知己”之至小、“天涯”之至远与“比邻”之至近形成鲜明的对比，蕴含深厚，惜别中见真情，真情中有至理，成为千古传颂的名句。

（唐嗣德）

从军行[①] [唐] 杨炯

烽火照西京[②]，心中自不平。
牙璋辞凤阙[③]，铁骑绕龙城[④]。
雪暗凋旗画[⑤]，风多杂鼓声。
宁为百夫长[⑥]，胜作一书生。

作者简介

杨炯（约650—约693），华阴（今属陕西）人。十岁举神童。唐高宗上元三年应制举及第，授校书郎，后官盈川令。初唐四杰之一。擅长五律，其边塞诗气势较胜，但有些作品未能尽脱绮艳之风。有《盈川集》。

注释

①从军行：古乐府曲名。以军旅战争之事为题材。②烽火：古代在边防地区筑烽火台，有敌犯境时，举火告警。西京：长安。③牙璋：古代调令军队的兵符。符分为两块，一块国君自留，一块交付军中主帅执掌。嵌合处呈牙状。这里指代领兵符出征的将帅。辞：别。凤阙：皇帝宫殿的泛称。本在汉代建章宫外，上置铜凤。④铁骑：精强的骑兵，指唐军。绕：围。龙城：汉时匈奴大会祭天之处。这里泛指敌国要地。⑤雪暗：天暗雪大。凋画旗：军旗上的色彩为之模糊。⑥百夫长：一百个士兵的头目，泛指下级军官。

译文

烽火起军情急传到长安，壮士心报国家义愤难平。
调兵符主帅领辞别朝廷，铁骑兵势凌厉围了龙城。
大雪飞天昏暗模糊军旗，风萧萧多强动夹杂鼓声。
宁愿做百夫长冲锋陷阵，皆胜过弄文墨一介书生。

简析

这是一首抒情诗，抒发了读书士子保卫边塞、驱逐入侵敌寇的壮志豪情。前四句叙事。第一、二句写敌犯边地，军情紧急传报长安，志士愤慨不平，激起了满腔爱国热情。这两句还点明了出师有名、为了自卫，交代了整个事情展开的背景。第三、四句对仗工整，用语典雅、简捷，写出师场面隆重、庄严，军队征战所向披靡，直捣敌巢。第五、六句转作环境描绘，烘托战场气氛。大雪弥漫，天昏地暗，军旗图画模糊不清；寒风呼啸，与咚咚战鼓声交织一起，不绝于耳。这两句写得有声有色，表现了边塞艰苦激烈的战争场面，反衬出将士的高昂斗志。最后两句回应发端，述怀明志。表明有志之士以国为念，不求晋爵封侯功名之事，甘愿报国从戎，即使做一名下级军官，也胜过白首穷经的一介书生！

这首诗笔力雄劲，英气勃勃，风格雄浑、刚健，慷慨激昂，一扫初唐诗坛上纤丽绮靡的诗风。

（桂郁文）

黄台瓜辞[①] ［唐］李贤

种瓜黄台下，瓜熟子离离[②]。
一摘使瓜好，再摘令瓜稀。
三摘尚自可[③]，摘绝抱蔓归[④]。

作者简介

李贤（655—684），字明允，唐高宗李治第六子，武则天第二子，系高宗时期所立的第三任太子，后遭废杀。唐睿宗时，被追封为皇太子，谥号“章怀”。

注释

①黄台：台名，非实指。②离离：形容草木繁茂。③自可：自然可以，还可以。④蔓（wàn）：蔓生植物的枝茎，木本曰藤，草本曰蔓。

译文

黄台下种着瓜，
瓜成熟的季节，瓜蔓上长了很多瓜。
摘去一个瓜可使其他瓜生长得更好。
再摘一个瓜就看着少了。
要是摘了三个，可能还会有瓜，
但是把所有的瓜都摘掉，只剩下瓜蔓了。

简析

这是一首咏物托意的讽喻诗，和曹植的《七步诗》类似。但相比于曹诗“相煎何太急”来，李贤的《黄台瓜辞》表现更多的是一种哀婉。

这首诗语言自然朴素，寓意浅显明白。以种瓜摘瓜作比喻，讽谏生母武则天切勿为了政治上的需要而伤残骨肉，伤害亲子。

全诗语言平易晓畅，体现了乐府民歌的特色。全诗运用比喻，寓意蕴藉深婉，起到言者无罪、闻者足戒的艺术效果。

（肖建辉）

渡汉江[①] [唐] 宋之问

岭外音书断，经冬复历春。
近乡情更怯，不敢问来人。

作者简介

宋之问（约656—约712），字延清，名少连，汾州隰城（今山西汾阳）人，一说虢州弘农（今河南灵宝）人，与沈佺期并称“沈宋”。

注释

①本诗系作者从被贬之地岭南逃回洛阳，途经汉江时所作。

译文

客居岭外与家里音信断绝，经过了冬天又到了春天。
离故乡越近心中越胆怯，不敢询问遇到的家乡来人。

简析

这是宋之问从泷州（今广东罗定市）贬所逃归，途经汉江（指襄阳附近的一段汉水）时写的一首诗。诗人记述了还乡之情，描写了一个长期在外、得不到家里的书信的人，回乡途中担心家里出事、遇到熟人也不敢相问的情景，主要突出了人物的心态。这首诗曲折含蓄，真切细致。

（肖建辉）

独不见[①] [唐] 沈佺期

卢家少妇郁金堂[②]，海燕双栖玳瑁梁[③]。
九月寒砧催木叶[④]，十年征戍忆辽阳[⑤]。
白狼河北音书断[⑥]，丹凤城南秋夜长[⑦]。
谁为含愁独不见[⑧]，更教明月照流黄[⑨]？

作者简介

沈佺期（约656—约715），字云卿，相州内黄（今河南省县名）人。上元二年（675）进士。武后时，转考功郎、给事中。因趋奉张易之，流配欢州。中宗神龙初拜起居郎、修文馆直学士。历官中书舍人、太子少詹事。开元初卒。沈佺期与宋之问齐名，号称“沈宋”，其成就在于律诗。有《沈佺期集》。

注释

①独不见：这是一首拟古乐府的七律，取诗中之语为题。诗题一作“古意”或“古意呈乔补阙知之”。乔知之是武后期的补阙。②卢家少妇：泛指少妇。郁金堂：以郁金香料涂抹的堂屋。堂，一作“香”。郁金，郁金香，植物名，可做香料。梁武帝萧衍《河中之水歌》：“河中之水向东流，洛阳女儿名莫愁。莫愁十三能织绮，十四采桑南陌头。十五嫁为卢家妇，十六生儿字阿侯。卢家兰室桂为梁，中有郁金苏合香。”诗句即用此歌。③海燕：又名越燕，燕的一种。多产于南方沿海地区。玳瑁（dài mào）：海龟的一种，龟甲有黄黑花纹，半透明，可制作饰品。④寒砧（zhēn）：指捣衣声。砧：捣衣用的垫石。古代妇女缝制衣服前，先要将衣料捣过。为赶制寒衣妇女每于秋夜捣衣，故古诗常以捣衣声寄思妇念远之情。木叶：树叶。⑤征戍：征战，守卫。辽阳：今辽宁省一带地方，唐时为东北边防要地。⑥白狼河：又名大凌河，在今辽宁省南部，流经锦州入海。河之北即上句所说的辽阳。⑦丹凤城：长安，又称凤城。汉武帝曾于长安造凤阙。唐时大明宫前又有丹凤门。这里指卢家少妇居处。⑧谁为：谁使。一作“为谁”。“为”一作“谓”。独不见，不得相见。⑨教（jiāo）：使。流黄：黄紫色相间的丝织品，这里指少妇的帷帐或所捣之衣。

译文

郁金香涂饰在那卢家少妇厅堂，那海燕成双对栖息在玳瑁屋梁。
九月里制寒衣捣衣声催落树叶，思念我心上人多年来征戍辽阳。
白浪河河北面未归人音书全无，京城南空房里我总觉秋夜漫长。
谁使我悲愁苦不能与夫君相见，又让那明月光洒清辉映照帷帐。

简析

这是一首思妇诗，一首拟古乐府的七津诗。首联，描写思妇居室环境。诗人以夸饰的手法，描写思妇居室之华美，情调浪漫温馨；并以“海燕双栖”，来反衬思妇的形单影只，烘托出思妇孤独寂寞的忧思。颔联、颈联，寓情于景，对比描写。以寒砧声声、落叶萧萧、秋夜漫长烘托出思妇对久戍边塞的丈夫的思念与担忧；以丈夫在白狼河北戍边音书断绝、少妇在长安城南彻夜难眠的对比描写，表现了时空阻隔，突出了思妇的愁绪。尾联，独自发问，以景卒章。是谁让她这般含愁，如此孤独，夜不能寐？发人深思。最后，以明月照帷帐收束，进一步渲染了孤独悲凄的气氛，突出了“含愁独不见”的哀愁，言有尽而意无穷。

这首诗描绘了一个在深秋月夜，身居华屋之中，因思念久戍边塞未归的丈夫而辗转反侧、夜不成眠的孤独愁苦的思妇形象，从一个侧面反映了战争给人们带来的痛苦，寄寓了诗人对因战争而失去和平安宁生活的人们的深切同情。诗歌善用环境描写，对比手法，渲染了气氛，烘托了人物的心情，达到了环境气氛与人物心情相互交融的艺术境界。这首诗对后来唐代的律诗及边塞诗有着较大的影响。

（桂郁文）

咏柳 [唐] 贺知章

碧玉妆成一树高①，万条垂下绿丝绦②。
不知细叶谁裁出③，二月春风似剪刀④。

作者简介

贺知章（659—744），诗人，字季真，自号四明狂客，越州永兴（今浙江萧山）人。任礼部侍郎，累迁秘书监，因而人称“贺监”。为人旷达不羁，有“清谈风流”之誉。天宝三年（744）告老还乡为道士。贺知章与张若虚、张旭、包融齐名，被称为“吴中四士”。《全唐诗》存诗十九首。其写景之作，清新通俗，无意求工而有新意。

注释

①碧玉：碧绿色的玉。这里比喻春天嫩绿的柳叶。②绦（tāo）：用丝编成的绳带。这里指像丝带一样的柳条。③裁：裁剪。④似：如同，好像。

译文

高高的柳树长满了青翠似玉的新叶，
轻柔的柳枝垂下来，就像万条轻轻飘动的绿色丝带。
这细细的嫩叶是谁的巧手裁剪出来的呢？
是那二月里温暖的春风，它就像一把灵巧的剪刀。

简析

《咏柳》是一首七言绝句咏物诗。诗的前两句连用两个新奇美妙的喻象，描绘春柳的勃勃生气，葱翠袅娜；后两句更别出心裁地把春风比喻为“剪刀”，将视之无形不可捉摸的“春风”形象地表现出来，不仅立意新奇，而且饱含韵味。

（谭静）

回乡偶书（其一）① [唐] 贺知章

少小离家老大回②，乡音无改鬓毛衰③。
儿童相见不相识④，笑问客从何处来。

注释

①偶书：随意写的诗。偶：说明诗写作得很偶然，是随时有所见、有所感就写下来的。②少小离家：贺知章三十七岁中进士，在此以前就离开家乡。老大：年纪大了。贺知章回乡时已年逾八十。③乡音：家乡的口音。无改：没什么变化。一作“难改”。“衰”读（cuī）。鬓毛衰：老年人头发稀疏减少。④相见：即看见我。不相识：即不认识我。

译文

我从小离开家乡年老才返回，我的乡音没变头发却已稀疏。
家乡的儿童看我是远方的客人，他们笑着问我从何处来。

简析

《回乡偶书》（其一）是唐代诗人贺知章的组诗作品。这首诗虽是作者晚年之作，但充满生活情趣。诗在抒发作者久客他乡的伤感的同时，也写出了久别回乡的亲切感；全诗二十八个字中无一生僻字，不用一个典故，都是家常话。但并不是一览无余，它寄寓着可以供人反复咀嚼，反复寻味，层层追索，层层补充的情致。陆游说：“文章本天成，妙手偶得之。”从贺知章这首诗里，我们可以领会“偶得”二字，有得之于生活，得之于心底的意思。

（谭静）

登幽州台歌[①] [唐] 陈子昂

前不见古人[②]，后不见来者[③]。
念天地之悠悠[④]，独怆然而涕下[⑤]。

作者简介

陈子昂（661—702），字伯玉，梓州射洪（今四川射洪）人。少任侠，18 岁始攻读经史百家，24 岁举进士。武则天执政时，先后任麟台正字、右拾遗等职，后被人所诬入狱，忧愤而终。陈子昂是唐诗革新的先驱，他反对齐梁柔靡诗歌，标举汉魏风骨，其诗作以进步、充实的思想内容，质朴、刚健的语言风格，对整个唐代诗歌产生了巨大影响。

注释

①幽州台：即蓟北楼，故址在今北京市西南的大兴区。②古人：指前代贤人。③来者：指未来的贤人。④念：想到。悠悠：长远，这里形容天地的旷远无边。⑤怆（chuàng）然：悲伤凄凉的样子。涕：眼泪。

译文

没有见到古代的贤人，也无法见到未来的俊杰。

常想到天地永恒而人生短促，唯独我泪流满面不胜悲切。

简析

这是一首具有浪漫情操而又慷慨悲凉的诗篇。前三句写登上幽州台的所见所感，末句直抒内心无限的孤苦寂寞。天地无穷，人生苦短，“独怆然而涕下”一语，引起历代志士仁人的强烈共鸣。作者用自然的音调，自由的格律，自家的语言，抒发自身肺腑。雄浑有力，意境深远。

（唐嗣德）

山中留客[①] [唐] 张旭

山光物态弄春晖[②]，莫为轻阴便拟归[③]。
纵使晴明无雨色[④]，入云深处亦沾衣[⑤]。

作者简介

张旭（生卒年不详），公元 711 年前后在世，字伯高，吴郡（今江苏苏州）人，唐代著名书法家，称“草圣”也善写诗。曾做过常熟县尉和金吾长史等小官。他的诗现在存世流传的主要是几首描写自然风光的绝句。这些诗以构思精巧、意境幽深见长，和他布局错落有致的草书作品有异曲同工之妙。

注释

①山中：一作“山行”。②春晖：春光。一作“春辉”。③莫：不要。轻阴：阴云。便拟：就打算。拟，打算。④纵使：纵然，即使。⑤云：指雾气，烟霾。

译文

群山风光绮丽，山中万物生机勃勃舞弄春晖。
请不要因为天色转阴，就打算来把家归。
即使天气晴朗，没有雨色，
山深处的云雾也会沾湿布衣。

简析

这首诗表达了诗人对山色春光的喜爱和对客人挽留的情意。首句从大处着笔，总体描写山中春景。山中风光绮丽，草木繁荣，鸟语花香，景色迷人。诗人着一“弄”字，将山光物态拟人化了，情感化了，山中万物仿佛在起舞弄影，招引客人。这是移情于物的写法，诗人借山光物态的美好表现留客之意。次句写山中天色起了变化，有了阴云，客人打算回家，主人便劝说客人继续领略山光春色，不要因为天阴将雨就打算回去，直接表达了留客的情意。第三、四句进一步劝留客人，以退为进，用山居生活的经验打消客人“拟归”的念头。不要担心天阴下雨，即使是晴朗明媚的天气，深山云雾也会沾湿衣襟。字里行间，情真意切，再次表达了留客情意。诗歌写景含情，曲尽其意，让人倍感亲切！诗人以自己的生活经验来劝说客人，还蕴含人生感悟，能给人克服困难的勇气，体察生活的智慧！

（桂郁文）

望月怀远[①] ［唐］张九龄

海上生明月[②]，天涯共此时[③]。
情人怨遥夜[④]，竟夕起相思[⑤]。
灭烛怜光满[⑥]，披衣觉露滋[⑦]。
不堪盈手赠[⑧]，还寝梦佳期[⑨]。

作者简介

张九龄（678—740），字子寿，韶州曲江（今广东韶关）人，武周时进士，累官至中书侍郎、同中书门下平章事，为官正直不阿，敢于直谏，是开元时期贤相之一。后被奸相李林甫所诬，罢相贬为荆州长史。早年即有文名，是盛唐前期的重要诗人，其五言古诗在唐诗发展中有很高的地位和巨大的影响，代表作《感遇》12 首和《杂诗》5 首，以兴寄为主，托物言志，沉郁感人。著有《张曲江集》20 卷，《全唐诗》编存其诗 3 卷。

注释

①怀远：怀念远方的人。②生：出，升起。③天涯：天边，远方。④遥夜：漫长的夜。即《古诗》“愁多知夜长”的意思。⑤竟夕：整夜，通宵。⑥怜：爱。⑦觉露滋：因望月时间太长，才觉露水太多。滋：多，重。⑧不堪：不能。盈手：满手。⑨梦佳期：睡梦中美好的期会。

译文

海上升起了一轮明月，各在天涯望月都在此时。
有情人怨恨漫漫的长夜，整夜难眠无法驱散相思。
为爱皎洁的月光灭掉灯烛，忽觉露重方才披上寒衣。
清辉满手却不能赠送给你，倒不如睡觉去寻梦中佳期。

简析

作者因望月而怀远，因怀远而久望月，以致露滋沾衣。作者又突发奇想捧明月而相赠，但这根本不可能，于是寄相思于梦中相会。全诗始终围绕“望月”和“怀远”而波澜起伏：第一、二句是望月；第三、四句写怀远；第五、六句写望月所感；第七、八句写怀远之深情。景中寓情，情中有景，情和景融成一片，达到了极高的境界。“海上生明月，天涯共此时”写得恢宏阔大，涵盖天地，辞美意丰，令人顿生邈远的遐思。

（唐嗣德）

西江夜行[1] [唐]张九龄

遥夜人何在，澄潭月里行。
悠悠天宇旷，切切故乡情。
外物寂无扰，中流澹自清。
念归林叶换，愁坐露华生。
犹有汀洲鹤，宵分乍一鸣。

注释

①《西江夜行》格体为五言古诗，全诗五言五句，共五十字。该诗收录于张九龄的个人作品集《曲江集》之内，此诗为盛唐时期五言古诗的代表作之一。

译文

漫长的夜啊，故人何在？
碧波夜月之下行船，天地空旷而茫茫，思乡之情，切切难忘。
身外的景物没有人的忧愁，清澈的河水也自在流动。
念及乡愁，离家已是林叶换了多个春秋了，
拥着乡愁坐在寂静的夜里，任凭寒露渐生，打湿了衣袖。
而在此时，还有那江中沙洲上的白鹤，
这暗夜与黎明的分际，乍然长鸣，让人暗暗心惊。

简析

第一句说夜里起行，第二句说到思念故乡，第三句说到周围环境清寂无扰，第四句又是说到思乡。最后一句是诗词里面常用的手法，说到了早上鹤鸣一声，这句更反衬思乡情意。

（彭双宝）

凉州词[1]（其一） [唐]王翰

葡萄美酒夜光杯[2]，欲饮琵琶马上催[3]。
醉卧沙场君莫笑[4]，古来征战几人回[5]。

作者简介

王翰（687—726），字子羽，晋阳（今山西太原）人。睿宗景云元年（710）进士，玄宗时做过官，后贬道州司马，死于贬所。性豪放，喜游乐饮酒，能写歌词，并自歌自舞。其诗题材大多吟咏沙场少年、玲珑女子以及欢歌饮宴等，表达对人生短暂的感叹和及时行乐的旷达情怀。词语似云铺绮丽，霞叠瑰秀；诗音如仙笙瑶瑟，妙不可言。《全唐诗》存其诗一卷，共有十四首。代表作有《凉州词二首》《饮马长城窟行》《春女行》《古蛾眉怨》等，其中以《凉州词二首》（一）最负盛名。

注释

①凉州词：唐乐府名，《晋书地理志》："汉改雍州为凉州"，《乐苑》："凉州宫词曲，开元中，西凉都督郭知运所进"，属《近代曲辞》，是《凉州曲》的唱词，盛唐时流行的一种曲调名。凉州词：王翰写有《凉州词》两首，慷慨悲壮，广为流传。而这首《凉州词》被明代王世贞推为唐代七绝的压卷之作。②夜光杯：用白玉制成的酒杯，光可照明，这里指华贵而精美的酒杯。据《海内十洲记》所载，为周穆王时西胡所献之宝。③欲：将要。琵琶：这里指作战时用来发出号角的声音时用的。催：催人出征；也有人解作鸣奏助兴。④沙场：平坦空旷的沙地，古时多指战场。君：你。⑤征战：打仗。

译文

酒筵上甘醇的葡萄美酒盛满在精美的夜光杯之中，
歌伎们弹奏起急促欢快的琵琶声助兴催饮，
想到即将跨马奔赴沙场杀敌报国，战士们个个豪情满怀。
今日一定要一醉方休，即使醉倒在战场上又何妨？
此次出征为国效力，本来就打算马革裹尸，没有准备活着回来。

简析

第一句，"葡萄美酒夜光杯"描写琳琅满目、酒香四溢的盛大筵席，第二句开头的"欲饮"二字，渲染出这美酒佳肴盛宴的不凡的诱人魅力，表现出将士们那种豪爽开朗的性格。诗的第三、四句描写筵席上的畅饮和劝酒，渲染了出征前战士们痛快豪饮的场面，表现了战士们将生死置之度外的旷达、奔放的思想感情。

（彭双宝）

登鹳雀楼[①] ［唐］王之涣

白日依山尽[②]，黄河入海流。
欲穷千里目[③]，更上一层楼[④]。

作者简介

王之涣（688—742），唐代诗人。字季凌，为人讲究义气，豪放不羁，常击剑悲歌。王之涣以善于描写边塞风光著称，用词十分朴实，造境极为深远，其诗多被当时乐工制曲歌唱。

注释

①鹳雀楼：古名鹳鹊楼，因时有鹳鹊栖其上而得名，其故址在永济市境内古蒲州城外

西南的黄河岸边。②白日：太阳。依：依傍。尽：消失。这句话是说太阳依傍山峦沉落。③欲：想要得到某种东西或达到某种目的的愿望，但也有希望、想要的意思。穷：尽，使达到极点。④千里目：眼界宽阔。更：再。

译文

夕阳依傍着西山慢慢地沉没，滔滔黄河朝着东海汹涌奔流。

若想把千里的风光景物看够，那就要登上更高的一层城楼。

简析

此诗虽然只有二十字，却以千钧巨椽，绘下北国河山的磅礴气势和壮丽景象。前两句写的是自然景色，但开笔就有缩万里于咫尺，使咫尺有万里之势；后两句写意，写的出人意料，把哲理与景物、情势融合得天衣无缝，成为鹳雀楼上一首不朽的绝唱。

（谭静）

凉州词① [唐]王之涣

黄河远上白云间②，一片孤城万仞山③。

羌笛何须怨杨柳④，春风不度玉门关⑤。

注释

①凉州词：又名《出塞》。为当时流行的一首曲子《凉州》配的唱词。②远上：远远向西望去。黄河远上：远望黄河的源头。③孤城：指孤零零的戍边的城堡。仞：古代的长度单位，一仞相当于七尺或八尺。④羌笛：古羌族主要分布在甘、青、川一带。羌笛是羌族乐器，属横吹式管乐。何须：何必。杨柳：《折杨柳》曲。诗文中常以杨柳喻送别情事。《诗经·小雅·采薇》：“昔我往矣，杨柳依依”。⑤度：吹到过。玉门关：汉武帝时命名，因西域输入玉石取道于此而得名。

译文

黄河从白云深处流出，浩浩荡荡。

玉门关孤零零地耸立在高山之中，显得孤峭冷寂。

何必用羌笛吹起那哀怨的曲子《折杨柳》去埋怨春光迟迟呢，

原来玉门关一带春风是吹不到的啊！

简析

诗的前两句描绘了西北边地广漠壮阔的风光。首句描绘出“黄河远上白云间”的动人画面：汹涌澎湃波浪滔滔的黄河竟像一条丝带迤逦飞上云端。神思飞跃，气象开阔。次句“一片孤城万仞山”，写塞上的孤城。在高山大河的环抱下，一座地处边塞的孤城巍然屹立。结尾两句虽写戍边者不得还乡的怨情，但写得悲壮苍凉，没有衰飒颓唐的情调，表现出盛唐诗人广阔的心胸。即使写悲切的怨情，也是悲中有壮，悲凉而慷慨。

（谭静）

望洞庭湖赠张丞相① ［唐］孟浩然

八月湖水平②，涵虚混太清③。
气蒸云梦泽④，波撼岳阳城⑤。
欲济无舟楫⑥，端居耻圣明⑦。
坐观垂钓者⑧，徒有羡鱼情⑨。

作者简介

孟浩然（689—740），字浩然，襄州襄阳（今属湖北）人，世称孟襄阳。生当盛唐，早年有用世之志，但政治上困顿失意，以隐士终老。诗以五言见长，多写山水田园、隐居的逸兴以及羁旅行役的心情。善于发掘自然和生活之美，即景会心，自然浑成，韵致流溢。孟浩然是把盛唐田园山水诗推到新的高峰的第一人，在诗歌发展史上有着卓越的贡献。李白盛赞“吾爱孟夫子，风流天下闻”，杜甫称其“清诗句句尽堪传”，足称大家。有《孟浩然集》，《全唐诗》录其诗260多首。

注释

①张丞相：指张九龄，当时为宰相。②湖水平：八月秋水大涨，水与岸平。③涵虚：包涵着广阔的空间。太清：天空。④气蒸：指水气弥漫。云梦泽：古云梦泽范围很广，是现在湖北南部和湖南北部一带低洼之地的总称。⑤撼：摇动。岳阳城：今湖南岳阳，位于洞庭湖东岸。⑥济：渡过。舟楫：舟船。⑦端居：独处，闲居。这里指隐居。⑧垂钓者：垂杆钓鱼的人，暗指张丞相。⑨徒：空。羡鱼情：为古语“临渊羡鱼，不如退而结网”的翻新。

译文

八月的湖水涨得与岸齐平，湖水浩瀚包容天空水天难分。
水气弥漫笼罩着云梦大泽，波浪滔滔摇动了岳阳古城。
我想渡过湖去却无船可用，隐居故里又怕辜负圣明。
坐在岸边只能观看渔翁垂钓，空怀一片羡慕得鱼的心情。

简析

作者西游长安，希望在政治上得到张丞相援引而上呈这首诗。诗的前半是“望洞庭湖”，以写景为主；后半是“赠张丞相”，则以抒怀为宗。要施展政治抱负，却苦于无人援引，所以有“欲济无舟楫，端居耻圣明”的慨叹。作者急于求荐，但又不露痕迹，收到了不言自明的艺术效果。同时这又是一种激将法，使对方心悦情动，后来张九龄果真请孟浩然加入他的幕府作为僚属，足见这首诗强大的感化力量。

（唐嗣德）

与诸子登岘首[1] [唐]孟浩然

人事有代谢[2]，往来成古今。
江山留胜迹[3]，我辈复登临[4]。
水落鱼梁浅[5]，天寒梦泽深[6]。
羊公碑尚在[7]，读罢泪沾襟。

注释

①岘（xiàn）首：岘首山，又称岘山，在今湖北省襄樊市南，是当地名胜。晋羊祜镇守襄阳时曾登此山，置酒吟咏。②代谢：更替变化。③胜迹：名胜古迹。这里指代晋人羊祜，羊祜死后，其部属在山上立碑（即下文的“羊公碑”）建庙，供人凭吊。④复登临：对羊祜曾登岘首而言。复，又。登临，登山观看。⑤鱼梁：沙洲名，在襄阳鹿门山的沔水中。⑥梦泽：即云梦泽。⑦羊公碑：羊祜生前务修德政，功业卓著，死后老百姓为怀念他而立碑建庙，见其碑者莫不流泪，故又名“堕泪碑”。

译文

人和事不断地更替变化，日月轮回自古循环至今。
江山留下了先贤的名胜古迹，我们又到此来凭吊登临。
江水降落鱼梁露出水面，寒冷时节梦泽宽阔更深。
纪念羊公的石碑今天还在，我读罢碑文不禁泪水沾襟。

简析

这是一首吊古诗，为孟浩然与友人游览岘山凭吊古迹之作。首联富于理趣，看似凭空而发，实则由虚而实。颔联点题，意余言外，感喟遥深。颈联写登山所见，即景抒情。尾联敬仰羊公的盛德，追古思今，反省自身若何，其默默无闻、落魄终生的遭际，更倍感悲伤。但积极进取的激情永掀波峰，使全诗文气振拔高扬。语言通俗易懂，以平淡深远见长。

（唐嗣德）

春晓[1] [唐]孟浩然

春眠不觉晓[2]，处处闻啼鸟[3]。
夜来风雨声，花落知多少。

注释

①春晓：春天的早晨。②不觉晓：不知不觉天就亮了。晓：早晨，天明，天刚亮的时候。③闻：听见。啼鸟：鸟啼，鸟的啼叫声。

译文

春天睡醒不觉天已大亮，到处是鸟儿清脆的叫声。
回想昨夜的阵阵风雨声，吹落了多少芳香的春花。

简析

这是一首惜春诗，诗人抓住春晨生活的一刹那，镌刻了自然的精髓，生活的真趣，抒发了对烂漫醉人春光的喜悦，对生机勃勃春意的酷爱。言浅意浓，景真情真，悠远深沉，韵味无穷。本诗是五言绝句中的一粒蓝宝石，朗朗上口，传之千古，光彩照人。

（谭静）

宿建德江① [唐] 孟浩然

移舟泊烟渚②，日暮客愁新③。
野旷天低树，江清月近人。

注释

①建德江：指新安江流经建德（今属浙江）西部的一段江水。②移舟：划动小船。泊：停船靠岸。烟渚（zhǔ）：指江中雾气笼罩的小沙洲。③客：指作者自己。愁：为思乡而忧思不堪。

译文

把船停泊在暮烟笼罩的小洲，茫茫暮色给游子新添几分乡愁。
旷野无垠远处天空比树木还低，江水清澈更觉月与人亲近。

简析

这是一首刻画秋江暮色的诗。先写羁旅夜泊，再叙日暮添愁；然后写到宇宙广袤宁静，明月伴人更亲。一隐一现，虚实相间，两相映衬，互为补充，构成一个特殊的意境。诗中虽不见“愁”字，然野旷江清，“秋色”历历在目。全诗淡而有味，含而不露；自然流出，风韵天成，颇有特色。

（谭静）

黄鹤楼[1] [唐] 崔颢

昔人已乘黄鹤去[2]，此地空余黄鹤楼。
黄鹤一去不复返，白云千载空悠悠[3]。
晴川历历汉阳树[4]，芳草萋萋鹦鹉洲[5]。
日暮乡关何处是[6]，烟波江上使人愁[7]。

作者简介

崔颢（？—754），字号不详，汴州（今河南开封）人。玄宗开元期间登进士第，历官太仆寺丞、司勋员外郎。早年为诗，流于浮艳，后期的边塞诗慷慨豪迈，风骨凛然，一窥塞垣，说尽戎旅，是杰出的边塞诗人。代表作《黄鹤楼》吊古怀乡，格调优美，为唐诗七律第一。有《崔颢诗集》传世。

注释

①黄鹤楼：江南四大名楼之一，旧址在今武汉长江大桥桥头处，历来为游览胜地。②昔人：指从前骑黄鹤的那位仙人。③千载：千年，很长的时间。悠悠：娴静的样子。④晴川：指在阳光照耀下的长江。历历：清晰分明的样子。汉阳：今武汉市汉阳区，与武昌隔江相对。⑤萋萋：草长得十分茂盛。鹦鹉洲：在黄鹤楼西北面大江中。⑥乡关：家乡。⑦烟波：烟雾迷茫的江面。

译文

过去的仙人早已乘着黄鹤从此飞去，
这里只剩下一座空荡荡的黄鹤楼。
黄鹤一飞走就再也没有回来，
千百年来白云一直在上空飘游。
晴空万里汉阳的树木清晰可见，
鹦鹉洲上茂密的芳草绿得流油。
暮色苍茫不知道哪里是我的故乡，
望着这烟雾浩渺的江面真让人发愁。

简析

这是作者游览黄鹤楼时写的一首吊古怀乡的诗。登楼远眺，仙去楼空，唯余天际白云，悠悠千载，表现了世事茫茫之感。俯仰山川，壮阔的长江彼岸，汉阳树历历在目，鹦鹉洲芳草茵茵，风光如画，顿生思乡之愁情。

全诗色彩明丽，气象阔大。语言清晰流畅，摆脱了格律的束缚，如连用三次“黄鹤”，不仅不感到单调、重复，反倒有诗意浓郁、紧扣题目的美感。这首诗被历代文人推崇为题咏黄鹤楼的绝唱，据说李白过黄鹤楼想赋诗，当看到题在壁上这首诗时就不写了，说“眼前有景道不得，崔颢题诗在上头”。

（唐嗣德）

长干行[1]（其二） [唐] 崔颢

家临九江水[2]，来去九江侧[3]。
同是长干人，生小不相识[4]。

注释

①长干行：是乐府《杂曲歌辞》旧题。是长干里一带的民歌，长干里在今江苏省南京市南面。②九江：今江西省九江市。这里泛指长江下游一段。③侧：旁，旁边。④生小：自小。

译文

我家临近九江水，来往多在九江侧。
你我同是长干人，从小到大不相识。

简析

崔颢的《长干行四首》是一组诗，这里选的是第二首。组诗采用了民歌对唱的形式，描写了自小不相识的一对青年男女水上偶然相逢、对话初识、心生爱恋、并船而归的全过程。第一首是女子的问辞："君家何处住？妾住在横塘。停舟暂借问，或恐是同乡。"第二首则是男子的答辞。

首句"家临九江水"，是男子回答女子的询问，告诉她自己的家临近九江。次句"来去九江侧"，是说自己常年在九江一带来往营生。第三句"同是长干人"，是男子根据女子的住址、口音等信息回应第一首中女子"或恐是同乡"的猜测。他们的家乡都在长干里。末句"生小不相识"，说明他们虽是同乡但自小以来却不相识。至于为何既是同乡，却又"生小不相识"，诗歌不必交代，读者也无须质疑，这是诗歌艺术上的"留白"。诗歌这样写更有情韵，仔细体味似乎包含了惋惜、兴奋、相逢恨晚、相识喜悦等多种意蕴。这首对歌回答了第一首女子的问辞，表现了男子江上遇到同乡的喜悦心情。语言自然得体，格调清新欢快，读来亲切动人，具有浓郁的民歌特色。

（桂郁文）

从军行[1]（其四） [唐] 王昌龄

青海长云暗雪山[2]，孤城遥望玉门关[3]。
黄沙百战穿金甲[4]，不破楼兰终不还[5]。

作者简介

王昌龄（约 698—约 756），边塞诗人。字少伯，江宁（今南京）人，一说太原（今山西太原）人，一说京兆（今陕西西安）人。玄宗开元五年（727）进士，补秘书郎，调汜水尉、江宁丞，贬龙标尉。安史乱起，为刺史闾丘晓所杀。在当时有“诗家天子王江宁”之称，尤以边塞、宫怨、闺怨、送别之作最佳。他乃是“七绝圣手”，能以精练的语言表现丰富的情致，意味浑厚深长。《全唐诗》录存其诗四卷。

注释

①从军行：乐府旧题，属相和歌辞平调曲，多是反映军旅辛苦生活的。王昌龄《从军行七首》是一组诗，这里选“其四”。②青海：指青海湖，在今青海省。唐朝大将哥舒翰筑城于此，置神威军戍守。长云：层层浓云。雪山：即祁连山，山巅终年积雪，故云。③孤城：即玉门关。玉门关：汉置边关名，在今甘肃敦煌西。一作“雁门关”。④黄沙：指西北大沙漠，也指战场。百战：是说战斗的频繁，敌人之强大。“穿金甲”：是说铁制的铠甲，已经磨破。⑤破：一作“斩”。楼兰：汉时西域国名，即鄯善国，在今新疆维吾尔自治区鄯善县东南一带。西汉时楼兰国王与匈奴勾通，屡次杀害汉朝通西域的使臣。此处泛指唐西北地区常常侵扰边境的少数民族政权。终不还：一作“竟不还”。

译文

青海湖上浓云密布遮暗了雪山，向西遥望大漠有一孤城玉门关。
身经百战已经磨破铁制的铠甲，将士发誓不破楼兰永不把家还。

简析

这是一首著名的边塞诗，开头两句写西北边塞的环境气氛。诗人以广阔的野视，点出了青海（青海湖）、雪山（祁连山）和玉门关（军事要塞）这几个边塞地名，描绘出一幅纵横数千里的长长画卷。地域茫远，荒僻，空旷，色彩暗淡、凄冷，好一幅边塞景象，如鸟瞰航拍，尽收眼底。诗人还突显了军事要塞玉门关，因为玉门关战略地位尤其重要。三、四句写战斗的激烈、频繁、持久和将士们的壮烈情怀。尽管身经百战，铠甲穿破，将士们的报国壮志，仍然一丝未减，面对强大的敌人，发出了“不破楼兰终不还”豪壮誓言。

这首诗描绘了西北边塞战场的环境、气氛，写出了边防将士不畏艰苦的品质和誓死夺取胜利的壮烈情怀，显示了盛唐时期昂扬向上的精神风貌。诗人以高度概括的手法，通过对环境的描写，战士形象的刻画，展现出波澜壮阔的古战场图景。真不愧为“七绝圣手”。

（桂郁文）

芙蓉楼送辛渐（其一）① [唐] 王昌龄

寒雨连江夜入吴②，平明送客楚山孤③。
洛阳亲友如相问，一片冰心在玉壶④。

注释

①芙蓉楼：原名西北楼，登临可以俯瞰长江，遥望江北，在润州（今江苏省镇江市）西北。②寒雨：秋冬时节的冷雨。连江：雨水与江面连成一片，形容雨很大。③平明：天亮的时候。客：指作者的好友辛渐。楚山：楚地的山。指唐代的扬州，战国时属楚。孤：独自，孤单一人。④冰心，比喻纯洁的心。玉壶，比喻清白的操守，唐人有时也以此比喻为官廉洁。

译文

迷蒙的烟雨连夜洒遍吴地江天，
清晨送你，孤对楚山离愁无限！
朋友，洛阳亲友若是问起我来，
就说我依然冰心玉壶坚守信念！

简析

这是一首送别诗。诗的构思新颖，淡写朋友的离情别绪，重写自己的高风亮节。首两句苍茫的江雨和孤峙的楚山，烘托送别时的孤寂之情；后两句自比冰壶，表达自己开朗胸怀和坚强性格。全诗即景生情，寓情于景，含蓄蕴藉，韵味无穷。

（谭静）

闺怨[1] [唐] 王昌龄

闺中少妇不知愁，春日凝妆上翠楼[2]。
忽见陌头杨柳色[3]，悔教夫婿觅封侯[4]。

注释

①闺怨：少妇的幽怨。古人“闺怨”之作，一般是写少女的青春寂寞，或少妇的离别相思之情。以此题材写的诗称“闺怨诗”。②凝妆：盛妆，严妆。翠楼：翠楼即青色的楼，古代显贵之家楼房多饰青色，这里因平仄要求用“翠”，且与女主人公的身份、与时令季节相应。③陌头：路边。柳：谐“留”音，古俗折柳送别。④悔教：后悔让。觅封侯：觅，寻求。从军建功封爵。

译文

闺阁中的少妇从来不知忧愁，春来细心打扮，独自登上翠楼。
忽见陌头杨柳新绿心里难受，悔不该叫夫君去觅取封侯！

简析

诗的第一句，与题意相反，写她“不知愁”：天真烂漫，富有幻想。第二句写她登楼赏春：带有幼稚无知，成熟稍晚的憨态。第三句急转，写忽见柳色而勾起情思：柳树又绿，夫君未归，时光流逝，春情易失。第四句写她的省悟：悔恨当初怂恿“夫婿觅封侯”的过错。诗无刻意写怨愁，但怨之深，愁之重，已裸露无余。

从诗作主旨看，此诗深刻地描画了少妇微妙的心理变化轨迹：有愁—知愁—掩愁—解愁—触愁—悔愁。全诗先抑后扬，耐人寻味。

（谭静）

出塞（其一） [唐]王昌龄

秦时明月汉时关，万里长征人未还。
但使龙城飞将在①，不教胡马度阴山②。

注释

①但使：只要。龙城：古城名。飞将：指西汉名将李广。②不教：不叫，不让。教，让。胡马：指侵扰内地的外族骑兵。度：越过。在漫长的边防线上，战争一直没有停止过，去边防线打仗的战士也还没有回来。要是攻袭龙城的大将军卫青和飞将军李广今天还依然健在，绝不会让敌人的军队翻过阴山。阴山：昆仑山的北支，起自河套西北，横贯绥远、察哈尔及热河北部（现内蒙古地区），是中国北方的屏障。

译文

依旧是秦汉时期的明月和边关，守边御敌鏖战万里征人未回还。
倘若龙城的飞将李广如今还在，绝不许匈奴南下牧马度过阴山。

简析

这是一首慨叹边战不断，国无良将的边塞诗。诗的首句最耐人寻味。说的是此地汉关，秦时明月，大有历史变换，征战未断的感叹。二句写征人未还，多少儿男战死沙场，留下多少悲剧。三、四句写出千百年来人民的共同意愿，冀望有“龙城飞将”出现，平息胡乱，安定边防。全诗以平凡的语言，唱出雄浑豁达的主旨，气势流畅，一气呵成，吟之莫不叫绝。明人李攀龙曾推奖它是唐代七绝压卷之作，实不过分。

（彭双宝）

采莲曲[1]（其一） [唐]王昌龄

吴姬越艳楚王妃②，争弄莲舟水湿衣。
来时浦口花迎入③，采罢江头月送归。

注释

①采莲曲：古曲名。内容多描写江南一带水国风光，采莲女劳动生活情态。②“吴姬”句：古时吴、越、楚三国（今长江中下游及浙江北部）盛尚采莲之戏，故此句谓采莲女皆美丽动人，如吴越国色，似楚王妃嫔。③浦（pǔ）口：江湖会合处。浦，水滨。

译文

像吴国美女越国娇娘楚王妃嫔一样美丽的采莲女们，
竞相划动采莲船，湖水打湿了衣衫。
来的时候莲花把她们迎进河口，
采完之后明月把她们送回江边。

简析

这首诗写水乡姑娘的采莲活动，以花、月、舟、水来衬托女子的容貌。第一句吴姬、越艳、楚王妃三个词连用，铺写出采莲女们争芳斗妍，美色纷呈的景象。第二句正写采莲活动。从“争弄莲舟”来看，似乎是一种采莲的竞赛游戏。第三、四句的“花迎人”和“月送归”运用了拟人手法，把整个采莲活动的现场给写活了，极富诗意，写荷花迎接采莲女和月亮送别采莲女，实际上是为了表现采莲女之可爱。

（彭双宝）

山居秋暝[1] ［唐］王维

空山新雨后[2]，天气晚来秋[3]。
明月松间照，清泉石上流。
竹喧归浣女[4]，莲动下渔舟。
随意春芳歇[5]，王孙自可留[6]。

作者简介

王维（701—761），字摩诘，太原祁（今山西祁县）人。玄宗开元年间进士，官至尚书右丞，故亦称王右丞。晚年居蓝田辋川，过着亦官亦隐的优游生活。王维有“诗佛”之称，他的诗是禅理和诗意的结合。他又是“文人画”的始祖，“南宗画”的开山，他在诗中融入画意，在画中融入诗情，给人以高层次的“诗中有画”“画中有诗”的美感享受。他还精通音乐，出仕过大乐丞。王维能够把诗歌的情韵，绘画的色彩，音乐的旋律，禅宗的哲理冶为一炉，堪为诗家的第一人。开元时期被誉为“天下文宗”，“独步当代”。有《王右丞集》传世。

注释

①山居：山中的住所，指作者的辋川别墅。暝：天晚。②新雨后：刚下雨之后。③晚

来秋：晚上天气更有秋意。④浣（huàn）女：洗衣的少女。⑤随意：此处是任其自然之意。歇：这里是消失的意思。⑥王孙：这里是作者自指，他厌恶官场，洁身自好而隐居深山。

译文

一阵新雨把青山冲刷得明净如洗，晚上天气寒凉顿觉进入深秋。
明月在松林中洒下一片清辉，泉水在山沟的石头上欢快淌流。
竹林传来喧笑晚归的洗衣少女，溪中荷莲摆动是下水捕捞的渔舟。
春天的芳华就任凭它随意消散，秋光甚佳山居甚美我乐意久留。

简析

这是王维最著名的一首田园诗，不仅描绘出了雨后新晴的山中秋景，可谓“诗中有画”；也寄寓了作者厌恶官场、向往林泉的高洁情怀，突出了“诗言志”的宗旨。古人写诗注重锤炼诗眼，这首诗不仅有全篇之眼，而且句句都有眼，它们分别为“雨”“晚”“明”“清”“喧”“动”“歇”“留”。而这个“留”字既是结句之眼，而且总锁全诗，自然天成，乃点睛之笔。作者这种对语言的严格锤炼，这种全局在胸的精巧构思，达到了艺术上炉火纯青的地步，为一般诗人望而汗颜。

（唐嗣德）

送元二使安西① [唐] 王维

渭城朝雨浥轻尘②，客舍青青柳色新③。
劝君更尽一杯酒④，西出阳关无故人⑤。

注释

①元二：作者的朋友，“二”是他的排行。使：出使。安西：指安西都护府，今新疆库车县。②渭城：故城即秦代都城咸阳的旧址，在今陕西咸阳市东。浥（yì）：沾湿，湿润。③客舍：饯别的处所。④更：再。尽：喝干，一饮而尽。⑤阳关：故址在今甘肃敦煌市西南，因位于玉门关之南，所以称为“阳关”，是古代通往西域的重要关口。

译文

渭城一场晨雨洗净了沙尘，
客舍旁的杨柳更加郁郁青青。
请您再一次喝干这杯送别酒，
西行出了阳关难以遇到故国的熟人。

简析

这是一首广为传唱的春日送别诗。前两句写景，点明送别的地点和时令，渲染美好的环境和明媚的春光。后两句抒情，选用寻常快语把离别时的千愁百感、浓情蜜意表现得至极，无一字提到难分难舍，却能引起人们的联想和共鸣。整首诗色调清新明朗，语言浅近精炼，其诗情画意千载如新。这首诗在唐朝已谱成乐曲《阳关三叠》，一直流传到今天。

（唐嗣德）

鸟鸣涧[1] [唐] 王维

人闲桂花落[2]，夜静春山空[3]。
月出惊山鸟[4]，时鸣春涧中[5]。

注释

①《鸟鸣涧》是王维所作组诗《皇甫岳云溪杂题五首》的第一首。诗写皇甫岳别墅中的景色。鸟鸣涧：鸟儿在山涧中鸣叫。涧，指的是山间流水的沟，或者小溪。②人闲：指没有人事活动相扰。闲，安静、悠闲。桂花：指春日开花的春桂。③春山：春日的山。亦指春日山中。空：空寂，空空荡荡，空虚。这是形容山中寂静，无声，好像空无所有。④月出：月亮升起。惊：惊动，扰乱。山鸟：山中的鸟。⑤时鸣：不时地啼叫。

译文

人们喜闲静春桂花飘落，夜里静悄悄春山寂寂空。
月亮升起来惊动山栖鸟，不时叫几声在这小溪中。

简析

这是一首写景诗。写的是鸟鸣涧夜晚极其幽静空寂的情景。第一、二句，直接写静。寂静的山谷中，人也安静，悠然自适，仿佛能感觉到春桂细小的花儿从树上飘落。夜里，万籁俱静，春天的山中好似空无一物。这种寂静的环境，有过山居生活的人，自然会感悟更深。第三、四句，以动衬静。月亮爬上山头，清辉洒向涧谷，竟然惊醒了树上夜宿的鸟儿，它们在春涧中不时地喳喳地鸣叫几声。一“惊”一“鸣”，看似打破了夜的静谧，实则用声音的描述衬托了山里的幽静与闲适，突出了春夜山涧静的特点。

这首诗描写了桂花、春山、山涧、明月、山鸟等景物，表现了春夜山涧的幽静，抒发了诗人闲适、愉悦的心情以及对大自然的热爱。诗歌写得富有意境，山中幽静的环境与诗人闲适好静的心境情景交融，和谐统一，营造了静谧的气氛。以动衬静，寓静于动是这首诗艺术上的最大特色。

（桂郁文）

相思[1] [唐]王维

红豆生南国[2]，春来发几枝？
愿君多采撷[3]，此物最相思。

注释

①相思：题一作“相思子”，又作“江上赠李龟年”。②红豆：又名相思子。南国：南方。③采撷（xié）：摘取。

译文

红豆树生长在南方，春天来了长出多少新枝？
希望你能多多采摘它，因为它最能引发人的相思。

简析

这是一首借咏物而寄相思的诗。起句“红豆生南国”，写红豆生长在南方。这是借物起兴，引发后文的相思之情，用语简明，富于形象。次句“春来发几枝”，承接首句，轻声发问，充满关切之情。红豆是赤诚友爱的象征，诗人借此一问，表现了对友谊的珍重，意味深长。第三句“愿君多采撷”，诗意转折，寄意对方“多采撷”红豆。其实，这并非要求对方多多采撷红豆，而是暗示远方的友人珍重友谊，语言恳切动人，情感真挚感人。末句“此物最相思”，点名题旨，绾合全诗。“相思”与首句“红豆”首尾呼应，既是切“相思子”之名，又关合相思之情，音义双关。红豆固然最惹人喜爱，最叫人忘不了，那真诚的友谊，思念的情感何尝不是这样。

这首诗表达了诗人的相思之情，启发人们珍惜友谊、感情。语言朴素，情意深长，人们常用来表达相思情怀，友情也罢，爱情也罢，无不包含其中。

（桂郁文）

终南山[1] [唐]王维

太乙近天都[2]，连山接海隅[3]。
白云回望合，青霭入看无[4]。
分野中峰变[5]，阴晴众壑殊[6]。
欲投人处宿[7]，隔水问樵夫。

注释

①终南山：在长安南五十里，秦岭主峰之一。古人又称秦岭山脉为终南山。秦岭绵延

八百余里，是渭水和汉水的分水岭。②太乙：终南山别名。又名太一，秦岭之一峰。天都：传说天帝居所。这里指帝都长安。③海隅（yú）：海边。终南山并不到海，此为夸张之词。④青霭（ǎi）：山中的岚气。霭：云气。⑤分野：以天上星宿配地上州国称分野。古人以天上的二十八个星宿的位置来区分中国境内的地域，被称为分野。地上的每一个区域都对应星空的某一处分野。⑥壑（hè）：山谷。“分野中峰变，阴晴众壑殊”这两句诗是说终南山连绵延伸，占地极广，中峰两侧的分野都变了，众山谷的天气也阴晴变化，各自不同。⑦人处：有人烟处。

译文

高耸的终南山似乎接近长安，山峦延绵不绝遥遥伸向海滨。
回望山下白云滚滚连成一片，钻进青蔼眼前雾团杳然不见。
巍峨终南山能分隔星宿州国，山川里的阴晴也就各不相同。
我想投宿人家在这度过一夜，隔着河川向打柴的樵夫询问。

简析

《终南山》是王维创作的五津。诗旨在咏叹终南山的宏伟壮观。首联写终南山的远景，借用艺术的夸张，极言山之高远，勾画了终南山的总轮廓。颔联写终南山的近景，身在山中之所见，铺叙云气变幻，移步换形，极富含蕴。景物或笼以青纱，或裹以冰绡，由清晰而朦胧，由朦胧而隐没，更令人回味无穷。颈联进一步写山之南北辽阔和千岩万壑的千形万态。终南山尺幅万里，只有立足于“近天都”的“中峰”，才能收全景于眼底。末联写为了入山穷胜，想投宿山中人家。全诗写景、写人、写物，动如脱兔，静若淑女，有声有色，意境清新，宛若一幅山水画。

（桂金菊）

使至塞上[1] ［唐］王维

单车欲问边[2]，属国过居延[3]。
征蓬出汉塞[4]，归雁入胡天[5]。
大漠孤烟直[6]，长河落日圆[7]。
萧关逢候骑[8]，都护在燕然[9]。

注释

①使至塞上：奉命出使边塞。使：出使。②单车：一辆车，车辆少，这里形容轻车简从。问边：到边塞去看望，指慰问守卫边疆的官兵。③属国：有几种解释，一指少数民族附属于汉族朝廷而存其国号者。汉、唐两朝均有属国；二指官名，秦汉时有一种官职名为典属

国，苏武归汉后即授典属国官职。属国，即典属国的简称，汉代称负责外交事务的官员为典属国，唐人有时以“属国”代称出使边陲的使臣，这里诗人用来指自己使者的身份。居延：地名，汉代称居延泽，唐代称居延海，在今内蒙古额济纳旗北境。又西汉张掖郡有居延县（参见《汉书·地理志》），故城在今额济纳旗东南。又东汉凉州刺史部有张掖居延属国，辖境在居延泽一带。此句一般注本均言王维路过居延。然而王维此次出使，实际上无须经过居延。因而林庚、冯沅君主编的《中国历代诗歌选》认为此句是写唐王朝“边塞的辽阔，附属国直到居延以外”。④征蓬：随风远飞的枯蓬，此处为诗人自喻。⑤归雁：雁是候鸟，春天北飞，秋天南行，这里是指大雁北飞。胡天：胡人的领地。这里是指唐军占领的北方。⑥大漠：大沙漠，此处大约是指凉州之北的沙漠。孤烟：一云古代边防报警时燃狼粪，“其烟直而聚，虽风吹之不散”；二云塞外多旋风，“袅烟沙而直上”。据后人有到甘肃、新疆实地考察者证实，确有旋风如“孤烟直上”，孤烟也可能是唐代边防使用的平安火。《通典》卷二一八云:“及暮，平安火不至。”胡三省注：“《六典》：唐镇戍烽候所至，大率相去三十里，每日初夜，放烟一炬，谓之平安火。”⑦长河：即黄河；一说指流经凉州（今甘肃武威）以北沙漠的一条内陆河，这条河在唐代叫马成河，疑即今石羊河。⑧萧关：古关名，又名陇山关，故址在今宁夏固原东南。候骑：负责侦察、通讯的骑兵。王维出使河西并不经过萧关，此处大概是用何逊诗“候骑出萧关，追兵赴马邑”之意，非实写。候骑：一作“候吏”。⑨都护：唐朝在西北边疆置安西、安北等六大都护府，其长官称都护，每府派大都护一人，副都护二人，负责辖区一切事务。这里指前敌统帅。燕然：古山名，即今蒙古国杭爱山。这里代指前线。《后汉书·窦宪传》：宪率军大破单于军，“遂登燕然山，去塞三千余里，刻石勒功，纪汉威德，令班固作铭。”此两句意谓在途中遇到候骑，得知主帅破敌后尚在前线未归。

译文

乘单车想去慰问边关，路经的属国已过居延。
千里飞蓬也飘出汉塞，北归大雁正翱翔云天。
浩瀚沙漠中孤烟直上，无尽黄河上落日浑圆。
到萧关遇到侦候骑士，告诉我都护已在燕然。

简析

《使至塞上》是王维奉命赴边疆慰问将士途中所作的一首纪行诗，记述出使塞上的旅程以及旅程中所见的塞外风光。首联两句交代此行目的和到达地点，诗缘何而作；颔联两句包含多重意蕴，借蓬草自况，写飘零之感；颈联两句描绘了边陲大漠中壮阔雄奇的景象，境界阔大，气象雄浑；尾联两句虚写战争已取得胜利，流露出对都护的赞叹。此诗既反映了边塞生活，同时也表达了诗人由于被排挤而产生的孤独、寂寞、悲伤之情以及在大漠的雄浑景色中情感得到熏陶、净化、升华后产生的慷慨悲壮之情，显露出一种豁达情怀。

（彭双宝）

积雨辋川庄作[1] ［唐］王维

积雨空林烟火迟[2]，蒸藜炊黍饷东菑[3]。
漠漠水田飞白鹭[4]，阴阴夏木啭黄鹂[5]。
山中习静观朝槿[6]，松下清斋折露葵[7]。
野老与人争席罢[8]，海鸥何事更相疑[9]。

注释

①积雨：久雨。辋（wǎng）川庄：即王维在辋川的宅第，在今陕西省蓝田县终南山中，是王维隐居之地。②空林：疏林。孟浩然《题大禹寺义公禅房》诗："义公习禅处，结宇依空林。"烟火迟：因久雨林野润湿，故烟火缓升。③藜（lí）：一年生草本植物，嫩叶可食。黍（shǔ）：谷物名，古时为主食。饷东菑（zī）：给在东边田里干活的人送饭。饷：送饭食到田头。菑：已经开垦了一年的田地，此泛指农田。④漠漠：形容广阔无际。唐罗隐《省试秋风生桂枝》诗："漠漠看无际，萧萧别有声。"⑤阴阴：幽暗的样子。唐李端《送马尊师》诗："南入商山松路深，石床溪水昼阴阴。"夏木：高大的树木，犹乔木。夏：大。啭（zhuàn）：小鸟婉转的鸣叫。黄鹂：黄莺。⑥"山中"句：意谓深居山中，望着槿花的开落以修养宁静之性。习静：谓习养静寂的心性。亦指过幽静生活。南朝梁何逊《苦热》诗："习静阕衣巾，读书烦几案。"槿（jǐn）：植物名。落叶灌木，其花朝开夕谢。古人常以此物悟人生枯荣无常之理。⑦清斋：谓素食，长斋。晋支遁《五月长斋》诗："令月肇清斋，德泽润无疆。"露葵：经霜的葵菜。葵为古代重要蔬菜，有"百菜之主"之称。⑧野老：村野老人，此指作者自己。争席罢：指自己要隐退山林，与世无争。争席：典出《庄子·杂篇·寓言》：杨朱去从老子学道，路上旅舍主人欢迎他，客人都给他让座；学成归来，旅客们却不再让座，而与他"争席"，说明杨朱已得自然之道，与人们没有隔膜了。⑨"海鸥"句：典出《列子·黄帝篇》：海上有人与鸥鸟相亲近，互不猜疑。一天，心术不正的父亲要他把海鸥捉回家来，他又到海滨时，海鸥便飞得远远的，破坏了他和海鸥的亲密关系。这里借海鸥喻人事。何事：一作"何处"。

译文

空林积雨，薪火难以点燃。午饭做完，马上送向田间。
漠漠水田，飞起几只白鹭；阴阴夏树，传来婉转鸟鸣。
惯于山间安静，早起遍地看花。松下长吃素食，采摘路葵佐餐。
我与野老已融洽无间，海鸥为何还要猜疑？

简析

此诗以鲜丽清新的色彩，描绘出夏日久雨初停后关中平原上美丽繁忙的景象，前四句写诗人静观所见，后四句写诗人的隐居生活。诗人把自己幽雅清淡的禅寂生活与辋川恬静优美的田园风光结合起来描写，创造了一个物我相惬、情景交融的意境。全诗写景生动真切，生活气息浓厚，如同一幅淡雅的水墨画，清新明净，形象鲜明，表现了诗人隐居山林、脱离尘俗的闲情逸致。

（彭双宝）

山中 [唐] 王维

荆溪白石出①，天寒红叶稀②。
山路元无雨③，空翠湿人衣④。

注释

①荆溪：本名长水，又称浐水、荆谷水，源出陕西省蓝田县西南秦岭山中，北流至长安东北入灞水。参见《水经注·渭水》《长安志》卷一六。一作“溪清”。②红叶：秋天，枫、槭、黄栌等树的叶子都变成红色，统称红叶。③元：原，本来。④“空翠”句：形容山中翠色浓重，似欲流出，使人有湿衣之感。空翠：指山间青色的潮湿的雾气。

译文

荆溪潺湲流过白石粼粼显露，天气变得寒冷红叶落落稀稀。
山间小路上原本并没有下雨，是那空明翠色好像沾湿人衣。

简析

此诗描绘了秋末初冬时节的山中景色，由满是白石的小溪、鲜艳的红叶和无边的浓翠所组成的山中冬景，色泽斑斓鲜明，富于诗情画意，毫无萧瑟枯寂的情调。全诗意境空蒙，如梦如幻，表达了诗人悲己思乡之情。

（彭双宝）

杂诗（其二） [唐] 王维

君自故乡来①，应知故乡事②。
来日绮窗前③，寒梅著花未④？

注释

①君：对对方的尊称，您。②故乡：家乡，这里指作者的故乡。③来日：来的时候。绮窗：雕画花纹的窗户。④寒梅：冬天绽放的梅花。著花未：开花没有？着（zhuó）花，开花。未，用于句末，相当于“否”，表疑问。

译文

您是刚从我们家乡来的，一定了解家乡的人情世态。
请问您来的时候我家雕画花纹的窗户前，那一株腊梅花开了没有？

简析

“君自故乡来，应知故乡事。”这一句看起来是问家乡的情况，但诗人只是笼统地以“故乡事”来设问，心里满腹的问题一时竟不知从何问起了。这句描写出诗人的踌躇，对方的诧异。“来日绮窗前，寒梅著花未？”这一问倒令对方感到困惑，不问人事而问物事，可是正是这样一问，才是妙趣横生，令人回味无穷。其实诗人的真正目的，哪里是梅花？诗人想说的话，想问的问题不知从何说起，对家乡的思念竟蕴含在这个不经意的一问之中。

（彭双宝）

画 [唐]王维

远看山有色①，近听水无声。
春去花还在，人来鸟不惊②。

注释

①色：颜色，也有景色之意。②惊：吃惊，害怕。

译文

远看高山色彩明亮，走近一听水却没有声音。
春天过去，可是依旧有许多花草争妍斗艳，人走近，可是鸟却依然没有被惊动。

简析

诗中的画似乎代表着一种梦想，一种可见而不可得的梦想，但那种梦想只是在人的心灵处于一种安静的状态中我们才能够想起。但不可得已是事实，诗人唯有带着淡淡的幽思去寻觅世间最后的能够寄托情怀的东西。人已去，空留花，鸟未惊，人又来，没有永恒的美丽，而一切的美丽都将隐于虚幻。

（彭双宝）

别董大① [唐]高适

千里黄云白日曛②，北风吹雁雪纷纷。
莫愁前路无知己，天下谁人不识君。

作者简介

高适（约702—765），字达夫，一字仲武，渤海蓨（今河北景县）人。天宝八年（749）任封丘尉，不久即辞去，客游河西。河西节度使哥舒翰荐为左骁卫兵曹参军，掌书记。安史之乱后，升侍御史、谏义大夫。至德二年（757），出任淮南节度使。后又任蜀、彭二州刺史，迁成都尹、剑南西川节度使。官终左散骑常侍，封渤海县侯。有《高常侍集》传世。他是盛唐边塞诗派的著名诗人，与岑参齐名，并称“高岑”。

注释

①董大：大约是董庭兰，一位颇有名的音乐家。原诗共两首，这是第一首。②曛（xūn）：天色昏黄。

译文

一望无际的黄云搞得日光昏昏，北风呼呼，雁声凄凄，大雪纷纷。

不必担心前边的路上没有知己，天下的人有谁不了解董大您呢！

简析

《别董大》共两首，这是其中的第一首。此诗作于天宝六年（747）。“千里黄云白日曛，北风吹雁雪纷纷”，写送别的情景。千里黄云，日光昏暗，北风吹雁，大雪纷飞。在这样荒寒而又壮阔的背景下，诗人为好友送别。离别在即，两情依依，二人可以说是惺惺相惜。一般人在这种情况下只有惆怅，但是诗人却笔锋一转，“莫愁前路无知己，天下谁人不识君”，不要担心前边路途上没有知己，像您这样有才能的人，全天下的人谁不知道呢？这是对友人的宽慰和劝勉，在这寒冷的风雪中无疑飘荡一缕缕暖融融的春意，给友人以温暖，使友人亢奋。这首诗用白描手法表达对朋友的真挚情怀，没有悲凄，只有豪迈，尤其是末二句能够催人奋进，至今仍为人们所津津乐道。

（彭双宝）

除夜作[①] [唐] 高适

旅馆寒灯独不眠，客心何事转凄然[②]？
故乡今夜思千里，霜鬓明朝又一年[③]。

注释

①除夜：除夕之夜。②客心：自己的心事。转：变得。凄然：凄凉悲伤。③霜鬓：白色的鬓发。明朝（zhāo）：明天。

译文

我独自在旅馆里躺着，寒冷的灯光照着我，久久难以入眠。
是什么事情，让我这个游客的心里变得凄凉悲伤？
故乡的人今夜一定在思念远在千里之外的我；
我的鬓发已经变得斑白，到了明天又是新的一年。

简析

此诗写除夕之夜，游子家人两地相思之情，深思苦调，委曲婉转，感人肺腑。诗精练含蓄，故前人谓此诗："添著一语不得。"用语质朴浅近而寓情深邀悠远。过年意味着又增加了一岁。天天向上的小朋友往往急于长大，已过中年的人则很可能痛感自己正在走向衰老——他们对此事都比较计较，当然有兴高采烈与感慨系之之不同。高适这首诗"年味"很足，传诵极广。

（彭双宝）

山中问答[1] ［唐］李白

问余何意栖碧山[2]，笑而不答心自闲[3]。
桃花流水窅然去[4]，别有天地非人间[5]。

作者简介

李白（701—762），字太白，号青莲居士。祖籍陇西成纪（今甘肃秦安），5岁随父迁居绵州昌隆（今四川江油）青莲乡。25岁离蜀，长期在各地漫游。晚年漂泊困苦，卒于安徽当涂。他是继屈原后的另一位伟大的爱国主义、浪漫主义诗人。他那追求理想、藐视权贵、向往自由的精神，傲岸豪迈、狂放不羁的性格，雄奇飘逸、直率奔进、瑰丽多姿的诗风，"言出天地外，思出鬼神表，读之则神驰八极，测之则心怀四溟"的艺术魅力，给后代诗人以强烈的鼓舞和启迪，对诗歌的发展有巨大推动作用和深远影响。诗家对他的评价颇高，有"诗仙""千古一诗人"之誉。有《李太白全集》传世。

注释

①山中问答：以问答形式抒发在碧山隐居读书时的闲情逸致。②余：我，指作者。栖：居住。碧山：在今湖北省安陆市，作者曾在此读过书。③心自闲：悠闲心会，闲适自安。④窅（yǎo）然：深远的样子。⑤别有天地：另有一种境界，形容风景引人入胜。天地：比喻人的活动范围。

译文

要问我为什么要栖隐碧山，笑而不答内心里十分悠闲。

桃花随着流水奔向远方，这番境界实在是天上人间。

简析

李白曾有一段时间在湖北碧山隐居读书，这首诗就是描写他当时的情景和心境的。虽短短四句，却有问有答、有描写有叙述、有议论、有虚有实，其间转接轻灵，自然流畅。“笑而不答”，足见其心之闲；“桃花流水”窅然而去，足见其环境之幽。全诗轻淡浅近，其实淡而愈浓，近而愈远，很好地传达出作者那种怡然自乐的舒适心情。

（唐嗣德）

渡荆门送别[1] [唐]李白

渡远荆门外[2]，来从楚国游[3]。
山随平野尽[4]，江入大荒流[5]。
月下飞天镜[6]，云生结海楼[7]。
仍怜故乡水[8]，万里送行舟[9]。

注释

①荆门：山名，位于今湖北省宜都市西北长江南岸，与北岸虎牙山对峙，地势险要，自古即有楚蜀咽喉之称。②远：远自。③楚国：楚地，指湖北一带，春秋时期属楚国。④平野：平坦广阔的原野。⑤江：长江。大荒，广阔无际的田野。⑥月下飞天镜：明月映入江水，如同飞下的天镜。下，移下。⑦海楼：海市蜃楼，这里形容江上云霞的美丽景象。⑧仍：依然。怜，怜爱。一本作“连”。故乡水，指从四川流来的长江水。⑨万里：喻行程之远。

译文

乘船远行，路过荆门一带，来到楚国故地。
青山渐渐消失，平野一望无边。
长江滔滔奔涌，流入广袤荒原。
月映江面，犹如明天飞镜；
云变蓝天，生成海市蜃楼。
故乡之水恋恋不舍，不远万里送我行舟。

简析

这首诗是李白出蜀时所作。诗歌首尾行结，浑然一体，意境高远，风格雄健。“山随平野尽，江入大荒流”，写得逼真如画，有如一幅长江出峡渡荆门长轴山水图，成为脍炙人口的佳句。如果说优秀的山水画“咫尺应须论万里”，那么，这首形象壮美瑰玮的五津也可以说能以小见大，以一当十，具有高度集中的艺术概括力。

（肖建辉）

送孟浩然之广陵[1] [唐]李白

故人西辞黄鹤楼[2]，烟花三月下扬州[3]。
孤帆远影碧空尽[4]，唯见长江天际流[5]。

注释

①之：往、到达。广陵：即扬州。②辞：辞别。黄鹤楼：中国著名的名胜古迹，故址在今湖北武汉市武昌蛇山的黄鹄矶上，传说三国时期的费祎于此登仙乘黄鹤而去，故称黄鹤楼。③烟花：形容柳絮如烟、鲜花似锦的春天景物，指艳丽的春景。下：顺流向下而行。④碧空尽：消失在碧蓝的天际。尽：尽头，消失了。⑤唯见：只看见。天际流：流向天边。天际：天边，天边的尽头。

译文

友人在黄鹤楼向我挥手告别，阳光明媚的三月他要去扬州。
他的帆影渐渐消失在碧空中，只看见滚滚长江在天边流。

简析

首句点出送别的地点是一代名胜黄鹤楼；二句写送别的时间与去向："烟花三月"的春色和东南形胜的"扬州"；第三、四句，写送别的场景：目送孤帆远去；只留一江春水。诗作以绚丽斑驳的烟花春色和浩瀚无边的长江为背景，极尽渲染之能事，绘出了一幅意境开阔、情丝不绝、色彩明快、风流倜傥的诗人送别画。此诗虽为惜别之作，却写得飘逸灵动，情深而不滞，意永而不悲，辞美而不浮，韵远而不虚。

（谭静）

赠汪伦[1] [唐]李白

李白乘舟将欲行，忽闻岸上踏歌声[2]。
桃花潭水深千尺[3]，不及汪伦送我情[4]。

注释

①汪伦：李白的朋友。②踏歌：唐代广为流行的民间歌舞形式，一边唱歌，一边用脚踏地打拍子，可以边走边唱。③桃花潭：在今安徽泾县西南一百里。深千尺：诗人用潭水深千尺比喻汪伦与他的友情，运用了夸张的手法。④不及：不如。

译文

李白坐上小船刚要离开，忽听岸上传来踏歌之声。

桃花潭水即使深有千尺，比不上汪伦相送之情。

简析

诗中描绘李白乘舟欲行时，汪伦踏歌赶来送行的情景，十分朴素自然地表达出汪伦对李白那种朴实、真诚的情感。“桃花潭水深千尺，不及汪伦送我情”两句信手拈来，先用“深千尺”赞美桃花潭水的深湛，紧接“不及”两个字笔锋一转，用比较的手法，把无形的情谊化为有形的千尺潭水，形象地表达了汪伦对李白那份真挚深厚的友情。全诗语言清新自然，想象丰富奇特，脍炙人口。

（谭静）

独坐敬亭山[①] ［唐］李白

众鸟高飞尽[②]，孤云独去闲[③]。
相看两不厌[④]，唯有敬亭山。

注释

①敬亭山：在今安徽宣城市北。②尽：没有了。③孤云：陶渊明《咏贫士诗》中有“孤云独无依”的句子。独去闲：独去，独自去。闲，形容云彩飘来飘去，悠闲自在的样子。④厌：满足。

译文

群鸟高飞无影无踪，孤云独去自在悠闲。
你看我我看你两不相厌，只有我和眼前的敬亭山。

简析

此诗表面是写独游敬亭山的情趣，而其深含之意则是诗人生命历程中旷世的孤独感。诗人以奇特的想象力和巧妙的构思，赋予山水景物以生命，将敬亭山拟人化，写得十分生动。作者虽然写的是自己的孤独和怀才不遇，但更多对自己的信念的坚定，在大自然中寻求安慰和寄托。

（谭静）

静夜思 ［唐］李白

床前明月光，疑是地上霜[①]。
举头望明月[②]，低头思故乡。

注释

①疑：好像。②举：抬。

译文

明亮的月光洒在床前，好像地上泛起了一层霜。

抬起头来，看那天窗外空中的一轮明月，不由得低头沉思，想起远方的家乡。

简析

《静夜思》是写远客思乡之情的诗，诗以明白如话的语言雕琢出明静醉人的秋夜的意境。它不追求想象的新颖奇特，也摒弃了辞藻的精工华美；它以清新朴素的笔触，抒写了丰富深曲的内容。境是境，情是情，那么逼真，那么动人，百读不厌，耐人寻味。无怪乎有人赞它是“妙绝古今”。李白的这首思乡之作，被称为“千古思乡第一诗”，感动了古今无数他乡流落之人。

（谭静）

早发白帝城① [唐]李白

朝辞白帝彩云间②，千里江陵一日还③。
两岸猿声啼不住④，轻舟已过万重山。

注释

①发：启程。白帝城：故址在今重庆市奉节县白帝山上。②朝：早晨。辞：告别。彩云间：因白帝城在白帝山上，地势高耸，从山下江中仰望，仿佛耸入云间。③江陵：今湖北荆州市。从白帝城到江陵约一千二百里，包括七百里三峡。一日还：一天就可以到达。④猿：猿猴。啼：鸣、叫。住：停息。

译文

清晨告别高入云霄的白帝城，江陵远在千里，船行只一日时间。

两岸猿声在耳边不停地啼叫，不知不觉轻舟已穿过万重青山。

简析

唐肃宗乾元二年（759），诗人流放夜郎，行至白帝城时遇赦，乘舟东还江陵时而作此诗。首句写白帝城之高；次句写江陵路遥，舟行迅速；三句以山影猿声烘托行舟飞进；四句写行舟轻如无物，点明水势如泻。诗人是把遇赦后愉快的心情和江山的壮丽多姿、顺水行舟的流畅轻快融为一体来表达的。明人杨慎赞曰：“惊风雨而泣鬼神矣！”

（谭静）

望庐山瀑布（其二）［唐］李白

日照香炉生紫烟①，遥看瀑布挂前川②。
飞流直下三千尺③，疑是银河落九天④。

注释

①香炉：指香炉峰，在庐山西北。紫烟：指日光透过云雾，远望如紫色的烟云。②遥看：从远处看。挂：悬挂。前川：一作“长川”。川：像一条巨大的白练。③直：笔直。三千尺：形容山高。这里是夸张的说法，不是实指。④疑：怀疑。九天：极言天高。古人认为天有九重，九天是天的最高层，九重天，即天空最高处。

译文

香炉峰在阳光的照射下生起紫色烟霞，
远远望见瀑布似白色绢绸悬挂在山前。
高崖上飞腾直落的瀑布好像有几千尺，
让人恍惚以为银河从天上泻落到人间。

简析

诗歌紧扣题目中的“望”字，庐山的香炉峰入笔描写庐山瀑布之景，用“挂”字突出瀑布如珠帘垂空，以高度夸张的艺术手法，把瀑布勾画得传神入化，然后细致地描写瀑布的具体景象，将飞流直泻的瀑布描写得雄伟奇丽，气象万千，宛如一幅生动的山水画。其前两句描绘了庐山瀑布的奇伟景象，既有朦胧美，又有雄壮美；后两句用夸张的比喻和浪漫的想象，进一步描绘瀑布的形象和气势，可谓字字珠玑。

（谭静）

关山月①［唐］李白

明月出天山②，苍茫云海间。
长风几万里，吹度玉门关③。
汉下白登道④，胡窥青海湾⑤。
由来征战地⑥，不见有人还。
戍客望边色⑦，思归多苦颜。
高楼当此夜，叹息未应闲⑧。

注释

①关山月：乐府旧题，属横吹曲辞，多抒离别哀伤之情。《乐府古题要解》：“‘关山月’，

伤离别也。”②天山：即祁连山。在今甘肃、新疆之间，连绵数千里。因汉时匈奴称“天”为“祁连”，所以祁连山也叫作天山。③玉门关：故址在今甘肃省敦煌西北，古代通向西域的交通要道。此二句谓秋风自西方吹来，吹过玉门关。④下：指出兵。白登：白登山。今位于山西省大同市东。汉高祖刘邦领兵征匈奴，曾被匈奴在白登山围困了七天。《汉书·匈奴传》：“（匈奴）围高帝于白登七日。”颜师古注：“白登山在平城东南，去平城十余里。”⑤胡：此指吐蕃。窥：有所企图，窥伺，侵扰。青海湾：即今青海省青海湖，湖因青色而得名。⑥由来：自始以来；历来。《易·坤》：“臣弑其君，子弑其父，非一朝一夕之故，其由来者渐矣。”⑦戍客：征人也。驻守边疆的战士。边色：一作“边邑”。⑧高楼：古诗中多以高楼指闺阁，这里指戍边兵士的妻子。曹植《七哀诗》：“明月照高楼，流光正徘徊。思妇高楼上，悲叹有余哀。”

译文

一轮明月从祁连山升起，穿行在苍茫的云海之间。
浩荡的长风吹越几万里，吹过将士驻守的玉门关。
当年汉兵直指白登山道，吐蕃觊觎青海大片河山。
这里就是历代征战之地，出征将士很少能够生还，
戍守兵士远望边城景象，思归家乡不禁满面愁容。
此时将士的妻子在高楼，哀叹何时能见远方亲人。

简析

《关山月》是李白借乐府旧题创作的一首五古。此诗写远离家乡的戍边将士与家中妻室的相互思念之情，深刻地反映了战争带给广大民众的痛苦。全诗分为三层，开头四句，主要写关、山、月三种因素在内的辽阔的边塞图景，从而表现出征人怀乡的情绪；中间四句，具体写到战争的景象，战场悲惨残酷；后四句写征人望边地而思念家乡，进而推想妻子月夜高楼叹息不止。此诗如同一幅由关山明月、沙场哀怨、戍客思归三部分组成的边塞图长卷，以怨情贯穿全诗，色调统一，浑然一体，气象雄浑，风格自然。

（彭双宝）

秋登宣城谢脁北楼[1] ［唐］李白

江城如画里[2]，山晚望晴空。
两水夹明镜[3]，双桥落彩虹[4]。
人烟寒橘柚[5]，秋色老梧桐。
谁念北楼上[6]，临风怀谢公[7]？

注释

①谢脁北楼：即谢脁楼，为南朝齐诗人谢脁任宣城太守时所建，故址在陵阳山顶，是

宣城的登览胜地。谢朓是李白很佩服的诗人。②江城：泛指水边的城，这里指宣城。唐代江南地区的方言，无论大水小水都称之为“江”。③两水：指宛溪、句溪。宛溪上有凤凰桥，句溪上有济川桥。明镜：指拱桥桥洞和它在水中的倒影合成的圆形，像明亮的镜子一样。④双桥：指凤凰桥和济川桥，隋文帝开皇年间（581—600）所建。彩虹：指水中的桥影。⑤人烟：人家里的炊烟。⑥北楼：即谢朓楼。⑦谢公：谢朓。

译文

江边的城池好像在画中一样美丽，
山色渐晚，我登上谢朓楼远眺晴空。
两条江之间，一潭湖水像一面明亮的镜子；
江上两座桥仿佛天上落下的彩虹。
橘林柚林掩映在令人感到寒意的炊烟之中；
秋色苍茫，梧桐也已经显得衰老。
除了我还有谁会到谢朓楼来，迎着萧飒的秋风，怀念谢先生呢？

简析

《秋登宣城谢朓北楼》是李白所作的一首风格独特的怀旧诗。此诗前面六句主要是写景状物，描写了登上谢楼所见到的美丽景色，而在最后二句点明怀念谢朓，抒发了对先贤的追慕之情，也反映了作者在政治上苦闷彷徨的孤独之感。全诗语言清新优美，格调淡雅脱俗，意境苍凉旷远。

（彭双宝）

塞下曲（其一）［唐］李白

五月天山雪[①]，无花只有寒。
笛中闻折柳[②]，春色未曾看。
晓战随金鼓[③]，宵眠抱玉鞍。
愿将腰下剑，直为斩楼兰[④]。

注释

①天山：指祁连山。②折柳：即《折杨柳》，古乐曲名。③金鼓：指锣，进军时击鼓，退军时鸣金。④斩楼兰：据《汉书·傅介子传》：“汉代地处西域的楼兰国经常杀死汉朝使节，傅介子出使西域，楼兰王贪他所献金帛，被他诱至帐中杀死，遂持王首而还”。

译文

五月的天山仍是满山飘雪，只有凛冽的寒气，根本看不见花草。
只有在笛声《折杨柳》曲中才能想象到春光，

而现实中从来就没有见过春天。
战士们白天在金鼓声中与敌人进行殊死的战斗，
晚上却是抱着马鞍睡觉。
但愿腰间悬挂的宝剑，能够早日平定边疆，为国立功。

简析

首句言“五月天山雪”，已经扣紧题目。接着诗人没有具体细致地进行客观描写，而以轻淡之笔徐徐道出自己内心“寒”的感受，更何况寒风之中又传来《折杨柳》的凄凉曲调呢！借听笛来渲染烘托这种苍凉寒苦的气氛。五、六两句，写的是士卒的生活场景，而他们守边备战，人人奋勇，争为功先的心态则亦尽情流露出来。尾联“愿将腰下剑，直为斩楼兰”，是借用傅介子慷慨复仇的故事，表现诗人甘愿赴身疆场，为国杀敌的雄心壮志。“直”与“愿”字呼应，语气斩截强烈，一派心声，喷涌而出，自有夺人心魄的艺术感召力。

（彭双宝）

望天门山①［唐］李白

天门中断楚江开②，碧水东流至此回③。
两岸青山相对出④，孤帆一片日边来⑤。

注释

①天门山：在今安徽省当涂县西南的长江西岸，江东岸的称东梁山，江西岸的称西梁山。两山夹江对峙，像一座天设的门户，因而得名。②楚江：安徽为古楚国之地，所以称长江流经安徽的一段为楚江。开：打通。③至此回：东流的江水，到天门山这里突然转弯向北流。回：转折。④相对出：指对峙的天门两山出现在眼前。⑤孤帆：一只小船。片：指片帆。日边：太阳升起的地方。

译文

楚江波涛把天门山从中劈开，澄碧的江水流到这里突然北拐。
那两岸相对耸立的青山直插云霄，红日初升一叶小舟正向这边驶来。

简析

这首诗紧紧抓住一个“望”字，从各个不同的角度望天门山，把天门山的特征、地势、色彩、耸立长江两岸山水相连的壮观以及作者独特的感受，组构成一幅美丽的山水诗篇。全诗以描绘动景取胜，分别用了“断”“开”“流”“回”“出”“来”等一系列动词，描绘出了天门山的奇险和江流的湍急。通过“碧水”“青山”“孤帆”“红日”等物的描写，又使诗色彩明丽，绚烂多姿。字里行间，洋溢着作者的豪情壮志，表现了作者博大的胸怀和对祖国锦绣江山的热爱之情。

（唐嗣德）

峨眉山月歌[1] [唐] 李白

峨眉山月半轮秋[2]，影入平羌江水流[3]。
夜发清溪向三峡[4]，思君不见下渝州[5]。

注释

①峨眉山：在今四川省峨眉山市。②半轮：因峨眉山地势高而遮掩月亮，只能见到圆月的一半，故说“半轮”。③影：指月影。平羌江：即今青衣江，源出四川芦山县，经峨眉山东北，在乐山市流入岷江。④清溪：即清溪驿，在今四川犍（qián）为县。三峡：一般指瞿塘峡、巫峡和西陵峡。⑤君：指峨眉山月。下：到。渝州：今重庆市一带地方。

译文

高耸的峨眉山倚着半轮秋月，月影映入平羌江水又随江水流。
我连夜从清溪驿向三峡进发，到渝州时不见峨眉山月思悠悠。

简析

这首诗一连用了峨眉山、平羌江、清溪、三峡、渝州五个地名，殊不厌重，为读者展示一幅千里蜀江行旅图。全诗把峨眉山月作为歌咏的主体，集中表现了作者对蜀地的无限依恋。首句点出一个“月”字，写作者抬头所见群山中的迷蒙月色；次句点出一个“影”字，写作者低头所见微波中的斑斓月影；第三句点出一个“夜”字，写作者趁着明月在江上击舟前行；结句点出一个“君”字，写作者以明月为友、不见峨眉山的惆怅心情。这首诗是作者年轻时初离蜀地的早期作品，意境明朗，语言通顺，有老炉精锤之妙。

（唐嗣德）

送友人 [唐] 李白

青山横北郭[1]，白水绕东城[2]。
此地一为别[3]，孤蓬万里征[4]。
浮云游子意[5]，落日故人情[6]。
挥手自兹去[7]，萧萧班马鸣[8]。

注释

①青山：指安徽省宣城城北的敬亭山。郭：外城。②白水：形容河水在太阳光照射下像一条白练。③为别：作别，分别。④孤蓬：蓬草，冬天枯萎随风飘散，转动不定。此处比喻游子。万里征：万里行。⑤浮云：比喻友人行踪漂泊无定。游子：在外远行的人，此指友人。⑥落日：比喻与友人难分难舍的感情。故人：老朋友，这里是作者的自称。⑦自兹去：从这里离开。兹：此。⑧萧萧：马嘶叫声。班马：离群的马。班，分别。

译文

青翠的大山横卧在北城外，清清的河水环绕着东城。
在这里我们一旦分别以后，你将像蓬草独自天涯万里行。
如浮云飘游东西南北行踪不定，落日徐徐难下便是我对你的深情。
彼此挥手告别我们就此分道，双方骑的马也不愿离开而悲鸣。

简析

这是送别诗的名篇，历来为人所称誉。这首诗通过对送别环境的描写，表达了作者与友人依依惜别之深情。“浮云游子意，落日故人情”一联，即景取喻，以“浮云”之无定喻“游子”之漂泊，以“落日”之徐缓状“故人”之依恋，诗味深醇，境界雄浑壮阔。最后两句因人及马，渲染了一种悲壮气象，更增添了离别时的惆怅。

（唐嗣德）

登金陵凤凰台[①] [唐]李白

凤凰台上凤凰游[②]，凤去台空江自流。
吴宫花草埋幽径[③]，晋代衣冠成古丘[④]。
三山半落青天外[⑤]，一水中分白鹭洲[⑥]。
总为浮云能蔽日[⑦]，长安不见使人愁[⑧]。

注释

①金陵：今南京市，历代名城，为六朝的帝都。②凤凰台：故址在今南京市凤凰山上。凤凰：古代传说中的鸟王。雄的叫“凤”，雌的叫“凰”。通称“凤”或“凤凰”。③吴宫：三国时东吴的宫殿。幽径：荒僻的小路。④晋代衣冠：指东晋的豪门贵族。衣冠：古代士以上戴冠，衣冠连称，是古代士以上的服装。后引申指世族、士绅。成古丘：变成了古坟。⑤三山：山名，在今南京市西南长江边，三峰并列，南北相连。⑥一水：指长江。白鹭洲：在今南京市西南，因洲多聚白鹭而得名。⑦浮云蔽日：比喻小人当道，蒙蔽君王，谗害贤士。⑧长安：唐代朝廷所在地，是帝王的象征。

译文

凤凰台上曾经有凤凰来游，凤去台空长江依旧向东流。
当年吴宫的花卉已变成荒径，东晋的豪门贵族长眠在古丘。
三山并列一半露于青天外，江水分流中间夹着白鹭洲。
总是因为那浮云遮蔽了太阳，望不见长安我心中充满忧愁。

简析

李白是唐代的伟大诗人，但很少写律诗，而《登金陵凤凰台》却是唐代律诗中的杰作。这首吊古感怀诗，是作者被奸邪之徒陷害排挤，离开长安后所作。登高览胜，“凤去台空”“吴宫花草”“晋代衣冠”已成为历史陈迹，昔日的繁华不再，当年的风物不存，无限今昔之感溢于言表。在对历史的凭吊之后，作者又把目光投向现实，用“浮云蔽日”“长安不见”来比喻奸臣擅权、皇帝昏庸的时局，从而顿生伤时叹世、不能施展才华之悲愤。作者善于把历史掌故、眼前景物和胸中不平交织在一幅画面、一个载体中，天衣无缝，格调高雅。

（唐嗣德）

夜下征虏亭[1] [唐] 李白

船下广陵去[2]，月明征虏亭。
山花如绣颊[3]，江火似流萤[4]。

注释

①征虏亭：东晋时征虏将军谢石所建，故址在今南京市南郊。李白于上元二年（761）暮春由此登舟，往游广陵，即兴写下此诗。②广陵：郡名，在今江苏省扬州市一带。③绣颊（jiá）：涂过胭脂的女子面颊，色如锦绣，因称绣颊。亦称“绣面”，或“花面”。一说绣颊疑为批颊，即戴胜鸟。这里借喻岸上山花的娇艳。④江火：江上的渔火。流萤：飞动的萤火虫。

译文

顺水乘船扬州去，明月映照征虏亭。
山花烂漫如绣颊，江船灯火似流萤。

简析

暮春时节的一个夜晚，诗人李白从金陵乘船去广陵。诗人乘船不久，回首仰望那征虏亭，但见明月清辉映照下的征虏亭，轮廓依然分明，居山临江的形势，似有飞动之感。征虏亭畔的山花，应该还像白天一样，一丛丛、一簇簇地盛开，犹如施了胭脂的多情女子，美艳极了，仿佛在为诗人送行。环视江面，江船渔火，万家灯火倒映水中星星点点，波光潋滟，闪烁迷离，就像无数萤火虫飞来飞去。面对此情此景，诗人诗兴大发，欣然命笔，为后世留下了如此绝妙的好诗！

诗歌写景简洁明快，比喻形象生动，语言明白如话，意象丰富，意境如画，描绘了从金陵乘船下扬州回望征虏亭的夜景——一幅令人心醉的春江花月的夜景，表现了诗人的欣喜之情和游历之乐。

（桂郁文）

夜宿山寺[1] ［唐］李白

危楼高百尺[2]，手可摘星辰[3]。
不敢高声语[4]，恐惊天上人。

注释

①宿：住，过夜。②危楼：高楼，这里指山顶的寺庙。危：高。百尺：虚指，不是实数，这里形容楼很高。③星辰：天上的星星统称。④恐：唯恐，害怕。惊：惊动。

译文

山寺高楼高过百尺，站在楼上可摘星辰。
我还不敢大声说话，唯恐惊动天上仙人。

简析

这是一首纪游写景的短诗。一、二句，正面描写山寺楼宇。诗人运用扩大夸张的手法，描绘了山寺楼宇的宏伟挺拔、高耸入云的景象，形象地表现了山寺屹立山巅的非凡气势。三、四句侧面描写，写诗人的心理感受。再次运用极其夸张的手法，通过诗人的独特的心理感受，侧面烘托山寺楼宇的高入云霄，直逼“天庭”。这首诗夸张描写了山寺楼宇直接云端、俊俏壮观的景象与气势，表现了诗人内心惊叹、喜悦与赞美之情。大胆无羁的想象，极度夸张的描写，充分体现李白诗歌豪放雄健、意境奇妙的浪漫主义特色。

（桂郁文）

劳劳亭[1] ［唐］李白

天下伤心处，劳劳送客亭[2]。
春风知别苦，不遣柳条青[3]。

注释

①劳劳亭：三国吴时建，故址在今南京市西南，古新亭南，是古人送别之所。②劳劳：忧愁伤感的样子。此指劳劳亭。③“春风”二句：古人有折柳赠别的习俗，大略是取“留”“柳”谐音。这里诗人把春风人格化。知：理解。遣：让。

译文

天下最叫人伤心的地方，就是送人远行的劳劳亭。
春风也知道离别的痛苦，才不让柳树发叶枝条青。

简析

这是一首写离情别绪的抒情诗。前两句“天下伤心处，劳劳送别亭”，直奔主旨，直抒胸臆，直入人心，直言天下最让人伤心的地方，就是那送客远行的劳劳亭。劳劳亭自三国东吴建亭以来，就是人们送客远行的地方，来到此地，即使未送人，也未被人所送，都会泛起情感波澜，引发离情别绪的感慨。这就是所谓的睹物起意、触景生情。三、四句“春风知别苦，不遣柳条青”，是说春风也知道离别的痛苦，所以才不让柳条生长出新叶。这是托物抒情，移情于景的艺术表现手法，将“春风”拟人化了。这种手法体现了诗人构思的精巧、想象的奇特，能起到峰回路转、别翻心意的作用。人间的离别，与春风、柳条有何干系，知与不知都是一回事。春风并不能知，柳条未青，也只是季节气候未到，初春之时，自然不会发青。诗人如此描写，便有了浓郁的诗情诗意。这种寄情于物、物我为一的艺术表现手法，常为诗家所用，这就是诗家语。春风也知道人间离别之苦，故意不让柳条发青，不忍看到离别的场景，物犹如此，人何以堪！

（桂郁文）

江南曲四首[1]（其三） [唐]储光羲

日暮长江里，相邀归渡头[2]。
落花如有意，来去逐轻舟[3]。

作者简介

储光羲（约707—760），兖州（今属山东）人，一说润州（今江苏镇江）人。开元进士，官至监察御史。安史之乱时曾被迫受伪职，后被贬，死于岭南。为盛唐著名田园山水诗人之一。其诗多为五古，擅长以质朴淡雅的笔调，描写恬静纯朴的农村生活和田园风光。原有集，已散佚。现仅存《储光羲诗》。

注释

①江南曲：为乐府旧题。郭茂倩《乐府诗集》把它和《采莲曲》《采菱曲》等编入《清

商曲辞》。唐代诗人学习乐府民歌，采用这些创作了不少清新平易、明丽活泼的诗歌。储光羲的《江南曲四首》就属于这一类作品。②渡头：渡口。③逐：追逐，追，随。一作“来驱逐船流”。

译文

夕阳西下长江里，相邀一起回渡口。
落花好似有情意，来去追随近轻舟。

简析

这是一首描写青年男女暮春时节长江泛舟的短诗。前两句，“日暮长江里，相邀归渡头”。写他们泛舟至黄昏，相邀回家。暮春三月，春意盎然，长江边的青年男女划着小船在江上游玩，开心浪漫，不知不觉已至日暮。这时，夕阳西下，晚霞映照着江面，波光闪烁，美丽极了，但也是该返船的时候了，于是他们相邀回到来时的渡口。这景色，落霞与轻舟齐飞，春水共长天一色；这情趣，似有三月上巳节习俗的韵味，正是少男少女谈情说爱的好时光。后两句，“落花如有意，来去逐轻舟”。写他们划桨归舟的情景。江面上的落花，好似有情有义，划开了又返回来，来来去去，始终追逐着轻舟。拟人化的景物描写，情感化了，诗意化了，既表现了这些青年男女对爱情的期望和追求，也表现了他们情窦初开，相互试探，有待进一步发展的心理。这就是真实的生活，诗意的生活。

（桂郁文）

劝学 [唐] 颜真卿

三更灯火五更鸡①，正是男儿读书时②。
黑发不知勤学早③，白首方悔读书迟④。

作者简介

颜真卿（707—785），字清臣，自署琅琊郡（今山东临沂）人。著名书法家。开元进士，又擢制科，累迁侍御史，唐代宗时被封为鲁郡公。为官正色立朝，屡遭奸臣排挤，刚韧不屈，令人敬佩，天下不以姓名称，谓为“鲁公”。少时父死家贫，寄养伯父家，缺少纸笔，以黄土扫墙学书，嗣后数十年研习名家书法，博采众长而创新意，遂成为唐代著名的书法家。他的书体朴实端庄，厚重雄健，对后世影响很大，世称“颜体”，皆宝传习之。有《颜鲁公集》传世。

注释

①更（gēng）：旧时夜间计时的单位，从黄昏至拂晓分为五更，每更约两小时。三更，深夜一时左右。五更，凌晨五时左右。灯火：指亮着的灯光。②男儿：男子汉。这里泛指年少的读书人。③黑发：黑头，代指年少。④白首：白头，代指年老。方：才，始。

译文

深夜亮着灯火五更鸡啼起床，正是男儿读书的大好时光。
年轻时如果不趁早勤奋学习，到年老才后悔已经毫无希望。

简析

这是一首劝勉青少年要珍惜时光，勤奋苦学，以便将来有所作为的劝学诗，诗人以年少和年老相比照，突出人生的短暂和时间的可贵。全诗不事雕饰，语言平易晓畅，却显得形象具体，哲理性强，于真诚质朴之中见出殷殷劝勉之心，对后人很有教育意义。

（唐嗣德）

次北固山下①　[唐] 王湾

客路青山外②，行舟绿水前。
潮平两岸阔③，风正一帆悬④。
海日生残夜⑤，江春入旧年⑥。
乡书何处达⑦？归雁洛阳边⑧。

作者简介

王湾（生卒年不详），洛阳人。早有文名。玄宗开元十一年（723）进士，一说玄宗先天年间（712—713）进士。做过荥阳主簿，参加过校理皇家群籍的工作，终洛阳尉。《全唐诗》录存其诗10首。

注释

①次：旅途中暂时停宿，这里是停泊的意思。北固山：在今江苏镇江北，三面临水，东西金山、焦山在望。②客路：旅途，这里指的就是长江水路。青山：指北固山。③潮平两岸阔：潮水涨满时，两岸之间水面宽阔。④风正一帆悬：顺风行船，风帆垂直悬挂。风正，风顺。悬，挂。⑤海日：海上的旭日。生：升起。残夜：夜将尽之时。⑥入：到。⑦乡书：家信。⑧归雁：北归的大雁。大雁每年秋天飞往南方，春天飞往北方。古代有用大雁传递书信的传说。

译文

长江水路仿佛在青山之外，一路行船就在这绿水之间。
潮水上涨两岸显得更开阔，顺着风势白色船帆高高悬。
残夜将退旭日从海上升起，新年未到春光在江岸呈现。
人在旅途家信何时可送达，交付大雁送到故乡洛阳边。

简析

唐玄宗开元元年（713），王湾由楚入吴，行舟泊于江苏镇江北固山下，看到青山绿水、潮平岸阔等壮丽之景，触发思乡之情，写成此诗。首联点题。“客行青山外，行舟绿水前”，写诗人远游在外，客行异乡。在感受到江南青山绿水之美景的同时，也触发了漂泊羁旅思乡念亲之情怀。颔联、颈联写景。“潮平两岸阔，风正一帆悬”，写江上景色。出句写北固山下之长江，江潮上涨，江面愈发宽阔，好像与两岸平接，景象阔大；对句写江面小舟，“正”字表现了江风和顺、恰到好处，船帆高悬而不过于膨胀，因“潮平”“岸阔”，放眼望去，帆船便显得小了。景象一小一大，小景与大景互相映衬，更好地表现了江面浩渺。“海日生残夜，江春入旧年”，写出了天将亮、旭日升、春意早的情景。这是千古名句，诗人虽无意于说理，却在描写景物、节令之中，蕴含了一种自然的理趣：新生的事物和力量往往脱胎于陈旧残败的事物和势力之中。显示了“正能量”的艺术魅力。尾联呼应首联，借“归雁”传书，寄托乡愁，富于情韵。

诗歌描绘了江面壮阔的美景，抒发了客子淡淡的乡愁。语意清新，境界开阔，炼字炼句从容自然，绝无雕琢痕迹。

（桂郁文）

临川送别 [唐] 卢僎

秋郊日半隐①，野树烟初映。
风水正萧条②，那甚动离咏。

作者简介

卢僎（生卒年不详），字守成，范阳涿县人，吏部尚书卢从愿之从父，唐玄宗时期大臣，诗人。开元六年（718），自闻喜尉入为集贤殿学士，出为襄阳令。开元末年（741），历任祠部（礼部司官）、司勋员外郎，终吏部员外郎。僎工诗，所作今存十四首。

注释

①郊：泛指城外，野外。隐：藏匿，不显露。②萧条：形容词，寂寞冷落，毫无生气：荒山老树，景象十分萧条。

译文

太阳在云层里穿行，时隐时现。
秋天的旷野上，树木被云雾笼罩。
秋风萧瑟，秋水寒冷，
哪能不引起离别之情呢？

简析

这是一首饱含感伤的送别诗，其妙处在于诗人以雄劲的笔触，描写好友离去送别时不舍之情的艺术概括。他通过对于时间和空间的意匠经营，以及把写景、叙事、抒情与议论紧密结合，在诗里熔铸了丰富复杂的思想感情，使诗的意境雄浑深远，既激动人心，又耐人寻味。

（彭双宝）

题破山寺后禅院[①] [唐] 常建

清晨入古寺[②]，初日照高林[③]。
曲径通幽处[④]，禅房花木深[⑤]。
山光悦鸟性[⑥]，潭影空人心[⑦]。
万籁此俱寂[⑧]，但余钟磬音[⑨]。

作者简介

常建（生卒年不详），字号不详，出生地不详。玄宗开元十五年进士，与王昌龄同榜。曾任盱眙尉。仕途失意，后隐居于鄂州武昌（今属湖北）。其诗多为五言，常以山林、寺观为题材，也有部分边塞诗。有《常建集》。

注释

①破山寺：即兴福寺，在今江苏常熟市西北虞山上。南朝齐邑人郴州刺史倪德光舍宅所建。②清晨：早晨。入：进入。古寺：指破山寺。③初日：早上的太阳。照：照耀。高林：高树之林。④曲径：又作“一径”。幽：幽静。⑤禅房：僧人居住修行的地方。⑥悦：此处为使动用法，使……高兴。⑦潭影：清澈潭水中的倒影。空：此处为使动用法，使……空。此句意思是，潭水空明清澈，临潭照影，令人俗念全消。⑧万籁（lài）：各种声音。籁，从孔穴里发出的声音，泛指声音。此：在此，即在后禅院。⑨但余：只留下。一作“惟余”，又作“唯闻”。钟磬（qìng）：佛寺中召集众僧的打击乐器。磬，古代用玉或金属制成的曲尺形的打击乐器。

译文

大清早我走进这古老寺院，旭日初升映照着山上树林。
竹林掩映小路通向幽深处，禅房前后花木繁茂又缤纷。
山光明媚使飞鸟更加欢悦，潭水清澈也令人神爽心净。
此时此刻万物都沉默静寂，只留下了敲钟击磬的声音。

简析

这首五言律诗，诗人以凝练简洁的笔触描写了一个景物独特、幽深寂静的境界，表达了自己游览名胜的喜悦和对高远境界的强烈追求。诗人在清晨登破山，入兴福寺，旭日初升，光照山上树林。这样幽静美妙的环境，使诗人惊叹、陶醉。寺后的青山焕发着日照的光彩，鸟儿自由自在地飞鸣欢唱，清清的水潭旁，天地和自己的身影在水中湛然空明，心中的尘世杂念顿时涤除。此时诗人领悟到了空门禅悦的奥妙：大自然和人世间的所有其他声响都寂灭了，只有悠扬而洪亮的钟磬之音引导人们进入纯净怡悦的境界。全诗笔调古朴，层次分明，意境浑融，感染力强，艺术上相当完整，是唐代山水诗中独具一格的名篇。

（桂金菊）

赋新月① [唐] 缪氏子

初月如弓未上弦②，分明挂在碧霄边③。
时人莫道蛾眉小④，三五团圆照满天⑤。

作者简介

缪氏子（713—741），字号、生平均不详。据说，他从小聪慧能文，7岁就以神童召试，作了上面的这首诗，很得唐玄宗的赞赏，所著作《新月》《赋新月》收编入《全唐诗》。

注释

①赋新月：描写，歌咏新月。赋，铺写，歌咏。新月，阴历月初形状如钩的月亮，即初月。②未上弦：阴历每月初八左右，月亮西半明，东半暗，恰似半圆的弓弦。称上弦，上弦，是说新月还没有到半圆。③碧霄：蓝天。④蛾眉：原形容美人的眉毛，细长而弯曲，这里指新月，月亮弯如蛾眉。⑤三五团圆：指农历十五晚上最圆的月亮。

译文

新月如弯弓还没有到半个圆，却分明在天边斜挂着。
人们不要小看它像弯弯的眉毛，等到十五夜，它会圆满光照天下。

简析

这首诗借景抒情、托物言志，表达了作者人小志大，准备成就一番经世济民大事业的豪迈气概。这首诗的小作者借咏新月来表达自己的远大志向。

（彭双宝）

逢雪宿芙蓉山主人① [唐] 刘长卿

日暮苍山远②，天寒白屋贫③。
柴门闻犬吠④，风雪夜归人⑤。

作者简介

刘长卿（约726—786），字文房，河间（今属河北）人，玄宗天宝年间进士。因官终随州刺史，世称刘随州。其诗气韵流畅，意境幽深，婉而多讽，以五言擅长，称“五言长城”。有《刘随州诗集》。

注释

①逢：遇上。宿：投宿；借宿。②日暮：傍晚的时候。苍山远：青山在暮色中影影绰绰显得很远。苍：青色。③白屋：未加修饰的简陋茅草房。一般指贫苦人家。④犬吠：狗叫。⑤夜归人：夜间回来的人。

译文

暮色苍茫更觉前行山路遥远。天寒地冻倍觉投宿人家清贫。
忽然听得柴门狗叫，应是主人风雪夜归。

简析

这首诗描绘的是一幅风雪夜归图。前两句，写诗人投宿山村时的所见所感。后两句写诗人投宿主人家以后的情景。全诗语言朴实浅显，写景如画，叙事虽然简朴，但含意十分深刻。

（谭静）

送灵澈上人① [唐] 刘长卿

苍苍竹林寺②，杳杳钟声晚③。
荷笠带斜阳④，青山独归远。

注释

①灵澈（chè）上人：唐代著名诗僧，本姓汤，字源澄，会稽（今浙江绍兴）人，后为云门寺僧。上人；对僧人的敬称。②苍苍：深青色。竹林寺：在今江苏镇江市。③杳（yǎo）杳：深远的样子。④荷（hè）笠：背着斗笠。荷，背着。

译文

苍翠的丛林掩映着竹林寺，远远地传来黄昏的钟鸣声。

身背斗笠在夕阳的映照下，正独自沿着青山走向远方。

简析

此诗共四句，前两句写灵澈上人欲回竹林寺的情景，后两句写诗人目送灵澈上人辞别归去的情景，抒发了诗人对友人离别的伤感与依依不舍之情，表达了对灵澈的深厚情意，也表现了灵澈清寂的风度以及诗人虽然失意却闲适淡泊的情怀。全诗纯为写景，恍如图画，借景抒情，构思精致，语言精练，素朴秀美，意境闲淡，为唐代山水诗的名篇。

（谭静）

望岳①［唐］杜甫

岱宗夫如何②？齐鲁青未了③。
造化钟神秀④，阴阳割昏晓⑤。
荡胸生层云⑥，决眦入归鸟⑦。
会当凌绝顶⑧，一览众山小⑨。

作者简介

杜甫（712—770），字子美，自称“少陵野老”，原籍襄阳（今湖北襄樊），后迁居巩县（今属河南）。早年在家苦读，举进士不第而漫游各地，中年为求官困守长安十年之久，安史之乱中四处漂泊，避乱入蜀，建草堂于浣花溪畔，后携家出川投靠亲友，历尽艰辛，大历五年（770）冬，杜甫客死在由潭州（今长沙）到岳阳湘江途中的一条小船上。杜甫是我国古代最伟大的现实主义诗人，其诗深刻地反映了唐代由盛转衰的急剧变化，用血和泪重绘了一个战乱频仍、民不聊生的黑暗社会，被后世称为“诗史”。五言、七言、古体、近体莫不精工。风格深沉凝重，质朴、雄浑、悲壮、跌宕；也有瑰丽、轻灵之作。语言千锤百炼，声律精心考究。因此，他的诗作形成了“无体不备”“无法不具”的艺术宝库，对后世影响极大，成为历代诗人效法的最高典范，尊为“诗圣”。今存诗1400多首，有《杜工部集》传世。

注释

①望岳：在山下远望泰山。岳：高山。泰山，在今山东泰安县北，为五岳（东岳泰山、西岳华山、南岳衡山、北岳恒山、中岳嵩山）之首。②岱宗：泰山的尊称。夫（fú）：语助词。③齐鲁：春秋时的两个国家。齐在泰山北，鲁在泰山南，均在今山东境内。青未了：泰山苍峰连绵，一片青碧的山色，直绵延到齐鲁之外。④造化：天地，大自然。钟神秀：聚集了天地间的一切神奇和秀丽。钟：聚。⑤阴阳：山北叫阴，山南叫阳。割：划分。昏晓：黄昏，早晨。⑥荡胸：涤荡胸怀。⑦决眦（zì）：形容极力睁大眼睛。决，裂开。眦，眼眶。入：收入到眼中，看到。归鸟：飞回林巢的鸟。⑧会当：应当，一定要。凌绝顶：登上山的最高处。⑨一览：一眼望去。

译文

泰山的景象到底怎么样呢？
齐鲁大地青翠的山峦连绵没完没了。
大自然把一切神奇秀丽精心装扮了它，
山北山南在同一时刻分为黄昏与拂晓。
云气层出不穷令我心胸为之激荡，
时已薄暮还睁大眼睛喜看鸟儿归巢。
将来一定要攀登上最高的顶峰，
居高临下笑览群山是多么渺小！

简析

《望岳》是现存杜甫诗年代最早的一首，字里行间洋溢着作者青年时代那种蓬蓬勃勃的朝气和励志进取勇攀绝顶的襟怀。全诗句句写向岳而望，距离由远及近，时间从朝至暮，顺序井然。一、二句写远望的景色，三、四句写近望的气势，五、六句写细望的奇景，七、八句写极望远眺的情志。如此组构，出色地描绘了泰山出类拔萃的风采，也表现了作者壮志凌云、挑战极限的气概。“会当凌绝顶，一览众山小”这一至理名言，作为进取者的利器，将与泰山同垂不朽。

（唐嗣德）

漫成一首①［唐］杜甫

江月去人只数尺②，风灯照夜欲三更③。
沙头宿鹭联拳静④，船尾跳鱼拨剌鸣⑤。

注释

①漫成：即诗人一时应手之作。②“去人”句：意谓月影靠船很近。江月：江面上空的月亮。南朝梁何逊《宿南洲浦》诗：“违乡已信次，江月初三五。”③风灯：船中桅杆上挂着照夜的灯，有纸罩避风。清陈维嵩《桂殿秋·淮河夜泊》词：“船头水笛吹晴碧，樯尾风灯飐夜红。”三更：指半夜十一时至翌晨一时。《乐府诗集·清商曲辞二·子夜变歌一》：“三更开门去，始知子夜变。”④“沙头”句：指夜宿的白鹭屈曲着身子，静静地蜷躺在沙滩上。沙头：沙滩边；沙洲边。北周庾信《春赋》：“树下流杯客，沙头渡水人。”拳：屈曲貌。唐杜甫《雕赋》：“联拳拾穗，长大如人。”一说“联拳”通“连蜷”，蜷身之意。静：一作“起”。⑤拨剌：鱼在水里跳动所发出的声音。拨：一作“跋”，一作“泼”。

译文

水中的月影离我只有数尺之远，

船中桅杆上的风灯照耀着夜空，时间马上就要进入三更天。
栖息在沙滩上的白鹭静静地蜷身而睡，
突然船尾方向传来“拨刺”一声，原来有一条鱼儿跃出水面。

简析

此诗写夜泊江边之景。第一句写月夜，抓住江上夜景的特色；第二句写舟中樯竿上挂着照夜的风灯，在月下灯光显得冲淡而柔和；第三句写到江岸上屈身而眠的白鹭，突出环境的幽静；第四句写船尾鱼儿跳动的声音，反衬静谧之境。四句分别写月、灯、鸟、鱼，各成一景，“一句一绝”。诗人通过远近推移、动静相成的手法，使舟内舟外、江间陆上、物与物、情与景之间相互关联，浑融一体。全诗以景抒情，洋溢着诗人对和平生活的向往和对于自然界小生命的热爱之情。

（彭双宝）

江南逢李龟年[①] ［唐］杜甫

岐王宅里寻常见[②]，崔九堂前几度闻[③]。
正是江南好风景[④]，落花时节又逢君[⑤]。

注释

①李龟年：唐朝开元、天宝年间的著名乐师，擅长唱歌。因为受到皇帝唐玄宗的宠幸而红极一时。“安史之乱”后，李龟年流落江南，卖艺为生。②岐王：唐玄宗李隆基的弟弟，名叫李范，以好学爱才著称，雅善音律。寻常：经常。③崔九：崔涤，在兄弟中排行第九，中书令崔湜的弟弟。玄宗时，曾任殿中监，出入禁中，得玄宗宠幸。崔姓，是当时一家大姓，以此表明李龟年原来受赏识。④江南：这里指今湖南省一带。⑤落花时节：暮春，通常指阴历三月。落花的寓意很多，人衰老飘零，社会的凋敝丧乱都在其中。君：指李龟年。

译文

当年在岐王宅里，常常见到你的演出，
在崔九堂前，也曾多次欣赏你的艺术。
没有想到，在这风景一派大好的江南，
正是落花时节，能巧遇你这位老相熟。

简析

此诗是杜甫绝句中最有情韵、最富含蕴的一篇。开首二句是追忆昔日与李龟年的接触，寄寓诗人对开元初年鼎盛的眷怀；后两句是对国事凋零，艺人颠沛流离的感慨。诗中抚今思昔，世境离乱，年华盛衰，人情聚散，时代沧桑，人生巨变，都浓缩在这短短的二十八字中。全诗语言极平易，而含意极深远，包含着非常丰富的社会生活内容，表达出了时世凋零丧乱与人生凄凉飘零之感。

（彭双宝）

八阵图[1] [唐] 杜甫

功盖三分国[2]，名成八阵图。
江流石不转[3]，遗恨失吞吴[4]。

注释

①八阵图：由八种阵势组成的图形，用来操练军队或作战。②盖：超过。三分国：指三国时魏、蜀、吴三国。③石不转：指涨水时，八阵图的石块仍然不动。④失吞吴：是吞吴失策的意思。

译文

三国鼎立，孔明的功勋最为卓著，
他创制的八卦阵，更是名扬千古。
任凭江流冲击，石头却依然如故，
千年遗恨，在于刘备失策想吞吴。

简析

《八阵图》是作者初到夔州时作的一首咏怀诸葛亮的诗，写于唐代宗大历元年（766）。此诗前二句赞颂诸葛亮的丰功伟绩，尤其称颂他在军事上的才能和建树；后二句对刘备吞吴失师，葬送了诸葛亮联吴抗曹统一中国的宏图大业，表示惋惜。末句照应开头，三句照应二句。在内容上，既是怀古，又是抒怀，情中有情，言外有意，在绝句中独树一格。

（彭双宝）

归雁 [唐] 杜甫

东来万里客[1]，乱定几年归[2]？
肠断江城雁[3]，高高向北飞。

注释

①东来：诗中的“东来”，郭知达《九家集注杜诗》作“春来”解。万里客：作者自指。作者故乡洛阳在成都东北。②乱：指安史之乱．几年：犹如何时、几时的意思；③肠断：指极度悲哀伤心。江城：指梓州。

译文

春天来了，我这个远离家乡的人，什么时候才能回家呢？
最让我悲伤的是，连那江城的大雁正自由自在地向北飞去。

简析

前两句："东来万里客，乱定几年归"，感事伤时，直抒胸臆。首句的"东来"，指自东川梓州赴西川成都。"万里客"是诗人对自己被贬后、所过的颠沛流离生活的艺术概括。末句正是申明"肠断"之故。诗人想到大雁一年一度地回到故乡，而自己却多年滞留异地，不禁愁思缕缕。

（彭双宝）

绝句 [唐] 杜甫

迟日江山丽①，春风花草香。
泥融飞燕子②，沙暖睡鸳鸯③。

注释

①迟日：春天日渐长，所以说迟日。②泥融：这里指泥土滋润、湿润。③鸳鸯：一种水鸟，雄鸟与雌鸟常双双出没。

译文

江山沐浴着春光，多么秀丽，春风送来花草的芳香。
燕子衔着湿泥忙筑巢，暖和的沙子上睡着成双成对的鸳鸯。

简析

诗一开始，就从大处着墨，描绘出在初春灿烂阳光的照耀下，浣花溪一带明净绚丽的春景，用笔简洁而色彩浓艳。第二句诗人进一步以和煦的春风，初放的百花，如茵的芳草，浓郁的芳香来展现明媚的大好春光。第三、四句以工笔细描衔泥飞燕、静睡鸳鸯。与第一、二句构成一幅色彩鲜明，生意勃发，具有美感的初春景物图。

（彭双宝）

春望① [唐] 杜甫

国破山河在②，城春草木深③。

感时花溅泪[④]，恨别鸟惊心[⑤]。
烽火连三月[⑥]，家书抵万金[⑦]。
白头搔更短[⑧]，浑欲不胜簪[⑨]。

注释

①春望：在春天远望。肃宗至德二年（757）三月，长安被安史之乱叛军焚掠一空，满目荒凉，作者感伤而作。②国破：指安史之乱，长安沦陷。国，指京都长安。③城春：春天的京城。城：指长安。深：指杂草乱木丛生。④感时：感伤时事。花溅泪：看到美丽的鲜花，不禁流泪。⑤恨别：恨与家人久别。鸟惊心：听见声声鸟鸣，不禁心惊。⑥烽火：古时边防报警点的烟火，此指战乱。连：连接不断。三月：指春季三个月。⑦家书：家信。抵：相当，值得。⑧白头：头发白了。搔：用手指轻轻地抓，人在苦恼时常常以手搔头。短：指头发稀疏短小。⑨浑：完全，简直。不胜簪（zān）：插不上的簪子。不胜，不能承担，不能承受。簪：古时用以插定发髻或连贯于发的针形首饰。

译文

国都残破山河依旧在目，春天到来长安的草木又丛生。
感时局看到花开而流泪，恨别离听罢鸟鸣便惊心。
战乱已延续三个月不曾间断，接到一封家信抵得万两黄金。
忧国思家满头白发愈搔愈少，简直连小小的发簪也插不稳。

简析

这是杜诗中最脍炙人口的佳什之一，也是唐诗中翘楚之作。全诗紧扣一个“望”字，抒发作者的爱国情怀，具有浓郁的时代气息。第一、二句写“望”中所见，以“城春草木深”的两意相悖，状写国破后满目疮痍的荒凉景象，为全诗爱国思想的升华奠基。第三、四句写“望”中所感，见花而溅泪，闻鸟而惊心，痛惜国破家亡的惨祸。第五、六句写“望”中所想，感时而虑烽火，伤别而盼家书，直抒忧国思家之情。最后两句写“望”中所急，在无穷的家仇国恨中而万分焦急，以至憔悴不堪了。作者在离乱伤痛之外，又叹息衰老，则更添一层悲哀。全诗沉着蕴藉，真挚自然，爱国赤诚耀眼灼目。爱国是一种可贵的襟怀，更是一种崇高的境界！

（唐嗣德）

春夜喜雨[①] ［唐］杜甫

好雨知时节[②]，当春乃发生[③]。
随风潜入夜[④]，润物细无声[⑤]。
野径云俱黑[⑥]，江船火独明[⑦]。
晓看红湿处[⑧]，花重锦官城[⑨]。

注释

①春夜喜雨：春天的夜晚为下雨而高兴。②知时节：懂得季节的需要。③当：到。乃：就，发生：这里是降落的意思。④潜：悄悄地。细雨无声，又在夜间，不被人发觉，故称“潜”。⑤润物：滋润万物。⑥野径：田野间的小路。俱：都。⑦火：灯火。⑧晓看：明天早晨去看看。红湿处：指雨后的花丛，分外好看。红，这里指花。⑨花重（zhòng）：繁花经雨，饱含水分，低垂枝头，显得沉甸甸的样子，故曰“重”。锦官城：成都的别称。

译文

好雨懂得时令节气，正当春天就应急降临。
随着风悄悄潜入夜里，细细地滋润万物没有声音。
田野的小路与乌云漆黑一片，只有江船上的灯火独自照明。
明早去看那湿漉漉的花朵，沉甸甸地开遍了锦官城。

简析

这是一首情景交融、出神入化的好诗。全诗由一场春雨发端，将雨拟人，深情款款，满怀慰藉，表现了作者与劳动人民休戚与共的民本情怀。对暗夜灯火、雨后早晨美景的描写，隐含着作者在压抑的现实中追求理想的热望。无论写景，还是抒臆，都流露着爱民之心、悯民之情，体现了作者关心民瘼的一贯思想，寄托着他期望普济天下的博大胸怀。

（唐嗣德）

登高① ［唐］杜甫

风急天高猿啸哀②，渚清沙白鸟飞回③。
无边落木萧萧下④，不尽长江滚滚来。
万里悲秋常作客⑤，百年多病独登台⑥。
艰难苦恨繁霜鬓⑦，潦倒新停浊酒杯⑧。

注释

①登高：作者于大历二年（767）在夔府（今四川奉节县）的东屯养病，九月九日，扶病登高，感而有作。②猿啸哀：指在三峡两岸山中，猿声哀切，长鸣不息。③渚（zhǔ）清：江中小洲边水色清澈。渚：水中小洲。鸟飞回：群鸟翔集，回旋不去。④落木：落叶。萧萧：状声词，此处指落叶之声。⑤万里：形容客居在外，离家很远。做客：客居异乡。⑥百年：指一生。独登台：孤独一人登临高台。⑦艰难：既指自身不幸遭遇，又指国家遭外族侵扰和州郡兵乱。苦恨：深恨，恨极。繁霜鬓：两鬓白发如霜，一天比一天多。⑧潦倒：失意不得志。新：近来。停：这里指戒酒。

译文

风紧天高山中的猿啸多么悲哀，
洲边水清沙白群鸟在空中徘徊。
无边的落叶在秋风中纷纷飘下，
不尽的长江波涛滚滚从远方涌来。
长年漂泊远离故土又到悲秋时节，
一生坎坷病魔缠身独自登上高台。
艰难的世事使我两鬓白发越来越多，
穷愁潦倒中又因病不能再举酒杯。

简析

这首诗写重阳登高的见闻和感慨。满目秋色，触景生情，作者嗟叹自己潦倒多病的一生，是一首含义深沉、沁人肺腑的悲歌。前两联写登高所见上下远近之景，景色辽阔而凄清；后两联抒情，情由景生，万里客中悲秋，暮年扶病登高，作者把一生艰难困苦、百无聊赖的心境，书写得悲壮而深沉。这首诗在艺术上最大特点，就是格律形式十分严密，前任评说“一篇之中，句句皆律；一句之中，字字皆律”，故被誉为古今七律诗第一。

（唐嗣德）

登岳阳楼 [唐] 杜甫

昔闻洞庭水①，今上岳阳楼②。
吴楚东南坼③，乾坤日夜浮④。
亲朋无一字⑤，老病有孤舟⑥。
戎马关山北⑦，凭轩涕泗流⑧。

注释

①洞庭水：洞庭湖，在湖南北部。②岳阳楼：湖南岳阳市的西门城楼，下临洞庭湖，是游览胜地。③吴楚：春秋时的吴国和楚国。东南：洞庭湖东接于吴，南尽于楚，吴楚两地以洞庭湖为分界。坼（chè）：分裂。④乾坤：天地。日夜浮：形容湖水浩渺，好像天地整日整夜都飘浮在湖水上。⑤无一字：没有一点音讯。字，指书信。⑥老病：作者这年57岁，除原有肺病外，又患风痹症，左臂偏枯，右耳已聋，正是一身病痛。有孤舟：杜甫离蜀后，没有定居，一直以船为家。⑦戎马：代指战争。关山北：北方的关山。⑧凭轩：扶着栏杆。轩，有窗栏的长廊。涕泗：眼泪鼻涕。

译文

早就听说过八百里洞庭湖水，今天才登上了雄伟的岳阳楼。

东吴南楚在这里划分界线，苍天大地似乎日夜在湖上飘游。
亲朋好友无人寄来片言只语，年老多病卧困于一叶孤舟。
北边的关山又一次燃起了烽火，我靠着栏杆止不住涕泪横流。

简析

这首诗写登岳阳楼的所见所感，展示了作者博大的胸怀。作者面对浩瀚无涯的洞庭湖，慨叹亲朋音信杳然，自己年老多病而无所依凭，继而北望联想兵乱未息，面对凄凉的个人命运和兵连祸接的国家危难，不由得老泪纵横。诗中把个人的身世感慨、国家的忧患与洞庭湖壮景浑然一体，凸显出作者矫健的笔力和宏阔的气度，成为历代描写洞庭湖的名作之一。

（唐嗣德）

旅夜书怀 [唐] 杜甫

细草微风岸①，危樯独夜舟②。
星垂平野阔③，月涌大江流④。
名岂文章著⑤，官应老病休⑥。
飘飘何所似⑦，天地一沙鸥。

注释

①岸：指江岸边。②危樯（qiáng）：高高的船桅杆。独夜舟：是说自己孤零零的一个人夜泊江边。③星垂平野阔：星空低垂，原野显得格外广阔。④月涌：月亮倒映，随水流涌。大江：指长江。⑤名岂：这句连下句，是用“反言以见意”的手法写的。杜甫确实是以文章而著名的，却偏说不是。休官明明是因论事见弃，却说不是，是因老且病，所以这句是自解语了。⑥官应老病休：官倒是因为年老多病而被罢退。应，是，认为是。⑦飘飘：飞翔的样子，这里含有“漂零”“漂泊”的意思，这里是借沙鸥以写人的漂泊。

译文

微风吹拂着江岸的细草，桅杆高耸的小船孤单地夜泊江边。
星星垂在天边，平野显得宽阔，月光随波涌动，大江滚滚东流。
我难道是因为文章而著名吗？年老病多也应该休官了。
自己到处漂泊像什么呢？就像天地间的一只孤零零的沙鸥。

简析

《旅夜书怀》是杜甫于唐代宗永泰元年（765）离开成都草堂以后在旅途中所作。诗人用阔大无垠的夜景衬托深沉滞重的孤独感，是杜诗五律的名篇，历来为人称道。

诗的前半部分描写“旅夜”的情景。第一、二句写近景，寓情于景，展示了诗人的境况和情怀：像江岸细草一样渺小，像江中孤舟一般寂寞。第三、四句写远景，辽阔的平野、浩荡的大江、灿烂的星月，反衬出诗人暮年漂泊的凄苦景况，这是以乐景写哀情的手法。诗的后半部分是“书怀”。第五、六句正话反说，立意至为含蓄。诗人素有远大的政治抱负，但长期被压抑而不能施展，因此声名竟因文章而著，这实在不是他的心愿。杜甫此时确实是既老且病，但他的休官，却主要是由于被排挤。政治上的失意是他漂泊、孤寂的根本原因。最后两句诗人即景自况以抒悲怀，深刻地表现了诗人内心漂泊无依的感伤，真是一字一泪，感人至深。整首诗意境雄浑，气象万千。

（桂金菊）

秋兴（其一）［唐］杜甫

玉露凋伤枫树林①，巫山巫峡气萧森②。
江间波浪兼天涌③，塞上风云接地阴④。
丛菊两开他日泪⑤，孤舟一系故园心⑥。
寒衣处处催刀尺⑦，白帝城高急暮砧⑧。

注释

①玉露：秋天的霜露，因其白，故以玉喻之。凋伤：使草木凋落衰败。②巫山巫峡：即指夔州（今奉节）一带的长江和峡谷。萧森：萧瑟阴森。③兼天涌：波浪滔天。④塞上：指巫山。接地阴：风云盖地。“接地”又作“匝地”。⑤丛菊两开：杜甫此前一年秋天在云安，此年秋天在夔州，从离开成都算起，已历两秋，故云“两开”。“开”字双关，一谓菊花开，又言泪眼开。他日：往日，指多年来的艰难岁月。⑥故园：此处当指长安。⑦催刀尺：指赶裁冬衣。处处：见得家家如此。⑧白帝城：即今奉节城，在瞿塘峡上口北岸的山上，与夔门隔岸相对。急暮砧：黄昏时急促的捣衣声。砧，捣衣石。

译文

枫树在深秋露水的侵蚀下逐渐凋零、残伤，
巫山和巫峡也笼罩在萧瑟阴森的迷雾中。
巫峡里面波浪滔天，
上空的乌云则像是要压到地面上来似的，天地一片阴沉。
花开花落已两载，想到两年未曾回家，不免伤心落泪，
小船还系在岸边，虽然我不能东归，飘零在外的我，心却长系故园。
又在赶制冬天御寒的衣服了，
白帝城上捣制寒衣的砧声一阵紧似一阵。

简析

“秋兴”这个题目，意思是说因感秋而寄兴。本诗是杜甫寓居四川夔州时创作的以遥

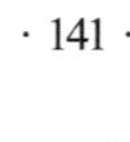

望长安为主题的一组七言律诗。本诗是组诗的序曲，作者开门见山，抒情写景。通过对巫山巫峡萧条的秋色、清凄的秋声的形象描绘，烘托出阴沉萧森、动荡不安的环境气氛，令人感到秋色秋声扑面惊心，抒发了诗人关心国家命运的忧国之情和暮年多病的孤独抑郁之感。诗意落在“丛菊两开他日泪，孤舟一系故园心”两句上。整首诗悲壮苍凉，意境深阔，体现了诗人晚年的思想感情和艺术成就。

（桂金菊）

闻官军收河南河北①［唐］杜甫

剑外忽传收蓟北②，初闻涕泪满衣裳③。
却看妻子愁何在④，漫卷诗书喜欲狂⑤。
白日放歌须纵酒⑥，青春作伴好还乡⑦。
即从巴峡穿巫峡，便下襄阳向洛阳⑧。

注释

①闻：听说。官军：指唐朝军队。②剑外：剑门关以南，这里指四川。蓟北：泛指唐代幽州、蓟州一带，今河北北部地区，是安史叛军的根据地。③涕：眼泪。④却看：回头看。妻子：妻子和孩子。愁何在：哪还有一点的忧伤？愁已无影无踪。⑤漫卷（juǎn）：胡乱地卷起。是说杜甫已经迫不及待地去整理行装准备回家乡去了。喜欲狂：高兴得简直要发狂。⑥放歌：放声高歌。须：应当。纵酒：开怀痛饮。⑦青春：此指明丽的春天的景色。作伴：与妻儿一同。⑧便：就的意思。

译文

剑门外忽传收复蓟北的消息，初闻此事分外欢喜泪洒衣裳。
回头看妻儿的愁云顿时消散，随便地收拾起诗书欣喜若狂。
日头照耀放声高歌痛饮美酒，明媚的春光伴着我返回故乡。
快快动身起程巴峡穿过巫峡，我穿过了襄阳后又直奔洛阳。

简析

此诗作于唐代宗广德元年（763）春。当年正月史朝义自缢，他的部将李怀仙斩其首来献，安史之乱结束。杜甫听到这消息，不禁惊喜欲狂，手舞足蹈，冲口唱出这首七律。全诗八句。开头写初闻喜讯的惊喜；后半部分写诗人手舞足蹈做返乡的准备，凸显了急于返回故乡的欢快之情。全诗情感奔放，处处渗透着“喜”字，痛快淋漓地抒发了作者无限喜悦兴奋的心情。因此被称为杜甫“生平第一快诗”。诗的后六句都是对偶，但却明白自然像说话一般，有水到渠成之妙。

（谭静）

前出塞（其六）[唐]杜甫

挽弓当挽强，用箭当用长。
射人先射马，擒贼先擒王。
杀人亦有限[①]，列国自有疆[②]。
苟能制侵陵，岂在多杀伤[③]。

注释

①亦有限：是说也有个限度，有个主从。②自有疆：是说总归有个疆界。③这两句是说如果能抵制外来侵略的话，那么只要擒其首领就行了，又哪用多杀人呢？

译文

拉弓要拉最坚硬的，射箭要射最长的。
射人先要射马，擒贼先要擒住他们的首领。
杀人要有限制，各个国家都有边界。
如果能制止敌人的侵犯就行，难道打仗就是为了多杀人吗？

简析

诗的前四句，很像是当时军中流行的作战歌诀，饶有理趣，深得议论要领，强调部队要强悍，士气要高昂，对敌有方略，智勇须并用。四句以排句出之，如数家珍，宛若总结战斗经验。然而从整篇看，它还不是作品的主旨所在，而只是下文的衬笔。后四句才道出赴边作战应有的终极目的。“杀人亦有限，列国自有疆。苟能制侵陵，岂在多杀伤？”诗人慷慨陈词，直抒胸臆，发出振聋发聩的呼声。杜甫的政治观点很明确：这种以战去战，以强兵制止侵略的思想，是恢宏正论，安边良策；它反映了国家的利益，人民的愿望。

（谭静）

绝句（其三）[唐]杜甫

两个黄鹂鸣翠柳[①]，一行白鹭上青天[②]。
窗含西岭千秋雪[③]，门泊东吴万里船[④]。

注释

①黄鹂：黄莺。②白鹭：鹭鸶，羽毛纯白，能高飞。③窗含：是说由窗往外望西岭，好似嵌在窗框中，故曰窗含。西岭：泛指岷山。因岷山在成都西面，故谓“西岭”。千秋雪：指西岭雪山上千年不化的积雪。④泊：停泊。东吴：古时候吴国的领地。

译文

黄鹂在新绿的柳条间叫着春天，成双作对好喜庆，
白鹭排成行迎着春风飞上青天，队列整齐真优美。
窗口可以看见西岭千年不化的积雪，
这门前的航船啊，竟是从万里之外的东吴而来。

简析

这首诗描绘出四个独立的景色，营造出一幅生机勃勃的图画，诗人陶醉其中，望着来自东吴的船只，不觉勾起了乡愁，细致的内心活动自然地流露出来。

（谭静）

江畔独步寻花①［唐］杜甫

黄四娘家花满蹊②，千朵万朵压枝低。
留连戏蝶时时舞③，自在娇莺恰恰啼④。

注释

①独步：一个人散步或走路。②黄四娘：杜甫住成都草堂时的邻居。蹊（xī）：小路。③留连：即流连，舍不得离去。④恰恰：象声词，形容鸟叫声音和谐动听。一说“恰恰”为唐时方言，恰好之意。

译文

黄四娘家花儿茂盛把小路遮蔽，万千花朵压弯枝条离地低又低。
眷恋芬芳花间彩蝶时时在飞舞，自由自在娇软黄莺恰恰欢声啼。

简析

首句点明寻花的地点。“蹊”是小路。“花满蹊”是说繁花将小路都盖住了，连成片了。次句“千朵万朵”形容数量之多。“压枝低”中的“压”和“低”两个字用得十分贴切、生动，形象地描绘了春花密密层层，又大又多，沉甸甸地把枝条都压弯了。这句是上句“满”字的具体化。第三句“留连”是形容蝴蝶飞来飞去舍不得离开的样子。其实诗人也被万紫千红的春花所吸引而流连忘返。第四句“自在娇莺恰恰啼”。“娇”是形容莺歌柔美圆润。“恰恰啼”是说正当诗人前来赏花时，黄莺也在鸣叫。这与上句说彩蝶流连春花一样，都是移情于物的手法。由于诗人成功地运用了这一手法，使物我交融，情景相生，这首小诗读起来就更亲切有味。

（谭静）

送崔九[1] [唐] 裴迪

归山深浅去[2]，须尽丘壑美[3]。
莫学武陵人[4]，暂游桃源里。

作者简介

裴迪（生卒年不详），字号不详，关中（今陕西）人。官蜀州刺史及尚书省郎。盛唐山水田园诗人。早年与王维友善，同居终南山，相互唱和。现存诗多为五绝，常描写幽寂的景色，其思想倾向大抵与王维山水诗相近。

注释

①崔九：指崔兴宗，曾与王维、裴迪同居辋川。②归山：到山里去，即归隐山林。③须尽：极尽，有饱览、尽情领略之意。丘壑：既指丘陵川壑，也是暗用典故，含劝友人归隐山林，莫改初衷之意。《世说新语·品藻》载："明帝问谢鲲：'君自谓何如庾亮'答曰：'端委庙堂，使百僚准则，臣不如亮；一丘一壑，自谓过之。'"④武陵人：指陶渊明《桃花源记》中的武陵渔人。

译文

你就要归隐山林各处景色都去看看，
要尽情游览欣赏山峦沟壑清静美景。
莫学那陶潜笔下《桃花源记》武陵渔人。
他只在桃花源里暂时停留匆匆而去。

简析

这是一首劝勉诗。崔九曾与王维、裴迪一起隐居终南山，此时，崔九似有不再想继续隐居之意，于是，在送崔九归山之际，诗人写下此诗，加以劝勉。

"归山深浅去，须尽丘壑美"。"归山"即隐居之意，"尽"有尽赏山水之乐的意思，"美"则表现内心愉悦。这两句是劝崔九回到山里之后，不论入山深浅，都要饱览山川之秀丽，林木之幽美。弦外之音，是劝勉崔九要坚定心志，不要再留恋世俗的生活。"归隐山林"的遁世行为，在封建时代往往与世俗"求官入仕"无望有关，表现的是个人理想与现实的矛盾。

"莫学武陵人，暂游桃源里"。这两句运用了陶潜《桃花源记》的武陵渔人的典故，劝勉崔九既然隐居，就应该坚定不移，不要三心二意，入山复出，不甘久隐。诗句一方面表达了对隐居生活的肯定，另一方面，也表达了对现实的不满。"世外桃源"，往往表现对理想生活的追求和对现实生活的不满。

这首诗语言浅显，但运用典故，立意颇深。诗人在劝勉友人安于隐居，不要暂时停留当中，也抒发了自己不满现实、厌恶尘世的心情。在看似平淡的语言中，蕴涵着浓郁的朋友情谊，含意颇为深远。

（桂郁文）

欸乃曲五首并序[1]（其四） [唐]元结

大历丁未中[2]，漫叟结为道州刺史[3]，以军事诣都使[4]。还州，逢春水，舟行不进，作欸乃五首[5]，令舟子唱之[6]，盖以取适于道路云[7]。

零陵郡北湘水东，浯溪形胜满湘中[8]。
溪口石巅堪自逸[9]，谁能相伴作渔翁。

作者简介

元结（719—772），字次山，号漫郎、聱叟，曾避难入猗玗洞，因号猗玗子。洛阳（今河南洛阳）人。玄宗天宝十二年（753）进士。曾参与抗击史思明叛军，立有战功。后出任道州刺史，官至容管经略使。他关心民间疾苦，做地方官时，曾为民营舍给田，减免赋税，招抚流亡，政绩显著。其诗注重反映政治现实和人民疾苦，讽喻时政，抨击官吏的横征暴敛，敢于为民请命。山水诗作清新自然。他曾强调诗歌的讽喻作用，语言通俗质朴，对后来的新乐府运动有所启发和影响。他在散文上也有一定成就。有《元次山集》。

注释

①欸（ǎi）乃：行船摇橹象声词。一说是湖南、广西以及贵州三省交界广大地区山歌末尾时用高亢嗓音喊出来的一声号子。元结自注："欸乃，棹舡之声。"欸乃曲：即"山歌"或"船歌"的别称。并序：一般出现在题目中，即附有序。并，有"连""附"的意思。②大历丁未：代宗大历二年（767）。③漫叟：元结自称，因元结号漫郎。按道州当时属潭州都督，府治长沙。④军事诣都使：指去长沙都督府汇报军情。⑤五首：一本作"五章"。⑥舟子：船夫。⑦云：一本作"耳"。⑧形胜：指山川壮美之地。湘中：指湖南。⑨自逸：独自欢乐。逸：逸乐。

译文

大历丁未年，我在道州当刺史，因汇报军情去长沙都督府。返回道州途中，逢春水大发，行船困难，于是作《欸乃曲》五首，让船夫歌唱它，是想使他们在船行中少感到劳累罢了。

零陵郡之北湘水之东，浯溪的美景名满湘中。

溪口石崖上可自得其乐，谁能够陪伴我作个渔翁？

简析

这首诗作于代宗大历二年（767）。作者时任道州刺史，因军事诣长沙都督府，返回道州途中，恰逢涨春水，逆水行舟不快，于是作诗五首，让船夫减少航程中的劳累。这首诗是组诗中的第四首。

开头两句是赞美浯溪。交代了浯溪所处的地理位置，赞美浯溪山川秀美名满湘中。末两句是写喜爱浯溪。浯溪山水值得留恋自乐，诗人希望与人相伴留在浯溪作一渔翁。诗歌通过对浯溪形胜的赞美，表达对浯溪的喜爱并希望在此隐居的思想感情。

元结一向喜爱山水，尤其喜爱浯溪。浯溪原是一条流入湘江的无名小溪。代宗广德元年（763），元结出任道州刺史时，乘舟逆湘江而上，路过此地，爱其胜异，将溪命名“吾溪”，自造“浯”字，“浯溪”自此得名。他还撰写了《浯溪铭》《峿台铭》《㾷庼铭》等铭文，并请人刻于浯溪石岩之上。自元结后，浯溪吸引了历代文人墨客，留下了众多诗文碑刻，浯溪因此而名扬天下。

（桂郁文）

枫桥夜泊[1] ［唐］张继

月落乌啼霜满天[2]，江枫渔火对愁眠[3]。
姑苏城外寒山寺[4]，夜半钟声到客船[5]。

作者简介

张继（生卒年不详），字懿孙，襄州（今湖北襄阳）人。天宝十二年（753）进士，曾任检校祠部员外郎、洪州盐铁判官。诗多纪行游览、酬赠送别之作，语言明白晓畅，不事雕琢，而韵味深长。著有《张祠部诗集》。

注释

①枫桥：在今江苏苏州市西郊阊门外枫桥镇。原名“封桥”，因张继此诗而改为“枫桥”。夜泊：夜间把船停靠在岸边。②乌啼：乌鸦啼鸣。③江枫渔火：江边的枫树，渔船上的灯火。对：对着，陪伴着。愁眠：满怀忧愁，难以入睡。④姑苏城：苏州城的别称。因城西南有姑苏山而得名。寒山寺：在苏州市西枫桥镇，原名“妙利普明塔院”，后因初唐诗僧寒山曾居于此，因改今名。⑤夜半钟声：半夜里的钟声，唐代寺院有半夜敲钟的习惯。到：传到。

译文

明月西沉寒霜满天偶尔听到乌鸦啼叫，面对江畔枫林和渔船灯火我彻夜难眠。

姑苏城外寒山寺里阴森森一片寂静，夜半时分钟声若断若续传到我耳边。

简析

这首诗通过月落乌啼、霜天寒夜、江枫渔火、孤舟客船等一系列形象，表现了作者愁苦的心境和孤独的情怀。特别是夜半又传来了寒山寺的钟声，更增添了几分凄凉忧伤。全诗纯用白描的手法，通过一个孤舟游子的视觉、听觉和心理感受，层次分明地组织在一个和谐统一的画面中。仔细品味，就会觉得既是一首好诗，又是一幅好画。

（刘艳敏）

同王徵君湘中有怀① [唐] 张谓

八月洞庭秋②，潇湘水北流③。
还家万里梦④，为客五更愁⑤。
不用开书帙⑥，偏宜上酒楼⑦。
故人京洛满⑧，何日复同游⑨？

作者简介

张谓（生卒年不详），唐代诗人。字正言，河内（今河南沁阳）人。天宝二年（743）进士，乾元中为尚书郎，大历中任潭州刺史，后官至礼部侍郎，三典贡举。其诗辞精意深，讲究格律，诗风清正，多饮宴送别之作。代表作有《早梅》《邵陵作》《送裴侍御归上都》等，其中以《早梅》最为著名。《全唐诗》录其诗一卷。

注释

①同：即“和”的意思。这是一首唱和之作。王徵君：徵君，对不接受朝廷征聘做官的隐士的尊称。本诗指一位姓王的徵君，名不详。《后汉书·黄宪传》：“友人劝其仕，宪亦不拒之，暂到京师而还，竟无所就。年四十八终，天下号曰徵君。”②洞庭：湖名。洞庭湖在今湖南省北部，素有“八百里洞庭”之称。湘、资、沅、澧四水汇流于此，在岳阳县城陵矶入长江。③潇湘：湘江与潇水的并称。唐杜甫《去蜀》诗：“五载客蜀郡，一年居梓州；如何关塞阻，转作潇湘游？”④还家：回家。《后汉书·臧洪传》：“中平末，弃官还家，太守张超请为功曹。”⑤为客：作客他乡。五更：特指第五更的时候。即天将明时。南朝陈伏知道《从军五更转》诗之五：“五更催送筹，晓色映山头。”⑥书帙（zhì）：书卷的外套。晋王嘉《拾遗记·秦始皇》：“二人每假食于路，剥树皮编以为书帙，以盛天下良书。”《说文》：帙，书衣也。一作“书箧”。⑦偏宜：只应当；最宜；特别合适。前蜀李珣《浣溪纱》词：“入夏偏宜澹薄妆，越罗衣褪郁金黄。”⑧故人：旧交；老友。《庄子·山木》：“夫子出于山，舍于故人之家。”京洛：西京长安和东都洛阳。泛指国都。唐张说《应制奉和》诗：“总为朝廷巡幸去，顿教京洛少光辉。”⑨同游：一同游览。南朝宋刘义庆《世说新语·捷悟》：“王东亭作宣武主簿，尝春月与石头兄弟乘马出郊，时彦同游者连镳俱进。”

译文

八月的洞庭湖一片清秋，辽阔的潇湘水滔滔北流。
关山万里做着回家之梦，他乡为客难奈五更离愁。
无须打开书卷细细品味，只应开怀畅饮醉卧酒楼。
长安洛阳亲朋故旧无数，什么时候再与他们同游？

简析

开篇一联即扣紧题意，写洞庭秋色，“潇湘水北流”，抒写眼前所见的空间景物。颔联直抒胸臆，不事雕琢，然而却是时间与空间交感，对仗工整而自然。颈联以正反夹写的句式进一步抒发自己的愁情，尾联就逼出“有怀”的正意。此诗叙述了诗人久出未归的思乡之愁，无心看书，上楼饮酒，再想到京洛友人，更是急切想与之同游，一片思乡之情跃然纸上。全诗语言通俗，平淡自然，不事雕琢，有淡妆之美。

（彭双宝）

江村即事[①] [唐] 司空曙

钓罢归来不系船[②]，江村月落正堪眠[③]。
纵然一夜风吹去[④]，只在芦花浅水边。

作者简介

司空曙（约720—约790），字文明，一作文初，广平（今河北永年）人。曾举进士，入剑南节度使韦皋幕府，官水部郎中。为“大历十才子”之一。其诗多写自然景色和乡情旅思，或表现幽寂的境界，或直抒哀愁，较长于五律。有《司空文明诗集》。

注释

①即事：以当前的事物为题材作的诗。②罢：完了。系（jì）：结、扣。③正堪眠：正是睡觉的好时候。堪，可以，能够。④纵然：即使。

译文

钓鱼归来，懒把绳索系住船，
江村月落，正有一个好睡眠。
即使夜里起风，渔船被风吹去，
船儿也只不过飘荡在长满芦花的浅水边。

简析

诗题江村即事，“江村”，指靠近江边的小村，“即事”，指江上夜钓者归来“不系船”这件事以及由此引发的诗兴。首句写钓者归来懒得系船的行为细节。后面三句写钓者的心理活动，交代了不系船的原因：一是已经月落，时间不早了，人似乎也疲倦了，睡意来了，正好睡眠；二是即使夜里起风，小船也不会随风远去，何况还不一定起风，系船与否无关紧要，当然可以高枕无忧地去睡大觉了。这首诗通过写江上钓者“钓罢归来不系船”的一个行为细节，表现了渔人悠然自在的生活情趣，营造了恬静优美意境，同时，也表达了诗人随性自然的生活态度，诗歌语言清新自然，不事藻饰，意趣盎然。

（桂郁文）

别张赞 [唐] 司空曙

今日山晴后，残蝉菊发时[①]。
登楼见秋色，何处最相思。

注释

①残蝉：寒蝉。

译文

今天天气晴朗，寒蝉在哪里鸣叫，菊花刚刚开花。登上高楼，只见满眼秋色，唉，从哪里可以找到寄托思念的东西呢？

简析

这是一首赠别诗。第一、二句写离别的时间、时令，这是一个雨过天晴的日子，寒蝉凄切地鸣叫，秋菊刚刚绽放，以景衬情。第三、四句写别时登楼，寄景深远。诗歌表达了对友人的依依惜别之情。

（彭双宝）

归雁 [唐] 钱起

潇湘何事等闲回[①]？水碧沙明两岸苔[②]。
二十五弦弹夜月[③]，不胜清怨却飞来[④]。

作者简介

钱起（生卒年不详），字仲文，吴兴（今浙江湖州）人，唐代诗人。钱起的诗多为赠别之作，与社会现实相距较远。但具有较高的艺术水平，风格清空闲雅，尤长于写景，为大历（766—779）诗风的杰出代表。少数作品感时伤乱，同情农民疾苦。以《省试湘灵鼓瑟》诗最为有名。著有《钱考功集》。

注释

①潇湘：二水名，在今湖南境内。泛指湖南地区。等闲：随随便便，轻易。②苔：一种植物，鸟类的食物，雁尤喜食。③二十五弦：指瑟这种乐器。《楚辞·远游》：“使湘灵鼓瑟兮。”④胜（shēng）：承受。清怨：此处指曲调凄清哀怨。

译文

大雁啊，你为何要无端地飞离那风光无限的湘江？

那里碧沙浩渺，沙滩明净，两岸水草丰茂，环境何等宜人！
是否因为湘水女神月夜琴瑟，声声哀怨，如泣如诉，
你难以忍受那动人心弦的无限凄凉？

简析

此诗贵写于北方，所咏却是从南方归来的春雁。开头两句运用设问，一反历代诗人把春雁北归视为理所当然的惯例，而故意对大雁的归来表示不解，询问归雁为什么舍得离开那环境优美、水草丰盛的湘江而回来。第三、四句化用了湘灵鼓瑟的传说，诗人借写充满客愁的旅雁，婉转地表露了宦游他乡的羁旅之思。该诗以独特的艺术特色，成为引人注目的咏雁名篇之一。

（彭双宝）

寒食 [唐] 韩翃

春城无处不飞花[①]，寒食东风御柳斜[②]。
日暮汉宫传蜡烛[③]，轻烟散入五侯家[④]。

作者简介

韩翃（生卒年不详），字君平，南阳（今河南南阳）人。玄宗天宝十三年（754）进士及第。先后入汴宋、宣武节度使幕府为从事。后因德宗赏识其“春城无处不飞花”一诗，任驾部郎中，知制诰，官终中书舍人。为“大历十才子”之一。其诗多送行赠别之作，善写离人旅途景色，发调警拔，节奏琅然，但乏情思，亦无深致。笔法轻巧，写景别致，在当时传诵很广泛。明人有《韩君平集》。《全唐诗》仅存诗三卷。

注释

①春城：暮春时的长安城。②寒食：古代在清明节前两天的节日，禁火三天，只吃冷食，所以称寒食。御柳：御苑之柳，皇城中的柳树。③汉宫：这里指唐朝皇宫。传蜡烛：寒食节普天下禁火，但权贵宠臣可得到皇帝恩赐而得到燃烛。《唐辇下岁时记》“清明日取榆柳之火以赐近臣”。④五侯：汉成帝时封王皇后的五个兄弟王谭、王商、王立、王根、王逢时皆为侯，受到特别的恩宠。这里泛指天子近幸之臣。

译文

暮春时节，长安城处处柳絮飞舞、落红无数，
寒食节东风吹拂着皇家花园的柳枝。
夜色降临，宫里忙着传蜡烛，
袅袅炊烟散入王侯贵戚的家里。

简析

此诗前两句写的是白昼风光，描写了整个长安柳絮飞舞，落红无数的迷人春景和皇宫园林中的风光；后两句则是写夜晚景象，生动地画出了一幅夜晚走马传烛图，使人如见蜡烛之光，如闻轻烟之味。全诗用白描手法写实，刻画皇室的气派，充溢着对皇都春色的陶醉和对盛世承平的歌咏。从当时皇帝到一般朝士，都偏爱该诗，历来评价也很高。

（彭双宝）

过三闾庙[①] [唐] 戴叔伦

沅湘流不尽[②]，屈子怨何深[③]。
日暮秋烟起[④]，萧萧枫树林[⑤]。

作者简介

戴叔伦（约732—约789），字幼公，一作次公，金坛（今江苏金坛）人。德宗贞元年间进士。曾任抚州刺史，官终容管经略史。晚年上表自请出家做道士。其诗多表现隐逸生活和闲适情调。也写过一些反映民间疾苦的作品。《全唐诗》录其诗二卷。

注释

①三闾（lǘ）庙：即屈原庙，亦称屈子祠，因屈原曾任三闾大夫而得名，在今湖南汨罗市境。②沅湘：指沅江和湘江，沅江、湘江是湖南的两条主要河流。③屈子：指屈原。何深：多么深。④秋风：一作“秋烟”。⑤萧萧：风吹树木发出的响声。

译文

沅水湘水奔流不尽，屈原哀怨深沉悠长。
黄昏时分秋风阵阵，庙边枫林萧萧作响。

简析

三闾庙是纪念楚国三闾大夫屈原的庙宇。屈原是一位爱国诗人，他满怀愤怨投汨罗江自尽。诗人因路过屈子祠，怀着仰慕的心情，参拜祀奉屈原的庙宇，写下了这首凭吊屈原的诗篇。

“沅湘流不尽，屈子怨何深。”沅江、湘江是屈原被放逐时长期流浪的地方，也是屈原诗中常常咏叹的两条江水。诗以此开篇，既是睹物思人，又是一种比喻。沅水和湘水像屈原的“怨”一样，千载“流不尽”；屈原的“怨”像沅水和湘水一样，“何深”“不尽”，从时间上写“怨”之绵长、悠久，流注千载，至今犹存；“何深”，从程度上写“怨”之深重、广远，感人至深、经久难忘。“不尽”“何深”，错综成文，回环婉曲，形象而深切地表达了屈子之“怨”的深广而悠远。

“日暮秋风起，萧萧枫树林。”这两句以黄昏时分萧瑟秋景作结，意味深长，给人以无限的想象。深秋时节，日暮之时，秋风乍起，枫林叶落，特别是“萧萧”这一象声叠音词的运用，有一种苍凉之感，蕴含了敬仰之情，更觉得幽怨不尽，怨愤深沉。诗人寓情于景，化抽象为形象，屈子悲愤之意，诗人怀古之情，都在这景色描绘之中。

全诗围绕一个“怨”字，以明朗而又含蓄的诗句，表达了作者对屈原的敬仰的情思，回荡着一种悲凉感伤的情调。

（桂郁文）

滁州西涧[1] [唐] 韦应物

独怜幽草涧边生[2]，上有黄鹂深树鸣[3]。
春潮带雨晚来急[4]，野渡无人舟自横[5]。

作者简介

韦应物（737—792），字号不详，京兆长安（今陕西西安）人。初以“三卫郎”侍唐明王，后授京兆功曹，历官滁州、江州、苏州刺史，后人因称他为“韦江州”或“韦苏州”。其诗题材广泛，有不少讽刺现实、关心民瘼的诗篇，尤以写田园风物著名。风格恬淡高远，一方面寄托洁身自好、乐天知命的思想，同时流露出对劳苦农民的关怀。有《韦江州集》10卷和《韦苏州集》10卷。

注释

①滁（chú）州：今安徽省滁县。西涧：俗称上马河，在滁县城西。涧：夹在两山之间的溪流。②独怜：特别喜爱。幽草：深深的草，青青的草。③黄鹂：即黄莺。深树：树叶繁密的树。④春潮：春天的潮水。⑤野渡：荒僻的渡口。舟自横：舟船独自横在水面上。

译文

我特别喜爱生长在涧边的幽草，岸边的大树上有黄莺在鸣叫。
傍晚潮水夹带着雨水突然猛涨，荒僻的渡口一叶孤舟在水上飘摇。

简析

作者是中唐时期的诗坛高手，在这首著名的山水诗中，把涧边的幽草，树上的黄莺，带雨的春潮，横舟的野渡，巧妙地组构成一幅生趣盎然的风景画。诗中虽缺乏深刻的社会内容，但幽情充溢，音韵婉谐。作者纵情地写自己喜爱与不喜爱的各种不同景物，旷达地说自己合意与不合意的情事，其情怀志趣如众水流东，顺势而自然。

（唐嗣德）

秋夜寄邱员外[1] [唐] 韦应物

怀君属秋夜[2]，散步咏凉天。
空山松子落，幽人应未眠[3]。

注释

①邱员外：名丹，苏州人，曾拜官尚书郎，后隐居平山上。邱，一作“丘”。②属：正值，适逢，恰好。③幽人：幽居隐逸的人，悠闲的人。此处指邱员外。

译文

怀念您啊，在这悲凉的秋夜，我独自散步咏叹凉爽的秋天。
空山寂静能听到松子落地声，我想您也在思友而难以成眠。

简析

这是一首怀人诗，表达诗人对友人的怀念之情。诗人在苏州任上，与朋友邱丹过往甚密，后邱丹到杭州临平山学道，诗人写此诗以寄怀。第一、二句点题，从自身角度落笔，写秋夜怀君，散步咏叹秋凉。展现了诗人重情谊、思友人，边散步边想朋友的谦谦君子形象。诗人写秋夜、天凉，意在渲染一种空寂凄凉的氛围，表现对友人的思念以及此时自己的孤寂的心情。第三、四句推己及人，设想朋友此时彼地的情形。“空山”句，空山指临平山，此句写友人修道之地的空寂幽静，松子落地的声音都能够听到，更加衬托出环境的清静。这是以动衬静的写法，很有艺术表现力，既写出了修道环境的清幽，也暗点了友人隐者的身份，很自然地引出下一句。末句“幽人应未眠”，运用想象虚写的手法，从朋友的角度着笔，形象地表现了友人之间相互思念、夜不成眠的孤寂，朋友的亲密无间和高度信赖。正所谓：两地相思，一种情怀；千里神交，有如晤对；情深意远，文尽其妙。

（桂郁文）

初发扬子寄元大校书[1] [唐] 韦应物

凄凄去亲爱[2]，泛泛入烟雾[3]。
归棹洛阳人[4]，残钟广陵树[5]。
今朝此为别[6]，何处还相遇[7]？
世事波上舟[8]，沿洄安得住[9]！

注释

①扬子：指扬子津，在长江北岸，近瓜州。元大：未详何人。校书：官名。唐代的校书郎，

掌管校书籍。②去：离开。亲爱：相亲相爱的朋友，指元大。③泛泛：行船漂浮。④归棹（zhào）：归去的船。棹，船桨。指从扬子津出发乘船北归洛阳。⑤“残钟”句：意谓回望广陵，只听得晓钟的残音传自林间。广陵：江苏扬州的古称。在唐代，由扬州经运河可以直达洛阳。⑥今朝（zhāo）：现在，今天。此：此处。为别：作别。⑦还：再。⑧世事：世上的事。⑨沿洄（huí）：顺流而下为沿，逆流而上为洄，这里指处境的顺逆。安得住：怎能停得住？

译文

凄然地辞别了好朋友，驶向烟雨蒙蒙的江心。
在乘船返回洛阳之际，传来广陵树间的钟声。
此时我们在扬州惜别，不知何处才能再相逢。
世间事如同浪里行舟，不论顺流逆流怎能停。

简析

此诗写作者在乘船离开广陵（今江苏扬州）赴任洛阳（今属河南）的途中，对友人元大的离别之情。首联写别离之“初发”；颔联写友人乘舟归去；颈联写期望重逢；尾联以舟行不定，喻世事之顺逆反复，难以自主。全诗借景抒情，寓情于景，诗人联想到世事的难测，写得很有情致，也吐露了自己被罢官以后的心情。

（彭双宝）

长安春望 [唐] 卢纶

东风吹雨过青山①，却望千门草色闲②。
家在梦中何日到，春来江上几人还③？
川原缭绕浮云外④，宫阙参差落照间。
谁念为儒逢世难⑤，独将衰鬓客秦关⑥。

作者简介

卢纶（737—799），字允言，河中蒲（今山西永济）人。大历初，屡考进士不中，后得宰相元载的赏识，得补阌乡（在今河南省）尉。后又在河中任帅府判官，官至检校户部郎中。他是“大历十才子”之一，诗多送别酬答之作，也写过一些气势刚健的边塞诗和描写自然风光的景物诗，这些在中唐都是比较突出的。有《卢户部诗集》。《全唐诗》录存其诗五卷。

注释

①“东风”句：语从陶渊明《读山海经》“微雨从东来，好风与之俱”化出。②却望：回头望。千门：泛指京城。草色：一作“柳色”。③春生：一作“春归”，一作“春来”。

④川原：即郊外的河流原野，这里指家乡。⑤逢世难：一作“多失意”，意即遭逢乱世。⑥秦关：秦地关中，即长安所在地。

译文

东风吹拂，微微春雨洒过青山；
登高远望，长安城中房舍叠嶂，草色闲闲。
故园就在梦中，可是何时才能归还；
冬去春来，江上舟来舟往，又有几人得以还家。
长安城外，河流原野，纵横交错，一直延伸到天边浮云之外，
长安城中，宫阙参差错落，笼罩在一片残阳之中。
又有谁理解我这位读书人，生逢乱世，孤身一人，
满头白发，形容憔悴，漂泊流荡在荒远的秦关。

简析

开篇紧扣题目，首句写在长安“春望”。“东风”句，侧重写望中所见。颔联正面抒发思乡望归之情，颈联又转入写景，仍然景中含情，这一联表面上写景很壮观，其实隐含着一种衰飒之意。尾联收束到感时伤乱和思家盼归的主题。大意是说：自己以一儒生遭遇世难，独自客居长安，又有谁来怜悯我呢。此诗写感时伤乱，抒发了诗人在乱离中的思家望归之情。此诗寓情于景，情景交融，写景抒情，笔法老辣，体现了“大历十才子”诗中的“阴柔之美”。

（彭双宝）

塞下曲[1] [唐]卢纶

林暗草惊风[2]，将军夜引弓[3]。
平明寻白羽[4]，没在石棱中[5]。

注释

①塞下曲：古代歌曲名。这类作品多是描写边境风光和战争生活。②惊风：突然被风吹动。③引弓：拉弓，开弓，这里包含下一步的射箭。④平明：天刚亮的时候。白羽：箭杆后部的白色羽毛，这里指箭。⑤没：陷入，这里是钻进的意思。石棱：石头的边角。

译文

昏暗的树林中，草突然被风吹得摇摆不定，飒飒作响，
将军以为猛虎来了，连忙开弓射箭。
天亮去寻找那箭，已经深深地陷入石棱中。

简析

这首小诗，写汉代名将李广夜间猎虎的故事。首句“惊”字不仅令人自然联想到其中有虎，呼之欲出，渲染出一片紧张异常的气氛，而且也暗示将军是何等警惕，为下文“引弓”作铺垫。次句写射，但不言“射”而言“引弓”，这不仅是因为诗要押韵，而且因为“引”是“发”的准备动作，这样写能启示读者从中想象、体味将军临险是何等镇定自若，从容不迫。后两句写“没石饮羽”的奇迹，将军搜寻猎物，发现中箭者并非猛虎而是大石，箭羽竟“没在石棱中”，入石三分，可见其神勇臂力。这样写不仅更为曲折，有时间、场景变化，而且富于戏剧性。神话般的夸张，为诗歌形象涂上一层浪漫色彩，读来特别尽情够味，只觉其妙，不以为非。

（刘艳敏）

夜上受降城闻笛① [唐] 李益

回乐峰前沙似雪②，受降城下月如霜③。
不知何处吹芦管④，一夜征人尽望乡⑤。

作者简介

李益（约750—约830），字君虞，陇西姑臧（今甘肃武威）人。代宗大历四年（769）进士。曾长期参佐军幕，去过边塞。宪宗李纯时官至礼部尚书。他是中唐时期著名诗人，写有不少边塞诗和闺怨诗。诗作感情含蕴，形象鲜明，音律和谐。擅长七绝，一些诗刚做好，就被乐工争相传唱。

注释

①受降城：唐将张仁愿击败突厥后，在黄河以北地区筑东、西、中三个受降城，以防突厥再入侵。这里指西受降城。②回乐峰：在今宁夏灵武西南。“峰”一作“烽”。③城下：一作“城上”，一作“城外”。④芦管：笛子。指用芦秆做成的笛管。⑤征人：戍边的将士。尽：全。

译文

回乐峰前的沙地好似白雪，受降城外的月色犹如寒霜。
不知何处吹起凄凉的芦笛，一夜间征人个个遥望故乡。

简析

这是一首边塞诗，描绘了边塞夜景，表达了戍边将士的思乡之情。前两句对仗工整，写登城所见月下景色：沙白如雪，月色如霜，荒漠空旷，一派凄冷。第三句写登城所闻芦笛之声：笛声凄清，如泣如诉，如哀如怨，令人兴愁。末句写将士们闻笛望乡的情景，表现了戍边将士思乡念亲的情怀。“一夜征人尽望乡”，用语夸张，着意强调，场面突显，含蕴丰富。

（桂郁文）

观祈雨[1] ［唐］李约

桑条无叶土生烟[2]，箫管迎龙水庙前[3]。
朱门几处看歌舞[4]，犹恐春阴咽管弦[5]。

作者简介

李约（751—801），字存博，号萧斋，宗室，陇西成纪（今甘肃秦安）人。宪宗时为兵部员外郎，后弃官隐居。《唐才子传》说他“清淡终日，弹琴煮茗，心略不及尘事也”，“一生不近粉黛，博古探奇”。《全唐诗》存其诗10首。

注释

①祈（qí）雨：求雨。②桑条：桑树的枝条。无叶：因大旱叶子无法长出。土生烟：地面干燥得尘土飞扬。③箫管：指乐器。龙：指龙王。水庙：龙王庙。古代迷信，认为龙王掌管行雨，所以遇到天旱就到龙王庙去迎龙神求雨。④朱门：红漆大门，指代豪门贵族。几处：指许多处。⑤犹：还。咽：声音阻塞而低沉。这里指乐器因受潮湿发出的声音不嘹亮。

译文

春天大旱桑树无叶遍地扬起灰尘，
庄稼人奏着乐器去龙王庙求降甘霖。
那些有钱人却欣赏着音乐歌舞，
还生怕下雨使乐器受潮发不出美妙的声音。

简析

这首诗写久旱无雨时两种截然不同的生活景象，揭示了农民和豪富贵族在思想感情上的严重对立。“桑条无叶”，农民不能养蚕；“土生尘”，农民无法播种。这就断了生路，因而焦急万分。但他们没有抵御自然灾害的能力，只好祈求龙王爷降雨。而“朱门”却悠闲地欣赏歌舞，他们还担心下雨影响乐器发声。两者对比鲜明，讽刺强烈，揭露深刻。

（唐嗣德）

游子吟[1] [唐] 孟郊

慈母手中线[2]，游子身上衣[3]。
临行密密缝[4]，意恐迟迟归[5]。
谁言寸草心[6]，报得三春晖[7]。

作者简介

孟郊（751—814），字东野，湖州武康（今浙江德清）人。早年屡试不第，一度隐居嵩山，46岁才举进士，仕途坎坷，位卑权轻，一生寒苦。其诗自述穷愁孤苦生活，多有不平之鸣；也能触及人民苦难，对统治者的骄奢淫逸有所批判。长于五古及乐府，用字力求奇僻，以古淡险怪见称。其诗与贾岛并称，苏轼称“郊寒岛瘦”之说，但孟郊诗远高于贾。有《孟东野诗集》10卷传世。

注释

①游子：远离家乡的儿子。吟：诗歌的一种体式，歌、咏的意思。②慈母：慈祥和善的母亲。③身上衣：穿在身上的衣服。④临行：临走之前。⑤意恐：担心，恐怕。⑥寸草：小草长出的嫩芽。寸草心：小草的心，比喻远游在外儿子的心。⑦三春：指孟春（正月）、仲春（二月）、季春（三月）。晖：阳光。三春晖：整个春季的美好阳光，比喻温暖的母爱。

译文

慈爱的母亲手中忙活着针线，
正在为远行的儿子缝制寒衣。
临行前一针一线细密细密地缝，
生怕儿子这一走好几年都不回归。
小草向着太阳就像儿女心向母亲，
一辈子无法报答母亲的深恩而十分惭愧。

简析

这首诗歌颂了人类最崇高的母爱。作者从最平常的生活细节中，描述了母亲对儿子的细微关怀和体贴，表达了慈母念子、游子思亲的纯真之情。慈母手中的线，牵动着游子的心：为把儿子养育成人，母亲一生中不知付出多少心血和汗水。最后两句以小草和太阳之间的关系做比喻，对母爱进行了热情的歌颂。语言质朴，比喻恰切，有强烈的感染力，所以广为传诵，成为千古名篇。

（唐嗣德）

登科后[①] [唐]孟郊

昔日龌龊不足夸[②]，今朝放荡思无涯[③]。
春风得意马蹄疾[④]，一日看尽长安花。

注释

①登科：唐朝实行科举考试制度，考中进士称及第，经吏部复试取中后授予官职称登科。②龌龊（wò chuò）：原意是肮脏，这里指处境不如意和思想上的拘谨局促。不足夸：不值得提起。③放荡：自由自在，不受约束。思无涯：兴致高涨。④得意：指考取功名，称心如意。疾：飞快。

译文

往日里窝窝囊囊不值一提，今日里金榜题名欣喜欲狂。
乘春风称心如意马蹄轻快，一天中我就看遍长安春花。

简析

这是一首抒情诗，抒发了诗人登科后的狂喜和得意之情。孟郊在科举考试中，曾经两次落第，46 岁时才登科。年近半百而获得功名，其内心的激动和欣喜令他难以自抑，于是欣然地写下了这首诗。

前两句“昔日龌龊不足夸，今朝放荡思无涯”，直抒胸臆，今昔对比。“龌龊”二字，用语寒苦，饱含辛酸：读书的艰苦、生活的困顿、心理的压力、处境的艰难、世态的炎凉、人情的冷暖，无不包含其中。而这一切，便因为今朝的登科，都成了过眼云烟，不值一提。难怪诗人一旦登科，便欣喜欲狂、顿觉脱离苦海，摆脱困境，畅快无比。这两句表现了诗人登科后的高度兴奋和十分得意的心情，这是诗人真情的流露，也是人之常情。第三、四句“春风得意马蹄疾，一日看尽长安花”，情景交融，意带夸张，写诗人登科后春游长安的情景。诗人骑着高头大马，或许还戴着红花，饶有兴味地策马行进。因为登科，便觉得春风称心如意，马蹄轻快如飞，一日之间，竟然游览了整个长安春色。语带夸张而又合乎情理。活灵活现地描绘出是诗人神采飞扬的得意之态，酣畅淋漓地抒发了诗人心花怒放的得意之色，表现了诗人踌躇满志、心怀感激之情。后两句诗，广为人知，广为人用，历来受人喜爱。

（桂郁文）

城东早春[①] [唐]杨巨源

诗家清景在新春[②]，绿柳才黄半未匀[③]。
若待上林花似锦[④]，出门俱是看花人。

作者简介

杨巨源（755—？），字景山，河中（今山西永济）人。德宗贞元年间进士，曾任太常博士、虞部员外郎、国子司业。与白居易、元稹、刘禹锡、王建等人交好，甚受尊重。耽于吟咏，作诗格律工整，风调流美，气韵和畅，委婉含蓄，佳句迭出，在中唐，是仅次于王建的重要七绝作家。

注释

①城东：指长安（今西安市）东郊。早春：初春，刚刚立春后的一段时间。②诗家：诗人的统称。清景：清新秀丽的景色。新春：早春。③黄：鹅黄色的芽叶。半未匀：指柳叶还没有普遍萌发。④上林：上林苑，专供皇帝春秋打猎之所。后泛指皇帝的园林，此处是指京城长安的郊野山林。

译文

诗人笔下的清丽美景总是在早春，绿柳枝上嫩叶稀疏还不均匀。

假若等到上林苑中繁花似锦，迟迟出门的都是平常的看花人。

简析

这是一首写景咏物诗，作者用对比手法，衬托出一幅迷人的新春清丽的春光图。但作者的真意不全在于吟咏早春，而重在抒发自己识拔人才的真知灼见。诗家见“绿柳才黄”便察觉到新春的到来，而识拔人才也要有金睛慧眼，用人之道贵在适时，贵在看苗头。如果一味求全责备，屡屡搁延，就会造成人才浪费。这一重要观念，给育人者和用人者留下了深刻的教益。

（唐嗣德）

题都城南庄[①] ［唐］崔护

去年今日此门中，人面桃花相映红[②]。
人面不知何处去，桃花依旧笑春风[③]。

作者简介

崔护（？—831），字殷功，博陵（今河北定州）人。德宗贞元年间进士，历任御史大夫、岭南节度使。他的七绝气韵流畅，表现手法纯熟，所作《题都城南庄》最著名，元人杂剧《崔护求浆》、明人传奇《桃花记》和《崔护记》、京剧《人面桃花》等皆本于此诗及有关传说。

注释

①都城：指京城长安，今陕西西安市。南庄：都城南郊的一个村庄。②人面：指诗中

女子的面容。③笑：形容桃花盛开。

译文

去年的今日在这扇门里，少女的脸庞与桃花一样艳红。
今天那位少女不知到哪去了，唯有桃花盛开在春风中。

简析

这首诗有一段传奇故事。考中进士的崔护，清明这天去都城南庄游春，因酒后口渴敲门讨水喝，开门送水的是一位面如桃花的少女。第二年清明，崔护又故地重游，但见房门紧锁，少女无影无踪，他非常遗憾，便在房门上题写这首七绝。全诗叙事清晰，音韵流畅，饶有余味。同一时节，同一地点，同一场景，仅隔一年就物是人非，留给人们几多遐思。

（唐嗣德）

岭上逢久别者又别 [唐] 权德舆

十年曾一别，征路此相逢①。
马首向何处②？夕阳千万峰。

作者简介

权德舆（759—818），字载之，天水略阳（今甘肃秦安）人，后徙润州丹徒（今江苏镇江）。德宗时，召为太常博士，改左补阙，迁起居舍人，知制诰，进中书舍人。宪宗时，拜礼部尚书，同中书门下平章事，后徙刑部尚书，复以检校吏部尚书出为山南西道节度使。卒谥文，后人称为权文公。著有《权德舆集》五十卷。

注释

①征路：征途，行程。②马首：马首所向，指策马前进。

译文

十年前曾经相离别，征途中此刻又重逢。
策马前行走向哪里？夕阳斜照莽莽群峰。

简析

这首小诗，用朴素的语言写一次久别重逢后的再离别。

前两句，紧扣诗题，写“岭上逢久别者”。起句，写“十年”前的“一别”，承句，写此刻的偶然“相逢”。“久别者”是谁，诗人没做任何交代。既称“久别者”，而不称“故人”“旧交”，想必双方交往不够深厚。但肯定曾经熟识，有过交集，且印象较深，不然，十年不见，恍若隔世，骑马相遇，征路相逢，很可能形同陌路，又怎么能引发诗情。

这两句，诗人在看似平淡的叙述中却流露出了久别重逢的惊喜之情。

后两句，再扣诗题，写“又别”。第三句，诗意陡转，从“逢”跳到“别”，写双方在万山攒聚的岭上偶然相逢却又要匆匆作别。“马首向何处”的设问，蕴含了诗人对行色匆匆、人生匆匆、世路茫茫的无限感慨。最后一句，以景结情，情景交融。马首所向，是夕阳下山的莽莽群山。诗人通过描写夕阳余晖映照千万山峰的景象，表达了诗人即将与“久别者又别”的伤感之情以及世事沧桑、前路漫漫的人生况味。

诗歌的艺术特色主要有两点。一是对比手法的运用。十年前的“一别”和今日的“相逢”对比，以“十年”之久既对比“又别”之倏，又反衬“又别”之难，突出了又别之匆匆，引发了人事沧桑之感。二是寓情于景，借景抒情，通过对夕阳、千万峰等景物的描绘，使离别带上了黯然神伤的意味。

（桂郁文）

雨过山村 [唐] 王建

雨里鸡鸣一两家，竹溪村路板桥斜①。
妇姑相唤浴蚕去②，闲着中庭栀子花③。

作者简介

王建（约766—约830），字仲初，颍川（今河南许昌）人。出身寒微。代宗大历年间进士。晚年为陕州司马，又从军塞上。擅长乐府诗，与张籍齐名，世称“张王”。其以田家、蚕妇、织女、水夫等为题材的诗篇，对当时社会现实有所反映。所作《宫词》一百首颇有名。有《王司马集》。

注释

①竹溪：小溪旁长着翠竹。②妇姑：指婆媳。妇，儿媳。姑，旧时称丈夫的母亲。相唤：互相呼唤。浴蚕：古时候将蚕种浸在盐水中，用来选出优良的蚕种，称为浴蚕。③闲着：农人忙着干活，没有人欣赏盛开的栀子花。中庭：庭院中间。栀子：常绿灌木，春夏开白花，香气浓郁。

译文

雨中听到鸡鸣，来自几户人家，
竹溪一条村路，板桥歪歪斜斜。
婆媳相互呼唤，一起去选蚕种，
闲了家中庭院，栀子独自开花。

简析

这是一首山水田园诗。首两句，写雨中山村景色。细雨蒙蒙，几家鸡鸣，小路弯弯，一条小溪两旁，翠竹葱茏，溪水潺潺，小溪上之，架着板桥，高低歪斜，非常简朴。这些都写出了山村景物的幽静、优美与和谐的特点。后两句，写山村农事的繁忙。诗人一方面正面描写，以“妇姑相唤浴蚕去”来反映山村农家的繁忙，婆媳参与，老少皆忙；另一方面从侧面落笔，借栀子花的“闲”，衬托出农家忙碌的气氛。庭院中盛开的栀子花娇艳欲滴，花香袭人，因为农忙，竟无人有暇欣赏。这以花“闲”衬托人“忙”，显示忙中又透露出喜悦之情。这一“闲”字，可谓“诗眼”，颇有意味。

这首诗绘景写人，意象鲜明，既描绘出山村景象的特色，也勾勒出山村人家农事的忙碌；既富于诗情画意，又具有浓郁的山村生活气息。诗歌表现了诗人对山水田园风光的赞美喜悦之情。

（桂郁文）

梅溪[1] ［唐］张籍

自爱新梅好，行寻一径斜。
不教人扫石，恐损落来花[2]。

作者简介

张籍（约767—约830），字文昌，原籍吴郡（今江苏苏州），少时侨寓和州乌江（今安徽和县乌江镇）。德宗贞元年间进士，历任太常寺太祝，水部员外郎，国子司业等职，故世称张司业或张水部。又因其家境贫困，眼疾严重，故孟郊称他为“穷瞎张太祝”。其乐府诗颇多反映当时社会现实之作。和王建齐名，世称“张王”。有《张司业集》。

注释

①梅溪：长满梅树小溪。②恐损：恐怕损伤。

译文

我爱那初放梅多么美好，为寻梅顾不得小溪弯斜。
不让人梅树下清扫石头，只恐怕损伤了落地梅花。

简析

这是一首抒情短诗，表现了诗人对梅花的痴迷与热爱。

第一、二句“自爱新梅好，行寻一径斜”，直言诗人喜爱梅花，尤其喜爱初绽的梅花，新梅始放，姿态美好，暗香袭人，趣味无穷。于是诗人顾不得眼疾，沿着一条弯弯曲曲的溪水小路去寻找盼望心切的新梅。第三、四句“不教人扫石，恐损落来花”写出了诗人爱梅、惜梅的一片痴心。虽是新梅，但有花瓣落下。诗人连落花都是这样的爱惜，他不让人去清扫落在地上的花瓣，唯恐损伤了瓣瓣落花，这是何等的痴迷！喜爱梅花是中国历代文人志士的高雅情趣，赏梅、画梅、咏梅皆为雅事。历代诗人写下了流芳千古的咏梅名句，这是中国传统文化大观园中的非常有趣的景观。

（桂郁文）

没蕃故人[1] [唐]张籍

前年戍月支[2]，城下没全师。
蕃汉断消息，死生长别离。
无人收废帐，归马识残旗。
欲祭疑君在，天涯哭此时。

注释

①没，mò，通“殁”，死亡。蕃，指少数民族政权。②月支（ròu zhī）：汉代以来西域古国，此处指吐蕃（tǔ bō）。

译文

前年出征月支，在城下全军覆没。
吐蕃和唐朝断了音讯，我与你生死两隔，长久别离。
战场上无人收拾废弃的营帐，归来的战马还认识残破的军旗。
想祭奠你又怀疑你还活着，此时只能朝着天边痛哭流涕。

简析

诗人的一位老友在讨伐月支的战役中，因全军覆没而生死未卜，下落不明。故以“没蕃”为题写诗表达伤怀。此诗感情真挚，且层次清晰，由“戍”而写到“没”，由“消息断”而写到“死生不明”，再写到“欲祭不忍”，终以无可奈何的放声大哭为结，一路写来，入情入理。诗人借用这种过期的追悼，适足增添了全诗的悲剧性。

（肖建辉）

秋思 [唐]张籍

洛阳城里见秋风，欲作家书意万重[1]。
复恐匆匆说不尽[2]，行人临发又开封[3]。

注释

①意万重：极言心思之多。②复恐：又恐怕。③行人：指捎信的人。临发：将出发。开封：拆开已经封好的家书。

译文

秋风又吹到了洛阳城中，
欲写封家书问候平安，要说的话太多了，又不知从何说起。
信写好了，又担心没有把想要说的话写完，
当捎信人出发时，又拆开信封，再还给他。

简析

本诗通过叙述写信前后的心情，表达乡愁之深。第一句交代“作家书”的原因（“见秋风”），以下三句是描写作书前、作书后的心理活动。作书前是“意万重”，作书后是“复恐说不尽”。“临发开封”这个细节把“复恐说不尽”的心态表现得栩栩如生，意形相融。写的是人人常有之事，却非人人所能道出。作客他乡，见秋风而思故里，托便人捎信。临走时怕遗漏了什么，又连忙打开看了几遍。事本平平，而一经入诗，特别是一经张籍这样的高手入诗，便臻妙境。

（刘艳敏）

早春呈水部张十八员外①［唐］韩愈

天街小雨润如酥②，草色遥看近却无。
最是一年春好处③，绝胜烟柳满皇都④。

作者简介

韩愈（768—824），字退之，河南河阳人，世称“韩昌黎”。唐代杰出的文学家、思想家、哲学家，政治家。两任节度推官，累官监察御史，后因论事而被贬阳山，其后又因谏迎佛骨一事被贬至潮州，晚年官至吏部侍郎。谥号“文”，追赠礼部尚书，故称“韩文公”。韩愈是唐代古文运动的倡导者，被后人尊为“唐宋八大家”之首，与柳宗元并称“韩柳”，著有《韩昌黎集》等。

注释

①呈：恭敬地送给。②天街：京城街道。酥（sū）：酥油、奶油、乳汁，这里形容春雨的滋润。③最是：正是。④绝胜：远远超过。皇都：长安城（唐朝京都）。

译文

皇城下着小雨把大地湿润得松软，
小草钻出地面远看一片浅绿近看却无。
一年之中最美的就是这早春的景色，
它远远胜过了满城烟柳的京晚春景。

简析

诗人只运用简朴的文字，就常见的“小雨”和“草色”，描绘出了早春的独特景色。刻画细腻，造句优美，构思新颖，给人一种早春时节湿润、舒适和清新之美感，表达作者对春天的热爱和赞美之情。首句点出初春小雨，以“润如酥”来形容它的细滑润泽，准确地捕捉到了它的特点，造句清新优美。第二句写草沾雨后的景色。以远看似有，近看却无，描画出了初春小草沾雨后的朦胧景象。写出了春草刚刚发芽时，若有若无，稀疏，矮小的特点。三、四句对初春景色大加赞美。早春的小雨和草色是一年春光中最美的东西，远远超过了烟柳满城的衰落的晚春景色。取早春咏叹，认为早春比晚春景色优胜，别出新意。前两句体察景物之精细已经令人称赞，后两句转入早春与晚春的景色对照而蕴含深刻哲理，更在人意料之外。

（刘艳敏）

左迁至蓝关示侄孙湘① [唐] 韩愈

一封朝奏九重天②，夕贬潮州路八千③。
欲为圣朝除弊事④，肯将衰朽惜残年⑤！
云横秦岭家何在⑥？雪拥蓝关马不前⑦。
知汝远来应有意⑧，好收吾骨瘴江边⑨。

注释

①左迁：降职，贬官，指作者被贬到潮州。蓝关：在蓝田县南。湘：韩愈的侄孙韩湘，字北渚，韩愈之侄，韩老成的长子，长庆三年（823）进士，任大理丞。韩湘此时27岁，尚未登科第，远道赶来送韩愈南迁。②一封：指一封奏章，即《论佛骨表》。朝（zhāo）奏：早晨送呈奏章。九重（chóng）天：古称天有九层，第九层最高，此指朝廷、皇帝。③路八千：泛指路途遥远。八千，不是确数。④“欲为”二句：想替皇帝除去有害的事，哪能因衰老就吝惜残余的生命。弊事，政治上的弊端，指迎佛骨事。⑤肯：岂肯。衰朽（xiǔ）：衰弱多病。惜残年：顾惜晚年的生命。⑥秦岭：在蓝田县内东南。⑦“雪拥”句：立马蓝关，大雪阻拦，前路艰危，心中感慨万分。拥，阻塞。蓝关，蓝田关，今在陕西省蓝田县东南。马不前，古乐府《饮马长城窟行》：“驱马涉阴山，山高马不前。”⑧汝（rǔ）：你，指韩湘。应有意：应知道我此去凶多吉少。⑨“好收”句：意思是自己必死于潮州，向韩湘交代后事。瘴（zhàng）江，指岭南瘴气弥漫的江流。瘴江边，指贬所潮州。

译文

早晨我把一篇谏书上奏给朝廷，晚上被贬潮州离京八千里路程。
本想替皇上除去那些有害的事，哪里考虑衰朽之身还顾惜余生！
阴云笼罩着秦岭家乡在何处？大雪拥塞蓝关马儿也不肯前行。
我知道你远道而来该另有心意，正好在瘴江边把我的尸骨收埋。

简析

本诗是韩愈在贬谪潮州途中创作的一首七律。此诗抒发了作者内心的郁愤以及前途未卜的感伤情绪。首联写因“一封（奏折）”而获罪被贬，冤屈之意毕见。颔联申述自己忠而获罪和非罪远谪的愤慨。尽管招来一场弥天大祸，他仍旧是“肯将衰朽惜残年”，且老而弥坚，表现了诗人刚直不阿之态。颈联即景抒情，既悲且壮。“雪拥蓝关”语意双关，明写天气寒冷，暗写政治气候恶劣。“马不前”其实是人不前，三字中流露出作者英雄失落之悲，表现了诗人对亲人、对国都的眷顾与依恋。尾联抒英雄之志，表骨肉之情，悲痛凄楚，溢于言表。全诗熔叙事、写景、抒情为一炉，诗味浓郁，诗意醇厚。

（桂金菊）

续父井梧吟 [唐] 薛涛

庭除一古桐①，耸干入云中②。
枝迎南北鸟，叶送往来风③。

作者简介

薛涛（约768—832年），字洪度，长安（今陕西西安）人，唐代著名才女。因父亲薛郧做官而来到蜀地，父亲死后薛涛居于成都。居成都时，成都的最高地方军政长官剑南西川节度使前后更换11人，大多与薛涛有诗文往来。韦皋任节度使时，拟奏请唐德宗授薛涛以秘书省校书郎官衔，但因格于旧例，未能实现，但人们却称之为“女校书”。曾居浣花溪（今有浣花溪公园）上，制作桃红色小笺写诗，后人仿制，称“薛涛笺”。成都望江楼公园有薛涛墓。

注释

①庭除：指庭前阶下，庭院。②第一句和第二句为薛涛的父亲薛郧所作。③第三句和第四句是薛涛续写父前两句而作。

译文

庭院里有一棵古老的梧桐，耸立的树干直冲云霄之中。
枝枝丫丫迎来东西南北的鸟儿，片片树叶送走往往来来的风。

简析

这是一首很奇特的小诗，是薛涛八九岁时与她的父亲薛郧合作的诗篇。据明代钟惺《名媛诗归》中所载：薛涛八九岁时便知音律，她和父亲薛郧有一天坐在庭院中，父亲指着井旁的一棵挺拔的梧桐古树，随口吟出两句诗“庭除一古桐，耸干入云中”，并要薛涛续接诗句，薛涛应声接续：“枝迎南北鸟，叶送往来风”。父亲听了以后，神色变得严肃，并不快乐。父亲除了惊讶她的才华，更觉得这是不祥之兆，担心女儿将来成为迎来送往的风尘女子。撇开这些来欣赏，这首小诗状写了庭院古桐的高大形象，表现了古桐给孩子带来的欢乐。前两句“庭除一古桐，耸干入云中”，写出了梧桐树的古老、高大、耸立的静态，挺拔而有气势，似有长者风范。后两句“枝迎南北鸟，叶送往来风”，写出了梧桐的热闹与动态，鸟儿叽叽喳喳，风声窸窸窣窣，高大古老的梧桐树下，仿佛是孩子玩耍的乐园。这首诗父女合作，出句与续句用语得体、老成与天真各有其趣。

（桂郁文）

海棠溪 [唐] 薛涛

春教风景驻仙霞[①]，水面鱼身总带花[②]。
人世不思灵卉异[③]，竟将红缬染轻纱[④]。

注释

①教：使，令。驻：保持。仙霞：指五彩斑斓的海棠花。海棠是我国名花之一，有“国艳”“花中神仙”之美称。②总：副词，全，都。③灵：善，美好。灵卉，指海棠花。异：奇特，与众不同。④红缬（xié）：有花纹的红色丝织品。染：在纺织品上着色。轻纱：轻薄的棉麻等纤维织物。

译文

春风为海棠花披上鲜艳的仙霞，溪水和游鱼也在花海中游耍。
人们不懂得奇花的独特品性，竟然将红缬去与灵卉比身价。

简析

这是一首赞美海棠花的七绝。前两句是从侧面描写海棠花开的浓艳色彩。每当春天，遍布溪畔的海棠勃然盛开，淡红一片，胜似仙霞；花瓣飘落水中，被游鱼追逐而泛起层层浪花，简直是一个花的世界。诗的后两句则翻进一层，进一步突出了海棠的身价：人们把红色丝织品晒在溪旁，似乎要与盛开的海棠争奇斗妍。刻意的人为美，天生的自然美，既然二者皆美，何必一比高低？况且“灵卉”本来就胜出“红缬”一筹。如此收束，造成极富诗意的悬念和幽深的意境，表现了作者追求飘然独立、超尘拔俗的理想境界而不可得的忧伤和感慨。

（唐嗣德）

浪淘沙① [唐] 刘禹锡

莫道谗言如浪深[②]，莫言迁客似沙沉[③]。

千淘万漉虽辛苦[4]，吹尽狂沙始到金[5]。

作者简介

刘禹锡（772 — 842），字梦得，洛阳（今河南洛阳）人。德宗贞元年间进士，历任朗州司马，连州、夔州刺史，太子宾客，检校礼部尚书等职。他是唐代著名的朴素唯物主义思想家，亦长于诗，其诗多有凭借咏物来揭露、抨击当时丑恶的社会现实，富有阶级斗争性。七绝是他创作中很负盛名的一种体制，雄浑爽朗，立意高远；又重视民间歌谣，所作《竹枝词》在唐诗中别开生面；而一些咏史怀古诗，亦是为人传诵的佳篇。他十分注重诗歌艺术的创新，其诗作既不像韩愈那样奇崛，又不像白居易那样浅显，而具有取境优美、精炼含蓄、韵律自然的特色。著有诗文集《刘梦得文集》。

注释

①浪淘沙：唐代民间歌曲之一，后来成了词牌名。②莫道：不要说。谗言：毁谤别人的坏话。③迁客：被贬谪降职放逐在外的官吏。④漉（lù）：过滤。⑤始：才。金：黄金，这里暗指在混浊的社会里保持高风亮节的人。

译文

不要说那些造谣诬蔑像恶浪一样幽深，不要以为被贬谪的人如沙沉江底无法翻身。

千遍淘洗万遍过滤虽然充满劳苦，但是扬尽泥沙总会得到纯净的黄金。

简析

诗人以自己的经历和体验，阐述了对人生的深刻理解，总结出了发人深省的哲理：金子埋藏在沙中，经过千淘万漉才能得到纯金；人生的道路曲折坎坷，逆境是磨炼人的最高学府，只有千锤百炼，才能成为一块好钢。后两句诗还常用来说明勤学的重要性：只有勤奋学习，刻苦实践，才能获得真知。

（唐嗣德）

望洞庭[1] [唐] 刘禹锡

湖光秋月两相和[2]，潭面无风镜未磨[3]。
遥望洞庭山水翠[4]，白银盘里一青螺[5]。

注释

①洞庭：湖名，在今湖南省北部。②湖光：湖面的波光。两：指湖光和秋月。和：和谐。指水色与月光互相辉映。③潭面：指湖面。镜未磨：古人的镜子用铜制作、磨成。这里一说是湖面无风，水平如镜；一说是远望湖中的景物，隐约不清，如同镜面没打磨时照物模糊。④山水翠：也作“山水色”。山：指洞庭湖中的君山。⑤白银盘：形容平静而又

清的洞庭湖面。白银：一作“白云”。青螺：这里用来形容洞庭湖中的君山。

译文

秋夜明月清辉，遍洒澄净湖面，
湖面平静无风，犹如铁磨铜镜。
遥望美丽洞庭的湖光山色，那翠绿的君山，
真像银盘里的一枚玲珑青螺。

简析

《望洞庭》是一首七绝，此诗描写了秋夜月光下洞庭湖的优美景色。首句描写湖水与素月交相辉映的景象，第二句描绘无风时湖面平静的情状，第三、四句集中描写湖中的君山。全诗极富有浪漫色彩的奇思壮采，通过对洞庭湖高旷清超的描写，充分表现出诗人的奇思异采，表达了诗人对洞庭湖的喜爱和赞美之情。

（彭双宝）

酬乐天扬州初逢席上见赠[①] ［唐］刘禹锡

巴山楚水凄凉地[②]，二十三年弃置身[③]。
怀旧空吟闻笛赋[④]，到乡翻似烂柯人[⑤]。
沉舟侧畔千帆过[⑥]，病树前头万木春[⑦]。
今日听君歌一曲[⑧]，暂凭杯酒长精神[⑨]。

注释

①酬：对别人所赠的诗而回敬作答。乐天：白居易。初逢席上：在初次见面的筵席上。见赠：指白居易《醉赠刘二十八使君》的赠诗。②巴山楚水：指巴国、楚国。凄凉地：与京城和中原地区相比，巴楚当时还相当荒僻。③弃置身：被朝廷贬谪，废弃不用。④怀旧：怀念旧友。空吟：白白地吟咏。闻笛赋：指西晋向秀的《思旧赋》，这里是借用向秀闻笛而思旧友的故事，表达对王叔文等旧友的悼念之情。⑤乡：乡里。翻似：幡然变作。烂柯人：即隔世的人。柯：斧头柄。⑥沉舟：沉没于水中的船。侧畔：旁边。千帆：无数的船只。⑦万木：无数的树木。⑧君：指白居易。歌一曲：指白居易的赠诗。⑨暂凭：暂时借着。长（zhǎng）精神：振作精神。

译文

巴山楚水是我长期生活的荒凉地方，
二十三年来我一直在做着负罪之贬臣。
怀念老友我独吟诵着向秀的辞赋，
回到故里幡然变作一个隔世的人。

沉舟的旁边有千帆竞发迅速而过，
病树的前头无数的树木正在争春。
今日听了您赠我的歌曲不胜感激，
暂且借着这杯清酒好好振作精神。

简析

这是一首酬答诗。诗的前四句回顾自己长期被贬逐的经历，蕴藏着极其沉痛悲愤的感情。第五、六句作者以“沉舟”“病树”自比，形象生动，概括力强，表达了对世事变迁的感慨，并包含了深刻的哲理，历来传为名句。最后两句紧扣“酬”字，以“长精神”作结，诗境大开，意气弥高，一反失意文人颓丧的情调。这首诗句句酬答原唱，却句句抒发自己胸中的郁怫不平，在慰藉中见真情，在沉郁中见豪放，是酬答诗中的杰作。

（唐嗣德）

竹枝词[1] [唐] 刘禹锡

杨柳青青江水平，闻郎江上踏歌声。
东边日出西边雨，道是无晴却有晴[2]。

注释

①竹枝词：乐府近代曲名。又名《竹枝》。原为四川东部一带民歌，唐代诗人刘禹锡根据民歌创作新词，多写男女爱情和三峡的风情，流传甚广。后代诗人多以《竹枝词》为题写爱情和乡土风俗。其形式为七言绝句。②晴：与“情”谐音。《全唐诗》：也写作“情”。

译文

杨柳青青江水宽又平，听见情郎江上踏歌声。
东边日出西边下起雨，说是无晴但是还有晴。

简析

这首诗写的是一位沉浸在初恋中的少女的心情。她在杨柳青青、江平如镜清丽的春日里，听到情郎的歌声所产生情感，爱着一个人，可还没有确实知道对方的态度，因此既抱有希望，又含有疑虑；既欢喜，又担忧。诗人用她自己的口吻，将这种微妙复杂的心理成功地予以表达。

（彭双宝）

秋风引[1] [唐] 刘禹锡

何处秋风至[2]？萧萧送雁群[3]。
朝来入庭树[4]，孤客最先闻[5]。

注释

①引：一种文学或乐曲体裁，有序奏之意，即引子，开头。②至：到。③萧萧：形容风吹树木的声音。晋陶潜《咏荆轲》："萧萧哀风逝，淡淡寒波生。"雁群：大雁的群体。④朝：凌晨。庭树：庭院的树木。⑤孤客：单身旅居外地的人。汉焦赣《易林·损》："路多枳棘，步刺我足，不利孤客，为心作毒。"这里指诗人自己。闻：听到。

译文

秋风不知从哪里吹来，萧萧地送来了大雁一群群。

清早秋风来到庭中的树木上，孤独的旅人最先听到秋风的声音。

简析

首句"何处秋风至"就题发问，摇曳生姿，而通过这一起势突兀、下笔飘忽的问句，也显示了秋风的不知其来、忽然而至的特征。此诗表面写秋风，实际却是在感叹自己的际遇，抒发了诗人孤独、思乡的感情。其妙处在于不从正面着笔，始终只就秋风做文章，而结句曲折见意，含蓄不尽。

（彭双宝）

暮江吟[1] [唐] 白居易

一道残阳铺水中[2]，半江瑟瑟半江红[3]。
可怜九月初三夜[4]，露似真珠月似弓[5]。

作者简介

白居易（772—846），字乐天，号香山居士。德宗贞元年间进士，授秘书省校书郎。元和年间任左拾遗及左赞善大夫。后因上表请求严缉刺死宰相武元衡的凶手，得罪权贵，贬为江州司马。长庆初年任杭州刺史，宝历初年任苏州刺史，后官至刑部尚书。在文学上，主张"文章合为时而著，歌诗合为事而作"，是新乐府运动的倡导者。其诗语言通俗，人有"诗魔"和"诗王"之称。和元稹并称"元白"，和刘禹锡并称"刘白"，有《白氏长庆集》传世。

注释

①暮江吟：黄昏时分在江边所作的诗。吟，古代诗歌的一种形式。②残阳：快落山的太阳的光，也指晚霞。③瑟瑟：原意为碧色珍宝，此处指碧绿色。④可怜：可爱。九月初三：农历九月初三的时候。⑤真珠：即珍珠。月似弓：新月，其弯如弓。

译文

一道残阳渐沉江中，半江碧绿半江艳红。
最可爱的是那九月初三之夜，露珠似珍珠朗朗新月形如弯弓。

简析

全诗构思妙绝之处，在于摄取了两幅幽美的自然界的画面，加以组接。一幅是夕阳西沉、晚霞映江的绚丽景象，一幅是弯月初升，露珠晶莹的朦胧夜色。两者分开看各具佳景，合起来读更显妙境，诗人又在诗句中妥帖地加入比喻的写法，使景色倍显生动。由于这首诗渗透了诗人自愿远离朝廷后轻松愉悦的解放情绪和个性色彩，因而又使全诗成为诗人特定境遇下审美心理功能的艺术载体。

（刘艳敏）

白云泉[1] [唐] 白居易

天平山上白云泉[2]，云自无心水自闲[3]。
何必奔冲山下去[4]，更添波浪向人间[5]！

注释

①白云泉：天平山山腰的清泉。②天平山：在今江苏省苏州市西。③无心：舒卷自如。闲：从容自得。④何必：为何。奔：奔跑。⑤波浪：水中浪花，这里喻指令人困扰的事情。

译文

太平山上的白云泉清澈可人，白云自在舒卷，泉水从容奔流。
白云泉啊，你又何必冲下山去，给原本多事的人间再添波澜。

简析

这首七绝犹如一幅线条明快简洁的淡墨山水图。诗人并不注重用浓墨重彩描绘天平山上的风光，而是着意摹画白云与泉水的神态，将它人格化，使它充满生机、活力，点染着诗人自己闲逸的感情，给人一种饶有风趣的清新感。诗人采取象征手法，写景寓志，以云水的逍遥自由比喻恬淡的胸怀与闲适的心情；用泉水激起的自然波浪象征社会风浪，“兴发于此而义归于波”，言浅旨远，意在象外，寄托深厚，理趣盎然。诗的风格平淡浑朴，清代田雯谓“乐天诗极清浅可爱，往往以眼前事为见得语，皆他人所未发。”（《古欢堂集》）这一评语正好道出了这首七绝的艺术特色。

（彭双宝）

大林寺桃花[①] [唐] 白居易

人间四月芳菲尽[②]，山寺桃花始盛开[③]。
长恨春归无觅处[④]，不知转入此中来[⑤]。

注释

①大林寺：在庐山大林峰，相传为晋代僧人昙诜所建，为中国佛教圣地之一。②人间：指庐山下的平地村落。芳菲：盛开的花，亦可泛指花，花草艳盛的阳春景色。尽：指花凋谢了。③山寺：指大林寺。始：才；刚刚。④长恨：常常惋惜。春归：春天回去了。觅：寻找。⑤不知：岂料，想不到。转：反。此中：这深山的寺庙里。

译文

在人间四月里百花凋零已尽，
高山古寺中的桃花才刚刚盛开。
我常为春光逝去无处寻觅而怅恨，
却不知它已经转到这里来。

简析

此诗说初夏四月作者来到大林寺，此时山下芳菲已尽，而不期在山寺中遇上了一片刚刚盛开的桃花。诗中写出了作者触目所见的感受，突出地展示了发现的惊讶与意外的欣喜。全诗把春光描写得生动具体，天真可爱，活灵活现；立意新颖，构思巧妙，趣味横生，是唐人绝句中一首珍品。

（彭双宝）

观游鱼 [唐] 白居易

绕池闲步看鱼游[①]，正值儿童弄钓舟。
一种爱鱼心各异，我来施食尔垂钩[②]。

注释

①闲步：散步。施食，喂食丢食。②尔：你，第二人称代词。

译文

闲下来围着水池看着水里的鱼自由地游动，正好遇到小童摆弄钓鱼船。
一样地喜欢鱼但是心态却不一样，我来喂食你却来垂钓。

简析

《观游鱼》是一首七言绝句。写诗人池畔观鱼，有儿童在垂钓钓鱼，有感而发。这两句是说，爱鱼之心人各有异，我爱鱼给鱼施食，盼它长大；你却垂钓钓鱼，为图己乐。两种心情是何等不同啊？即景写情，对比强烈，极易发人深思，从中引出各种“心各异”的情状和道理来。说明诗人很伤感。于平淡中见新奇，韵味悠长。

（彭双宝）

问刘十九①［唐］白居易

绿蚁新醅酒②，红泥小火炉③。
晚来天欲雪④，能饮一杯无⑤？

注释

①刘十九：刘姓朋友，其名不详。十九，排行第十九。②绿蚁：没有过滤的酒，面上浮起的绿色泡沫，其细如蚁，故名。醅（pēi）：指未经过滤的酒。③红泥：用红泥抹成的小火炉。④欲雪：将要下雪。⑤无：疑问语气词，相当于“吗”“么”。

译文

新酿的酒浮着绿色的泡沫，红泥炉子已生起了熊熊炭火。
今天晚上老天爷就要下雪，你能过来与我共饮一杯么？

简析

这是一首邀请朋友前来小饮的劝酒诗。“酒”和“友”是一对孪生兄弟，有酒无友，则独酌无味；有友无酒，则相对无欢。这首小诗写得真挚朴素，富有诱惑力。对于刘十九来说，除了那喷香的新酒、熊熊炉火和欲雪的天气之外，而作者的那种深情厚意，那种渴望把酒共饮所表现出来的淳朴友谊，当是更令人神往和心醉的。末句“能饮一杯无”风趣横生，留下了广阔的联想空间，饱含浓郁的诗味，饶有余韵。

（唐嗣德）

钱塘湖春行① [唐]白居易

孤山寺北贾亭西②，水面初平云脚低③。
几处早莺争暖树④，谁家新燕啄春泥⑤。
乱花渐欲迷人眼⑥，浅草才能没马蹄⑦。
最爱湖东行不足⑧，绿杨阴里白沙堤⑨。

注释

①钱塘湖：即杭州市西湖。春行：春天在西湖散步。②孤山寺：孤山，在西湖的后湖与外湖之间，孤峰独秀，山上有孤山寺，为西湖的名胜之一。贾亭：又名贾公亭。③初平：刚好与岸边齐平。云脚低：下雨前后，云气下垂接近地面。④早莺：雏莺。争暖树：争着飞向洒满阳光的树枝上。⑤啄春泥：指燕子衔泥作巢。⑥乱花：繁华纷乱。渐欲：渐渐要。迷人眼：使人眼花缭乱，应接不暇。⑦没：掩盖，遮住。⑧行不足：游赏不尽，流连忘返。⑨白沙堤：又名白堤，西接孤山，冬至断桥，堤上有拱桥，可通游船，是西湖的游览胜地。

译文

游了孤山寺又到贾亭西面，湖水与岸齐平雨后云脚低。
雏莺争着飞向洒满阳光的枝头，春燕不知在谁家筑巢忙着衔春泥。
各种鲜花都在初放使人目迷心荡，浅浅的嫩草刚好遮住马蹄。
最喜爱的湖东景色游览不尽，碧绿的杨柳笼罩着白沙堤。

简析

这是一首著名的写景诗，妙在紧扣题中的“春行”二字来刻画湖光山色。春是早春，句句写西湖早春景色；行是漫行，句句写漫行所见的动态。作者从孤山上眺望春湖水涨，初与岸平；春雨刚歇，云气低垂。然后信步漫游，只见莺争暖树，燕啄春泥，一“争”一“啄”，给春光增添了喧闹情趣。沿途是迷人的灿烂鲜花，还有那隐没马蹄的浅草，一派春意盎然。在观赏全部胜景情犹未已，而一个“最”字，饱含着作者被风物所陶醉而对春色、大自然无限流连赞美之情。

（唐嗣德）

遗爱寺① [唐]白居易

弄石临溪坐②，寻花绕寺行。
时时闻鸟语③，处处是泉声。

注释

①遗爱寺：寺名，位于庐山香炉峰下。②弄：在手里玩。③鸟语：鸟鸣声。

译文

手玩石头临溪而坐，寻找山花绕寺而行。
时时听到叽喳鸟叫，处处都是叮咚泉声。

简析

这是一首纪游写景诗。叙写了诗人游览遗爱寺的所见所闻所感。诗人在离遗爱寺不远的地方遇到了一条小溪，溪中有很多各式各样的异石。于是诗人随意拾起一块异石坐在溪旁观赏起来。玩赏异石之后，走到寺边，又见到有奇花，于是又围绕寺边寻找各色奇花。在绕寺行走过程中，时时听到各种鸟鸣，处处听到泉流的声音。这幽静的山景使诗人流连忘返，心旷神怡。

诗歌记叙了诗人游览遗爱寺的经过，描写了遗爱寺四周的景色，表现了诗人陶醉于自然景色中欣喜之情。诗歌意象鲜明，意境优美。语言明白如话，通俗易懂，但又格律严谨，讲究平仄、对仗工稳、节奏感强、音韵和谐。短短四句，写得有坐有行、有声有色，妙趣横生，实在令人赞赏不已。

（桂郁文）

忆江柳 [唐] 白居易

曾栽杨柳江南岸，一别江南两度春①。
遥忆青青江岸上②，不知攀折是何人③。

注释

①两度春：两次经历春天，即经过了两年。两度，两次经历。②遥忆：犹回忆。③攀折：古人离别时有折柳枝赠人的风俗。

译文

曾经在江南岸栽种杨柳，离开那江南岸已经两春。
遥想到江岸上杨柳青青，不知道折柳枝又是何人。

简析

这首诗可以多角度解读。一是写实。写诗人感叹时光流逝，表达对江柳的留恋之情。诗人曾经在江南岸边亲手栽下杨柳，如今离开那里已经两年了，不由得回忆怀念两年前手植的杨柳，想象它已长得青枝绿叶，婆娑多姿，而那折柳送别的不知道是什么人。二是有人认为，这首诗运用了象征的表现手法，托物喻人，用杨柳枝来暗喻自己曾用心血培育过的一名青年女子。诗人已与她离别了两年，但诗人一直没有遗忘她，一直在想不知何人在使唤她，甚至在欺辱她。整首诗抒发了诗人对一名年轻女子的难以忘怀并为其命运担忧的情感。

除上述两种理解意外，这首诗还可理解为寓意深广的怀旧诗。“杨柳”不必坐实，不必象征某人某事，大凡对于诗人有意义、值得诗人回忆怀念的事情、人物，均可视为“杨柳”。这样，便有了更为深广的内涵，大大提升诗歌的审美价值，表现出普遍的人类情感。不但诗人可以用此诗怀旧，抒留恋、怀念之情，他人亦可用来抒发怀旧情感，表达对美好事物的留恋与关切之情。

（桂郁文）

邯郸冬至夜思家[1] [唐] 白居易

邯郸驿里逢冬至[2]，抱膝灯前影伴身。
想得家中夜深坐，还应说着远行人[3]。

注释

①邯郸：今河北省邯郸市。②冬至：二十四节气之一。古代逢冬至朝廷放假，民间互贺，和过年很相似，故引起作者的思乡之情。③远行人：远游在外的人，此为作者自指。

译文

在邯郸驿正碰上冬至佳节，灯前抱膝只有那孤影伴身。
想到家人待到夜深还在围坐，也应谈论着我这个远游人。

简析

首二句写客游之状。冬至佳节，应该在家中和亲人一起欢度，作者独在驿站却只有抱膝独坐的影子陪伴，其孤寂之感，倍思亲之情已溢于言表。后两句写想念中的家人之景。作者在思家之时，想象出家里人此时如何想念自己，夜深了他们还围坐在灯前，正在“说着远行人”呢！此诗的佳处，在于用直率的语言，诉诸难言之情，道出了一种人们常有的生活体验。

（唐嗣德）

赋得古原草送别[1] [唐] 白居易

离离原上草[2]，一岁一枯荣[3]。

野火烧不尽[4]，春风吹又生。
远芳侵古道[5]，晴翠接荒城[6]。
又送王孙去[7]，萋萋离别情[8]。

注释

①赋得：凡是限定的诗题，在题前要冠以“赋得”二字。这首诗指定的题目是《古原草》。古原：历史上著名的原野。②离离：形容野草茂盛的样子。③一岁：每一年。枯荣：枯萎、繁荣。④野火：荒山野地燃烧的火。⑤远芳：蔓延到远处的一片野草。侵：漫延，此是长满的意思。古道：古老的道路。⑥晴翠：太阳光照耀下的绿草。⑦王孙：贵族子弟，这里泛指所送的人。⑧萋萋：草茂盛的样子。

译文

原野上的野草长得多么茂盛，它每年一度枯萎又一度繁荣。
无情的野火从来没把它烧光，和暖的春风一吹它又蓬勃复生。
无边的芳草长满了荒凉古道，阳光下的绿草连接着萧条的古城。
又要送别那远离故乡的朋友，遍地的野草也满含着惜别深情。

简析

这首诗是作者16岁时写的，是他轰动京华的成名之作。作者不仅把送别友人的深情厚意用繁荣绵延的野草来做具体的形容，而且描绘了不被人注意的野草的青翠和芳香。更重要的是，全诗把咏物和言志紧密结合起来，盛赞野草的顽强生命力，抒发少年气壮的豪情，表现了励志而行、奋斗不止的信念。“野火烧不尽”造设一种壮烈的意境，“春风吹又生”则展示了在烈火中永生的典型。富有强大鼓动力的此等佳句，一直受到世人和后世的赞赏。

（唐嗣德）

惊雪 [唐]陆畅

怪得北风急[1]，前庭如月晖[2]。
天人宁许巧[3]，剪水作花飞。

作者简介

陆畅（生卒年均不详），字达夫，吴郡吴县（今苏州）人，中晚唐诗人。宪宗元和元年（806）登进士第。陆畅所作诗，《全唐诗》录存一卷。

注释

①怪得：奇怪，怎么。②晖：阳光，这里指月光照射。③宁：岂，难道。许：如此，这样。

译文

为何被风刮得急，屋前庭院如月辉。
天上仙人这般巧？剪水成花满天飞。

简析

这是一首描写雪景的五言短诗。诗题惊雪，即因雪而惊喜。第一、二句“怪得北风急，前庭如月晖”，惊怪北风急紧，屋前庭院一片银白，如同月光映照。第三、四句“天人宁许巧，剪水作花飞”，是诗人的奇思妙想，诗意浓郁。诗人将漫天雪花想象为天人弄巧，剪水作花，神奇而美丽，惊叹还惊喜。诗人通过对雪景的描绘，表达了对天工造化的惊叹与赞美，抒发了一种轻松愉悦、向往美好生活的情怀。诗人写雪景，除诗题外，没有一个“雪”字，构思极为精巧，运用比喻拟人的手法，形象生动，给人联想，引人入胜。

（桂郁文）

悯农 [唐]李绅

锄禾日当午，汗滴禾下土①。
谁知盘中餐②，粒粒皆辛苦？

作者简介

李绅（772—846），字公垂，润州无锡（今江苏无锡）人。宪宗元和元年（806）举进士。曾为翰林学士、宰相，后出任淮南节度使。他和元稹、白居易等人交往密切，是新乐府运动的倡导者之一，在元白提倡“新乐府”之前，就首创新乐府二十首，今失传。现存《追昔游诗》三卷，《杂诗》一卷。

注释

①禾：谷类植物的统称。②餐：一作“飧”，熟食的通称。

译文

农民在正午烈日的暴晒下锄禾，
汗水从身上滴在禾苗生长的土地上。
又有谁知道盘中的饭食，
每颗每粒都是农民用辛勤的劳动换来的呢？

简析

本诗一开头就描绘在烈日当空的正午，农民依然在田里劳作，那一滴滴的汗珠，洒在灼热的土地上。这也为下面“粒粒皆辛苦”撷取了最富有典型意义的形象，可谓一以当十。

它概括地表现了农民不避严寒酷暑、雨雪风霜，终年辛勤劳动的生活。“谁知盘中餐，粒粒皆辛苦”，既不是空洞的说教，也不是无病的呻吟；它近似蕴意深远的格言，但又不仅以它的说服力取胜，而且还由于在这一深沉的慨叹之中，凝聚了诗人无限的愤懑和真挚的同情。

（刘艳敏）

悯农二首[1]（其一） [唐] 李绅

春种一粒粟[2]，秋收万颗子[3]。
四海无闲田[4]，农夫犹饿死[5]。

注释

①悯（mǐn）：哀怜和忧愁。这里有同情的意思。诗一作《古风二首》。②粟（sù）：俗称小米。这里泛指谷类。③秋收：一作“秋成”。子：指粮食颗粒。④四海：指全国。闲田：没有耕种的田。⑤犹：仍然。

译文

春天播下一粒种，秋天收获万颗子。
天下没有空闲田，农夫仍然被饿死。

简析

这是一首深刻反映中唐时期农民生存状态的诗歌。首二句，写春播秋收，丰收在望。春天播下一粒粟，秋天收获万颗子。诗人以“一粒粟”与“万颗子”做对比夸张，突显了农夫的辛勤劳作和丰收景象。第三句，写处处如此，没有闲田。普天之下，没有被抛荒未耕作的田地，各地农夫都是这样辛勤耕耘、艰苦劳作，处处粮食丰收。这本是让人高兴、令人喜悦的大好事情，然而，结果如何呢？且看末句，“农夫犹饿死”。诗人笔锋急转，心情骤落。他想到了，可怜的农夫仍然不会因粮食丰收而摆脱受饥挨饿的悲惨命运。丰收之年农夫仍然活活饿死，令人格外揪心，哀痛不已！这是多么残酷的现实！假如末句换成“农夫不饿死”，那该多好啊。可诗人偏偏着一“犹”字，这不是诗人故作姿态，佯作怜悯，冒犯天威。农民的生存状态就是这样悲惨，社会现实就是这样残酷！这就不得不让人深思，是什么原因造成的呢？正如文章大家柳宗元在《捕蛇者说》一文里所揭露的那样：“苛政猛于虎”。

诗歌描绘了农村一派丰收的景象，反映了农民并未因此而免遭饿死的现实处境，进而揭露了中唐尖锐的社会矛盾，表现了诗人忧国忧民的情怀。诗歌对比强烈，乐景写哀，让人唏嘘不已，愤慨万分！

（桂郁文）

零陵早春[①] [唐] 柳宗元

问春从此去，几日到秦原[②]？
凭寄还乡梦[③]，殷勤入故园[④]。

作者简介

柳宗元（773—819），字子厚，河东（今山西永济）人，世称柳河东。德宗贞元进士，授校书郎。调蓝田尉，升监察御史里行。参加王叔文革新集团，任礼部员外郎。永贞革新失败后，贬为永州司马，后迁柳州刺史，故又称柳柳州。与韩愈倡导古文运动，同被列入“唐宋八大家”。其诗语言淡美、简朴，风格清峻幽怨，苏轼称其为“外枯而中膏，似淡而实美”。除抒情诗外，山水田园诗也有较高的艺术成就。

注释

①零陵：今湖南永州市。柳宗元于贞元元年（805）被贬为永州司马，谪居此间十年之久。②秦原：关中平原，指陕西的秦川，京城长安的所在地。③凭寄：托寄，托付。④殷勤：恳切。

译文

请问春天你从这里离去，要多少时日才能到达长安？
拜托你为我捎个还乡梦，认认真真地送到我的家园。

简析

这是一首思乡诗。题为“早春”，但作者未写早春的气息，春的明媚和春的盎然生机，而是把一颗乡心，一片痴情，衬托春神为他捎到故园长安。这一奇思妙想，是至情至性的流露，所以感人至深。结局的“殷勤”一词，写出了作者殷切的期盼，也写出了作者的愤怨，为全诗的点睛之笔。这首诗，语言质朴而有深味，感情痴迷而有真趣。语到至真，情到至真，其诗亦自然至真，堪称五绝精品。

（唐嗣德）

江雪 [唐] 柳宗元

千山鸟飞绝[①]，万径人踪灭。
孤舟蓑笠翁[②]，独钓寒江雪[③]。

注释

①绝：无，没有。万径：虚指，指千万条路。人踪：人的脚印。②孤：孤零零。蓑笠

（suō lì）：蓑衣和斗笠。蓑，古代用来防雨的衣服。笠，用竹篾编成的帽子，古代用来防雨。③独：独自。

译文

所有的山飞鸟全都断绝，所有的路不见人影踪迹。
江上孤舟渔翁披蓑戴笠，独自垂钓不怕冰雪侵袭。

简析

这首诗只用了二十个字，就描绘了一幅幽静寒冷的画面：在下着大雪的江面上，一叶小舟，一个老渔翁，独自在寒冷的江心垂钓。诗人向读者展示：天地之间是如此纯洁而寂静，一尘不染，万籁无声；渔翁的生活是如此清高，渔翁的性格是如此孤傲。诗人把客观境界写得比较幽僻，而诗人的主观的心情显得寂寞、孤独、冷清，不带一点人间烟火气。

（刘艳敏）

独觉[①] ［唐］柳宗元

觉来窗牖空[②]，寥落雨声晓[③]。
良游怨迟暮[④]，末事惊纷扰[⑤]。
为问经世心[⑥]，古人谁尽了[⑦]。

注释

①独觉：暗含着“举世混浊而我独清，众人皆醉而我独醒”的深意。②窗牖（yǒu）：窗户。③寥落：稀疏。④良游：尽兴之游。迟暮：比喻晚年、衰老。⑤末事：琐碎小事。⑥经世：处理国家大事。经，治理。⑦尽了：全部实现。

译文

一觉醒来窗外一片空蒙，晨雨稀疏我不禁忧心忡忡。
长期外游嗟怨身损神销，琐事如麻一一困扰胸中。
徒有经世济民的一腔宏愿，自古至今谁不是希望落空！

简析

这首诗六句三联。第一联描写景物，写诗人清晨刚醒来时的所见所闻。第二联抒发胸臆，嗟叹人生易老、壮志难酬。第三联阐析人生，写作者感悟出“是非成败，万事皆空”的真谛。既然人生如梦，个人还有何求？全诗脉络清晰，环环紧扣，一气呵成。柳宗元看破了红尘，因此能乐天安命，与世无争，以贬客的身份先后在永州、柳州辛勤耕耘十四载，最后终老南荒，为世人所敬重。

（唐嗣德）

夏昼偶作 [唐] 柳宗元

南州溽暑醉如酒[①]，隐几熟眠开北牖[②]。
日午独觉无馀声[③]，山童隔竹敲茶臼[④]。

注释

①南州：这里指永州。溽（rù）暑：又湿又热，指盛夏的气候。醉如酒：意谓暑气蒸腾，令人昏昏欲睡。②隐几：凭倚着小几案。牖（yǒu）：窗。③日午：中午。④茶臼（jiù）：唐代制茶时用以捣茶的容器。敲茶臼：谓制作新茶。唐代人饮茶不尚购买制成品种，往往自采自制，制就即饮。

译文

永州的酷暑催人昏昏欲睡，我敞开北窗在几案上睡得香甜。

中午醒来四周是死一般的寂静，忽然竹林传来敲茶臼声震耳弦。

简析

诗的头两句写永州酷暑的闷热，无论是景物描写还是心性流露，都是以一种平静的心态出之，显得谦恭而平和。诗的后两句以有声衬无声，借声想景，既赋予了大自然的生机和灵气，也表现了诗人对于生活情境的真切而独到的体验。诗人饱经人生仕宦的升降沉浮，已经疲惫不堪，此时他需要的是用一种平常心态来笑看世事沧桑，年轻时的锋芒毕露姑且内敛为一种更深沉的审视。

（唐嗣德）

得卢衡州书因以诗寄① [唐] 柳宗元

临蒸且莫叹炎方[②]，为报秋来雁几行[③]。
林邑东回山似戟[④]，牂牁南下水如汤[⑤]。
蒹葭淅沥含秋雾[⑥]，橘柚玲珑透夕阳[⑦]。
非是白蘋洲畔客[⑧]，还将远意问潇湘[⑨]。

注释

①卢衡州：事迹不详，当为出守衡州刺史的卢姓友人。衡州，今湖南衡阳市。②临蒸：衡阳旧名，《元和郡县志》卷三十《江南道·衡州》："衡阳县，本汉酃县地，吴分置临蒸县，属衡山郡。天宝初更名衡阳郡，县仍属焉。县城东傍湘江，北背蒸水。"炎方：指南方炎热地区。③雁几行：衡阳有回雁峰，相传每年秋天大雁南飞至此不再南去，到第二年春天再往北飞。《方舆胜览·衡州》："回雁峰在衡阳之南，雁至此不过，遇春而回，

故名。”这里是借“雁几行”来指代书信往来。④林邑：南海古国名，治所北临驩州，在今越南境内。山似戟：形容山峰耸峭，直立若剑戟。⑤牂牁（zāng kē）：古郡名，辖境约当今贵州大部、云南东部，广西西北部。又，水名，即牂牁江，流经广西，至广州入海。这里借指柳江。汤：开水。《论语·季氏》：“见不善如探汤。”⑥蒹葭（jiān jiā）：《诗经·秦风·蒹葭》：“蒹葭苍苍，白露为霜。所谓伊人，在水一方。”陆机《毛诗草木鸟兽鱼疏》：“蒹，水草也。”“葭，一名芦炎，或谓之荻。”这里指芦苇。淅沥：象声词，这里形容风吹蒹葭发出的声音。⑦橘柚：南方所产的柑橘、柚子一类水果。玲珑：精巧细致。橘柚玲珑，形容橘柚果实累累，在夕阳中更显得可爱好看。⑧白蘋：生长在浅水中的一种水草，开白花，在江南一带水泽地和池塘中多有生长。白蘋洲畔客：指南朝诗人柳恽，柳恽字文畅，河东人，工诗善琴，后贬吴兴太守，作闺怨诗《江南曲》云：“汀洲采白蘋，日暖江南春，洞庭有归客，潇湘逢故人。故人何不返？春花复应晚。不道新知乐，只言行路远。”开头“汀洲采白蘋”二句，后人在诗词中常作为典故化用。《大清一统志·湖南永州府蘋洲》：“白蘋洲，在零陵县西潇水中，洲长数十丈，水横流如峡，旧产白蘋最盛。”⑨潇湘：湖南境内之湘水，在零陵区西合潇水，世称潇湘。潇水与湘水合流后流经衡州，这里借指卢衡州。

译文

劝君莫叹衡阳炎热，答报雁书寄诗几行。
柳州位于南蛮绝地，山水险恶如戟似汤。
芦苇淅沥秋雾飘风，夕阳斜照橘柚溢香。
宗元不是蘋洲归客，聊将远意致问潇湘。

简析

这是柳宗元写给好友衡州刺史卢某的一首答诗，元和十一年（816）秋作于柳州。卢衡州一到治所衡阳，感到气候特别炎热而难以忍受，便在给柳宗元的书信中发出慨叹，柳宗元便作这首以诗代函的七律予以安慰。诗人为了宽解对方，将自己所在的柳州，与卢刺史所在的衡州在自然环境方面进行对比，指出柳州东近林邑，南接牂牁，山峰陡峭尖利似剑戟，江流温度极高如开水；而衡州一到秋季，遍野的芦苇在薄雾清风中摇曳作响，串串橘柚在夕阳映照下玲珑夺目。因此，自己所处的柳州荒远偏僻，山高水险，气候恶劣，与衡州相比相差甚远。诗人以此来劝慰友人，可谓用心良苦，其真情厚意可佩可感。诗的尾联引用南朝诗人刘恽作《江南曲》的诗话，进一步表明心迹：我虽然不是白蘋洲畔的归客，但还是要把沉甸甸的思念带到挚友所在的遥远的潇湘去。这是十足的胸臆语，也是十足的至情动人的慰藉语。此诗构思精巧老到，含义曲致深婉，在反复劝慰卢衡州的字里行间，又有一股因贬谪远州而苦闷悲愤之潜流断断续续地流淌，安人伤己，一箭双雕。诗人写景状物，借境含情，通过凝练委婉、耐人寻味的语言，将曲折起伏的复杂情感，恰到好处地表现出来。柳宗元的诗，其神韵之独特，其寄托之深远，其意境之明净，其手法之高妙，从这首七律诗中可见一斑。

（唐嗣德）

登柳州峨山[1] [唐] 柳宗元

荒山秋日午[2]，独上意悠悠[3]。
如何望乡处[4]，西北是融州[5]。

注释

①峨山：《广西通志》卷十六《山川·柳州府·马平县》："峨山，在城西二里，隔江十里，水自半岭喷出，流小河入大江，远望如双鹅飞舞，又名深峨山。"②午：指中午登山。③悠悠：指无限的忧思。④如何：奈何。乡：故乡。这里是指京城长安。⑤融州：在柳州之西北，今广西融县西南。

译文

秋日的正午登上荒凉的峨山，独自一人把异乡风光浏览。
一门心思急切眺望故乡，西北方的融州却把视线遮拦。

简析

这一登山望远之作，把刻骨铭心的思乡之情，蕴于婉转含蓄的不尽韵味之中。诗人凭高远眺，思维的翅膀便飞向那日思夜想的故园。"如何望乡处"的喟然长叹，把思乡之苦、早归之情抒发得淋漓尽致。"西北是融州"是全诗的着力处，望故园而不可得，隐含着有家难归、老死南荒的凄凉愁绪。因浇愁而登山，借睹物以感怀，意与境妙合无垠，读来令人怦然心动，不失为怀乡之佳作。

（唐嗣德）

与浩初上人同看山寄京华亲故[1] [唐] 柳宗元

海畔尖山似剑铓[2]，秋来处处割愁肠[3]。
若为化得身千亿[4]，散上山头望故乡[5]。

注释

①浩初：僧人法名，他是潭州（今湖南长沙）人，与柳宗元交谊甚笃。上人：佛教称有德者为上人，后用为对僧人的尊称。京华：指京城长安。②海畔：海边。尖山：峻峭的石山拔地耸立。剑铓（máng）：剑锋，剑尖。③割愁肠：用剑铓割愁之意。④若为：怎能。化得身：佛教认为，释迦牟尼因为化度众生，而相应地变化为各种形象称为"化身"。⑤故乡：这里指京城长安。

译文

海畔的山峰尖锐得像宝剑的锋芒，
到了秋天处处都在切割我的愁肠。
怎么才能够使自身变化为一千亿个，
分散到所有的山头去凝望遥远的故乡。

简析

这是一首构思奇特的抒情小诗，通过一系列形象思维深刻地揭示了埋藏在心底的惨苦愁怀和急切归思。诗的第一、二句写尖山割愁肠，这是作者“看山”的独特感受，遥望京华而无法归去，该是愁肠寸断了。第三、四句写欲化身千亿，散向每个山头共望故乡，其情之深，其望之切，令人动容。将这种诗寄给京华亲故，是希望他们伸出援手，以改变自己的困难处境。全诗融情入景，情感浓郁，哀而不伤，怨而不露，具有强烈的艺术感染力，受到历代评论家的推崇。

（唐嗣德）

登柳州城楼寄漳汀封连四州[1] ［唐］柳宗元

城上高楼接大荒[2]，海天愁思正茫茫[3]。
惊风乱飐芙蓉水[4]，密雨斜侵薜荔墙[5]。
岭树重遮千里目[6]，江流曲似九回肠[7]。
共来百越文身地[8]，犹自音书滞一乡[9]。

注释

①作者和刘禹锡、韩晔、韩泰、陈谏等人因同属王叔文集团而遭贬。元和十年（815），他们五人同奉诏进京。由于有人反对，不久朝廷又将他们外调，作者为柳州（今广西柳州）刺史，韩泰为漳州（今福建漳州）刺史，韩晔为汀州（今福建长汀州市）刺史，陈谏为封州（今广东封川县）刺史，刘禹锡为连州（今广东连州市）刺史。这首诗是那年夏天作者初到柳州时作。②接：连接。一说，目接，看到。大荒：泛指荒僻的边远地区。③海天愁思：如海如天的愁思。④惊风：急风；狂风。乱飐（zhǎn）：胡乱吹动。飐：吹动。芙蓉：指荷花。⑤薜荔：一种蔓生植物，也称木莲。⑥重遮：层层遮住。千里目：这里指远眺的视线。⑦江：指柳江。九回肠：愁肠九转，形容愁绪缠结难解。⑧共来：指和韩泰、韩华、陈谏、刘禹锡四人同时被贬远方。百越：一作“百粤”，泛指五岭以南的少数民族。文身：身上文刺花纹，古代有些民族有此习俗。文：通“纹”，用作动词。⑨犹自：仍然是。音书：音信。滞：阻隔。

译文

登上城楼极目遥望连接大荒，愁思无边如海如天一片茫茫。

狂风大作水起波浪摧折荷花，暴雨密集斜里侵打薜荔围墙。
岭树重重都来遮住远望目光，江流曲折这又如同九转回肠。
一起被贬共同来到蛮荒之地，音信不通各自好像滞留一乡。

简析

这首诗是柳宗元贬到柳州后不久写给韩泰、韩晔、陈谏、刘禹锡等四位同时被贬的朋友的，抒写了对际遇相同而天各一方的朋友的思念之情，表现出一种真挚的友谊和海天般的愁思。

这首诗首尾两联叙事抒怀，中间两联用对仗写景寓情。全诗用“愁思”贯穿，层层翻出新意：首联写登高远望，引出愁思；颔联写见到芙蓉薜荔横遭摧残又添愁思；颈联写远望友人，岭树重遮，江流阻断，使人愁肠百结；尾联写音书不通、各滞一方、愁思更深。这首诗虽然写愁但它不以那种柔婉凄凄的风格取胜，而是用大荒、海天、惊风、密雨、岭树、江流这样一些阔大宏伟的意象来表现自己的茫茫愁思，用它那壮阔的风格撼动人心。同时，诗中运用比喻、象征手法，移情入境，寄托自己的郁愤不平，直抒胸中块垒，却又不露痕迹，使诗意含蓄丰厚。比如颈联，写自然中的惊风密雨，显然是以此比作政治的风风雨雨；写疾风骤雨袭击芙蓉、薜荔的景象，是与作者再次被贬荒远的柳州的境遇有关。这两句写景，不但交融了作者的主观情意，而且还有象征意义。美好的荷花、芳洁的薜荔象征着诗人和朋友人格的美好高洁。

（桂郁文）

渔翁 [唐] 柳宗元

渔翁夜傍西岩宿①，晓汲清湘燃楚竹②。
烟销日出不见人③，欸乃一声山水绿④。
回看天际下中流⑤，岩上无心云相逐⑥。

注释

①傍：靠近。西岩：即西山。在今湖南省永州市零陵区城西。②汲（jí）：取水。清湘：清澈的湘水。湘水流往永州。楚竹：楚地的竹子。永州古属楚地。③销：同“消”。消失，消散。④欸（ǎi）乃：象声词，摇橹声。⑤中流：在中流之水。⑥无心：形容白云自由自在飘动。陶渊明《归去来辞》：“云无心以出岫”，这里化用陶文。

译文

渔翁夜晚船靠西山停宿，
早晨汲取清澈的湘水燃烧楚地的枯竹。
烟雾消散太阳升起却看不见人，
只听摇橹声在青山绿水之间回荡。

回看天边渔舟正向湘江中流而下，
那西山上的白云自由自在地互相追逐。

简析

这首诗是诗人被贬永州司马任上所作，反映了诗人的孤寂心情。全诗共六句，一句一景，相互衔接，构成一种闲适恬淡的艺术境界。夜幕降临，渔翁船靠西山停宿过夜；清晨即起，渔翁从江里打水洗漱做饭，烧竹；等到太阳升起，烟雾消散，江边山间仍是一片寂静，不见人影；青山绿水之间只有单调的摇橹声响；不一会儿，渔船摇到江心，顺流直下，再回望山顶，浮云悠然飘荡，仿佛在相互追逐。渔翁这种安然自得的日常生活，值得诗人欣赏，但又显得有点孤独。由此可见，诗人在寄情山水之间，自觉或不自觉地流露了谪居时的孤寂情怀。诗中渔翁的形象虽然不能说就是诗人，但应是诗人的自我写照。诗人通过渔翁这一形象，表现了他在永州时的情趣和心境。

（桂郁文）

牧童词 [唐] 李涉

朝牧牛[①]，牧牛下江曲。
牧牛，牧牛度村谷。
荷蓑出林春雨细[②]，芦管卧吹莎草绿[③]。
乱插蓬蒿箭满腰[④]，不怕猛虎欺黄犊[⑤]。

作者简介

李涉（约806年前后在世），字不详，自号清溪子，洛阳（今河南洛阳）人。早岁客梁园，逢兵乱，避地南方，与弟李渤同隐庐山香炉峰下。后出山做幕僚。宪宗时，曾任太子通事舍人。不久，贬为峡州（今湖北宜昌）司仓参军，在峡中蹭蹬十年，遇赦放还，复归洛阳，隐于少室。文宗大和（827—835）中，任国子博士，世称“李博士”。著有《李涉诗》一卷。存词六首。

注释

①朝（zhāo）：早晨；日出的时候。②蓑（suō）：蓑衣，用草或棕编的防雨用具。③莎（suō）草：多年生草本植物。多生于潮湿地区或河边沙地。茎直立，三棱形。叶细长，深绿色，质硬有光泽。夏季开穗状小花，赤褐色。地下有细长的匍匐茎，并有褐色膨大块茎。块茎称“香附子”，可供药用。④蓬蒿（hāo）：“茼蒿”的俗称。⑤黄犊（dú）：小牛。

译文

早晨去放牛，赶牛去江湾；
傍晚去放牛，赶牛过村落。

披着蓑衣走在细雨绵绵的树林里，
折支芦管躺在绿草地上吹小曲。
腰间插满蓬蒿做成的短箭，
再也不怕猛虎来欺负牛犊。

简析

这首诗塑造了一个天真可爱的牧童形象。读罢这首诗，有过放牛经历的人肯定都会会心一笑。这首诗里描绘的牧童憨态可掬，腰间插上几枝蒿竿子，小胸脯一挺，自信心爆棚，就以为自己是飞将军李广了，老虎来了也不怕。无论是谁，儿时都做过这样稚气的侠客梦。与吴作人、张大千、李可染和黄永玉等老先生的《牧牛图》中的主人公相比，这个傻乎乎的小家伙似乎更逗人喜爱。

（彭双宝）

离思五首[1]（其四） [唐] 元稹

曾经沧海难为水[2]，除却巫山不是云[3]。
取次花丛懒回顾[4]，半缘修道半缘君[5]。

作者简介

元稹（779—831），字微之，洛阳（今河南洛阳）人。幼年家贫。自小聪明，九岁能文，十五岁补校书郎。德宗贞元进士。宪宗元和六年（806）拜左拾遗。出为河南尉，复拜监察御史。因得罪宦官，被贬江陵士曹参军。后召还朝，转而依附宦官，升迁至同中书门下平章事（宰相）。为相只三月，后出任武昌军节度使，以暴疾卒于任所。

元稹善诗，与白居易齐名，世以“元白”并称。与白居易共同倡导新乐府运动。主张诗歌应该反映民间疾苦和为政治服务。他的诗歌反映了一些社会问题，也有一定的艺术性。有《元氏长庆集》。

注释

①《离思五首》是作者写的一组著名的悼亡绝句。②曾经沧海难为水：是从孟子“观于海者难为水”（《孟子·尽心篇》）脱化而来。曾经，曾经到临。经，经临，经过。沧海，指大海。以其一望无际、水深呈青苍色，故名。难为，这里指“不足为顾”“不值得一观”的意思。③除却：除了，离开。这句意思为：相形之下，除了巫山，别处的云便不称其为云。此句与前句均暗喻自己曾经有过的一段恋情。④取次：草草，仓促，随意。这里是“匆匆经过”“仓促经过”或“漫不经心”的样子。花丛：这里并非指自然界的花丛，乃借喻美貌女子众多的地方，暗指青楼妓馆。⑤半缘：意为“一半是因为……”。修道：指修炼道家之术。尊佛奉道。也可以理解为专心于品德学问的修养。君：此指曾经心仪的恋人，即亡妻韦丛。

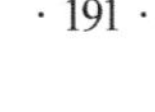

译文

曾经到临大海，别处的水便算不上是水，
看过巫山的云，别处的云也称不上是云。
如今我匆匆走过花丛，头都懒得回顾，
一半是因为我专心修道，一半是因为曾经深爱的你。

简析

这是一首悼亡诗。首二句，起兴设喻，赞美亡妻。诗人写道，观过沧海之水、看过巫山之云以后，其他任何地方的水、任何地方的云，都称不上是水、是云了。诗人以此为喻，是说亡妻胜过世上任何女子，这是对亡妻的极度赞美，同时也表现出夫妻之间过去的情深与美好，情深如沧海之水，美好同巫山之云，简直是无与伦比，这就很自然地引出了下文。后两句，比喻对照，告慰亡妻。说自己现在即使从美人众多之地路过，也会匆匆而去，懒得回头盼顾，这其中一半的缘由是自己尊佛奉道，专心于修炼道德学问，一半是因为曾经拥有过你——我的爱妻！诗人以花丛喻美女众多，以众多对照亡妻一人，表达对亡妻的忠贞不贰的一往情深。

这首诗运用比兴等手法，以精警的语言，高度赞美了亡妻。表现了夫妻爱情生活的深厚与美好，抒写了对亡妻忠贞不渝的爱情和刻骨铭心的怀念。“曾经沧海难为水，除却巫山不是云”这两句诗，后多以比喻曾经经历过很大的场面的人，眼界开阔，经验丰富，不把平常的事物放在眼里。

（桂郁文）

行宫[1] [唐]元稹

寥落古行宫[2]，宫花寂寞红[3]。
白头宫女在[4]，闲坐说玄宗[5]。

注释

①行宫：皇帝在京城之外的宫殿。这里指当时东都洛阳的皇帝行宫上阳宫。②寥（liáo）落：寂寞冷落。③宫花：行宫里的花。④白头宫女：据白居易《上阳白发人》，一些宫女天宝末年被“潜配”到上阳宫，在这冷宫里一闭四十多年，成了白发宫人。⑤说：谈论。玄宗：指唐玄宗。

译文

荒凉衰败的旧时行宫，宫花寂寞地开放吐红。
一些白头宫女还健在，闲坐无事谈论着玄宗。

简析

这是一首宫怨诗。荒凉寂寞的古行宫，春天时宫花依然吐艳，但却无人欣赏。玄宗天宝末年被“潜配”到上阳宫的宫女，如今已是满头白发，几十年的幽禁行宫，她们寂寞地看着花开花谢，寂寞地苦熬着宫中的岁月，而今这些还活着的白发老宫女，只有闲聊玄宗年间的遗事来打发百无聊赖的时光。这里貌似平淡的“闲”字，却集中体现出她们的满腹心酸和一世凄凉，可以想见她们的余生，也只能在寂寞宫花的陪伴下，过着更加寂寞凄苦的生活。这些宫女的遭遇，代表了唐代成千上万宫女的悲剧人生。这首诗通过描写宫女幽禁深宫，消磨青春和生命的凄凉悲苦的命运，表达了对她们的深切同情，也寄寓了诗人深沉的盛衰之感。

（桂郁文）

寻隐者不遇[1] [唐] 贾岛

松下问童子[2]，言师采药去[3]。
只在此山中，云深不知处[4]。

作者简介

贾岛（779—843），字阆仙，一作浪仙。范阳（今河北涿州）人。初落拓为僧，名无本，后还俗，屡举进士不第。曾任长江（今四川蓬溪）主簿，人称贾长江。其诗喜写荒凉枯寂之境，颇多寒苦之辞。以五律见长，注意词句锤炼，刻苦求工。与孟郊齐名，有“郊寒岛瘦”之称，有《长江集》。

注释

①寻：寻访。隐者：古代指不肯做官而隐居在山野之间的人。②童子：小孩。这里指隐者的弟子。③言：回答，说。④云深：指山上云雾缭绕。

译文

苍松下我询问了年少的学童，他说师傅已经去山中采药了。
他还对我说就在这座大山里，可是林深云密不知他的行踪。

简析

这是一首问答诗，但诗人采用了寓问于答的手法，把寻访不遇的焦急心情，描摹得淋漓尽致。其言繁，其笔简，情深意切，白描无华。以白云比隐者的高洁，以苍松喻隐者的风骨。写寻访不遇，愈衬出钦慕高仰。全诗只有二十字，作为抒情诗，却有环境，有人物，有情节，内容极丰富。几问几答，寓问于答，精简为二十字，这种“推敲”就不在一字一句间了。

（刘艳敏）

题李凝幽居①［唐］贾岛

闲居少邻并②，草径入荒园③。
鸟宿池边树④，僧敲月下门。
过桥分野色⑤，移石动云根⑥。
暂去还来此⑦，幽期不负言⑧。

注释

①李凝：诗人的友人，也是一个隐者，其生平事迹不详。②少（shǎo）：不多。邻并：邻居。③荒园：指李凝荒僻的居处。④池边：亦作“池中”。⑤分野色：山野景色被桥分开。⑥云根：古人认为“云触石而生”，故称石为云根。这里指石根云气。⑦去：离开。⑧幽期：幽，隐居，期，约定，隐居的约定。负言：指食言，不履行诺言，失信的意思。

译文

幽居之处少有邻居，一条草径伸进荒园。
夜晚池塘边上，小鸟栖树；月光之下，老僧敲门。
归途中走过小桥，田野色彩斑斓。白云飘飞，山石如在移动。
暂时离开此地，不久就将归来，相约共同归隐，到期绝不失约。

简析

此诗虽只是写了作者走访友人未遇这样一件寻常小事，却因诗人出神入化的语言，而变得别具韵致。诗人以草径、荒园、宿鸟、池树、野色、云根等寻常景物，以及闲居、敲门、过桥、暂去等寻常行事，道出了人所未道之境界，表达了作者对隐逸生活的向往之情。全诗语言质朴简练，而又韵味醇厚，充分体现了贾岛“清真僻苦”的诗风。其中“鸟宿池边树，僧敲月下门”两句历来脍炙人口。

（彭双宝）

剑客①［唐］贾岛

十年磨一剑，霜刃未曾试②。
今日把示君③，谁为不平事④？

注释

①剑客：行侠仗义的人。一作《述剑》。②霜刃：剑锋锐利闪亮，好像带着冷的霜气。③把：手持。示君：请你看。君是对对方的尊称。④谁为：为何，为什么。

译文

我用十年工夫，磨砺一把宝剑。
剑锋寒光闪闪，从来未曾试验。
今日拿来示君，请看我这宝剑。
谁有不平之事，仗剑奋勇向前。

简析

这是一首别具一格的抒怀言志诗。诗歌描写了一位“剑客”和他的“宝剑”。诗中所写之“剑”，乃是“剑客”用了十年工夫磨砺出来的，剑刃似霜，寒光闪闪，未曾试过锋芒。正因如此，“剑客”便有一种急于诗试之意。想必是今日遇得识“剑”之君，“剑客”持“剑”示君，并发出豪言壮语，哪里有不平之事，都将挺身而出，仗“剑”而行。

不难看出，诗中隐含的言外之意，象外之象。诗人是以“剑客”自喻，以“剑”比喻自己的才干。“十年磨一剑”，正是诗人多年奋发读书、苦吟佳句、厚积薄发的生活写照。“霜刃未曾试”，则含蓄地表现了自己尚不得志的处境。最后两句，借“剑客”之语，抒发了诗人急于施展才华、建功立业的豪情壮志。诗歌构思巧妙，形象鲜明，情真意切，有一种积极用世、不吐不快之感。

（桂郁文）

灞上秋居[①] [唐]马戴

灞原风雨定[②]，晚见雁行频[③]。
落叶他乡树[④]，寒灯独夜人[⑤]。
空园白露滴[⑥]，孤壁野僧邻[⑦]。
寄卧郊扉久[⑧]，何门致此身[⑨]。

作者简介

马戴（生卒年不详），字虞臣，曲阳（今江苏东海）人。武宗会昌年间进士。在太原李司空幕府中任掌书记，以直言获罪，贬为龙阳尉。得赦回京，终太学博士。与贾岛、姚合为诗友。擅长五律。《全唐诗》录其诗二卷。

注释

①灞(bà)上：古代地名，也称“霸上”，在今陕西省西安市东，因地处灞陵高原而得名，唐代求功名的人多寄居此处。②灞原：即灞上。③雁行(háng)：鸿雁飞时的整齐行列。南朝梁简文帝《杂句从军行》：“逦迤观鹅翼，参差睹雁行。”频：连续不断。④他乡：异乡，家乡以外的地方。《乐府诗集·相和歌辞十三·饮马长城窟行》：“梦见在我傍，忽觉在他乡。”⑤寒灯：寒夜里的孤灯。多以形容孤寂、凄凉的环境。南朝齐谢朓《冬绪

羁怀示萧咨议虞田曹刘江二常侍》诗："寒灯耿宵梦，清镜悲晓发。"独夜：一人独处之夜。汉王粲《七哀诗》之二："独夜不能寐，摄衣起抚琴。"⑥白露：秋天的露水。《诗经·秦风·蒹葭》："蒹葭苍苍，白露为霜。"⑦野僧：山野僧人。唐张籍《赠王秘书》诗："身屈祗闻词客说，家贫多见野僧招。"⑧寄卧：寄居。郊扉：郊居。指长安的郊外。扉：门。这里指屋舍。南朝齐谢朓《休沐重还道中》诗："岁华春有酒，初服偃郊扉。"⑨何门：一作"何年"。致此身：意即以此身为国君报效尽力。致：达到，实现。

译文

灞原上已经风停雨定，傍晚时只见雁行频频。
落叶纷纷这是异乡树，寒灯闪闪独照不眠人。
寂静的空园白露滴滴，隔壁野僧是我的近邻。
寄居郊外柴门已很久，不知何门能进用此身？

简析

此诗写作者客居灞上而感秋来寂寞，情景萧瑟。首联写灞原上空萧森的秋气，秋风秋雨已定，雁群频飞；颔联写在他乡异土见落叶时的酸楚和寒夜独处时的悲凄况味；颈联写秋夜寂静，卧听滴露，孤单无依，与僧为邻，更进一步写出孤独的心境；尾联抒发诗人的感慨，表达怀才不遇，进身渺茫的悲愤之情。全诗意境浑厚，情景交融，写景朴实无华，写情真切感人，生动地写出了古代文人为功名而挣扎的不堪情状，具有强大的艺术感染力。

（彭双宝）

小儿垂钓[1] [唐] 胡令能

蓬头稚子学垂纶[2]，侧坐莓苔草映身[3]。
路人借问遥招手[4]，怕得鱼惊不应人[5]。

作者简介

胡令能（785—826），福建莆田人。贞元、元和时期人。早年因家贫曾为一手工匠，人称"胡钉铰"。后受禅学影响，隐居莆田。其诗仅存4首七绝，多写生活琐碎事，语句朴素，活泼自然，富有生活气息。

注释

①小儿：小孩子。垂钓：用钓鱼竿钓鱼。②蓬头：头发蓬乱。稚子：小孩子。垂纶（lún）：把钓鱼的丝线放入河中，指钓鱼。③侧坐：侧着身子坐。莓苔：莓为草本植物，苔为隐花植物。这里泛指草丛。映身：遮蔽。④路人：路上的行人。借问：请问，向别人询问。这里指问路。遥：距离远。⑤怕得：害怕，生怕。应：对别人的问话做出反响。

回应，回答。

译文

一个蓬头小孩正在专心地学垂钓，侧身坐在草丛中长满莓苔阴湿处。
远道而来的行人想要来向他问路，他老远摇手一声不哼生怕吓跑鱼。

简析

这首诗生动传神地描绘了一个乡村儿童在小河边钓鱼的情景。前两句写儿童的形和垂钓的景，而形中带意，景中含情。后两句侧重写儿童的神情和动态，而神从形发，情因景生。通过“路人借问”这一细节，儿童“遥招手”的特有动作和“怕得鱼惊”的心理，活画出儿童初学垂钓时认真专注、天真烂漫的形态。全诗形和神、情和景都关合得十分紧密，艺术表现力极强，诗人所塑造的人物形象，使人见之者心动，味之者神飞。

（刘艳敏）

宫怨 [唐] 张祜

故国三千里①，深宫二十年②。
一声何满子③，双泪落君前④。

作者简介

张祜（约 785—849），字承吉，清河（今属河北）人，一生没有做过官。唐元和、长庆年间诗人，与杜牧是好朋友。晚年隐居丹阳，卒于宣宗大中年间。他的诗作很多，以绝句见长。作品多半是描写漫游生活，以及宫怨诗等。有《张处士诗集》。

注释

①故国：故乡。此为代宫女而言。②深宫：指皇宫。③何满子：唐教坊曲名。因唐玄宗时歌人何满子临刑哀歌而得名。这个曲调后来在宫中流行。④君：君王。这里指唐武宗。

译文

故乡远离我啊三千里，幽禁皇宫已有二十年。
曲唱一声悲凉的何满子，双泪汪汪落在君王前。

简析

这是一首宫怨诗。写宫中歌女远离故乡，幽禁宫中多年的心酸。她们一面唱歌给君王取乐，一面想到自己痛苦的身世，不由得落下了伤心的泪水。诗歌将宫女们受尽煎熬、内心哀怨凄楚写得淋漓尽致，声泪俱下，体现出了宫怨诗的幽怨美。

（桂郁文）

八月十五夜 [唐] 徐凝

皎皎秋空八月圆[①]，嫦娥端正桂枝鲜[②]。
一年无似如今夜[③]，十二峰前看不眠[④]。

作者简介

徐凝（生卒年均不详，约 813 年唐宪宗元和年间在世），诗人，浙江睦州人。代表作《奉酬元相公上元》，《全唐诗》录存一卷。

注释

①皎皎：明亮。此处意为皓月当空，天上无云。②嫦娥：神话人物。本称姮娥，又作嫦娥。③无似：犹无比。④十二峰：位于浙江温州市永嘉县楠溪江大岩风景区，是一组流纹岩因节理风化和流水侵蚀、地壳抬升而成的群峰。

译文

八月十五夜明月圆又圆，嫦娥姿态美桂枝花儿鲜。
一年无可比哪能像今夜，群峰前赏月久久不思眠。

简析

这首诗表达了诗人对中秋月色的陶醉与赞美。首句直接入题，赞赏中秋的夜空月色明亮，月亮又大又圆。次句写诗人的想象，仿佛看到月中嫦娥和桂树。嫦娥美丽端正，桂树枝头开满小花，香气四溢。第三句，纵向作比，进一步赞美一年之中没有哪一夜的月亮比得上这中秋夜的月亮。末句写诗人站在山峰上尽情欣赏这皎洁美丽的月色，久久不愿去睡觉。诗歌最后一句写得最有情趣，值得品味。是写实还是写虚，是真的写诗人登峰赏月，还是想象之辞？“十二峰”是实指，还是泛指？不愿离去，是登上“十二峰”赏月，还是明月辉映群峰，景色迷人，不愿离去？等等。看似简单的诗句，又像谜一样的诗句。不管作何解读，但都表达了诗人和一般人对于美好事物的赞美和向往之情。

（桂郁文）

《南园》（其五）[①] [唐] 李贺

男儿何不带吴钩[②]，收取关山五十州[③]。
请君暂上凌烟阁[④]，若个书生万户侯[⑤]？

作者简介

李贺（790—816），字长吉，昌谷（今河南宜阳）人，宗室。7 岁能作诗，为韩愈所爱重，时年 27 岁病卒。其诗长于乐府，想象奇特，色彩秾丽，以细腻生动见长。有些诗善用神话传说创造出怪异浪漫、变化莫测的诗境，是继屈原、李白之后又一位浪漫主义诗人。有“诗鬼”之称。

注释

①南园：李贺在家乡中有南园和北园两座家园。《南园》是由 13 首诗组成的大型组诗，这里选的是第五首。②吴钩：古代吴地所造的一种弯形宝刀。③关山：泛指关隘山川。五十州：指当时唐代朝廷不能控制的地区。④凌烟阁：在长安，唐太宗贞观十七年在阁上画开国功臣 24 人。⑤若个：哪个。书生：读书人。万户侯：食邑万户之侯。此泛指高官显爵。

译文

男子大丈夫为什么不身带吴钩，收回那政令失控的五十州。
请你到凌烟阁仔细看一看，哪个读书人曾经封过万户侯？

简析

这首诗由两个设问句式组成，顿挫激越，而又直抒胸臆，把家国之痛和身世之悲淋漓酣畅地表达了出来。第一、二句是用陈述泛问，也是自责。“何不”二字，传达了作者请缨杀敌、立功万里的雄心。第三、四句的设问中，否定了封侯万里、图形凌烟阁的壮怀，凸显出浓郁的牢骚意味。这样看来，作者是从反面衬托投笔从戎的必要性，实际上是进一步抒发了怀才不遇的愤激不平。

（唐嗣德）

马诗① [唐] 李贺

大漠沙如雪，燕山月似钩②。
何当金络脑③，快走踏清秋④。

注释

①马诗：诗人写马的诗共二十三首，这里选的是第五首。②燕山：在河北省，东西走向，构成了一些重要隘口，如古北口，喜峰口等。月似钩：比喻弯月。古人睡觉床上都有幔，睡觉时拉上，白天就用帘钩挂起在两旁（很像现在的蚊帐）。③何当：何时，何日。金络脑：即金络头，用黄金装饰的马笼头。④踏：走，跑。此处有“奔驰”之意。清秋：清朗的秋天。

译文

连绵的燕山岭上一弯明月当空，平沙万里像铺上一层白皑皑的霜雪。
什么时候才能披上威武的鞍具，在秋高气爽的疆场上驰骋建树功勋呢？

简析

《马诗》是通过咏马、赞马或慨叹马的命运，来表现志士的奇才异质、远大抱负及不遇于时的感慨与愤懑。第一、二句展现出一片富于特色的边疆战场景色。“钩”是一种弯刀，与“玉弓”均属武器，从明晃晃的月牙联想到武器的形象，也就含有思战斗之意。作者所处的贞元、元和之际，正是藩镇极为跋扈的时代，而“燕山”暗示的幽州蓟门一带又是藩镇肆虐为时最久、为祸最烈的地带，所以诗意是颇有现实感慨的。平沙如雪的疆场寒气凛凛，但它是英雄用武之地。所以这两句写景实启后两句的抒情，又具兴义。三、四句借马以抒情。“金络脑”属贵重鞍具，象征马受重用。显然，这是作者热望建功立业而又不被赏识所发出的嘶鸣。

（刘艳敏）

江边柳 [唐] 雍裕之

袅袅古堤边[①]，青青一树烟。
若为丝不断[②]，留取系郎船[③]。

作者简介

雍裕之（生卒年不详），诗人，约813年唐宪宗元和年间在世，是四川一带的人。有诗名，善于写乐府诗，极有情致。数次考进士不中，飘零四方。著有诗集一卷，由《新唐书·艺文志》收录并传于世。

注释

①袅（niǎo）袅：形容细长柔软的柳条随风摆动。②若为：倘若，如果。③留取：犹留存。取，语助词。系（xì）：栓，捆绑。

译文

江边古堤垂柳成行，柳色青青飘舞如烟。
希望柳丝绵绵不断，留取下来系住郎船。

简析

这是一首咏物抒情的诗作。诗歌借咏柳寄托男女离别之情，女主人公希望柳丝绵绵不断，以便把情人的船儿系住，永不分离。

第一、二句描写江边古堤春柳。描绘出江边柳的轻柔婀娜之态和葱茏苍翠之色，烘托出春光的绮丽明媚，为下面写离情作铺垫。第三、四句，抒写离情，想象新奇而又合情合理。这里没有一个“别”字“愁”字，但痴情到用柳条儿系住郎船，则显示出挽留情郎的情意之切，形象地表现出离愁之重，别恨之切。诗歌构思新颖，别出心裁，想象奇特，跳出了一般的折柳赠别的传统构思，自是别具一格。

（桂郁文）

清明①［唐］杜牧

清明时节雨纷纷②，路上行人欲断魂③。
借问酒家何处有④？牧童遥指杏花村⑤。

作者简介

杜牧（约 803 —约 852），字牧之，号樊川居士，京兆万年（今陕西西安）人。杜牧是唐代杰出的诗人、散文家，宰相杜佑之孙，杜从郁之子。唐文宗大和二年中进士，授弘文馆校书郎。后赴江西观察使幕，转淮南节度使幕，又入观察使幕，理人国史馆修撰，膳部、比部、司勋员外郎，黄州、池州、睦州刺史等职。因晚年居长安南樊川别墅，故后世称“杜樊川”，与李商隐并称“小李杜”，创造了晚唐诗歌高峰，著有《樊川文集》。

注释

①清明：二十四节气之一。旧俗当天有扫墓、踏青、插柳等活动。②纷纷：形容多。③欲断魂：形容伤感极深，好像灵魂要与身体分开一样。断魂：神情凄迷，烦闷不乐。这两句是说，清明时候，阴雨连绵，飘飘洒洒下个不停；如此天气，如此节日，路上行人情绪低落，神魂散乱。④借问：请问。⑤杏花村：杏花深处的村庄。一说在今安徽贵池秀山门外。受此诗影响，后人多用“杏花村”做酒店名。

译文

江南清明时节细雨纷纷飘洒，路上羁旅行人个个落魄断魂。
借问当地之人何处买酒浇愁？牧童笑而不答遥指杏花山村。

简析

《清明》是写清明春雨中所见，色彩清淡，心境凄冷，本诗广为传诵。第一句交代情景、环境、气氛；第二句写出了人物，显示了人物的凄迷纷乱的心境；第三句提出了如何摆脱这种心境的办法；第四句写答话带行动，是整篇的精彩所在。全诗运用由低而高、逐步上升、高潮顶点放在最后的手法，余韵邈然，耐人寻味。

（彭双宝）

赤壁 [唐] 杜牧

折戟沉沙铁未销[①]，自将磨洗认前朝[②]。
东风不与周郎便[③]，铜雀春深锁二乔[④]。

注释

①折戟：折断的戟。戟，古代兵器。销：销蚀。②将：拿起。磨洗：磨光洗净。认前朝：认出戟是东吴的。③东风：指借东风火烧赤壁。周郎：指周瑜，字公瑾，年轻时即有才名，人呼周郎。后任吴军大都督。④铜雀：即铜雀台，曹操在今河北省临漳县建造的一座楼台，楼顶里有大铜雀，台上住姬妾歌妓，是曹操暮年行乐处。二乔：东吴乔公的两个女儿，大乔嫁前国主孙策（孙权兄），小乔嫁军事统帅周瑜，合称“二乔”。

译文

一支折断了的铁戟沉没在水底沙中还没有销蚀掉，
经过自己又磨又洗发现这是当年赤壁之战的遗物。
假如东风不给周瑜以方便，
结局恐怕是曹操取胜，二乔被关进铜雀台了。

简析

这首咏史吊古，似是讥讽周瑜成功的侥幸。诗的开头二句，借物起兴，慨叹前朝人物事迹，后二句议论：赤壁大战，周瑜火攻，倘无东风，东吴早灭，二乔将被掳去，历史就要改观。诗的构思极为精巧，点染用功。诗人托物咏史，点明赤壁之战关系到国家存亡，社稷安危；同时暗指自己胸怀大志不被重用，以小见大。

（彭双宝）

泊秦淮[①] [唐] 杜牧

烟笼寒水月笼沙，夜泊秦淮近酒家。
商女不知亡国恨[②]，隔江犹唱后庭花[③]。

注释

①泊秦淮：小船停泊在秦淮河。秦淮：河名，源出江苏省溧水县，贯穿南京市。泊：停泊。②商女：卖唱的歌女。③后庭花：《玉树后庭花》，据说是南朝陈后主作诗填词而成，被后人成为“亡国之音”。

译文

月色薄雾笼罩着江水和岸沙，夜晚泊船靠近那岸上的酒家。

卖唱的歌女不知道亡国之恨，隔着江水仍在唱《玉树后庭花》。

简析

这首诗是杜牧游注金陵，夜泊秦淮时所作。秦淮河自古以来一直是权贵富豪纵情声色、寻欢作乐之地。诗人泊舟于此，耳闻淫歌艳曲，触景生情，借古讽今，写下了这篇忧时伤事的七绝，抨击那些沉湎酒色、不理朝政的上层人物，表达了诗人对国家命运的关怀和忧愤。

首句写景。轻轻的暮霭和淡淡的月光，笼罩着感到寒意的河水，笼罩着两岸沉寂的沙滩。“烟”和“月”既“笼寒水”，也“笼沙”。“笼”字连用，把轻烟、寒水、淡月、细沙四种景象融为一体，勾画出秦淮河夜晚朦胧寒凉的特色，创造出一种空冷愁寂的情调。次句叙事，写夜晚时分，诗人的小船停泊在秦淮河靠近对岸酒家的地方。为后两句叙事、议论、抒情作下了准备。

《后庭花》据说是南朝陈后主陈叔宝作的歌曲，歌词绮艳轻荡，被后人称作“亡国之音”。诗人在船上听到对岸的酒楼中，歌女在演唱这“亡国之音”，心中激起了无限忧愤。当年，陈后主沉溺歌声女色，终于被俘亡国。如今，国事衰颓，竟有人用这靡靡之音来寻欢作乐，怎能不使人产生历史又将重演的忧虑。这两句，从字面上看是斥责歌女，实际上是斥责那些在座的权贵。因为唱什么歌全由他们的兴趣而定。唱者无心，听者有意、这是曲笔，表现的是更深层的意思。“不知”，实际是不想知、不愿知。权贵的花天酒地、纵情声色的心理状态，在“不知”二字中表现得淋漓尽致。“犹唱”二字意味也极其深长，把历史的教训、现实的情况和将来的命运串成一线，表现出诗人辛辣的嘲讽，以及对国家命运的深切关怀和忧虑。

诗歌把写景、抒情、议论交互在一起，创造出一种情景交融的意境。特别是诗中的议论，极富形象性，委婉含蓄，发人深思。诗歌语言，言浅意深，富有表现力。两个“笼”字连用，把秦淮河夜晚景象特色描绘出来了。一个“犹”字，把晚唐统治者不吸取历史教训，正沿着亡国道路走下去的情况形象地表现出来了。

（桂郁文）

盆池[1] [唐] 杜牧

凿破苍苔地[2]，偷他一片天。

白云生镜里，明月落阶前。

注释

①盆池：即埋盆于地，引水灌溉而成水池，用以放殖、种植可供观赏的鱼类或水生花草等。②苍苔：青色苔藓。

译文

开凿盆池青苔地，偷得蓝蓝一片天。
盆池如镜生白云，明月清辉落阶前。

简析

这是一首咏物诗。首句“凿破苍苔地”，写开凿建造盆池。盆池开凿建造在庭院前的一块长满青苔的空地上。“凿破”一词，说明了此处地质坚硬，建造颇费功夫。“青苔地”，说明此处很少受到人的踩踏，环境清幽，仿佛也说明了诗人居住之所的雅静。兴致所至，凿破此地，置一盆池。次句“偷他一片天”，写盆池的美妙和诗人心情的愉悦。盆池虽小，却拥有自己的一片天空。着一“偷”字，精妙绝伦，有若神助，表现了盆池的澄澈明净，涵虚映空，诗人的由衷喜悦以及含而不露的“炼字”之功。第三、四句“白云生镜里，明月落阶前”，是对盆池“偷他一片天”的具体描述。盆池洁净如明镜，白云仿佛从里面孕育出来；夜晚，盆池映着明月，让明月的清辉反射到庭院阶前。“白云”“明月”“盆池”等意象，都具有纯洁无瑕、澄明宁静的特点。诗人以此营造出了一个澄明清澈的世界，并与诗人所处的晚唐社会的混乱形成了鲜明的对照。

盆池如心，心如盆池。这首诗通过对盆池的歌咏，表现了诗人洁身自爱、超然淡泊的人生态度。诗歌想象奇特，清新典雅，情味隽永。

（桂郁文）

江南春 [唐] 杜牧

千里莺啼绿映红①，水村山郭酒旗风②。
南朝四百八十寺③，多少楼台烟雨中④。

注释

①千里：形容江南地区广阔。莺：黄莺，黄鹂。啼：叫。红：花。②水村：靠近水边的村子。山郭：靠山的外城墙。酒旗风：酒旗在风中招展。酒旗，酒店门外高挂的招牌，中写一“酒”字，以招揽顾客。③南朝：东晋以后宋、齐、梁、陈四个朝代的总称，因都把京都设在长江南面的建康（今南京市），故称南朝。四百八十寺：南朝的贵族统治阶级信奉佛教，所以大造佛寺，共有五百余所，四百八十寺是当时通行的说法。寺：佛寺。④楼台：这里指高大的佛寺建筑。

译文

辽阔的江南到处莺歌花艳，水村山郭酒旗迎风招展。
南朝时修建的数百座寺庙，在烟雨迷蒙中依然隐约可见。

简析

这是一首描写江南春天的七绝。全诗概括力极强，一句一景，首句写遍野的莺啼和耀眼的红花绿叶，第二句写村郭酒肆中随风招展的酒旗，末二句写烟雨迷蒙中的楼台殿宇。景物典型，动静结合，声色并茂，为江南春景增添了诗情画意，热情讴歌了祖国的壮丽山河和历史文化。这首诗蕴含深邃，曲尽其妙，因此千百年来素负盛誉。

（唐嗣德）

山行① [唐] 杜牧

远上寒山石径斜②，白云生处有人家③。
停车坐爱枫林晚④，霜叶红于二月花⑤。

注释

①山行：在山间经过。②寒山：指深秋时节的山峰。径：小路。斜：不正。古诗读xiá。③白云生处：白云升起的地方。生：别有版本作“深”。④坐爱：因爱，为爱。坐，因，由于。枫林：枫树林。⑤霜叶：枫树叶子到秋天经霜而变为红色。

译文

深秋时节在山间石路上漫步，有几户人家掩藏在缭绕的白云中。
因为喜爱枫林夕照而停车观赏，只见经霜的枫叶比二月鲜花还红。

简析

这是一首写深山秋景的名篇。前二句写远望，山间石路斜插山林深处，在白云缭绕的地方有几户人家，这是“行”之所见。后二句写近观，一个“停”字活现作者对傍晚中火红的枫林的无限痴迷，“霜叶红于二月花”一语，足见作者近观之细致和描写之入神。写秋景一扫衰败之气，而是一派蓬蓬勃勃的景象，给人带来乐观向上的巨大力量。

（唐嗣德）

商山早行① [唐] 温庭筠

晨起动征铎②，客行悲故乡③。
鸡声茅店月④，人迹板桥霜。
槲叶落山路⑤，枳花明驿墙⑥。
因思杜陵梦⑦，凫雁满回塘⑧。

作者简介

温庭筠（约812—866），字飞卿，太原祁（今山西祁县）人。少颖悟，才思敏捷，常人难以企及，被誉为“捷才”。他恃才不羁，生活放浪，长出入歌楼妓馆，又好讥刺权贵，为时人所憎，故屡举进士不第，流落而终。他的诗以咏物为多，也有一些行旅和慨叹身世的作品，刻画细腻，含意丰富，婉而多姿。他精通音律，谙熟词调，艺术成就较高，被奉为“花间词人”的鼻祖。有《花间集》遗存。

注释

①商山：在今陕西省商县东南。此诗为作者离开长安途经商山时所作。②动征铎：指动身时车行铃响。铎：大铃，系在马颈下，车行时叮当作响。③客行：指远行途中。④茅店：简易小店。⑤槲（hú）：树名，槲叶经冬不凋败，春天树发新芽时才脱落。⑥枳（zhǐ）：落叶乔木，春天开白花。明：显得分明。⑦杜陵梦：指对长安的回忆。杜陵，今陕西长安城东南，作者在长安时寓居于此。⑧凫（fú）：野鸭、鹜。回塘：曲折的池塘。

译文

早起赶路一阵阵蹄声铃响，远行的途中不禁思念故乡。
雄鸡打鸣茅店还悬着残月，人迹行行板桥上印着寒霜。
山间荒径积满了槲树的落叶，白色的枳花美化了驿站的矮墙。
夜来梦中又回到了故园长安，一群凫雁嬉戏在曲折的池塘。

简析

这是一首羁旅之作，形象地描写了“早行”之景，充分地抒发了“早行”之情，千百年来一直得到人们的喜爱。“鸡声茅店月，人迹板桥霜”是历代传诵的诗句，作者未作任何雕饰，只是用白描的手法，通过六个名词的组合，不仅构成了一幅荒村小店的旅客早行的凄凉图景，而且表达了行旅跋涉劳顿的深切感受。温庭筠的诗绝大部分存在着形式主义的倾向，但这首诗是例外。

（唐嗣德）

陇西行[1] [唐] 陈陶

誓扫匈奴不顾身[2]，五千貂锦表胡尘[3]。
可怜无定河边骨[4]，犹是春闺梦里人[5]。

作者简介

陈陶（约812—888），字崇伯，自号三教布衣，相传为岭南（今两广一带）人。早年游学于长安，长于天文，对诗也颇有研究，曾经考进士，但是不中，于是纵情山水之间，一生未入仕。宣宗大中年间（847—860）隐居洪州西山学仙，后不知所终。《全唐诗》录其诗二卷。

注释

①陇西行：乐府旧题，属于《相和歌·瑟调曲》。原诗共四首，这是第二首。②匈奴：生活在西北边地的一个少数民族。③貂锦：汉代羽林军穿着的貂锦裘，这里指出征的将士。表胡尘：指在与胡人的战争中牺牲。④无定河：河名，源出内蒙古，流经陕西米脂、绥德，流入黄河。骨：指牺牲的将士的白骨。⑤春闺：指的是出征将士的妻子或爱侣。

译文

远征将士誓死横扫匈奴奋不顾身，
五千身穿锦袍的将士战死在胡尘。
实在可怜那无定河边的累累尸骨，
却还是闺妇们梦里相见的心上人。

简析

这是一首闺怨诗。诗中表现了守边将士英勇殉国的精神和闺中思妇的相思之苦。第一、二句写戍边将士不怕牺牲的壮志豪情、英勇奋战的惨烈战况。第三、四句跨越时空对比描述，可怜那战死的将士早已成为无定河边的累累白骨，却还是闺妇们梦中相会的恩爱丈夫。这两句写得非常警策，意境极为悲凉。诗歌内涵丰富，寄寓深沉，饱含悲悯。具有悲怨美。

（桂郁文）

韩冬郎即席为诗相送① [唐] 李商隐

十岁裁诗走马成②，冷灰残烛动离情③。
桐花万里丹山路④，雏凤清于老凤声⑤。

作者简介

李商隐（约813—858），字义山，号玉溪（磎）生，祖籍怀州河内（今河南沁阳），生于河南荥阳（今河南荥阳市），晚唐著名诗人。他诗作文学价值很高，和杜牧合称“小李杜”，与温庭筠合称为“温李”。其诗构思新奇，风格艳丽，尤其是一些爱情诗写得缠绵悱恻，为人传诵。但过于隐晦迷离，难于索解。

注释

①本诗原作题目较长，为《韩冬郎即席为诗相送，一座尽惊。他日余方追吟“连宵侍坐裴回久”之句，有老成之风，因成二绝寄酬兼呈畏之员外》。冬郎是唐代诗人韩偓的小名，号玉山樵人，京兆万年（今陕西西安）人。他的父亲韩瞻，字畏之，与作者

是连襟关系，“员外”是官名“员外郎”的简称。②裁诗：写成诗篇。走马，奔跑的马。诗中是用比喻的方法，夸张的说法，形容其写成诗篇的速度很快。③冷灰残烛：指“连宵侍坐”时的情景。④桐：梧桐。传说中凤栖梧桐，所以此处指凤凰的栖息之所。万里，意指非常遥远。丹山，传说中是出凤凰的仙山。⑤雏凤：幼凤，喻韩冬郎。老凤，喻冬郎之父，畏之员外。于，比。

译文

你才思敏捷，年仅十岁就能像奔马一样飞速地即席赋诗，作为即将分别时的礼物相送。
夜深了，红烛即将燃烧尽，留下了点点冷灰，或许是这情景触动了你的离情别绪。
在传说中，梧桐就是凤凰的住所，丹山就是凤凰的老家，但相隔万里，遥远得很。
你们父子就像凤凰一样出众，只不过雏凤的“鸣声”要比老凤的声音更为清越动听。

简析

冬郎，是晚唐诗人韩偓的小名，是李商隐的连襟韩瞻的儿子。他少有才华，大中五年（851）秋末，韩偓才十岁，就能够在别宴上即席赋诗，才华惊动四座。诗中最后两句，将冬郎及其父亲韩瞻比作凤凰，丹山路上桐花万里，花丛中传来一阵阵雏凤的鸣声，这声音比老凤的鸣声来得更清圆，正符合了那句哲理——“青出于蓝而胜于蓝”。

（肖建辉）

贾生① [唐] 李商隐

宣室求贤访逐臣②，贾生才调更无伦③。
可怜夜半虚前席④，不问苍生问鬼神⑤。

注释

①贾生：指贾谊（前200—前168），西汉著名的政论家、文学家。21岁时即被汉文帝提拔为太中大夫。力主改革弊政，提出了许多重要政治主张，但却遭谗被贬，一生抑郁不得志。②宣室：汉代长安城中未央宫前殿的正室。逐臣：被放逐之臣，指贾谊曾被贬为长沙王太傅。③才调：才华气质。无伦：无与伦比。④可怜：可惜；可叹。虚：徒然，空白。前席：在座席上移膝靠近对方。⑤苍生：百姓。问鬼神：事见《史记·屈原贾生列传》。汉文帝接见贾谊，“问鬼神之本。贾生因具道所以然之状。至夜半，文帝前席。”

译文

汉文帝求贤能在宣室召访被贬之臣，
贾谊的才华气质更是无人能与他相提并论。
只可惜文帝直到半夜还移膝向前倾听，这举动却没有实际意义，
因为他不问如何关心百姓，问的是鬼神如何。

简析

这是一首借古讽今的咏史诗，借咏叹贾谊之事以抒发情怀。诗歌先作蓄势铺垫。汉文帝求贤心切，召回被贬长沙的贾谊，贾谊才调无人与之伦比。继而顺承轻转，君臣宣室夜话非常投机，竟使文帝忘了君臣尊卑的身份，移膝向前倾听，仿佛是明君礼遇贤才，贤才得遇明君，只可惜汉文帝面对具有旷世之才的贾谊，询求的并不是治国安民之策略，而是询问"鬼神"之本原。其实，历史上的汉文帝是一个关注民生颇有远见宏志之君。诗人如此写来，实为托古讽今，借前朝之事寄寓现实感慨。看似辛辣讽刺汉文帝，实则用意更为深刻。晚唐时不少皇帝都崇佛媚道，服药求仙，不顾民生，不用贤才，政事荒废，诗歌矛头所指，显然是当时那些"不问苍生问鬼神"的封建统治者。诗人在讽喻时主的同时，也抒发了自己怀才不遇的感叹。诗歌用语讲究，第三句中"可怜""虚"两个词语，轻轻转拨，犹如釜底抽薪，将文帝求贤，夜半前席的火热之举一下熄灭，讽喻之意突显，而又余音袅袅。

（桂郁文）

柳 [唐] 李商隐

曾逐东风拂舞筵[①]，乐游春苑断肠天[②]。
如何肯到清秋日[③]，已带斜阳又带蝉！

注释

①逐：随。拂：拂拭。舞筵：盛筵，指有歌舞的筵席。②乐游：即乐游原，在京都长安东南，地势高敞，是长安士女登高游赏之处。春苑：春天的林苑。苑，是畜养禽兽并种植树木的地方，多为帝王及贵族游玩和打猎的风景园林。断肠：因春天乐游原上多有折柳送别之人，故说断肠。③如何：怎么。

译文

曾经跟随东风拂拭过盛筵，
在春天的乐游原上愁绪缠绵。
怎么肯会一直待到清秋时节，
那时身上既有夕阳残照又有哀鸣的寒蝉。

简析

这首诗表面上是描写柳由春至秋的荣悴变化，实际上是抒发作者身世盛衰的人生感叹。首句写柳条曾"拂舞筵"，是说自己曾在长安度过的风流生活。后来因外放离开长安而悲绪极多，故有"断肠天"之表白。末二句以"残阳"喻自己的寂暮，以"蝉"谓自己品德的高吟。全诗委婉含蓄，既以事证，尤以情会，实乃入神之作。

（唐嗣德）

无题[1] [唐]李商隐

相见时难别亦难[2]，东风无力百花残[3]。
春蚕到死丝方尽[4]，蜡炬成灰泪始干[5]。
晓镜但愁云鬓改[6]，夜吟应觉月光寒[7]。
蓬山此去无多路[8]，青鸟殷勤为探看[9]。

注释

①无题：李商隐有不少无题诗，《无题》就成了题目。所以无题，主要是因为所写的内容，不便于明白标出，或即使标出也不好拟题。②相见时难：相见的时机很难得。别亦难：指分别时难堪的痛苦。③此句点明时令，即暮春时节。④丝：双关语，隐“相思”的“思”。言春蚕吐丝，丝尽而身死。⑤蜡炬：蜡烛。泪：蜡烛燃烧时下流的油脂叫“烛泪”。⑥云鬓：形容女子像乌云似的头发。改：谓青春的容颜逐渐衰老。⑦月光寒：言月色凄寒，心绪悲凉。⑧蓬山：蓬莱山，传说中的东海仙山。⑨青鸟：神话传说中的三足鸟，它在人神之间传递信息，这里借指递信使者。探看（kān）：试着探望。

译文

相见时机难得分别更加难堪，何况正值暮春风软百花残。
春蚕到死时丝方吐尽，蜡烛烧成灰泪才流干。
清晨对镜只愁容颜变老，夜间吟诗深感月色凄寒。
这里到蓬山应没有多少路，恳请青鸟前去仔细探看。

简析

这是一首脍炙人口千古流传的别离诗篇。全诗围绕“见难”“别难”抒发缠绵悱恻的深情。作者为极力渲染镂心刻骨的相思之苦，从各个角度叠加重复，回环起伏，反复咏叹，把幽怨哀伤、凄绝痛苦的心曲演绎得逼真入微，喷射出希望、失望和绝望的火花。“春蚕到死丝方尽，蜡炬成灰泪始干”二句表心明志，比喻贴切，形象鲜明，热情讴歌坚贞专一、异常执着的品性，实乃精深至极。“春蚕”“蜡炬”现已用于赞扬人民教师完全彻底的献身精神，可谓非凡妙悟。

（唐嗣德）

牡丹[1] [唐]李商隐

锦帏初卷卫夫人[2]，绣被犹堆越鄂君[3]。
垂手乱翻雕玉佩[4]，折腰争舞郁金裙[5]。
石家蜡烛何曾剪[6]，荀令香炉可待熏[7]。

我是梦中传彩笔[8]，欲书花片寄朝云[9]。

注释

①牡丹：牡丹在我国南北朝时期开始栽培，盛于唐朝。正如刘禹锡在诗中所言："惟有牡丹真国色，开花时节动京城。"于是牡丹便有了"国色天香""花中之王"的美称。②锦帏：丝织品制成的帏帐。卫夫人：春秋时代卫灵公的夫人南子，美艳倾城。《典略》记载孔子到卫国，南子表示愿意见孔子，孔子无奈而从，南子在锦帏之中会见孔子，孔子向她行礼，她便在锦帏中还礼。③绣被：缀有花纹图案的被子。越鄂君：当为楚鄂君，春秋时楚王的母弟鄂皙。《说苑》说鄂皙泛舟于中波之上，听到越国女子唱道："今夕何夕搴舟中流，今日何日兮与王子同舟……山有木兮木有枝，心悦君兮君不知。"于是鄂皙"行而拥之，举绣被而覆之"。④垂手：古代舞蹈的一种名称。有大垂手、小垂手之分，起舞或如惊鸿，或如飞燕。雕玉佩：有装饰的玉佩，这里形容绿叶。⑤折腰：也是古代一种舞蹈的名称。《西京杂记》说："戚夫人善为翘袖折腰之舞。"郁金裙：熏以郁金香的衣裙。郁金，即郁金香，一种珍贵香种。⑥石家蜡烛：《世说新语》记载晋朝的石崇，为人豪奢，甚至用蜡烛来烧火做饭。何曾剪：不用剪去烛花。⑦荀令香炉：《襄阳记》载：汉代的荀彧衣带有香气，所到之处，香气三日不散。后遂用"荀令香"指奇香异芳，用"荀令香炉"代指香炉。⑧彩笔：据说南朝文人江淹小时候，曾梦见别人送他一支五色彩笔，所以文采俊发，写出了不少美妙的诗文。后来便用"彩笔"比喻笔力不凡，文采出众。⑨花片：指牡丹花瓣。朝云：指巫山神女。战国时宋玉《高唐赋》里载：楚襄王与宋玉游于云梦之台，见高唐之上云气变化无穷。宋玉告诉襄王说那就是朝云，并说以前楚怀王游高唐，梦中曾见一女，她对怀王说："妾在巫山之阳，高丘之阻，旦为朝云，暮为行雨，朝朝暮暮，阳台之下。"这里作者用"朝云"来代指自己的情人。

译文

夫人卷起锦帐娇艳绝伦，鄂君痴恋越女绣被覆身。
枝上绿叶婆娑美如飞燕，花开奇香四溢闻者动心。
石崇燃烧蜡烛光彩四射，荀彧衣带芳馨天然纯真。
梦中传来彩笔文思涌动，欲书花瓣一片送给情人。

简析

这是一首非同凡响的咏物诗。所谓咏物诗，是借客观存在的"物"为描写对象，细致刻画它的色彩与形态，赋予"物"的美感，作者在此基础上"因物而兴怀"。一般说来，写物要求其逼真，曲尽物之体态，达到形似的目的。但好的咏物诗并不拘泥于形似，而是通过形似再进行深进一层的加工，写出物的神韵来。"取形不如取神"，此乃写咏物诗的要诀。李商隐的这首《牡丹》，没有具体的描绘和刻画，全诗通篇连用八典，不仅能使诗句含意丰富，意境高深，耐人寻味，而且更形象、更传神地写出了牡丹的花姿、花容和花香，并生发出无限赞美之情。此等佳品，实难创制。

（唐嗣德）

嫦娥[1] [唐]李商隐

云母屏风烛影深[2]，长河渐落晓星沉[3]。
嫦娥应悔偷灵药[4]，碧海青天夜夜心[5]。

注释

①嫦娥：原作“姮娥”，今作“嫦娥”，神话中的月亮女神，传说是夏代东夷首领后羿的妻子。②云母屏风：以云母石制作的屏风。云母，一种矿物，板状，晶体透明有光泽，古代常用来装饰窗户、屏风等物。深：暗淡。③长河：银河。晓星：晨星。或谓指启明星，清晨时出现在东方。④灵药：指长生不死药。⑤碧海青天：指嫦娥的枯燥生活，只能见到碧色的海，深蓝色的天。碧海，形容蓝天苍碧如同大海。夜夜心：指嫦娥每晚都会感到孤单。

译文

映照在云母屏风上的烛光越来越浅，
银河西斜晨星消沉一轮残月挂在天边。
嫦娥应后悔偷吃了不死之药，
面对着碧海般的青天，夜夜思念着人间。

简析

诗的前两句写夜中不眠，上句写深夜室内之景，下句写拂晓前室外之景。后两句揣度嫦娥后悔偷吃灵药成仙，反而在广寒宫里过着孤寂冷清、不自由的生活。“应悔”“夜夜心”等心理描写，烙上了作者对自己生平中事与愿违、不胜伤悲的思想印记。嫦娥的不幸结局，与作者本来想在政治上有所进取，结果反导致自己长期羁泊流落的遭遇十分相似。全诗感情深沉，蕴藉浑厚，尤其是后二句，因事而出意，诚为绝唱。

（刘艳敏）

官仓鼠[1] [唐]曹邺

官仓老鼠大如斗[2]，见人开仓亦不走。
健儿无粮百姓饥[3]，谁遣朝朝入君口[4]？

作者简介

曹邺（816—？），字邺之，桂州（今广西桂林）阳朔人，与晚唐著名诗人刘驾、聂夷中、于濆、邵谒、苏拯齐名，而以曹邺才颖最佳。曹邺曾担任吏部郎中、洋州刺史、祠部郎中等职务。

注释

①官仓（cāng）：官府的粮仓。②斗（dǒu）：古代容量单位，十升为一斗。一作“牛”。③健儿：前方守卫边疆的将士。④谁遣（qiǎn）：谁让。朝朝（zhāozhāo）：天天。君：指老鼠。

译文

官府粮仓里的老鼠，肥大得像量米的斗一样，
看见人来开启粮仓也不逃走。
守卫边疆的将士没有粮食，辛劳的老百姓正在挨饿，
是谁天天把官仓里的粮食送入你们这些老鼠嘴里去的呢？

简析

此诗借用官仓鼠比喻肆无忌惮地搜刮民脂民膏的贪官污吏。全诗词浅意深，含蓄委婉，但诗人的意图并不隐晦，辛辣地讽刺了大小官吏只管中饱私囊、不问军民疾苦的腐朽本质。

（彭双宝）

乞巧[1] ［唐］林杰

七夕今宵看碧霄[2]，牵牛织女渡河桥。
家家乞巧望秋月，穿尽红丝几万条。

作者简介

林杰（831—847），字智周，福建人，诗人，小时候非常聪明，6岁就能赋诗，下笔即成章。又精书法棋艺。死时年仅17岁。《全唐诗》存其诗两首。

注释

①乞巧：古代节日，在农历七月初七日，又名七夕。②碧霄：青天，天空。

译文

七夕晚上人们遥望星空，牛郎织女相会银河鹊桥。
家家户户少女对月穿针，穿过的红线都有几万条。

简析

七夕节，又名乞巧节，是我国民间传统节日之一，来自于牛郎织女的传说故事。传说七夕是隔着银河的牛郎和织女在鹊桥上相会的日子。过去，七夕的民间活动主要是乞巧，参与者主要是少女。所谓乞巧，就是向织女乞求一双巧手的意思，乞巧最普遍的活动方式

是对月穿针。如果线从针孔穿过，就叫得巧。2006年5月20日，七夕节被中华人民共和国国务院列入第一批国家级非物质文化遗产名录。

诗歌第一、二句，写人们夜望星空，看牛郎织女鹊桥相会的情景。一年一度的七夕又来到了，人们纷纷抬头仰望浩瀚的天空，看银河两岸牛郎织女鹊桥相会。这是一种很自然的表达，由七夕而联想到牛郎织女鹊桥相会，已是一种民族的共同文化心理。第三、四句，写少女们对月穿针。家家户户的少女都在对着月亮用红丝线穿针，来向织女乞求智慧和巧手，用完了数不清的红丝线。人人得巧，如愿以偿，皆大欢喜。

这首诗写的是传统题材，表现了人们特别是少女们对幸福美好生活的向往之情。诗歌场面描写生动形象，气氛活跃欢快，能给人身临其境之感。

（桂郁文）

己亥岁二首①（其一）［唐］曹松

泽国江山入战图②，生民何计乐樵苏③。
凭君莫话封侯事④，一将功成万骨枯。

作者简介

曹松（828—903），字梦徵，舒州（今安徽潜山）人。早年家贫，落拓江湖。唐昭宗光化四年（901）中进士，这时他已有70多岁了。曾授秘书省正字。诗作风格似贾岛，《全唐诗》录其诗二卷。

注释

①己亥：是唐僖宗乾符六年（879）的干支。这年镇海节度使高骈镇压黄巢起义有功。诗即有感于此。②泽国：指镇海节度使所辖江、浙一带，其地多水泽。③乐樵苏：指安居乐业。打柴叫“樵”，打草叫“苏”。樵苏，一作“樵渔”。④凭君：请你。

译文

长江以南大好河山绘入了作战地图，老百姓没有办法打柴割草乐业安居。
请你不要再说那立功封侯的事情了，一位将军封侯是用千万条生命换取。

简析

这是一首反对战争的诗。首句“泽国江山入战图”，是写唐末发生了大规模农民起义，唐王朝疯狂镇压，大江以南也都成了战场，含有大好河山成为战场的感愤。次句“生民何计乐樵苏”，是写老百姓没有了生计，连以打柴割草为乐的最简单的生活要求也失去了，百姓无法安居乐业，表现了战祸给平民百姓带来的灾难。三句“凭君莫话封侯事”，是说请你不要再提什么建功封侯的事情。用语委婉酸苦，用心悲悯而实有所指。这里的“封侯”之事，是指“己亥岁”即唐僖宗乾符六年（879），镇海节度使高骈因在淮南镇压黄巢起义军的“功绩”，受到封赏。末句“一将功成万骨枯”，是说每一个将军的封侯都是用万千士卒牺牲的高昂代价换取的。其实，又何止于此，它还包括杀敌众多、平民无辜遭殃等无数生命在内。这最后一句非常警策，具有极高的概括力。

这首诗反映了唐王朝末年镇压农民起义，藩镇割据，军阀混战的动乱的社会现实。表现了战乱对大好河山、社会生产力的破坏，给百姓带来的灾难，给士卒带来的伤亡，表达了作者反对不义之战的主题。“一将功成万骨枯”这一警策之语，富含哲理，流传千古，具有很强的语言生命力，它概括了普遍的社会人生现象：成功人士的高楼大厦，可以说都是靠一般普通人的辛勤付出而搭建起来的。

（桂郁文）

蜂[1] ［唐］罗隐

不论平地与山尖[2]，无限风光尽被占[3]。
采得百花成蜜后[4]，为谁辛苦为谁甜[5]？

作者简介

罗隐（833—909），字昭谏，自号江东生，新城（今浙江杭州）人。因作《谗书》讽刺朝政，十举进士而不中，无法施展自己的政治抱负，于是以激愤和抗争的心情，写下了许多揭露唐末社会黑暗的诗歌。语言浅显，笔锋犀利，辛辣有力，多晚唐哀音。

注释

①蜂：指蜜蜂。②山尖：山巅，山顶。③无限风光：极其美妙的景观。尽被占：全部被蜜蜂所占有。④成蜜：酿造成蜂蜜。⑤为：给，替。

译文

不论是广阔平原还是险峻高山，
鲜花盛开的地方都被蜜蜂所占。
等到百花酿成蜜后自己不能吃上几口，
终日辛劳为了让谁去享受蜜的香甜？

简析

蜜蜂采花酿蜜供人享用，这本来是无可非议的现象。但作者借题发挥，通过咏蜂抒发对劳动者一生辛苦，劳动果实却被不劳动者占有这一不合理现象的不胜愤慨，寄寓着作者愤世嫉俗的思想感情。全诗明白如话，但寓意深长，若仔细品味，就有一种尖新冷隽、刻骨讽喻之风迎面扑来，作者对劳动者的歌颂和深切同情也显露无遗。

（唐嗣德）

天竺寺八月十五日夜桂子[1] [唐]皮日休

玉颗珊珊下月轮，殿前拾得露华新[2]。
至今不会天中事，应是嫦娥掷与人[3]。

作者简介

皮日休（生卒年不详，史载不统一，生于公元834至839年间，卒于公元902年以后），字逸少，复州竟陵（今湖北天门）人。晚唐文学家、散文家，与陆龟蒙齐名，世称“皮陆”。咸通八年（867）进士及第。诗文兼有奇朴二态，且多为同情民间疾苦之作。

注释

①天竺寺：今称法镜寺，位于灵隐山（飞来峰）山麓。桂子，特指为桂花，本质是樟科植物天竺桂的果实。②露华新：桂花瓣带着露珠更显湿润。③嫦娥：古代神话人物，传为后羿之妻。

译文

桂花从天而降，好像是月上掉下来似的，
拾起殿前的桂花，只见其颜色洁白、新鲜。
我到现在也不明白吴刚为什么要跟桂花树过不去，
这桂花大概是嫦娥撒下来给予众人的吧！

简析

此诗是皮日休创作的七言绝句，描述桂花珊珊而落的桂花，本洁如玉，映于月光更显晶莹，拾起花犹带露更觉滋润，想来当是嫦娥撒于人间。此诗运用了比喻、联想的修辞手法，咏物现实，空灵含蕴，以中秋一事引出中秋佳节玩月之全情，有以小见大之妙。

（肖建辉）

题菊花[1] [唐]黄巢

飒飒西风满院栽[2]，蕊寒香冷蝶难来[3]。
他年我若为青帝[4]，报与桃花一处开[5]。

作者简介

黄巢（？—884），曹州冤句（今山东菏泽）人。盐商出身，唐末农民起义领袖。880年攻陷长安建大齐国，登帝位年号金统。金统五年（884）败亡于泰山狼虎谷。工诗，其诗托物言志，表述襟怀，刚劲雄迈，不同凡响，为一般晚唐文人所不及。

注释

①题菊花：为怒放的菊花题诗。菊花，是我国栽培历史最悠久的传统花卉之一。②飒飒（sà）：风声。③蕊（ruǐ）：花心，指花朵。④他年：将来。青帝：古代传说中的春神。⑤报：告知，这里有命令的意思。

译文

在飒飒秋风中满院栽上了菊花，花儿馨香傲寒却没有蝴蝶大驾。

有朝一日我要是做了司春之神，就让菊花与桃花在春天里同开奇葩！

简析

作者黄巢是唐末著名的农民起义领袖，这首诗是在起义前夕写的。在作者看来，菊花独处寒秋，蕊寒香冷，没享受春天的温暖，没得到蝴蝶的光顾，形式上为菊花备受冷遇鸣不平，实际上是为被压迫被剥削的人民鼓与呼。怎样才能改变这种际遇，“我为青帝”这一掷地有声的豪言壮语，正体现了农民起义领袖推翻旧政权的决心和信心。想象大胆，比拟绝妙，把革命理想倾注于拟人化的菊花，全诗并不流于高亢粗豪，而仍不失含蕴妙境。

（唐嗣德）

咏田家[①] ［唐］聂夷中

二月卖新丝[②]，五月粜新谷[③]。

医得眼前疮[④]，剜却心头肉[⑤]。

我愿君王心，化作光明烛[⑥]。

不照绮罗筵[⑦]，只照逃亡屋[⑧]。

作者简介

聂夷中（837—约 884），字坦之，河东（今山西永济）人，生平不详。出身贫寒，备尝艰辛。一生仕途不得意，对人民疾苦和贵族豪奢有较深刻的了解，其诗内容多同情农民疾苦和揭露贵族腐朽两大主题。多用五言古诗和乐府的形式，以质直的语言和白描的手法，寥寥几笔，就将触目惊心的社会现象暴露无遗，冷峭有力，令人感愤。

注释

①田家：农家。②新丝：二月里幼蚕刚刚孵化出来，就已把蚕茧抵押出去。③粜（tiào）新谷：五月里水稻未成熟，就已把谷子预先卖了。粜，出卖粮食。④眼前疮：喻眼前的穷困处境。⑤剜（wān）却：用力挖掉。心头肉：比喻农民赖以生存的劳动果实。⑥光明烛：比喻君王的恩惠。⑦绮（qí）罗筵：豪华丰盛的筵席。⑧逃亡屋：指破产农民逃荒而去留

下的破茅屋。

译文

二月里就预先抵押了新丝，五月里就预先变卖了新谷。
虽然解决了目前的困难，却留下撕心剜肉的痛苦。
我希望君王大发慈悲，把大恩大德化作光明烛。
烛光用不着去照绮罗筵，将所有烛光去照亮逃亡屋。

简析

这首诗极其深刻地反映了农民的痛苦生活，充分揭露了统治阶级残酷剥削的罪恶。全诗不发议论，而是用事实说话：二月刚孵出春蚕，五月刚插完新秧，自然无新丝、新谷可卖。违反常规去变卖劳动果实，其中有多少无奈和凄楚。诗中采用形象的比喻和鲜明的对比手法，把农民卖丝卖谷比喻为挖心头肉去医疮；把"绮罗筵"与"逃亡屋"进行强烈对比，揭示社会贫富悬殊和阶级的严重对立。作者借"光明烛"的形象，吁请君王施恩泽于灾难深重的农民。这种以具体形象打动人心的手法，寓意深刻，而且更富有诗意。

（唐嗣德）

独望 [唐] 司空图

绿树连村暗，黄花出陌稀①。
远陂春草绿②，犹有水禽飞。

作者简介

司空图（837—908），字表圣，自号知非子，耐辱居士，河中虞乡（今山西永济）人。晚唐诗人、诗论家。唐懿宗咸通十年（869）进士，天复四年（904），朱全忠篡位，召其为礼部尚书，司空图佯装老朽不任事，被放还。后梁开平二年（908），唐哀帝被弑，他绝食而死，终年72岁。司空图主要成就是诗论，《二十四诗品》为不朽之作。今存《司空图集》十五卷。

注释

①黄花：指油菜花。出陌（mò）：一作"入麦"。陌，田间东西方向的道路，泛指田间小路。②陂（bēi）：池塘。水边，水岸。

译文

绿树林连村庄村庄昏暗，油菜花遮小路小路疏稀。
远池塘春草茂一片青绿，还有那小水鸟池塘上飞。

简析

这是一首写景诗，描绘了一幅生机勃勃的乡村写景图。全诗句句写景，首句写春天高大茂密的绿树林掩映着村庄，使村庄显得宁静昏暗。次句写金黄色的油菜花连片盛开，高出田园小路，使纵横交错，蜿蜒连绵的田间小路显得若有若无，好像消失了不少，变得稀疏。第三句写近处的池塘春草茂盛，一片青绿。末句写远处池塘上空还盘旋飞翔的小鸟，它们仿佛伺机叼啄池塘中游来游去的小鱼儿。整首诗画面开阔，色彩感强，有明有暗，富有色彩层次，犹如巨幅油画，呈现在读者面前。静景、动景的结合，更具生机。近景远景的描绘，“近而不浮，远而不尽”。全诗意境创造颇有“韵味”，表现了诗人对美好事物的热爱，体现了诗论家的审美趣味。

（桂郁文）

焚书坑[1] ［唐］章碣

竹帛烟销帝业虚[2]，关河空锁祖龙居[3]。
坑灰未冷山东乱[4]，刘项原来不读书[5]。

作者简介

章碣（836—905），字丽山，桐庐（今浙江桐庐）人，早年屡次上呈诗文不被见用，僖宗乾符三年（876）进士，后流落江湖，不知所终。其诗多为七律，颇有愤激之音。他有异才，又有创新精神，尝为“变体诗”，即七律八句之中，奇句押仄韵，偶句押平韵，险怪新奇，在当时颇有影响。

注释

①焚书坑：秦始皇焚书之处，旧址在今陕西省西安市临潼区东南的骊山上。②竹帛：指书籍。秦尚无纸，用竹简或绢帛写字。帝业虚：建立子孙帝王万世之业的愿望落了空。③关河：指函谷关和黄河。祖龙：指秦始皇。④坑灰未冷：言时间极短。从焚书坑儒到陈涉起义，中间仅隔四年。山东：华山以东地区，原六国之地。乱：指陈涉、吴广的大泽乡起义。⑤刘项：刘邦和项羽，他们是推翻秦皇的主力，二人都不喜欢读书。

译文

焚书的烟火刚息帝业已经落空，
函谷关和黄河依旧护卫着易主的秦宫。
坑灰尚未变冷山东就燃起了烽火，
灭秦的刘邦项羽原来不是读书种。

简析

这是一首咏史诗，作者借秦始皇的“焚书坑儒”，对唐统治者压制人才、排挤和打击知识分子给以辛辣讽刺。诗的前两句是叙事，后两句是抒发感慨。秦始皇焚书是为了巩固统治，但坑灰未冷大泽乡农民就揭竿而起了，而推翻秦王朝的却并不是读书人。如此揶揄调侃，借古喻今，对唐政权无异于当头棒喝。作者运用直中见曲、怨而不怒的表现手法，更富有讽刺意味和批判力量。

（唐嗣德）

晓日① [唐] 韩偓

天际霞光入水中②，水中天际一时红。
直须日观三更后③，首送金乌上碧空④。

作者简介

韩偓（约842—约923），字致尧，一作致光，乳名冬郎，自号玉山樵人，京兆万年（今陕西西安）人。昭宗龙纪元年进士，官翰林学士、中书舍人。光化三年宫变，昭宗被劫往凤翔（今凤翔县，距宝鸡市区44公里），韩偓闻讯星夜赶往，后任兵部侍郎、翰林承旨。后以不附朱温被贬斥，南依闵王王审知后退隐田间，病卒。其诗多写艳情，辞藻华丽，有香奁体之称。后期诗风转变，不乏感时伤乱之作。被尊为“一代诗宗”。原有集，已散佚，后人辑有《韩内翰别集》。

注释

①晓日：早晨初升的太阳。②天际：天边。③直须：应当；应。三更（gēng）：古代时间名词。三更就是半夜，也就是夜里十二点左右。日观：泰山东南山顶名日观峰，为观日出处。④首：第一。金乌：太阳，古代神话传说太阳为三足乌。碧空：蔚蓝色的天空。

译文

天边霞光映入水中，水天共色一片通红。
日观峰上观看日出，出发应在三更之后。
首先看到朝阳升起，将它送上蔚蓝天空。

简析

这是一首写在泰山日观峰观日出的小诗。诗歌描绘了泰山日出的壮丽景色。

开头两句，写日出时的景色。红日初升，霞光万道，映入水中，天边霞光与地上水域互相辉映，呈现出天水一色的壮丽景观，金灿灿、红彤彤，分外迷人。

第三、四句，写泰山观日出的最佳地点和时间。不少人把“直”理解为“只要”，把“须”理解为“等到”，将全句理解为：“只要在泰山日观峰上等到三更以后，就会看到第一轮红日被送上蔚蓝的天空”。这样理解，似有不妥。“直须”可理解为“应当，应”。例如，唐代杜秋娘《金缕衣》诗：“有花堪折直须折，莫待无花空折枝。”宋代欧阳修《朝中措》词：“行乐直须年少，尊前看取衰翁。”明代冯梦龙《古今谭概·痴绝》：“[天下事]若复件件认真，争竞何已！故直须以痴趣破之。”都作“应当，应”理解。再者，“三更”是什么时候？古代把一夜分为五更，三更乃是半夜子时整，相当于现在所指的二十四小时制的零点到一点。诗中虽说“三更后”，但总不能“后”得太长。而泰山日出，一年中最早的时间是六月，也当在五更时分，快到凌晨五点。这两句诗写在泰山日观峰观日出的时间，似可这样理解：登日观峰观日出，最好在三更过后就从泰山脚的某处出发，到达日观峰，就会恰到好处，最适合观看日出。那么，你就会首先看到泰山日出，并且你也是将太阳目送到蔚蓝天空的第一人。你将会看到日出的全部过程，天际云霞绚丽变幻，一轮红日从云海中慢慢升腾，霞光逐渐淡去，太阳升到了蔚蓝的天空。这景象多么壮观，多么迷人，令人神往！

（桂郁文）

山中寡妇[1] [唐]杜荀鹤

夫因兵死守蓬茅[2]，麻苎衣衫鬓发焦[3]。
桑柘废来犹纳税[4]，田园荒后尚征苗[5]。
时挑野菜和根煮[6]，旋斫生柴带叶烧[7]。
任是深山更深处[8]，也应无计避征徭[9]。

作者简介

杜荀鹤（846—907），字彦之，号九华山人，池州石埭（今安徽石台）人。昭宗大顺二年进士，后朱温建梁，授其翰林学士，旬日即卒。早负诗名，长于七律，其诗多为讽时刺世、酬赠唱和、写景抒情、纪游感怀之作。部分诗作较广泛地反映了当时动乱的社会现实、统治者的横征暴敛和民间的痛苦生活。诗风质朴明畅，语言通俗易懂，平中见奇，易中寓巧，自成一格。著有诗集《唐风集》三卷。

注释

①寡妇：死去丈夫的妇女。②兵：兵役，战争。蓬茅：用蓬蒿和茅草等物搭成的简陋草屋。③麻苧（zhù）：即苧麻，这里指用苧麻织成的粗麻布。焦：枯黄。④桑柘（zhè）：桑树和柘树，其叶子可以喂蚕。废：废弃，毁坏。⑤尚：还。征苗：指征收青苗税。⑥时：时常，经常。挑：挖。和根煮：连野草的根也放在锅里煮了。⑦旋：临时，立刻。斫（zhuó）：砍伐。生柴：刚砍下的湿柴。⑧任：任凭。⑨无计：没有办法。避：逃避。征徭：赋税和徭役。

译文

丈夫打仗而死妻子独守茅房，穿着粗布衣服鬓发已经枯焦。
桑柘树砍光了还要交纳蚕丝税，田地已经荒芜还要征收青苗。
一年到头挖野菜连根煮着吃，临时砍的生柴和着湿叶烧。

即使躲进深山里最深远的地方，也无法逃避繁重的税徭。

简析

这首诗描写山中寡妇的艰辛苦况，反映了唐末动乱中劳动人民的深重灾难。诗中从住、衣、食三个方面来描述山中寡妇饥寒交迫的痛苦生活，读后令人心酸；已经不能用来生产的“荒”田园和“废”桑柘却还要征税，揭露了统治阶级横征暴敛的残酷手段，令人发指；躲到“深山更深处”也无济于事，足见统治阶级魔网严密，简直把劳苦农民逼上了走投无路的绝境，令人无比愤慨。全诗有如解衣剥笋，层层深进，富有说服力。语言通俗，全用白描手法，诗风质朴自然。

（唐嗣德）

再经胡城县① ［唐］杜荀鹤

去岁曾经此县城②，县民无口不冤声。
今来县宰加朱绂③，便是生灵血染成④。

注释

①胡城县：唐时县名，故城在今安徽省阜阳县西北。②去岁：去年。③县宰：县令。加朱绂（fú）：指对县官的特殊赏赐，即加官。朱绂，古代礼服上的红色蔽膝。后常作以官服的代称，也指做官。④生灵：人民、百姓。

译文

去年曾经路过胡城县城，城里百姓无人没有冤声。
今年来县官穿上了红袍，这红袍原是百姓血染成。

简析

这是一首政治讽刺诗。诗人以自己两次经过胡城县的见闻，揭露了唐末社会的黑暗现实：残酷统治、惨无人道的官吏，不但没有削去官职，反而加官晋爵。诗人用官服的“朱”与百姓的“血”关联比较，愈加鲜明地显示出官吏的残暴和百姓的悲惨，反映出唐末时期尖锐的阶级矛盾，讽刺了不顾百姓死活的封建官吏，表达了对劳动人民的深切同情。

（桂郁文）

社日① ［唐］王驾

鹅湖山下稻粱肥②，豚栅鸡栖半掩扉③。

桑柘影斜春社散[④]，家家扶得醉人归。

作者简介

王驾（851—？），字大用，自号守素先生，河中（今山西永济）人。是晚唐有名的诗人之一，昭宗大顺元年（890）进士，授校书郎，官至礼部员外郎，后弃官归隐。与郑谷、司空图为诗友。司空图在《台丞书》中盛赞其“于诗颇工，于道颇固”，又在《与王驾评诗书》中盛赞其“五言所得，长于思与境偕，乃诗家之所尚者”。《社日》是王驾的一首著名的节令诗，沈德潜在《唐诗别裁》中评此诗时指出：“极村朴中传出太平风景。”

注释

①社日：祭土地神的日子。社，土地神主。古时春秋两次祭祀土地神主，分别叫做“春社”和“秋社”，本诗写的是春社，指春日祈农之祭。②鹅湖山：在江西省铅山县境，山有湖，湖中多荷，故旧名荷湖山。相传晋末有龚氏养鹅于此，遂改名鹅湖山。③豚栅：猪圈。鸡栖：鸡舍。扉：门窗。④柘（zhè）：柘树，落叶灌木或小乔木，叶子可喂蚕。

译文

鹅湖山下的稻粱长得正肥，猪鸡成群半掩着门扉。

天近黄昏人们才离开社日盛会，个个大醉被家人搀扶而归。

简析

这首诗描绘农民在社日这一天的生活情境。第一句写远景，第二句写近景。鹅湖山下，田里的稻粱正长得十分肥茂。山下的人家，猪圈、鸡舍、半掩着的门。这两句诗都写静态景物，透过稻粱、猪鸡，可领略农民节日的喜悦，丰收在望的美景。不写情而情在景中，不写人而人在画中。第三、四句写社日盛会的具体景象。农民一大早就离家集结在这里虔诚地祭祀社神，礼毕后开怀畅饮，天近黄昏，夕阳照在桑树柘树上的影子斜了，人们才高高兴兴地离去。最后一句描绘出一幅热闹欢乐的图景。“家家”言人数之多，“扶”字写酒醉之态，一个“醉”字则虚实并用，既写纵酒而醉意朦胧，又写农民面对农桑丰收在望其心也醉了，此乃“酒不醉人人自醉”。

在艺术上，这首诗的最大特点是“思与境偕”。美是客观存在的，而审美观念或美学理想都总是同人们对生活的理解与愿望相联系的。在这首诗中，诗人按照自己的主观意志和愿望，对所描写的对象进行了精心的选择，由神（主观情绪）确定了形（客观景物），写稻粱，写猪鸡，写桑柘，写醉人，虽只选出一个侧面，而且都是些极平常的事物，却充分地反映了社日的情调和气氛，平中见奇，朴中见巧，情意缠绵，余韵邈远。字里行间，流露了诗人对农村的热爱，对农事的关注，对农民生活十分关心的思想感情，农民的喜与诗人的喜，紧密地融汇一体了。因此可以说，这是一首表现乡村农家生活积极昂扬和自然景物朴实绮丽的好诗，诗中很好地体现了诗人恬静朴实的审美观念和健康的审美情趣。

（唐嗣德）

春夕旅怀 [唐] 崔涂

水流花谢两无情，送尽东风过楚城。
蝴蝶梦中家万里，子规枝上月三更。
故园书动经年绝，华发春唯满镜生。
自是不归归便得，五湖烟景有谁争①？

作者简介

崔涂（生卒年不详），字礼山，浙江人。僖宗光启四年（888）进士，终生漂泊，久在湘、鄂等地做官，自称是“孤独异乡人”。此诗是诗人旅居湘鄂时写的。

注释

①五湖：春秋时越国大夫范蠡的归隐之处。这里诗人指他的家乡浙江桐庐一带的大好山水。

译文

水已流去，花也谢落，都显得这么无情，
送走春光，一直过了楚地。
我像庄周一样做梦，但梦中不是蝴蝶，而是万里之外的家，
醒来但听到杜鹃在枝头凄厉啼叫，月亮当空照，已是三更时分。
故乡的书信，动辄经年都收不到，
花白头发，被那春光催逼着从两鬓生出来。
自己是因在外有所求而不愿回去如果肯回去，也是很方便的，
五湖烟波浩渺的风景有谁与我来争呢？

简析

这首诗情切境深，风格沉郁。诗的前四句通过对暮春之夕特定情景的描绘，景物之间互相映衬、烘托，构成一片凄凉愁惨的气氛。诗中没有直接点出思乡，而一片思乡之情荡漾纸上。后四句直抒心曲，感情真切，凄婉动人。尾联自慰自嘲，墨中藏意，饶有情味。第三、四句使用虚实结合、用典、烘托、映衬手法，表达了作者的思乡之苦以及对自己“华发满镜”而功业无成、心有不甘的慨叹。尾联两句是倒装，反映诗人思想的彷徨矛盾：欲为不能，欲隐不甘。

（肖建辉）

贫女 [唐] 秦韬玉

蓬门未识绮罗香①，拟托良媒益自伤②。

谁爱风流高格调[3]，共怜时世俭梳妆[4]。
敢将十指夸针巧[5]，不把双眉斗画长[6]。
苦恨年年压金线[7]，为他人作嫁衣裳。

作者简介

秦韬玉（生卒年不详），字仲明，一作中明，京兆长安（今陕西西安）人，或云郃阳（今陕西合阳）人。出生于尚武世家，父为左军军将。少有辞藻，工歌吟，却累举不第，后谄附当时有权势的宦官田令孜，充当幕僚，官丞郎，判盐铁。黄巢起义军攻占长安后，他从僖宗入蜀，中和二年（882）特赐进士及第，编入春榜，田令孜又擢其为工部侍郎、神策军判官。时人戏为“巧宦”，后不知所终。其诗皆是七言，构思奇巧，多有佳句，艺术成就很高。《全唐诗》录其诗一卷。

注释

①蓬门：用蓬茅编扎的门，指穷人家。绮罗：华贵的丝织品或丝绸制品。这里指富贵妇女的华丽衣裳。②拟：打算。托良媒：拜托好的媒人。益：更加。③风流高格调：指格调高雅的装扮。风流，指意态娴雅。高格调，很高的品格和情调。④怜：喜欢，欣赏。时世俭梳妆：当时妇女的一种装扮。称“时世妆”，又称“俭妆”。时世，当世，当今。一说此处“俭”作“险”解，俭梳妆意为奇形怪状的打扮。⑤敢：敢于。⑥斗：比，比较，竞赛。⑦苦恨：非常懊恼。压金线：用金线刺绣。“压”，手指按住，刺绣的一种手法，这里泛指刺绣。

译文

贫家女不识得绫罗温香，想托个好媒人更觉悲伤。
谁爱我装扮的高雅格调，都喜欢赶时髦流行俭妆。
敢于夸手艺好针线精巧，不描眉不与人比短比长。
常懊恼我每年辛勤刺绣，都总是替他人作嫁衣裳。

简析

这是一首借描绘贫女形象而抒怀自伤的诗篇。首联，贫女自述家贫。颔联，贫女自表妆容；颈联，贫女自夸才能；尾联，贫女自述苦衷。贫女家境贫寒，生在蓬门，自幼粗布裹身，从未穿过绫罗绸缎的衣裳，待字闺中，也很想有良媒牵线搭桥，早结良缘，但因家贫无人做媒而更加悲伤。贫女装扮不同流俗，格调高雅，却无人喜爱，而那些官宦富家之女，装扮得奇形怪状，穿着异服奇装，却都受到人们的追逐。贫女心灵手巧，针黹（zhǐ）活儿技压群芳，敢在人前夸耀，但她不把涂脂画眉放在心上，也不迎合时俗，不与人争妍斗丽，计短比长。贫女刺绣高人一筹，许多女子出嫁，都让她刺绣嫁衣，可叹可恼的是，她每年刺绣嫁衣，轮不到自己，总是为了他人制作陪嫁衣裳。

这首诗以贫女独白的口吻，塑造了一个出身贫寒，闺中待嫁，心灵手巧，不同流俗，追求理想生活而不得的悲伤苦恨的贫女形象，诗人借此抒发了自己怀才不遇，累举不第的感愤。诗歌语意双关，处处写贫女，实则处处以贫女自喻。语言朴素，明白如话，不用典故，对比鲜明。末句“为他人作嫁衣裳”，寄意深广，具有广泛深刻的内涵、浓厚的生活哲理和普遍的社会意义。诗人不仅借贫女而自叹、自悲、自愤，也道出了天下所有富有才华却被埋没之人的不平之慨和悲哀之怨。

（桂郁文）

垂柳① [唐] 唐彦谦

绊惹春风别有情②，世间谁敢斗轻盈③？
楚王江畔无端种④，饿损纤腰学不成⑤。

作者简介

唐彦谦（生卒年不详），字茂业，号鹿门先生，并州晋阳（今山西太原）人。一说僖宗咸通二年进士，历任节度副使和晋、绛二州刺史。为人才高负气，博学多艺，书画博饮，无不擅长。其近体诗抒情写景，峻切明畅，有魏晋遗风。而近体律绝力避繁缛深曲，写得自然质朴，清浅流转，对偶工整，对北宋西昆体诗人颇有影响。

注释

①垂柳：落叶乔木，枝条柔韧下垂。人们用之形容女子腰肢细软，称之为“柳腰”②绊：牵制，纠缠。惹：招引，撩逗。③斗：比，竞。轻盈：形容姿态轻柔优美。④楚王：指楚灵王，他特别喜欢细腰，宫女们为博取他的欢心而争相减肥瘦身，不吃饭竟白白饿死。此处用楚王暗指唐王。无端种：无缘无故地长在那里，即无心插柳之意。⑤损：伤。纤（xiān）腰：细腰。

译文

纠缠撩逗春风别有一番情韵，人世间谁敢比试苗条体型？
江边的垂柳本是楚王无心栽种，宫女们饿肚细腰终究无成。

简析

以美女和垂柳相比的唐诗众多，而写得如此绝妙的却极少。第一句写垂柳的婀娜多姿，轻盈风流。第二句发问，进一步张扬垂柳的非凡气派。第三、四句由物及人，两相对照，言垂柳是无心栽种而显美，宫女冒死苦学却无济于事。宫女为了取悦楚王而殒身，这一悲剧揭示了贫良女子的无奈和帝王淫乐无度的恶行。全诗措辞委婉，清丽平和，而讽喻尖刻悠远，极有晚唐七绝的风格特点。

（唐嗣德）

早梅[1] [唐] 齐己

万木冻欲折[2]，孤根暖独回[3]。
前村深雪里，昨夜一枝开[4]。
风递幽香出[5]，禽窥素艳来[6]。
明年如应律[7]，先发望春台[8]。

作者简介

齐己（869—937），俗名胡得生，益阳（今湖南益阳）人。唐末著名诗僧，自号衡岳沙门。其诗多为酬唱送别、纪游感怀之作，亦能反映当时社会现实与民间的痛苦生活。诗风清润平淡，高远冷峭。著有诗集《白莲花集》10卷。

注释

①梅：即梅花，冬末春初，残雪尚未消融，梅花便凌寒开放。梅与竹、松、柏被誉为“岁寒四友”。②折：摧折，摧断。③暖独回：最早捕捉住新春的气息。④一枝：一枝独放，即谓“早梅”。⑤递：梅花内蕴芳香，随风轻轻飘散。⑥窥：从隐蔽处细细察看。⑦应律：适应节候，顺应季节变化。⑧望春台：名台。这里代指京城，又有望春的含义。

译文

天寒地冻使许多树枝摧断，唯独梅根触觉到温暖的存在。
那村前白皑皑的冰雪里，昨夜有一枝梅花悄然先开。
迷人的芳香被微风飘溢四方，冻禽惊奇地看着梅花那素雅贞洁的风采。
明年如果也能够应时开放，请一定最先要开向那望春台。

简析

在这首咏物诗中，作者以清丽的语言和含蕴的笔触，刻画了梅花傲雪报春的品性，并以此寄托自己的高尚情操。全诗四联，都紧扣诗题的“早”字，把诗意写足。首联的“孤根独暖”，是“早”；第二联的“一枝开”，是“早”；第三联写冻禽偷看而惊奇，是因为梅花先开之“早”；末联写明年应律而“先发”，还是一个“早”。首尾一贯，联联扣题，在艺术上构成了一个完美的整体，是一首十分成功的咏物诗。

（唐嗣德）

端午 [唐] 文秀

节分端午自谁言[1]，万古传闻为屈原。
堪笑楚江空渺渺[2]，不能洗得直臣冤[3]。

作者简介

文秀（生卒年不详），江南诗僧。昭宗时居长安，为文章供奉。与郑谷、齐己为诗友。《全唐诗》存诗1首。其余存诗甚少。

注释

①自：自从。②楚江：楚国境内的江河，此处指汨罗江。③直臣：正直之臣，此处指屈原。

译文

端午节大概从什么时候开始的？又是为什么而设立的？
只是民间传说，是为了纪念爱国诗人屈原。
眼前一片烟波浩渺，空空荡荡，我轻蔑地笑了，
为什么如此宽阔的大江，就不能为敢于说真话的人洗刷冤屈呢！

简析

每年农历五月初五，是我国传统节日端午节，相传此日为后人纪念屈原，特以粽投江祭祀并划船捞救，遂相沿而成端午节日食粽和龙舟竞渡的风俗。作者这首绝句更提出了一个令人深思的问题：尽管后人百般歌颂、祭祀，像屈原沉江这样的悲剧毕竟发生了，如此冤屈是不能简单地洗刷干净的。这首诗言近意远，言简意深，很有力量。

（肖建辉）

春怨[1] [唐]金昌绪

打起黄莺儿[2]，莫教枝上啼[3]。
啼时惊妾梦[4]，不得到辽西[5]。

作者简介

金昌绪（生卒年不详），约为余杭（今浙江杭州）人，唐代诗人，生平事迹无考。现今仅存诗《春怨》一首，却是好诗，广为流传。

注释

①春怨：一题“伊州歌”。②打起：打得飞走。③莫教：不让。④妾：古代妇女自称。⑤辽西：辽河以西。

译文

打起树上黄莺儿，不让它在树上啼。
啼时声音惊我梦，梦断不能到辽西。

简析

这是一首怀念征人的诗，写一个少妇思念远戍辽西的丈夫。诗中不直说她思念丈夫，也不直说她想梦中与丈夫相会，而是曲尽其意。首句突兀而起，写打莺。按常理常情，黄莺儿是人们非常喜爱的鸟儿，那么她为什么会有这样异乎寻常的举动呢？次句写打莺之由，原来打莺的目的是“莫教枝上啼”。这又怪了，黄莺的啼鸣声是那样的清脆优美，悦耳动听，她为什么不让黄莺在枝头上啼叫呢？第三句写对莺之怒，说明“莫叫啼”的原因是怕惊醒了她的好梦。人们还会禁不住发问：她做的什么好梦呢？末句透露真意，到此才把真正原因道出，原来这痴情的女子怀念远征的丈夫希望梦中相会，偏偏黄莺不断啼鸣，好梦难成，于是迁怒于黄莺。

这首诗表现了闺中少妇思念征戍辽西丈夫的深切情感，蕴含着深刻的内涵，反映了当时兵役制给广大人民带来的深重痛苦。写法上如层层剥笋，最后见笋。语言平易俏皮，写得婉转曲折，蕴含深深情意。

（桂郁文）

白鹿洞[①]（其一） [唐] 王贞白

读书不觉已春深，一寸光阴一寸金。
不是道人来引笑，周情孔思正追寻[②]。

作者简介

王贞白（875—？），字有道，号灵溪。信州永丰（今江西广丰）人。唐末著名诗人。昭宗乾宁二年（895）登进士，七年后授职校书郎。在登第授职之间的七年中，他随军出塞抵御外敌，写下了许多边塞诗，有不少反映边塞生活，激励士气的佳作。后以世知己而不仕，归隐后，曾在西山（今广丰中学内）建“山斋”，传道授业，常与罗隐、方干、贯休等名士同游唱和，所作诗三百首及赋文等，为《灵溪集》，共七卷。

注释

①白鹿洞：即指白鹿洞书院，位于九江庐山五老峰下，是中国古代最早建立的书院之一。诗人曾在此读书求学。②周情孔思：指周公礼法、孔子儒学，诗中乃泛指经史之学。

译文

专心读书，不知不觉春天过完了，
每一寸时间就像一寸黄金一样珍贵。
若不是被来往行人赞赏的逗笑打断了思绪，
我正在深入钻研周公孔子的精义、教导呢。

简析

这是一首写诗人自己读书生活的诗，也是一首惜时诗。首句叙事。“读书不觉已春深”，言自己专心读书，不知不觉中春天又快过完了。从这句诗中可以看出，诗人读书入神，每天都过得紧张而充实，全然忘记了时间。次句写诗人的感悟。“一寸光阴一寸金”，寸阴，指极短的时间，这里以金子喻光阴，谓时间宝贵，应该珍惜。第三、四句叙事，言诗人读书之专心致志，非同寻常。这不，道人到来之时，诗人正在深入钻研周公孔子的精义、教导呢。从诗人的读书生活看，诗人是惜时如金、潜心求知的人。后人应当从中受到启发和教育，知识是靠时间积累起来的，为充实和丰富自己，应十分珍惜时间才是。

（彭双宝）

劝少年 [唐] 杜秋娘

劝君莫惜金缕衣①，劝君须惜少年时②。
花开堪折直须折③，莫待无花空折枝④！。

作者简介

杜秋娘（生卒年不详），金陵（今江苏南京）人。年十五为李锜（唐宗室，官至湖、杭二州刺史）妾，后锜叛灭，籍之入宫，有宠于宪宗。穆宗即位，命杜秋娘为皇子傅母。皇子壮，封漳王，因罪废削，秋娘获赐归故里。

注释

①君：您。莫惜：不要贪爱。金缕衣：织有金线的华丽衣服，比喻富贵。②须惜：应该珍惜。③堪：可以，能。直须：就应当。④莫待：莫等到。空折枝：白白地折了无花朵的树枝。

译文

劝您不要贪爱“金缕衣”这种华丽服饰，劝您应该珍惜自己宝贵的青春时期。
如果花开可以摘了就及时采摘，不要等到花落了才去折一根光杆枝。

简析

这首诗以十分诚恳而委婉的语气，劝勉青少年要爱惜光阴，紧紧把握十分宝贵的“少年时”。一个人处事要主动果断，凡应该要做的事就必须全身心投入，不要错过大好时光。全诗用花和金缕衣作喻，将“金缕衣”与“少年时”“花开”与“无花”进行对比，极为生动形象，把道理说得明白透彻。好花不常开，青春不常在。青少年应该珍惜分分秒秒，用丰富的知识充实自己才是最重要的。

（唐嗣德）

题龙阳县青草湖[1] ［唐］唐温如

西风吹老洞庭波[2]，一夜湘君白发多[3]。
醉后不知天在水[4]，满船清梦压星河[5]。

作者简介

唐温如（生卒年不详），约生活在晚唐，出生地及生平事迹无考。《全唐诗》存其诗一首，此诗是他唯一的传世之作。另据元代赖良《大雅集》和清代钱谦益《列朝诗集》考证：唐温如，名珙，字温如，会稽（今浙江绍兴）人，为元末明初诗人。姑存于此，聊备一说。

注释

①龙阳县：今湖南汉寿县。青草湖：《初学记》载："青草湖，一名洞庭湖。"并引《荆州记》："因青草山为名"。②西风：指秋风。老：状洞庭秋色之词，寓含着作者的衰颓之意和迟暮之感。③湘君：古代神话中湘水的神。战国诗人屈原的《九歌》里有"湘君"，又有"湘夫人"，二者是神话中保护湘水的夫妻。旧说大都以"湘君"为舜，"湘夫人"为舜之二妃，是因为传说舜亡于苍梧，而附会成说。前人还有说"湘君"和"湘夫人"即舜之二妃，不少学者指出，把"湘君"看成女性，更为无稽之谈。④天在水：蓝天映在水中。杜甫《小寒食舟中作》："春水船如天上坐，老年花似雾中看"。本诗则进一步作了具象描绘，"天在水"，谓平静清澈的湖面映照出整个星空。⑤清梦：甜蜜的梦。星河：天上的银河。

译文

秋风飒飒，吹老了洞庭的层层碧波。
一夜之间，湘君头上的白发增添了许多。
酒醉如泥，不知道湛蓝的天空映在水中。
美梦迷蒙，船在天上压住了群星闪耀的银河。

简析

这首诗写秋思，把洞庭秋色、洞庭传说和诗人的情愫紧密地结合在一起，构成一个奇丽美妙的境界。前两句写洞庭秋景，运用夸张手法并以虚幻的神话隐隐传递出悲秋之情。后两句写酒醉后的梦境，似梦非梦，记梦而切合实境，并兼及感情，有暗中传神之妙。

这首诗充满着浪漫主义色彩，笔调轻灵，蕴含丰富，读来余韵袅袅，饶有情趣。诗境之缥缈奇幻，构思之新颖独特，运笔之出神入化，都为前人诗作所少见。

（刘艳敏）

晚次湘源县[1] [五代] 张泌

烟郭遥闻向晚鸡[2]，水平舟静浪声齐。
高林带雨杨梅熟[3]，曲岸笼云谢豹啼[4]。
二女庙荒汀树老[5]，九疑山碧楚天低[6]。
湘南自古多离怨，莫动哀吟易惨凄[7]。

作者简介

张泌（生卒年不详），字子澄，南阳郡泌阳县人，唐末时曾登进士第。他的诗词小说绝大多数作于唐末，以写两湖一带风物作品较多，风格介乎温庭筠、韦庄之间而倾向于韦庄。

注释

①湘源县：隋文帝开皇九年（589），废零陵、营阳二郡置永州府，同时改原零陵县为湘源县，改原泉陵县为零陵县。唐代永州辖零陵、祁阳、湘源、灌阳四县，湘源县相当于今广西全州和资源县的一部分，湘江最上游过其境。湘源，取湘江源头之义。②烟郭：烟雾弥漫的城郭。郭，外城。向晚：天将傍晚。此句用了陶渊明《归园田居》“依依墟里烟”、“鸡鸣桑树颠”的意境。③杨梅：常绿乔木，生于温暖之地，高二丈许，果实紫红色，球状有许多颗粒突起，味酸甜，可食用。④笼云：被云雾所笼罩。谢豹：鸟名，即杜宇、杜鹃。《老学庵笔记》：“吴人谓杜宇曰谢豹。”顾况《送大理张卿》：“白沙洲上江蓠长，绿树村边谢豹啼。”⑤女庙：即娥皇、女英二妃庙。此庙建于湘源县湘水边，柳宗元写有《湘源二妃庙碑》，文中说：“渊懿承圣，舜妻尧女。德形妫汭，神位湘浒。”汀树：水边平地上的树木。⑥九疑山：即九嶷山，在今湖南省宁远县南。“盘基苍梧之野，峰秀数郡之间”（《水经·湘水注》），相传舜葬于此。碧：青绿色。楚天：古代长江中下游一带属楚国，称为荆蛮。五代时的楚国，辖湖南和广西东部，故以楚天泛指南方的天空。此句是柳宗元《溪居》“往来不逢人，长歌楚天碧”的化用。⑦惨凄：凄惨，凄楚悲伤。

译文

烟雾弥漫城郭遥闻鸡声唱晚，
扁舟横江湘水徐行波澜不惊。
阴雨连绵深林中的杨梅渐渐成熟，
曲折的河岸白云紧锁杜鹃啼鸣。
二妃庙早已残破树木也纷纷衰老，
长天低垂唯有九嶷山上斑竹青青。
此地自古以来就多离愁怨恨，
为减少忧伤千万别吟哦哀音。

简析

每年春末夏初，江南一带有较长的阴雨天气，正值杨梅成熟之时，故称梅雨季节。这首诗写作者的所见所闻所感，前三联以轻笔淡墨，描绘湘南梅雨季节的水光山色，句句含情带意，流转自然。并着意凸显二女庙和九嶷山这两个特写镜头，让读者再次回味那古老、美丽而动人的传说。二女，传说指尧的两女娥皇和女英，是舜的妻子，死后成为湘水之神。《汉书·楚元王传》："舜葬苍梧，二妃不从。"九嶷山上多斑竹，世称湘妃竹。任昉《述异记》："舜南巡不返，殁葬于苍梧之野，尧之二女娥皇女英追之不及，相思恸哭，泪下沾竹，文悉为之斑斑然。"这些传说定下了全诗的情感基调，乃孔子诗"可以怨"（《论语·阳货》）之谓也。末联紧承前脉，直抒胸臆，在吊古览胜中寄寓着强烈的伤时叹世之感慨。

（唐嗣德）

寄人 [五代] 张泌

别梦依依到谢家①，小廊回合曲阑斜②。
多情只有春庭月③，犹为离人照落花④。

注释

①依依：隐约，好像。谢家：谢娘家或谢娥家的缩语。谢娘、谢娥皆唐代的名妓，唐诗词中常用，后因以谢娘、谢娥代意中人。②小廊：小小的过道。回合：回环交错。言小小的过道曲折回环。③多情：谓情感丰富。④落花：凋落的花瓣。

译文

别后做梦又好像到了谢家，狭小的过道曲折回环阑干横斜。
多情唯有那春天庭院上那轮明月，仍然在为我照着遍地的落花。

简析

这首寄给情人的小诗，语短情长，缠绵悱恻，凄婉动人。前两句写梦境，可谓工于发端，幽艳生香。因思念至极而梦绕魂牵，这在古诗词中几乎已成惯例。写梦境中的物象，特地挑选小廊回合、阑干横斜这些典型景物，极具写生之妙，活画出男女欢聚时如胶似漆的浓情蜜意。在小廊上携手，窃窃私语；倚着阑干并肩，心身相连；庭院中双双拜月，愿两情天长地久。运缥缈之思，生凄艳之情，不落凡俗。后两句写实景，美梦初醒，见物思人，低回欲绝。庭院上空那轮多情的明月，不朗照林间的双蝶，偏照着飘零的落花。如此运笔，把离愁别恨之情，把忠爱缠绵之意，表达得淋漓尽致，具有更加动人的艺术效果。

（唐嗣德）

述亡国诗 [五代]花蕊夫人

君王城上竖降旗[①]，妾在深宫那得知[②]？
十四万人齐解甲[③]，更无一个是男儿[④]！

作者简介

花蕊夫人（生卒年不详），姓徐，一说姓费，青城（今四川灌县西）人，后蜀主孟昶之妃。孟昶降宋后，被掳入宋宫，为太祖所宠。

注释

①君王：指后蜀的国君孟昶。②妾：这里是谦辞，旧时女人自称。③解甲：解除武装，指投降。甲，铠甲。④更无：一作“宁无”。

译文

君王在城楼上竖起了白旗，我在深宫里哪里能够得知？
十四万将士都解除了武装，更没有一人称得上是男儿。

简析

这是一首述说后蜀亡国的诗。后蜀亡国后，孟昶的宠妃徐氏被掳入宋。宋太祖赵匡胤久闻其诗名，召她陈诗，徐氏诵此诗“述亡国之由”，岂料，竟获得了宋太祖的赞赏。

首句直述亡国之事。作为亡国之君的宠妃，此时面对灭国者宋代皇帝，仍称前朝之君为“君王”，表现了徐氏的不卑不怯。“竖降旗”，则有一种屈辱之感。次句述说自己在国难临头时的情形，表现其复杂的内心活动，仿佛有申辩之意，又似有廉耻之心。国之灭亡，实在不能怪罪于女子，这是对历来的所谓“女祸亡国”的申辩。因“不知”而被掳，尚有羞耻之心，而那些男儿又如何呢？第三句，写投降场面。“十四万人齐解甲”，何等屈辱，何等怯懦。这里与首句相呼应，“竖降旗”，表现了国君误国无能，“齐解甲”，则表现文臣武将的无谋无勇。末句，运用反语斥责了蜀主的无能，又嘲笑了文武群臣甘当俘虏的丑态。史载，当时破蜀宋军仅数万人，而后蜀则有“十四万人”之众，但后蜀君臣毫无斗志，闻风丧胆，于是上演了一幕众降于寡的历史丑剧。

这首诗表现了作者对亡国的沉痛和对误国者痛切之情，表达了作者不忘故国的爱国之情和羞愤之心。

（桂郁文）

春残 [五代]翁宏

又是春残也，如何出翠帏[①]。

落花人独立，微雨燕双飞②。
寓目魂将断③，经年梦亦非④。
那堪向愁夕，萧飒暮蝉辉⑤。

作者简介

翁宏（生卒年不详），字大举，桂州（今广西桂林）人。不仕，工诗，与当时的逸士廖融为诗友，其诗多抒发自己壮志未酬、悲苦抑郁之情，如“壮士潜消尽，淳风竟未还。”（见《送廖融处士南游》）诗风沉郁悲凉，凄切动人。

注释

①如何：怎么，有不堪的意思。翠帷：绿色的门帘，华美的门帘。②此二句被谭献在《谭评词辨》卷一中誉为“名句千古，不能有二”。句中的“人”与“燕”对举，“独立”与“双飞”对比，以烘托少女的孤独凄凉之感。宋代晏几道名篇《临江仙》创造性地借用了翁宏这两句诗写道：“梦后楼台高锁，酒醒帘幕低垂。去年春恨却来时。落花人独立，微雨燕双飞。记得小蘋初见，两重心字罗衣。琵琶弦上说相思。当时明月在，曾照彩云归。”这两句恰恰是全词的主脑和精华所在。③寓目：谓眼睛看到。④经年：一年又一年，经历很长时间。⑤萧飒：寂寥凄凉样子。

译文

芳龄少女，又面对暮春的季节。
走出闺房，离情悠悠苦不堪言。
落花纷纷，她独自站在庭院内。
微雨蒙蒙，一对娇燕双飞并肩。
此景此情，实在令人愁肠寸断。
经年累月，做个美梦也无法实现。
夕阳西下，不胜迷茫忧愁填膺。
孑然一身，萦绕耳际的是凄凉的暮蝉。

简析

这是一首少女怀春的诗，诗中有绝妙佳句，故流传古今。首句点题，起得突兀，着一个“又”字和一个“也”字，两个虚词连用，强化了少女的哀怨之情，并笼盖全篇，这写法上可算创意出新。离愁别恨折磨着她，她不愿看到“春残”的景物，可在庭院中看到“落花人独立，微雨燕双飞”的景象，顿时想起自己命薄如花，容易凋谢；人不如燕，未能双飞。这就把内心愁苦之情推到了极点。接着由写景转到抒情，过渡十分自然。“寓目”落花和飞燕而使之魂断，既然无双聚之望，做一个会晤的美梦也难圆啊，这就使得她更加忧思难解。然而最使她难堪的是那黯淡的夜色和凄清的蝉声，因而愁上加愁了。

全诗写“春残”之景。花、雨、人、燕、夕、蝉，都是纯粹的“景语”。但诗人运用多种修辞手法，融情于景，以景衬情，巧妙地将“景语”幻化成“情语”，十分自然地组构成一幅和谐统一的人物写意画，并且层层递进，把少女忧思难解的复杂内心世界有层次地和盘托出。这首诗写景含情带意，抒情委婉含蓄，别有一番韵致。

（刘艳敏）

秋宿湘江遇雨[1] [五代] 谭用之

湘上阴云锁梦魂[2]，江边深夜舞刘琨[3]。
秋风万里芙蓉园[4]，暮雨千家薜荔衬[5]。
乡思不堪悲橘柚[6]，旅游谁肯重王孙[7]。
渔人相见不想问[8]，长笛一声归岛门。

作者简介

谭用之（生卒年不详），唐末五代时人，字藏用，出生地及生平事迹无考。善为诗而官达。《新唐书·艺文志》录其诗一卷，《全唐诗》亦录其诗一卷，以七言律诗著称，语言工丽，刻画细腻。其诗多为写景抒情、酬赠送别、纪游感怀之作。“秋风万里芙蓉园，暮雨千家薜荔衬”，活脱出一幅生动的图画，是为人传诵的写景名句。

注释

①湘江：湖南境内的四大水系之一，流经永州、衡阳、株洲、长沙、岳阳而入洞庭。②湘上：湘江上空。③舞刘琨：出自“闻鸡起舞”典，《晋书·祖逖传》：“（逖）与司空刘琨，俱为司州主簿，情好绸缪，共被同寝。中夜，闻荒鸡鸣，蹴琨觉曰：‘此非恶声也。’因起舞。”后因比喻爱国志士的奋发之情。刘琨，西晋人。④芙蓉国：指湖南，盖源于此诗。芙蓉：此指木莲，亦叫木芙蓉、地芙蓉，其花八九月始开，经霜不落，故亦名拒霜。是湘江沿岸、湖南境内常见的植物。⑤薜荔村：薜荔丛生的村落。薜荔，是一种蔓生的常绿草本植物，可以缘墙而生，南方人家多用以装饰和保护墙壁。柳宗元《登柳州城墙寄漳汀封连四州刺史》：“惊风乱飐（zhǎn）芙蓉水，密雨斜侵薜荔墙。”⑥橘柚：是南方的特产，湖南的产量尤多，其味甘美，相传“逾淮北而为枳”，枳则味酸，故《淮南子》说“橘柚有乡”。⑦重王孙：重视怀才不遇的隐士。《楚辞·招隐士》：“王孙游不归，春草生兮萋萋。”“王孙兮归来，山中兮不可以久留。”是以王孙喻隐士，这里是诗人自比。⑧“渔人”句：暗指屈原被流放，尚有渔人问话，自己则无人过问。《楚辞·渔父》：“屈原既放，游于江潭，行吟泽畔，颜色憔悴，形容枯槁，渔父见而问之曰：‘子非三闾大夫与？何故至于斯？’”此暗用其事。

译文

湘江上空阴云笼罩，使我心情郁闷，
暮雨将临投宿江边，深夜想起少有壮志的刘琨。
秋风伴着秋雨阵阵吹来，万里芙蓉花摇曳生姿，
雨水把大地冲洗得一尘不染，千村的薜荔枝叶苍翠可人。

风雨交加乡思难耐，看见橘柚更加令人悲叹，
羁旅异地他乡有如弃子，没有谁来过问一下王孙。
就是打鱼的人和我相见，也不与我说一句话，
他自管吹着长笛，悠然自得地走进小岛的家门。

简析

这首七律，诗人以沉郁的笔触，工丽的辞藻，抒发了浪迹江湖、漂泊他乡的羁旅之感，情景交融，意境开阔。首联点题，以“梦魂”隐“宿”，以“阴云”藏“雨”，不直接明写，技高一筹。而“深夜舞刘琨”一语，格调高昂，表现了干时济世的雄心壮志。颔联运用夸张，顺手拈出湖南的典型产物——芙蓉和薜荔，并以“万里”“千家”进行渲染，勾画出一幅壮阔而又清丽的山水画。颈联直抒胸臆，以“悲橘柚”嗟叹生不逢时，命途多舛，以“重王孙”寓报国无门、知音难觅的苦闷。尾联以景结情，意在言外。屈原流放，还有渔父与之对话，而诗人羁旅他乡，连渔人也“相见不想问”了。以此终篇，诗人的慷慨不平之气达到了顶点。

（刘艳敏）

七夕 ［宋］杨朴

未会牵牛意若何①，须邀织女弄金梭②。
年年乞与人间巧③，不道人间巧已多④。

作者简介

杨朴（921—1003），字契元（一作玄或先），自号东里野民，世居新郑东里（郑韩故城内）。好学，善诗，天性恬淡孤僻，不愿做官，终生隐居农村。朴所作诗俊逸潇洒，语言质朴精炼，多描写自然景色和农村隐居生活。著有《东里集》。《全宋诗》录存其诗六首。

注释

①牵牛：星名，在银河之西，俗称牛郎。大概以李牛三星像牛头角、感之形，名之牵牛。若何：怎么样。②“织女”句：织女，在银河东，织女四星像梭形，名之织女。织女传说为天帝之女，又叫她天孙，会纺织，韩愈诗“天孙为织云锦裳”。传说天孙同牛郎结婚，婚后被罚，分居银河两岸，只许每年七月七日由喜鹊给他们架桥，使他们相会一次。金梭，梭子的美称。③“年年”句：因织女会纺织，古代女子便于七夕焚香陈瓜果，祝贺她夫妇聚合，又向她乞“巧”，民间有穿七孔针之戏。乞与，赐给。④不道：没有料到。

译文

在未曾相会时，牵牛星的心意不知怎样，
须要邀请织女星来弄那织锦的金梭子。

年年赐给人间许多巧，
却不知道人间的巧事到底有多少。

简析

神话中农历七月七日，牛郎织女此夜将有一年一度的相会。旧俗在这天晚上，妇女们对空摆上织物，向织女乞求智慧机巧，称为“乞巧”。这首诗前两句写乞巧。后两句就乞巧借题发挥，写织女每年赐给人间技巧，而不知人间的巧诈已经很多。诗作通过咏七夕的乞巧而讽刺人间尔虞我诈的丑恶现象。诗中作者的愤世嫉俗之情表现得恰当、巧妙、深刻，语言简练朴实，诗思凝重洗练，富有趣味。

（桂金菊）

村行 [宋] 王禹偁

马穿山径菊初黄，信马悠悠野兴长[①]。
万壑有声含晚籁[②]，数峰无语立斜阳。
棠梨叶落胭脂色[③]，荞麦花开白雪香[④]。
何事吟余忽惆怅？村桥原树似吾乡[⑤]！

作者简介

王禹偁（chēng）（954—1001），诗人、散文家。字元之，济州钜野（今山东巨野）人。太宗太平兴国八年进士，因敢于直言讽谏屡受贬谪。后贬至黄州，故世称王黄州。王禹偁为北宋诗文革新运动的先驱，文学韩愈、柳宗元，诗崇杜甫、白居易，多反映社会现实，风格清新平易。

注释

①信马：骑着马随意行走。野兴，指陶醉于山林美景，怡然自得的乐趣。②籁：指秋声。籁，大自然的声响。③棠梨：杜梨，又名白梨、白棠。落叶乔木，木质优良，叶含红色。④荞麦：一年生草本植物，秋季开白色小花。⑤原树：原野上的树。

译文

马儿穿行在山路上菊花已微黄，
任由马匹自由地行走兴致悠长。
千万的山谷回荡着声响静听夜，
看数座山峰在夕阳下默默无语。
棠梨的落叶红得好似胭脂一般，
香气扑鼻的荞麦花啊洁白如雪。
是什么让我在吟诗时忽觉惆怅，

原来乡村小桥像极了我的家乡！

简析

《村行》是北宋王禹偁即景抒情小诗中的代表作之一。本诗以村行为线索，以多彩之笔逼真地描绘了山野迷人的景色，以含蓄的诗语真切地抒发了诗人拳拳思乡之情。诗中写景与抒情相结合，是一首风物如画的秋景诗，也是一支宛转动人的思乡曲。

（肖建辉）

咏华山 [宋] 寇准

只有天在上，更无山与齐①。
举头红日近，回首白云低②。

作者简介

寇准（961—1023），政治家，诗人。字平仲，华州下邽（今陕西渭南）人。太宗太平兴国进士。淳化五年（994）为参知政事，其政治才能深得宋太宗赏识。后因刚直不阿，被排斥出朝廷。真宗即位后，召寇准回朝。景德元年（1004）拜相，时值辽兵进攻，他力排众议，坚决主张抵抗，反对南迁，促使真宗往澶州督战，与辽订立澶渊之盟。后因受王钦若的挑拨，渐失宋真宗的信任。司户。死于雷州（今广东海康）贬所。著有《寇莱公集》《寇忠愍公集》。

注释

①齐：平齐，即一般高，一样高。②回首：回头，低头看。

译文

站在华山顶山，只有蓝天在我们的头顶，
没有哪座山能与华山一样高一样齐的。
抬头看去，看到太阳离我们那么近，
回过头看，一朵朵白云低低的飘在山腰间。

简析

开篇“只有”极写华山巍峨高耸之非常，再比华山高的就只有那蓝天了；“更无”说明华山是唯一最高的山峰，再没有任何一座山峰能与之平起平坐。后两句的“红日”后之“近”字，“白云”后之“低”字，都极有力地衬托了华山的高耸与陡峭。全诗写华山的高峻陡峭，气势不凡，显得贴合山势，准确传神，应该说是难能可贵了。

（彭双宝）

书河上亭壁[1] ［宋］寇准

岸阔樯稀波渺茫[2]，独凭危槛思何长[3]。
萧萧远树疏林外[4]，一半秋山带夕阳[5]。

注释

①书：写。②樯：桅杆，代指帆船。渺茫：模糊不清。③凭：靠着。危槛：高高亭子上的栏杆。思：思绪。何：多么。长：悠远。④萧萧：形容风吹落叶的声音。疏林：稀疏的树林。⑤带：这里作“映照”解。

译文

宽阔的河面上几点帆影水波迷茫，
凭栏远眺引起了悠长无尽的遐想。
秋风萧萧草木凋零远处树林寥落，
唯见秋山披带着夕阳的浓艳盛装。

简析

这首诗写深秋傍晚的景色：河岸、帆船、水波、远树、疏林、秋山、夕阳。秋水秋山，形象鲜明，耐人玩味。诗人写这首诗正在被贬谪期间，作为刚毅的政治家他并不看重个人的升沉际遇，所以在诗行中一洗悲酸之容，而表现出一种轻松振奋的精神状态，并且把读者也带进这种积极的风景描绘的观赏之中。这一精巧命意，使写景与抒情、清新与凝重达到了高度的统一。

（唐嗣德）

山园小梅[1] ［宋］林逋

众芳摇落独暄妍[2]，占尽风情向小园[3]。
疏影横斜水清浅[4]，暗香浮动月黄昏[5]。
霜禽欲下先偷眼[6]，粉蝶如知合断魂[7]。
幸有微吟可相狎[8]，不须檀板共金樽[9]。

作者简介

林逋（967—1028），字君复，钱塘（今浙江杭州）人，后人称为和靖先生。北宋初年的名士，属山林派诗人。他一生不愿为官，亦未婚娶，隐居在杭州西湖的孤山上，过着种梅养鹤的闲适生活。存诗近300首，诗风自然淡远，以五律见长，多写隐逸生活和情趣，士大夫及文人学士都争相与其交游，与范仲淹、梅尧臣常有诗歌酬唱。

注释

①小梅：梅花。②众芳：百花。摇落：枝叶凋零。暄妍：繁盛而艳丽。③占尽：独占。风情：风采，指美丽的景色。④疏影：稀疏的影子。梅花初开时，有花无叶，疏落有致。⑤暗香：指梅花特有的清淡香气。浮动：形容香气四处飘散。⑥霜禽：冬天的禽鸟。偷眼：偷看，窥视。⑦粉蝶：白色的蝴蝶。如知：假如知道。合：应，该。断魂：销魂，形容哀伤。⑧：微吟：轻声吟诵诗句。相狎（xiá）：互相亲近。⑨檀板：用檀木制成的拍板，在演奏乐曲时打拍子用。金樽：精美的酒杯。

译文

百花凋零唯独梅花开得繁盛，它占尽小园的所有美丽风景。
枝条疏朗倩影映在水中，清淡的芳香伴着月色迎来了黄昏。
禽鸟震惊不已想飞下来偷看，白蝴蝶假如知道定会销魂。
同梅花轻吟漫唱自得其乐，檀板金樽与我实在没有缘分。

简析

这首诗被誉为古代咏梅的绝唱，南宋王十朋评论道："暗香和月入佳句，压尽今古无诗才！"作者以清新淡雅的色彩，形象地画出了一幅疏落俏丽的梅花图。尤其是"疏影横斜水清浅，暗香浮动月黄昏"二句，简直把梅花的气质风韵和盘托出："疏影""暗香"既写出了梅花稀疏的特点，又写出了它的清幽的芬芳。"横斜"状其姿态，"浮动"传其神韵。再加上黄昏月下、清澈水边的环境烘托，梅花的独特个性栩栩如生，确实令人陶醉。所以这两句诗非同凡响，一直为后人所称颂。

（唐嗣德）

江上渔者[1] [宋] 范仲淹

江上往来人，但爱鲈鱼美[2]。
君看一叶舟[3]，出没风波里[4]。

作者简介

范仲淹（989—1052），北宋名臣，政治家，军事家，文学家，思想家。字希文，死后谥号文正，史称范文正公，祖籍邠州（今陕西省彬县）。有敢言之名，曾多次上书批评当时的宰相，因而三次被贬。幼年丧父，对下层人民的痛苦感受较深。有《范文正公集》传世。

注释

①渔者：捕鱼的人。②但：只。爱：喜欢。鲈鱼：一种头大口大、体扁鳞细、背青腹白、味道鲜美的鱼。③君：你。一叶舟：像漂浮在水上的一片树叶似的小船。④出没：若

隐若现。指一会儿看得见，一会儿看不见。风波：波浪。

译文

江上来来往往的人，只喜爱鲈鱼的味道鲜美。

看看那些可怜的打鱼人吧，正驾着小船在大风大浪里飘摇不定。

简析

这首语言朴实、形象生动、对比强烈、耐人寻味的小诗，反映了渔民劳作的艰辛，唤起人们对民生疾苦的注意。首句写江岸上人来人往，十分热闹。次句写岸上人的心态，揭示"往来"的原因。后二句牵过的视线，指示出风浪中忽隐忽现的捕鱼小船，注意捕鱼的情景。鲈鱼虽味美，捕捉却艰辛，表达出诗人对渔人疾苦的同情，深含对"但爱鲈鱼美"的岸上人的规劝。"江上"和"风波"两种环境，"往来人"和"一叶舟"两种情态、"往来"和"出没"两种动态强烈对比，显示出全诗旨在所在。

（刘艳敏）

寓意[1] ［宋］晏殊

油壁香车不再逢[2]，峡云无迹任西东[3]。
梨花院落溶溶月[4]，柳絮池塘淡淡风[5]。
几日寂寥伤酒后[6]，一番萧索禁烟中[7]。
鱼书欲寄何由达[8]，水远山长处处同[9]。

作者简介

晏殊（991—1055），著名文学家、政治家，字同叔，抚州临川人。十四岁以神童入试，赐同进士出身，命为秘书省正字，官至右谏议大夫、集贤殿学士、同平章事兼枢密使、礼部刑部尚书、观文殿大学士知永兴军、兵部尚书。仁宗至和二年（1055）病逝于京中，封临淄公，谥号元献，世称晏元献。晏殊以词著于文坛，尤擅小令，风格含蓄婉丽，与其子晏几道，被称为"大晏"和"小晏"，又与欧阳修并称"晏欧"。亦工诗善文。存世有《珠玉词》《晏元献遗文》《类要》残本。

注释

①寓意：有所寄托，但在诗题上又不明白说出。这类诗题多用于写爱情的诗。②油壁香车：古代妇女所坐的车子，因车厢涂刷了油漆而得名。这里指代女子。③峡云：巫山峡谷上的云彩。宋玉《高唐赋》记有巫山神女，与楚王相会，说自己住在巫山南，"旦为朝云，暮为行雨"。后常以巫峡云雨指男女爱情。④溶溶：月光似水一般地流动。⑤淡淡：轻微的意思。⑥伤酒：饮酒过量导致身体不舒服。⑦萧索：缺乏生机。禁烟：在清明前一天或二天为寒食节，旧俗在那天禁火，吃冷食。⑧鱼书：古乐府有"客从远方来，遗我双

鲤鱼。呼儿烹鲤鱼，中有尺素书”句，后因以“鱼书”指书信。⑨何由达：即无法寄达。水远山长：形容天各一方，重重阻隔。

译文

坐在油壁香车里的美丽女子再也见不到了，
她就像巫山峡谷上的云彩行踪不定。
院落里，梨花沐浴在如水一般的月光之中，
池塘边，阵阵微风吹来，柳絮在空中飞舞。
这几天寂寞得很，喝多了酒伤了身体，
又是寒食禁烟日，更感到眼前景象一片萧索。
我写好一封信想寄给她，但不知如何才能送到？
你看水这般远，山这般长，到处都是高山远水阻隔！

简析

《寓意》是北宋诗人晏殊创作的一首抒写别后相思恋情的七言律诗。首联追叙离别时的情景，美人如巫山之云，来去无踪，重逢难再，怎不令作者怅惘。开篇写得玲珑、清新、流丽。颔联回忆当年花前月下的美好生活。“梨花院落”“柳絮池塘”，这两句互文见义：院子里、池塘边，梨花和柳絮都沐浴在如水的月光之中。诗人相思入骨，感时伤别，借景寄情。这里展现的似乎是实景，又仿佛是一个幻觉，诗人以神取景，神余象外。颈联叙述自己寂寥萧索的处境，揭示伊人离去之后的苦况。“伤酒”两字，可见诗人颓唐、沮丧的形象。眼前又是寒食禁烟之际，更添萧索之感。末联宕开一笔，表达对所恋之人的刻苦相思之情，由设问自答作结，深化了主题。“水远山长处处同”一句，乃斩钉截铁之语，摆在诗人面前是永远冲不破的障碍，沉痛哀怨，情长怨深。这首诗清而不丽，也没有堆砌典故，所以呈现出一派淡雅与疏宕。

（桂金菊）

陶者[1] [宋] 梅尧臣

陶尽门前土[2]，屋上无片瓦[3]。
十指不沾泥，鳞鳞居大厦[4]。

作者简介

梅尧臣（1002—1060），字圣俞，宣州宣城（今属安徽）人，世称宛陵先生。少时应进士不第，历任州县官属。仁宗皇祐年间赐进士出身，授国子监直讲，官至尚书都官员外郎。曾预修《唐书》。诗风古淡，对宋代诗风的转变影响很大，与欧阳修同为北宋前期诗文革新运动领袖。有《宛陵先生文集》，又曾注释《孙子》。

注释

①陶者：烧制陶器的人。这里指烧瓦工人。②陶：同“掏”，指挖土烧瓦。③无片瓦：没有一片瓦。④鳞鳞：形容屋瓦如鱼鳞般整齐排列。大厦：高大的屋子。

译文

烧瓦工人成天挖呀挖，门前的土都挖光了，
可自家屋上却没有一片瓦。
那些富贵人家，十指连泥也不碰一下，
却住在铺满瓦片的高楼大厦。

简析

《陶者》属于反映社会现实和民生疾苦的作品。首二句以陶者“陶尽门前土”与“屋上无片瓦”相对比，付出如彼，所得如此，人间之不公尽在其中。后二句以居者“十指不沾泥”与“鳞鳞居大厦”对比，付出如彼，所得如此，人间之不公可想而知。前二句以对比道出，后二句亦以对比道出，前二句与后二句更以对比鲜明令人惊叹。《陶者》一诗正以这种环环相扣的对比，道出了人世间的不公平，表达了对弱者的同情，风格古朴平淡。

（刘艳敏）

鲁山山行[1] [宋] 梅尧臣

适与野情惬[2]，千山高复低。
好峰随处改[3]，幽径独行迷[4]。
霜落熊升树[5]，林空鹿饮溪。
人家在何许[6]，云外一声鸡[7]。

注释

①鲁山：一名露山，在河南省鲁山县东北，接近襄城县境。②适：恰好。野情：喜爱山野之情。惬（qiè）：心满意足。③随处改：（山峰）随观看的角度的变化而变化。④幽径：小路。⑤熊升树：熊爬上树。一作大熊星座升上树梢。⑥何许：哪里。⑦云外：形容遥远。一声鸡：暗示有人家。

译文

恰恰和我爱好山野风光的情趣相合，千万条山路崎岖时高时低。
（山峰）随着观看角度的变化而变化，幽深小路令我孤独迷路。
傍晚，霜叶落下，熊爬上树；树林清静，鹿悠闲地在溪边饮水。
人家都在哪里？云外传来一声鸡叫，暗示着很远处有人家。

简析

《鲁山山行》是梅尧臣创作的一首五言律诗。这首诗语言朴素，描写了诗人深秋时节，林空之时，在鲁山中旅行时所见的种种景象。其中情因景生，景随情移，以典型的景物表达了诗人的“野情”，其兴致之高，为大自然所陶醉之情表露无遗。用语朴素淡雅，意境疏落，饶有情趣，韵味悠远。

（谭静）

戏答元珍[1] [宋] 欧阳修

春风疑不到天涯[2]，二月山城未见花[3]。
残雪压枝犹有橘，冻雷惊笋欲抽芽[4]。
夜闻归雁生乡思[5]，病入新年感物华[6]。
曾是洛阳花下客[7]，野芳虽晚不须嗟[8]。

作者简介

欧阳修（1007—1072），字永叔，号醉翁，晚年号六一居士，吉水（今属江西）人。幼贫而好学，四岁丧父，寡母以芦苇秆画地教他识字。仁宗天圣八年（1030）进士，官至枢密副使、参知政事。北宋古文运动领袖，为“唐宋八大家”之一。诗学李白、韩愈，古体高秀，近体妍雅。诗歌创作“以文为诗”“以议论为诗”，开拓了诗歌艺术美的新领域。

注释

①戏：逗趣。这里是作者自我解嘲。元珍：丁宝臣，当时正做陕州判官。②春风：指自然界的春风，也暗喻皇帝的“圣恩”。天涯：天边，指遥远的地方。此实指陕州夷陵（今湖北宜昌市），即作者被贬作县令之地。③山城：指夷陵县城，位于山区，故谓“山城”。④冻雷：二月春雷。⑤乡思：怀念家乡的情思。⑥物华：美好的景色。⑦洛阳花下客：北宋时洛阳的花圃极负盛名，犹以牡丹名噪海内，欧阳修曾任西京（洛阳）判官，故自称“洛阳花下客”。⑧野芳：指山城野花的芳香。须：应。嗟：叹惋。

译文

山城僻远春风难以到达，早春二月严寒犹在不见山花。
残雪压枝橘树昂首披绿，冻雷炸响竹笋长出了嫩芽。
深夜难眠归雁声声顿生乡思，久病迎新审时感物精神焕发。
洛阳的牡丹早已绽放鲜艳夺目，野花虽晚养精蓄锐必将香飘天下。

简析

仁宗景祐二年（1036），欧阳修贬官陕州夷陵县令，次年春给陕州判官丁宝臣写了这首酬答诗。作者以自己置身于春风不到的山城来表示不满的情绪；以橘傲残雪翠绿、笋斗冻雷发芽的地方风物的描写，象征自己孤傲不羁的性格；以闻雁思乡、久病迎新来表露被贬后不幸际遇的感慨；结末以"野芳虽晚不须嗟"来宽慰自己，含有对朝廷有日将重新用的企盼。全诗写得清新自然，在平直的写景抒情中，表现了一种新颖别致的意境和积极进取的精神。

（唐嗣德）

丰乐亭游春① [宋]欧阳修

红树青山日欲斜②，长郊草色绿无涯③。
游人不管春将老④，来往亭前踏落花⑤。

注释

①丰乐亭：在今安徽省滁县西南琅琊山幽谷泉上，是欧阳修任知州时所建，后成为著名的游览胜地。②红树：开满红花的树。日欲斜：太阳西下之时。③长郊：广阔的郊野。无涯：无边无际。④春将老：谓已到暮春时节，春天即将过去。⑤落花：凋谢的花朵。

译文

夕阳照耀着红树和青山，夕阳照耀着翠绿的草原。
春将去也游人并不在意，来往于亭前踏着落花游玩。

简析

这是一首惜春之作。前两句写景，已经是暮春时节，却仍是红树青山，草色绿无边，一派生机勃勃的美好景象。后两句是抒情，游人不在意春天的悄然归去，依旧踏着落花，来往于丰乐亭前尽兴游玩。游客的这种多情，令作者惆怅不已。面对夕阳、春残和落花这些无情物，令人肠断，自然顿生叹春天易逝，悲人生苦短，惜光阴分秒的缕缕情思。含义深厚，情致缠绵，余韵无穷。

（唐嗣德）

咏零陵 [宋]欧阳修

画图曾识零陵郡①，今日方知画不如②。
城郭恰临潇水上③，山川犹是柳侯余④。
驿亭幽绝堪垂钓⑤，岩石虚明可读书⑥。
欲买愚溪三亩地⑦，手拈茅栋竟移居⑧。

注释

①画图：对山水自然景观，泼墨为图，谓之画图。曾识：曾经认识。②方：才，方才。不如：不及，比不上。谓零陵郡胜过画图。③城郭：都邑之称，这里指永州府古城。恰：正好。④山川：山河。柳侯：指柳宗元。余，剩，引申为遗留、遗存。柳宗元羁留永州十年，写了大量的山水游记，并以物自喻，以身相许，山山水水都投入了自己的身影，故说"山川犹是柳侯余"。⑤驿亭：古时在大道上所设立的交通站，是供行旅途中歇宿的处所。幽绝：幽，僻静。堪：可，能。垂钓：钓鱼。⑥岩石：指岩洞，如朝阳岩。虚明：谓岩洞宽阔明亮。⑦愚溪：水名，在永州市零陵区河西，东流入潇水。⑧拈：用手指头取物。茅栋：茅杆。移居：挪动居所。

译文

从图画上曾经认识零陵古郡，
今天才知道图画远不如此地自然景观好。
清澈的潇水刚好绕古城而北流，
山川形胜好像是柳宗元遗留下来的瑰宝。
驿站幽静可临水悠闲地钓鱼，
岩洞内宽敞明亮可潜心读书不受干扰。
我想在愚溪旁边购买三亩好土地，
在这里筑草堂而安居其乐陶陶。

简析

自唐宋以来，吟咏零陵、永州的诗文层见叠出，流传最广的莫过于欧阳修的《咏零陵》。这首七律首联以肯定否定相叠的方式写总的感受，提挈全篇。颔联、颈联铺写城郭、山川、驿亭、岩石等典型景物，以点带面，活现了零陵的真面目。尾联画龙点睛，曲终奏雅，巧用移居事，使描绘的所有物象都获得了灵魂。通篇即兴即事，信笔点染，全以口语道出，但天巧偶发，外质内秀，富有自然真率、似俗实雅的韵致。

（唐嗣德）

画眉鸟[①] [宋] 欧阳修

百啭千声随意移[②]，山花红紫树高低[③]。
始知锁向金笼听[④]，不及林间自在啼[⑤]。

注释

①画眉鸟：形如山雀，因眼上有白斑如眉，故名。②百啭千声：形容鸟叫声变化多样，婉转动听。啭，婉转的鸣叫。随意移：指画眉鸟任意地飞翔。移，变换。③山花：山中开

放的野花。④锁：关。金笼：豪华贵重的鸟笼。听：被别人逗着听，以别人意志为转移。⑤不及：不如。自在啼：自由自在地啼叫。

译文

画眉鸟在花间和树林中自由飞翔，无拘无束欢快地放声歌唱。
关在金丝笼里被别人逗着啼叫，远不如居林间时那样清脆悠扬。

简析

欧阳修因触犯朝廷权贵被贬为滁州太守，这首诗就作于滁州任所。前两句咏物比兴，展示了大自然万紫千红的景象，歌颂了大自然的蓬勃生机和自由空气，诗情画意，绕有韵味。后两句对比议论，指出“金笼”画眉的鸣叫声之所以远不如“林间”画眉，就在于前者是被“锁”而后者是“自在”。仔细品味诗人的这种感受，方知吟咏画眉鸟并非闲情逸致，而是借题发挥，流露了诗人要打破束缚追求自由的愿望。“醉翁之意不在酒，在乎山水之间也”，这首小诗的艺术构思和写作动机正是如此。

（唐嗣德）

自菩提步月归广化寺① [宋]欧阳修

春岩瀑泉响②，夜久山已寂③。
明月净松林④，千峰同一色⑤。

注释

①自菩提步月归广化寺：仁宗明道元年（1032）春，欧阳修游洛阳龙门，作《游龙门分题十五首》，《自菩提步月归广化寺》即为其中之一。菩提与广化二寺皆龙门山中的著名寺院，欧阳修这次游山曾宿广化寺，他在《送陈经秀才序》一文中曰：“夜宿西峰，步月松林间，登山上方，路穷而反。”②瀑：此处念“暴”（bào），指流水飞溅。郭璞《江赋》：“挥弄洒珠，拊拂瀑沫。”③夜久：夜深。寂：万籁俱寂，细微之声可闻。常建《题破山寺后禅院》：“万籁此都寂，但余钟磬音。”④净：意有两重，一作形容词，状松林之明净；二是形容词用作动词，把月亮拟人化，含有明月为我照路径之意。⑤同一色：同一种颜色。春天回归，万木葱茏，群山滴绿铺翠，其主色大致相同。再者夜色朦胧，能见度低，只能模模糊糊地看见云气蓊郁的群山的大致轮廓。

译文

春天岩间泉水哗哗作响，莽莽群山深夜格外幽静 。
明月朗照着洁净的松林，千峰只现出模糊的身影。

简析

这是一首写春天龙门山夜景的写景诗。第一、二句从听觉入手。“春”“夜”二字交代了具体时间，并笼罩全诗。泉水之“响”和深山之“寂”形成了对举，以动衬静，动静结合，渲染出一种神秘的氛围。第三、四句从视觉着笔。“明月净松林”写近观，皓月当空，银辉铺地，一片松林经春雨洗刷，又浸泡在溶溶月光中，自然更显得清秀而洁净。“千山同一色”写远观，幻化出梅尧臣《寄题滁都官新居假山》“太湖万穴古山骨，共结峰岚势不孤”的画面。

第一、二句是写月下漫步听泉，观赏静夜；第三句是实写明月，第四句是虚写明月。四句诗紧密融浑一体，活画出了龙门山春日月夜的美妙境界。

欧阳修的诗在艺术上主要学习韩愈“以文为诗”，即议论化、散文化的特点，在这首诗里也略露痕迹。如写泉水之“响”，诗中就交代出四种原因：其一是时值春天，水丰急流；其二是泉水流过岩石间，淙淙有声；其三是“瀑”，泉水四处飞溅；其四是“夜久”，万籁俱寂，细针落地之声亦可闻。又如写深山之“寂”，诗中交代了两个缘由：一是夜深，二是泉响。诗人并未从寂静无声上着力，而特意写了泉声，这泉声非但没有冲淡整个环境的幽静，反而增添了深山丛林的僻静之感。此所谓“鸟鸣山更幽”的境界。

好的景物描写，应该是“身之所历，目之所见。”故模山范水恰切无移，既描摹出其形态，又活现出其精气神，还借咏物以寓兴，透过诗中的意象，将自己的情意盎然于物外。欧阳修中进士后，次年授西京留守推官，第三年春雅兴大发而游龙门，自然意气风发，豪情满怀。诗人作这首诗时年仅25岁，血气方刚，前程似锦，诗中洋溢着一种恬然自适、春风得意而欲成就一番事业的欣悦之情。

（刘艳敏）

蚕妇[1] [宋] 张俞

昨日入城市[2]，归来泪满巾[3]。
遍身罗绮者[4]，不是养蚕人。

作者简介

张俞（生卒年不详，1039年前后在世），字少愚，号白云先生，益州郫（今四川郫县）人。屡试不第。因推荐被任命为秘书省校书郎，却愿以官授其父而自隐于家。文彦博治成都府时，为他在青城山白云溪造室居住，白云先生因此而得。其诗简括雄俊，锋利明快。著有《白云集》。

注释

①蚕妇：养蚕的妇女。蚕，一种昆虫，吐出的丝是重要的纺织原料，主要用来纺织绸缎。②市：做买卖或买卖货物地方。这里是指卖出蚕丝。③巾：手巾或者其他的用来擦抹

的小块布。④遍身：全身上下。罗绮：丝织品的统称。罗，素淡颜色或者质地较稀的丝织品。绮，有花纹或者图案的丝织品。在诗中，指丝绸做的衣服。

译文

昨天去城镇里赶集卖蚕丝，
回家眼泪浸湿手巾。
浑身穿着美丽的丝绸衣服的人，
根本不是像她这样辛苦劳动的养蚕人。

简析

这是一首言简意赅的讽喻诗，诗人借养蚕妇女的所见所感，把养蚕人衣不蔽体，不养蚕人却穿着满身绸缎加以对比，深刻地揭露了封建社会劳动人民的劳动成果遭到剥削掠夺的不合理现象。诗中反映了劳动人民生活的悲苦，表达了诗人对养蚕农妇的同情，对不劳而获的剥削阶级的愤恨，以及对整个封建社会的控诉和鞭挞。

（彭双宝）

西楼[1] ［宋］曾巩

海浪如云去却回，北风吹起数声雷。
朱楼四面钩疏箔[2]，卧看千山急雨来。

作者简介

曾巩（1019—1083），字子固，南丰（今江西南丰）人。以散文著名，是“唐宋八大家”之一。史称巩“十二岁能文，语已惊人。”20岁后，因文才出众，受到欧阳修的赏识。仁宗嘉祐二年（1057）中进士，曾任太平州（今安徽当涂）司法参军，官至中书舍人，颇有政绩。其文学成就主要在散文，但也能诗，现存诗400余首，大都写得比较质朴，略似其文。他的各体诗中以七绝的成就最高，精深、工密，颇有风致。就“八大家”而论，他的诗不如韩、柳、欧、王与苏轼，却胜于苏洵、苏辙。但为文所掩，他的诗不受重视。

注释

①西楼：即诗中所谓“朱楼”。所以称西楼，当与东面的海相对而言，宅的位置应是依山面海。《西楼》是一首描写滨海雨前自然景色的作品。②钩疏箔（bó）：把稀疏的帘子卷起来钩住。箔：用苇子或秫秸织成的帘子。

译文

海浪有如乌云去而复回，北风刮过响起几声惊雷。
把楼四面的窗帘卷起钩住，尽情欣赏狂风暴雨的到来。

简析

这首绝句生动形象地描写眺望中暴风骤雨将来临时的情景。首句从视觉的角度写西楼前面的景色：乌云低垂，海浪拍岸，去而复回，画面雄浑壮美。次句从听觉的角度描写狂风大作、惊雷炸响的赫然声势，通过极力渲染，令人赞叹。第三句是由写景转向抒情的过渡，风雨将至，应当紧闭窗户，但诗人此刻偏要敞开四面窗户而纵观大自然的变幻莫测，这是豪侠超然的非常举动。第四句直抒豪情壮志，反映了诗人力求上进奋发作为的思想境界。一个“卧”字，把诗人的那种雍容气度生动地表现了出来，动中寓静，以静衬动，波澜起伏，跌宕有致。

诗人在西楼观看海浪汹涌，静听北风呼啸和数声雷鸣。他敞开窗户让自己静卧楼上去瞭望群山急雨的景色。浪声、风声、雷声、雨声交杂而至，自然界是何等的喧嚣动荡。而“卧看”二字，突兀而起，彰显了诗人的恬静心境和大无畏气概。

（刘艳敏）

闲居[①] [宋] 司马光

故人通贵绝相过[②]，门外真堪置雀罗[③]。
我已幽慵僮便懒[④]，雨来春草一番多[⑤]。

作者简介

司马光（1019—1086），北宋著名史学家、政治家、文学家。字君实，陕州夏县（今山西夏县）人，家居涑水乡，故世称涑水先生。晚年自号迂叟，卒谥文正，追封温国公，世称司马温公。仁宗宝元初（1039）进士，仁宗末年任天章阁侍制兼侍讲，知谏院。神宗朝官至翰林学士、御史中丞。哲宗年间入朝主持国政，任尚书左仆射，兼门下侍郎。政治上保守，反对王安石行新法。其文学成就是所编纂的《资治通鉴》，不仅是一部较系统完整的编年通史，也有很高文学价值。诗词多抒发建功立业的抱负或深寓爱国之情。诗作感情真挚充沛，无纤弱华靡之痕。如《始至洛中言怀》《边将三首》等即为其代表作。一些小诗如《晓霁》《闲居》之类诗篇写得清新自然，诗情画意十分浓郁。除《资治通鉴》外，有《温国文正司马公之文集》80卷，《涑水纪闻》16卷，《续诗话》1卷。另有《稽古录》《历代诗话》等传世。

注释

①闲居：神宗熙宁三年（1070），王安石主持的变法达到高潮，司马光反对新法，但又无力抗拒，于是从熙宁四年（1071）至元丰八年（1085）退居洛阳，仅任“坐享俸给，全无所掌”（《乞西京留台状》）的闲散职务，经营小筑，专意著书，本诗即写这一时期的生活情景。②故人：指过去与已政见相同的老朋友。通贵：投靠新贵。相过：谓过从往来。③真堪：真可以。置雀罗：安置罗网捕捉鸟雀。罗，张网捕捉。《史记·汲郑列传论》：

"下邽翟公有言，始翟公为廷尉，宾客阗门；及废，门外可设雀罗。"④慵：懒散。僮：奴婢，仆役。⑤番：量词，倍。一番：越来越多之意。

译文

故人投靠新贵不再相过，门外冷落真可设置雀罗。
我心烦散漫僮仆却更懒，庭院中的春草越长越多。

简析

司马光这首七绝，以《闲居》为题，以"慵""懒"二字为诗眼，反映了他表面上似乎旷达，实际上是郁愤不平与冷嘲热讽，彰显出一种失意落寞的情怀。

全诗四句，真实地展现了诗人洛阳赋闲时的生活场面。虽是闲居，却不是优游岁月，虽是闲居，却不是恬淡愉悦。退隐之后，昔日的至交知己，纷纷投靠新贵而断绝往来，访客止步，以至门可罗雀。在这样萧条寂寥的环境中，诗人抑郁不平，散漫不振，而所雇用的僮仆无所事事，越来越懒，以致雨季一来，庭院中的野草蔓生猛长，淹没了大好的春光。退居前后的强烈对比，揭示了人类社会的一种病态：在朝时门前车水马龙，一旦落官在野，无权无势，无人问津，于是就"门前冷落车马稀"了。诗人退居洛阳十五年，目睹"故人"和僮仆如此势利，深藏人情世故，如此世态炎凉，实在心寒齿冷，只能望"草"兴叹了。

司马光的这首诗自然质朴，明白晓畅，却内涵丰富，耐人咀嚼。平易中有深曲，浅显中有沉郁，委婉中有锋芒，旷达中有愤慨，充分显示了诗人的思想深度和艺术功力。

（刘艳敏）

登飞来峰[1] [宋] 王安石

飞来山上千寻塔[2]，闻说鸡鸣见日升[3]。
不畏浮云遮望眼[4]，自缘身在最高层[5]。

作者简介

王安石（1021—1086），字介甫，号半山，临川（今江西抚州）人。仁宗庆历二年进士，官至相位，封荆国公。神宗时主张推行新法图强，是一位进步的政治家、改革家。诗、词、文均有成就，为"唐宋八大家"之一。其诗内容充实，意境优美，语言工丽，风格遒劲清新，特别是后期创作，艺术上达到了炉火纯青的地步。有《王临川集》《王临川集拾遗》传世。

注释

①飞来峰：即飞来山，在今浙江杭州市西湖寻隐寺前。②千寻塔：形容很高的塔。寻：古代的长度单位，以八尺为一寻。③闻：听。④浮云：飘浮的云彩。遮望眼：遮挡了远望的视线。⑤自：本来。缘：因为。身：本身，自己。

译文

飞来峰上耸立着高高的宝塔，
雄鸡报晓在塔上可见旭日东升。
不用担心浮云会遮住远望的视线，
是因为自己本来就站在塔的最高层。

简析

这是一首哲理诗，作者借景发端，由登高远眺的奇观，写自己的感悟，寓深刻的哲理。诗的第一、二句写飞来峰的高峻，第三、四句阐明登高远望的理趣，抒发高瞻远瞩的豪情壮志。“不畏浮云遮望眼，自缘身在最高层”一联生动形象，已成为励志的格言。

（唐嗣德）

泊船瓜洲① [宋] 王安石

京口瓜洲一水间②，钟山只隔数重山③。
春风又绿江南岸④，明月何时照我还⑤。

注释

①泊船：停船。泊，停泊。指停泊靠岸。②京口：古城名，故址在江苏镇江市。瓜洲：镇名，在长江北岸，扬州南。一水：一条河，指长江。一水间指一水相隔之间。间：根据平仄发音应读 jiàn。③钟山：今南京市紫金山。④绿：吹绿，拂绿。⑤还：回。

译文

京口和瓜洲之间只隔着一条长江，
我所居住的钟山隐没在几座山峦的后面。
暖和的春风吹绿了江南的田野，
明月什么时候才能照着我回到钟山下的家里？

简析

首句写了望中之景，“一水间”三字，形容舟行迅疾，顷刻就到。次句以依恋的心情写他对钟山的回望。“只隔”两字极言钟山之近在咫尺，把“万重山刀”的间隔说得如此平常，反映了诗人对于钟山依恋之深。第三句描绘了江岸美丽的春色，寄托了诗人浩荡的情思。“绿”字，从春风吹过以后产生的奇妙的效果着想，从而把看不见的春风转换成鲜明的视觉形象——春风拂煦，百草始生，千里江岸，一片新绿。“春风”一词，既是写实，又有政治寓意。“春风”实指皇恩，他希望凭借这股温暖的春风驱散政治上的寒流，开创变法的新局面。“绿”字还透露了诗人内心的矛盾。变法图强是他的政治理想；退居林下，吟咏情性，是他的生活理想。结句从时间上说，已是夜晚。诗人回望既久，不觉红日西沉，皓月初上。他相信自己终将有日回归朝廷。

（刘艳敏）

梅花 [宋] 王安石

墙角数枝梅，凌寒独自开[①]。
遥知不是雪[②]，为有暗香来[③]。

注释

①凌寒：冒着严寒。②遥：远远地。知：知道。③为（wèi）：因为。暗香：指梅花的幽香。

译文

那墙角的几枝梅花，冒着严寒独自盛开。
远望就知道不是雪，因为隐隐传来阵阵香气。

简析

首二句写墙角梅花不惧严寒，傲然独放；末二句写梅花洁白鲜艳，香气远布。赞颂了梅花的风度和品格，这正是诗人幽冷倔强性格的写照。诗人通过对梅花不畏严寒的高洁品性的赞赏，用雪喻梅的冰清玉洁，又用“暗香”点出梅胜于雪，说明坚强高洁的人格所具有的伟大的魅力。作者在北宋极端复杂和艰难的局势下，积极改革，而得不到支持，其孤独心态和艰难处境，与梅花自然有共通的地方。这首小诗意味深远，而语句又十分朴素自然，没有丝毫雕琢的痕迹。

（刘艳敏）

书湖阴先生壁[①] [宋] 王安石

茅檐长扫净无苔[②]，花木成畦手自栽[③]。
一水护田将绿绕[④]，两山排闼送青来[⑤]。

注释

①书：书写，题诗。湖阴先生：本名杨德逢，隐居之士，是王安石晚年居住金陵紫金山时的邻居。②茅檐：茅屋檐下，这里指庭院。无苔：没有青苔。③成畦（qí）：成垄成行。畦，经过修整的一块块田地。④护田：这里指护卫环绕着园田。⑤排闼（tà）：开门。语出《汉书·樊哙传》：“高帝尝病，恶见人，卧禁中，诏户者无得入群臣。哙乃排闼直入。”闼，

小门。送青来：送来绿色。

译文

茅舍屋檐常打扫，洁净无藓苔。
花草树木成行列，主人亲手摘。
一条溪水自弯曲，来把绿回绕。
两座青山捧青翠，推门送进来。

简析

这是一首题壁诗。描写了湖阴先生居舍初夏时节清丽宜人的景色。前两句写近景，主要描写了庭院的景色之美。表明湖阴先生是一位洁身自好、追求闲适、隐居园田、勤劳朴实的富有高雅情趣的隐居之士。后两句写远景，主要描写了田园与山上的景色。赞美了这里的如画美景，表现了诗人对隐居生活的喜爱。

这首诗通过描写湖阴先生庭院内外初夏时的美丽景色，表现了湖阴先生高雅隐逸的生活情趣。同时，也流露了诗人对隐居生活的喜爱之情。诗歌运用拟人的艺术手法，将水、山拟人化，“一水护田”“两山排闼”，使全诗显得生动活泼，富有情趣，产生很强的艺术效果。描写景物有近有远，展示了一幅富有浓厚生活气息的田园山水风光图。第三、四句对仗工稳，显示了诗人的艺术功力。

（桂郁文）

孤桐 [宋]王安石

天质自森森①，孤高几百寻②。
凌霄不屈己③，得地本虚心。
岁老根弥壮④，阳骄叶更阴⑤。
明时思解愠⑥，愿斫五弦琴⑦。

注释

①天质：天生的性质。森森：形容树木茂盛繁密。②寻：古代度量单位，八尺为一寻。③凌霄：形容泡桐树长得高，接近了云霄。④岁老：年岁久。弥：更加。⑤阳娇：太阳炽烈。⑥明时：政治清明的时代。解愠（yùn）：指减轻老百姓的疾苦。愠，含怒，生气、怨恨。⑦斫（zhuó）：用，斧等砍劈。五弦琴：一种古琴。桐木是造琴的上好材料。据《孔子家语》记载：帝舜曾一面弹着五弦琴，一面唱“南风之熏兮，可以解吾民之愠兮”。

译文

梧桐树的本性就能长得茂盛繁密，
孤高挺直可长到几百寻。

冲上云霄它绝不弯曲树身，
根扎大地汲取养分向上生长多么虚心。
岁月越久根系越加壮实，
太阳越大树叶越发成荫。
政治清明它想着解除老百姓的疾苦，
心甘情愿把自身砍伐制作五弦琴。

简析

这是一首咏物诗，托物言志，富含哲理。首联写孤桐躯干挺拔，枝叶茂盛繁密，树高可达几百寻。颔联写它之所以长得高大茂盛，伸入云霄，树身也绝不弯曲，是因为它深深扎根大地，躯干中心有细孔，能从大地充分汲取水分和养料。颈联写树龄越久，根系越发达，生命力越强盛，阳光越炽烈，它的叶子长得越旺盛，给世人的阴凉也更大。尾联说要在政治清明的时候，为解除百姓的苦恼，情愿把自身斫成五弦琴，弹奏悦耳的琴声。这首诗用托物言志的手法，描写了孤桐枝繁叶茂、高耸云霄、顶天立地、傲岸不屈的雄姿，表达了诗人正直向上、坚强不屈、虚心的人生态度及矢志改革，忧国忧民，甘愿为解除百姓疾苦而献身的思想感情。其中蕴含的哲理是：拔地几百寻的孤桐，之所以孤高挺立、直上云霄，是因为它“得地本虚心”，能够从大地汲取养分，如果离开大地，它就会枯死。这犹如希腊神话中大力无比的安泰，一旦离开大地，就无法获取力量，最后被敌手扼死。

（桂郁文）

元日[①] ［宋］王安石

爆竹声中一岁除[②]，春风送暖入屠苏[③]。
千门万户曈曈日[④]，总把新桃换旧符[⑤]。

注释

①元日：农历正月初一，即现在的春节。②爆竹：鞭炮。山家以除夕烧竹，竹爆裂之声令山魈畏惧而远避。一岁除，一年过去了。③屠苏：屠苏酒。古时候的风俗，每年除夕家家用屠苏草泡酒，吊在井里，元旦取出来，全家老小朝东喝屠苏酒。全句意思是说，喝了屠苏酒，暖洋洋地感觉到春天已经来了。④曈曈：光辉灿烂。全句说，初升的太阳照遍了千家万户。⑤桃符：画着门神或题着门神名字的桃木板，后来演变成春联。“总把新桃换旧符”，总拿新门神换掉了旧门神，说是可以驱除魔鬼。

译文

爆竹声中送走了旧的一年，春风已把温暖送进了屠苏酒碗。
初升的太阳照耀着千门万户，家家都用新的桃符把旧的桃符更换。

简析

这首诗描写新年元日热闹、欢乐和万象更新的动人景象，抒发了作者革新政治的思想感情。王安石既是政治家，又是诗人。他的不少描景绘物诗都寓有强烈的政治色彩。

全诗文笔轻快，色调明朗，眼前景与心中情水乳交融，抒写自己执政变法、除旧布新、强国富民的抱负和乐观自信的情绪，确是一首融情入景、寓意深刻的好诗。

（肖建辉）

四时之风 [宋] 郭熙

春风能解冻，和煦催耕种。
裙裾微动摇，花气时相送。
夏风草木熏，生机自欣欣。
小立池塘侧，荷香隔岸闻。
秋风杂秋雨，夜凉添几许。
飕飕不绝声，落叶悠悠舞。
冬风似虎狂，书斋皆掩窗。
整日呼呼响，鸟雀尽潜藏。

作者简介

郭熙（约 1000—约 1080），著名山水画家，字淳夫，河南温县（今属河南）人。工画山水寒林，笔力劲健，水墨明洁。布置笔法独树一帜，早年巧赡致工，晚年落笔益壮，常于高堂素壁作长松巨木、回溪断崖、岩岫巉绝、峰峦秀起、云烟变幻之景。

译文

春天的风可以带来温暖，和煦的阳光催促农民该耕种了，
裙子被风吹得微微动摇，花香也时不时地从别处传来。
夏天的风吹得草木摇晃，勃勃生机显示了大自然的欣欣向荣，
在池塘旁边小立片刻，便能闻到隔岸飘来的荷花的香。
秋天的风夹杂着秋雨，晚上更增添了几丝凉意，
秋天绵绵不断的风雨声，吹得树叶悠悠地落下来，仿佛在翩翩起舞。
冬天的风则像狂怒的老虎，在书房看书都必须把窗户关好，
冬风声整日呼呼地刮着，鸟雀都藏得不知道哪儿去了。

简析

这首诗描写了春夏秋冬四个季节中风的不同特点。以四风代四季各自表现出了

"和""熏""金""朔"的时令特征，并提醒人们该干什么事了。

（彭双宝）

送春 [宋]王令

三月残花落更开①，小檐日日燕飞来②。
子规夜半犹啼血③，不信东风唤不回④。

作者简介

王令（1032—1059），字逢原，广陵（今江苏扬州）人，原籍元城（今河北大名）。一生孤愤，以教书为生。擅诗文。西昆体浮靡之音盛行诗坛之时，他以造语精辟，笔意纵横，气格雄壮的特色为扫荡西昆陋习作出了贡献。王安石对其文章和为人皆甚推重。有《广陵先生文集》。

注释

①更：又，再，重。②檐：屋檐。③子规：杜鹃鸟。相传古蜀国国王杜宇亡国，化作杜鹃，自春至夏啼叫不已，声音凄苦，以至于口中泣血，所以说啼血。④不信：不相信。东风：春风。

译文

暮春三月花落又花开，屋檐下面天天燕飞来。
杜鹃声声夜半还在叫，不信春风叫唤它不回。

简析

这是一首写景诗。诗中描绘了富有生机的暮春三月的景色。前两句写所见之景，有静有动。春天花事有先有后，暮春三月花谢花开，屋檐之下燕子正忙，飞来飞去，有的在衔泥做巢，有的在孵化乳燕。后两句写所闻之声，油然情生。杜鹃鸟夜半犹啼，仿佛口中泣血，这般执着，难道春风唤不回来？诗人别出心裁，翻出新意，杜鹃啼血的景象一般用来表达哀伤、凄苦的情韵，这首诗却不然。诗人借此表达了留春、惜春之情，表现了追求美好事物的信念和乐观精神。

（桂郁文）

春日偶成① [宋]程颢

云淡风轻过午天，傍花随柳过前川②。

时人不识余心乐[3]，将谓偷闲学少年。

作者简介

程颢（1032—1085），哲学家、教育家、诗人和北宋理学的奠基者。字伯淳，学者称明道先生。世居中山，后从徙开封。程颢仁宗嘉佑年间进士，反对王安石新政。学术上，程颢提出“天者理也”和“只心便是天，尽之便知性”的命题，认为“仁者浑然与物同体，义礼知信皆仁也”，其学说后被朱熹发展，世称“程朱学派”。

注释

①偶成：偶然写成。②傍：靠近。③时人：当时的人。

译文

天空飘着淡淡的白云，春风轻轻拂着人面，
时当正午，我漫步于野花之间，随着一行垂柳来到河边。
当时的人不知我心里多么快乐，说我偷闲学那些到处游荡的少年。

简析

《春日偶成》是作者春日郊游，即景生情，意兴所致写下来的。描写了风和日丽的春日景色，抒发了春日郊游的愉快心情。作者用白描的手法，勾勒出风和日丽的春日景色。出语新颖，平淡中寓有深意，这种“怡然自得”之乐，似乎也感染了读者。全诗色泽协调，情景交融，在程颢的诗作中，算是上程之作。

（肖建辉）

偶成 [宋] 程颢

闲来无事不从容[1]，睡觉东窗日已红[2]。
万物静观皆自得[3]，四时佳兴与人同[4]。
道通天地有形外，思入风云变态中。
富贵不淫贫贱乐[5]，男儿到此是豪雄[6]。

注释

①从容：不慌不忙。②觉：醒。③静观：仔细观察。④四时：春、夏、秋、冬四季。⑤淫：放纵。⑥豪雄：英雄。

译文

心情闲静安适，做什么事情都不慌不忙的，
一觉醒来，红日已高照东窗了。

静观万物，都可以得到自然的乐趣，
人们对一年四季中美妙风光的兴致都是一样的。
道理通达天地之间一切有形无形的事物，
思想渗透在风云变幻之中。
只要能够富贵而不骄奢淫逸，贫贱而能保持快乐，
这样的男子汉就是英雄豪杰了。

简析

这首诗写闲散日子的从容、逍遥、快乐。虽说是秋天偶然写成，却可以看出程颢的人生态度：心境悠闲，不慌不忙。诗人睡眠充分，精神充足，走出户外，以平静的心情去欣赏万物时，发现无一不具特色，且各有其存在的道理。春夏秋冬四时，也都有各自的美好风光与特殊胜景，我们应该随着四季的变化而享受自然的乐趣。最后诗人超越了一己的得失和现实的困境，从更高更远以及更主动的层次上去提升人生的意义，那就是富贵不淫，身处贫贱也感觉到快乐，能够平静地看待世间一切，也就是真正的英雄了，这就是一种超越。

（桂金菊）

秋月 [宋] 程颢

清溪流过碧山头[①]，空水澄鲜一色秋[②]。
隔断红尘三十里[③]，白云红叶两悠悠[④]。

注释

①清溪：清澈的溪水。碧山头：碧绿的山头。指山上树木葱茏、苍翠欲滴。②空水：指夜空和溪中的流水。澄鲜：明净、清新的样子。一色秋：指夜空和在融融月色中流动的溪水像秋色一样明朗、澄清。③隔断：指溪水距离有人家的地方有三十里路的远。三十，非确数，只是写其远隔人世，写其幽深。红尘：佛教、道教等把人间称为红尘，此泛指人间俗事。④悠悠：悠闲自在的样子。

译文

清澈的溪水流过碧绿的山头，悬空一泻而下，
澄清的水与蓝天在月色构成了一副空明澄澈的秋景画卷。
这秋色把人世间隔在三十里之外，
空中是悠闲自在的白云，山上是悠闲自在的红叶。
幽静的秋色是多么令人陶醉啊！

简析

前两句借水中的倒影写景，后两句即景抒怀。诗人借助于秋月下的小溪描写抒写了超

脱尘世、闲适自在的情趣，流露了追求光明磊落的思想情怀。

（彭双宝）

饮湖上初晴后雨[①] [宋] 苏轼

水光潋滟晴方好[②]，山色空濛雨亦奇[③]。
欲把西湖比西子[④]，淡妆浓抹总相宜[⑤]。

作者简介

苏轼（1037—1101），字子瞻，号东坡居士，眉州眉山（今四川眉山）人。父苏洵，弟苏辙，均为文坛名士，合称“三苏”，均入“唐宋八大家”之列。他 22 岁中进士，官至礼部尚书。诗、词、文、书法、绘画等都颇有造诣。其词豪放恢宏，回肠荡气，做到无意无事不可入词，是宋代豪放词派的开创者。苏轼今存诗 2700 多首，内容丰富多彩，同情人民、关心生产是一个突出内容，写了不少“悲歌为黎元”的诗篇。其写景诗和理趣诗，脍炙人口，艺术价值最高。写景生机盎然，洋溢着浓郁的生活气息，善于从小景中悟出新意妙境，因物寓理，意在言外，发人之所未发，引人深思，余味不尽。有《东坡七集》112 卷。

注释

①饮湖上：在湖上饮酒。湖：指杭州西湖。初晴后雨：起初是晴天，后来忽然下雨了。②潋滟（liàn yàn）：水浪闪动的样子。方好：正好。③空濛：形容雨中烟雾迷蒙。亦奇：也很奇妙美好。④西子：即西施，春秋时越国有名的美女。⑤淡妆：淡雅的装束。浓抹：浓艳的打扮，华丽的装束。总相宜：都非常合适。

译文

天朗气清碧波荡漾湖中风光无限，
细雨纷纷烟雾迷茫湖畔山色更奇。
如果把多姿多彩的西湖比作绝代美女西施，
无论淡雅装束还是浓艳打扮都十分相宜。

简析

写杭州西湖的水光山色，这首诗堪称绝唱。第一、二句直接写晴雨中千姿百态的西湖胜景，第三、四句以古代美女之美来比喻西湖景色之奇。西湖不论是晴天还是雨天，就如淡妆浓抹的西施一样，总是展示出无穷的魅力。这一巧妙的比喻，凸显出了西湖的英姿和神韵，使人心生向往。因为作者在诗中把西湖比作西施，所以后人就称西湖为“西子湖”。

（唐嗣德）

有美堂暴雨[1] [宋]苏轼

游人脚底一声雷，满座顽云拨不开[2]。
天外黑风吹海立，浙东飞雨过江来[3]。
十分潋滟金樽凸[4]，千杖敲铿羯鼓催[5]。
唤起谪仙泉洒面[6]，倒倾鲛室泻琼瑰[7]。

注释

①有美堂：在杭州吴山上，为嘉祐二年（1057）杭州太守梅挚所建。堂名“有美”，取自宋仁宗赐梅挚诗“地有吴山美，东南第一州”中的二字。②顽云：犹浓云。③浙东：指钱塘江对岸。东汉时依浙水（钱塘江）为界分两浙，东为会稽郡，西为吴郡。唐宋时分为浙江东路，浙江西路。④十分：形容酒满。潋滟（liàn yàn）：水波相连貌。凸：指酒满出杯面，高出。⑤敲铿（kēng）：状鼓声。羯（jié）鼓：羯族传入的一种鼓。唐时西域传来的乐器，击鼓时疾如急雨。这里即以鼓声喻雨声。⑥谪仙：被贬谪下凡的仙人，指李白。《旧唐书·李白传》记载唐玄宗曾谱新曲，召李白作词。白已醉，以水洒面，使之清醒后，顷刻写了十余章。⑦鲛室：传说南海有鲛人（人鱼），鲛人哭的眼泪都变成珍珠。琼瑰：都是美玉名。这里喻诗如珠玉。

译文

一声惊雷仿佛从游人脚底炸响，
有美堂上乌云密布驱散不开。
远处的天边狂风卷着乌云，掀起的海浪犹如山峰挺立，
一阵暴雨，从钱塘江对岸向杭州城袭来。
西湖好像金樽，雨水涨满溢出，
密雨如同千槌击打羯鼓，雨声疾速急催。
快去唤起沉醉的李白，让他用溢满的湖水洗面，
他又会写出那珠玉般的美丽诗篇。

简析

这首诗作于宋神宗熙宁六年（1073）初秋，是一首描写暴雨景象的奇诗。有美堂位于吴山最高处，左眺钱塘江，右瞰西子湖，视野极为开阔。第一、二句写雷起脚底，顽云满座，有先声夺人之势，预示暴风雨迅即来临。第三、四句写狂风大作，乌云翻卷，暴雨横江的奇观。“天外黑风吹海立，浙东飞雨过江来”，描绘了一幅乌云压顶、天色昏暗、黑风掀起大海波涛如立空中的奇异画卷；“浙东飞雨过江来”，“飞”“过”“来”，动词连用，极为生动地展现暴雨自远而近，横跨钱塘、呼啸奔来的壮观奇景。第五、六句摹形状声，写出了诗人置身吴山高处观看暴风雨的独特感受。第五句写水势，俯瞰大雨倾泻下的西湖，湖面很快满溢，犹如金樽酒满，湖水四溢。第六句写雨声，以羯鼓之急状雨点之急密，如千槌击鼓，繁响不绝，表现了暴雨的特征。最后两句，生发联想。这场暴雨仿佛是天帝催

诗，意欲唤醒"谪仙人"李白，好让他吐出那如珠似玉好诗来。透过这诗句，隐然有一种自况李白的自负之意。这首诗通过对有美堂观看暴雨的描绘，让人们领略到了大自然的壮丽雄奇的景色。诗人想象奇特，用词瑰丽，紧紧抓住惊雷、狂风、暴雨的特点进行描绘，风格豪迈粗狂，让人有一种身临其境之感。

（桂郁文）

海棠 [宋] 苏轼

东风袅袅泛崇光①，香雾空蒙月转廊②。
只恐夜深花睡去③，故烧高烛照红妆④。

注释

①东风：春风。袅袅：微风轻轻吹拂的样子，一作"渺渺"。泛：摇动。崇光：高贵华美的光泽，指正在增长的春光。②空蒙：一作"霏霏"。③夜深花睡去：暗引唐玄宗赞杨贵妃"海棠睡未足耳"的典故。史载昔明皇召贵妃同宴，而妃宿酒未醒，帝曰："海棠睡未足也。"④故：于是。红妆：用美女比海棠。故烧高烛照红妆：一作"高烧银烛照红妆"。

译文

袅袅的东风吹动了淡淡的云彩，露出了月亮，月光也是淡淡的。
花朵的香气融在朦胧的雾里，而月亮已经移过了院中的回廊。
由于只是害怕在这深夜时分，花儿就会睡去，
因此燃着高高的蜡烛，不肯错过欣赏这海棠盛开的时机。

简析

这首诗写的是作者在花开时节与友人赏花时的所见。首句写白天的海棠，"泛崇光"指海棠的高洁美丽。第二句写夜间的海棠，作者创造了一个散发着香味、空空蒙蒙的、带着几分迷幻的境界。后两句用典故，深夜作者恐怕花睡去，不仅是把花比作人，也是把人比作花，为花着想，十分感人，表明了作者是一个性情中人，极富浪漫色彩。

（彭双宝）

题西林壁① [宋] 苏轼

横看成岭侧成峰②，远近高低各不同。
不识庐山真面目③，只缘身在此山中④。

注释

①西林：西林寺，宋时改为乾明寺，位于江西庐山上。②岭：一列山脉，庐山共有七岭。峰：山的尖顶，庐山七岭共会于东，合而成峰。③庐山：在江西九江市南，著名的风景胜地。真面目：真相，本来面目。④只缘：只是因为。此山：指庐山。

译文

横看是连绵的岭侧看是高而险的山峰，
从远近高低看山的样子大不相同。
看来看去总看不出庐山的真实面目，
以偏概全失之片面是因为自己陷在此山中。

简析

这是一首哲理诗。作者描绘庐山七岭连绵、峰巅高耸的形态，随着横侧、远近、高低等不同方位和不同角度的观察，呈现出了各种不同的姿容，从而抒发由衷的赞美之情。接着作者进而引出富有哲理性的议论：由于身在其中，认识事物就难以看到真相和全貌，注注当局者迷，旁观者清。要认识事物的本质，就淂跳出境外，摒弃主观和片面，先完善自我。景物写淂生动形象，道理说淂深入浅出，可谓逸趣横生，妙理象外，真不愧为描写庐山诗中的上乘之作。

（唐嗣德）

惠崇春江晚景[①] ［宋］苏轼

竹外桃花三两枝，春江水暖鸭先知。
蒌蒿满地芦芽短[②]，正是河豚欲上时[③]。

注释

①惠崇：北宋大画家，建阳人。《图绘玉鉴》说他最会画鹅、鸭、鹭鸶（lù sī）等小动物。春江晚景，惠崇画了两幅《春江晚景》，一幅是鸭戏图，一幅是飞雁图。②蒌蒿（lóu hāo）：多年生草本植物，花淡黄，茎可以食。芦芽，即芦笋。梅圣俞诗，“春洲生荻芽”，荻芽即芦芽。③河豚（tún）：鱼名，味鲜美，但含有毒汁。欲上：想浮上来。春江水暖时，河豚有洄游习性，喜抢上水出游。

译文

竹林外两三枝桃花初放，
鸭子在水中游戏，它们最先察觉了初春江水的回暖。
河滩上已经长满了蒌蒿，芦苇也开始抽芽了，而这恰是河豚从大海回归，将要逆江而上产卵的季节。

简析

这是一首题画诗，再现了原画中的江南仲春景色，又融入诗人合理的想象，与原画相得益彰。这首诗有实有虚，虚实相生，不仅真实地再现了“春江晚景”，而且又通过想象弥补了所不能表现的内容，生动形象而又极富生活气息。

（肖建辉）

赠刘景文[1] [宋]苏轼

荷尽已无擎雨盖[2]，菊残犹有傲霜枝[3]。
一年好景君须记[4]，正是橙黄橘绿时[5]。

注释

①刘景文，即刘季孙，字景文，工诗，时任两浙兵马都监，驻杭州。苏轼视他为国士，曾上表推荐，并以诗歌唱酬往来。②荷尽：荷花枯萎，残败凋谢。擎：举，向上托。雨盖：旧称雨伞，诗中比喻荷叶舒展的样子。③傲霜：不怕霜动寒冷，坚强不屈。④君：原指古代君王，后泛指对男子的敬称，您。⑤橙黄橘绿时：指橙子发黄、橘子将黄犹绿的时候，指农历秋末冬初。

译文

荷花凋谢连那擎雨的荷叶也枯萎了，
只有那开败了菊花的花枝还傲寒斗霜。
一年中最好的景致你一定要记住，
那就是在橙子金黄、橘子青绿的时节啊。

简析

这首诗是诗人赠给好友刘景文的。前两句写景，“荷尽”“菊残”描绘出秋末冬初的萧瑟景象。“已无”与“犹有”形成强烈对比，突出菊花傲霜斗寒的形象。后两句议景，揭示赠诗的目的。冬景虽然萧瑟冷落，但也有硕果累累、成熟丰收的一面，而这一点恰恰是其他季节无法相比的。诗人这样写，是用来比喻人到壮年，虽已青春流逝，但也是人生成熟、大有作为的黄金阶段，勉励朋友珍惜这大好时光，乐观向上、努力不懈，切不要意志消沉、妄自菲薄。

（刘艳敏）

春宵 [宋] 苏轼

春宵一刻值千金[①]，花有清香月有阴[②]。
歌管楼台声细细[③]，秋千院落夜沉沉。

注释

①春宵：春夜。古代用漏壶计时，一昼夜共分为一百刻。一刻，比喻时间短暂。②花有清香：花朵散发出清香。月有阴，指月光在花下投射出朦胧的阴影。③歌管：歌声和管乐声。

译文

春天的夜晚，即便是极短的时间也十分珍贵。
花儿散发着丝丝缕缕的清香，月光在花下投射出朦胧的阴影。
楼台深处，富贵人家歌声和管乐声还不时弥散于醉人的夜色中。
夜已经很深了，挂着秋千的庭院已是一片寂静。

简析

开篇两句写春夜美景。春天的夜晚十分宝贵，花朵盛开，月色醉人。这两句不仅写出了夜景的清幽和夜色的宜人，更是在告诉人们光阴的宝贵。后两句写的是官宦贵族阶层尽情享乐的情景。夜已经很深了，院落里一片沉寂，他们却还在楼台里尽情地享受着歌舞和管乐，对于他们来说，这样的良辰美景更显得珍贵。作者的描写不无讽刺意味。全篇写得明白如话却又立意深沉。在冷静自然的描写中，含蓄委婉地透露出作者对醉生梦死、贪图享乐、不惜光阴的人的深深谴责。诗句华美而含蓄，耐人寻味。特别是"春宵一刻值千金"，成了千古传诵的名句，人们常常用来形容良辰美景的短暂和宝贵。

（肖建辉）

琴诗 [宋] 苏轼

若言琴上有琴声[①]，放在匣中何不鸣[②]？
若言声在指头上，何不于君指上听？

注释

①若言：如果说。②何不鸣：为什么不响。

译文

如果说琴声是从琴上发出，把它放在盒中为什么不响？

如果说琴声从手指头发出，为何不在你手指上听琴声？

简析

这是一首幽默诙谐、妙趣横生的哲理诗。前两句从琴的角度假设质疑，如果说琴本身可以发出声音，那么把它放在盒子里为什么就不能发出声音呢？后两句从人的手指头的角度假设质疑，如果说声音在手指头上，那么为什么不直接去听从你手指头上发出的声音呢？假设质疑，颇具机锋，单一释疑，徒劳无功。琴声是如何发出声音的呢？只有人用手指头弹奏琴时才会发出声音，指与琴的关系是主体和客体的关系，两者相辅相成。手指没有琴不能演奏出音乐；琴没有手指弹拨也不能发出声音；只有指与琴相结合并按乐谱弹拨，才能产生旋律、发出乐音。这首诗寓理于形，通过假设质疑，揭示了任何事物的呈现都有赖于主、客观的紧密配合这样一个抽象的哲理，具有引人深思和耐人寻味的理趣美。

（桂郁文）

咏华清宫 [宋] 杜常

行尽江南数十程[①]，晓风残月入华清。
朝元阁上西风急[②]，都入长杨作雨声[③]。

作者简介

杜常（生卒年不详），字正甫，卫州（今河南卫辉）人。英宗治平二年（1065）进士。徽宗崇宁时期拜工部尚书，以龙图阁学士知河阳军，卒年七十九。

注释

①数十程：数十个驿站的路程。②朝元阁：唐朝宫殿，在华清宫内。③长杨：长杨宫，汉官名，在今陕西省周至县东南。宫中种白杨树数亩，故名。

译文

结束了江南的漫长旅程，
在将要天亮的时候，来到了华清宫。
此时朝元阁上刮起了西风，
大风卷着雨滴落入了长杨宫中，远远的可以听到凄清的雨声。

简析

后代有许多诗人写过以华清宫为题的咏史诗，而杜常这首绝句尤为精妙绝伦，脍炙人口。

本诗通过描绘华清宫凄清的景色，抒发了作者对历代王朝的感慨。华清宫是唐玄宗和杨贵妃寻欢作乐之处。首句“行尽江南数十程”说明作者经过长途跋涉，越过数十个驿站的路程才“晓风残月入华清”，披星戴月冒着冷风来到华清宫。后两句“朝元阁上西风急，都入长杨作雨声”写华清宫的凄凉景象，通过对景物的描写来抒发自己对历史的感叹。

（肖建辉）

雨中登岳阳楼望君山①（其一） [宋]黄庭坚

投荒万死鬓毛斑②，生出瞿塘滟滪关③。
未到江南先一笑④，岳阳楼上对君山。

作者简介

黄庭坚（1045—1105），字鲁直，号山谷道人，晚号涪翁，洪州分宁（今江西修水）人。英宗治平年间进士，哲宗时以校书郎为《神宗实录》检讨官，迁著作佐郎。后以修史“多诬”遭贬。早年以诗文受知于苏轼，与张耒、晁补之、秦观并称“苏门四学士”。与苏轼齐名，世称“苏黄”。诗以杜甫为宗，有“夺胎换骨”“点铁成金”之论，风格奇硬拗涩，开创江西诗派，在宋代影响颇大。又能词，兼擅行、草书，为“宋四家”之一。有《山谷集》《山谷琴趣外篇》。

注释

①岳阳楼：位于湖南省岳阳市，面临洞庭湖。君山：一称洞庭山，洞庭湖中的一座小岛。②投荒：被流放到荒远边地。鬓（bìn）毛：鬓发。斑：花白。③瞿（qú）塘：瞿塘峡，在今重庆市奉节县东，长江三峡之首。滟（yàn）滪（yù）关：滟滪堆，瞿塘峡口的险滩。冬天水枯时高出江面二十余丈，夏天则为江水淹没。今修三峡大坝，此景不再出现。④江南：这里泛指长江下游南岸，包括作者的故乡分宁在内。

译文

流放边荒身历万死两鬓斑斑，活着归来走出瞿塘滟滪险关。
虽然未到江南我还先自一笑，站在岳阳楼上面对洞庭君山。

简析

这是一首抒情诗，写诗人长期放逐后，庆幸生还的心情。首句写诗人流放边远、历尽千难万险、九死一生的遭遇。次句写自己活着东归并出了瞿塘峡滟滪关的欣喜。第三、四句，写诗人未到江南故乡，停舟登上岳阳楼欣赏湖光山色的先自一笑，再次表达放逐归来的欣喜之情。诗歌直言内心哀乐，显示了作者高旷的胸襟。诗中“万死”与“一笑”对照强烈，含义丰富。“万死”，将诗人被放逐的种种坎坷、生死不测经历尽含其中。这“万死”换来的“一笑”，含义很多，爽朗而又含蓄，心里想说的和当时还不便说的尽在这未到江南、相望君山的无言一笑之中了。

（桂郁文）

春日（五首选一）[宋]秦观

一夕轻雷落万丝[①]，霁光浮瓦碧参差[②]。
有情芍药含春泪[③]，无力蔷薇卧晓枝。

作者简介

秦观（1049—1100），字少游，一字太虚，扬州高邮（今江苏高邮）人。他与黄庭坚、张耒、晁补之称为“苏门四学士”。在苏轼身边的作家中，诗推黄庭坚，词则以他的成就最大，在北宋婉约派词中居于主要地位。诗同他的词风格相近，清新婉丽，风韵隽秀，有《淮海集》四十卷，后集六卷，长短句三卷。

注释

①万丝：喻细雨。②霁（jì）光：雨天之后明媚的阳光。浮瓦，晴光照在瓦上。碧：指绿色的琉璃瓦。参差（cēn cī）：高低错落的样子。③芍药：一种草本植物，这里指芍药花。春泪：指未干的宿雨。

译文

昨夜，轻轻的雷声催落了绵绵雨丝，
今朝，雨后的阳光在碧绿的琉璃瓦上明暗不一。
多情的芍药花上雨珠未干好似含着春泪，
柔弱的蔷薇花在朝阳中静卧蔓枝。

简析

这是一首写景抒情诗。诗中描绘了雨丝、浮瓦、芍药、蔷薇等景物。一夜轻雷细雨，次日天晴，阳光照射在雨洗过的绿色琉璃瓦上发出闪光，可是芍药带着昨宵的雨点像在流泪，而蔷薇已困乏无力、萎靡不振了。诗人采用拟人化的手法，运用“含”“卧”二字，形象地描写了芍药、蔷薇雨后的娇弱悲愁的形态，赋予了春天花草的多愁善感的心灵，尽管轻雷细雨，但它们娇嫩的心形也已经受到袭击和损伤，十分细腻体贴地表达了诗人的惜花之情。诗人借景抒情，借眼前“含春泪”的芍药和“无力”的蔷薇的形象，寄寓了诗人仕途坎坷、潦倒失意的人生的愁苦情怀。

（桂郁文）

打球图 [宋]晁说之

阊阖千门万户开[①]，三郎沉醉打球回[②]。
九龄已老韩休死[③]，无复明朝谏疏来[④]。

作者简介

晁说之（1059—1129），字以道，一字伯以，济州钜野（今山东巨野）人。因慕司马光为人，自号景迂生。神宗元丰五年（1082）进士及第，苏东坡称其自得之学，发挥《五经》，理致超然，以“文章典丽，可备著述”举荐。

注释

①阊阖：天宫之门，使人有望而生畏之感。②“三郎”，唐玄宗李隆基的小名，与前句的“阊阖”相对，无形中又增加了几分戏谑的色彩。③九龄、韩休：唐玄宗当政早期的贤相，辅佐皇帝形成开元、天宝盛世。④明朝（cháo），早朝；谏疏，敢谏之直言。

译文

皇宫中的千门万户大大敞开，原来是迎接唐明皇打球归来。
韩休离开人世九龄已经老迈，早朝再也听不到忠直的情怀。

简析

这是一首观《唐明皇打球图》后的咏史诗，深含政治讽刺意味。唐明皇当政早期，任用韩休、张九龄等贤相，形成开明盛世；晚年却沉溺声色之中，宠幸杨贵妃及奸相李林甫、杨国忠诸人，招致“安史之乱”，陷国家人民于战乱之中。此诗是诗人借唐讽宋，以唐明皇贪打球不恤士民的故实，来告诫宋朝统治者不要重蹈覆辙；通过题咏画中的史实来抒发自己对现实的感慨，又曲折而含蓄地表现了诗人对当朝统治者腐败政治的不满。

（肖建辉）

春日郊外①［宋］唐庚

城中未省有春光②，城外榆槐已半黄③。
山好更宜余积雪④，水生看欲倒垂杨⑤。
莺边日暖如人语，草际风来作药香。
疑此江头有佳句⑥，为君寻取却茫茫⑦。

作者简介

唐庚（1070—1120），字子西，眉州丹棱（今属四川）人。哲宗绍圣进士，为宗子博士，官承议郎等职。作诗重推敲锤炼，近于苦吟，往往反复修改数次，悲吟累日，然后成篇。其诗简练精悍，工于属对，巧于用事，且多新意，不沿袭前人。但由于过分追求锤字炼句，偶有弄巧成拙之病。有《眉山集》传世。

注释

①郊外：城市周围的地方。②省：发觉，发现。③榆：落叶乔木，最高可以达25米。槐：落叶乔木，春天开淡黄色花。④积雪：未消融的皑皑白雪。⑤倒垂杨：指垂柳的倒影。⑥佳句：诗文中最精彩的句子。⑦茫茫：此处意为渺茫。

译文

城内的人还未发觉明媚的春光，城外的榆槐已吐芽生叶蕃长。
壮丽的远山还堆积着皑皑白雪，波平水净映出了垂柳的面庞。
清明送暖花间的黄莺放歌婉转，和风劲吹繁茂的芳卉喷发药香。
江头胜景百看不厌此中必有佳句，忽有所悟但稍纵即逝为您寻觅太渺茫。

简析

这首诗精心描摹春日郊外的景色，以“山好”“水生”“日暖”“风来”为基本骨架，自然地带出积雪、垂杨、莺歌、草香等典型画面，色彩明丽，动静结合，把阳春美景写足写尽。唐庚的诗简练精悍，工于属时，巧于用事，其文采风流，有“小东坡”之美誉。诗作中多佳句，如本诗中的“山好更宜余积雪，水生看欲倒垂杨”“疑此江头有佳句，为君寻取却茫茫”，深为世所赞赏。

（唐嗣德）

病牛 [宋] 李纲

耕犁千亩实千箱[①]，力尽筋疲谁复伤[②]。
但得众生皆得饱[③]，不辞羸病卧残阳[④]。

作者简介

李纲（1083—1140），北宋末、南宋初抗金名臣，字伯纪，邵武（今福建邵武）人。政和二年进士，先后任太常少卿、兵部侍郎、尚书右丞、宰相等职。一贯主张抗金，后遭投降派排挤，郁愤而终。他喜为诗，多记述行踪游记之作，也有爱国情怀佳篇，其忧国愤时之慨，情感慷慨激昂，动人心魄。著有《梁溪集》180卷。

注释

①耕犁：耕田犁地。实：装满。千箱：形容很多箱。箱：粮囤，粮仓。②力尽筋疲：形容非常疲劳。谁复伤：又有谁来爱怜同情呢？③但得：只求得。众生：普天下的人。皆：都。④不辞：不推辞。羸（léi）病：指瘦弱有病。残阳：夕阳。

译文

耕犁很多土地粮食装满许多仓，现在筋疲力尽了又有谁来探望？
只要天下老百姓都得到温饱，我不辞衰老就是劳累死去也无妨！

简析

这首诗是作者因主张抗金而被贬官到武昌时写的。诗中以病牛自比，诉说自己的遭遇，抒发自己的襟怀，表达了为国家安定、为老百姓温饱而不计个人荣辱得失的高尚情操。这首诗写得好，不仅在于它托物言志，立意高深，而且在写作上咏物而不呆滞于物，做到形神兼备，富有空灵之感。由于人和物的紧密结合，情境的相协相谐，形和神的不即不离，所以语少意足，精警动人。

（唐嗣德）

夏日绝句 [宋] 李清照

生当作人杰①，死亦为鬼雄②。
至今思项羽③，不肯过江东④。

作者简介

李清照（1084—1155），号易安居士，济南章丘（今属山东）人。出身名门，兼工诗、词、文、书、画，博学多才，是中国文学史上杰出的女文学家。她少有诗名，早年作《浯溪中兴颂诗和张文潜》一诗，以嘲讽唐明王为托，对宋朝当权者进行讽刺规劝，表现出她关心国家兴衰的爱国主义思想。她以词的成就最高，其词语言新颖明快，不依傍古人，音调优美，纯净高雅，流转如珠，为婉约派大家。有《漱玉集》传世。

注释

①人杰：人中豪杰。②鬼雄：鬼中的英雄。③项羽：楚霸王，秦末农民起义的领袖。秦朝灭亡之后，他和刘邦争夺天下，失败后退到乌江，部下劝他回江东重整旗鼓，项羽想到当初跟他一块渡江的八千弟子没有一个活着回去，自己深感无脸见江东父老，于是在乌江边自杀。④江东：指长江以南的东部地区，为项羽起兵之地。

译文

活在世上，应该做人间的豪杰，
即使死了，也要成为鬼中的英雄。
直到现在，人们还深深地怀念项羽，
虽然战败，他宁肯自杀也不逃回江东。

简析

这是我国历史上杰出的女文学家李清照写的一首五绝。诗的前两句对历史伟人项羽的英雄事迹和悲壮结局进行艺术概括，高度赞扬他不肯忍辱偷生的崇高气节。诗的后两句追昔抚今，对南宋统治者苟且偷安不思恢复中原的丑恶行径给以辛辣讽刺。“生当作人杰，死亦为鬼雄”这感天地、泣鬼神，完全洗尽女儿气的慷慨诗句，精警动人，极富感召力。

（唐嗣德）

三衢道中①［宋］曾几

梅子黄时日日晴②，小溪泛尽却山行③。
绿阴不减来时路④，添得黄鹂四五声⑤。

作者简介

曾几（jī）（1084—1166），南宋诗人，字吉甫，号茶山居士，赣州人。入太学，后任将侍郎，赐上舍出身，官至礼部侍郎。诗宗杜甫、黄庭坚，诗风明快活泼、闲雅清淡，陆游曾师之。著有《茶山集》。

注释

①三衢（qú）道中：在去三衢州的道路上。三衢即衢州，今浙江省常山县，因境内有三衢山而得名。②梅子黄时：指五月，梅子成熟的季节。③小溪泛尽：乘小船走到小溪的尽头。小溪，小河沟。泛，乘船。尽，尽头。却山行：再走山间小路。却，再的意思。④绿阴：苍绿的树荫。阴，树荫。⑤减：少于，比……少。

译文

黄梅时节难得碰上天天晴朗，乘船到小溪尽头再走山路“返航”。
路边树木葱茏和来时绿荫一样，却增添了黄鹂清脆的声声歌唱。

简析

这是一首纪行写景绝句，描写诗人五月里游览三衢山道中的见闻感受。首句点明游山的时间和游踪，叙事中洋溢着兴致勃勃的喜悦之情。后两句写返程中所见所闻，从视觉和听觉两方面着笔，字里行间流露出作者轻松愉快的心情。全诗短短 28 个字，却描绘出一幅有声有色、情景交融的江南初夏优美风景画，平淡自然，秀丽幽深，意蕴丰厚。正如诗家所评论，此诗风格“清于月白初三夜，淡似汤烹第一泉”。

（刘艳敏）

牡丹 [宋] 陈与义

一自胡尘入汉关[①]，十年伊洛路漫漫[②]。
青墩溪畔龙钟客[③]，独立东风看牡丹[④]。

作者简介

陈与义（1090—1138），字去非，号简斋，洛阳人。徽宗政和三年（1113）登上甲科，授开德府教授，累迁太学博士。南渡后，召为兵部员外郎、翰林学士、知制诰，官至参政知事。以诗著名，原属江西诗派。他经历了惨痛的靖康之变，诗风有了明显转变，作诗以杜甫为师，忧国伤时，情调激越，寄托遥深，成为南宋初期最负盛名的诗人。亦工词，其词意境与诗相近，有清婉奇丽的特点，而豪放处又接近苏轼。有《简斋集》《无往词》。

注释

①一自：自从。胡尘：指金兵。入汉关：指入侵中原。②十年：从靖康二年（1126）金兵攻陷汴京到诗人作此诗时整整十年。伊洛：河南的伊水和洛水。《国语·周语》云："昔伊洛竭而复之。"因此，"伊洛"既指诗人的故乡洛阳，又暗寓他亡国的悲痛。③青墩溪：在今浙江桐乡，当时诗人所居处。龙钟：年老体衰，行动不便的样子，诗人自指。时诗人四十七岁，却有老态之感。④东风：春风。

译文

自从金人的铁蹄踏破汉关，
十年来回故乡洛阳的路途漫漫。
流落到青墩溪年老体衰异乡作客，
一个人独立在春风中观赏盛开的牡丹。

简析

这首诗题为"牡丹"，并非状写歌咏牡丹，而是睹物伤情之作，诗人是洛阳人，洛阳牡丹天下闻名。诗人异乡作客，看到异乡牡丹，自然会思绪绵绵，感慨万端。诗作于绍兴六年（1136），洛阳沦于金人铁骑之下整整十年了，诗人离开故土也整整十年了。国破家亡，长路漫漫，不知何时再回故乡。第二、三句显然化用了岑参《逢入京使》"故园东望路漫漫，双袖龙钟泪不干"的诗句，表达了诗人无限的伤感。末句"独立东风看牡丹"，写得很含蓄。表面上说的是自己一个人独立春风之中观赏青墩牡丹，实际上想说什么时候自己才能回到故乡洛阳去观赏天下驰名的洛阳牡丹。诗人睹物伤情，引发了故国之思、怀乡之念，饱含了对故乡沦陷、收复无期、怀归不得的深沉慨叹。我们仿佛看到了诗人在对花溅泪、凄然欲哭！陈与义写作这首诗时只是47岁，却自叹"龙钟"，已感生前无望再归故土，因此看见牡丹而兴悲怀。两年之后他果然为国忧伤而去世了。

（桂郁文）

池州翠微亭[1] [宋]岳飞

经年尘土满征衣[2]，特特寻芳上翠微[3]。
好水好山看不足，马蹄催趁月明归[4]。

作者简介

岳飞（1103—1142），南宋初期抗金名将，我国历史上著名的抗金英雄。字鹏举，相州汤阴（今河南汤阴）人。出身农家，少年从军，屡立战功，后被主和派奸相秦桧陷害，以“莫须有”罪名被害于风波亭，年仅40岁。他在半生戎马中写下了不少洋溢爱国主义精神和英雄主义气概的作品，千古传唱，动人心魄。

注释

①池州：今安徽省贵池区。翠微亭：池州境内有齐山，洞壑林立，风景如画，翠微亭立于齐山之峰顶，为曾任池州刺史的杜牧所建。②经年：常年。征衣：军服，戎装。③特特：特地。寻芳：寻觅春色，即观赏美好的风光，实指对有政绩的地方官杜牧的瞻仰。④马蹄催：马蹄声声紧催。

译文

长年征战身不改甲戎装沾满尘土，精忠报国景仰前贤登翠微亭览胜。
大好河山美景如画总是观赏不尽，战事紧迫扬鞭策马连夜踏上新的征程。

简析

这首诗写作者在戎马倥偬中观赏祖国大好河山的情景，抒发为保卫祖国而赶赴前线的献身情怀。身披战袍，骑着战马，匆匆而来又急急离去的骁将形象，跃然纸上。全诗不在模山范水上着力，翠微亭的无限风光，全通过作者来去时的心情反映出来，显示出一种独特的风格。语言明白如话，却因真情深厚而急流直下，极具感染力。

（唐嗣德）

游山西村 [宋]陆游

莫笑农家腊酒浑[1]，丰年留客足鸡豚[2]。
山重水复疑无路[3]，柳暗花明又一村[4]。
箫鼓追随春社近[5]，衣冠简朴古风存[6]。
从今若许闲乘月[7]，拄杖无时夜叩门[8]。

作者简介

陆游（1125—1210），字务观，号放翁，越州山阴（今浙江绍兴）人。出身于文学世家，学富才高，诗、词、文、书法等都有卓著成就，尤以诗歌创作成就更为突出。他用悲壮激昂、清亮高亢的歌声，广泛而真实地反映了南宋人民恢复中原、统一祖国的强烈愿望。创作勤奋，直到老年还是“无诗三日却堪忧”，现存诗9300多首，从作品所反映时代的深度和广度来看，陆游确实不愧是宋代最杰出的诗人。其风格雄浑豪放，感情激越，笔意晓畅，辞旨明快，在文学史上独树一帜，影响深远。有《剑南诗稿》85卷传世。

注释

①腊酒：腊月里酿造的酒。②足鸡豚（tún）：意思是准备了丰盛的菜肴。足：足够，丰盛。豚，小猪，诗中代指猪肉。③山重水复：一座座山、一道道水重重叠叠。④柳暗花明：柳色深绿，花色红艳。⑤箫鼓：吹箫打鼓。春社：古代把立春后第五个戊日作为春社日，拜祭社公（土地神）和五谷神，祈求丰收。⑥古风：有古人之风度也。古风存：保留着淳朴古代风俗。⑦若许：如果这样。闲乘月：有空闲时趁着月光前来。⑧无时：没有一定的时间，即随时。叩门：敲门。

译文

不要笑农家腊月里酿的酒浊而又浑，
在丰收的年景里待客菜肴非常丰盛。
山峦重叠水流曲折正担心无路可走，
柳绿花艳忽然眼前又出现一个山村。
吹着箫打起鼓春社的日子已经接近，
村民们衣冠简朴古代风气仍然保存。
今后如果还能乘大好月色出外闲游，
我一定拄着拐杖随时来敲你的家门。

简析

这首一首纪游抒情诗。首联渲染出丰收之年农村一片宁静、欢悦的气象。“足”字，表达了农家款客尽其所有的盛情。“莫笑”二字，道出诗人对农村淳朴民风的赞赏。颔联写山间水畔的景色。写景中寓含哲理，流畅绚丽、开朗明快。诗人置身山阴道上，信步而行，疑若无路，忽又开朗的情景，不仅反映了诗人对前途所抱的希望，也道出了世间事物消长变化的哲理。颈联由自然入人事，描摹了南宋初年的农村风俗画卷。农家祭社祈年，满着丰收的期待。尾联写诗人已“游”了一整天，此时明月高悬，整个大地笼罩在一片淡淡的清光中，给春社过后的村庄也染上了一层静谧的色彩，别有一番情趣。

（刘艳敏）

书愤 [宋] 陆游

早岁那知世事艰[①]，中原北望气如山[②]。
楼船夜雪瓜洲渡[③]，铁马秋风大散关[④]。
塞上长城空自许[⑤]，镜中衰鬓已先斑[⑥]。
出师一表真名世[⑦]，千载谁堪伯仲间[⑧]。

注释

①早岁：青壮年时期。那知：如何料得到。世事艰：世事的艰难，主要指北伐收复失地的事。②气如山：指收复失地的壮志豪气，高如山岳，坚定雄伟。③楼船：高大的战船。瓜洲：即瓜洲镇，在今江苏扬州市南的长江之滨，是当时的军事重地。④铁马：披着铁甲的战马。大散关：今陕西省宝鸡市西南，是南宋时的边防重镇，南宋与金以大散关为界。⑤塞上长城：作者青年时曾立志成为边塞名将，自比为御敌卫国的钢铁长城。空自许：现在理想已落空。⑥已先斑：鬓发已先于壮志实现而花白了。⑦出师一表：指诸葛亮的《出师表》，中有“当奖帅三军，北定中原……兴复汉室，还于旧都”等语，正合于陆游的抱负。真名世：真足以作为那一时代的标志。⑧堪：可以。伯仲：古时兄弟出生命名时按出生次序“伯仲叔季”排行，其中长为伯，次为仲以此为顺序，后用作衡量人物等差之词。

译文

青年时代不知道人生世事的艰难，一心希望收复中原豪气如山。
瓜洲渡风雪夜驾战船大败金兵，骑着战马迎着秋风夺回大散关。
立志成为边塞名将现在已经落空，事业未成对镜自照可叹鬓衰发斑。
诸葛亮的《出师表》名传后世，数千年来谁能与他齐名并肩。

简析

作者写这首诗时，年已 62 岁，被罢职闲居多年，抗金复国的伟大志向未能实现，自己却已经“衰鬓已先斑”了。他想起早年胸怀的壮志和当初抗金的战绩，再看自己眼前的处境和朝中无人主战的困局，不禁满腔悲愤而创作此诗。这首诗的内容兼有两重感情：一是抒发长期积压心头那壮志未酬的愤懑之情，二是抒发坚持抗敌、立誓报国、完成统一大业的战斗豪情。全诗波澜起伏，慷慨悲壮，在思想上和艺术上都取得了感人的效果。“楼船夜雪瓜洲渡，铁马秋风大散关”这一联，用三个名词对三个名词，没有用一个动词而意境全出，既是写景，又是抒情，被世人称为抒怀绝唱。

（唐嗣德）

秋夜将晓出篱门迎凉有感①［宋］陆游

三万里河东入海②，五千仞岳上摩天③。
遗民泪尽胡尘里④，南望王师又一年⑤。

注释

①将晓：天将要亮了。篱门：竹枝或树枝编的门。迎凉：出门感到一阵凉风。②三万里：长度，形容河的长，是虚指。河：指黄河。③五千仞：形容山岳的高。仞，古代长度单位，八尺为一仞。也有说七尺为一仞的。岳：指五岳之一的西岳华山。黄河和华山都在金人占领区内。一说指泰、恒、嵩、华诸山。摩天：迫近高天，形容极高。摩：摩擦，接触或触摸。④遗民：指在金占领区生活却认同南宋王朝统治的人民。泪尽：眼泪流干了，形容十分悲惨、痛苦。胡尘：指胡人骑兵的铁蹄践踏扬起的尘土，指金朝的暴政。胡：古代对北方和西方少数民族的泛称。⑤南望：远眺南方。王师：指宋朝的军队。

译文

三万里黄河滔滔不息东流入大海，五千仞华山气势雄伟高耸接苍天。
沦陷区人民异族统治眼泪已流尽，盼望着王师收复失地一年又一年。

简析

这首诗写于南宋光宗绍熙三年（1192），时年诗人已68岁，退居家乡山阴。宋光宗赵惇只知道压榨百姓，闭口不谈抗金复国，把北方沦陷区人民忘得一干二净。诗人出于对祖国山河的热爱，对沦陷人民的同情，对南宋朝廷投降政策的愤慨，以沉痛的心情，磅礴的气势，写下了这首爱国诗篇。原作两首，这是其二。

这首诗通过对祖国壮丽河山的夸张描写，表达了北方沦陷区人民盼望南宋军队收复失地的渴望心情，同时也表达了诗人对北方人民的深切同情和对南宋投降派的强烈愤慨！

诗歌艺术上的主要特点：一是夸张。前两句夸张，气势磅礴，突出了祖国河山的壮美。夸张描写，更能唤起人们对祖国大好河山的热爱，激起人们的爱国情感，让人们认识到，如此壮美的祖国河山，怎能长期沦陷敌手呢？从而激发起人们收复失地的决心；二是情景交融。诗歌前两句从内容上看是描写景物，一写河、一写山，但诗人写河山，其作用是通过对祖国河山的描绘抒发诗人对祖国河山沦陷的沉痛心情，表达诗人对南宋投降派的愤恨，对沦陷区人民的深切同情。如没有前两句的景物描写，诗人所抒之情就无以寄托，所以说这首诗达到了情景交融的境界。

（桂郁文）

夏日六言 [宋]陆游

溪涨清风拂面[①]，月落繁星满天。
数只船横浦口[②]，一声笛起山前。

注释

①溪涨：溪流涨水，暗示着刚刚下了一场雨。②浦口：小河入江之处。

译文

溪流涨水，雨后临溪而立，清风拂面；
夜深月落，直至繁星呈现，满天星光。
繁星之下，浦口数只船停，隐隐可见；
悠远山前，阵阵笛声传来，浮想联翩。

简析

这首诗为陆游晚年退居山阴时六言之作。诗作描绘的是山阴三山夏夜的景色。六言，即六言绝句，为绝句的一种形式。诗人临溪而立，清风拂面，心旷神怡。立于溪边，静听水声，直到月隐星现，足见诗人之沉迷、爱恋与执着。一个“横”字，以动写静，突出了星月之夜江边的静谧。全诗虚实相生、动静相宜、层次分明地将一幅清新、恬淡、静谧、悠远的山乡夏夜图呈现于读者面前，实为写景诗中不可多得的优秀诗篇。

（肖建辉）

冬夜读书示子聿[①] [宋]陆游

古人学问无遗力[②]，少壮功夫老始成[③]。
纸上得来终觉浅[④]，绝知此事要躬行[⑤]。

注释

①聿（yù）：陆游的小儿子，名叫陆聿。示子聿，给儿子陆聿看，意思是告诉儿子一个道理。②学问：学习，探讨。无遗力：不遗余力，竭尽全力。③始：才。成：成果，成就。④纸上：书本上。浅：肤浅。⑤绝知：一定要懂得。躬行：亲身实践。

译文

古人做学问总是刻苦勤奋竭尽全力，
青少年时下苦功夫到老年才有所成。
单从书本上得来的知识终究浮泛浅薄，

一定要懂得获取真知必须亲自践行。

简析

这是一首说理诗，整首诗议论做学问的两个基本问题：一是从少壮开始必须下苦功夫，二是要把书本知识与社会实践紧密结合起来。这是作者的经验之谈，直到今天仍然有启发借鉴作用。“少壮功夫老始成”是至理名言，有抱负的学子应把它当作座右铭。

（唐嗣德）

偶读旧作有感[①] [宋] 陆游

文字尘埃我自知[②]，向来诸老误相期[③]。
挥毫当得江山助[④]，不到潇湘岂有诗[⑤]。

注释

①本诗原题为《予使江西时以诗投政府丐（miǎn）湖湘一麾会召还不果偶读旧稿有感》。②文字尘埃：是说自己的诗文如尘埃一般轻微渺小。③向来：先前，一向。诸老：指“江西诗派”诸位前辈诗人。相期：相约；期待。④挥毫：指用毛笔写字或作画。这里指写诗。当得：应该，理所当然。⑤潇湘：湖南潇水和湘江的并称。特指今湖南省永州市。潇水和湘江的融汇处在今湖南省永州市零陵区萍洲，永州因此雅称“潇湘”。也泛指今湖南省。潇，潇水，是湘江最大的支流。湘，湘江，湖南省最主要的河流。

译文

我先前诗文如尘埃自有所知，一向误了诸老的主张和期许。
写诗作文理应得到江山相助，不到潇湘游历岂能写出好诗。

简析

这是一首论诗诗。写诗人偶读自己以前所作诗文的感想。第一、二句，自我贬抑。先说自己过去所作诗文犹如尘埃一般轻微渺小，不值一提，再说自己在诗歌写作上没有遵行“江西诗派”诗论主张，耽误了前辈的期待。陆游与“江西诗派”颇有渊源，早年学诗于“江西诗派”曾几，受江西诗风的影响。但“江西诗派”过于注重形式忽略社会生活这一文学创作的源泉，陆游不受拘泥。后两句，写自己的作诗体会，实际上是自己的诗论主张。“挥毫当得江山助，不到潇湘岂有诗”，强调的是写诗作文要深入生活实际，要有真实的生活体验，这是文学创作的基本原理。

（桂郁文）

示儿[1] [宋] 陆游

死去元知万事空[2]，但悲不见九州同[4]。
王师北定中原日[4]，家祭无忘告乃翁[5]。

注释

①示儿：写给儿子们看，带有遗嘱的性质。这是陆游的绝笔诗。②元知：本来知道。元，通“原”。空：不存在。万事空：指万事都可以无牵挂，都可以丢开。③但悲：只悲叹，只为一件事而悲叹。九州同：指全中国统一完整，古代中国划分为九州。④王师：指宋王朝的军队。北定：向北平定，即北伐成功。⑤家祭：子孙祭祀祖宗。无忘：不要忘记。乃翁：你们的父亲，作者自称。

译文

我本来知道人死后万事皆空，只悲叹祖国还没有实现大同。
待到宋朝军队收复中原的那一天，祭祖时千万别忘了把喜信告诉乃翁。

简析

这是作者临终前写的一首诗。一位86岁的老人，他念念不忘的不是个人的生死，而是祖国的统一大业。他特地嘱咐儿子，今后在祭祖时千万不要忘记把收复中原的好消息告诉他。作者用剩下的最后一口气，唱出了慷慨激昂、悲壮豪放的一曲，表达了至死不衰的爱国热忱，实在令人肃然起敬。

（唐嗣德）

夏日田园杂兴（其一） [宋] 范成大

梅子金黄杏子肥[1]，麦花雪白菜花稀[2]。
日长篱落无人过[3]，惟有蜻蜓蛱蝶飞[4]。

作者简介

范成大（1126—1193），诗人，字致能，又字幼元、友生，号山中居士，又号石湖居士，苏州吴县（今属江苏）人。高宗绍兴年间进士，历任知处州、知静江府兼广南西道经略安抚使、四川制置使、参知政事等职。曾使金，坚强不屈，几被杀。晚年退居故乡石湖，卒谥文穆。其诗题材广泛，与陆游、杨万里、尤袤齐名，称“南宋四大家”。又工词。著作颇富，存世有《石湖居士诗集》《石湖词》《桂海虞衡志》《吴船录》《吴郡志》等。

注释

①梅子：梅树的果实，夏季成熟，可以吃。肥：指果肉肥厚。麦花：②荞麦花。菜花：油菜花。③篱落：中午篱笆的影子。惟有：只有。④蛱（jiá）蝶：菜粉蝶。

译文

梅子已经变成金黄色，杏子也已长肥了。
春天田野中金灿灿的菜花只剩下稀稀落落的残朵；
一眼望去，却是雪白的麦花。正午时分，太阳高高在上，
篱笆影子随着太阳升高越来越短，没有人经过。
四周静悄悄的，只有蜻蜓和蝴蝶飞过。

简析

这首诗写初夏江南的田园景色。诗中用梅子黄、杏子肥、麦花白、菜花稀，写出了夏季南方农村景物的特点，有花有果，有色有形。前两句写出梅黄杏肥，麦白菜稀，色彩鲜丽。诗的第三句，从侧面写出了农民劳动的情况：初夏农事正忙，农民早出晚归，所以白天很少见到行人。最后一句又以"惟有蜻蜓蛱蝶飞"来衬托村中的寂静，静中有动，显得更静。后两句写出昼长人稀，蜓飞蝶舞，以动衬静。

（彭双宝）

夏日田园杂兴（其七） [宋]范成大

昼出耘田夜绩麻[①]，村庄儿女各当家[②]。
童孙未解供耕织[③]，也傍桑阴学种瓜[④]。

注释

①耘田：除草。绩麻：把麻搓成线。②各当家：每人担任一定的工作。③未解：不懂。供：从事，参加。④傍：靠近。

译文

白天在田里锄草，夜晚在家中搓麻线，
村中男男女女各有各的家务劳动。
小孩子虽然不会耕田织布，
也在那桑树荫下学着种瓜。

简析

这首诗以朴实的语言、细微的描绘，热情地赞颂了农民紧张繁忙的劳动生活。前两句

写乡村男耕女织，日夜辛劳，表现了诗人对劳动人民的同情和敬重。后两句生动地描写了农村儿童参加力所能及的劳动的情景，流露出对热爱劳动的农村儿童的赞扬。诗中描写的儿童形象，天真纯朴，令人喜爱。全诗有概述，有特写，从不同侧面反映出乡村男女老少参加劳动的情景，具有浓郁的生活气息。

（彭双宝）

后催租行 [宋] 范成大

老父田荒秋雨里①，旧时高岸今江水。
佣耕犹自抱长饥②，的知无力输租米③。
自从乡官新上来，黄纸放尽白纸催④。
卖衣得钱都纳却，病骨虽寒聊免缚。
去年衣尽到家口⑤，大女临歧两分首⑥。
今年次女已行媒⑦，亦复驱将换升斗⑧。
室中更有第三女，明年不怕催租苦。

注释

①老父（fǔ）：老翁、老农。②佣耕：做雇农，为他人耕种。③的知：确知。④黄纸放尽白纸催：皇帝的诏书免除灾区的租税，地方官吏的命令仍旧紧催农民交纳。黄纸：皇帝的免租税的诏书。白纸：地方官的文告。⑤家口：家中人口。⑥歧：岔路口。两分首：相互分离，意即大女儿已卖给他人。⑦行媒：本指媒人介绍，这里是订婚之意。⑧亦复驱将换升斗：也只好把她卖了换来少量粮食缴租。

译文

连绵秋雨下个不停，老农看着荒芜的田地深深地叹息，那江水滚滚流过的地方，原来是岸边的高地。

我受雇干活仍然常常受冻挨饥，真的是没钱来交纳租米。

自从近年来新官上任，把皇上免税的诏书再不一提，到处贴出了征租的通告，衙役们挨家挨户催逼。

前年把卖衣服的钱全部上交，多病的身子虽然寒冷，可免去了被绑缚受欺。

去年衣服已经卖完，只好含泪把大女儿嫁出，各分东西。

今年二女已托人做媒，也将送出去换上微薄的钱米。

明年不怕催租的上门，家中还有第三个女儿可以充抵。

简析

这首诗客观叙写一位老农一家的遭遇，深刻地反映出农民在官府苛重租税下的苦难生活。首四句交代老农当时的处境，秋霖成涝，田地荒废，食不果腹，确实无法交米纳租。

"的知"两字，包含无限辛酸。接着写催租和纳租。"自从乡官新上来，黄纸放尽白纸催"两句，揭示出地方官吏不顾百姓死活，"黄纸"（朝廷蠲免租赋的诏令）放（免）为幌子，"白纸"（地方官交田赋的命令）严催租赋的丑恶凶残嘴脸。"卖衣得钱都纳却"至结尾写农民交纳租赋的惨境。"卖衣"见出已是赤贫，无衣可卖，只能卖女，且卖过大女，又卖次女，还准备卖第三女来换微薄的聘礼，处境的悲惨无以复加。结尾两句，农夫表面上的自我宽慰，更将老农内心的凄苦、绝望描写得撼人心魄。至此，苛政猛于虎的主题揭示无遗。

（刘艳敏）

小池[①] [宋] 杨万里

泉眼无声惜细流[②]，树阴照水爱晴柔[③]。
小荷才露尖尖角[④]，早有蜻蜓立上头。

作者简介

杨万里（1127—1206），字廷秀，号诚斋，江西吉水（今属江西）人。高宗绍兴年间进士，官至秘书监。秉性刚直，敢于直言，后以忤奸相，辞官家居 15 年不出，忧愤成疾而终。勤奋笔耕，作诗两万多首，其诗清新活泼，平易自然，变化多姿，富有情趣，自成一家，时称"诚斋体"。注意吸收民间口语、俗语、俚语入诗，大大增强了语言的生动性，对诗歌的发展作出了突出贡献。有《诚斋集》《江湖集》《荆溪集》传世。

注释

①小池：小池塘。②泉眼：泉水的出口处。泉，是从地下冒出来的水。惜：爱惜。细流：细小的流水。③照水：映照在水中。晴柔：晴朗天气里的柔和风光。④小荷：刚刚长出来的嫩荷。尖尖角：还没有完全张开嫩荷的尖端。

译文

泉眼十分爱惜静静地冒出的细流，垂柳的身影照在池水上格外温柔。
一支新荷正破水露出新鲜的尖尖角，早就有一只红蜻蜓抢先立在上头。

简析

这首诗描写江南四月的池塘景物，静静地流淌的泉水，波平如镜的池塘，池塘边垂柳的倒影，水面上才露出尖尖角的新荷，立在新荷尖角上的红蜻蜓，它们自然而和谐地融合在一起，构成了一幅神形兼备、气韵俱佳的优美风景画。

（唐嗣德）

晓出净慈寺送林子方① [宋] 杨万里

毕竟西湖六月中②，风光不与四时同③。
接天莲叶无穷碧④，映日荷花别样红⑤。

注释

①晓：早晨。净慈寺：杭州西湖边上的一个著名佛寺。林子方：作者的好朋友。②毕竟：终归，到底。③四时：春、夏、秋、冬四季。农历六月当属夏季，这里的“四时”是泛指其他季节。④接天：接到天边。莲叶：荷叶。无穷：无尽，这里指无边无际。碧：青绿色。⑤映日：在太阳光映照下。别样：特别，与一般大不相同。

译文

西湖六月中的风光被人格外看重，到底与其他时节大不相同。
碧绿的荷叶一望无际与蓝天相接，怒放的荷花在朝阳映照下比火还红。

简析

这是一首描写盛夏清晨美景的佳作。作者运用夸张的手法，写荷叶“接天”“无穷”的雄浑气势，写荷花“映日”红胜火的绚丽色彩。一红一绿，突出了“不与四时同”的独特风光。

（唐嗣德）

八月十二日夜诚斋望月① [宋] 杨万里

才近中秋月已清，鸦青幕挂一团冰②。
忽然觉得今宵月，元不黏天独自行③。

注释

①高宗绍兴二十四年（1154）杨万里进士及第，授赣州司户，继调永州零陵丞，并名其书室曰“诚斋”。②鸦青：暗青色。这里形容月夜天空的颜色。秋月生凉，故称一团冰。③元：原来。

译文

才接近中秋月亮就已经很明亮了，黑青色的天幕上挂着一轮皎洁的明月。
看到今晚的月亮才突然发觉，原来月亮不是粘在天上而是有自己的运行轨道的。

简析

“月到中秋分外明”，杨万里能独辟蹊径，别有所想，石破天惊，出人意表。他想的是这个月亮“无不黏天独自行”，意思是“原来月亮并不是粘在天上而是独自行走的”。夜空片云全无，一轮明月高悬，似乎无所附丽，独自运行——设想新奇，月夜晴空的境界全出。这首小诗境界优美，给人以美的享受；遐想新奇，启迪着人们的思路；语言通俗，使人感到新鲜活泼。

（肖建辉）

舟过安仁[1] ［宋］杨万里

一叶渔船两小童，收篙停棹坐船中[2]。
怪生无雨都张伞[3]，不是遮头是使风[4]。

注释

①安仁：县名。在湖南省东南部，现郴州市北大门，宋时设县。②篙：撑船用的竹竿或木杆。棹，船桨。③怪生：怪不得。④使风：诗中指两个小孩用伞当帆，让风来帮忙，促使渔船向前行驶。

译文

一叶渔船上，有两个小孩子，
他们收起了竹竿，停下了船桨，坐在船中。
怪不得没下雨他们就张开了伞，
原来他们不是为了遮雨，而是想利用伞使风，让船前进。

简析

这首诗语言浅白如话，充满情趣，写诗人乘舟路过安仁时，所见到的情景，展示了无忧无虑的两个小渔童的充满童稚的行为中透出的只有儿童才有的奇思妙想、聪明，体现了两小童的可爱与思维的敏捷。杨万里写田园诗，非常善于利用儿童稚态，起到点化诗境的效果，从中也可以看出诗人的童心不泯，表达了诗人对孩子的喜爱和赞赏。

（肖建辉）

闲居初夏午睡起二首 ［宋］杨万里

其一

梅子留酸软齿牙[1]，芭蕉分绿与窗纱[2]。

日长睡起无情思[3]，闲看儿童捉柳花[4]。

其二

松阴一架半弓苔[5]，偶欲看书又懒开。

戏掬清泉洒蕉叶[6]，儿童误认雨声来。

注释

①梅子：一种味道极酸的果实。软齿牙：一作溅齿牙，指梅子的酸味渗透牙齿。②芭蕉分绿：芭蕉的绿色映照在纱窗上。与窗纱：《四部备要》本《诚斋集》作“上窗纱”，此据《杨万里选集》。与，给予的意思。③无情思：没有情绪，指无所适从，不知做什么好。思，意，情绪。④捉柳花：戏捉空中飞舞的柳絮。柳花，即柳絮。⑤半弓：半弓之地，形容面积极小。弓，古时丈量地亩的器具，后为丈量地亩的计算单位。一弓等于1.6米。⑥掬：两手相合捧物。

译文

（其一）

梅子味道很酸，吃过之后，余酸还残留在牙齿之间；

芭蕉初长，而绿荫映衬到纱窗上。

春去夏来，日长人倦，午睡后起来，情绪无聊，

闲着无事观看儿童戏捉空中飘飞的柳絮。

（其二）

松阴之下长着半弓的草苔，

想看书可又懒得去翻开。

百无聊赖中掬起泉水恶作剧去浇芭蕉，

他们还以为骤然下起雨来。

简析

《闲居初夏午睡起二绝句》是杨万里的组诗作品。第一首诗写芭蕉分绿，柳花戏舞，诗人午睡初起，没精打采，当看到追捉柳絮的儿童时，童心复萌，便不期然地沉浸其中了。第二首诗写作者从书斋来到庭院里，百无聊赖，便捧起水来洒在芭蕉叶上，使儿童误以为下雨，表现其慵懒的情绪。全诗精于炼字，充满生活情趣。

（彭双宝）

宿新市徐公店[1]（其二） [宋]杨万里

篱落疏疏一径深[2]，树头花落未成阴[3]。

儿童急走追黄蝶[4]，飞入菜花无处寻[5]。

注释

①新市：地名。今浙江省德清县新市镇，一说在今湖北省京山县东北。②篱落：篱笆。疏疏：稀疏，稀稀落落的样子。一径深：一条小路很远很远。深，深远。③未成阴：新叶还没有长得茂盛浓密，未形成树荫。阴，树叶茂盛浓密。④急走：奔跑着、快追。走，是跑的意思。⑥黄蝶：黄颜色的蝴蝶。⑤无处：没有地方。寻：寻找。

译文

稀稀落落的篱笆旁有一条小路伸向远方，
旁边的树上花已经凋落了，而新叶却刚刚长出，还没有形成树荫。
儿童们奔跑着，追捕那翩翩飞舞的黄色蝴蝶，
可是蝴蝶飞到黄色的菜花丛中后，孩子们就再也找不到它们。

简析

这是一首描写暮春农村景色的诗歌，描绘了一幅春意盎然的景象。头两句点出儿童捕蝶时候快乐、天真的背景。篱笆和小路，点明这是农村；“花落未成阴”和结句中的“菜花”都说明这是暮春季节。后两句将彩笔转入画面的中心，描绘儿童捕蝶的欢乐场面。“急走”“追”是快速奔跑追逐的意思。这两个动词十分形象贴切，将儿童的天真活泼、好奇好胜的神态和心理刻画得惟妙惟肖，跃然纸上。而“飞入菜花无处寻”则将活动的镜头突然转为静止。“无处寻”三字给读者留下想象回味的余地，仿佛面前又浮现出一个面对一片金黄菜花搔首踟蹰、不知所措的儿童。平易自然，形象鲜明，别有风趣。

（刘艳敏）

摩崖[1] [宋]李若虚

元颜文字照浯溪[2]，神物于今常护持[3]。
崖边尚有堪摩处，留刻中兴第二碑！

作者简介

李若虚（生卒年不详），洺州曲周县（今河北曲周）人。以小吏入仕，绍兴五年至八年（1135—1138）在岳家军中任职，后调至朝廷，官至司农卿。岳飞遇害后，李若虚也受牵连，被罢官夺职，后又遭流放，最终死于贬所。宋孝宗为岳飞平反后，因其孙李机请求，宋廷为李若虚追复原官。

注释

①摩崖：把文字直接书刻在山崖石壁上称“摩崖”。这里指唐刻《大唐中兴颂》浯溪摩崖石碑。②元颜文字：指唐代元结撰文，颜真卿书写的《大唐中兴颂》摩崖石刻碑文。

③神物：亦指《大唐中兴颂》摩崖石刻。

译文

元颜二公中兴碑光照浯溪，这神物到现在常加以护持。
石崖上面还有可摩的地方，留给后人镌刻中兴第二碑！

简析

宋高宗绍兴五年（1135）五月，高宗下旨右承奉郎李若虚取代陈子卿，任岳飞制置司参议官。5 月 24 日，李若虚途经荆湖南路永州祁阳县浯溪，参观中兴摩崖，写下此诗，表述了自己的志向。这首诗后来也刻于浯溪碑林。诗碑行楷，苍劲而有风韵。

首二句“元颜文字照浯溪，神物于今常护持。”高度赞美唐刻《大唐中兴颂》浯溪摩崖石刻。元结是唐代的著名诗人、散文家。《大唐中兴颂》序文简述了大唐中兴的事实和值得歌颂的理由，颂文严肃地歌颂了戡乱中兴的业绩与声威，指斥了叛逆，赞扬了忠烈。还侧面揭露了唐朝统治者政治腐败，酿成战祸，足以鉴戒。颜真卿是唐代大书法家，书写时下笔激越高昂，气势磅礴，字字刚正雄伟，气度恢宏，精神内蕴，字里行间充满刚毅之气，使中兴碑成为鲁公生平得意之笔，被誉为“宇宙杰作”，致使后人“百拜不能休”。元结的文章，颜真卿的书法，集中于一地，这是历史对浯溪的厚爱。加上刻颂的摩崖临江矗立，如斧削成，“地劈天开，其文独立；山高水大，此石不磨。”因文奇、字奇、石奇，世称“摩崖三绝”，致“古今中外皆知”了。后人为保护摩崖三绝，自宋仁宗皇祐五年（1053）始已经六次修建“三绝堂”。首句用一“照”字，形象地赞颂了元文颜书的中兴碑，光照浯溪，熠熠生辉。末两句“崖边尚有堪摩处，留刻中兴第二碑！”表达了作者志向与抱负。诗人作此诗时，距“靖康之难”只八年，南宋民族矛盾异常激烈，诗人刚刚受命于岳家军任职。途经浯溪，看到了《大唐中兴颂》碑文，由唐代的安史之乱自然联想到了当朝的“靖康之耻”。“留刻中兴第二碑”，表达了作者希望南宋中兴的豪情壮志和爱国情感。诗歌语言朴实、情感炽烈、富有意蕴、具有激荡人心的艺术效果。

（桂郁文）

春日[1] [宋]朱熹

胜日寻芳泗水滨[2]，无边光景一时新[3]。
等闲识得东风面[4]，万紫千红总是春。

作者简介

朱熹（1130—1200），字元晦，又字仲晦，号晦庵，晚称晦翁，谥文，世称朱文公。祖籍江南东路徽州府婺源县（今江西省婺源），出生于南剑州尤溪（今属福建省尤溪县）。著名的理学家、思想家、哲学家、教育家、诗人，闽学派的代表人物，儒学集大成者，世尊称为朱子。朱熹是唯一非孔子亲传弟子而享祀孔庙，位列大成殿十二哲者中的一人。朱熹是程颢、程颐的三传弟子李侗的学生，任江西南康、福建漳州知府、浙东巡抚，做官清正有为，振举书院建设。宁宗庆元元年（1195）官拜焕章阁待制兼侍讲，为宋宁宗皇帝讲学。

注释

①春日：春天。②胜日：天气晴朗的好日子，也可看出人的好心情。寻芳，游春，踏青。泗水，河名，在山东省。滨，水边，河边。③光景：风光风景。④等闲：平常、轻易。“等闲识得”是容易识别的意思。东风，春风。

译文

风和日丽游春在泗水之滨，
无边无际的风光焕然一新。
谁都可以看出春天的面貌，
春风吹得百花开放、万紫千红，
到处都是春天的景致。

简析

这其实是一首寓理趣于形象之中的哲理诗。

首句点明出游的时令、地点，后三句写“寻芳”的所见所识。春回大地，诗人耳目一新。正是这新鲜的感受，使诗人认识了东风。仿佛是一夜东风，吹开了万紫千红的鲜花；而百花争艳的景象，不正是生机勃勃的春光吗？诗人由“寻”而“识”，步步深化，统率全诗的则是一个“新”字。其实诗中的“泗水”暗喻孔门，“寻芳”暗喻求圣人之道，“东风”暗喻教化，不露说理的痕迹，这是朱熹高明之处。

（肖建辉）

观书有感 [宋]朱熹

半亩方塘一鉴开①，天光云影共徘徊②。
问渠哪得清如许③，为有源头活水来④。

注释

①方塘：四方形的池塘。鉴：镜子。开：打开。古人用铜镜，平时用绸或布等织物做成镜袱盖上，使用时打开。②徘徊：来回不停地移动。③渠：代词，相当于“它”，这里代“方塘”。那得：怎么会。许：这样，这般。④为：因为。源头：水流发源地。活水：指流动而新鲜的水。

译文

半亩方塘像一面打开的铜镜明亮，天光云影映照在水中不停地荡漾。

若问塘水为什么能这样纯净清澈，是因为从源头流来的活水永不停航。

简析

从题目看，大约是作者在看书时受到启发，借写方塘而表达自己的心得。方塘由于有“源头活水”不断输入，所以永不干涸，永远清澈。它给人们以哲理的启迪：源头活则池水清，根本固则枝叶荣，无论做什么事都要从根本源头上去加以解决，即所谓正本清源。要想在学习上有不断长进，就必须努力从现实生活中、从古今中外的知识宝库中吸取新鲜营养。

（唐嗣德）

偶成 ［宋］朱熹

少年易老学难成[①]，一寸光阴不可轻[②]。
未觉池塘春草梦[③]，阶前梧叶已秋声[④]。

注释

①学：学问，学业、事业。②一寸光阴：日影移动一寸的时间，形容时间短暂。轻：轻视，轻松放过。未觉：没有感觉、觉醒。③池塘春草梦：东晋诗人谢灵运《登池上楼》中有“池塘生春草，园柳变鸣禽”，是歌咏南国早春的句子。④阶：台阶。梧：梧桐，落叶乔木。

译文

青春的日子容易逝去，学问却很难成功，
所以每一寸光阴都要珍惜，不能轻易放过。
还没从美丽的春色中一梦醒来，
台阶前的梧桐树叶就已经在秋风里沙沙作响了。

简析

首句是诗人用切身体会告诫年轻人的经验之谈，说明人生易老，学问难成，因而必须爱惜光阴。后两句诗人以敏锐、细腻的笔触，借用前人诗句中的优美形象，把时间快过、岁月易逝的程度，用梦未觉，声来比喻，十分贴切，倍增劝勉的力量；从而使“一寸光阴不可轻”的题旨得以更鲜明的体现，给读者留下深刻难忘的印象。全诗通过梦未醒、梧叶已落来比喻光阴转瞬即逝，告诫青年人珍视光阴，努力向学，用以劝人，亦用于自警。

（彭双宝）

水口行舟[1] [宋]朱熹

昨夜扁舟雨一蓑[2]，满江风浪夜如何[3]？
今朝试卷孤篷看[4]，依旧青山绿树多！

注释

①水口：今福建省古田县水口镇。②扁（piān）舟：小船。雨一蓑：避雨而披上蓑衣。③满江风浪：形容风雨飘摇的情状。风浪，这里指风恶浪急。④朝（zhāo）：早晨，清早。试：写作者卷篷时的疑惑惊惶心理。

译文

小船慢行突遇骤雨夜泊，风急浪大渐渐入梦不知夜色如何？
今天早晨风平雨尽卷起船篷细看，只见叠叠青山丛丛绿树更加生机勃勃！

简析

这首脍炙人口的小诗，语言质朴无华，然而似淡实美，寓物而寄深情，于深情中蕴含哲理，熔物、情、理于一炉。末句是全诗的警策所在，青山绿水不仅写自然之景，而且暗示人们：不要畏惧困难挫折，要创造活力，让青春永驻，让事业勃兴。这首小诗在艺术上的特色，在于成功地描绘出作者遇风雨时的心理变化，由风雨大作时的惊恐心理，到风雨停后的试探心理，进而写青山绿树依旧时的平和心理，都表达得简洁、细腻、逼真。写景如在目前，抒情寓于景中，说理之于言外，具有一定的审美价值，颇值一读。

（唐嗣德）

岩桂[1] [宋]朱熹

亭亭岩下桂[2]，岁晚独芬芳[3]。
叶密千层绿，花开万点黄。
天香生净想[4]，云影护仙妆[5]。
谁识王孙意[6]，空吟招隐章[7]。

注释

①岩桂：桂花的别称。②亭亭：高耸、直立的样子或姿态。这里指岩桂亭亭玉立，挺拔多姿。③岁晚：是说岩桂开花于一年中较晚的时节，一般在农历八九月间开花。④净想：虚静的思虑，心无旁骛。因岩桂花香仿佛能使人的精神进入一种无欲无得、失无功利的极端平静状态，心灵受到了美的熏陶。⑤仙妆：姿容姣美。神话传说中说月亮上有桂树，故称仙妆。⑥王孙：泛指隐居之人。这里是作者自指。⑦招隐章：指《楚辞·招隐士》。其

中有句“王孙兮归来，山中兮不可久留。”招隐，征召隐居者出仕。

译文

生长在山岩下亭亭玉立的岩桂，中秋时分独自开花散发馨香。
枝叶浓密似有千层青绿，小花盛开树上缀满万点金黄。
岩桂花香馥郁让人思虑纯净，天上的云影护卫着岩桂的仙妆。
谁能知道那隐居者的真意，还在白白地吟诵《招隐士》的诗章。

简析

这是一首咏物诗。首联“亭亭岩下桂，岁晚独芬芳。”描写岩桂的形态与花期花香。岩桂亭亭玉立，挺拔多姿，一年中晚些时候独自开花，芳香四溢。颔联“叶密千层绿，花开万点黄。”描写岩桂旺盛的生命力。岩桂生长在山岩这种贫瘠恶劣的环境中，却仍然枝繁叶茂，花开万朵，满树金黄。“叶绿”“花黄”，给人视觉上的美感。颈联“天香生净想，云影护仙妆。”写岩桂的高洁品质。诗人陶醉于岩桂的天香，这天香净化了他的心灵，让他进入了虚静的状态，忘却了尘俗杂念。岩桂之所以如此美好，亭亭玉立，枝繁叶茂，万点金黄，原来它是月中仙桂、非同凡物，自有云影在护卫着她的“仙妆”。这是对岩桂的高度赞美。尾联“谁识王孙意，空吟招隐章。”写岩桂令人迷恋。诗人说没有人知道隐居者对岩桂如此痴迷，却还在徒然地吟诵招隐士的诗章。末两句似与王维的《山居秋暝》末两句“随意春芳歇，王孙自可留”有异曲同工之妙。

这首诗形象地描绘了岩桂的特征：生长环境恶劣，却能挺拔多姿、卓尔不群，独自开花，散发馨香，生命力旺盛，其品质高洁非凡。诗歌表现了诗人对岩桂的喜爱、仰慕与迷恋之情。诗人以岩桂而比德，赞赏了不畏艰难处境，仍然自有作为的非同凡俗的高贵品质。诗歌写法上虚实结合，咏物抒情。前两联实写，第三联虚写，两者都包含了对岩桂的喜爱、仰慕、赞叹之情。尾联抒发情感，仍然不离岩桂，充满了对岩桂的一片痴情，同时，有所寄意。朱熹的《岩桂》不愧为千年传诵的咏桂名篇。

（桂郁文）

立春偶成 [宋]张栻

律回岁晚冰霜少①，春到人间草木知。
便觉眼前生意满②，东风吹木绿参差③。

作者简介

张栻（1133—1180），著名理学家，字敬夫，又字乐斋，号南轩。汉州绵竹（今属四川）人，后迁居衡阳（今属湖南）。抗金名将张浚之子，年轻时曾从父参赞军务。为人正直坦荡。

注释

①律回，古人以音乐上十二律应一年中十二个月。十二律分为律、吕两部分，农历十二月属吕，正月羼（chàn，掺杂）律，立春在十二月与正月之交，故称“律回”。岁晚，此年立春在农历年底，故云岁晚。②生意，生机。③参差（cēn cī），高低不齐，形容水波起伏。

译文

立春天气渐渐转暖，冰冻霜雪虽然还有，但已很少。
春天的到来，连草木也都知道。
眼前的一派绿色，充满了春天的生机。
一阵东风吹来，春水碧波荡漾。

简析

草木初绿，是春到人间的信息，是生命力复苏的象征。本诗用拟人化手法，先从草木转绿的初春景色写起，再写“春风吹皱一池绿水”的盎然春意带给人们的美感。总之，春风一吹，严冬的景象都改观了，一切都充满了活力，反映了诗人对春光的无限喜悦。

（肖建辉）

落花 [宋]朱淑真

连理枝头花正开[①]，妒花风雨便相催[②]。
愿教青帝常为主[③]，莫遣纷纷点翠苔[④]。

作者简介

朱淑真（生卒年不详），约南宋初年时在世，女作家，号幽栖居士，钱塘（今浙江杭州）人，祖籍歙州（今安徽歙县），生于仕宦家庭，相传因婚嫁不满，抑郁而终。能画，通音律。词多幽怨，流于感伤。也能诗。有诗集《断肠集》、词集《断肠词》。

注释

①连理枝：两棵树连生在一起，枝叶交缠。诗人常以之比喻夫妻恩爱。②催：催促。③愿：希望。青帝：传说中的春神，主管春季节令。④莫遣：不要让。点翠苔：指花瓣飘落，点缀在翠绿的苔藓之上。

译文

连理枝头的花儿正在开放，妒火中烧的风雨毁花不让。

司春的青帝你要常为花做主，莫让花儿散落青苔消逝芬芳。

简析

这是女诗人朱淑真创作的一首七言绝句。这首诗直露惜花之情，并借惜花来表达她对人世间不平的愤慨和对美的呼唤。前两句写象征邪恶力量的横雨狂风侵袭着象征美好事物的花，作者用“正”和“便”两个字突出了时间的紧迫，有搏击的紧张感，花开正好，风雨何急。后两句写诗人无力改变残酷的现实和苦难重重的人生，只能呼唤青帝为落花做主，莫让风雨欺凌花，隐含着诗人对人间幸福和美的呼唤。诗写得含蓄而深情。

（桂金菊）

春暮 [宋] 曹豳

门外无人问落花，绿阴冉冉遍天涯。
林莺啼到无声处，青草池塘独听蛙。

作者简介

曹豳（bīn）（1170—1249），字西士，又字潜夫，号东畎，温州瑞安（今属浙江）人。早年家贫。宁宗嘉泰二年（1202）进士，授迪功郎隆兴府靖安县主簿。此后为官四十余年，为官清正、正直敢言。曹豳才华出众，著有奏议、讲义 20 卷，诗歌、杂句 60 卷，可惜大多散佚，现仅存文 1 篇、诗 11 首，词 2 首。他的诗词风格朴实粗犷。

译文

没人去注意那门外纷纷飘落的红花，
浓郁的绿荫直铺向海角天涯。
树上的黄莺儿啼声渐渐停下，
春草池塘边，我独自站立，听着青蛙的鸣叫。

简析

这是一首描写暮春景物的七言绝句。大凡写暮春的诗词，总是由惜春而充满着愁怨，但曹豳这首诗，却一改悲凄情调，把暮春景色写得分外地开朗。诗说对落花不去过问，对莺声的消失也不放在心上，因为繁花有绿荫来代替，莺啼有蛙鸣来代替。绿荫冉冉，似乎是一支画笔，把整个世界涂抹得苍翠欲滴。春草池塘，处处蛙鸣，诗人独立凝听，格外赏心。诗把这些新生的、充满活力的景物渲染得有声有色，使暮春别有一番情趣。

（桂金菊）

颂平常心是道① [宋] 无门慧开禅师

春有百花秋有月，夏有凉风冬有雪。
若无闲事挂心头②，便是人间好时节。

作者简介

无门慧开禅师（1183—1206），俗姓梁，杭州钱塘人，慧开禅师因为苦参“无”字话头而开悟，因此特别着重“无”字法门，他将历代禅宗重要的公案斟选汇编，选择其中的四十八集，纂集成为《无门慧开禅师语录》一书，并自作序文道：“大道无门，千差有路；逢得此关，乾坤独步。”并且把赵州禅师“狗子无佛性”的公案列为第一案，深得六祖慧能大师“无念、无相、无性”的思想要旨。

注释

①颂：颂偈，佛经中的唱颂词。平常心是道：佛学术语，禅宗公案名。②闲事：烦心之事。

译文

春天有百花盛开秋天有朗朗明月，夏天有凉风习习冬天有皑皑白雪。
如果没有烦心事记挂在心头，那就是人世间美好的时节。

简析

这是一首禅诗，诗歌以优美浅显的语言表达了“平常心是道”的境界。前两句，写一年四季中的天气各有不同。春天有百花，夏天有凉风，秋天有明月，冬天有白雪。后两句写要有平常心才会感悟到这四季的美好。诗中强调了要有“若无闲事挂心头”这一足具的条件，才能通达美好的境界，所谓“闲事”，即烦心之事。这句诗看起来浅显明白，其实是很难做到的。人世间有几人能没有“闲事”，更有几人能做到抛却“闲事”？这平常心其实很不平常，一个人若有了平常心，真是一种大彻大悟。佛学是一种宗教，也是一种哲学。对于平常心的觉悟和修为，似应哲学一点，切忌钻牛角尖。

（桂郁文）

湖上① [宋] 徐元杰

花开红树乱莺啼②，草长平湖白鹭飞③。
风日晴和人意好，夕阳箫鼓几船归。

作者简介

徐元杰（1196—1246），字仁伯，号梅野，上饶县八都黄塘人，自幼聪慧，才思敏捷，师学朱熹。理宗绍定五年进士，累官至大堂寺少卿，兼给事中国子祭酒，擢中书舍人。为官“远声色，节情欲”“直声闻于朝”，谥忠愍。著有《梅野集》十二卷，传于世。

注释

①湖：指杭州西湖。②红树：指开满红花的树。乱莺啼：指到处都是黄莺的啼叫。③长：茂盛。平湖：指风平浪静的湖面。白鹭：一种水鸟。

译文

黄莺在开满红花的树上不停地鸣叫，
水平如镜的湖边长着青青的小草，成群的白鹭在湖面上翻飞。
天气晴朗，阳光明媚，游人心情舒畅。
夕阳余晖下，人们划着画船，吹着箫，打着鼓，尽兴而归。

简析

这是一首春游西湖的诗。开头两句着力写出了湖上的风光。乱莺红树，白鹭青草，相映成趣，生意盎然。后两句转到写人。夕阳西下，游船群归的场面，辅以风和日暖的点缀，把游人的勃勃兴致与快心畅意写足写满。全诗用精炼的词句，既概括了西湖的自然景物，又刻画了游人之乐。意境之美，情调欢快，是历来写西湖诗中的上乘之作。

（桂金菊）

乡村四月 [宋] 翁卷

绿遍山原白满川[①]，子规声里雨如烟[②]。
乡村四月闲人少[③]，才了蚕桑又插田[④]。

作者简介

翁卷（生卒年不详），字续古，永嘉（今浙江温州）人。屡试不第，终身布衣。与徐照、徐玑和赵师秀合称“永嘉四灵”。诗大都写与僧人、道士往来的唱和，诗作表现识见太浅，境界不高，但少数作品还是有一定社会内容。诗作注重修辞炼句，善用白描手法写景，特别是一些小诗流丽自然，画面清新。有《苇碧轩集》传世。

注释

①山原：山冈和原野。白满川：河水涨得满满的，呈现一片白色。川：河。②子规：杜鹃鸟。雨如烟：细雨蒙蒙，远看如烟雾。③闲人：不干活的人。④才了：刚刚做完。了：结束，完结。蚕桑：采桑养蚕。插田：在水田里插秧。

译文

山冈平原绿透河水白茫茫一片，
杜鹃声声催耕春雨绵绵如雾如烟。
四月正是农忙季节乡村里没有闲人，
刚干完采桑养蚕的活又急忙插秧下田。

简析

前两句写村景，极写自然景物的清幽；后两句写农事，极写乡村耕作的忙碌。状物言事，这二者形成鲜明对照。山原清幽，独有鸟鸣，这是人迹罕至造成的。人在何处？他们正在田垅中辛勤劳作，早出晚归，农事没完没了。这样互为因果，使全诗脉络清晰，结构严谨，艺术形象也更为鲜明。

（唐嗣德）

初夏游张园[①] [宋]戴复古

乳鸭池塘水浅深[②]，熟梅天气半阴晴。
东园载酒西园醉，摘尽枇杷一树金[③]。

作者简介

戴复古（1167—？），著名江湖派诗人。字式之，常居南塘石屏山，故自号石屏、石屏樵隐，天台黄岩（今属浙江台州）人。一生不仕，浪游江湖，后归家隐居，卒年八十余。曾从陆游学诗，作品受晚唐诗风影响，兼具江西诗派风格。部分作品抒发爱国思想，反映人民疾苦，具有现实意义。

注释

①题原作“初夏”，作者原作“戴石屏”，据《宋诗钞·东皋集》改。②乳鸭：刚孵出不久的小鸭。③枇杷：植物名，果实球形，成熟时呈金黄色，味甜，可食。

译文

小鸭在池塘中或浅或深的水里嬉戏，
梅子已经成熟了，天气半晴半阴。
载酒宴游了东园又游西园，有人已经醉醺醺了。
枇杷像金子一样垂挂在树上，正好都摘下来供酒后品尝。

简析

这是一首欢快的诗篇。江南农历五月，黄梅季节，阴雨绵绵，难得雨止，出门闲游宴饮，其心情之愉快可以想见。池塘里雏鸭浮游，天空中白云浮动，人在东园西园醉饮，趁醉摘尽满树的枇杷。绒黄色的乳鸭、蓝白相间的天空、由青转黄的梅子、金黄色的枇杷，充满动感和色彩的景色表达了作者快乐的心境。

（桂金菊）

约客① [宋] 赵师秀

黄梅时节家家雨②，青草池塘处处蛙③。
有约不来过夜半④，闲敲棋子落灯花⑤。

作者简介

赵师秀（1170—1220），字紫芝，又字灵秀，亦称灵芝，号天乐，永嘉人，宋太祖八世孙，宗室，有名无实。光宗绍熙元年（1190）进士及第，曾做过上元（今江苏江宁）主簿。筠州（今江西高安）推官，并不得志，晚年寓居钱塘。赵师秀与翁卷、徐熙、徐玑号为“永嘉四灵”，诗风清瘦野逸，有《清苑斋诗集》。

注释

①约客：邀请客人来相会。诗题一作“有约”。②黄梅时节：春末夏初，江南梅子熟了，大都是阴雨绵绵的时候，称为“梅雨季节”，所以江南雨季为“黄梅时节”。家家雨：家家户户都赶上下雨，形容处处都在下雨。③处处蛙：到处是蛙声。④有约：即为邀约友人。⑤落灯花：旧时以油灯照明，灯芯烧残，落下来时就好像一朵闪亮的小花。落，使……掉落。灯花，灯芯燃尽结成的花状物。

译文

梅子熟了，到处都是绵绵阴雨，
青草长满池塘四周，处处传来蛙声。
约好的客人过了半夜还没有到来，
我等候客人闲敲棋子震落了灯花。

简析

春末夏初梅子黄时的梅雨季节，阴雨绵绵，雨声、蛙声交织一片，这是典型的江南五月之夜。室外声音嘈杂，室内寂静落寞，诗人所约之客还迟迟未到，心中怅然若失，于是闲敲棋子、观看灯花自落聊以自遣。这首诗写约客不至、雨夜怀人，别有韵味。诗中渲染了撩人思绪的环境气氛，表现诗人夜深灯下候客不至的寂寥落寞。诗歌虽然没有明说此中心情，但寂寞、思念之情见于言外，含蓄温籍，耐人寻味。首二句，富于时令特色和地方风味，常为人所称道。

（桂郁文）

游园不值[①] [宋] 叶绍翁

应怜屐齿印苍苔[②]，小扣柴扉久不开[③]。
春色满园关不住，一枝红杏出墙来。

作者简介

叶绍翁（生卒年不详），南宋中期文学家，江湖派诗人。字嗣宗，号靖逸，处州龙泉（今属浙江）人。其学出于叶适，与真德秀友善。有《四朝闻见录》《靖逸小集》。

注释

①游园不值：想游园没能进门儿。值，遇到；不值，没得到机会。②应怜：大概是感到心疼吧。应，表示猜测；怜，怜惜。屐（jī）齿：屐是木鞋，鞋底前后都有高跟儿，叫屐齿。③小扣：轻轻地敲门。柴扉（fēi）：用木柴、树枝编成的门。

译文

也许是园主担心我的木屐踩坏他那青苔，
轻轻地敲柴门，久久没有人来开。
可是这满园的春色毕竟是关不住的，
那儿有一枝粉红色的杏花伸出墙头来。

简析

头两句交代作者访友不遇，园门紧闭，无法观赏园内的春花。写得很幽默风趣，将主人不在家，故意说成主人有意拒客，给下文作铺垫。后两句诗形象鲜明，构思奇特，“春色”和“红杏”都被拟人化，不仅景中含情，而且景中寓理。“春色”是关锁不住的，“红杏”必然要“出墙来”宣告春天的来临。同样，一切新生的美好的事物也是封锁不住、禁锢不了的，它必能冲破任何束缚，蓬勃发展。

（刘艳敏）

题临安邸[①] [宋] 林升

山外青山楼外楼，西湖歌舞几时休[②]？
暖风熏得游人醉[③]，直把杭州作汴州[④]。

作者简介

林升（生卒年不详），南宋孝宗时人，字云友，又名梦屏，儒士，其他事迹不详。

注释

①临安：南宋的都城，今浙江省杭州市。金人攻陷北宋首都汴京后，南宋统治者逃亡到南方，建都于临安。邸（dǐ）：旅店。这首诗是题在旅店墙上的，这也许是它被流传下来的原因之一。②西湖：在浙江杭州城西。汉时称明圣湖、唐后始称西湖，为著名游览胜地。几时休：什么时候停止。③熏（xūn）：吹，用于温暖馥郁的风。④直：简直。汴州：即汴京，北宋的都城，今河南省开封市。

译文

青山连青山楼台接楼台，西子湖歌舞几时才罢休？
暖风阵阵香吹得游人醉，简直把杭州当作了汴州。

简析

这是一首题壁诗，作者将诗题写在客栈的墙壁上，又叫“墙头诗”。开头两句描写临安景象。表现了山河美好、都城繁华、歌舞升平的气象，毫无国难当头的影子和抗金复国的形势。后两句写南宋统治者偏安江南。诗中的所谓“游人”，实指从汴京逃到杭州的南宋统治集团那些达官显贵。他们仍然醉生梦死、安于享乐、不思恢复中原之大业、全无忧虑外患之意识，简直把原来的都城汴京忘掉了，把杭州当作了汴州。这首诗揭露了南宋统治集团不思复国雪耻，只图偏安江南、沉迷歌舞升平、醉生梦死的腐朽本质，表现了作者对南宋统治者的愤慨以及对国家命运的担忧。这首诗具有典型概括性和讽喻性、语言朴素、意味深长。

（桂郁文）

寒夜 [宋] 杜耒

寒夜客来茶当酒[①]，竹炉汤沸火初红[②]。
寻常一样窗前月[③]，才有梅花便不同[④]。

作者简介

杜耒（？—1227），字子野，号小山，南城（今江西抚州）人。曾官主簿。宁宗嘉定年间为淮东安抚制置使许国幕僚，理宗宝庆三年死于军乱。

注释

①茶当酒：以茶当酒，招待客人。②竹炉：指用竹篾的套子套着的火炉。汤沸：热水沸腾。③寻常：平常。④才有：同“一有”。一说“仅”。

译文

寒冷的冬夜客人来了以茶代酒，

拨开炉火热水沸腾火苗刚红。
与平时一样映照在窗前的明月，
一旦有了暗香浮动的梅花就大不相同。

简析

这是一首抒情小诗，写寒夜客人来访的喜悦、温馨，表达了对客人的赞美与主人的欣喜之情。首句写寒夜客来，主人急忙以茶代酒，招待客人。从“茶代酒”可以看出，所来之客与主人应当是熟客，并且都早已吃过晚餐。第二句，写诗人拨开火炉，热水翻滚起来，炉火红了起来。读者似乎可以想象，寒夜之中，诗人或许正在炉旁取暖，火炉上已然放置水壶，炭灰掩着炭火，当客人进来后，主人便将炭火拨弄开来，火苗红了起来。此时，主人客人围着竹炉，一边取暖，一边品茗，一边畅谈，温馨祥和，其暖融融，其乐融融！第三、四句，是对客人的赞美，表达诗人的欣喜之情。表面上写窗前月因梅花而与寻常不同。实际上是说，家里来了客人便有了与平常不同的氛围，赞美、欣喜之情溢于言表。这最后两句，极具概括力，常被人广泛引用，表达情感，用于赞赏。大凡因为某人某事，而使得相关人事发生了正面的美好的变化，使人们获得了某种满足或愉悦，都可引用歌咏。

（桂郁文）

庆全庵桃花[1] [宋] 谢枋得

寻得桃源好避秦[2]，桃红又是一年春。
花飞莫遣随流水，怕有渔郎来问津[3]。

作者简介

谢枋得（1226—1289），南宋末年著名的爱国诗人。字君直，号叠山，别号依斋，信州弋阳（今江西弋阳）人。诗文豪迈奇绝，自成一家。担任六部侍郎，聪明过人，文章奇绝；学通“六经”，淹贯百家，带领义军在江东抗元，宋亡后，被迫北上大都（今北京），绝食殉国，至死未降。他蔑视权贵，疾恶如仇，爱国爱民，用生命和行动谱写了一曲爱国诗篇。有《叠山集》。

注释

①庆全庵：寺庙名。②桃源：即桃花源，这里指庆全庵。③问津：问路。

译文

寻找一处像桃花源那样的世外仙境，以便能躲避秦朝般的暴政，
看到红艳艳的桃花，才知道又是一年的春天。
花儿凋谢，花瓣千万不要跟着随流而去，
恐怕个渔郎看见了也会到这里来。

简析

诗题的是自己门前的桃花，但诗直接由题宕开，从桃花联想到桃花源。桃花源中的人，因为桃花随着流水而出，被渔夫所追逐而发现了隐避之所。诗人当时变姓埋名，更怕被人知道。诗人这样说，不仅仅是表示不愿让人知，更多的是宣言自己绝不与新朝合作。全诗随手设譬，既符合自己身世与当时社会现实，又明白地表明了自己的志向，自然熨帖。

（肖建辉）

花影 [宋] 谢枋得

重重叠叠上瑶台①，几度呼童扫不开②。
刚被太阳收拾去③，又教明月送将来④。

注释

①重重叠叠：形容地上的花影一层又一层，很厚重。瑶台：玉石台阶。神话传说中的仙家住地，这里指院落中清幽的亭台。②几度：几次。童：男仆。③收拾去：指日落时花影消失，好像被太阳收拾去了。④教：让。送将来：指花影重新在月光下出现，好像是月亮送来的。将：语气助词，用于动词之后。

译文

一层又一层的花影移向清幽幽的亭台，
多次呼唤童仆去打扫，怎么也扫不开。
夕阳西下，刚刚带走了花影，
月亮升起，花影又让明月送来。

简析

这首小诗描写了花朵在日光月色下映射到庭台上浓密的花影，富有情趣的是，诗人竟然几次呼唤仆人去打扫花影，可是怎么也扫不开。更有意味的是，扫不开的花影却被西落的太阳给收拾去了。但是不久，花影又被明月送回来了。这首诗又像一则谜语歌，诗歌本身就像谜面，题目就是谜底。假如没有诗题，仿佛也能猜出“花影”这一谜底，可谓妙趣横生。

诗无达诂。有人说，这是一首咏物诗，描写了花影的日尽甫灭，晚上又来的情形。也有人说这是一首政治讽刺诗，因为日月在古代是帝王的象征，所以花影比喻帝王身边奸邪小人，借花影的难以除去比喻小人得势。还有人说，诗人借吟咏花影，抒发了自己想要有所作为，却又无可奈何的心情。又有人说，诗中颇有禅意。常言道：“如影随形。”有形就有影，有因就有果，世间的种种琐事，正像花影一样萦绕在花前，扫不开、挥不尽、抛不去，只要有日月轮回，只要还停留在这世上，你就躲不开，赶不走。这永远跟着你的影子，不管你喜欢与否。甚至有人认为：这首诗的作者不是谢枋得而是苏东坡。凡此种种，恰恰显示了这首诗内蕴的丰富和艺术的魅力。

（桂郁文）

过零丁洋① [宋] 文天祥

辛苦遭逢起一经②，干戈寥落四周星③。
山河破碎风飘絮④，身世浮沉雨打萍⑤。
惶恐滩头说惶恐⑥，零丁洋里叹零丁⑦。
人生自古谁无死⑧？留取丹心照汗青⑨。

作者简介

文天祥（1236—1283），名垂青史的民族英雄，字履善，号文山，吉州庐陵（今江西吉安）人。宝祐四年进士第一，南宋末年右丞相。出使元军营谈判时被扣留，不久逃归，加封少保信国公。在潮州与元军决战中，兵败被俘，絷于燕京 4 年，虽遭威逼利诱而不变其节，慷慨就义。其诗词文章成就均突出，都是强烈的爱国主义之情的抒发，有不可遏抑之势。两集《指南录》和《吟啸集》中的诗作，记述了他与同僚、部下的艰苦奋斗，表现了崇高的爱国精神和民族气节，激昂慷慨，苍凉悲壮，无愧诗史。

注释

①零丁洋：地名，在今广东中山市南。②遭逢：遭遇。起一经：依靠精通一种经书，通过考试取胜而出来做官，文天祥曾中进士第一名。③干戈：指战争。寥（liáo）落：荒凉冷落。四周星：四周年。星，指岁星。④絮：指柳絮。风飘絮：狂风吹散了飞絮。⑤身世：个人长期的境遇。浮沉：在水中忽上忽下，形容动荡不定。萍：水中生长的浮萍。⑥惶恐滩：险滩名，在今江西省万安县赣江中。惶恐：惊恐，畏惧。说惶恐：指对国亡家破的惊惧与焦虑。⑦叹零丁：感叹自己孤苦伶丁的样子。⑧自古：从古以来。⑨留取：留得。丹心：红心，比喻忠心。汗青：史册。古代无纸，用竹简写书，制竹简时，先把竹子放在火上烧烤，使其汗（水分）渗出，这样既便于书写，又不易被虫子咬蛀，这种加工而成的竹简叫“汗青”。

译文

我的平生遭遇十分艰辛，在兵荒马乱中度过了四年光阴。
山河破碎就像飘飞的柳絮，动荡不安我犹如水上的浮萍。
惶恐滩头兵败令人惊恐焦灼，今日过零丁洋倍感孤苦伶丁。
自古以来有谁能长生不老？为教育后人而留下赤胆忠心。

简析

这首诗是作者抗元失败，被俘后路过零丁洋时所作，诗中叙述从读经出仕到救亡报国的艰辛历程，抒发了坚贞不屈、视死如归的高洁情怀。语言精练，比喻贴切，格调悲壮，感情强烈，具有震撼人心的力量。结末“人生自古谁无死，留取丹心照汗青”是千古传诵的名句，成为后世无数仁人志士的座右铭。

（唐嗣德）

金陵驿[1] [宋] 文天祥

草合离宫转夕晖[2]，孤云飘泊复何依[3]？
山河风景元无异[4]，城郭人民半已非[5]。
满地芦花和我老[6]，旧家燕子傍谁飞[7]？
从今别却江南路[8]，化作啼鹃带血归[9]。

注释

①驿：驿站，古代在驿道上设立的供休息、住宿的场所。金陵：今江苏省南京市，为六朝故都。南宋初高宗曾短期留驻于此，建有行宫。②草合：荒草包围住。离宫：行宫，皇帝出巡临时居住的地方。夕晖：傍晚的太阳。③孤云：作者自况，写宋亡主灭而无所依托的孤臣之感。④元：通“原”。⑤城郭：城墙，借指城市。古代称内城的城墙为城，外城的城墙为郭。半已非：一半已成为异物。⑥芦花：秋天的芦花白色，如人的白头。和我：同我一样。⑦旧家燕子：作者以燕子自比，南宋灭亡，无处投奔，就像燕子离开了故主。⑧江南路：指江南故土。⑨啼鹃带血：古代蜀主杜宇，号望帝，相传他死后不愿离开故土，其魂化作杜鹃鸟，啼声极哀，啼则不止，直到口中出血。血溅花上，花被染红，即杜鹃花。

译文

杂草丛生的行宫披着残阳余晖，我如同孤云飘零无所凭依。
祖国的山光水色虽依然不变，城郭被毁人民被杀却满目皆非。
秋风萧瑟芦花遍地催我衰老，国亡家破我这只孤雁能归向谁？
从今永别了壮丽的江南故土，死后化作啼血的杜鹃一直往南飞！

简析

这首诗是文天祥被俘后第二年押赴元都燕京（今北京）途经金陵（今南京）时所作。诗中先写国破家亡之悲痛，再写决心以身殉国的豪情壮志，悲壮慷慨，气贯长虹。作者触景生情，景中寓情，巧妙地化用典故，将自己的亲身感受、金陵的历代兴亡以及前人的咏叹有机地交织在一起，抒发了自己深沉而又复杂的内心情感，柔婉含蓄但又淋漓尽致，外柔内刚，饱和着深厚诚挚的爱国主义精神，扣人心弦。这种以鲜血和生命写出来的光辉诗篇，很值得人们珍视。

（唐嗣德）

画菊[1] [宋] 郑思肖

花开不并百花丛[2]，独立疏篱趣无穷[3]。
宁可枝头抱香死[4]，何曾吹落北风中[5]。

作者简介

郑思肖（1241—1318），宋末诗人、画家。字忆翁，号所南，连江（今属福建）人。曾以太学生应试博学鸿词。宋亡后隐居苏州。有浓厚的民族意识，这在他的生活举止和诗画作品中都有反映，如坐卧一定向南（意思是宋在南方），画兰不著泥土（意思是国土被敌人夺去）。

注释

①画菊：一作“寒菊”。②不并：不合，不靠在一起。并，一起。这里指菊花不与春天百花同时开放。③疏篱：稀疏的篱笆。无穷：未尽，无穷无尽。④宁可：宁愿。表示两相比较，选取一面。抱香死：菊花凋谢后不落，仍系枝头而枯萎，所以说抱香死。比喻坚守节操，至死不变。宋代朱淑真《菊花》诗：“宁可抱香枝头老，不随黄叶舞秋风。”郑思肖略事点化，使诗的意蕴更为深化，带有强烈的时代气息。⑤何曾：哪曾、不曾。北风：寒风。此处语意双关，亦指元朝。

译文

菊花开放不与春天百花为丛，
独自立于疏篱志趣无尽无穷。
宁可在枝头上怀抱清香而死，
也不愿吹落在凛冽北风之中！

简析

这是一首题画诗，诗人为自己所画菊花而题诗，咏物言志。诗人题咏的是菊花，所吟的是诗人自己。首二句写菊花不与百花同时开放，独立疏篱，独自开放，其志高洁，其趣无穷，表现了诗人不与元朝统治者合作的气节。后两句进一步咏菊，写菊花宁愿枝头枯死，也决不被凛冽的北风吹落的价值取向，表明了诗人宁死不肯向元朝统治者投降的决心。“宁可枝头抱香死”这一名言警句，正气凛然，壮怀激烈，给人以信念，给人以力量，成了为正义事业矢志不移，坚贞不屈的仁人志士光辉人格的写照！

（桂郁文）

湖州歌[①]（其六）[宋]汪元量

北望燕云不尽头[②]，大江东去水悠悠。
夕阳一片寒鸦外，目断东西四百州[③]。

作者简介

汪元量（生卒年不详），是南宋末期的宫廷琴师，字大有，号水云，钱塘（今浙江杭州）人。文学造诣很高并且兼具民族气节。他的诗被誉为宋亡的“诗史”，情辞悲愤凄绝，陈述周详生动。

注释

①湖州：今浙江吴兴。②燕云：泛指东方元朝腹心之地。③四百州：据《宋史·地理志序》载，太宗雍熙中，“州、府、军、监几于四百”，这里指赵宋故国。

译文

向北遥望燕云山，绵延没有尽头，
长江慢悠悠地流动着。
傍晚时分，夕阳洒下一片光影，身披暮色的乌鸦在空中盘旋，
看着东南方向的几百个州郡，心中只有无限的悲痛。

简析

原诗是南宋灭亡后，作者作为俘虏被押送到燕山一带去的途中所作。北望燕云诗人有无限感慨，此次北去，吉凶未卜，江水悠悠东去，象征南宋国运已一去不复返了。读后我们仿佛能看到他那缓缓四顾的身影，他那忧郁渴念的目光，听到他那失望无奈的叹息。

（肖建辉）

绝句[宋]僧志南

古木阴中系短篷[①]，杖藜扶我过桥东[②]。
沾衣欲湿杏花雨[③]，吹面不寒杨柳风。

作者简介

僧志南（生卒年不详），南宋时期诗僧，志南是他的法号，生平不详。志南的生活状态已不可考，他在当时的文坛上虽没有“中兴四大诗人”以及“二泉先生”诸人的风头那么健，但就这短短的一首诗，以其对早春二月的细腻感受和真切描写，把自己的名字载入了宋代诗史。

注释

①短篷：小船。篷，是船帆，船的代称。②杖藜：“藜杖”的倒文。藜，是一年生草本植物，茎秆直立，长老了可做拐杖。③杏花雨：清明前后杏花盛开时节的雨。

译文

我在参天古树的浓阴下，系了带篷的小船，
拄着藜做的拐杖，慢慢走过桥，向东而去。
杏花开放，绵绵细雨仿佛要沾湿我的衣裳，下个不停，
轻轻吹拂人面的风带着杨柳清新气息，令人心旷神怡。

简析

这首小诗，写诗人在微风细雨中拄杖春游的乐趣。诗人拄杖春游，却说“杖藜扶我”，是将藜杖人格化了，仿佛它是一位可以依赖的游伴，默默无言地扶人前行，使这位老和尚游兴大涨。诗人扶杖东行，一路红杏灼灼，绿柳翩翩，细雨沾衣，似湿而不见湿，和风迎面吹来，不觉有一丝儿寒意，这是多么惬意的春日远足啊！杨柳枝随风荡漾，给人以春风生自杨柳的印象。“沾衣欲湿”，用衣裳似湿未湿来形容初春细雨似有若无，更见得体察之精微，描摹之细腻。

（桂金菊）

雪梅二首 [宋] 卢梅坡

其一

梅雪争春未肯降①，骚人阁笔费评章②。
梅须逊雪三分白③，雪却输梅一段香④。

其二

有梅无雪不精神，有雪无诗俗了人。
日暮诗成天又雪⑤，与梅并作十分春⑥。

作者简介

卢梅坡（生卒年不详），约生活在南宋末期，诗人。“梅坡”不是他的名字，而是他自号为梅坡。诗风平易。宋陈著《本堂集》录其诗一首，宋陈景沂《全芳备祖》录其诗一首，元蒋正子《山房随笔》录其诗两首，《宋诗纪事》从《后村千家诗》录其诗两首，《全宋诗》录其诗十二首。《全宋词》录其词《鹊桥仙》等四首。

注释

①降（xiáng）：服输。②骚人：诗人。因诗人屈原代表作名《离骚》而借称。阁笔：

放下笔。阁，同“搁”，放下。评章：评议文章，这里指评议梅与雪的高下。③逊：差，不如。④一段香：一片香。⑤日暮：指太阳快落山的时候，傍晚。⑥十分春：全部的春天。

译文

（其一）
梅花和雪花都认为各自占尽了春色，谁也不肯服输。
难坏了诗人，难写评判文章。
说句公道话，梅花须逊让雪花三分晶莹洁白，
雪花却输给梅花一段清香。
（其二）
只有梅花没有雪花的话，看起来没有什么精神气质。
如果下雪了却没有诗文相合，也会非常的俗气。
当在冬天傍晚夕阳西下写好了诗，刚好天空又下起了雪。
再看梅花雪花争相绽放，像春天一样艳丽多姿，生气蓬勃。

简析

《雪梅二首》是卢梅坡创作的七言绝句组诗作品。这两首诗阐述了梅、雪、诗三者的关系，缺一不可，结合在一起，才能组成美丽的春色。第一首诗前两句写梅雪争春，要诗人评判，后两句是诗人对梅与雪的评语。第二首诗首句写梅与雪之间的关系，次句写雪与诗之间的关系。后两句写梅、雪与诗之间的关系，梅花开放而还没下雪，所以还缺乏诗意。两首诗写得妙趣横生，富有韵味。

（彭双宝）

赤日炎炎似火烧 [宋]民歌

赤日炎炎似火烧①，野田禾稻半枯焦②。
农夫心内如汤煮③，公子王孙把扇摇④。

注释

①赤日：红日、烈日，指火辣辣的太阳。炎炎：形容阳光强烈灼热。②禾稻：谷类等农作物。半枯焦：禾苗一半枯萎焦黄。③如汤煮：像用沸水熬煮一样，形容十分焦急难过。汤，沸水。④公子王孙：古代豪门贵族子弟的通称。

译文

酷热的太阳像烈火把大地烧烤，
田野里的禾稻大部分都晒得苗死叶焦。
农民心里像用沸水熬煮一样十分难受，

豪门贵族子弟却若无其事把纸扇轻摇。

简析

这首诗见于《水浒传》，是白日鼠白胜所唱的一首民歌。它用朴素的语言，形象的刻画，鲜明的对比，深刻地揭示了农民和公子王孙截然不同的生活和思想感情，是当时不合理社会制度的缩影。

（唐嗣德）

失题 [辽] 赵延寿

黄沙风卷半空抛①，云重阴山雪满郊②。
探水人回移帐就③，射雕箭落著弓抄④。
鸟逢霜果饥还啄⑤，马渡冰河渴自跑⑥。
占得高原肥草地⑦，夜深生火折林梢⑧。

作者简介

赵延寿（？—948），契丹（辽）大将。汉族，本姓刘，因是五代时后梁将赵德钧的养子，故改姓赵，恒山（今河北正定）人。仕后唐，官至枢密使，兵败后降契丹，出任幽州节度使，迁枢密使，兼政事令，辽太宗耶律德光时，为大丞相中京留守。所作诗仅存《失题》一首。

注释

①黄沙：黄色的沙尘、沙土。②阴山：位于今内蒙古自治区中部。古诗中的“阴山”，指我国北方的高寒地区。③探水：寻找水源。帐：帐篷，犹今之“蒙古包”。④著弓抄：用弓把射落的雕收拾起来。雕：大型猛禽。抄：抓，拿。⑤霜果：被冰霜冻结的果实。⑥自跑：马渴而不得饮，为了寻找水源，不得不奋力奔跑。⑦肥草地：水草肥美的地方。⑧生火折林梢：丛林中砍折树枝，燃起篝火取暖和烧烤猎物，这是习以为常的游牧生活。

译文

沙尘飞卷直冲九霄，黑云压山雪盖荒郊。
找到水源移好帐篷，箭射雕落用弓收抄。
饥鸟无食抢啄霜果，骏马干渴不策自跑。
寻得宝地水丰草茂，夜深生火冻馁全消。

简析

这首七津出色地描绘了塞北大漠中的壮阔景色，生动地反映了少数民族的游牧生活，立体地活现出北国冰天的种种风情。首二句交代了生活环境：风卷沙尘蔽空，山上乌云密布，大雪茫茫盖地。寒冷而荒凉，奇特而雄浑，别具气派，为全诗定格。接下四句分别展现四种典型景象：寻水移帐、弯弓射雕、饥鸟啄果、渴马奔河。前二者写牧民的生活习性，后二者借饥鸟和渴马的举动，渲染牧民生活的艰辛。最后两句写牧民的欣喜之情，他们经过长途跋涉，终于找到了“肥草地”，可暂时解除冻馁之忧了。综观全诗，作者继承了《诗经》“饥者歌其食，劳者歌其事”的传统，真实地反映了游牧生活的状况，景真情真，略无藻饰。但过于直说泾露，遂成浅近，略无余韵。具有耐于咀嚼的“余味”，具有见于言外的“余意”，才能算是佳作。

（唐嗣德）

题李俨《黄菊赋》 [辽] 耶律洪基

昨日得卿《黄菊赋》①，碎剪金英填作句②。
袖中犹觉有余香③，冷落西风吹不去④。

作者简介

耶律洪基（1032—1011），辽道宗，字涅邻，兴宗耶律宗真的长子，母为仁懿皇后萧挞里，是辽代第八帝，重熙二十四年（1055）继位，颇以风雅好学自命，颁五经传疏，置博士助教，开科取士，积极推行汉族文化，所作《题李俨〈黄菊赋〉》曾名噪一时。对宋友好，但为人昏庸，忠奸莫辨，沉迷酒色，游猎无度，国势由此江河日下而趋向衰亡。

注释

①卿：帝王对大臣的爱称。此指李俨，字若思，析津（今北京市）人，于1098年拜参知政事，进《黄菊赋》向辽道宗献媚争宠。②碎剪：精细地剪裁。金英：指金黄的菊花。③余香：暗香。④冷落西风：写黄菊的高贵品格，它独处寒秋，在萧瑟西风中含笑怒放。

译文

仔细品赏爱卿李俨的《黄菊赋》，
精心剪裁字斟句酌堪称华章。
凌霜斗寒傲然怒放芳香四溢，
冷落西风气质高洁值得景仰。

简析

陆游《老学庵笔记》卷四云：“辽相李俨作《黄菊赋》献其主耶律洪基，洪基作诗题其后以赐之。”此诗既是盛赞李俨的《黄菊赋》，又是直接赞颂黄菊，一箭双雕，关合紧密，意脉融通，无刀斧之迹。开头两句，用赋的手法直陈其辞，平铺疏淡。而诗的三、四两句对黄菊和《黄菊赋》作深进一层的品评，紧扣一个“香”字，既凸显黄菊的气质，又展示《黄菊赋》的神韵，还表现了作者的志趣取向和美学理想。诗家作诗，贵在有情味、有理趣。诗歌是情趣的表现，而情趣的根源在于诗人的才和识，只有才识过人，才能创作出动人情感、发人深思的诗篇。《题李俨〈黄菊赋〉》作为一代君主辽道宗的得意作品，从常见的普遍现象中发掘出所蕴含的深刻道理，趣味盎然。所以此诗一面世就被时人争相传诵，并远播南宋词坛，至元代张肯（继孟）点染其辞，便成《蝶恋花》一首，其上阕云：“昨日得卿《黄菊赋》，细剪金英，题做多情句。冷落西风吹不去，袖中犹有余香度。”其内容、音韵都保留了诗的原汁原味，这表明了张肯的手笔不凡，也说明了他对耶律洪基的诗作极为钦佩和推崇。

（唐嗣德）

怀古[①] ［辽］萧观音

宫中只数赵家妆[②]，败雨残云误汉王[③]。
惟有知情一片月[④]，曾窥飞燕入昭阳[⑤]。

作者简介

萧观音（1040—1075），辽道宗耶律洪基的皇后，女诗人。她爱好音乐，善琵琶，工诗，能自制歌词。曾作《伏虎林应制》《君臣同志华夷同风应制》等，被道宗誉为“女中才子”。后因诗得祸，被人诬陷与伶人传诗偷情，含冤而死。

注释

①怀古：追念古代的人和事。或追抚山河陈迹，或俯仰古今兴废，颇有苍凉悲慨之致。这类诗体属于咏史诗的范畴。②数（shǔ）：数落，列举过失加以指责。赵家妆：汉成帝皇后赵飞燕及其妹赵合德得宠十余年，赵氏在宫妆饰奢华，装束新奇，为后宫独特珍贵服饰。③败雨残云：指代赵氏姊妹。因为她们与轻薄子弟私通，品行不端，故代称之。误汉王：相传赵合德向汉成帝进献媚药，搞得成帝“精出如泉溢”，以至暴卒。④知情：指知道赵飞燕的有关情况。赵飞燕出身卑微，本为婢女，因能歌善舞，体轻似燕，汉成帝见而悦之，便强行把飞燕弄到宫中，先为婕妤，不久立为皇后。关于私通，野史有载：身为皇后，甚为得宠，奈何后来其妹赵合德迷住了成帝。为了固宠，为了生个“太子”以立住脚跟，赵飞燕不得已与人私通。⑤窥：暗中察看。昭阳：汉代宫殿名，位于后宫八区之内，为成帝所造。后以昭阳宫为皇后所居之宫。

译文

宫中都数落赵氏姊妹奢华放荡，
她们像横流的祸水损害汉王。
唯有那轮明月对内情了如指掌，
是成帝依仗权势把飞燕夺入昭阳。

简析

这首诗并非单纯怀古，而是有感而发。作者写这首诗时虽身为皇后，但被辽道宗疏远已久，心情孤寂而苦闷，联想赵飞燕的遭遇，多有相通之处，于是同病相怜，同忧相救，所作《怀古》一诗，既对赵飞燕表达了由衷的同情，也是自我之伤悼。全诗哀感顽艳，颇为动人。诗具有“美刺”功能，即“劝善惩恶”。诗人通过自己的作品，对美好的人、事、物加以赞美，使之发扬光大；而对丑恶的东西加以嘲讽、鞭挞，以使之改变或消失。但是，在专制暴虐的统治者面前，“美”就成了阿顺谄谀，而“刺”，则往往使诗人受到无妄之灾。萧观音写的《怀古》隐隐约约给辽道宗一“刺”，再加上佞臣诬陷她与伶人“淫”通，道宗在暴怒之下逼萧后自尽，一代才女便结束了可怜的一生。

（唐嗣德）

在金日作（其二）［宋·金］宇文虚中

满腹诗书漫古今，频年流落易伤心。
南冠终日囚军府[①]，北雁何时到上林[②]？
开口摧颓空抱朴[③]，协肩奔走尚腰金[④]。
莫邪利剑今何在[⑤]？不斩奸邪恨最深[⑥]！
遥夜沈沈满幕霜，有时归梦到家乡。
传闻已筑西河馆[⑦]，自许能肥北海羊[⑧]。
回首两朝俱草莽[⑨]，驰心万里绝农桑。
人生一死浑闲事，裂眦穿胸不汝忘[⑩]！

作者简介

宇文虚中（1079—1146），宋朝爱国政治家、诗人。初名黄中，宋徽宗亲改其名为虚中，字叔通，别号龙溪居士。成都广都（今成都双流）人。徽宗大观三年（1109）进士，历任徽、钦、高宗三朝，官至资政殿大学士。高宗时出使金国被扣，官礼部尚书、翰林学士承旨，封河内郡开国公，并被尊为“国师”，看似叛变，实则诈降卧底金国，后因被告发图谋南奔时全家被杀。

注释

①南冠，这里作囚徒解；军府，将帅的衙门。②“北雁”句：汉朝，苏武出使匈奴被扣，因为不肯投降，被送去北海（今俄罗斯贝加尔湖）牧羊。后来汉朝和匈奴和亲，要求将苏武放回，匈奴推说苏武已死。汉朝的使节骗他们说：天子在上林苑射猎得雁，足系帛书，知道苏武等在某处。匈奴知道不能再隐瞒，将苏武释放回国。③摧颓，毁坏、废弃的意思。抱朴，保持纯洁的本性。④胁肩，耸起肩膀，献媚的样子。腰金，腰围金带比喻有权势的人。⑤莫邪：传说春秋时，吴国干将和莫邪夫妇造雌雄两剑，就以干将名雄剑，莫

邪名雌剑，都是有名的剑。⑥奸邪：指当时南宋当权的一批投降派首领黄潜善、汪伯彦、秦桧等人。⑦西河馆：春秋时期晋国和鲁国在平丘地方会盟，晋国扣留鲁国的大臣季孙意如，要把他长期安置在西河地方的宾馆里；这里指金国用同样手段对待作者。⑧北海羊：汉朝苏武出使匈奴，被送去北海牧羊，先后十九年，始终不屈，所持汉节节旄全都脱光了。⑨两朝，指徽宗和钦宗两帝。草莽，野草，古时称不在朝的臣子为“草莽之臣”。这里指皇帝已被贬黜为老百姓。⑩裂眥（zì）：愤怒得胀破眼眶。汝，指金国。

译文

装满一肚子书，博古通今。连年流落他乡，最易伤情。
囚徒整天关押在帅府里，哪年才有机会回到宋京？
可叹立身正直动辄得咎，谄媚奔兢之徒，反据要津。
锋利的莫邪剑啊，你在哪里？不杀尽这些奸邪，此恨难平！
沉沉的长夜里，帐幕上布满严霜。有时候，我也做梦回到家乡。
听说金国人要把我长留不放，我自信能够学苏武北海放羊。
想起两朝君王都遭受贬辱，遥念祖国原野上已经久绝农桑。
人生一死全不值得重视，对于你的仇恨，我死也不会遗忘！

简析

这首诗是《在金日作》的第二首，文字慷慨陈词，用典丰富，句句都是发自肺腑，充满着爱国情怀。作者出使金国被扣。第一首写他流落北方、不能回国的痛苦心情，并把满腔愤恨集中到那些误国殃民的“奸邪”身上，希望把他们消灭干净。第二首写他热爱祖国的真诚，不管金国怎样厚待他，他也宁愿忍受最大的痛苦，甚至牺牲生命而决不变心。

（阳旦）

奉使行高邮道中（之一）①［金］党怀英

野云来无际，风樯岸转迷。
潮吞淮泽小，云抱楚天低。
蹭蹬船鸣浪②，联翩路牵泥③。
林鸟亦惊起，夜半傍人啼。

作者简介

党怀英（1134—1211），金国文学家，书法家，史学家。字世杰，号竹溪，祖籍京兆同州（今陕西大荔），生于山东泰安。金朝大定十年，中进士，官至翰林学士承旨，世称“党承旨”。金章宗承安二年（1197），改任泰宁军节度使，为政崇尚宽简，深得人心。次年再次召为翰林学士承旨。泰和元年，受诏编修《辽史》。大安三年逝世，逝世后埋葬于奉符城党家林，谥号文献。擅长文章，工画篆籀，称当时第一，金朝文坛领袖，著有《竹溪集》十卷。

注释

①高邮：今属江苏省，南宋时为淮南东路高邮军治所，隔楚州与金朝的山东东路、山东西路相望。②蹬跄：拟声词，船行进过程中发出的声音。③联翩：纤夫拉船的情形。牵：通“纤”，纤绳。路牵泥：拖在路上的纤绳带起泥泞。

译文

天空中飘着无边无际的云彩，风鼓动征帆，岸上的景物迷离难辨。
淮河潮水吞没了高邮湖，南方天空，云合天低。
船在高邮水道中破浪前行，纤夫们冒着细雪努力拉船。
树林中的小鸟被惊起，半夜在人周围发出了惊叫声。

简析

这首诗以描写奉使出行高邮道中的景物为主，显示出诗人杰出的描写才能。诗人长期在翰林院供职，成天缠身于公文书牍之中，一旦奉使出访，那心情自然格外快适。云用“野”字来形容，便见出其活泼放肆、无拘无束。颔联中以“淮泽”为小，以“楚地”为低，显示了身为大金国重臣的诗人雄视江南的豪迈气度。颈联表现的是作为使节的诗人，正顶风冒雪，挺立船头，率船前行。尾联以使船惊动林鸟，点明使船在昼夜兼程，并以林鸟夜啼来映衬诗人奉使出行、身入异国时的警悚心情。此诗境界阔大，显示出了诗人非凡的胸襟。

（桂金菊）

渔村诗画图 [金]党怀英

江村清景皆画本，画里更传诗语工。
渔夫自醒还自醉，不知身在画图中。

译文

江边渔村清丽的景色都是绘画取材的依据，
形象的画面更加传达了诗句的内涵。
渔父似醒似醉，不知道自己身在图画中。

简析

这是一首题画诗，诗因画而具体可感，形象生动；画因诗而意境拓宽，耐人寻味。首联“清”不仅指江村景色清新可喜，而且还暗示画家与诗人有其独特的审美眼光。占据这幅画面重心地位的是一位“自醒还自醉”的悠然自得的渔父形象，渔父明明身在画中，但诗人却让他还原于生活，称他“身在画图中不自知”，这就造成了一种真真假假、虚虚实实、惝恍迷离的艺术效果。这首题画小诗，运笔曲折有致，深刻地揭示了实境、诗境、画境三者之间的关系。

（桂金菊）

绝句 [金] 王庭筠

竹影和诗瘦，梅花入梦香。
可怜今夜月，不肯下西厢。

作者简介

王庭筠（1151—1202），金国文学家、书画家。字子端，号黄华山主、黄华老人、黄华老子，别号雪溪，金国辽东人（今营口熊岳），米芾之甥。文名早著，金大定十六年（1176）进士，历官州县，仕至翰林修撰。文词渊雅，字画精美，《中州雅府》收其词作十六首，以幽峭绵渺见长。

译文

清瘦的竹影和着诗句，梅花的香气伴我入梦。
今晚的月光多么可爱，但它不肯照进我的西厢房。

简析

诗的第一、二句从视觉和嗅觉来描写诗人居处的清幽境界。“瘦”字用得生新，为全诗定下了清瘦的意境氛围。“入梦香”则将现实与梦境联系起来，梅花在月光的朗照下喷出清香，这香气还伴着诗人进入梦乡，香气之浓郁、之悠长可以想见。这就构成了情在景中、景在情中，情景混融莫分的高妙意境。第三、四句，诗人将“月”和盘托出。当诗人信步庭院时，月光与竹影、梅香是那样的和谐，而回到西厢房时，这月光却不能“下西厢”，多么令人遗憾！诗中透露出一股月与人不能互通情愫的遗憾或幽怨。诗人遗憾或幽怨的是什么？也许是有情人天各一方，不能互通情怀；也许是君臣阻隔，上下无法沟通；也许什么都不是，只是诗人置身此时此景之中的一种朦朦胧胧的感受而已。

竹影、梅香、月色，皆笼罩在若有若无的梦境之中，只有一缕遗憾而幽怨的情思随着月光轻轻地飘荡，意境的深邃决定了它是一首耐人寻味的好诗。

（桂金菊）

晚望 [金] 周昂

烟抹平林水退沙，碧山西畔夕阳家。

无人解得诗人意，只有云边数点鸦。

作者简介

周昂（？—1211），金国诗人，字德卿，河北西路真定（今河北正定）人。24岁擢第中进士，任南和主簿，迁良乡令，入拜监察御史。因诗坐谤讪罪，谪贬东海十余年。起为隆州都军，后复入翰林。周昂的作品以唐代诗人杜甫为法，沉郁苍凉，凝重洗练。周昂诗存100首，内容有咏怀、吊古、伤别、写景、边塞、悯农、论诗、题画等各种题材。其中以边塞诗最有特色，周昂原有《常山集》，已佚，存诗收入《中州集》。

译文

轻烟淡抹笼罩着平野的树林，沙滩上河水也已经慢慢退去，
远处苍翠碧绿的群山处，夕阳的余晖浅浅的照在那小屋上。
没有人能懂我此刻的心意，懂我心意的只有那天边飞过的几只寒鸦了。

简析

这首《晚望》诗，与众多边塞诗一样，具有一种苍凉的美，诗中有画，画中有诗。诗的第一、二句写轻烟淡抹的树林，河水初退的沙滩，碧绿苍翠的山峦，夕阳斜照的小屋，这些组成了一幅沉寂、冷清的“苍山夕照”图。显然，这首诗的妙处不在写景。第三、四句“无人解得诗人意，只有云边数点鸦”，似乎只有云边鸦“解得”诗人意，“诗人意”是指诗人遭贬谪的孤寂情怀和远离家乡的惆怅。为什么没人懂诗人之意，反而是不通人性的乌鸦却能理解，诗的美妙正产生在这“无理”之中。整首诗，意境深远。

（桂金菊）

翠屏口七首（其二）①

［金］周昂

地拥河山壮，营关剑甲重。
马牛来细路，灯火出寒松。
刁斗方严夜②，羔裘欲御冬。
可怜天设险③，不入汉提封④。

注释

①翠屏口：在今河北万全县西之翠屏山，其他两峡高耸，望之如屏，东北方靠近山势险峻的野狐岭。②刁斗：古时军用之器，白天用以烧饭，夜则敲击以巡更。③可怜：这里是“可惜”。④提封：指管辖的封疆。汉提封，代指金朝的疆界。

译文

翠屏口地势险要，关塞雄壮，重兵把守，武备森严。

山上山下的羊肠小道上，驮载武器粮草的马队牛群来往繁忙，
入夜之后，满山寒松下皆是部队宿营的灯火。
严更深夜，刁斗声声，
兵士裹在羊羔皮衣之中，打算抵御冬天的寒气。
可惜尽管有翠屏口这样的天险，这里从此再不属金朝版图了。

简析

这是周昂抒写边塞的杰作《翠屏口》诗其二。主要是写当时的征战生活及其感触。首联写翠屏口地势险要，又有重兵屯驻。句中之“壮”，不仅是指山河雄壮，而且也隐含了诗人气壮山河之情。第二句一个“关”字用得十分别致，它写出了军营森严壁垒、把守严密的情景，与前一句的气势正相合拍，从而形成了一种森严而又威武的艺术氛围。颔联既写运输的繁忙，又写戒备森严，盘查严密。颈联进一步抒写了军营戒备之严与战士戍边生活之苦。尾联感叹翠屏口沦入敌手。如此天险，即使将士尽力守备，但面对强大的蒙古军队，终于难以镇守而沦陷了。山河犹在，而驻军已今非昔比，诗人写到这里，真是百感交集。本诗前半部分极写关塞之险，武备之强，与结尾的惨败形成了鲜明的对比，在金代边塞诗中是一首值得称道的佳作。

（桂金菊）

论诗 [金] 王若虚

文章自得方为贵①，衣钵相传岂是真②。
已觉祖师逊一筹③，纷纷法嗣复何人④。

作者简介

王若虚（1174—1243），文学家。字从之，号慵夫，入元自称滹（hū）南遗老，藁（gǎo）城（今河北石家庄藁城区）人。早年尽力于学，以其舅周昂和古文学家刘中为师。章宗承安二年（1197）擢经义进士，官鄜州录事，历管城、门山县令，皆有善政。入为国史院编修官，迁应奉翰林文字，又奉使西夏，还授同知泗州军州事，留为著作佐郎。有《滹南遗老集》《滹南诗话》。

注释

①自得：自己有心得体会。②衣钵相传：中国禅宗师徒间道法传授，常常举行授衣钵的仪式。比喻技术、学术的师徒相传。衣钵，佛教僧尼的袈裟和食器。相传，递相传授。③逊一筹：比其他人差一点。逊，次，差，不及。筹，也称算筹，古代一种计算用具。一作“低一筹”。④法嗣（fǎ sì）：佛教语。禅宗指继承祖师衣钵而主持一方的僧人。也指学艺等方面的继承人。

译文

写诗作文自我感悟才是可贵，师承照搬模仿别人怎会情真。
已经觉得自己老师逊人一筹，接二连三继续传承又成何人？

简析

这是一首论诗之诗，提出了诗歌、文章创作的一条根本要求，即“自得”。“自得”，就是要有自己的心得体会，要自我感悟，要有自己的真情实感。诗歌，包括一切文艺作品，都要有自己的独创，自己的个性，或者说自己的风格。而要达到“自得”，因循守旧，模仿前人，甚至依靠所谓的“衣钵相传”，都是靠不住的，没有自己的真情实感，就不是真诗歌真文章。

《易经》说：“取法乎上，仅得其中；取法乎中，仅得其下”。如果取法乎下呢，又将如何？正如诗中所说：“已觉祖师逊一筹，纷纷法嗣复何人？”已经知道“祖师”逊人一筹、差人一截，还要“纷纷法嗣”，那又将成为什么人呢？必定成不了诗人，写不出好作品。还得要“自得”。写诗，要善于从自己生活的土壤里汲取素材，写自己的所历所见所闻所思所感，言己之志，抒己之情，不断进行写作实践，才能写出好的诗歌，形成自己的独特风格。

（桂郁文）

岐阳（其二） [金] 元好问

百二关河草不横①，十年戎马暗秦京。
岐阳西望无来信，陇水东流闻哭声。
野蔓有情萦战骨，残阳何意照空城！
从谁细向苍苍问②，争遣蚩尤作五兵③？

作者简介

元好问（1190—1257），字裕之，号遗山，太原秀容（今山西忻县）人。祖先出自北魏拓跋氏，但父祖辈深受汉文化的影响。金宣宗兴定五年（1221）中进士。金国灭亡后，曾被押送聊城（今山东聊城市）羁管，后回故乡从事著述，终生不仕元朝。元好问崇尚慷慨雄健、刚劲苍凉的诗风。

注释

①百二关河：秦地险固，二万人足当诸侯百万人（《史记·高祖本纪·苏林注》）。②苍苍：天。③蚩尤：《史记·五帝本纪》，“蚩尤作乱，黄帝征师诸侯，与蚩尤战于涿鹿之野，遂擒杀蚩尤。”

译文

号称“百二关河”的三秦啊，如今已不见杂草纵横；
十年的战火燃烧在这里，烽烟遮暗了旧时的秦京。
西望着岐阳啊，全没有半点同胞的音信；
东流的陇水啊，只听到一片惨痛的哭声！
荒野里，缠绵的蔓草情深意厚，在悄悄萦绕着战士的尸骨；
蓝天下，惨淡的残阳究竟为啥，却偏偏照射着死寂的空城？
我能够从什么地方啊，向苍天细细地责问：
为何让凶残的蚩尤啊，制造这杀人的刀兵？

简析

本曲重在写实，他描写了岐阳之役的惨状，控诉了蒙古军的残杀罪行。雄关险塞，一片荒凉，西望岐阳，音书断绝，东流陇水，如泣如诉。尤其是第三联，作者赋予“野蔓”和“残阳”以深沉的感情，使人读后不禁心悸魄动。末联表现了作者面对步步逼近的亡国惨祸、问天无路的郁结之情。结尾问天也包含着一种无可奈何的绝望心情，所以全诗显得悲凉有余，而雄壮不足。

（肖建辉）

论诗三十首（其二）①［金］元好问

曹刘坐啸虎生风②，四海无人角两雄。
可惜并州刘越石③，不教横槊建安中④。

注释

①《论诗三十首》是继杜甫之后运用绝句形式比较系统地阐发诗歌理论的著名组诗。他评论了自汉魏至宋代的许多著名作家和流派，表明了他的文学观点，对后世有重要影响。②曹刘：指曹植和“建安七子”中的刘桢。坐啸虎生风：形象地比喻他们的诗歌风格雄壮似虎。③可惜：可是。刘越石：指西晋末年大将刘琨，其诗具有雄浑刚健风骨之美。④横槊：横持长矛，这里形容气概豪迈。

译文

曹植和刘桢的诗歌（是建安风骨的典型代表），风格雄壮似虎，
天下没有谁能够和他们两个争的了。
只是（假如有）并州的刘琨在啊，
也绝不会让豪迈之气单单在建安中唱响。

简析

这首诗反映了元好问推崇西晋大将刘琨的具有雄浑刚健风骨之美的诗歌。他首推曹植和建安七子之一的刘桢为诗中“两雄”，以“坐啸虎生风”形象地比喻他们的诗歌风格雄壮似虎。曹、刘是建安风骨的杰出代表，钟嵘评曹植的诗“其源出于国风，骨气奇高，词采华茂，情兼雅怨，体被文质，粲溢今古，卓尔不群”，评刘桢“其源出于古诗。仗气爱奇，动多振艳，真骨凌霜，高风跨俗”。标举曹刘，实际上是标举了他们所代表的内容充实、慷慨刚健、风清骨俊的建安文学的优良传统。

西晋诗人刘琨，被认为“雅壮而多风”（《文心雕龙·才略》），“言壮而情骇”（《文心雕龙·体性》），有“清拔之气”（《诗品》）。元好问推出刘琨，正是从其可比建安诸子的慷慨悲壮，梗概多气的艺术风格着眼的。

（阳旦）

同儿辈赋未开海棠二首[1]（其一）［金］元好问

翠叶轻笼豆颗均[2]，胭脂浓抹蜡痕新[3]。
殷勤留著花梢露[4]，滴下生红可惜春[5]。

注释

①赋：作诗。②笼：笼罩。豆颗：形容海棠花苞一颗一颗像豆子一样。③胭脂：指红色。蜡痕新：谓花苞光泽娇嫩。④殷勤：情意深切。花梢：花蕾的尖端。这句说：露水情意深切地停留在花尖上，不愿滴下来似的。⑤生红：深红，指花瓣。

译文

被绿叶轻巧地包笼，豆粒般的蓓蕾是那么均匀。
被胭脂浓浓地涂抹，蜡痕般的花蒂是那么鲜嫩。
我怀着满腔的情意，再三要留住花梢的露水。
只怕它滴下花蕾的红艳，可惜了这片明媚的阳春。

简析

《同儿辈赋未开海棠二首》是金代诗人元好问创作的两首七言绝句。这组诗描写海棠含苞待放时清新可人的风姿，文字浅易，构思精巧，韵味醇厚。本诗第一、二句写“未开海棠”的形态色泽。“轻笼”“浓抹”相对照，一写情，一描色，使未开海棠不仅有了人的感情，而且还恰如浓施胭脂的美人那样娇艳可爱，光采夺目。第三、四句转而抒情，诗人害怕晶莹欲滴的露水溶解了花上的胭脂，表现了诗人爱美的心情，同时把海棠花苞那红艳欲滴的景象写得十分生动传神。“殷勤”“可惜”，抒情色彩浓烈，充分表达了诗人“惜春只恐春归去”的深挚情感。

这首诗用笔细腻独到，写景设色富有情韵，全诗不仅包含着作者对含苞欲放的海棠花蕾的怜爱，更隐含着对岁月倏忽、青春易逝的人生感叹。

（桂金菊）

同儿辈赋未开海棠二首（其二） [金] 元好问

枝间新绿一重重[①]，小蕾深藏数点红[②]。
爱惜芳心莫轻吐[③]，且教桃李闹春风[④]。

注释

①一重重：一层又一层。形容新生的绿叶茂盛繁密。②小蕾：指海棠花的花蕾。③芳心：指花芬芳的花芯。轻吐：轻易、随便地开放。④且教：还是让。闹春风：在春天里争妍斗艳。

译文

海棠枝间新绽的绿叶一重一重，
小小的蓓蕾深藏在叶里数点鲜红。
它爱惜自己的高洁芳心不轻易向人吐露，
暂且让应时的桃花李蕊闹腾在煦煦春风中。

简析

本诗作是元好问创作的两首七言绝句之二。作者借花开花落表达自己年迈而不能报国的惆怅心情。诗作第一、二句是说，此时的海棠树已是枝叶茂盛了，可是还没有开花，可是诗人驻足细看，发现这小小的、可爱的花蕾全都悄悄地藏在枝叶茂盛的地方。一个“深”字，表明海棠花的小，这小小的花蕾好比青春少女，悄悄地来到这个世界，成长并且日益成熟，越长越娇美，惹人喜爱。第三、四句写海棠。和煦的春风中，桃树、梨树和李树，它们竞相开放，争奇斗妍，但这热闹毕竟是短暂的，几度风雨之后，它们也就都纷纷坠落、凋零了。海棠花却不同了，无意争春，谦虚地躲在一旁，待群芳落尽后，才绽开她美丽的容颜。诗人深爱这春天里的花朵。正是由于深爱，才会珍惜花的开放，希望它们开的时间长。这里借花的开放，表达自己渴望美好的生活。

（桂金菊）

风雨图 [元] 许衡

南山已见雾昏昏[①]，便合潜身不出门[②]。
直到半途风雨横[③]，仓皇何处觅前村。

作者简介

许衡（1209—1281），字仲平，号鲁斋，世称“鲁斋先生”。怀庆路河内（今河南省焦作市）人。金末元初著名理学家、教育家和天文历法学家，曾与郭守敬一同制定《授时历》。

注释

①昏昏，雾浓而潮湿。②合，应该。③风雨横，风雨横行，暗指政治风雨。

译文

南山上已经望见浓雾弥漫，原本应该待在家里足不出户。
可（画中人）为何半道儿在雨横风狂之中，
正在仓皇四顾地寻觅何处是避雨之所？

简析

这是一首题画诗。从许衡当官的历史来看，许衡一生以从事教育为乐，在其27年仕途生活中，刚直不阿，不附权势，八次被诏入朝做官，又八次辞归故里，躬耕桑农。这首诗旨在说明他做官辞官的心态，明明看到朝中“雾昏昏”，势必“风雨横”，但依然怀着一丝的期望，回到朝中。但结果又一次让他失望。此诗说明了许衡当时的一种矛盾的心态和无奈。

（肖建辉）

咏永州 [元] 陈孚

烧痕惨淡带昏鸦[1]，数尽寒梅未见花[2]。
回雁峰南三百里[3]，捕蛇说里数千家[4]。
澄江绕郭闻渔唱[5]，怪石堆庭见吏衙[6]。
昔日愚溪何自苦[7]，永州犹未是天涯[8]。

作者简介

陈孚（1240—1303），诗人。字刚中，号笏斋，台州临海（今浙江临海）人。曾任国史院编修、礼部郎中，官至天台路总管府治中。后讲学于河南上蔡书院，为山长。诗文不事雕饰，清新顺畅，纪行诗多描写古迹及风土人情，以七言古体见长。

注释

①烧痕：火燎后的痕迹。农夫焚烧田地里的草木，用草木灰作肥料耕种。惨淡：阴暗无色貌。昏鸦：黄昏时的乌鸦，往往争枝而栖，哀噪不已，使其境倍加萧索凄凉。②数（shǔ）尽：逐个查点，一一看完。寒梅：梅花。每年冬末春初，残雪尚未消融，梅花便凌寒开放，

故称“寒梅”。③回雁峰：南岳衡山有七十二峰，七十二峰之首名叫回雁峰，相传大雁南飞至此而停留，遇春就北归。④捕蛇说：指柳宗元在永州写的《捕蛇者说》。数千家：指永州之野数千家捕蛇的农户。⑤澄江：形容潇水沉浸在月色中的清空透明之状。澄，水清澈不流动貌。绕郭：潇水绕永州古城东、南、西，然后北入湘江。郭，外城，这里指永州古城。渔唱：渔舟唱晚的欸乃之音。⑥吏衙：指永州官府。⑦愚溪：水名，在永州市零陵区西南，本名冉溪，柳宗元被贬永州后居此，改其名曰“愚溪”。何自苦：何必对己太苛刻而自找苦吃。⑧天涯：犹天边，形容极远的地方。

译文

夕阳残照着火燎后的田园和枯树上的乌鸦，
荒远的古城所有的梅树尚未吐蕊开花。
这里离著名的衡阳回雁峰有三百里之远，
为交纳赋税而冒死捕蛇的农户有数千家。
黄昏之际在绕城而过的潇水上可听到渔舟唱晚，
乱石成堆庭院狭窄便是僻远荒凉的州府官衙。
柳宗元在愚溪羁居十年何必自苦呢？
永州虽远毕竟还不是海角天涯！

简析

永州在古代属于荒僻之地，骚人墨客旅行到此，往往倍增惆怅。陈孚之咏永州却独开新境，诗人用细针密线，铺叙永州古城的典型景象和柳宗元在永州的艰难际遇，既写永州之所见，又讴歌柳宗元的悲壮人生。写景叙事，含情带意，寄寓了作者自身的无限感慨。

（唐嗣德）

观梅有感 ［元］刘因

东风吹落战尘沙，梦想西湖处士家①。
只恐江南春意减，此心元不为梅花②。

作者简介

刘因（1249—1293），著名理学家、诗人。字梦吉，号静修。初名骃，字梦骥。像州容城（今河北容城县）人。3岁识字，6岁能诗，10岁能文，落笔惊人。年刚20，才华出众，但性不苟合。家贫教授生徒，皆有成就。因爱诸葛亮“静以修身”之语，题所居为“静修”。元世祖至元十九年（1282）应召入朝，为承德郎、右赞善大夫。不久借口母病辞官归。母死后居丧在家。至元二十八年，忽必烈再度遣使召刘因为官，他以疾辞。死后追赠翰林学士、资政大夫、上护军、追封“容城郡公”，谥“文靖”。明朝，县官乡绅为刘因建祠。

注释

①西湖处士：指北宋诗人林逋（bū）。林逋，字君复，钱塘（今浙江杭州）人。终身不仕，亦终生未婚。隐居于杭州西湖孤山，二十年足迹不涉城市。因喜植梅养鹤，故有“梅妻鹤子”之称。古人称像林逋这样的有德才而隐居的不仕者为处士。②元：同“原”。

译文

北方战乱初定，春风吹落了梅树枝叶上的尘埃，
经冬的梅花今又开放，不由得联想到以爱梅著称的林逋。
或许这北方的梅花，经历了战争烽烟，
梦想着能够植根于林逋的孤山梅园中吧？

简析

本诗表面写梅花，实际是要表达对江南美好河山沦入蒙古统治者之手的悲慨。诗作前两句写经冬的梅花今又开放，后两句则宕开一笔，先是担心江南春色已减，西湖之梅恐已衰歇。但转念一想，自己只是借助梅花以发感慨罢了，真正的意念却完全贯注在梅花之外。本诗短小精悍，音节铿锵，全篇未用一典，照样发人深省，意味深长。

（桂金菊）

山家 [元] 刘因

马蹄踏水乱明霞，醉袖迎风受落花。
怪见溪童出门望，鹊声先我到山家。

译文

马儿的双蹄在水中趟着，就这样明月彩霞都变了模样，
喝醉酒的我挥洒衣袖，微风夹杂着飘落的花瓣迎面吹来。
对溪童出门张望客人来了感到奇怪，
原来是喜鹊先到山家报了信。

简析

这首绝句写山行我见，语言清新，笔意流畅。诗歌前两句写景，溪水的潺湲、马的蹄踏，天上的明霞，醉袖乘马迎风飘举，林花因风而落，落而沾袖，动静结合，情景相生，写出了花树葱茏，人醉美景的意蕴，透露出诗人恬适的心境。第三句童子出门望，这白描的一笔，虽是瞬间的行动，却活泼泼地表现了久居山间、少见外人的孩童特有的好奇、好客的心理。“怪”字的使用使诗意出现了曲折，更引人入胜。第四句做出解释，诗人山行惊鹊，鹊声远闻山家，鹊声给幽静的画面平添了许多生气。整首诗画面中流动着诗人感情

的波涛，美景中蕴含着盎然的生活情趣。

（桂金菊）

岳鄂王墓① [元] 赵孟頫

鄂王坟上草离离②，秋日荒凉石兽危③。
南渡君臣轻社稷④，中原父老望旌旗⑤。
英雄已死嗟何及⑥，天下中分遂不支⑦。
莫向西湖歌此曲，水光山色不胜悲。

作者简介

赵孟頫（fǔ）（1254—1322），著名画家，楷书四大家（欧阳询、颜真卿、柳公权、赵孟頫）之一。字子昂，号松雪，松雪道人，吴兴（今浙江湖州）人。赵孟頫博学多才，能诗善文，懂经济，工书法，精绘艺，擅金石，通律吕，解鉴赏，特别是书法和绘画成就最高，开创元代新画风，被称为“元人冠冕”。他也善篆、隶、真、行、草书，尤以楷、行书著称于世。存诗较少，著有《松雪斋集》。

注释

①岳鄂王墓：即岳飞墓。在杭州西湖边栖霞岭下，岳飞于绍兴十一年（1142）被权奸秦桧等阴谋杀害。宋宁宗嘉泰四年（1204），追封为鄂王。②离离：野草茂盛的样子。③石兽危：石兽庄严屹立。石兽，指墓前的石马之类。危，高耸屹立的样子。④南渡君臣：指以宋高宗赵构为代表的统治集团。北宋亡后，高宗渡过长江，迁于南方，建都临安（今杭州），史称南渡。社稷：指国家。社，土地神。稷，谷神。⑤望旌旗：意为盼望南宋大军到来。旌旗，代指军队。⑥嗟何及：后悔叹息已来不及。⑦天下中分遂不支：意为从此国家被分割为南北两半，而南宋的半壁江山也不能支持，终于灭亡。

译文

岳飞墓上荒草离离，
一片荒凉，只有秋草、石兽而已。
南渡君臣轻视社稷，
可中原父老还在盼望着王师的旌旗。
英雄被害，后悔晚矣，
天下灭亡已成定局。
不要向西湖吟唱此诗，
面对这样的景致无从吟起。

简析

岳飞的惨死是中国历史上的一大悲剧。宋嘉泰四年（1204），宁宗追封岳飞为鄂王，旷世冤案得以昭雪，离岳飞被害已62年。岳墓建在风景秀丽的西湖岸边，岳飞虽被封王建墓，但由于连年战乱，陵园荒芜，景象凄凉。这首怀古七言律诗以反映这样的现实入笔，表达了作者对抗金英雄被害屈死的叹息和哀悼，谴责南宋君臣苟安误国，流露了深沉的故国之思。首联入题，写岳飞墓前荒凉之景，暗寓作者伤痛之情。颔联两句直斥宋高宗违背古训，不顾国家社稷与中原父老，偏安东南一隅，以致最终酿成亡国惨剧。颈联感叹岳飞被害、南宋颓势难挽，天下中分，偏安一隅的局面也不能支撑下去。尾联与入题呼应，嘱人嘱己，蕴涵着诗人无尽的家国之思、亡国之恨。全诗即景生情，咏史抒怀，议论感慨，一气呵成。语言不事雕饰，通俗自然，哀婉深沉，感情强烈，颇具感染力。

（桂金菊）

绝句[1] [元] 赵孟頫

春寒恻恻掩重门[2]，金鸭香残火尚温[3]。
燕子不来花又落，一庭风雨自黄昏。

注释

①绝句：此诗虽然不点题，而全诗所写的是暮春时节的情与景，《伤春》则是最佳题目。②恻恻：忧伤的样子。陶潜《悲从弟仲德》："迟迟将回步，恻恻悲襟盈。"又杜甫《梦李白》："死别已吞声，生别常恻恻。"掩重门：关好重重门窗。③金鸭：形如金鸭的香炉。李商隐《促漏诗》："舞鸾镜匣收残黛，睡鸭香炉换夕熏。"虞集《同阁学士赋金鸭烧香》："黄金铸为鸭，焚兰夕殿中"。香残：古人在黄昏时开始用香炉焚香，待到香残，表明已是深夜或将要黎明的时刻。开头这两句诗，由戴叔伦的《春怨》演化而来，戴诗说"金鸭香消欲断魂，梨花春雨掩重门。"

译文

春寒袭人赶紧关好窗户柴门，傍晚焚香夜阑香残却尚有余温。
燕子没有回来繁华却已早谢，庭院冷寂唯有风雨点缀着黄昏。

简析

这首七绝以时序开头，凄风苦雨，料峭春寒，令人凄然忧伤，于百无聊赖中诗人掩门呆坐，形如金鸭的香炉点燃的香火即将燃尽，但尚有余温给室内留下了一些暖气。前两句所描绘的情景未明确交代具体时间，而"香残"已经含蓄地点出了为夜阑或拂晓的时刻。后两句，诗人抱怨燕子不飞回来寻春，春天的百花却纷纷凋谢，而寒风冷雨没完没了。目睹此景，更令人难免有"落花风雨更伤春"的难堪了。赵孟頫是元代著名的书画家，他深知用笔传神的秘诀。这首诗用语清丽，静穆和谐，典雅自然，有如别人评论他的画风："有唐人之致而去其纤。"而情致往往是从无情中透露出来的。所以诗中的"燕子不来花又落，一庭风雨自黄昏"与晏殊的"无可奈何花落去，似曾相识燕归来"有异曲同工之妙。

（刘艳敏）

挽文丞相[1] [元] 虞集

徒把金戈挽落晖[2]，南冠无奈北风吹[3]。
子房本为韩仇出[4]，诸葛宁知汉祚移[5]。
云暗鼎湖龙去远[6]，月明华表鹤归迟[7]。
不须更上新亭望[8]，大不如前洒泪时。

作者简介

虞集（1272—1348），著名学者、诗人。祖籍仁寿（今属四川仁寿），字伯生，号道园，世称邵庵先生。少受家学，尝从吴澄游。成宗大德初年，以荐授大都路儒学教授，历国子助教、博士。仁宗时，迁集贤修撰，除翰林待制。文宗即位，累除奎章阁侍书学士。领修《经世大典》，著有《道园学古录》《道园遗稿》。虞集素负文名，与揭傒斯、柳贯、黄溍并称"元儒四家"；诗与揭傒斯、范梈、杨载齐名，人称"元诗四家"。

注释

①文丞相：文天祥，字宋瑞，宋末状元。元兵南下，率义军抗战，拜右丞相，封信国公。后被俘，解送大都。坚贞不屈，慷慨就义。②徒把干戈挽落晖：《淮南子·览冥训》载"鲁阳公与韩构难，战酣，日暮，以戈挥之，日为之反三舍（舍在这里是'星区'之意，三舍就是太阳往回跑了三个星区那么远）。"此句即用该典，意谓宋室江山如夕阳西下，难逃覆亡的命运。文天祥欲力挽狂澜，虽无补于大势，却大显英雄气概。③南冠：本为春秋时期楚人所戴之冠名。后多用《左传》成九年所载楚人钟仪在晋为囚之典。以南冠代指囚徒。北风吹：喻元兵势大。④子房：张良，韩国人，家五世相韩。韩亡，张良谋报韩仇，结勇士刺杀秦始皇未成。后佐刘邦建汉，立大功，封留侯，而韩国终于未复。⑤诸葛：三国时诸葛亮，佐刘备建蜀汉，力图恢复汉室江山，而蜀最终为魏所灭。祚：皇位。祚移，喻改朝换代。⑥鼎湖龙去：《史记·封禅书》载，黄帝铸鼎荆山之下，鼎成，有龙来迎，黄帝乘龙升天而去。后人遂以鼎湖龙飞为典故，指皇帝死去。这一句即用该典，指宋端宗及帝昺已死。⑦华表鹤归：传说古代辽东人丁令威在灵虚山学道，后来道成化鹤飞回辽东，落在城门华表柱上，当时一个少年见到想举弓射之。鹤立即飞向天空徘徊，作："有鸟有鸟丁令威，去家千年今始归。城郭如故人民非，何不学仙冢累累。"然后高飞而去。这里引用该典，意谓不见文天祥英魂来归。⑧新亭：《世说新语·言语》载，晋室南迁后"过江诸人，每至美日，辄相邀新亭，藉卉木饮宴。周侯中坐而叹曰：'风景不殊，正自有山河之异！'皆相视而流泪。唯王丞相愀然变色曰：'当共戮力王事，克复神州，何至作楚囚

相对？’”此二句用该典，意谓如今整个天下都要被异族统治，不如东晋尚有半壁江山。

译文

就算是真有像古籍上说的挥舞长戈让夕阳回升的功力，也无法挽救当时注定灭亡的宋朝了！

而现在我仿佛又看到了当年楚囚的南冠，只不过这次换成文天祥成了势大元朝的阶下囚。

想想历史上张良谋刺秦王和诸葛亮鞠躬尽瘁的故事，文天祥的气节只有比他们更伟大！

宋端宗和帝昺就像乘龙而去的黄帝一样，都成为了历史。

也停留在历史之中的文天祥，自然无法像丁令威那样化作仙鹤回到华表上来看看曾经的大宋故土。

而我们连像晋朝的文人那样在新亭之上哭泣国家衰败只剩半壁江山的机会都没有了，因为现在的局势还远远不如当时的晋朝。

简析

虞集这首《挽文丞相》，不仅颂扬了文天祥精忠报国的精神，同时也流露出家国之痛。而这些深沉蕴藉的情感，是通过诸多典故的妙用来表达的。张良、诸葛亮等事典，蕴含着宋室灭亡殆天意，非人力所可挽回的深深无奈。新亭对泣之典，抒发了诗人沉痛的故国之思。及物是人非的感慨。面对大好河山落入异族之手的现实，不由得联想到东晋初年过江之士，因北方沦于外族统治而痛心疾首之事。然而，他们仍保有半壁江山，不像如今整个华夏大地都被元人侵占。相形之下，诗人不免慨叹“大不如前”。

（阳旦）

听雨 [元] 虞集

屏风围坐鬓毵毵①，绛蜡摇光照莫酣②。
京国多年情尽改③，忽听春雨忆江南。

注释

①毵（sān）毵：散乱貌。②绛蜡：红色的蜡。③京国：京城，国都。

译文

鬓发散乱独自一人枯坐于屏风之间，
红烛发出摇曳的光影，照在那醉意朦胧的脸上。
多年客居京城，思乡之情已经完全忘掉了，
忽然听到绵绵的春雨，一下子又忆起故乡江南。

简析

这是一首即景抒情的小诗。开篇营造出一幅凄清的场景：鬓发稀疏的诗人，屏风独坐，黄昏烛影，加上暮年独饮，从内到外，透露出几分孤寂落寞的情味。此时诗人正沉浸于往事的回味之中，慨叹仕途生涯使自己失去真我。然而，诗人内心深处仍然保有一份真情，它在春雨淅沥中，又重新勾起对家乡江南的思念。这里，京国与江南形成鲜明的对比，表露了诗人对仕途生活的厌倦之情。

（桂金菊）

秋夜闻笛 ［元］萨都剌

何人吹笛秋风外，北固山前月色寒①。
亦有江南未归客，徘徊终夜倚阑干②。

作者简介

萨都剌（约1272—1355），诗人、画家、书法家。字天锡，号直斋，回族（一说蒙古族）。早年家境清贫，但资质超拔颖敏。泰定四年（1327）登进士第。由于官职低微，元人将他与贯云石、马祖常、余阙等并列，但后人备极推崇，列为有元一代词人之冠。因宦游南北，故胸中包纳万里名胜风情，又以北人气质，涵融前代各家之长而不蹈袭前人。诗作诸体皆备，文辞雄健，音律锵然，具有一种清朗寥廓之气。

注释

①北固：山名，在今江苏省镇江市东北，有南、中、北三峰，北峰三面临江，形势险要，故称“北固”。②徘徊：来回地走动。阑干：用竹、木、砖石或金属等构制而成，设于亭台楼阁或路边、水边等处作遮拦用。

译文

什么人在秋风中吹响了竹笛，北固山在月色下升起了凉意。
还有一位流落在江南的游子，倚靠着栏杆徘徊了整整一夜。

简析

这是一首借景抒情的羁旅诗。盼归的思绪在秋夜里被一支笛曲牵引出来，秋风、月色也给诗人带来了无限的寒意，引出了诗歌后两句，即“寒”意袭来的原因。诗人因流落江南而不能北归，对故乡的思念和愁绪就像那笛声一样，绵延不绝，甚至因此彻夜难眠。

（蒋娟）

归舟 [元] 揭傒斯

汀洲春草遍，风雨独归时。
大舸中下流，青山两岸移。
鸦啼木郎庙，人祭水神祠。
波浪争掀舞，艰难久自知。

作者简介

揭傒斯（1274—1344），著名史学家、文学家。字曼硕，龙兴富州人（今江西丰城）。官拜翰林侍讲学士阶中奉大夫，修辽、金、宋三史，为总裁官。《辽史》成，得寒疾卒。著有《文安集》。

译文

水中的小洲春草遍地，风雨中我独自回家。
大船在中流顺流而下，两岸青山不断地向后移动。
木郎庙上空成群的乌鸦盘旋聒噪，水神祠中祭祀的人们川流不息。
波浪互相争夺起舞，做官久了，其中的艰难只有自己知道。

简析

揭傒斯的这首五言律诗写自己访友返家途中的所见所感。诗的首联点明风雨归舟，中间两联写舟中所见的和平自然的景色，流露了回家的喜悦，并激发了对大自然的热爱，对淳朴的民风及山村生活的神往，然而这一切又勾起他对身世的感慨，尾联则抒发了对世途艰难的感喟。这首诗注重景为情用，前六句一泻而下，句句是景，词藻华丽，流韵天然，气势开阔，但都为末句“艰难久自知”而设，重笔写景，正是为了末句写情。这首诗全篇浑成，整饬端严，是元律中的名作。

（桂金菊）

溪村即事 [元] 周权

寒翠飞崖壁[①]，尘嚣此地分[②]。
鹤行松径雨，僧倚石阑云[③]。
竹色溪阴见[④]，梅香岸曲闻。
山翁邀客饮，闲话总成文[⑤]。

作者简介

周权（1275—1343），字衡之，号此山，处州（今浙江丽水）人。曾游京师，以诗折服了翰林学士袁桷（jué），并被推荐为馆职，虽没有成功，却名声大噪，当代名流赵孟頫、陈旅、欧阳玄等皆推许其诗才。后回归江南，更专心于诗，其诗无轻靡之习，有从容之风，简淡和平，含蓄多致。

注释

①寒翠：指松柏一类树木，这里喻指瀑流。②尘嚣（xiāo）：尘世的纷扰、喧嚣。③石阑（lán）：栏杆状的岩石。④溪阴：溪的南岸。⑤闲话：指与世道无关、与人事无关，只是一些平平常常的生活话语。

译文

岁寒不凋的松柏像腾空而起的蛟龙，飞落在悬崖峭壁之上，
这里与喧嚣繁闹的尘世分成了两个世界。
仙鹤在着雨的松径里缓缓行走，
僧人倚在石栏边目送着天上的流云。
在清溪的南边摇曳着竹影，
曲折的溪水边暗送着梅花的幽香。
山村里的老人邀请我去做客，
谈论的虽为平常家事，但却是人世离不开的话题。

简析

诗的前两句写山村中所见之景，“寒翠”之木，“松径”之雨，“倚石”之僧，营造出了一种与世隔绝、不染红尘的清雅幽深，也表现出了一种悠然自得的萧散情趣。而颈联中的清溪南修竹曳疏影，曲岸后梅花传暗香，加之鹤行其下之松林，岁寒三友全都萃集诗中，令人生出“此中有真意，欲辨已忘言”之感。最后二句，从景物转到山村中的主人与客人，他们之间的平凡闲话，便是世间至文，最实在地表达了诗人倾羡与大自然融为一体，返朴归真的情愫。

（蒋娟）

河湟书事① [元] 马祖常

波斯老贾渡流沙②，夜听驼铃认路赊③。
采玉河边青石子，收来东国易桑麻④。

作者简介

马祖常（1279—1338），字伯庸，雍古特部人，世居靖州天山（今新疆北部）。元仁宗、惠宗时曾任御史中丞、枢密副使等官职。他是元代鼎盛时期的重要作家之一，诗写得朴实矫健。

注释

①河湟：泛指西北一带。河，黄河。湟，湟水，在青海省东部，流经甘肃省兰州市西入黄河。②波斯：即现在的伊朗，位于亚洲西南部，有悠久的历史文化，公元前二世纪就和我国友好往来，并通过丝绸之路进行经济文化交流。贾（gǔ）：商人。渡：穿越。流沙：指沙漠地带。③赊（shē）：长，远。为了押韵，可念shā。④东国：指中国，我国位于波斯的东方。易：贸易，交换。桑麻：桑指丝绸，麻指布匹。我国自古即出产丝绸闻名于世。

译文

波斯的商人穿过沙漠地带，
夜里听到商队的驼铃声就知道他们在长途跋涉。
他们驮着从当地河边采来的青玉石，
来到中国交换丝绸布帛。

简析

这是一首简短的叙事诗。第一、二句写长期经商的波斯商人穿过沙漠地带，或许因沙漠地带的天气炎热，他们更喜欢夜间行进，因此，夜里听到商队的驼铃声就知道他们在长途跋涉了。第三、四句写波斯商人用采来的玉石换取中国的丝绸布匹。这是一种以物易物的商品交换方式。诗歌题材很有意义，真实地反映了我国元代与波斯通过“丝绸之路”进行经济文化交流和友好往来的悠久历史，具有较高的历史价值。

（桂郁文）

墨梅[1] ［元］王冕

我家洗砚池头树[2]，朵朵花开淡墨痕[3]。
不要人夸颜色好[4]，只留清气满乾坤[5]。

作者简介

王冕（1287—1359），元末著名诗人、画家，字元章，号煮石山农、梅花屋主，诸暨（今属浙江）人。出身农家，幼年家贫，白日放牛，常入学舍听诸生诵书，曾至僧寺夜坐长明灯下读书。终身不仕，归隐会稽九里山，植梅千株，卖画为生。其诗语言质朴，雄快豪宕，风格自然，不拘常格。工画墨梅、竹石等，兼能刻印，在当时负有盛名。

注释

①墨梅：用淡墨点染而不着颜色所画出的梅花。王冕为良佐画《梅花图》，并在画上题写了这首七绝。②洗砚池：画家清洗砚台的水池。③淡墨痕：指花瓣上有淡淡的墨痕。④颜色好：用丹青彩绘出的艳丽颜色。⑤清气：清香高洁的气质。乾坤：天地。

译文

我画的洗砚池边的一棵梅树，
枝头朵朵梅花上都有淡墨痕。
不要人们夸赞它有什么美丽容颜，
只愿梅花的清香正气永驻乾坤。

简析

王冕从一个替人家放牛的牧童，通过在牛背上勤学苦练，成为领一代风骚的诗人和著名画家。特别是他所画的墨梅，神韵秀逸，世称神品，画中题诗，相得益彰。作者画梅花不以艳丽的色彩取胜，而着意突出它极其可贵的清香和正气，所以只用淡墨点染，而臻于形神毕俏。在墨梅的正大形象里，可以看到作者自身的影子。对梅花的赞美，其实就是作者的价值取向和人生追求。

（唐嗣德）

白梅 [元] 王冕

冰雪林中著此身①，不同桃李混芳尘②。
忽然一夜清香发③，散作乾坤万里春④。

注释

①著：放进，置入。此身：指白梅。②混：混杂。芳尘：香尘。③清香发：指梅花开放，香气传播。④乾坤：天地。

译文

白梅生长在有冰有雪的树林之中，
并不与桃花李花混在一起，沦落在世俗的尘埃之中。
忽然间，这一夜清新的香味散发出来，
竟散作了天地间的万里新春。

简析

从诗歌的构思技巧来看，这是一首"托物言志"之作，诗人以梅自况，借梅花的高洁来表达自己坚守情操，不与世俗同流合污的高格远志。在具体表现手法中，诗歌将混世芳尘的普通桃李与冰雪林中的白梅对比，从而衬托出梅花的素雅高洁。

"冰雪林中著此身"，就色而言，以"冰雪"形"此身"之"白"也；就品性而言，以"冰雪"形"此身"之坚忍耐寒也，诗人运用拟人手法，将梅树比作自己。已经表现白梅的冰清玉洁，接着就拿桃李作反衬。相形之下，梅花则能迥异流俗，所以"清香"二字，只能属梅，而桃李无份。

“忽然一夜清香发，散作乾坤万里春”。也许只是诗人在灯下画了一枝墨梅而已。而诗句却造成这样的意向：忽然在一夜之中，全世界的白梅齐放，清香四溢，玉宇澄清。这首诗给人以品高兼志大，绝俗而又入世的矛盾统一的感觉，这又正是王冕人格的写照。本文通过对梅花的吟咏描写，表达了诗人自己的志趣和品格。

（阳旦）

感事 [元]张昱

雨过湖楼作晚寒，此心时暂酒边宽。
杞人唯恐青天坠，精卫难期碧海干。
鸿雁信从天上过，山河影在月中看。
洛阳桥上闻鹃处，谁识当时独倚阑？

作者简介

张昱（生卒年均不详，约1330年前后在世），字光弼，自号一笑居士，庐陵人。约元文宗至顺初前后在世，年八十三岁。元末，左丞杨旺扎勒（亦作杨完者）镇江浙，用为参谋军府事。迁左右司员外郎，行枢密院判官。旺扎勒死，弃官不出。明太祖徵至京师，闵其老，曰：“可闲矣！”厚赐遣归。因更号可闲老人，徜徉于西湖山水以终。昱诗学出于虞集，作风皆苍莽雄肆，有沈郁悲凉之概。有《可闲老人集》四卷，《四库总目》行于世。

译文

一阵风雨潇潇，晚来湖楼徒增寒意，
这颗心只能暂时寄存在酒杯中，才觉得天地宽大的舒畅。
杞人只恐怕青天会坍塌，
精卫鸟再难等到大海被填平的时候。
传信的鸿雁从天上飞过，
山河的旧影只能在月亮里看到。
洛阳桥上听闻杜鹃啼血的地方，
谁还认得当年独自倚着栏杆的我？

简析

西湖上一阵黄昏雨留下了寒意，诗的首联便暗示了诗人心中的凄寒、悲凉和心事无人理解的寂寞之情。颔联借典表达了对国事的担忧和无奈。诗人先形容自己就像杞国人怕天塌下来一样，担心时局混乱，国事不稳；再反用精卫衔来木石，决心填平大海之意，抒发心中的无奈之情。颈联托天上鸿雁、月中山河等意象抒发了对家乡的思念与山河破碎的悲凉感慨。尾联一句反问，充分展露出诗人的心事无人理解的寂寞怅惘之情。本诗感慨深沉，风格苍凉，用典自然。

（桂金菊）

秋千 [元] 杨维桢

齐云楼外红络索①，是谁飞下云中仙？
刚风吵起望不极②，一对金莲倒插天。

作者简介

杨维桢（1296—1370），元末明初著名文学家、书画家。字廉夫，号铁崖、铁笛道人，晚年自号老铁、抱遗老人。他的诗在元朝末期很有名，称为“铁崖体”。与陆居仁、钱惟善合称为“元末三高士”。泰定四年进士。历任台县尹、杭州四务提举、建德路总管推官等职。元末农民起义爆发，杨维桢避寓富春江一带，张士诚屡召不赴，后隐居江湖，在松江筑园圃蓬台。有《东维子文集》《铁崖先生古乐府》行世。

注释

①齐云楼：在今江苏苏州市。②刚风：高空的强劲之风。

译文

齐云楼窗外一条红色绳索一闪而过，
自天而降的秋千女子她是仙子？
借助高空的劲风，几乎要飞出视野，
飘至极点，双脚如利剑一般，直刺青天。

简析

本篇描写了秋千女子荡秋千的连贯性动作，前两句写秋千荡下，后两句写秋千荡起，作者对她一下一上的秋千表演作了极其简略概括的描绘，就将一个矫健的身姿描摹得淋漓尽致了。其恣狂的情状包含了诗人对闺中人荡秋千时心理的深层理解：或许只有在这个游戏中，她们才能尽情地展露自己的活泼，渴望自由自在的内心，才能尽情宣泄对礼教森严的家规戒律的反抗之情。

（桂金菊）

题春江渔父图 [元] 杨维桢

一片青天白鹭前①，桃花水泛住家船②。

呼儿去换城中酒[3]，新得槎头缩项鳊[4]。

注释

①白鹭：全身羽毛白色，颈背垂有两条细长的长翎作为饰羽，背和上胸部分披蓬松蓑羽。②桃花水：桃花汛，指春天桃花盛开之时，川谷冰融，河流涨满。③呼：呼叫，让。④槎头缩项鳊（biān）：此处借指上等鲜美之鱼。

译文

青天一片，白鹭徐来，桃花绽开，江波浩渺，渔船在岸边拍打着浪花。

渔父唤儿进城打酒，酒资则是刚刚捕捞到的鲜美鳊鱼。

简析

这是一首题画诗，描绘了一个真正以打鱼为生的渔父形象，歌颂了渔家人自得其乐的生活，反映了诗人对那种宁静安详、无拘无束的境界的向往与渴求。首句写远景，青天一片，白鹭翩飞。次句写近景，桃花绽开，春水猛涨，江波浩渺。江水是渔父赖以谋生的土壤，渔船则是渔父借以栖身的房屋。第三、四句写渔父唤儿进城打酒，而酒资则是刚刚捕捞到的鲜美的“槎头缩颈鳊”。诗人通过这些日常普通的事物的描绘，显示以物易物的质朴、父呼子应的天伦之乐以及渔父自给自足、自得其乐的畅快。本诗构思较为精细，语言清新、明白。流畅的风格，取得了与画面、与主旨的一致。

（桂金菊）

题芭蕉美人图 [元] 杨维桢

鬌云浅露月牙弯，独立西风意自闲。

书破绿蕉双凤尾[1]，不随红叶到人间。

注释

①书破绿蕉：指以芭蕉绿叶代纸，供书写。凤尾：即凤尾蕉。

译文

髫鬟如云，柳眉浅露，

晚风拂面，美人神情自若地傲然独立。

为练习草书写破蕉叶，

蕉叶由绿转红也决不会像秋叶一样随风坠落。

简析

《题芭蕉美人图》是杨维桢为一幅仕女图所作的题画诗。首句诗人只是从发式和眉样对美人加以简单勾勒，高耸欲堕的长髻和弯曲细长的新眉，就足以表现她的娇美了。第二句突出了美人内在的气质。“意自闲”写出了美人娴静典雅的姿态和神情，而“独”字更是美人高贵孤独气质的真实体现。第三句写美女用用蕉叶代纸张练习草书，暗示了美人超凡脱俗的秉性，“破”标榜了她的勤勉与洒脱。第四句用蕉叶不凋落的特征概括了美人清高超脱的人格。诗人充分运用比喻、象征和描摹等艺术手法，将画面中不便或无法说明的境界充分地揭示出来，给读者以深刻启示。

（桂金菊）

题郑所南兰[1] [元] 倪瓒

秋风兰蕙化为茅[2]，南国凄凉气已消[3]。
只有所南心不改[4]，泪泉和墨写《离骚》[5]。

作者简介

倪瓒（1301—1374），元末画家、诗人。名珽，字泰宇，后字元镇，江苏无锡人。绘画以水墨居多，简淡幽雅，主张写胸中逸气，不求形似。其诗多咏山水景物，抒写闲适性情，间有隐喻现实之作。

注释

①郑所南：即郑思肖，宋遗民，著名画家，他的诗画多表现对故国怀念之情和坚贞的民族气节。②兰蕙：香草名，是兰花中的一种。茅：茅草。③南国：泛指长江以南广大地区。气已消，万物生气已经消失。这里比喻遗民的复国之志已经消失。④所南心不改：郑所南的复国之心始终没有改变。⑤泪泉：泪水。《离骚》，爱国诗人屈原的爱国诗篇。

译文

在秋风的摧残下，香草兰蕙化为茅草，随风乱飘。
秋天的江南一片凄凉，生气已经消尽。
只有郑所南的复国之心永不改变，
他用泪水和着墨汁画出的香草，
恰如千百年传诵不衰的《离骚》。

简析

这首诗运用象征、寓意、对比、比喻等手法，抒发了爱国之情。郑所南善画墨兰，南宋亡后，他画兰不画土根，暗喻“土已被番人夺去”，表现出极其强烈的故国深情和民族气节。倪瓒的这首题画诗，正是对郑思肖在画兰中表现出的这种思想感情的称颂，曲折隐晦地表达了诗人的民族意识。

（肖建辉）

登岳 [元] 傅若金

万壑千峰次第开，祝融最上气崔嵬[①]。
九江水尽荆扬去，百粤山连翼轸来[②]。
入树恐侵玄帝宅[③]，牵萝思上赤灵台[④]。
明年更拟寻春兴，应及潇湘雁北回[⑤]。

作者简介

傅若金（1303—1342），字与砺，一字汝砺，元代新喻（今江西新余）人。少时贫困，学徒编席，后师从范椁，发愤读书，刻苦自学，数日之间，词章传诵，被人以异才荐于朝廷。傅若金的文章“无可长短，特以诗传”。其诗“高出魏晋，下亦不失于唐”。

注释

①祝融：指南岳主峰之一的祝融峰。崔嵬：形容高峻、高大雄伟的物体（多指山）。②百粤：本为两粤、湘南、闽等南方越族聚居地区的统称，后常指五岭。翼轸：二十八宿中的翼宿和轸宿。③玄帝：玄天上帝，是道家的神祇。④赤灵台：岳顶祭祀炎帝神农及赤帝祝融的所在。⑤雁北回：衡山有回雁峰，相传北雁至此不再向南，明年阳春，群雁又结伴飞回。

译文

山峦连绵高低重叠的山峰一座接着一座，
而祝融峰的气魄最雄伟。
站在山顶看见奔腾在荆、扬地面的九江，
还有那与五岭连成一片的高耸的山峰。
担心那山上林木的茂密遮住了玄帝宅，
也怕险僻的行径连不上赤灵台。
明年不知道能不能踏着春天的脚步，
再一次回到此处领略潇湘的风采。

简析

本诗为作者途经湘中登览南岳衡山时所作。首联二句既写出了祝融峰的迥拔卓异，又隐然表现了此行登岳的历程。颔联写登高后的远眺，极力铺扬了祝融峰的“气崔嵬”。颈联由远及近，表现了南岳浓重的宗教色彩与特有的神秘魅力。尾联以明春的再约表达出了“登岳”的情兴，却以“雁北回”点出了前途的疑虑和深藏的相思，融景入情。

（蒋娟）

寒夜 [明]朱元璋

天为罗帐地为毡①，日月星辰伴我眠②。
夜间不敢伸长足③，生怕踏破海底天④。

作者简介

朱元璋（1328—1398），明太祖。字国瑞，濠州（今安徽凤阳）人。幼孤，为皇觉寺僧。元末群雄并起，投郭子兴部，子兴卒，旋称吴国公、吴王。先后灭陈友谅、张士诚，移师而北，克燕京，十五载而成帝业。建都应天（今南京）。在位三十一年崩。爱民重士，多善政。科举以八股取士，始于此时。

注释

①罗帐：用丝织成的帐子。毡（zhān）：用羊毛、骆驼毛等擀压而成的片状物。②星辰：天上星星的通称。眠：睡。③足：腿。④生怕：很担心。

译文

苍穹为帐子大地作垫毡，太阳、月亮和星星伴我睡眠。
夜半被冻得缩成一团不敢伸腿，担心踏破了海底湛蓝蓝的天。

简析

明朝的开国皇帝朱元璋，是中国少有的平民皇帝，他曾当过几年和尚，饱受贫穷、孤独、冻馁之苦。一天深夜，露宿在寺外衣单被薄的朱元璋，面对雪花和寒风的侵凌，他竟完成了这首脍炙人口的《寒夜》诗。虽痛苦，但痛苦使人高贵；虽身处困境，但英雄不减其豪情壮彩！

（唐嗣德）

金鸡报晓 [明]朱元璋

鸡叫一声撅一撅①，鸡叫两声撅两撅。
三声唤出扶桑日②，扫败残星与晓月③。

注释

①撅（juē）：翘起。这里指鸡鸣时尾巴翘起。②扶桑：神木名。古代神话中东海的大树，据说是日出的地方。《十洲记》：“扶桑在碧海中，树长数千尺，一千余围，两干同根，更相依倚，日所出处。”③残星：残存的、剩余的星星。晓月：拂晓的残月。

译文

鸡叫一声尾巴撅一下，鸡叫两声尾巴撅两下。

鸡叫三声呼出了红太阳，把残星和晓月全打垮！

简析

如果光看前面两句，根本不像什么诗，然而这是绝妙的铺垫，是在有意渲染气氛。任何事物总有一个发展过程，有起始，有衍变，有关键处。鸡鸣三遍则黎明，这是最关键的一声，能把红日呼唤出来，能唱得千门万户开，能“扫败残星与晓月”。这其实是寄寓作者雄心勃勃，志存高远，气势恢宏，耐人咀味。

（唐嗣德）

题米元晖山水[①] [明] 张以宁

高堂晓起山水入[②]，古色惨淡神灵集[③]。
望中冥冥云气深[④]，只恐春衣坐来湿。
江风吹雨百花飞，早晚持竿吾得归[⑤]。
身在江南图画里，令人却忆米元晖。

作者简介

张以宁（1301—1370），字志道，因家居翠屏峰下，自号翠屏山人，古田（今属福建宁德）人。有俊才，博学强记，人呼“小张学士”。作为由元入明的诗人，张以宁经历了元末大动乱，接触现实生活与多艰民生，他的相当部分诗歌揭露现实的黑暗，表现对民众的关注，富有社会意义。在艺术风格上，其诗上溯秦汉，下宗李杜，以多用口语、浅近朴实、造意清新、情感浓烈而见重于时。

注释

①米元晖：米友仁（1074—1153），南宋书画家，是北宋书画家米芾的长子。②高堂：高大的厅堂，大堂。③惨淡：原指光线暗淡，这里指画面朦胧迷离。④云气：云雾、雾气。⑤持竿：执持钓竿，指钓鱼。

译文

晨起步入厅堂，迎面一幅山水画映入眼帘，
古色古香的画面上烟山云水，朦胧迷离，却显得神意飞动。
遥望其中还能感受到无限浩渺云气扑面而来，
重重叠叠，卷舒自如，生怕湿润了我那美丽的衣裳。
江风吹动着雨点和着飞舞的百花，

宁愿就在这里拿着钓竿等待日出日落。
如今置身在这一副江南图画中，
却让人感受到了米元晖心境。

简析

这是一首赞美米元晖画作的诗，题在米元晖的画作旁边，也算是题画诗篇。这首诗上半部分是描绘米元晖的山水画形象生动，无论是山间云气还是整体着色以及山山水水都是栩栩如生；下半部分是作者看着这幅画作的体会。看到江南风景如画，作者恨不得做一个钓叟，享受着早出晚归的生活，而这种感觉正是米元晖给他的，可谓画工已臻化境！这样的夸赞比直接夸奖更加绝妙！

（蒋娟）

五月十九日大雨 ［明］刘基

风驱急雨洒高城①，云压轻雷殷地声②。
雨过不知龙去处，一池草色万蛙鸣③。

作者简介

刘基（1311—1375），军事家、政治家、文学家，明朝开国元勋。字伯温，青田县南田乡（今属浙江文成）人，故称刘青田，洪武三年（1370）封诚意伯，故又称刘诚意。武宗正德九年（1514）追赠太师，谥号文成，后人称他刘文成、文成公。刘基通经使、晓天文、精兵法，与宋濂、叶琛、章溢合称浙东四大名士。在文学史上，刘基与宋濂、高启并称“明初诗文三大家”。刘基有《诚意伯文集》20卷传世，收有赋、骚、诗、词1600余首，多种文体文230余篇。

注释

①驱：驱使。急雨：骤雨。②云：这里指乌云。殷（yīn）：震动。③池：池塘。

译文

狂风作驱骤雨洒向高城，乌云低轻雷动落地有声。
风雨过不知道龙往何处，池水静草色青万蛙齐鸣。

简析

这是一首富有理趣的写景诗。诗人以生动形象的语言描述了夏天特有的雷阵雨前后的自然景象。前两句极力描写了大雨滂沱的威猛气势：狂风大作，骤雨倾盆，黑云压城，雷声阵阵，落地有声。后两句描述雨过天晴的平和景象：大风停止，雷声不再，雨迹无踪，池塘水静，草色更青，蛙声一片。诗歌前两句写雨来，后两句写雨止。前后两句景象形成了鲜明的对照，颇有意味。

诗歌通过对自然风雨景象的描述，显示了蕴含的理趣：大风大雨有时候虽然猛烈，但来得急，也去得快，历时决不会长久。由此，可启迪人们，在生活中遇到危急时，应当勇敢顽强，坚定信念，风雨过后，一定会朗朗晴天，一切会更加美好。

（桂郁文）

杂诗[1]（其三十三） [明] 刘基

豺狼食人肉，蚊虫食人血。
食肉死须臾[2]，食血死不辍[3]。
哀哀露筋女[4]，肉尽惟皮骨。
谁谓蚊虫微，积锈能销铁。

注释

①杂诗：是刘基所写的一组诗，总题为《杂诗四十一首》，这里选的是第三十三首。②须臾：极短的时间；片刻。③不辍：事物永不休止的一种发展状态。不停；不止；不绝。④哀哀：悲痛不已的样子。露筋女：江苏高邮露筋祠供奉的烈女。《高邮州志》：唐时有女子，不详其姓氏，或曰郑荷花，或曰萧氏，又曰全节娥……与嫂行郊外，日暮，嫂挽女投宿田舍，女不从，乃露坐草中。时秋蚊方殷，弱质不胜，翩旦血竭露筋而死，后因号露筋女。又，宋米芾《露筋庙碑》载：有女子夜行至此，因防男女之嫌，而不求宿附近人家，宁居郊野，被蚊食尽皮肉，露筋而死。后人为表彰此女贞节，遂立祠以祀。露筋：肌肉消尽，血管突出的样子。

译文

豺狼吃人肉，蚊子吸人血。
豺狼吃人，人片刻死去，
蚊子不停地吸血，人慢慢而死。
悲伤那被蚊子叮死的露筋女，可怜她肌肉消尽只剩下筋骨。
谁说蚊虫危害小，铁锈积多也能把铁销。

简析

这首诗前四句，虚写在元朝统治下，人民的悲惨境遇。用豺狼喻上层统治者，用蚊虫喻下层官吏，指出上层统治者像豺狼，食人肉顷刻致死；下层官吏像蚊虫，食人血，人一下子死不了，更加痛苦，因而危害人民更甚。揭露深刻，语言辛辣，讽刺有力。后四句，先用露筋女的传说来说明蚊虫的危害更甚于豺狼。因为豺狼致死人命于顷刻、蚊虫致死人命于缓慢。最后，作者用铁器长期不断地生锈，最终就能将铁销蚀掉作比，比喻蚊虫不断地吸人血，最终也能置人于死地。

这首诗深刻地揭露和无情地讽刺了元代上层官僚与下层官吏对广大人民的残酷剥削和压迫，表现了诗人对元代统治的强烈不满，对广大人民不幸遭遇的深切同情。诗歌运用了隐喻双关的艺术手法，表面上写蚊虫对人民的危害很深，并用豺狼作反衬，实则以豺狼喻上层统治者，以蚊虫喻下层官吏，比喻贴切。比喻中只有喻体，不现本体，这是一种隐喻双关的写法。语言辛辣，讽刺有力。

（桂郁文）

幼女词 [明] 毛铉

下床着新衣①，初学小姑拜②。
低头羞见人，双手结裙带③。

作者简介

毛铉（生卒年不详），字鼎臣，山阴（今浙江绍兴）人。明洪武时在陕西一带从军戍边，后任国子学录。其诗有些富于生活气息。

注释

①着：穿衣，穿着。②小姑：这里是新娘的意思。拜：拜堂，中国婚姻习俗。③结：这里是扎缚、抚弄的意思。

译文

下得床头穿上新衣，初次学作新娘婚拜。
低头害羞怕见家人，双手抚弄衣上裙带。

简析

这首小诗刻画了一个情窦初开而尚带稚气的少女形象。她下床穿了一件新衣，偷偷学着新娘成婚拜堂的动作，刚刚拜了一下，又立刻害羞起来，怕被家人看见，于是用双手扎结、抚弄裙带加以掩饰。诗歌形象鲜明，语言质朴自然，动作描写、心理描写惟妙惟肖，十分传神。

（桂郁文）

过高邮有感① [明] 汪广洋

去乡已隔十六载②，访旧惟存四五人。
万事惊心浑是梦③，一时触目总伤神。

行过毁宅寻遗址，泣向东风吊故亲。
惆怅甓湖烟水上[④]，野花汀草为谁新？

作者简介

汪广洋（？—1379），明初政治家、诗人。字朝宗，江苏高邮人。元末进士，明朝曾任左丞相（明朝开国时）、右丞相、谏官、参政。通经能文，尤工诗，善隶书。朱元璋称赞其“处理机要，屡献忠谋”，将他比作张良、诸葛亮。洪武十二年（1379 年），因受胡惟庸毒死刘基案牵连，被诛。

注释

①高邮：位于江苏省的扬州市，是作者的故乡。②去：离开。③浑：全，都。④甓（pì）湖：湖名，即甓社湖，在江苏高邮市西北。

译文

离开家乡已经十六年了，过访昔日的朋友也只剩几个人了。
过去种种的惊心我以为只是梦一场，此时此刻的景象却让我伤心欲绝。
边走边寻这因战争而毁掉的旧宅，却只能在骀荡的东风中洒泪凭吊故去的亲人。
失落的走向清波微漾的甓社湖岸，那生长在湖畔、汀头的野树春草又为谁艳媚清新？

简析

这是作者在动乱中离乡十六年之后被削职还乡时所作的一首诗歌。前两句均是情语，虽少了些玲珑的兴象，却让读者深深地体会到了作者那种梦破神伤的“惊心”之感。颈联通过具体景象的自我勾勒，将诗人在故宅寻寻觅觅和洒泪吊念亲人的哀婉之情表现得分外感人。而结语的怆然问叹，使整个情感的基调愈加索寞和孤清了。

（蒋娟）

京师得家书[①] [明]袁凯

江水三千里，家书十五行。
行行无别语，只道早还乡。

作者简介

袁凯（生卒年不详），诗人，字景文，号海叟，以《白燕》一诗负盛名，人称袁白燕。松江华亭（今上海市松江区）人，洪武三年（1370）任监察御史，后因事为朱元璋所不满，伪装疯癫，以病免职回家，终“以寿终”。著有《海叟集》4 卷。袁凯的诗作，言及现实其少，只于个别篇内有隐晦、曲折的表露。其成功之作多为抒发个人情怀，描述旅人思乡之篇。

注释

①京师：指都城。

译文

绵绵的江水有三千里长，家书有十五行那么长。
行行之间没有其他的言语，只是告诉我要尽早回到故乡。

简析

这是一首思乡诗，不仅写了诗人收到信时的喜悦，还写了自己宦游的孤寂和家人对自己的思念之情。在文字语言上趋向于口语化，风格质朴，用语简练，紧扣家书，很好地表现了诗人盼望早归的心情。

这首诗重点写了“思家”，但诗人不直接正面描写自己如何想家，而是写寄来的家信密密麻麻写满了字，说的都是希望诗人早日还乡的话，给人以无穷的想象空间。

（肖建辉）

客中除夕① [明] 袁凯

今夕为何夕，他乡说故乡。
看人儿女大，为客岁年长。
戎马无休歇②，关山正渺茫③。
一杯柏叶酒④，未敌泪千行⑤。

注释

①客中：客居外乡之时。②戎马：指军事行动、战乱。③关山：关口和山岳，这里代指故乡。④柏（bǎi）叶酒：用柏叶浸过的酒，也叫“柏酒”，古代风俗，取柏叶浸酒，元旦共饮，以祝长寿。⑤未敌：不能阻挡。

译文

今儿晚是怎样的一个夜晚？只能在异地他乡诉说故乡。
眼看别人的儿女慢慢长大，自己的客游生活也岁岁增长。
战乱连年不断又无休无歇，关山阻隔让故乡归路渺茫。
饮一杯除夕避邪的柏叶酒，依旧压不住思亲眼泪万千行。

简析

这首诗记写了作者旅居在外的一个除夕夜，抒发了诗人思念家乡、思念亲人的感情。开头一个平淡的问句便显出了深深的思乡之情，而颔联也道出了诗人的亲身感受，饱含着言传不及意会的极大痛苦。社会的不安定迫使作者久居他乡，就算是柏叶酒也无法消除心中的思念，只能泪流满面。诗歌语言自然朴实，浅显易懂，音节响亮，有较强的吸引力和感染力，尤其是“看人儿女大，为客岁月长”是世人赞赏的佳句。

（蒋娟）

天平山中① [明] 杨基

细雨茸茸湿楝花②，南风树树熟枇杷。
徐行不记山深浅③，一路莺啼送到家。

作者简介

杨基（1326—1372），字孟载，号眉庵。原籍嘉州（今四川乐山），生长于吴中（今江苏苏州）。明初任荥（xíng）阳知县，后官至山西按察使，但被谗夺官，罚服劳役，死于工所。杨基少时曾著有《论鉴》十万余言，又在杨维桢席上赋《铁笛》诗，当时杨维桢对杨基诗倍加称赏，于是扬名吴中，与高启、张羽、徐贲为诗友，被当时的人称为“吴中四杰”。

注释

①天平山：在江苏省苏州市西，杨基家在赤山，离天平山很近。②茸茸（róng）：小雨又细又密又柔和的感觉。楝（liàn）：江南一带常见的落叶乔木，春天开淡紫色花。③徐行：慢慢地走。山深浅：山路的远近。

译文

细雨蒙蒙打湿了楝花，南风吹熟了每棵枇杷树的果实。
顺着山路慢慢地走着以致忘记了路途远近，是那沿路的黄莺鸣叫着把我送回了家。

简析

杨基的作品以写景状物见长，在这首诗中，他牢牢地把握了情与景两条线索，由景生情，情中寓景，情与景，人与物，紧紧地交织在一起。诗的前半段对仗工整，刻画出了江南三月所特有的景观，着眼点虽在景，但我们可以清楚地感受到洋溢在他心中的盎然春意。下半段由景及人，诗人在漫游时忘了路程，忘了时间，从侧面衬托出了景色之美。总之，诗的格调清俊流丽，毕现江南景，传尽心中意。

（蒋娟）

孤雁 [明] 高启

衡阳初失伴，归路远飞单。

度陇将书怯[1]，排空作阵难[2]。
呼群云外急，吊影月中残。
不共凫鹥宿[3]，蒹葭夜夜寒。

作者简介

高启（1336—1374），字季迪，长洲（今江苏苏州）人。元末曾隐居吴淞江畔的青丘，因自号青丘子。明初受诏入朝修《元史》，授翰林院编修。后被朱元璋借苏州知府魏观一案腰斩于应天。高启读书过目成诵，久而不忘，尤精历史，嗜好诗歌，与张羽、徐贲、宋克等人常在一起切磋诗文，号称“北郭十友”；与宋濂、刘基并称为“明初诗文三大家”；同时，与杨基、张羽、徐贲被誉为“吴中四杰”。其诗雄健有力，富有才情，改变元末以来缛丽的诗风。

注释

①将：携带。②排空：升空。③凫（fú）鹥（yī）：指野鸭和水鸥。

译文

这头雁刚飞出衡阳就与大群失散了，
漫漫的万里归途也不得不单独的北回。
这孤雁带着书信飞度荒凉的陇上怎能不畏怯，
凭它一个也无法组成人字雁阵。
在云雾的外围急切的召唤着自己的伙伴，
但也只能在惨白的月光中顾影自怜。
纵然是孤单、畏怯，纵然是独宿苇丛，夜夜惊寒，
也决不会为了取暖而和野鸭或水鸥挤成一团。

简析

本诗运用了托物言志的手法，借物抒怀，塑造了一个孤独单飞，历尽艰险但绝不与野鸭、水鸥同宿的孤傲的大雁形象。这只大雁刚飞出衡阳就与雁群失散了，不得不独自飞翔。漫漫的万里归路上，是何等的孤独凄凉，诗词中的“失伴”和“单”紧扣标题的“孤”字。但是，形单影只的大雁，即使呼唤不到同伴，却依旧在月下独自翱翔，翱翔在那漫漫的、严寒的长夜中。作者借此诗表达了自己归途失伴的无奈与孤独，以及自己孤傲的情怀。

（蒋娟）

寻胡隐君[1] [明] 高启

渡水复渡水，看花还看花。
春风江上路，不觉到君家[2]。

注释

①寻：访问。胡隐君：一位姓胡的隐士。②君：指那位胡的隐士。

译文

一路上渡过了一道水又一道水，
河边那一簇簇的鲜花竞相生长。
这春光明媚、清新幽美的风景，
让我不知不觉就来到了您的家。

简析

这首诗记的是诗人去朋友家时，一路上见到的很普通的景色，但是诗中用了一个“复”和一个“还”，把景色写“动”了，写出了速度，也写出了繁复和变化。虽然是同样的渡水、同样的花，却让人产生了应接不暇的感觉。“春风江上路”一句，抒发了诗人轻快悠闲的心情。两岸春色迎船而上，心中诗情春风送来。全诗词语重复却又显简洁，看似浅显却又洋溢潇洒。

（蒋娟）

吊岳王墓① [明] 高启

大树无枝向北风，十年遗恨泣英雄②。
班师诏已来三殿③，射虏书犹说两宫④。
每忆上方谁请剑，空嗟高庙自藏弓⑤。
栖霞岭上今回首⑥，不见诸陵白露中⑦。

注释

①岳王墓：岳飞之墓，在杭州。②遗恨：未尽的心愿，未完成的理想，遗憾。③班师：调回在外打仗的军队。也指出征军队胜利归来。三殿：指朝廷。④两宫：指被金所俘的宋徽宗、宋钦宗二帝。⑤高庙：指赵构。庙号高宗，故称。⑥栖霞岭：在杭州西湖滨，岳坟所在地。⑦诸陵：指宋代皇帝的陵墓。

译文

岳王墓前的树枝没有一枝向北方，遗恨千年，为英雄痛哭失声。
朝廷里发下退兵的诏令，岳飞继续请战，声言要迎回两宫。
从此无人再请求抗金的旨令，可叹啊！高宗亲自杀害了抗金的将领。
我从栖霞岭向北遥望，白露中再也望不到宋代的皇陵。

简析

这是一首咏史诗。首联表达了人民对岳飞这位英雄的景仰，又表达了对杀害岳飞的宋高宗及秦桧的谴责。颔联追述岳飞当年的遭遇和抗金的决心。颈联谴责宋高宗，是说自高宗杀害岳飞之后，再也没有谁请旨抗金杀敌。尾联总结历史教训，是说由于南宋朝廷自残忠良，中原失地永无归期，而且宋王朝也终于覆灭了，他们再也见不到祖上的陵墓了。这首诗缅怀了岳飞的抗金业绩和不幸遭遇，谴责了南宋统治者杀害忠臣良将自取灭亡的罪行，含蓄委婉地表达了对现实政治不满的态度。

这首诗写作上的最大特点是借古讽今。诗歌寓意含蓄，作者把自己的真意隐含在所写的事件里。把自己对朱元璋集权朝政、杀害功臣的不满含蓄地写出，用南宋岳飞被害一事影射当前政治，言在此而意在彼。文笔曲折，含有褒贬之意。要读懂这首诗，还要了解诗中的典故及历史事件，也要知人论世，了解诗人的情况和写作时的历史背景。写咏史诗，常常是因为诗人对当前社会政治不满，而又不便于直说，只得用咏史来曲折地表现自己的政治态度，内容含蓄甚至隐晦。高启对朱元璋实行恐怖统治，滥杀功臣，并且猜忌杀害文人的情况十分愤慨，但又不能明显地表露出来，只得借古讽今。即便如此，诗人仍未能逃脱被杀害的命运。

（桂郁文）

春雁 [明] 王恭

春风一夜到衡阳①，楚水燕山万里长②。
莫道春来便归去，江南虽好是他乡。

作者简介

王恭（1343—？），字安中，自号皆山樵者，闽县（今福建闽侯）人。善诗文，与高木秉、陈亮等诸文士唱和，名重一时。明永乐二年（1404），年届六十岁的王恭以儒士荐为翰林待诏，敕修《永乐大典》。永乐五年，《永乐大典》修成，王恭试诗高第，授翰林典籍，不久，辞官返乡。王恭作诗，才思敏捷，下笔千言立就，诗风多凄婉，隐喻颇深，为“闽中十才子”之一。

注释

①衡阳：今属湖南省，在衡山之南、有山峰势如大雁回旋，取名回雁峰。②楚水：泛指古代楚地的江湖，这里言楚，即指江南。燕山：这里泛指北方地区。

译文

一夜间春风吹遍了衡阳城，江南与北方相隔有万里远。
别怪我春天一来就要回去，只是那江南虽好却是他乡。

简析

这首诗写于诗人厌倦仕途、辞官返乡的途中。明写春雁，实为自喻。作者反用大雁南飞抒发的北方游子对南方家乡的怀念之情，表达了诗人不愿享受京城官场的荣华富贵，宁愿回归故里吟啸自乐的心情。诗歌四句，以反常突出正常，将主题表现得更鲜明，同时运用了拟人手法，加强了艺术效果。

（蒋娟）

赴广西别甥彭云路 [明] 解缙

多情为我谢彭郎，采石江深似渭阳①。
相聚六年如梦过，不如昨夜一更长。

作者简介

解缙（1369—1415），字大绅，一字缙绅，号春雨、喜易，明朝时吉水（今江西吉水）人。洪武二十一年（1388）中进士，官至内阁首辅、右春坊大学士，参预机要事务。解缙因为才学高而好直言被忌惮，屡遭贬黜，最终以“无人臣礼”下狱，永乐十三年（1415）冬被埋入雪堆冻死。解缙自幼颖悟绝人，他写的文章雅劲奇古，诗豪荡丰富，书法小楷精绝，行、草皆佳，尤其擅长狂草，与徐渭、杨慎一起被称为“明朝三大才子”。

注释

①采石：指长江流经安徽省马鞍山市的一段，因采石矶在此地得名，由南京赴广西当过此地。渭阳：出自于《诗·秦风·渭阳》中“我送舅氏，曰至渭阳”，据说这首诗是秦康公送他的舅舅晋文公重耳回国就国君之位时所作，后以“渭阳”表达甥舅之间的情谊。

译文

非常感谢云路你对我的感情，这份甥舅情意比采石江深厚。
六年的相处不过瞬间的记忆，不如昨夜肺腑长谈来的珍惜。

简析

这是一首感情浓烈、情意深挚的赠别之作。诗人此番受谗遭贬，向来“好直言，为众忌”的作者自然感慨万千。前两句用了一个比喻，让那种诚笃的骨肉深情洋溢纸上。后两句运用夸张，沉淀着诗人对六年来他们甥舅间相濡以沫、亲切往还生活情景的回忆和眷念不尽的感情，也渗透着对自己未来命运感到惆怅、茫然的意绪。通俗而有深致，具有较强的感染力。

（蒋娟）

秋日登石壁精舍[1] [明]林鸿

携琴向何处，因访梵王宫[2]。
潭影漾秋白，枫林鸣晚红。
涧空啼鸟寂，地僻野泉通。
欲辨来时路，苍茫翠霭中。

作者简介

林鸿（生卒年不详），字子羽，福建福清县城宏街人。洪武初年，因所作诗歌得到明太祖赏识，后又拜礼部精膳司员外郎。林鸿诗法盛唐，为“闽中十才子”之首，其诗“声调圆稳，格律整齐”，一洗元代诗人纤弱之习，被称为明朝开国后第一诗人。

注释

①精舍：隐士居处，或僧道居住和讲学之地，石壁精舍，相传建于公元四世纪，在今浙江上虞市境内。②梵王宫：佛教庙宇，此指石壁精舍。

译文

拿着琴去什么地方呢，可以趁机去登临梵王宫。
秋风弄皱了一潭清水，火红的枫林时而传出鸟鸣声。
鸟鸣声在山涧中静寂下来，远僻的山径与山泉相通。
想要寻找来时的山路，却迷失在苍茫的雾霭中。

简析

这是一首优美的山水诗。作者先以自问自答的口吻交代出游的缘由，接着从四个角度选取和捕捉四个意象渲染石壁精舍四周的自然环境之美。尾联作为全诗的总结，笔锋一转写来时的路，展现了一个混芒的新境界，字面浅显，但意境尽在其中：对自然风光的喜爱与留恋，对宁谧自由生活的向往。

（蒋娟）

石灰吟[1] [明]于谦

千锤万凿出深山[2]，烈火焚烧若等闲[3]。
粉身碎骨浑不怕[4]，要留清白在人间[5]。

作者简介

于谦（1398—1457），明代政治家、军事家，抗击瓦剌入侵的英雄。字廷益，号节庵，钱塘（今浙江省杭州市）人。少有大志，23岁中进士，历任山西河南巡抚。以其刚直、爱国著称于世。诗风朴实刚劲，真切感人。著有《于忠肃集》。

注释

①石灰吟：赞颂石灰。吟，吟颂。指古代诗歌体裁的一种名称（古代诗歌的一种形式）。②千锤万凿：无数次的锤击开凿，形容开采石灰非常艰难。千、万：虚词，形容很多。锤，锤打。凿，开凿。③若等闲：好像很平常的事情。若，好像，好似；等闲，平常，轻松。④浑：全。⑤清白：指石灰洁白的本色，又比喻高尚的节操。人间：人世间。

译文

经过千锤万凿才从深山里出来，投入窑中烈火焚烧安然自在。

于民有利粉身碎骨也在所不惜，只要把一身清白留在人世间。

简析

这首诗运用比喻手法，借物喻人，咏物言志。全诗表面上是写石灰，其实是写人，是作者以石灰自喻，抒发自己那种不畏艰险、不怕牺牲、坚贞不屈的节操和“要留清白在人间”的博大崇高襟怀。作者将石灰拟人化，并融入自己的感情，达到了物我合二为一的境界。取材新颖，比喻确切，语言铿锵，气势坦荡，沁人肺腑。特别是从中表现出的高风亮节，深深地感动着后人。

（刘艳敏）

荒村 [明] 于谦

村落甚荒凉，年年苦旱蝗①。
老翁佣纳债②，稚子卖输粮③。
壁破风生屋④，梁颓月堕床⑤。
那知牧民者⑥，不肯报灾伤⑦。

注释

①苦旱蝗：苦于旱灾，蝗灾。干旱之年最易发生蝗灾，故旱灾、蝗灾往往同时发生。②佣：替人做工。受雇于人。纳债：还债。③稚子：幼子。输粮：向官家缴纳租粮。④风生屋：屋内透风。⑤梁颓：屋梁倒坍。堕：落下。⑥牧民者：指地方官。以牧民养畜比喻官吏治民，故曰牧民。⑦报灾伤：向上级申报农民遭受灾荒的实际情况。

译文

怎忍看大村庄十分荒凉，每年里旱蝗灾苦于饥荒。

老父亲当佣工为了还债，小儿子被卖掉缴纳官粮。

墙壁破大洞多满屋生风，梁倒塌那月光落在床上。
哪知道地方官讨好上司，竟不肯往上报灾荒情况。

简析

这是一首描述明代农村凋敝荒凉的五言叙事律诗。首联，总写荒村，点明原因。这个村落十分荒凉，是因为年年遭遇旱灾和蝗灾。诗人所写的荒村，何尝不是明代广大农村的一个缩影。颔联、颈联，选取典型，铺陈叙写。作者集中笔墨写了一户农家悲惨凄苦的生活。颔联写这家农户被债务和输粮所迫，老父亲当佣工，为了偿还债务；小儿子被卖掉，作为纳粮赋税。悲苦生活，无以复加。颈联写这家农户房屋破败不堪。墙壁坍坏，不能遮风；屋梁倒塌，不能挡雨。有月光的夜晚，月光直照床上。倘若是雨雪天呢，又将如何？以上两联，铺陈其事，形象具体地呈现了“甚荒凉”“苦旱蝗”的景象。尾联，沉痛深刻地揭示其社会原因。地方官吏为了博得政绩、升官发财，竟然不肯如实上报灾情来减免百姓赋税。人祸甚于天灾。

这首诗通过“荒村”的描述，表现了农村百姓的悲惨凄苦的生活，揭露了明代封建官吏不顾百姓死活，逼迫人民卖儿鬻女交纳官粮，讨好上司掩盖灾情的罪恶，反映了明代的政治黑暗、矛盾尖锐、农村凋敝、民不聊生的社会现实，体现了诗人悲天悯人的耿耿情怀。诗歌选取典型景物、典型事件来反映社会现实，揭露了社会矛盾，形象具体，表现力强。语言明白如话，不事雕琢，直陈其事，直指弊端，十分深刻。

（桂郁文）

入京 [明] 于谦

绢帕麻菇与线香①，本资民用反为殃②。
清风两袖朝天去③，免得闾阎话短长④。

注释

①绢帕、麻菇、线香：这些都是本地当时比较稀缺的土特产品，通常是官员送给权贵们的贡品。②本资：本来供给。也指粮食、布帛等基本生活资料。资，供给，帮助。殃：祸害，损害。③两袖清风：意为两袖中除了清风外，别无所有。比喻为官清廉。④闾阎：原指古代里巷内外的门，后泛指平民百姓。

译文

绢帕、麻菇、线香等土特产，
本来是平民百姓辛勤劳动用来换钱维持生计的物产。
我岂能像他人一样弄权索取，反而给百姓带来祸殃，
宁愿两手空空进京去见权贵，
也不愿损害百姓利益，免得百姓受到祸害道短说长。

简析

于谦曾任山西、河南巡抚。英宗正统七年（1442）至十四年（1449），英宗昏聩，极端信任宦官王振。王振大权独揽，作威作福，肆无忌惮地招权纳贿，百官大臣争相献金求媚。当时外官进京商议国事都向掌权的权奸阉宦送礼，于谦进京从不携带礼物。正统十一年（1446），于谦准备进京见皇帝，有人劝他略施人情，给王振带上一点儿礼物，他坚决不同意，付之一笑曰："带有两袖清风耳。"于是写下了这首充满正气的诗歌。诗中第一、二句，举出三种地方土特产，说这些东西都是人民的，是他们赖以生存的物产，我怎么能够向人民索取搜刮，使老百姓遭殃呢？第三、四句，"闾阎"泛指百姓。诗人写道，我要两袖清风进京去，决不让老百姓对我有任何非议。

这首诗写出了诗人的一身正气，两袖清风，抨击了当时行贿送礼巴结权贵的歪风，表现出诗人蔑视权奸阉宦的铮铮铁骨，不愿同流合污的高洁志向和品质，同时，这首诗是一首反腐倡廉的好诗，也表达了诗人关心人民生活疾苦的情怀。诗歌语言质朴自然，正气凛然，掷地有声。

（桂郁文）

题画 ［明］沈周

碧水丹山映杖藜①，夕阳犹在小桥西。
微吟不道惊溪鸟，飞入乱云深处啼。

作者简介

沈周（1427—1509），字启南，号石田，晚年自称白石翁，长洲（今江苏苏州）人。他七岁学诗，自幼即有诗名，工于画则在三十岁以后。作为吴门画派的创始人，沈周不应科举，专事诗文、书画，与文徵明、唐寅、仇英并称"明四家"。

注释

①杖藜（lí）：拄着拐杖。杖，拄着。藜，一年生草本植物，茎坚硬，可做拐杖，称藜杖。

译文

碧绿的水，殷红的山，映衬着老夫的拐杖，
夕阳落下，在小桥的西边。
老夫低吟着，不经意地惊起了溪鸟，
它们飞入乱云的深处啼鸣着。

简析

这首题画诗描写的是一幅溪边晚景图。短短的28个字既写出了静态的溪水、山峰、夕阳、小桥以及拄着拐杖的老翁，又写出了老翁低吟、溪鸟惊飞的动作及溪鸟啼鸣的声音，将画里画外的美景都一一呈现出来，也把静止无声的画写活了。

（蒋娟）

栀子花诗[①] [明] 沈周

雪魄冰花凉气清[②]，曲栏深处艳精神[③]。
一钩新月风牵影，暗送娇香入画庭。

注释

①栀子花：常绿灌木，夏季开花。②雪魄冰花凉气清：因栀子花夏季开花，且花呈白色，所以喻其魂为雪铸，喻其花为冰质，其吐气为清凉之气。③艳：色彩鲜明。

译文

晶莹剔透如冰雪般的花带着清爽的凉气，
立在曲折的长廊对面灿烂盛开精神抖擞。
在金钩般的新月的照耀下倩影随风晃动，
一言不发地把淡淡的清香送入我的画室。

简析

诗歌起首二句，先说栀子花的形质，生在庭院曲栏深处，精神俊爽，引人注目。诗的后两句尤为奇妙，连夜风也知情识趣了，将新月下的花影牵住，送它去想去的地方，全诗有实有虚，意境极为优美。

（蒋娟）

柯敬仲墨竹[①] [明] 李东阳

莫将画竹论难易，刚道繁难简更难[②]。
君看萧萧只数叶[③]，满堂风雨不胜寒[④]。

作者简介

李东阳（1447—1516），明代中后期诗人、书法家、政治家。字宾之，号西涯，谥文正，茶陵州（今湖南茶陵）人。李东阳是明代成化、弘治年间诗坛首领，茶陵派的核心人物，《明史·文苑传序》说其诗“出入宋元，溯流唐代”。文章典雅流丽，工篆隶书。

注释

①柯敬仲：名九思，号丹丘生，元代台州人，著名书画家，博学能诗文，长于画山水、人物、花卉，尤以墨竹为佳。②刚：偏要。③萧萧：稀疏的样子。④不胜（shēng）：禁不起。

译文

不要随意地谈论画竹的难与易，应该说工笔不易写意更加难。
您看他萧疏地涂下几片竹叶，便渲染出满堂风雨寒气凛然。

简析

这首小诗既评论了柯氏的墨竹，也探讨了艺术的真谛，巧妙地做到了诗意与画论的结合。诗的前两句是借观柯九思的墨竹图而发议论，点出了画竹的难易繁简问题，表达了诗人对文人画尚意崇简美学趣味的推崇。后两句则是借着具体的意象对“简更难”作进一步的申述，让人在想象中领悟这一难得的境界：虽只是萧萧树叶，而神态气度是那样的栩栩如生。画之疏简并不等同于抛开物象的率意涂抹，诗人就这样，将画理寓于意象之中，颇耐人寻味。

（蒋娟）

浯溪感怀[1] ［明］杨廉

齐云巨石瞰江流，招我登临最上头。
一代文章留胜迹[2]，两朝风雨付沧洲[3]。
纷持健笔争诗价，细数何人为国忧？
千古颜元刚气在[4]，萧萧落叶满山秋。

作者简介

杨廉（1452—1525），字方震，丰城（今属江西）人，学者，宪宗成化末年中进士，官至礼部尚书。他吏事精敏，为人耿介，学识渊博。

注释

①浯溪：位于湖南省祁阳县城西南的湘江西岸，唐代诗人元结命其为“吾溪”，后改名为“浯溪”。②一代文章：指元结写的《大唐中兴颂》。③两朝风雨：指元结经历的玄宗，肃宗两朝的变化。沧洲：滨水的地方，古称隐居者所居。④颜元：指颜真卿、元结。元结在唐肃宗上元二年（760）八月，撰写了《大唐中兴颂》一文，唐代宗大历六年（771）请大书法家颜真卿将此文书，六月刻石，即摩崖碑。因其文奇、字奇、石奇，被后人誉为浯溪“三绝”。

译文

接近云天的巨石俯瞰湘江东流，它招引我登临到石崖的最上头。
元结的一代雄文留作了名胜古迹，他经历了两朝盛衰喜爱浯溪如付沧洲。
游人们纷纷拿着健笔争评诗价，细细数来又有什么人为国担忧？
令人敬仰的颜元二公的人格骨气永远长在，草木摇落飒飒有声满山正是清秋。

简析

这是一首登临感怀诗，选自《祁阳县志》。首联，写登临浯溪。诗人运用夸张、拟人的手法，描写了紧临湘江的浯溪石崖，江中仰望，巨石如接云霄，好像在招手致意，吸引人到它的最上头。于是，诗人泊船靠岸，一路登临。以下三联都是写登临浯溪的感怀。诗人择取了浯溪最有价值最能引人感怀的浯溪摩崖“三绝”来表现自己的感触与情怀。颔联感怀元结文章与经历。一代文章既指元结的《大唐中兴颂》，又饱含赞美之意。《大唐中兴颂》歌颂了唐朝平定安史之乱、收复两京（长安、洛阳）的中兴业绩，并以微言揭露了玄肃之际政治变局的真相以及肃宗不孝玄宗，韵致深沉，是一首包含贬天子之微言的颂体诗。元结经历了玄宗、肃宗两朝的变化，经历了安史之乱。他多次经过浯溪，亲自命名“吾溪”，可见对浯溪极为喜爱。并在浯溪为其母守制三年，如付沧洲，如同隐居，颈联感慨后世之人，纷纷持笔争评诗价，却很少有能像元公那样为国分忧。最后两句，高度赞扬了颜元二公的人格骨气与书法文章，并以景作结，烘托深化了主题。

这首诗描述了浯溪石崖最能吸引人登临的特点，刻意突出了摩崖“三绝”的文章与书法，抒发了对元结、颜真卿的赞叹敬仰的情怀，寄予了诗人为国分忧的情感，同时，也表达了对浯溪胜景的喜爱之情。

（桂郁文）

新春日[1] ［明］祝允明

拂旦梅花发一枝[2]，融融春气到茅茨[3]。
有花有酒有吟咏，便是书生富贵时。

作者简介

祝允明（1460—1526），字希哲，号枝山，因右手有六指，自号“枝指生”，又署枝山老樵、枝指山人等，长洲（今江苏苏州）人。他家学渊源，能诗文，工书法，特别是其狂草颇受世人赞誉，流传有“唐伯虎的画，祝枝山的字”之说，并与唐寅、文徵明、徐祯卿齐名，明史称其为“吴中四才子”之一。

注释

①新春日：癸丑（1493）腊月二十一日立春日。②拂旦：拂晓。③茅茨：指简陋的居

室，作者用以谦称自己的家。

译文

晨光熹微间一支腊梅花发，融融春意充溢于竹篱茅舍。

能有花赏有酒喝还能吟咏，这便是一介书生最幸福时。

简析

"一年之计在于春"，新春对于作者来说，不仅是岁时之始，更是一个新的生活起点。面对梅花的高标，融融的春意，作者杯酒骋怀，不禁神情飞扬、荡涤心胸，他顿时觉得，人生的富贵并非只有功名利禄，个性的自由发展、回归自然的真趣才更可贵。这首质朴的小诗以新的境界显露出作者的风流本色。

（蒋娟）

明日歌 [明] 钱福

明日复明日[①]，明日何其多[②]。
我生待明日[③]，万事成蹉跎[④]。
世人苦被明日累[⑤]，春去秋来老将至。
朝看水东流，暮看日西坠[⑥]。
百年明日能几何[⑦]？请君听我《明日歌》。

作者简介

钱福（1461—1504），字与谦，号鹤滩，华亭（今上海松江）人。孝宗弘治三年（1490）文状元，官翰林修撰。著有《鹤滩集》。

注释

①复：再，又。②何其：何等，多么。③待：等待。④蹉跎：错过机会，虚度光阴。也有"空虚"之意。⑤世人：一般的人，世上的人。苦，苦于。累牵累，妨碍。⑥日西坠：太阳向西落下。"水东流""日西坠"都表示时间过得极快。⑦百年：指人的一生。几何，多少。

译文

明天又明天，明天何等的多啊！如果我们一生做事都要等到明天再去做，
一切事情都会错过机会，到头来两手空空，悔之晚矣。
世间的人大都苦于被明日牵累，春去秋来不觉衰老将到。
早晨看河水向东迅速流逝，傍晚看太阳向西瞬息坠落。
人的一生能有多少个明天？请诸位还是听听我的《明日歌》吧。

简析

《明日歌》自问世至今，数百年来广为世人传颂，经久不衰。诗人在作品中告诫和劝勉人们要牢牢地抓住稍纵即逝的今天，今天能做的事一定要在今天做，不要把任何计划和希望寄托在未知的明天。否则，“明日复明日”，到头来只会落得个“万事成蹉跎”，一事无成，悔恨莫及。这首诗内容充实，语言流畅，释理通俗明了，说服力强。

（肖建辉）

感怀① [明] 唐寅

不炼金丹不坐禅②，饥来吃饭倦来眠。
生涯画笔兼诗笔③，踪迹花边与柳边④。
镜里形骸春共老⑤，灯前夫妇月同圆。
万场快乐千场醉，世上闲人地上仙⑥。

作者简介

唐寅（1470—1523），著名画家、书法家、诗人。字伯虎，号六如居士，吴县人。能诗文，工书画，名于当时，与祝允明、文徵明、徐祯卿并称“吴中四才子”。以绘画成就最高，作诗不拘成法，不事雕饰，语浅意隽，任意挥洒，直抒胸臆，富有直率天然之趣。著有《六如居士全集》。

注释

①感怀：心中有所感触，旧体诗多用作诗题。②金丹：古代方士用黄金或铅汞等炼成的丹药，以为服之能长生不老。坐禅：佛教徒排除心中的杂念，以静坐而修行。③生涯：这里指所从事的职业。④踪迹：行动后所留下的痕迹。花：指妓女。柳：指妓女。花柳：谓狎妓。⑤形骸（hái）：躯壳，指人的形体。⑥仙：仙人，神话传说中长生不老并有种种神通的人。

译文

既不炼金丹也不坐禅，饿了吃饭疲倦就睡眠。
凭借绘画写诗来糊口，有时寻花问柳去偷欢。
明镜里容颜慢慢衰老，灯前饭后夫妇总缠绵。
时时快乐对酒必畅饮，生活闲适赛过活神仙。

简析

唐寅有“江南第一风流才子”之美誉。他在科场失意后倍感世态的炎凉，时常流露出怀才不遇的悲愤，表现出一种疏狂玩世、狷介自处的态度。他的这首《感怀》诗，是对自由自在而平平常常的生活的热情歌颂。只要有了自由，吃饭睡觉，绘画作诗，寻花问柳，夫妻月圆，对酒畅饮，就这样慢慢老去一直到死，便是神仙的生活。诗中用来俚俗的语言，显得自由活泼，所表现的新的人生态度，阐析得远比前人透彻，值得重视。

（唐嗣德）

言志 [明] 唐寅

不炼金丹不坐禅[①]，不为商贾不耕田[②]。
闲来写就青山卖，不使人间造孽钱！

注释

①炼金丹：指修仙求道。从禅：信佛念经。②商贾：经商。耕田：务农。

译文

我既不修仙求道也不信佛念经，我不做经商之人也不务农耕田。
我只是在闲暇之时画画和卖画，从不会获取别人那可怜造孽钱。

简析

这首诗不仅表明出唐寅自命清高的处世态度，还反映出他那不羁的性格。同时唐寅也用这首诗表现了他淡泊名利、专事自由读书卖画生涯之志，不与世俗同流合污，悠然自得。所以他既不做道士也不做和尚，不做商人也不做农民，没事时画画拿去卖，坚决不用搜刮人民而得来的钱财，也用此批判了当时社会各阶层的黑暗与腐朽。

（蒋娟）

暮春斋居即事[①] [明] 文徵明

经旬寡人事，踪迹小窗前。
暝色连残雨[②]，春寒宿野烟。
茗杯眠起味，书卷静中缘。
零落梅枝瘦，风吹更可怜。

作者简介

文徵明（1470—1559），著名画家，书法家。字征明，后更字征仲，号衡山、停云，长洲人。54岁时以岁贡生诣吏部试，授翰林院待诏，故称文待诏。“吴门画派”创始人之一，与唐伯虎、祝枝山、徐祯卿并称“江南四大才子”（也称“吴门四才子”），与沈周、唐伯虎、仇英合称“明四家”。在当时他的名气极大，号称“文笔遍天下”。

注释

①暮春：春末，农历三月。②暝色：暮色，夜色。

译文

这十多天少与外界交往，只是在小窗前踱来踱去。
傍晚天色暝暝细雨迷蒙，野外淡淡轻烟微露寒意。
久睡方起品几口茶，更有味道，有意无意翻翻书，分外惬意。
只是已经凋零的梅枝在风中抖动着，显得特别凄凉可怜。

简析

伤花惜春是古典诗歌中最常见的主题，常常表现为强烈的情绪，而对于文徵明这个温和儒雅、喜爱文静的人来说，他虽然敏感地注意到风雨中愈加零落的梅花，但作者选择的是“暝色”“残雨”“春寒”等较晦暗、略带凄清的景物，不曾为此发生激烈的动荡，而是以平静的态度对待人生中的难题。

（蒋娟）

泛海 [明] 王守仁

险夷原不滞胸中，何异浮云过太空？
夜静海涛三万里，月明飞锡下天风①。

作者简介

王守仁（1472—1529），即王阳明，著名思想家、哲学家、文学家和军事家。字伯安，别号阳明，浙江绍兴府余姚县（今属宁波余姚）人，因曾筑室于会稽山阳明洞，自号阳明子，学者称之为阳明先生，亦称王阳明。孝宗弘治十二年（1499）进士，历任刑部主事、两广总督等职，晚年官至南京兵部尚书。王守仁与孔子、孟子、朱熹并称为孔、孟、朱、王，他的学说思想“王学”（阳明学），是明代影响最大的哲学思想，弟子极众，世称“姚江学派”。其文章博大昌达，行墨间有俊爽之气。

注释

①飞锡：锡杖，即和尚的禅杖。天风：天地之正气。

译文

一切艰难险阻不应停滞于心中，与浮云飘过天空有什么不同呢？
夜深人静时看那三万里的海涛，我想趁明月执锡杖乘天风去飞越它。

简析

明武宗正德元年（1506），王阳明因直谏得罪权宦刘瑾，被贬为偏远“夷地”的小官吏。刘瑾为斩草除根，派刺客一路追杀王阳明。王阳明为避祸乘船出游闽地，不想在海上又遭遇了风浪。家国事、个人事、眼前事，一时纷至沓来，感慨万千的他写下了此诗。这首诗意态潇洒，有一股正义的豪情，表达了王阳明淡然世间荣辱的洒然心态。诗歌前两句，充分表现了他坚毅无畏的品质，同时也反映了这样的哲学观：“戒慎不睹，恐惧不闻，养得此心纯是天理”，便自然能达到心灵的纯明境界。在诗歌的第三、四句中，诗人更进一步地描写了自己心中此时的感受，说在这“静谧”而辽阔的大海上，自己就好像手拿着锡杖，驾着天风，在月光下飞越“海涛三万里”，这惊涛骇浪中命悬一线的惊险航程，在诗人笔下竟成了如此富有诗意的一次旅行。

（蒋娟）

汴京元夕[1] [明] 李梦阳

中山孺子倚新妆[2]，郑女燕姬独擅场[3]。
齐唱宪王春乐府[4]，金梁桥外月如霜[5]。

作者简介

李梦阳（1472—1529），字献吉，号空同，河南扶沟人。他善工书法，得颜真卿笔法，精于古文词。鉴于当时台阁体诗文存在虚浮的弊端，李梦阳提倡“文必秦汉，诗必盛唐”，强调复古，是复古派前七子的领袖人物。但他的诗强调格调、法式，在复古中未能求创新。李梦阳所倡导的文坛“复古”运动盛行了一个世纪，后为袁宗道、袁宏道、袁中道三兄弟为代表的“公安派”所替代。

注释

①汴京：今河南省开封市。元夕：元宵，农历正月十五夜。②中山孺子：泛指中原地区的青年。③郑女燕姬：泛指北方少女。擅场：压倒全场，指技艺高超出众。④宪王：指明太祖之孙周王朱有炖，死后谥号为“宪”，称“周宪王”，是著名杂剧作家，作曲家。⑤金梁桥：汴梁桥名。

译文

中山来的戏子穿着鲜艳靓丽的服饰，
郑燕来的女姬则各有高超的技艺。
他们一齐唱着周宪王编著的剧本，
月光倾泻，似在金梁桥的大地上铺了一层白霜。

简析

这首诗是作者在汴京观看元宵佳节的盛况时所作，以形象精彩之笔，描写月夜歌唱的场面，十分生动而又韵味悠然。全诗没有一句正面描写歌声，但又句句关涉歌声，在委婉的措辞中，把歌声表现得十分动人。特别是最后一句，不仅没有写到歌声，反而宕开笔端，写起了戏曲表演场地旁金梁桥外的夜景和天上的月色，以景衬声，歌声似乎显得“形象化”了，好像看得见，摸得着，更给人以清晰、深刻的印象。作者巧妙的安排，使得诗歌最后更加耐人含咀，神味隽永。

（蒋娟）

嫦娥 [明] 边贡

月宫清冷桂团团①，岁岁花开只自攀。
共在人间说天上，不知天上忆人间。

作者简介

边贡（1476—1532），著名诗人、文学家。字廷实，因家居华泉附近，自号华泉子，历城（今山东济南）人。孝宗弘治九年（1496）丙辰科进士，官至太常丞。边贡以诗著称，与李梦阳、何景明、徐祯卿并称“弘治四杰”。后来又加上康海、王九思、王廷相，合称为明代文学“前七子”。其诗题材狭窄，调多病苦，但沉稳平淡，风格朴质，在我国诗歌发展史上也还是有一定的地位。

注释

①团团：圆圆的样子，化用了李白《古朗月行》诗中的“桂树何团团”之句。

译文

清冷的月宫长着一团团的桂树，每年都会自顾自地生长、开花。
人间的凡人都说着天上的美好，却不知道天上的人也羡慕人间。

简析

嫦娥奔月是一则美丽的神话传说，但这首诗表现的却是久处月宫的嫦娥的孤独、寂寞和冷清。作者一开始就明确点出了“秋冷”和“桂团团”，正是在这种幽静清新的氛围中，把“岁岁花开只自攀”的嫦娥的孤寂呈现出来。后两句通过反相对比，突出了嫦娥寂寞守空阁的凄清和对美好人间的渴望。人间和天上的这种相通和相隔，赋予此诗以热爱人生的无穷魅力。

（蒋娟）

济上作[1] [明]徐祯卿

两年为客逢秋节，千里孤舟济水旁。
忽见黄花倍惆怅[2]，故园明日又重阳。

作者简介

徐祯卿（1479 — 1511），文学家。字昌谷，常熟梅李镇人，后迁居吴县（今江苏苏州），被人称为“吴中诗冠”，与唐伯虎、祝枝山、文征明并称江南四大才子，因“文章江左家家玉，烟月扬州树树花”之诗句而为人称誉。

注释

①济上：济水之上。②惆怅：因失望或失意而哀伤。

译文

两年客居他乡，正逢重阳佳节，千里济水，一人孤单停舟江上。

忽见遍地黄花，自然而然地想起故园秋天景色，更感漂泊的哀伤。

简析

本诗风神秀朗，情韵动人。头两句是动与静，远与近，大与小的比较。重阳佳节，家家户户欢天喜地，千里济水，唯独作者一人停舟江上，孤孤零零，伤感顿生。“千里”场景之大，愈反映出“孤舟”之小，对比强烈，意韵悠长。“忽见黄花倍惆怅”，秋高气爽，黄花遍地，本当使人舒畅，然而秋风瑟瑟，万物凋零，在寂寞难熬之时，忽见遍地黄花，自然而然地想起故园秋天景色，“故园明日又重阳”，真是美景伤人。短短四句诗，景物描写不多，只是济水孤舟和黄花，但作者浓厚的思乡情使整个景观都笼罩上惆怅的色彩。

（刘艳敏）

竹枝词 [明]何景明

十二峰头秋草荒[1]，冷烟寒月过瞿塘[2]。
青枫江上孤舟客[3]，不听猿啼亦断肠。

作者简介

何景明（1483—1521），字仲默，号白坡，又号大复山人，信阳浉河区人。孝宗弘治十五年（1502）进士，授中书舍人。武宗正德初，宦官刘瑾擅权，何景明谢病归。刘瑾诛，官复原职。为“前七子”之一，与李梦阳并称文坛领袖。其诗取法汉唐，一些诗作颇有现实内容。

注释

①十二峰：指巫山十二峰，在四川巫山县东巫峡两岸。②瞿（qú）塘：即瞿塘峡，险峻为三峡之首。③孤舟客：作者自指。

译文

巫山十二峰头的草色早已经枯黄，
舟过瞿塘峡时江面上笼罩着冷雾。
我这个飘零在青枫江上的孤客，
就算没有那猿啼叫也凄然断肠。

简析

这首竹枝词为作者舟过瞿塘峡的旅思之作。长江三峡凄清冷峻自古闻名，作者此时孤舟过峡，眼见秋草荒芜，寒月当空，冷烟萦绕，峡深流急，令人胆寒心悸。这样写来更见出瞿塘峡之险，“断肠”并非是凄厉的猿声，而是这阴森恐怖的江峡，江峡之险才是令人“断肠”的真正原因。

（蒋娟）

鲥鱼① [明]何景明

五月鲥鱼已至燕②，荔枝卢橘未能先。
赐鲜遍及中珰第③，荐熟应开寝庙筵④。
白日风尘驰驿骑⑤，炎天冰雪护江船。
银鳞细骨堪怜汝，玉箸金盘敢望传。

注释

①鲥（shí）鱼：鲥鱼是一种味道鲜美的名贵鱼类，生活于我国沿海地带，春夏之交，进入南方的江河中产卵，初入江时体内脂肪肥厚，肉味最为鲜美，因此也就成为致养帝王口体的珍品。②燕：京师，指的是北京。③中珰（dāng）：指宦官。汉代宦官者称中人、以貂珰为其冠饰，故称。④荐熟：以新鲜谷物或果品祭献祖宗神灵。寝庙：即宗庙。⑤驿骑：古时驿站供应的马，供执行公务的人或来往官员使用。

译文

五月鲥鱼（刚上市），就已经送到北京，比荔枝，卢橘还快。
（皇帝）赏赐分赐给每一个宦官，又哪里向祖宗的庙寝荐祭呢？
（运送者）风尘仆仆，飞速递送，因为天气炎热，还要用冰雪来加以冷藏。
“银鳞细骨”的美味鲥鱼只能望而兴叹，“玉箸金盘”的恩赐哪里奢望得到呢？

简析

鲥鱼是一种味道鲜美的名贵鱼类，因此也就成为致养帝王口体的珍品。地方官吏进贡这种珍品的过程中，不知道做了多少扰民害民的事。而皇帝得到这种珍品后，把它赏赐给什么人去分享，却可以观察到朝政的动向、得失。何景明的这首诗，就是反映以上情况而对之进行针砭的。

诗从鲥鱼以第一时间运送至京师写起，它比产于南方卢橘、荔枝还快，说明了它的重要性是当时无与伦比的。“赐鲜”两句，讽刺皇帝对鲥鱼处理不当。他把这些时鲜食品分赐给每一个宦官，却没有向祖宗的庙寝荐祭，这在古代来说，是违反礼制的，因而作者深致愤慨。“白日”两句，作者回笔写鲥鱼运送的艰辛，这种劳民伤财的做法。作者也是深为反感的，在不动声色淡淡两句描写中，寄寓着谴责的深意。最后两句，表面上好像因自己吃不到美味鲥鱼而生怨望，其实并非这样。何景明作为朝廷官员，他们都得不到皇帝的恩赐，而宦官却得到了，这是一种不正常现象。作者的用意不在于计较口腹的享受，而在于讽刺皇帝做事的颠倒。

这首诗，通过“五月鲥鱼已至燕”这件事生发出严肃的主题，可谓以小见大。诗的形象鲜明，两处委婉发问，给人启迪，发人深思，对突出主题起到很好作用。

（阳旦）

出郊 [明] 杨慎

高田如楼梯，平田如棋局。
白鹭忽飞来，点破秧针绿。

作者简介

杨慎（1488—1559），著名文学家。字用修，号博南山人、洞天真逸、滇南戍史等，四川新都（今成都市新都区）人。明代三才子之首，东阁大学士杨廷和之子。杨慎在滇南三十年，博览群书，能文、词及散曲，论古考证之作范围颇广。其诗沉酣六朝，揽采晚唐，创为渊博靡丽之词，造诣深厚，独立于当时风气之外。

译文

在一坡坡非常精致的梯田旁，有一片片棋盘般的平整水田。
突然那调皮的白鹭飞来停驻，点破了那针芒般的绿色秧田。

简析

诗歌以郊外踏青者的目光为描写的视角，先由仰视和俯视描绘了从远处到近处的郁郁葱葱的秧苗所染出来的浓浓的春色，从而凸现了南方水乡水田的静态春光。紧接着，目光随突然掠来的白鹭而转移，在被“点破”的“秧针绿”的特写镜头上定格，由静而动，再配之以色彩的强烈对比，这就使得戛然而止的诗篇更富有自然的情趣，是同类描写田园春景诗歌中的代表作。

（蒋娟）

泛舟 [明] 薛蕙

水口移舟入，烟中载酒行。
渚花藏笑语，沙鸟乱歌声。
晚棹沿流急[①]，春衣逐吹轻。
江南采菱曲[②]，回首重含情。

作者简介

薛蕙（1489—1539），字君采，号西原，祖居亳州城内薛家巷。12 岁就能诗能文，于书无所不读。武宗正德九年（1514）甲戌进士，授刑部主事。因性情耿直，明嘉靖初，朝中发生“大礼”之争，薛蕙撰写《为人后解》《为人后辨》等万言书上奏，反对皇上以生父为皇考，招致皇帝大怒，被捕押于镇抚司，后赦出。嘉靖十八年（1539）病死家中。

注释

①棹（zhào）：划船。②采菱曲：南朝梁武帝所制乐府《江南弄》七曲之一。

译文

轻轻将船划入水中，在烟云朦胧中前进。
小洲的花间摇曳着笑语，沙渚上的飞鸟搅乱了歌声。
晚间顺着急流划船归去，晚风吹着春衫轻舞飞扬。
一首江南的采菱曲，让人心旷神怡、流连忘返。

简析

本诗以轻松、舒缓的调子，记述了春日泛舟的愉快经历。诗歌一开头就交代了这是一次放情怡性的“载酒行”。紧接着具体描写了这欢快的场景。最后两联不仅道出了春天节令的特点，一种闲适、安恬的感觉涌上心头，而且一阵《采菱曲》的悠扬歌声，更增加了人的怡悦之心、流连之意。整首诗歌的格调都是一样的安雅、祥和、闲适，脱尽尘嚣。

（蒋娟）

秋闺曲 [明] 谢榛

目极江天远，秋霜下白蘋[①]。

可怜南去雁，不为倚楼人。

作者简介

谢榛（1495—1575），布衣诗人。字茂秦，号四溟山人，山东临清人。十六岁时作乐府商调，流传颇广，是“后七子”之一，倡导为诗摹拟盛唐，主张“选李杜十四家之最者，熟读之以夺神气，歌咏之以求声调，玩味之以裒（póu：聚集）精华”，后为李攀龙排斥，削名“七子”之外，客游诸藩王间，以布衣终其身。其诗以律句绝句见长，功力深厚，句响字稳。

注释

①白蘋：水中浮草。

译文

望那远处辽阔的江天，白蘋覆上了一层秋霜。
可惜那往南飞的大雁，并不是为了这倚楼人。

简析

这是一首抒写闺情的诗歌。诗歌所呈现出来的画面是疏朗淡荡的，而且意蕴深长、含蓄。例如“江天远”加上了“极目”，传统的惹愁的意象“白蘋”，还有作者在描写空中过雁时更是充满了“情语”，倾诉自己的思忆之情，这样经过情、景的相互渗透，诗虽不着一“怨”字，但思妇的愁怨心曲，连同其发露于外的动作举止，却都含蓄地表现出来了。

（蒋娟）

送毛伯温 [明] 朱厚熜

大将南征胆气豪，腰横秋水雁翎刀。
风吹鼍鼓山河动，电闪旌旗日月高。
天上麒麟原有种，穴中蝼蚁岂能逃。
太平待诏归来日，朕与先生解战袍。

作者介绍

朱厚熜（cōng）（1507 — 1567），明世宗，史称嘉靖帝。兴献王朱祐杬之子。武宗驾崩后因无子嗣，弟弟早夭，因此皇太后和内阁首辅杨廷和决定，由武宗堂弟朱厚熜继承皇位，年号嘉靖。嘉靖帝是中国封建历史上最为独特的皇帝，也是明朝皇帝中最任性和倔强的一位，他为人非常聪明，尤其在书法和文辞修养都有不错的造诣。他特别敏感，但也十分勤奋，批阅奏书经常到后半夜。史书评价嘉靖帝功过参半，一方面他整顿朝纲、对倭战争取得巨大胜利，另一方面，因一心求长生不老，不理朝政，权臣误国，明朝国运就此衰退。

译文

将军你争伐南方，胆气豪迈无比，
腰间的钢刀如同一泓秋水般明亮。
风吹电闪之中旌旗飘扬，
战鼓擂动，山河震动，日月高标。
将军神勇天生，犹如天上麒麟的后代，
敌人如同洞里的蝼蚁一般，怎么能逃走呢？
等到天下太平，将军奉诏班师回朝的时候，
我（指嘉靖自己）亲自为将军解下战袍，为将军接风。

简析

这是毛伯温出征安南时，嘉靖帝为其写的壮行诗。首联写主将气概和出师时的装束，充满豪壮之气。颔联写鼓鸣旗展，以衬军威。前四句是对毛伯温和将士们的赞扬，称赞他们豪气凛然，撼动山河。颈联作敌我分析，言麒麟有种，蝼蚁难逃，用“蝼蚁”来蔑视叛军，比喻中有议论。尾联表达出了对毛伯温出征必胜的信心。整首诗气势雄壮，鼓舞力强。

（桂金菊）

夜泊钱塘 [明] 茅坤

江行日已暮，何处可维舟？
树里孤灯雨，风前一雁秋。
离心迸落叶，乡梦入寒流。
酒市哪从问，微吟寄短愁。

作者简介

茅坤（1512—1601），散文家、藏书家。字顺甫，号鹿门，归安（今浙江吴兴）人，茅坤文武兼长，雅好书法，提倡学习唐宋古文，反对“文必秦汉”的观点，至于作品内容，则主张必须阐发“六经”之旨。编选《唐宋八大家文钞》，对韩愈、欧阳修和苏轼尤为推崇。茅坤与王慎中、唐顺之、归有光等，同被称为“唐宋派”。

译文

行船于江中已是傍晚时分，却不知何处可以停泊我的小船。
一盏孤灯亮在飘雨的林里，一只孤雁正追赶着凄冷的秋风。
离别的心如树叶离开枝干，乡愁也如钱塘江水般澎湃起伏。

想问酒市在哪却无从问起，只能轻唱来寄托心中无限哀愁。

简析

这首诗歌表达的是羁旅之愁，思乡之感。首联交代了诗人的行踪、时间、地点，也写出了作者焦躁的神情和凄惶的心理。接着颔联、颈联不仅让全诗弥漫上了一层浓浓的秋意，更是让自己的离愁别绪、思乡情感与景物完美地融合在一起。最后总括全诗，让诗人从乡愁中回到现实，想要排除那萦绕心间的愁情，却无计可施。这首诗歌写景与抒情相间而行，分不出何为景语，何为情语，诗人的乡情亦如浓浓的秋气，渗透弥漫全诗。

（蒋娟）

塞上曲送元美① ［明］李攀龙

白羽如霜出塞寒②，胡烽不断接长安③。
城头一片西山月④，多少征人马上看⑤。

作者简介

李攀龙（1514—1570），著名文学家。字于鳞，号沧溟，历城（今山东济南）人。嘉靖年间进士，官至河南按察使。继“前七子”之后，与谢榛、王世贞等倡导文学复古运动，为“后七子”的领袖人物，文学观点和创作风格大体上与前七子相同，被尊为“宗工巨匠”，主盟文坛20余年，其影响及于清初。

注释

①塞上曲：古乐府诗题，以唐代李白、王昌龄诸作最为著名。元美：即王世贞，与李攀龙齐名，同为“后七子”领袖。②羽：指羽书或羽檄，为古时征调军队或用于军事的文书，上插鸟羽，表示紧急必须迅速传递。③胡烽：指北方少数民族入侵的边警。接：接近，直抵。④西山：北京西郊群山的总称。⑤征人：出征在外的将士。

译文

插着白羽的军事文书需冒着霜冻的寒气送出塞外，
报警的狼烟在相连不断的烽火台上燃起直抵京城。
你出行之时城头上还斜挂着一弯西垂的冷月，
戍守边关的将士们正焦急地等待着决策到来。

简析

这是作者写的一首送别诗，元美即王世贞。王世贞此次出行，与防务有关，故诗人送诗为其壮行，诗中“征人”句即点送行之意。全诗仅四句，前三句着力写景，渲染气氛，为后一句抒情奠基。前两句选用白羽、寒塞，胡烽、长安四组意象，强调军情的紧急，为元美的出行渲染气氛。下两句以西山之月连接征人与京城，既表现征人不恋京城，竭力守边，又希望元美能勉力边务，不辱使命。诗苍劲雄阔，意境深幽，颇有唐代边塞诗风格。

（蒋娟）

杪秋登太华山绝顶[①] [明] 李攀龙

缥渺真探白帝宫[②]，三峰此日为谁雄[③]。
苍龙半挂秦川雨[④]，石马长嘶汉苑风[⑤]。
地敞中原秋色尽，天开万里夕阳空[⑥]。
平生突兀看人意[⑦]，容尔深知造化功[⑧]。

注释

①杪（miǎo）秋：秋末。太华山：即西岳华山。②缥缈：隐隐约约。若有若无的样子。白帝宫：白帝是古人所称五天帝之一，《晋书·天文志》："西方白帝。"③三峰：华山著名的莲花峰、仙人掌、落雁峰。④苍龙半挂：半空垂下乌云。苍龙，指下垂的雨云。秦川：指关中渭河平原。⑤石马：用大石头刻制的马。汉苑：汉代的园林。⑥空：不被阻挡，这里指无云。⑦突兀：高耸出群。看人：认识人间之事。意：意想。⑧容：容许，让。尔：你，指太华山。深知造化功：深入地了解造化安排天地万事之功。

译文

登上华山真好像探访白帝宫，三座高峰今天为谁争雄？
乌云下垂秦川大地普降喜雨，石马嘶鸣汉苑顿生习习凉风。
中原土地平旷秋色无限，夕阳西下朵朵红霞映满天空。
平时总以为能熟识人间事物，今天才感到只有你才深知造化之功。

简析

诗的前三联写登太华山所见之景，作者从时空两方面运笔，景物写得雄浑壮阔，既高度概括，又形象具体。而且这些景物寄意殊深：三峰雄峙，俯视人间，阅历百代，多少沧桑巨变，一齐涌上了心头。秦川的雨、汉苑的风，是历史风雨的陈迹，几千年来王朝更替的刀光剑影又在眼前浮现。土地平旷，秋色无限，夕阳万里，晚霞满天，又唤起人们把握难得的天时、地利，去成就一番伟业。这样，就巧妙地把现实和历史、纪实和想象紧密地结合起来，构成了一幅包容极为丰富的立体画卷。在作者的笔下，无一物不是"人"化了的景物，无一景不是"情"化了的景象，将物我、境情熔铸为一体，收到了很好的动情效果。

作者才高气盛，意气凌人，睥睨一切。据史载，他告归后"宾客造门，率谢不见，大吏至亦然，以是得简傲声。"可是在寥廓的宇宙、壮丽的河山面前，生性高傲的作者也为之心折，最后两句直抒登临览胜情。在这里，作者将太华山拟人化，以己之识见与太华山相比，只得甘拜下风：平时自以为认识人间事物高人一筹，今天却感到只有你太华山高瞻远瞩，才真正深知造化之功。李端《宿淮浦忆司空文明》中有“前程唯有一登楼”之句，作者登临的是太华山绝顶，更可增见闻，扩眼界，荡胸襟，联想自己一生经历，便洋溢着一种壮心不已、志存千里的积极进取精神，也寄寓着“山外有山，天外有天”的深意。《明诗别裁集》评“沧溟诗有虚响，有深著”，《杪秋登太华山绝顶》确实是李攀龙诗歌沉著雄浑风格的代表作。

（唐嗣德）

就义诗 [明] 杨继盛

浩气还太虚①，丹心照千古②。
生平未报国③，留作忠魂补④。

作者简介

杨继盛（1516－1555），著名谏臣。字仲芳，号椒山，直隶容城（今河北容城县北河照村）人。世宗嘉靖二十六年（1547）进士，官至兵部员外郎。因上疏弹劾仇鸾开马市之议，被贬为狄道典史。嘉靖三十二年（1553），上疏力劾严嵩“五奸十大罪”，遭诬陷下狱。在狱中备经拷打，于嘉靖三十四年（1555）遇害，年四十。明穆宗即位后，以杨继盛为直谏诸臣之首，追赠“太常少卿”，谥号“忠愍”，世称“杨忠愍”。

注释

①浩气：正气，正大刚直的精神。还：这里是回归的意思。太虚：太空。②丹心：红心，忠诚的心。千古：长远的年代，千万年。③生平：一辈子，一生。④忠魂：忠于国家的灵魂，忠于国家的心灵、精神。

译文

今为国事而死，我那浩然正气当还于太空，
虽我将死，但丹心仍可千秋万代照耀后世。
生平早有报国之心，却未能报国留下遗憾，
留下忠魂作厉鬼仍要为国除害杀敌作补偿。

简析

这首诗是作者临刑就义前的口号，写得大义凛然，表现了作者忠公刚直的高尚心志、报国忘身的赤忱，感人至深，字字血泪。前二句说自己虽然死了，但浩气仍留天地之间，光耀千古，后两句感慨自己壮志未酬身先死，不禁万分遗憾，但死后若有忠魂在，一定还要补报国家，以偿夙愿。整首诗虽寥寥二十字，但一片忠贞报国之心却感人肺腑。

（蒋娟）

题葡萄图 [明]徐渭

半生落魄已成翁，独立书斋啸晚风。
笔底明珠无处卖[①]，闲抛闲掷野藤中。

作者简介

徐渭（1521—1593），著名文学家，书画家。初字文清，后改字文长，号青藤老人、青藤道士等，绍兴府山阴（今浙江绍兴）人。曾担任胡宗宪幕僚，胡宗宪被下狱后，徐渭在忧惧发狂之下自杀九次却不死。后因杀继妻被下狱论死，被囚七年后，得张元忭等好友救免。晚年非常贫苦，藏书数千卷被变卖殆尽，自称“南腔北调人”。徐渭多才多艺，在诗文、戏剧、书画等各方面都独树一帜，与解缙、杨慎并称“明代三才子”。他是中国“泼墨大写意画派”创始人、“青藤画派”之鼻祖，其画能吸取前人精华而脱胎换骨，不求形似求神似，以花卉最为出色，开创了一代画风，对后世画坛影响极大。书善行草，写过大量诗文，被誉为“有明一代才人”。

注释

①明珠：指葡萄。

译文

穷困潦倒了大半生如今已是老翁一个，
但陪伴我的还有那在晚风中呼啸的书斋。
既然荡漾在我笔墨中的明珠没有人来赏识，
那就这样把它们抛掷在荒废的野藤中吧。

简析

这是一首题在徐渭的水墨画《葡萄图》上的诗歌。诗的首句便概括了作者这些年来灾难重重、九死一生的经历，也包含了展望未来生活的心酸。但“独立书斋啸晚风”一句却写出了一派孤傲猖狂的气概。后两句，作者把画中的葡萄喻为“明珠”，这“明珠”又象征自己的超人才智，既然俗世庸众用不着它，那就任由它随便抛掷了。画与诗的统一，体现出了作者孤傲、放浪不羁的人格。

（蒋娟）

登太白楼[①] [明]王世贞

昔闻李供奉[②]，长啸独登楼[③]。
此地一垂顾[④]，高名百代留。

白云海色曙[5]，明月天门秋[6]。
欲觅重来者，潺湲济水流[7]。

作者简介

王世贞（1526—1590），字元美，号凤州，又号弇（yǎn）州山人，江苏太仓人。世宗嘉靖二十六年（1547）进士，官至南京刑部尚书。早年与李攀龙同为“后七子”领袖，继承并鼓吹“前七子”的复古理论，主张“诗必大历以上，文必西汉”。同时，他又有自己的主见，主张诗歌要华与实统一，提倡“学古而化”。晚年，见解有所改变，悟出“代不能废人，人不能废篇，篇不能废句”（《守诗选序》）的道理，并觉察到复古的流弊。其诗歌在“后七子”中成就最高。他的诗歌现实感较强，对封建官僚制度和时弊多所揭露和抨击。

注释

①太白楼：在今山东省济宁市。②李供奉：即李白。③啸：这里指吟咏。④垂顾：光顾，屈尊光临。⑤曙：黎明色。⑥天门：星名，此指天空。⑦潺湲（chán yuán）：水缓缓流动貌。

译文

我听说从前李白曾独自登上这楼台，吟咏诗作。
他一来到这里，此地和他的大名就一起百代流传。
白云悠悠，海上霞光映照，明月皎洁升起，秋色宜人。
潺湲的济水流淌，尽阅古今，却是再找不到那曾来过的人了。

简析

这是一首登临怀古诗，诗中缅怀李白，对其文章、风采表示了极为崇敬的心情。由直写李白的飘逸神姿，感叹楼仍在而大诗人李白之后无人可及。首联由太白楼起笔，遥想当年李白长啸登楼的豪放之举。颔联由此而畅想古今，表达了对李白的崇敬之情。颈联回到现实，以壮阔之笔描绘景色。尾联以委婉之言，抒发高士难求的情怀。全诗融汇古今，感情深挚而蕴藉。

（蒋娟）

送妻弟魏生还里[1] [明] 王世贞

阿姊扶床泣，诸甥绕膝啼。
平安只两字，莫惜过江题。

注释

①魏生：诗人的妻弟，生卒不详。里：居住的地方。这里是指魏生离开家乡，返回到

谋生之处的意思。

译文

姐姐扶着床在哭泣，外甥们围绕在膝旁啼哭（因为舍不得他们父亲的离去）。

“平安”虽然只是简单的两个字（我们牵挂着你），千万不要过了江也迟迟不肯报声平安啊。

简析

此诗以生活中最平常的场景入诗，却能够以平常之处引发共鸣。诗的上联“阿姊扶床泣，诸甥绕膝啼”，描摹了亲人离别之时，妇女和孩童的哭泣，这一组感性的场景越发拨动旁人的心弦，亲人们为何哭泣？不仅仅是寻常人间对亲人即将离去的难舍难分，联系社会现实，不难发现亲人们担忧心情，映射出当时社会混乱，人民没有安全感的现实。诗的下联“平安只两字，莫惜过江题”，家人时刻放心不下的是远方亲人的平安，亲人们的牵挂真是感人肺腑，真是乱离之世，有种“家书抵万金”（杜甫《春望》）之感。

（阳旦）

无题① [明] 彭述先

鹏飞万里去②，回顾江山小③。
谁知天外人④，犹叹笼中鸟⑤。

作者简介

彭述先（生卒年不详），诗人。生平不详。

注释

①无题：诗的题目。古代诗人常把一些不便标题或难于标题的诗，标以“无题”而延续至今。②鹏：神话传说中最大的鸟。③回顾：回过头来看。④天外人：指胸怀更宽、眼界更远大的人。⑤犹：还。笼中鸟，受困而不自由的鸟。

译文

大鹏展翅飞向万里云天，回头一看，江山显得很小。

谁知天外还有眼界更远大的人，在那里叹息大鹏也不过是笼中的鸟儿。

简析

这是一首抒发远大志向的诗。作者通过对大鹏鸟虽有远大志向，也不过是笼中鸟的叹息，来表达自己的心胸比大鹏鸟更宽广，志向比大鹏鸟更远大。

（肖建辉）

系中八绝 [明]李贽

名山大壑登临遍[①]，独此垣中未入门[②]。
病间始知身在系[③]，几回白日几黄昏[④]。

作者简介

李贽（1527—1602），思想家、文学家，中古自由学派鼻祖，泰州学派的一代宗师。字宏甫，号卓吾，别号温陵居士、百泉居士等，福建泉州人。嘉靖三十一年举人，应会试。曾任共城教谕、国子监博士，万历中为姚安知府。后来弃官，寄寓在麻城讲学。晚年往来南北两京等地，最后被诬下狱，自刎死于狱中。他在社会价值导向方面，批判重农抑商，扬商贾功绩，倡导功利价值，符合明中后期资本主义萌芽的发展要求。李贽的一生充满着对传统和历史的重新考虑，这也是明朝后期社会思想变革的一个聚焦般的体现。

注释

①名山大壑：著名的大山。②垣中：矮墙内，即牢狱。③系：囚禁。④几回白日：几个白天。

译文

此生把名山大壑都登临遍了，
但是只有牢狱的门还从没有踏入过。
在一身的老病中才知道自己原来已经遭到囚禁，
竟不清楚已经在此过了几个白天和几个黄昏。

简析

此诗创作于李贽七十六岁高龄被捕下狱之时。诗歌首句是诗人一生探索真理的写照，也是诗人饱经政治风雨的象征。次句承上，表露被捕的态度，语含调侃和幽默。结尾二句抒发了作者病中的感受，陈郁深挚。对于一个思想家来说，肉体的囚禁并不可怕，最可怕的是不能思想。几度黄昏，几度白日，宝贵的生命在昏迷的病态中虚掷空度，这才是极端痛心疾首的事啊。就这样，这个倔强的老人平生第一次昏昏然地不辨昼夜，任由命运安排。

（蒋娟）

马上作[①] [明]戚继光

南北驱驰报主情[②]，江花边草笑平生[③]。
一年三百六十日，都是横戈马上行[④]。

作者简介

戚继光（1528—1587），杰出的民族英雄。字元敬，号南塘，晚年号孟诸，登州（今山东蓬莱）人。家贫好学，长于经史、练兵、治械、阵图等，曾任中军都督府左都督、太子太保等职。他在东南沿海一带的抗倭战争和巩固边防中功勋卓著。能诗文，其诗多描写抗倭守边的战斗生活和抒发自己舍身卫国的雄心壮志，多激昂悲壮、慷慨挺拔之词。

注释

①马上作：骑在马上所作的诗。②南北驱驰：南北奔跑。驱驰，策马疾驰。主：君主。③江花：指南方江边的花。边草：指北方边塞上的草。平生：一生，有生以来。④戈：古代的一种兵器。马上行：骑在马上奔驰。

译文

南征北战是为了报答君主的恩情，江边的花和边塞的草都为我高兴。
回想每年三百六十个日日夜夜，我都是横戈策马在军旅中忙碌不停。

简析

这是一首在紧张的军旅生涯中咏成的短诗。全诗不事雕饰，清新流畅，而格调高扬豪迈，描绘出一个驰骋南北为国劬劳、披星戴月跨征鞍的勇士形象，表现了作者一心报国的爱国激情。

（唐嗣德）

登盘山绝顶[①] [明] 戚继光

霜角一声草木哀[②]，云头对起石门开[③]。
朔风边酒不成醉[④]，落叶归鸦无数来[⑤]。
但使雕戈销杀气[⑥]，未妨白发老边才[⑦]。
勒名峰上吾谁与[⑧]，故李将军舞剑台[⑨]。

注释

①盘山：在天津市蓟县西北20多里处，旧名四正山，一名徐无山，又称东五台，三国时魏人田盘隐于此山，故又称田盘山，简称为盘山。远望层峦叠嶂，形势雄秀。②霜角：霜风中传来的号角声。哀：怜悯，同情。③云头：山上的云。对起：合拢起来。石门开：两峰对峙，中间好像开了一个石门。④朔风：北风。边酒：边防地区的酒。⑤此句写暮秋黄昏的荒凉破败。⑥但使：假使。雕戈：刻有花纹的戈，这里泛指武器。销杀气：指消除战祸。⑦未妨：不妨。老边：谓戍边到老。⑧勒名：在山上刻时留名记功。吾谁与：“吾谁与归”的略语，意为我与谁相比，我赞许谁。⑨故李将军：本指西汉名将李广，又指唐

代的李靖。舞剑台：盘山西峰有万松寺，唐名将李靖曾在此舞剑，故称舞剑峰，峰上有舞剑台，台高一千二百尺。

译文

草木衰残号角阵阵边地凄凉，云头合拢两山对峙石门大开。
北风刺骨边酒浓烈征人不醉，暮秋黄昏落叶纷飞群鸦归来。
但愿雕戈痛击倭寇除却外患，霜染白发老死边塞何等痛快！
刻石勒名功垂千古当效何人，经常瞻仰李靖将军舞剑之台。

简析

这首诗是穆宗隆庆二年（1568）诗人在蓟门负责总理练兵事务时所作。一个秋天的傍晚，诗人登上了盘山的最高处，看山上的天草木，听朔风中的角明鸦噪，作为戍守边陲的老将，他不是以景物伤怀，而是心中自有所乐。他认识到自己所承担的神圣使命是以兵止兵，只要通过殊死征战，能使边患消除，就是披着满头白发，甚至老死边塞也心甘情愿。想到这雄心壮志，诗兴涌起，不禁要勒名题诗，抒发自己的豪情，标榜效法的楷模，做一个像西汉“不教胡马度阴山”的“飞将军”李广那样的边将。诗人的高风亮节，令人佩服。

（刘艳敏）

江宿①［明］汤显祖

寂历秋江渔火稀②，起看残月映林微③。
波光水鸟惊犹宿，露冷流萤湿不飞④。

作者简介

汤显祖（1550—1616），著名戏曲家、文学家。字义仍，号海若、若士、清远道人，江西临川人。他出生书香门第，早有才名，不仅于古文诗词颇精，而且能通天文地理、医药卜筮诸书。三十四岁中进士，曾任南京太常寺博士、詹事府主簿等职。后因上书抨击朝政被贬，万历二十六年（1598）弃官。汤显祖主要成就在戏剧创作方面，其诗亦在当时独树一帜。他反对后七子模拟作风，提倡抒写灵性，有不少清新典雅、颇见功力之作。

注释

①江宿：宿于江上舟中。②寂历：寂寞、冷落。渔火：夜间渔船上的灯火。③微：隐约，微弱，这里指残月的清淡光芒。④流萤：飞动的萤火虫。

译文

深夜里，寂寞清冷的秋江上渔火疏稀闪现，
起来看见残月的光辉微微的映照在树林上。

水鸟被波光惊醒后见天色未明复又睡了去，
一群流萤被冷露浸湿了翅膀便停止了飞翔。

简析

这是一首感染力十分强烈的小诗。诗人先引读者进入秋之深夜的江上环境，接着带领我们去观赏水鸟和流萤。在对鸟和虫的感觉中写出了环境的气度和温度，让我们也感受到了残秋的风露。但在这森人的深夜秋江，诗人没有绝望和死寂，波光水影，飞鸟流萤，一切仍是充满活力。诗歌纯用白描，寓情于景，水乳交融。

（蒋娟）

东阿道中晚望[1] [明] 袁宏道

东风吹绽红亭树，独上高原愁日暮。
可怜骊马蹄下尘[2]，吹作游人眼中雾[3]。
青山渐高日渐低，荒园冻雀一声啼。
三归台畔古碑没[4]，项羽坟头石马嘶。

作者简介

袁宏道（1568—1610），文学家，字中郎，又字无学，号石公，又号六休，荆州公安（今属湖北公安）人。宏道在文学上反对“文必秦汉，诗必盛唐”的风气，提出“独抒性灵，不拘格套”的性灵说。与其兄袁宗道、弟袁中道并有才名，合称“公安三袁”。

注释

①此诗为袁宏道从京都至吴县任县令途经东阿所作。两年后，诗人辞官。②骊马：纯黑色的马，多为达官贵人所骑。③游人：这里指的是众人，普通人。④三归台：春秋齐国名相管仲所筑。

译文

东风吹得红亭的树上绽开了花朵，
我独自一个人站在高原上惆怅着黑夜即将降临。
可怜那些普通人，
他们只是在贵人所骑的骊马边讨生活的可怜虫，
他们被扬起的尘土迷住了眼睛，什么也看不见。
夕阳渐渐下沉，显得青山好像更高了，
在那荒芜的园子里，一只冻雀悲啼着。
（但是它的声音又能传多远，引起多少人的注意呢？）
三归台旁的石碑已经湮没，

而项羽坟头的石马却依然（不屈地）嘶鸣着。

简析

袁宏道的诗，不讲规矩，用语不避俗，不求雅，不喜说大话，不做大场面，但每有奇思异想，表现出敏锐的感受。

“游人”之眼迷于富贵者所乘之马扬起的灰尘，这是大众生活的隐喻。而荒园冻雀一声凄厉的啼叫，便是袁宏道这样的智者欲以打破这昏沉世界的呼喊，它是尖锐的又是无力的。然而在精神上，诗人更愿意像项羽墓前的石马，永远保持着不甘雌伏的神态，于无声中作惊世的长嘶。在这首诗中，兀傲与自卑的意识相混杂，深刻地表现了独醒者内心绝望的挣扎。

（阳旦）

燕子矶口占[①] [明]史可法

来家不面母[②]，咫尺犹千里[③]。
矶头洒清泪[④]，滴滴沉江底。

作者简介

史可法（1601—1645），明末抗清英雄。字宪之，一字道邻，祥符（今河南开封）人。思宗崇祯进士，初任西安府推官，累迁左佥都御史。清兵入关，任南京兵部尚书，加大学士。后率军镇守扬州，城破自刎未死，为清兵所执，不屈而死。遗著有《史忠正公集》。

注释

①燕子矶：在南京市北观音山上。矶（jī）：水边突出的岩石或石滩。口占：不打草稿而随口吟诵。②来家：指来到家的所在地。面母：见母亲的面。③咫（zhǐ）尺：古代以八寸为咫，这里形容距离非常近。④矶头：指站在燕子矶上。

译文

来到家门口而未回家见母亲一面，老人家近在眼前却像千里遥远。

我站在燕子矶上不由得心损神伤，清清的泪水滴滴沉入了江里边。

简析

作者史可法是明末抗清英雄，清兵入关后于1645年攻打南京，皇帝召他从江北到江南救援，不久又领命回江北抗清，来去匆匆，竟没有时间回南京家中看望母亲，就在燕子矶上写下这首思念母亲的诗。全诗感情深沉，朴实无华，表现了作者在内忧外患危急情况下对母亲的深切怀念和忧国忧民的心情，读来催人落泪。

（唐嗣德）

渡易水[1] [明] 陈子龙

并刀昨夜匣中鸣[2]，燕赵悲歌最不平[3]。
易水潺潺云草碧[4]，可怜无处送荆卿[5]！

作者简介

陈子龙（1608—1647），明末官员、文学家。南直隶松江华亭人。思宗崇祯十年进士。清兵陷南京，他和太湖民众开展抗清活动，事败后被捕，投水殉国。他是明末重要作家，诗歌成就较高，诗风或悲壮苍凉，充满民族气节。擅长七律、七言歌行、七绝，被公认为“明诗殿军”。陈子龙亦工词，为婉约词名家，被后代众多著名词评家誉为“明代第一词人”。

注释

①易水：源出河北省易县西，东流至定兴县西南与拒马河汇合。古时是燕国南部的一条大河。②并刀：并州（今山西省太原市一带）产的刀，以锋利著名，后常以之指快刀。指宝刀、宝剑。匣中鸣，古人形容壮士复仇心切，常说刀剑在匣子里发出叫声。③燕赵：战国时的两个诸侯国，分别在今河北省和山西省地区。古时燕赵出过不少侠客义士。韩愈《送董邵南序》：“燕赵古称多感慨悲歌之士。”。④潺潺：河水缓缓流动的样子。⑤荆卿：即荆轲，战国时卫国人。被燕太子拜做上卿。太子丹派去秦国行刺秦王，并亲自送他渡过易水，行刺未成被杀。事见《史记·刺客列传》。

译文

昨天夜里，并刀在匣子发出愤懑、郁结的声音，
燕赵这一带自古多义士，慷慨悲歌，意气难平。
易水慢慢地流着，天青草绿，河山依旧，
可惜到哪里再去找荆轲那样的壮士，来为他送行？

简析

怀古诗不同于咏史诗那样歌咏史实或以诗论史，而是重在抒写诗人由古人古事所触发的思想感情，即所谓“言近旨远”。此诗前两句托物言志，以并刀夜鸣写出报国的志向；后两句即景抒情，从眼中所见易水实景，引出对国事的无限隐忧。全诗运思深沉，情怀激荡，苍凉悲壮。诗中诗人为之倡导的大敌当前、敢于英勇赴死的荆轲式英雄主义精神，非常值得后来者珍视。

（肖建辉）

别云间[1] [明]夏完淳

三年羁旅客[2]，今日又南冠[3]。
无限河山泪，谁言天地宽？
已知泉路近[4]，欲别故乡难。
毅魄归来日[5]，灵旗空际看[6]。

作者简介

夏完淳（1631—1647），明末少年抗清英雄，著名诗人。原名复，字存古，别号灵胥，松江华亭（今上海市松江区）人。九岁善词赋古文，才思敏捷，有神童之称。14 岁参加抗清活动，16 岁就义于南京。其诗词或慷慨悲壮，或凄怆哀婉，“如猿唳，如鹃啼”（谢枚如语），充满了强烈的民族意识。

注释

①云间：上海松江区古称云间，是作者家乡，1647 年，他在这里被逮捕。②三年：作者自 1645 年起，参加抗清斗争，出入于太湖及其周围地区，至 1647 年，共三年。羁（jī）旅：寄居他乡，生活漂泊不定。③南冠（guān）：被囚禁的人。④泉路：黄泉路，死路。⑤毅魄，坚强不屈的魂魄。⑥灵旗：又叫魂幡，古代招引亡魂的旗子，这里指后继者的队伍。

译文

三年为抗清兵东走西飘荡，今天兵败被俘作囚入牢房。
无限美好河山失陷伤痛泪，谁还敢说天庭宽阔地又广。
已经知道黄泉之路相逼近，想到永别故乡实在心犯难。
鬼雄魂魄等到归来那一日，灵旗下面要将故乡河山看。

简析

这首诀别故乡之作，表达的不是对生命苦短的感慨，而是对山河沦丧的极度悲愤，对家乡亲人的无限依恋和对抗清斗争的坚定信念。诗作首联叙事，自叙抗清斗争经历。颔联抒写诗人按捺不住的满腔悲愤，身落敌手被囚禁的结局，使诗人恢复壮志难酬，复国理想终成泡影。颈联坦露对故乡、亲人的依恋不舍之情和深深的愧疚。尾联盟恢复之志，抱定誓死不屈、坚决复明的决心，生前未能完成大业，死后也要亲自看到后继者率部起义，恢复大明江山。全诗意脉流注贯通，语词率真豪壮，虽作者无意求工，但他高度的爱国热忱构成其诗作的内在生命，造成了文品和人品的完美结合。

（蒋娟）

采石矶[1] [清]吴伟业

石壁千寻险[2]，江流一矢争[3]。
曾闻飞将上[4]，落日吊开平[5]。

作者简介

吴伟业（1609—1672），字骏公，号梅村，别署鹿樵生、灌隐主人、大云道人，江苏太仓人。明崇祯四年（1631）进士，曾任翰林院编修、左庶子等职。清顺治十年（1653）被迫应诏北上，次年被授予秘书院侍讲，后升国子监祭酒。顺治十三年底，以奉母丧为由乞假南归，此后不复出仕。他是明末清初著名诗人，与钱谦益、龚鼎孳（zī）并称“江左三大家”，又为娄东诗派开创者。长于七言歌行，初学“长庆体”，后自成新吟，后人称之为“梅村体”。

注释

①采石矶：在今安徽省马鞍山市长江的东岸，原名牛渚矶，其地江面较宽，形势险要，明代开国名将常遇春曾于此大破元军。②千寻：形容非常高。寻，古代以八尺为一寻。③矢：箭。④飞将：为“飞将军”的省说，西汉名将李广英勇善战，为又北平太守，后以“飞将军”指矫健敏捷之将领。这里是指常遇春。⑤开平：在今内蒙古正蓝旗东闪电河北岸，常遇春去世后被追封为开平王。

译文

这里的石壁陡峭而高耸，江流湍急可于箭速比快慢。
听说飞将军在此勇武善战，连那落日都在凭吊开平王。

简析

此诗前两句写景，重在显示环境的险恶，用以映衬英雄行为的难能可贵。第三句在用笔上一荡，回顾史事，着力表现的是常遇春的勇武之美，在险恶山水的背景前愈显出英雄形象的光辉。末句将笔收回，情景双结，铸成雄深阔远的诗境，寄写深沉邈远的吊意。

（蒋娟）

一舸[1] [清]吴伟业

霸越亡吴计已行[2]，论功何物赏倾城[3]？
西施亦有弓藏惧[4]，不独鸱夷变姓名[5]。

注释

①一舸（gě）：一艘大船。②霸越亡吴：使越国成功，吴国灭亡。越王勾践与吴国相争，为吴王夫差所败，退守会稽，卧薪尝胆，并接受谋臣范蠡的妙计，投合吴王夫差好女色的弱点，选取越国美女西施，经过三年的特种训练后献给吴王，吴王沉迷淫乐而忘政，后终被越国所灭。计已行：指当初亡吴的计划已经实现。③论功何物：用什么东西作为酬报，意为怎样赏功都不过分。倾城：始见于《诗经·大雅·瞻仰》："哲夫成城，哲妇倾城。"言女色之害足以倾覆国家，后多用"倾城"二字誉美人。④西施：生于诸暨苎萝山的一个打柴人的家里，是中国历史上一个有名的传奇人物，春秋时期越国的美女，为越王勾践灭吴做出了巨大贡献。弓藏惧：弓藏之惧，是说西施亡覆吴国，功绩卓越，她虽系女流，也同样怀有鸟尽弓藏的畏惧。这是用猎人射尽飞鸟后弃置和折毁良弓来比喻功臣被杀。⑤不独：不仅只有。鸱（chī）夷：越国谋臣范蠡的隐名，全称是鸱夷子皮，曾以此名"耕于海畔，苦身勠力"。鸱夷本为革囊，伍子胥被吴王杀死后装于鸱夷中投入江中。范蠡自认为当年越王勾践为吴所拘，是臣下保国不周之过。根据"主忧臣劳，主辱臣死"的原则，他本人作为当时的上将军是有罪的，故以革尸所用的鸱夷袋为隐居后的名字。变姓名：吴国灭亡后，西施嫁给范蠡，共同泛舟于五湖，最后改换姓名，耕于海畔。《史记·越王勾践世家》："范蠡浮海出齐，变姓名，自谓鸱夷子皮。"而西施退隐江湖也要隐姓埋名的，只是不知道她隐居后的名字。

译文

勾践灭吴的大业已成，要论功劳怎样奖赏都不过分。

美女西施也有弓藏之惧，她隐退江湖后定会改换姓名。

简析

这是一首感慨西施隐退的诗，命意奇特，发前人之所未发，醒人耳目。西施是一位身穿罗绫的女政治家，她审时度势，有远见卓识。在君主专权的年代，鸟尽弓藏、兔死狗烹是千古常见的政治习俗。霸越亡吴，西施功高可以震主，但她在功成之后产生了弓藏之惧，此乃十分明智之举。在这首诗中，诗人给西施以独立的政治身份和高大的形象，表明她的隐退江湖，并不是范蠡的"随船家属"附庸而去，而是一种有敏锐政治眼光的独立行动。

南明政权覆亡后，吴伟业一直隐居乡里。清世祖顺治因其文坛盛名，强使他入清朝做官，任国子监祭酒，一年后便以母病为由还乡，从此再不出仕。他的隐退一方面是不愿侍奉清王朝，同时他清醒地看到私欲重、疑心重的君主当朝，难容功高威广的良臣这一历史事实，这种血的历史教训使他迷途知返，退出官场乃为良策。因此，吴伟业的这首诗，其中也包含着自己许多身世苍凉之感。

（刘艳敏）

精卫·万事有不平[1] [清]顾炎武

万事有不平，尔何空自苦；
长将一寸身，衔木到终古？
我愿平东海，身沉心不改；
大海无平期，我心无绝时。
鸣呼！君不见，
西山衔木众鸟多，
鹊来燕去自成窠。

作者简介

顾炎武（1613—1682），明末清初的杰出的思想家、经学家、史地学家和音韵学家。明朝南直隶苏州府昆山（今江苏昆山）千灯镇人，本名绛，乳名藩汉，别名继坤、圭年，字忠清、宁人，亦自署蒋山佣；南都败后，因为仰慕文天祥学生王炎午的为人，改名炎武。因故居旁有亭林湖，学者尊为亭林先生，与黄宗羲、王夫之并称为明末清初“三大儒”。诗多伤时感事之作。其主要作品有《日知录》《天下郡国利病书》《肇域志》《音学五书》《韵补正》《古音表》《诗本音》《唐韵正》《音论》《金石文字记》《亭林诗文集》等。

注释

①精卫是上古神话中的神鸟，又鸣“誓鸟”“忠鸟”。《山海经》说她原为“炎帝之女，名曰女娃。女娃游于东海，溺而不返，故为精卫，常衔西山之木石，以湮填于东海”。诗歌即借咏精卫，来抒写诗人坚定的抗清复明之志。

译文

天下许多事情都有不平之处，
（看开些算了），你为什么唯独要白白地自己受苦，
总以小小的躯体，永远不停地叼衔木石呢？
我的志愿是要填平东海，纵然力竭身沉，心也决不改变。
大海不出现填平之日，我的心也就不可能有断绝之时。
唉！大家有没有看到，西山衔木得鸟儿众多，
只是来来去去，都是为自己筑巢啊！

简析

这首诗取材于《山海经》，但艺术构思却和《山海经》不同。它运用对话的形式，对比的手段来刻画、塑造精卫的形象。以此明确揭示了精卫内心世界，直接反映了精卫矢志平海、不惜捐躯的崇高精神。同时，它也提到了其他的许多鸟类，但只是“各自为政”，分别叙述；这首诗后面第三小节，却有意拿这些只顾“自筑窠”的“众鸟”来同立志填海的精卫进行对照，从而进一步反衬出精卫之伟大，塑造了“志鸟”这个光辉的艺术

形象。

这首诗题咏精卫，寄托着深刻的寓意？清兵入关后，广大汉族人民纷纷奋起抗清，许多爱国志士不惜献出生命，但是，也有一些在民族危难之际只顾个人利益的人。从这个意义上来讲，这首诗不妨称之为寓言诗。诗人正是通过这样一个寓言，热烈讴歌了爱国志士“平东海”的崇高精神，无情鞭挞了民族败类只顾“自成窠”的可耻行径。

（阳旦）

春日田家 [清] 宋琬

野田黄雀自为群，山叟相过话旧闻①。
夜半饭牛呼妇起②，明朝种树是春分③。

作者简介

宋琬（1614—1673），清初著名诗人，清八大诗家之一，字玉叔，号荔裳，山东莱阳人。顺治四年（1647）进士，曾任户部河南司主事、左参政等，康熙十一年（1672），授通议大夫四川按察使司按察使。翌年，进京述职，适逢吴三桂兵变，家属遇难，忧愤成疾，病死京都，时年 59 岁。宋琬的诗入杜、韩之室，与施闰章齐名，有“南施北宋”之说，又与严沆、施闰章、丁澎等合称为“燕台七子”。

注释

①山叟：住在山中的老翁。②饭：做动词，喂养。③春分：二十四节气之一，在每年农历二月十五日前后。

译文

野田黄雀自发地聚在一起，老人们相遇互相寒暄起来。
当家的半夜里喂饱了牛催叫妇人醒来，原来明日便是春分，要准备去种树了。

简析

农谚云：“春分麦起身，一刻值千金。”作者在这里描述了这样一个忙碌、珍贵的季节。首联写最先感受到春的气息的是愉快的鸟儿们。接着诗人的目光从景物转到了人事上，几位老者正兴致勃勃地走在山间小道上谈笑风生。然而对这个季节里的忙人来说，春天的意义便不同了。当我们还在深睡中时，他们已经开始忙碌。读到这里，与其说这首诗是“春日田家”，倒不如说这是“田家”的“春日”。

（蒋娟）

船中曲 [清] 吴嘉纪

依是船中生①，郎是船中长②。
同心苦亦甘，弄篙复荡桨③。

作者简介

吴嘉纪（1618—1684），字宾贤，号野人，江苏东台人（清代属于扬州府泰州）。出生盐民，少时多病，明末诸生，入清不仕，隐居泰州安丰盐场。工于诗，其诗法孟郊、贾岛，语言简朴通俗，内容多反映百姓贫苦，以“盐场今乐府”诗闻名于世，得周亮工、王士禛赏识。

注释

①侬：女子自称。②郎：指男子。船中长：与“船中生”是互文。③篙：用竹竿或杉木等制成的撑船工具。

译文

我在船中出生，郎在船中成长。
二人一心苦也甜，撑了竹篙又荡桨。

简析

船歌是青年男女表达爱情的一种方式，多为船夫所唱。这首诗是以一个女子的口吻叙述了她与郎君两小无猜、心心相印的爱情。诗歌前两句表明俩人同为船中生、船中长，虽然船夫很辛苦，但俩人心心相印，苦也变甜了。颈联则道出了爱情的甜蜜，二人的深挚朴素的感情。最后一句是一个比兴，是他们撑船的动作，喻示了二人齐心合力、同舟共济的精神与爱情生活，具有言有尽而意无穷的余韵。一般诗的比兴用在开头，而此诗却用在结尾，完全是民歌手法，语言质朴，感情强烈，如清水芙蓉，清新自然。

（蒋娟）

漆树叹 [清] 施闰章

斫取凝脂似泪珠①，青柯才好叶先枯②。
一生膏血供人尽，涓滴还留自润无？

作者简介

施闰章（1618—1683），字尚白，号愚山、蠖（huò）斋，晚号矩斋，安徽宣城人。顺治六年（1649）进士，授刑部主事，官山东学政、江西布政司参议、分守湖西道。康熙二十二年，任翰林院侍读。与宋琬齐名，号“南施北宋”。其诗远承其宋梅尧臣的传统而又有变化，风格高雅淡素。论诗主张言之有物，反对虚华空泛，作诗须有学力，注重修养。他的不少作品，对清初社会的黑暗、人民的苦难，有真实的反映。

注释

①斫（zhuó）：砍，斩。②柯：树枝。

译文

刀锋砍下，我那洁白的漆汁似泪珠般滚落，
青翠欲滴的树叶因缺乏汁液的滋养而枯萎了。
我生命的精华的漆汁全都贡献给了人类，
人们是否也应该让它留一道涓涓细流滋润自身呢？

简析

这首诗藉物兴怀，表达了诗人对横征暴敛、搜刮无度的统治阶级的谴责及对劳而不获、生计断绝的劳苦农民的同情。全诗明写漆树，实则句句写人。首句用拟人化的手法将淌出的漆汁比作“泪珠”，原来漆树还未到成熟收获的季节就横遭砍斫，这漆树不正是封建时代贫苦农民的化身吗？末两句诗中，诗人又代漆树，实则是代广大农民发出了不平之鸣：正像那些农民一样，他们劳碌终身，流尽血汗养育了人们，那些大人先生们是否也应该让他们获得一份劳动果实以维持生计，而不应将民脂民膏搜刮尽净呢？这首诗将漆树与农民的形象融合为一，融情于物，是一首寓意显豁、撼人心魄的佳作。

（蒋娟）

甲辰八月辞故里[1]（其二） [清]张煌言

国家亡破欲何之[2]？西子湖头有我师[3]。
日月双悬于氏墓[4]，乾坤半壁岳家祠[5]。
惭将赤手分三席[6]，拟为丹心借一枝[7]。
他日素车东浙路[8]，怒涛岂必属鸱夷[9]？

作者简介

张煌言（1620—1664），抗清英雄。字玄著，号苍水。明末鄞县（今浙江宁波）人，明崇祯年间中过举。明亡后，投笔从戎，参加了当时绍兴一带的抗清义师。鲁王朱以海就监国位后，张煌言任兵部右侍郎。鲁王逃往福建后，他在浙江继续进行抗清斗争。1664年（康熙三年）被清军逮捕，不久在杭州被杀，葬于杭州南屏山荔子峰下。他的诗文多反映自己经历的战斗生活，情绪慷慨激昂。有《张苍水集》。

注释

①甲辰：指清康熙三年（1664）。七月，张煌言在其隐居处南田悬岙（ào）岛（今浙江省象山县南）被俘，押至鄞县；八月初，解往杭州。临近出发的时候，为张煌言送行的有几千人，张煌言辞别故乡父老，赴杭就义。临行慷慨写下此诗。②何之：到何处去。③西子湖：杭州西湖。有我师：有我的榜样，指岳飞和于谦。④于氏墓：指于谦墓。⑤岳家祠：这里指岳王庙。⑥赤手：空手。三席：三个座位。⑦枝：枝栖，喻托身之地，这里喻为小小的葬身之所。⑧素车："素车白马"。凶、丧之事所用的白车白马。后用为送葬之辞。东浙路：浙江东部地区。⑨鸱（chī）夷：皮质的口袋。据载，伍子胥累谏吴王，却被赐死，临终之际，让其子悬其首于南门，以观越兵入侵，用鸱夷裹其尸投于钱塘江，以便随着江潮起落看吴国之败。

译文

国破家亡，我即将前往何方？
西子湖畔，那里有我的榜样。
他们是如同日月经天的于谦的坟墓，
支撑南宋半壁河山的岳飞的祠堂。
惭愧啊，我功业未竟葬身此地难分享，
我岂敢凭借着赤胆忠心安息在他们身旁。
我死后要化为汹涌怒涛，奔腾在浙东路钱塘江上，
这怒涛难道是专属子胥，我心愿也全是像他一样。

简析

1644年7月，张煌言在其隐居处南田悬岙岛（今浙江象山县南）被俘，押至鄞县；8月初，被清兵解往杭州，在他离开故乡宁波时写下了这首视死如归的诗篇。诗中表达了作者抗清复明的坚强意志。

首联点题，诗人表示在国破家亡之际，要以于谦、岳飞两位民族英雄为榜样，决意以死明志，为全诗奠定了慷慨悲壮的基调。颔联分别评价了于谦和岳飞，表达了对他们二人的景仰之情。颈联写生前的遗恨，死后的希望。尾联是作者申述自己抗清复明之志至死不变，死后也一定效仿忠臣伍子胥，化为浙东的钱塘江的怒涛，抗清斗志永不会泯灭。

这首诗艺术手法上的最大特点是含蓄。诗歌虽然表达了作者抗清复明的坚强意志，但是诗人并不把本意直接写出来，而是借前人岳飞、于谦和伍子胥的事迹或典故来表达自己的抱负和意志，既增添了诗歌的内蕴，又令人扼腕长叹。

（桂郁文）

出居庸关① [清] 朱彝尊

居庸关上子规啼②，饮马流泉落日低。
雨雪自飞千嶂外③，榆林只隔数峰西④。

作者简介

朱彝尊（1629—1709），诗人、词人、学者、藏书家。字锡鬯（chàng），号竹垞，又号驱芳，晚号小长芦钓鱼师，又号金风亭长，秀水（今浙江嘉兴）人。康熙十八年（1679）应试博学鸿词科，官翰林院检讨，二十二年（1683）入职南书房。曾参加纂修《明史》。朱彝尊博通经史，诗与王士禛齐名，时称“南朱北王”。作词风格清丽，为“浙西词派”的创始者，与陈维崧并称“朱陈”。精于金石文史，购藏古籍图书不遗余力，为清初著名藏书家之一。

注释

①居庸关：在北京市昌平区西北，为长城重要关口。②子规：鸟名，一名杜鹃，鸣声凄切，能动旅客归思。③嶂：似屏障的山峰。④榆林：榆林堡，在居庸关西五十五里。

译文

居庸关上，杜鹃啼鸣，
驱马更行忽遇山泉，一轮红日正在落下。
一片雨雪，纷扬在起伏的山峦下，
那榆林与居庸关的西面只隔了几座山峰。

简析

诗歌起句看似平淡，但“居庸关”三字的跳出却有一种雄关涌腾的突兀之感，再借助于几声杜鹃啼鸣，便觉有一缕辽远的乡愁。接着，清澈、明净的泉流，令你忘却身在塞北，但马儿的嘶鸣，又立即提醒你这是在北疆。颈联则描绘出了塞外气象的寥廓和俊美。结句以从唐人韩翃“秋河隔在数峰西”句中化出，但境界高远、寥解得多：把五十里外的榆林，说得仿佛近在咫尺、指手可及，岂不太过夸张？不，它恰正是人们在登高望远中所常有的奇妙直觉。从山青水绿的南国，来游落日苍茫的北塞，淡淡的乡思交汇着放眼关山的无限惊奇，化成了这首“清丽高秀”的写景小诗。

（蒋娟）

鲁连台 [清]屈大均

一笑无秦帝[①]，飘然向海东[②]。
谁能排大难[③]？不屑计奇功[④]。
古戍三秋雁[⑤]，高台万木风[⑥]。
从来天下士[⑦]，只在布衣中[⑧]。

作者简介

屈大均（1630—1696），明末清初著名学者、诗人。字翁山、介子，号莱圃，广东番禺人。曾与魏耕等进行反清活动，后为僧，中年仍改儒服。诗有李白、屈原之遗风，因文章导向，著作多毁于雍正、乾隆两朝。与陈恭尹、梁佩兰并称“岭南三大家”，有“广东徐霞客”的美称。

注释

①一笑无秦帝：指鲁仲连笑斥游士新垣衍，坚持义不帝秦。②海东：东海。③排大难：史载鲁仲连性格豪爽侠义，常为人排难解忧。④不屑计奇功：指鲁仲连不屑于自己的功绩，不接受赵、齐的封赏。⑤古戍：古代营垒，自古以来的边防要地，指鲁连台所在地。三秋：深秋，晚秋。农历九月为秋季第三个月。⑥高台：指鲁连台。万木：成千上万棵树木。⑦从来：自古以来。天下士：指天下有见识有本领的人。⑧布衣：平民，多指没有做官的读书人。

译文

在他一笑之中强秦不得称帝，他飘然而去隐居于大海之东。
谁能像他那样排患解难，功成之后不屑于邀赏请功。
古老的边塞飞过秋天的大雁，高高的鲁连台上万木摇风。
自古以来天下的高人奇士，只是存在于平民百姓之中。

简析

这首瞻仰鲁仲连古迹的五言律诗，写得雄劲刚健，掷地有声。前四句首用简练生动的文字追述了鲁仲连的义举奇功，高风亮节，提点鲁仲连功成而不屑封赏精神的可贵，慨叹人间如仲连者难得一见，抒发了作者对古代贤人的景仰赞佩之情。第五、六句写登鲁连台所见，景象雄阔而颇具沧桑之感。结尾两句，热情地歌颂了人民（包括隐士）的高贵品质，含意尤为深刻，态度相当明朗。全诗叙事写景与抒情融会无间，语言素朴而笔带豪气。

（刘艳敏）

白菊 [清] 屈大均

冬深方吐蕊，不欲向高秋[①]。
摇落当青岁[②]，芬芳及白头。
雪将佳色映，冰使落英留[③]。
寒绝无人见[④]，梅花共一丘[⑤]。

注释

①高秋：是天高气爽的秋天。②摇落：落花。青岁：指青春，春天。③落英：落花，此处指开花不久就凋谢的菊花。④寒绝：严酷寒冷之地。⑤共一丘：在同一堆土丘里。

译文

菊花严冬季节才吐放花蕊，不愿意在天高气爽的秋天展现风采。
在春天来时，菊花就开始凋谢了，芳香却至死不会消失，
白雪将花瓣映照得更加美丽；
冰雪将开花不久就凋谢的花瓣留存。
白菊处于严酷寒冷之地，一般的人都不能来观赏的，
但它并不孤独，
因为还有凌霜傲雪的红梅陪伴它在同一堆土丘里。

简析

本诗通过描写冬菊斗冰傲雪的形象，将白菊拟人化，暗示抗清志士虽然在青春年华就贡献出自己生命，但其民俗气节却永留人间。刻画了白菊的不畏深冬严寒、洁白芬芳、坚贞纯洁、傲气凛然的形象。抒发了诗人对具有白菊一样的坚贞孤傲的高尚节操、不与世俗同流合污的志士的赞美。

（刘艳敏）

读秦纪[1] [清] 陈恭尹

谤声易弭怨难除[2]，秦法虽严亦甚疏[3]。
夜半桥边哼孺子[4]，人间犹有未烧书。

作者简介

陈恭尹（1631—1700），诗人。字元孝，初号半峰，晚号独漉子，又号罗浮布衣。广东顺德县（今广东佛山顺德）龙山乡人。著名抗清志士陈邦彦之子。与屈大均、梁佩兰同称岭南三大家。又工书法，时称清初广东第一隶书高手。有《独漉堂全集》，诗文各15卷，词1卷。

注释

①秦纪：是指“秦始皇本纪”，内容是叙述始皇生平与秦代一些政治制度。②谤声：指责声，咒骂声。③疏：漏洞。④夜半：半夜。呼孺子：喊道“孺子可教”。

译文

批评声容易消除，怨恨却难以消除，
秦国的法令虽然严厉，但也会有漏洞的。
夜半桥边，不是有位老人把书交给张良，
一面还高兴喊道“孺子可教”吗？
人间到底还是有许多烧不完的书啊！

简析

这首诗是描写秦始皇焚书坑儒与圯上老人夜半传授张良《太公兵法》的故事。作者讽刺秦始皇法令严苛；用焚书坑儒等手段来控制人民的思想言论，结果毫无用处，儒既坑不完、书也烧不尽。“人间犹有未烧书”常用来讽刺专制政权以高压手段来控制人民的思想言论，到头来还是白费心机；也可用来表示争取言论自由的坚定信心，永不退缩。同时也暗讽当下“文字狱”的社会现状。

（刘艳敏）

红桥绝句 [清] 王士禛

舟入红桥路[①]，垂杨面面风。
销魂一曲水，终古傍隋宫[②]。

作者简介

王士禛（1634—1711），字子真，号阮亭，新城（今山东桓台）人。是康熙朝数十年诗坛盟主，论诗承继唐司空图“自然”“冲淡”、宋严羽“妙语”“兴趣”之说，创“神韵说”其主旨在要求诗人于诗歌创作中追求一种清淡闲远的艺术境界，沾溉一代，影响极大。生平著述甚富，有《带经堂集》《南海集》《蚕尾集》《渔洋诗话》《香祖笔记》，所编有《十种唐诗选》，又有《唐贤三昧集》。

注释

①红桥路：扬州北门外有一道曲折的溪流，人称“小秦淮”，折向北之后，便汇入开阔的瘦西湖，红桥便在这二水相交之处。②隋宫：炀帝修运河来扬州以后，就在瘦西湖的北面，蜀冈之东构造了大型的宫苑，专供自己赏玩风景。

译文

乘舟入大虹桥，两岸垂杨依然。
瘦西湖碧水仍在，只有它们还在终日陪伴着隋宫的遗址。

简析

这首五言绝句既是记游，也是吊古。前两句写景，勾画红桥一带的秀丽景色。舟入红桥之后，景色变得开朗起来。两岸碧柳垂幔，蓬蓬如烟，间有桃花初放。红雾妖娆，恍然如入仙境。“面面风”三个字，兴味深长。一层意思是说，风物繁茂，四面皆景，令人目不暇接；另一层意思是触景生情，令人浮想联翩，百感交集，为下文抒情做铺垫。后两句是吊古，诗意为之一转。眼前这个酷似南京秦淮河、杭州西子湖的风景胜区正是当年隋炀帝迷恋的地方。然而好景不长，曾几何时，隋炀帝就风流丧尽，化为扬州的一抔黄土，隋王朝也随之覆灭。

（刘艳敏）

真州绝句[①] [清]王士祯

江干多是钓人居[②]，柳陌菱塘一带疏[③]。
好是日斜风定后[④]，半江红树卖鲈鱼[⑤]。

注释

①真州：今江苏省仪征市，位于长江北岸，城南沿江一带，风景优美。明清时代，仪征是扬州与金陵之间往来交通的要道。②江干：江边。干，岸边。钓人：渔民。③陌：田间小道。路东西为陌，南北为阡。一带疏：指渔家一带，稀疏地点缀着柳荫小路和菱藕池塘。④好：正好，恰好。时间副词 。⑤半江：江岸的一面，即指长江北岸的真州。红树：指夕阳映照下的柳陌，树皆呈红色。鲈鱼：体侧扁而长，口大，下颚凸出，捕食鱼虾，其肉细嫩可口，是真州一带的名声。

译文

真州江边多半是渔家居住，这里有菱藕池塘和柳荫小路。
迎着夕阳渔民捕鱼归来，在丹枫似火的红树下正卖鲈鱼。

简析

这首诗盛赞真州江边的秋日鱼市景象，描绘了一幅优美的江南渔村图画。首句从江边渔民的居处写起，既叙事又写景，为下文渔民归来及鱼市景象先点染环境。次句承上进一步渲染环境，选取柳荫小路和菱藕池塘这些典型景物，并冠以一个“疏”字，交代了时间正是秋天。接着写渔民在黄昏时才迟迟回来，日出而作，日落而归，暗示了渔民的劳累艰辛。“半江红树卖鲈鱼”，由捕鱼而到卖鱼，展示了渔民一天的工作流程，虽然十分辛苦，但卖鱼有其所得，劳动成果的价值体现，给渔民带来了些许欣慰。

这首诗风致清新，明丽工稳，生动传神，富有诗情画意，其写作技巧不容忽视。

（刘艳敏）

邯郸道上[①] [清]宋荦

邯郸道上起秋声，古木荒祠野潦清[②]。
多少往来名利客[③]，满身尘土拜卢生[④]。

作者简介

宋荦（luò）（1634—1713），字牧仲，号漫堂，又号西陂，绵津山人，河南商丘人。顺治四年（1647），应召以大臣之子列侍卫。1664年（康熙三年）授黄州通判。累擢江苏巡抚，以清节著称，官至礼部尚书，加太子少师。精于鉴藏，善画，淹通典籍，熟习掌故。论师尊杜甫，创作上却多规仿苏轼。诗与王士禛齐名，时人邵长蘅选其诗与王士禛诗合刻为《王宋二家集》著有《漫堂说诗》《西陂类稿》《沧浪小志》《怪石赞》《漫堂墨品》等。

注释

①邯郸：古都邑，县名。周、秦、汉时为黄河北岸最大的商业中心，亦为中原交通要冲。②荒祠：荒废的祠庙。野潦（lǎo）：野外的积水。③名利客：追名逐利的人。④卢生：唐沈既济小说《枕中记》的人物，卢生于邯郸邸舍遇道士吕翁，自叹穷困，吕翁乃授之枕，以入梦，梦中历尽富贵荣华。及醒，客舍主人炊黄粱尚未熟。后因以喻富贵终归虚幻或欲望破灭。

译文

邯郸古道上刮起了瑟瑟秋风，古木荒寺前的积水寒冷凄清。
道上来往的不少追名逐利客，满身尘土在膜拜梦中的卢生。

简析

时值秋天，萧瑟气氛充斥全诗，并巧借“黄粱梦”典故，达到讽刺的效果。往日的赵国都城邯郸，如今已经衰败不堪。这里曾经是许多英雄豪杰奋斗过、创造过丰功伟绩的地方。由于社会的变化、人世的沧桑，这一切早已无影无踪。这古木荒祠，既是历史变迁的表征，也是它的见证。看到这些，热衷名利的人应该大彻大悟。但是，实际并非如此。邯郸道上仍然有许多人为了追逐名利，游宦四方，来往不停地奔波着。尽管他们浑身沾满了尘土，还是不顾疲倦地去拜谒卢生。作者委婉地表达出，其实名利富贵只是黄粱一梦而已。

（刘艳敏）

钓台① [清] 洪昇

逃却高名远俗尘②，披裘泽畔独垂纶③。
千秋一个刘文叔④，记得微时有故人⑤。

作者简介

洪昇（1645—1704），著名戏曲作家、文学家。字昉思，号稗畦，又号稗村、南屏樵者。汉族，钱塘（今浙江杭州）人。与《桃花扇》作者孔尚任并称“南洪北孔”。

注释

①《钓台》诗共有四首，此为其中一篇。钓台，在今浙江省桐庐县城西南三十里的山上，相传为东汉时严光的隐居垂钓之处。②高名：有很高的名望。俗尘：指世俗事务的牵累、束缚。③披裘：写他的羊皮袄装束。垂纶：钓竿低垂，钓丝轻曳之状。④文叔：用光武帝刘秀的字作称呼，也有亲切、起敬的意味。⑤微时：贫贱之时，反面是富贵之时。

译文

严光少时已有很高名望，但他主动逃离世俗事务，
一身羊皮袄装束，在富春江畔垂丝而钓。
像刘秀这样位列至尊的人，
显达时还记得贫贱时的老朋友，那实在是千秋难得的美事。

简析

这首诗有意将严光和光武帝对举，并以强烈的感情赞美了“记得微时有故人”的刘秀。首句即写严光归隐时的心态。“逃却”和“远”，都有主动逃避、远离的意思。传神地表现了他超脱世俗、决意归隐的淡泊心迹。接着紧扣诗题，刻画严光独钓泽畔的情景。独钓，方有自娱之乐，也才合隐居之实。心理活动与行动描写双管齐下，形神俱到。第二句笔锋陡转，由严光转到光武帝，由叙述、描写发为作者的直接赞叹。“千秋”犹言千年，“一个”强调少见，合起来便含有千载难逢、世上罕见的赞美之意。“记得”两字带有主动意味，用以突出光武帝心目中“有故人”。

（刘艳敏）

初入小河 ［清］查慎行

鱼米由来富楚乡①，入秋饱啖只寻常②。
如今米价偏腾贵，贱买河鱼不忍尝。

作者简介

查（zhā）慎行（1650—1727），字悔余，号初白，浙江海宁人。清康熙时举人，赐进士出身，官翰林院编修。他是清代第一个公开举起崇尚宋词旗号的诗人，他诗崇苏轼和陆游，对苏诗尤为倾心，受其影响颇深。他的诗多抒发行旅之情，善用白描手法，风格俏劲，辞义畅达。有《敬业堂诗集》。

注释

①楚乡：楚地，今湖北省。②饱啖：（dàn）吃饱。

译文

楚国自古以来就是富饶的鱼米之乡，
一到秋天丰收时节，人们就可以饱食鱼米，
自古以来都是很寻常的事情。
可是现在的米价飞涨，特别昂贵，
即使是低价能购买来河鱼也不忍心入口一尝。

简析

诗歌写了官商勾结哄抬物价，使百姓赖以生存的大米价格飞升，即使在湖北这个鱼米之乡，人们为了省钱买米，对千百年来的美味河鱼，即使贱卖也不忍买来尝一尝的悲苦境地。鱼米之乡米价天贵，其他地方和省份就更不必说了。诗歌控诉了朝政腐败、民不聊生的晚清社会现实。

（刘艳敏）

舟夜书所见[1] [清]查慎行

月黑见渔灯，孤光一点萤[2]。
微微风簇浪[3]，散作满河星。

注释

①书：这里作动词用，是写、记的意思。②萤：萤火虫。这里比喻灯光像萤火虫一样微弱。③风簇浪：风吹起了波浪。簇：形容微风吹起水波的样子。

译文

漆黑之夜不见月亮，只见那渔船上的灯光，
孤独的灯光在茫茫的夜色中，像萤火虫一样发出一点微亮。
微风阵阵，河水泛起层层波浪，
渔灯微光在水面上散开，河面好像撒落无数的星星。

简析

这首诗好似一幅速写，作者抓住了那倒映在水中的渔火化作满天星星的片刻，几笔勾勒，立即捕捉住了这转瞬即逝的景物。诗歌只有二十字，却体现了诗人对自然景色细微的观察力。没有月亮的夜是看不清什么的，然而因为有一点微风，远处的一盏小如萤火的渔灯，让诗人看到了满河的星星。“散”字是全诗的诗眼。“散”字写出了渔灯倒影“散作满河星”的神奇画面。诗歌写出了少中有多、小中有大的哲理。同时也用诗的本身启发我们，只要你用心，就会发现生活中的美，美在你的心中，美在你的眼中。

（刘艳敏）

秣陵怀古① [清] 纳兰性德

山色江声共寂寥，十三陵树晚萧萧②。
中原事业如江左，芳草何须怨六朝。

作者简介

纳兰性德（1655—1685），著名词人。字容若，号楞伽山人，满洲正黄旗人。其诗词“纳兰词”在清代以至整个中国词坛上都享有很高的声誉，在中国文学史上也占有光彩夺目的一席。他生活于满汉融合时期，虽侍从帝王，却向往经历平淡。特殊的生活环境背景，加之个人的超逸才华，使其诗词创作呈现出独特的个性和鲜明的艺术风格。

注释

①秣陵：秦汉时期今南京的称谓。公元前210年，秦始皇出巡至金，几个望气术士见金陵四周山势峻秀，地形险要，有天子气。秦始皇一听大为不悦，命人开凿方山，使淮水流贯金陵，把王气泄散，并将金陵改为秣陵。“秣”是草料的意思，意即这里只能贬为牧马场。　②十三陵：在北京昌平天寿山南麓，为明代明成祖到明思宗十三个皇帝的陵墓。晚萧萧：“萧萧”摹写落叶窸窣之声，前面加上“晚”字渲染，写出了暮色的萧瑟苍茫。

译文

水光山色一片静寂，夜晚吹动十三陵树木发出萧萧之声。

明朝亡国如那江左的故事一样，随风而去，青青芳草何必去埋怨六朝的烟云。

简析

此诗怀古格调新异，站在批评明代朝政之失的立场，认为明朝亡国像六朝的兴亡一样，是腐朽的统治集团自己一手造成的，文人们何必哀悼其灭亡呢？前句写南京的景色，水光山色一片静寂；后句时空转换，笔墨落到北京明代皇帝的陵寝——十三陵，那儿的夜晚风吹树木发出萧萧之声。江山失色，草木萧条，心事黯然。以季节之更替，叹朝代之兴衰。青青芳草，不要去埋怨六朝的烟云，这些都如那江左的故事一样，随风而去。表达了作者从小草的角度对六朝往事的回首，也是无限的落寞和感慨。

（刘艳敏）

萤火 [清] 赵执信

和雨还穿户，经风忽过墙。
虽缘草成质①，不借月为光。
解识幽人意②，请今聊处囊③。
君看落空阔④，何异大星芒⑤。

作者简介

赵执信（shēn）（1662—1744），清代诗人、诗论家、书法家。字伸符，号秋谷，山东省淄博市博山人。十四岁中秀才，十七岁中举人，十八岁中进士，后任右春坊右赞善兼翰林院检讨。二十八岁因佟皇后丧葬期间观看洪昇所作《长生殿》戏剧，被劾革职，此后终身不仕。其诗强调“文意为主，言语为役”，所作诗文深沉峭拔，亦不乏反映民生疾苦的篇目。

注释

①缘：原故，如“无缘无故”。质：性质，本质。古人误认为萤火虫是由腐草化成的，故称“草成质”。②解识：理解和认识，即明白、知道。幽人：幽居之人，指隐士。③聊：姑且。处囊（chǔ náng）：放在袋子里。这里指“囊萤”。《晋书·车胤传》：“（胤）博学多通，家贫不常得油，夏月则练囊盛数十萤火以照书，以夜继日焉。”后人把它作为勤学苦读的典故。④落空：犹言“落寞”，寂寞、冷落的样子。⑤何异：有什么不同。大星：形容天空广阔，星宿众多。芒：光芒。

译文

随着雨丝斜穿入户，借着轻风飘忽过墙。
它虽由野草腐化成形，却不借明月而自身发光。
它深知隐士求学的愿望，就让自己暂处布囊。
你看它一旦飞散在广阔的夜空里，熠熠生辉，与闪亮的大星星有什么两样。

简析

这是一首优美的咏物诗。通过对“萤火”的描写和歌颂，寄托了深刻的含义：一个人只要品格端正，襟怀坦白地处世，即使地位低微，也能够发出光和热，为社会做出贡献。诗中采用晋代车胤“囊萤照读”的典故，写出了萤火虫曾经给读书人带来方便。结尾两句赞美萤火虫，告诉人们别小看了这些点点萤火，它们在广阔的夜空里闪闪发亮，多么像那满天的星斗啊！

（刘艳敏）

偶然作 [清] 屈复

百金买骏马，千金买美人；
万金买高爵，何处买青春？

作者简介

屈复（1668—1745），诗人。初名北雄，后改复，字见心，号晦翁，晚号逋翁、金粟老人，世称“关西夫子”。蒲城（今属陕西）县罕井镇人，后迁县城北关。19 岁时童子试第一名。不久出游晋、豫、苏、浙各地，又历经闽、粤等处，并四至京师。乾隆元年（1736）曾被举博学鸿词科，不肯应试。72 岁时尚在北京蒲城会馆撰书，终生未归故乡。著有《弱水集》等。

译文

一百金能买得到一匹好马，
一千金能买得到美丽的女子。
一万金能买高官名爵，
什么地方能买得到年少的时光呢？

简析

黄金是好的，但能买到青春吗？年轻人，要珍惜青春年华，时间一去不再来啊！

（刘艳敏）

过许州[①] [清] 沈德潜

到处陂塘决决流[②]，垂杨百里罨平畴[③]。
行人便觉须眉绿[④]，一路蝉声过许州。

作者简介

沈德潜（1673—1769），字确士，号归愚，长州（今江苏苏州）人。从 23 岁起继承父业，过了 40 余年的教馆生涯。一生热衷功名，参加科举考试 17 次，乾隆四年（1739）中进士，已是 67 岁老翁。官至内阁学士兼礼部侍郎。在朝期间，他的诗深受乾隆皇帝的赏识，这一特殊地位使他的诗论和诗作曾风靡一时，影响颇大。论诗主格调说，拘于“温柔敦厚”的“诗教”。其诗多歌功颂德之作，间有反映民间疾苦的佳品。现存诗 2300 多首，大多清新可诵。有《沈归愚诗文全集》又选辑有《古诗源》《唐诗别裁集》《明诗别裁集》和《清诗别裁集》。

注释

①许州：北周于颍川郡置许州，即今河南省许昌县。这首诗是作者过许州郊外即景抒情之作。②陂（bēi）塘：池塘。决决：潺潺的流水声。韦应物的《县齐诗》有“决决水泉动”之句，范成大的《喜雨诗》有“流渠决决绕幽居”之句。③罨（yǎn）：覆盖 。平畴：田坝，陶潜有“平畴交远风，良田亦怀新”之句。④须眉：胡须和眉毛。

译文

处处池塘水外流，百里良田披杨柳。

行人泡在绿荫里，听着蝉声已过州。

简析

这首诗无论是写自然景物，还是写作者自己的真情实感，都是些类乎村夫野老之语从心底自然流出，没有丝毫雕琢痕迹。但只要静气按节，密咏恬吟，就会涵濡深悟其妙，真可谓是“语淡而味终不薄”。

第一句是从听觉角度写池塘美妙的流水声。“决决”一句不仅穷其声音，而且绘其状态，巧妙地把景物写活了。“决决”水声何以清脆悦耳？这是因为周围环境十分幽静，诗人运用以静衬动的手法，表明了此刻内心的宁静。第二句是从视觉角度写杨柳的婀娜多姿。诗人选用一个“罨”字做动态描写，不仅显示垂柳之多，而且展现出一片勃勃生机、含情带意的佳境，使情致婉转动人。真是巧用一字，尽得风流。第三句是从意觉角度写垂柳的浓绿鲜艳。所谓意觉，就是通过五官而产生的深刻感受，即凭借想象和生活经验而产生的主观感觉。诗人无暇他顾，只抓住匆匆扑人满眼的“绿”，垂杨之绿是那么浓艳，竟使行人觉得须眉也染上绿色了。作者巧以“须眉”为衬，突出了垂杨之众多和浓密。这种以虚写实、虚实并举的手法，突出了所写景物的形象性、立体性和可感性。结局是从听觉角度写沿途环境的寂静清幽。而一路听到“蝉声”，说明这里是一个十分幽静的处所。“静”作为一种客观存在，要有它的表现形式，而常用的形式就是借动来显现。“蝉声”写的是动景，其本意是突出沿途之静。这里用对立两极的相反景物互为衬托，展现了一种静中之动、动中置静的自然景观。

古人认为，蝉性高洁，声高远，故常用它寄兴情怀。这一路的蝉声，就寄寓着诗人内心的喜悦和对大自然的热爱。诗人借用蝉声来表情达意，使全诗意境深化，余韵无穷。

（唐嗣德）

竹石 [清]郑燮

咬定青山不放松[①]，立根原在破岩中[②]。
千磨万击还坚劲[③]，任尔东西南北风[④]。

作者简介

郑燮（1693—1765），著名画家、文学家。字克柔，号板桥，兴化（今属江苏）人。乾隆年间进士，曾任山东范县知县，又调知潍县。为官同情平民，抑制富豪，为民请赈而罢官，以卖画为生。擅诗、书、画，人称为“三绝”。平生狂放不羁，多愤世嫉俗的言论与行动，被称为“扬州八怪”之一。他的诗多反映不满黑暗现实、同情人民疾苦的思想感情，其特点是不傍古人，多用白描，明白流畅，通俗易懂。

注释

①咬定：咬紧。②立根：扎根。破岩：裂开的山岩，即岩石的缝隙。③千磨万击：指

无数的磨难和打击。坚韧：坚强有力。④任：任凭，无论，不管。尔：你。

译文

紧紧咬定青山不放松，原本深深扎根石缝中。
千磨万击身骨仍坚劲，任凭你刮东西南北风。

简析

本诗语言质朴，寓意深刻，赞颂竹的刚毅。前两句赞美立根于破岩中的劲竹的内在精神。“咬”字，一字千钧，极为有力，且形象化，充分表达了劲竹的刚毅性格。再以“不放松”来补足“咬”字，劲竹的个性特征表露无遗。次句中“破岩”更衬托出劲竹生命力的顽强。后二句再进一层写恶劣的客观环境对劲竹的磨炼与考验。不管风吹雨打，任凭霜寒雪冻，苍翠的青竹仍然“坚劲”，傲然挺立。“千磨万击”“东南西北风”，极言考验之严酷。诗歌借物喻人，通过咏颂立根破岩中的劲竹，含蓄地表达了自己绝不随波逐流的高尚的思想情操。

（刘艳敏）

新竹 [清] 郑燮

新竹高于旧竹枝①，全凭老干为扶持②。
下年再有新生者，十丈龙孙绕凤池③。

注释

①高于旧竹枝：比旧竹枝高。②扶持：支持帮助。③龙孙：竹笋的别称。这里指竹子。凤池：凤凰池，古时指宰相衙门所在地，这里指周围生长竹子的池塘。

译文

新长的竹子高于老的竹枝，全凭着老竹的枝干相扶持。
明年又会生长出新的竹子，更高的竹子将环绕凤凰池。

简析

这是一首咏物寓理的诗。前两句，写现在已长成的新竹。“新竹”比喻后辈俊才，“旧竹”比喻前辈贤人。后俊总会超越前贤，新生力量也会生机勃勃、茁壮成长，青出于蓝而胜于蓝，但新一代、新生力量的成长，又离不开老一辈的扶持，这是社会发展的总趋势。后两句，写未来的新竹。诗人对新生力量充满了信心和期待，展现出人才辈出的美好前景。诗人咏物寓理，表达了一种乐观主义精神。

（桂郁文）

山中雪后[1] [清] 郑燮

晨起开门雪满山，雪晴云淡日光寒。
檐流未滴梅花冻[2]，一种清孤不等闲[3]。

注释

①这是一首寓托身世的诗。②梅花冻：庭中梅花亦因寒而未开放。③清孤：凄清孤独。等闲：寻常、一般。

译文

清晨起来刚一开门，看到山头已被一场大雪覆盖。
此时，天空已放晴，初升太阳的光芒，透过淡淡的白云，也变得寒冷了。
房檐的积雪尚未开始融化，院落的梅花枝条仍被冰雪凝冻。
这样一种清冷、孤寂的气氛，是多么不寻常啊。

简析

《山中雪后》描绘了一幅冬日山居雪景图。清晨，人推开门，外面天寒地冻、银装素裹，刚刚升起的太阳也显得没有活力。院子里，屋檐下长长的冰溜子没有融化的迹象，墙角的梅花也好像被冻住了，迟迟没有开放的意思。

诗歌前两句描绘了一幅清晨，雪后大地银装素裹，旭日东升，云彩淡淡；雪后初晴、天寒地冻的景象的画面。“檐流未滴”“梅花冻”突出了天气的寒冷，“清孤不等闲”则是突出了梅花坚强不屈的性格，虽奈何风雪的压迫，一种清高傲然的风骨却依然依稀可见。作者托物言志，含蓄地表现了作者清高坚韧的性格和洁身自好的品质。

在这首诗歌中，郑板桥由大雪之后的寒冷，写到自己内心深处的凄凉，看似写景状物，实则见景生情，将景和物交融一起，对历经苦难的身世发出深深的感叹。

（阳旦）

铜壶歌 [清] 郑燮

口小腹大鼻耳高，烈火烧身称英豪[1]。
量小岂能容大物[2]，二三寸水起波涛。

注释

①称英豪：算得上是英雄豪杰。②量小：容量小，谐音“肚量小”。

译文

嘴巴小肚子大鼻耳又高，
曾经烈火煅烧堪称英豪。
惜肚量小如何容得大物？
盛得两三寸水难起波涛！

简析

此诗系郑板桥弃官后，一日来到扬州字画社应众茶客要求所作，我们可以称其为咏物谜诗，也称避题诗，即有意避开诗题，把题目拿掉就是物谜诗。大多谜语诗都是诗人在借物抒怀，这种诗叫避题诗。诗中有谜，谜在诗中，亦诗亦谜，别具一格。

（肖建辉）

暮春[①] [清] 翁格

莫怨春归早[②]，花余几点红[③]。
留将根蒂在[④]，岁岁有东风[⑤]。

作者简介

翁格（生卒年不详），字去非，吴县（今江苏苏州）人。家族曾在明朝嘉靖、万历年间因经营棉花、布匹及染料而致富百万，到了他父亲翁澍手中家道中落了。翁格与其弟翁栻皆以能诗喜藏书知名，《清诗别裁》曾选录他的诗。

注释

①暮：晚，将尽。②莫：不要。③花余：花已谢尽，仅剩几朵。④将：语助词，得。蒂（dì）：花或瓜果与枝茎相连的部分。⑤岁岁：年年。东风：春风，这里喻指花开。

译文

不要埋怨大好春光归去匆匆，剩下几朵红花点缀花丛。
只要将花的根留在地里，年年都会有按时吹来的东风。

简析

这首诗描写春天过去，用不着叹息，悲观和伤感，春天还会来的。春天过去，花已凋谢，但是花的根蒂深扎在泥土中，保留着生命，每一年都会有春风吹来，它将会继续生长发芽开花的。当一个人遇到了挫折而遭至事业或爱情的失败时，不要悲观、气馁，要振作起来，希望和机会还会有的，留着青山在，不怕没柴烧。

（刘艳敏）

镜石 [清] 陈大受

天地何年铸[①]，风霆几拭尘[②]？
惟虚方受物[③]，善鉴始如神[④]。
夜月悬双照[⑤]，江花映早春[⑥]。
谁言肝膈里[⑦]，烛处让西秦[⑧]。

作者简介

陈大受（1702—1751），字占咸，号可斋，湖南祁阳人。少时嗜学，以神童著称。雍正（1723—1735）年间进士，御试名列第一，任经筵讲官、太子少保。后擢升兵部和吏部尚书、协办大学士，成了决策大臣。他还历任安徽、江苏、福建巡抚，直隶、两广总督，成为封疆大吏。任上能剔弊除奸，关心民瘼，重视发展农业生产，颇有政绩。善诗文，有《陈文肃公遗集》和《陈氏清芬录》行世。

注释

①天地：指大自然。铸：造就，铸成。②霆：暴雷。几：多少次。拭尘：擦去灰尘。③虚：空。受：接纳，融入。④鉴：观察，审察。始：方才，方可。⑤双照：镜石能照见空中的月亮和映在江水中的月亮。⑥江花：江两岸上的山花。⑦肝膈（gé）：代指肺腑。⑧烛：照明，照耀。西秦：指秦镜，据说秦始皇有一面神镜能照见人的五脏六腑，能明察人心的邪正善恶。

译文

这块镜石不知产生于何年何月，
经历了风雷多少次的擦洗灰尘。
唯有虚心才能够包容万物，
只有善于明察才会处事圣明。
玉盘高悬可照见天空和水中的两轮明月，
山花烂漫就知晓新春来临。
谁说肺腑里的阴阳邪正，
镜石的善鉴比不上秦始皇的神镜！

简析

镜石位于祁阳浯溪大唐中兴碑左侧，其石面江而西，色黝黑，以湘江水拭之，远近景物，返照朗然，为浯溪胜景之一。这首咏物诗是陈大受中进士前游浯溪时的即兴之作，诗人并未细致刻画镜石的色彩与形态，而着重从各个侧面讴歌它的耐磨、虚怀、善照、明察的品性，并借以抒怀兴感言志，寄寓了自己要历经磨砺以成就一番事业的人生理想。全篇写得沉雄健爽，辞简意永，不假雕琢而自成名句，读来有一种浩气纵横、激人奋进的审美愉悦。

（唐嗣德）

咏菊 [清] 曹雪芹

无赖诗魔昏晓侵[①]，绕篱欹石自沉音[②]。
毫端蕴秀临霜写[③]，口齿噙香对月吟[④]。
满纸自怜题素怨[⑤]，片言谁解诉秋心？
一从陶令评章后[⑥]，千古高风说到今[⑦]。

作者简介

曹雪芹（约1715—1763），著名文学家。名霑，字梦阮，号雪芹，又号芹溪、芹圃，中国古典名著《红楼梦》作者，籍贯沈阳（一说辽阳），生于南京，约十三岁时迁回北京。曹雪芹出身清代内务府正白旗包衣世家，他是江宁织造曹寅之孙，曹顒之子（一说曹頫之子）。曹雪芹早年在南京江宁织造府亲历了一段锦衣纨绔、富贵风流的生活。至雍正六年（1728），曹家因亏空获罪被抄家，曹雪芹随家人迁回北京老宅。后又移居北京西郊，靠卖字画和朋友救济为生。曹雪芹素性放达，爱好广泛，对金石、诗书、绘画、园林、中医、织补、工艺、饮食等均有所研究。他以坚韧不拔的毅力，历经多年艰辛，终于创作出极具思想性、艺术性的伟大作品——《红楼梦》。

注释

①无赖：无聊赖，无法可想。诗魔：佛教把人们有所欲求的念头都说成是魔，宣扬修身养性用以降魔。所以，白居易的《闲吟》诗说："自从苦学空门法，销尽平生种种心；唯有诗魔降未得，每逢风月一闲吟。"后遂以诗魔来说诗歌创作冲动所带来的不得安宁的心情。昏晓侵：从早到晚地侵扰。②欹：这里通作"倚"。沉音：心里默默地在念。③毫端：笔端。蕴秀：藏着灵秀。"毫端蕴秀"是心头蕴秀的修辞说法。临霜写：对菊吟咏的修辞说法。临，即临摹、临帖之"临"。霜，非指白纸，乃指代菊，前已屡见。写，描绘。这里说吟咏。④口齿噙香：噙，含着。香，修辞上兼因菊、人和诗句三者而言。⑤素怨：即秋怨，与下句"秋心"成互文。秋叫"素秋"。"素"在这里不作平素解，却兼有贞白、高洁的含义。"素怨"、"秋心"皆借菊的孤傲抒自己的情怀。⑥一从：自从。陶令：陶渊明，东晋诗人，字符亮，一说名潜字渊明。曾做过八十多天彭泽县令，所以称陶令。他喜欢菊，诗文中常写到。评章：鉴赏，议论。亦借说吟咏，如：评章风月。⑦高风：高尚的品格。在这里并指陶与菊。自陶潜后，历来文人咏菊，或以"隐逸"为比，或以"君子"相称，或赞其不畏风霜，或叹其孤高自芳，而且总要提到陶渊明。

译文

难以抑制的诗意从早到晚把我纠缠，
只好围绕着篱笆散步或倚在石头上独自低吟。
笔端蕴涵着智慧对着秋菊临摹，
口齿中含着对秋菊的芳香对着月亮吟咏。
满纸书写的都是自己的愁怨，

谁能透过片言只语理解自己内心的情愫呢？
自从陶潜写了咏菊以后秋菊的高尚品格一直被人称道。

简析

这首出现在《红楼梦》第三十八回《林潇湘魁夺菊花诗　薛蘅芜讽和螃蟹咏》由林黛玉所作。这是《海棠诗社》的第二次活动，也是贾府表面上处于最鼎盛的时期。

首联“无赖诗魔昏晓侵，绕篱欹石自沉音。”交代了诗作的时间、地点以及作者创作时的心情。潇湘妃子咏菊的时候跟一般人不同：“无赖诗魔昏晓侵，绕篱欹石自沉音。”一种强烈的创作冲动，像神魔附体似的，使得她从早到晚激动不已，欲罢不能。诗词来源于生活，来源于实践，来源于自然，来源于真实情感。这一句道尽了所有诗人的创作经验。潇湘妃子仅此一联就可足以技压群芳了。

颔联“毫端蕴秀临霜写，口齿噙香对月吟。”胸有成竹，于是提起笔来，一泻千里，把赞美菊花的秀丽篇章写了出来。这还不够，还要对着天上的明月反复诵。可见，作者完全沉浸在完成诗作后的巨大幸福之中。接着，笔锋一转，颈联：“满纸自怜题素怨，片言谁解诉秋心。”又回到了林黛玉多愁善感的情绪之中：借颂扬菊花来抒发我愁怨的诗篇，又有谁能够理解我像素秋一样高洁的情怀呢？

尾联“一从陶令平章后，千古高风说今。”这在诗词创作中叫“合”，于是又回到了咏菊的主题。自从陶渊明在诗歌中评说、赞扬菊花以后，千百年来菊花的不畏风霜、孤标自傲的高尚品格，一直为人们所仰慕，所传颂，直到今天。

（阳旦）

苔[1] ［清］袁枚

白日不到处[2]，青春恰自来[3]。
苔花如米小，也学牡丹开[4]。

作者简介

袁枚（1716—1797），字子才，号简斋，钱塘（今浙江杭州）人。乾隆年间进士，做过县令，有政声。33岁就辞官，定居南京，在小仓山筑室随园，世称随园先生。他是清代乾隆、嘉庆时期的代表诗人之一，与赵翼、蒋士铃合称“乾隆三大家”。活跃于诗坛60余年，存诗4000多首。诗主性灵，性灵诗派倡导者，主张写自己的个性、灵感，直抒怀抱，独具一格。他又是当时主要诗论家之一，有《随园诗话》《续诗品》等诗论著作。

注释

①苔：隐花植物的一种，根、茎、叶之间区别不明显，有绿、青、紫等不同颜色，一般生长在阴暗潮湿的地方。②白日：明亮温暖的太阳。③青春：指草木青葱的春季，比喻充满生机活力的时期。恰：正好。④牡丹：著名的观赏植物，初夏开白、红或紫色大花，

有“国色天香”“花中之王”的美称。

译文

独处幽僻不能分享太阳的光和热，
在草长莺飞的季节生机充满胸怀。
身世渺小从未梦想过争芳斗艳，
时机一到也不由得与牡丹一同出彩！

简析

这首诗构思奇特，富有哲理意味。作者笔下的苔，虽身微力薄名不显，根本无法与牡丹媲美，但它坚毅顽强，充满自信，终究开出独特的小花来。在被冷漠、被抛弃的境遇里，能够生存并取得胜利，该是多么的不容易！苔是强者的化身，给人们以无穷的启迪和激励。

（唐嗣德）

由桂林溯漓江至兴安①［清］袁枚

江到兴安水最清，青山簇簇水中生②。
分明看见青山顶③，船在青山顶上行④。

注释

①桂林、兴安：广西东北部的两个城市，均在漓江岸边，以山水秀丽、风景优美而闻名于世，有“桂林山水甲天下”之誉。漓江：一名漓水，源于广西北部的猫儿山，向南流经桂林一带入桂江，在梧州汇入西江。江水清澈，两岸奇峰重叠，风景极佳。溯（sù）：逆流而上。②簇簇：青山聚集的样子。③分明：清楚。④青山顶：指倒映在江中的山顶。

译文

漓江流至兴安水最清，两岸青山在水中留下倒影。
清清楚楚看见了青山峰顶，游船却好像在山顶上航行。

简析

这首明白如话的小诗，描绘出一幅优美奇特的漓江山水图。清澈的江水，倒映在水中的青山，在江水山影中行驶的游船，都写得形神毕肖，给人以如临其境之感。桂林山水诗多如牛毛，而袁枚的这首诗境界独特，出人意表。全诗紧扣一个“清”字，句句逼近，层层深入，最后用“船在青山顶上行”作结，留给读者广阔深邃的想象空间。作者的高明之处，在于把水中的倒影再现纸上，以倒影去取代抽象的“清”字，从而把江水之“清”写得具体可感，使全诗富有深度和厚度。

（唐嗣德）

雨过 [清] 袁枚

雨过山洗容①，云来山入梦。
云雨自往来②，青山原不动③。

注释

①洗容：洗脸。②自：依旧，依然。③原：本来、原本的意思。

译文

大雨刚过山像洗了面容，云雾缭绕山色如幻似梦。
天上云雨依旧往往来来，且看青山照样岿然不动。

简析

这是一首具有诗情画意的哲理诗。

大雨过后，青山如洗，清新妩媚。云雾来兮，青山朦胧，如梦似幻。大自然的云和雨自往自来，变化无常，青山不会因此而有所动摇。诗人笔下描绘的是自然景象，但是景中寓理。人世间的事亦是如此，变化无常，看得清也好，看不清也好，该来的自然会来，该去的自然会去，来来去去，纷纷扰扰。对此，人应保持一颗平常心，要像青山一样，任凭雨洗云来，原本不为所动。诗人能从习见的景物中引申出哲理，含蕴致远，情韵深长。

（桂郁文）

所见 [清] 袁枚

牧童骑黄牛①，歌声振林樾②。
意欲捕鸣蝉③，忽然闭口立④。

注释

①牧童：指放牛的孩子。②振：振荡；回荡。说明牧童的歌声嘹亮。林樾（yuè）：指道旁成荫的树木。③欲：想要。捕：捉。鸣：叫。④立：站立。

译文

牧童骑在黄牛背上，清脆的歌声在道旁的树林中回荡。
想到要捕捉树上鸣叫的知了，
马上停止歌唱，屏息静气站立在树下仰望。

简析

这是一首表现乡村儿童生活的小诗。诗歌描绘了具有田园风光充满童真童趣的生活画面。前两句写小牧童骑着黄牛边走边唱的动态。那骑在牛背、放声歌唱的模样，稚气又神气，充满乡野气息和儿童情趣，表现了小牧童的天真活泼、自得其乐的可爱形象和愉快的心情。后两句写小牧童意欲捕蝉闭口而立的静态。或许因为鸣蝉的诱惑，他陡生一念，捕捉鸣蝉。于是歌声忽然停止，闭住小嘴，屏住呼吸，两眼直望树上，专注又专业，看来小小年纪已是捕蝉高手！

袁枚是清代“性灵派”诗家的代表人物，主张诗歌要抒写性灵，表现诗人的“真性情”，这首小诗通过描写小牧童的天真烂漫的形象，实践了诗人的诗歌主张，表现了诗人的“真性情”。

（桂郁文）

夜立阶下 [清] 袁枚

半明半昧星[①]，三点两点雨。
梧桐知秋来，叶叶自相语。

注释

①半明半昧：形容有时明亮，有时昏暗。

译文

天上闪烁着半明半暗的星光，空中飘落三点两点小雨。
梧桐树儿已经感受到了秋意，叶叶间有说不完的话语。

简析

夜幕笼罩，群星闪烁，时明时暗，一片幽静。空中偶尔飘落几缕雨丝，若有若无。这是一个清冷的夜，凉风飕飕，带来些许秋的气息，被敏感的梧桐嗅到了。雨打梧桐叶，发出些许声音，像是叶子在低声互语。它们好像知道，秋天到来了，分别的日子不远了，一个个亲切地诉着衷肠，到了夜里，还不知道休息。

（肖建辉）

遣兴 [清] 袁枚

爱好由来落笔难[①]，一诗千改心始安。
阿婆还是初笄女[②]，头未梳成不许看[③]。

注释

①爱好：追求艺术价值高的诗作。②初笄：古代女子成年称及笄，这里是刚成年的意思。③头未梳成，比喻诗未改定。“阿婆”二句：比喻老年写诗还似少时用心。

译文

由于自己十分爱好诗歌，往往一首诗出来后，还要反复推敲，
字斟句酌地修改几百上千遍。
就像阿婆还是年轻时那样十分爱美一样，
未梳好头是不许别人看的。

简析

作诗从来都不是一件容易的事情。袁枚主张，凡优秀之作，往往是作者千锤百炼，去瑕留璧、一诗千改的劳动成果。越是这样严格要求自己，越是感到下笔很难。

（刘艳敏）

岁暮到家[1] [清]蒋士铨

爱子心无尽，归家喜及辰[2]。
寒衣针线密[3]，家信墨痕新。
见面怜清瘦，呼儿问苦辛。
低回愧人子[4]，不敢叹风尘。

作者简介

蒋士铨（1725—1784），戏曲家，文学家。字心馀、苕生，号藏园，又号清容居士，晚号定甫。铅山（今属江西）人。乾隆二十二年进士，官翰林院编修。乾隆二十九年辞官后主持蕺山、崇文、安定三书院讲席。精通戏曲，工诗古文，与袁枚、赵翼合称江右三大家。士铨所著《忠雅堂诗集》存诗二千五百六十九首，存于稿本的未刊诗达数千首，其戏曲创作存《红雪楼九种曲》等四十九种。

注释

①岁暮：年终。②及辰：及时，指在年底前赶到家。③寒衣：御寒之衣。此句用唐代诗人孟郊《游子吟》诗意。其诗云：“慈母手中线，游子身上衣。临行密密缝，意恐迟迟归。”④低回：迂回曲折。

译文

母亲爱孩子的心无穷无尽啊，

我过年的时候赶到家，母亲多么高兴！
她正在为我缝御寒的棉衣，针针线线缝得密，
我寄的家书刚刚才收到，墨迹犹新。
一见面母亲便怜爱地说我瘦了，连声问我在外苦不苦？
我惭愧地低下头，不敢对她说我在外漂泊的境况。

简析

这首诗用朴素的语言，细腻地刻画了久别回家后母子相见时真挚而复杂的感情。神情话语，如见如闻，游子归家，为母的定然高兴，“爱子心无尽”，此句虽然直白，却意蕴深重。“寒衣针线密，家信墨痕新”，体现母亲对自己的十分关切、爱护。“见面怜清瘦，呼儿问苦辛”二句，把母亲对爱子无微不至的关怀写得多么真实、生动，情深义重，让所有游子读后热泪盈眶。最后二句“低回愧人子，不敢叹风尘”是写作者自己心态的。“低回”，是迂回曲折的意思。这里写出了自己出外谋生，没有成就，惭愧没有尽到儿子照应母亲和安慰母亲的责任。不敢直率诉说在外风尘之苦，而是婉转回答母亲的问话，以免老人家听了难受。全诗质朴无华，没有一点矫饰，却能引起读者的共鸣和回味。

（阳旦）

论诗五首（其二）［清］赵翼

李杜诗篇万口传①，至今已觉不新鲜。
江山代有才人出②，各领风骚数百年③。

作者简介

赵翼（1727—1814），文学家、史学家。字云崧，一字耘崧，号瓯北，又号裘萼，晚号三半老人，汉族，江苏阳湖（今江苏省常州市）人。乾隆二十六年进士，官至贵西兵备道。旋辞官，主讲安定书院。长于史学，考据精赅。论诗主“独创”，反摹拟。五、七言古诗中有些作品，嘲讽理学，隐喻对时政的不满之情，与袁枚、张问陶并称清代性灵派三大家。所著《廿二史札记》与王鸣盛《十七史商榷》、钱大昕《二十二史考异》合称清代三大史学名著。

注释

①李杜：指李白和杜甫。②才人：有才情的人。③风骚：指《诗经》中的“国风”和屈原的《离骚》。后来把关于诗文写作的事叫“风骚”。这里指在文学上有成就的“才人”的崇高地位和深远影响。

译文

李白和杜甫的诗篇曾经被成千上万的人传颂，现在读起来已经感觉不出什么新意了。

国家世世代代都有许多有才情的人，他们的诗篇文章以及人气都会流传数百年（流芳百世）。

简析

此诗反映了作者诗歌创作贵在创新的主张。本诗虽语言直白，但寓意深刻。第一、二句诗人指出，即使是李白、杜甫这样伟大的诗人，他们的诗篇也有历史局限性。第三、四句诗人呼唤创新意识，希望诗歌写作要有时代精神和个性特点，大胆创新，反对演习守旧。“江山代有才人出，各领风骚数百年。”一句表达了文学创作随着时代变化发展的主题思想与中心。世人常常用这句诗来赞美人才辈出，或表示一代新人替换旧人，或新一代的崛起，就如滚滚长江，无法阻拦。

（阳旦）

野步① [清]赵翼

峭寒催换木棉裘②，倚杖郊原作近游。
最是秋风管闲事，红他枫叶白人头③。

注释

①野步：野外散步。②峭寒：料峭、寒冷。③红他枫叶白人头：这是名句。意思是：（秋风）把枫叶变红，却把人的头发变白了。更是感叹时间不饶人。

译文

料峭的寒风催着换上了厚衣服，到附近的郊区原野去游玩。
秋风最爱多管闲事了，不但把枫叶变红，还把人的头发变白了。

简析

前两句描写了秋寒料峭里一个老者拄杖野外漫步，寥寥带过，写出了老者寒冷里独特不屈的人格。一个“催”字既写出了天冷，也说出了时间不等人。

最后两句是全篇点睛之笔。“秋风”本无情，在这却成了整个秋天、甚至永远无情地流逝着的时间的代表，正是无情的岁月逼红了枫叶，也催老了诗人。诗人此处将自己的感情外化为原本无辜的秋风，以蓄意悖理的手法，让衰凉之感直达读者心灵深处，抒发了时光把人人抛、见白头的愁绪。

（谭静）

别老母 [清]黄景仁

褰帷拜母河梁去[①]，白发愁看泪眼枯[②]。
惨惨柴门风雪夜[③]，此时有子不如无。

作者简介

黄景仁（1749—1783），诗人。字汉镛，一字仲则，号鹿菲子，阳湖（今江苏常州）人。四岁而孤，家境清贫，少年时即负诗名，为谋生计，曾四方奔波。一生怀才不遇，穷困潦倒，后授县丞，未及补官即在贫病交加中客死他乡，年仅35岁。诗负盛名，为“毗陵七子”之一。诗学李白，所作多抒发穷愁不遇、寂寞凄怆之情怀，也有愤世嫉俗的篇章。七言诗极有特色。亦能词。著有《两当轩全集》。

注释

①褰（qiān）帷（wéi）：掀起门帘，出门。河梁：桥，替代送别地。②枯（kū）：干涸。③惨惨：幽暗无光。柴门：树枝编的门，替代贫苦人家。

译文

我把帷帐撩起，因为要去河梁谋生，所以拜别老母亲，看到白发苍苍的老母不由泪下不停，眼泪都几近干涸了。

在这风雪之夜，不能在母亲身边尽孝，却要掩柴门凄惨地远去。

不禁令人兴叹：养子又有何用呢？倒不如没有啊！

简析

此诗的最大特点是用情极深，无论是缠绵悱恻抑或是抑塞愤慨之情，都写得深入沉挚，使人回肠荡气，极受感动。一方面是老母难离，另一方面因生活所迫又不得不离，这种既难舍又无奈情景，暗示了作者极为痛苦的心情。最后，作者集愧疚、自责、痛恨于一身，发出了“此时有子不如无”的感慨。这种感慨是极为凝重的，它已经不是一般意义上的爱母之心，恋母之情，而变成了对那个时代的正义控诉，对所有无依，无靠，无助老者的深切同情，对天下不孝子女的严厉谴责，这是由个人情感到整体理念的升华，它从生育学角度告诫世人，养子无用，不如不养。因此，《别老母》诗，比起那些爱母、敬母的直描作品，更具感染力和普遍性。成为爱母作品中不朽的绝唱。

（阳旦）

秋夕 [清]黄景仁

桂堂寂寂漏声迟[①]，一种秋怀两地知。

羡尔女牛逢隔岁，为谁风露立多时？
心如莲子常含苦，愁似春蚕未断丝。
拚逐幽兰共颓化[②]，此生无分了相思。

注释

①桂堂：指月宫。漏声：古代计时器滴水的声音。漏声迟，这里形容因为相思难熬，时间过得慢。②拚（pàn）：一写作“判”。舍弃，不顾惜。幽兰：高洁的象征，代表作者追逐和思念的对象。这里表达作者为了感情宁可舍弃功名。

译文

夜深了，月宫里一片寂静。计时的漏滴的声音很慢很慢，时间难熬啊，你我同样的相思情怀却分隔两地。

羡慕那牛郎和织女啊，一年一度地相逢。在深夜的凉风冷露重，站立多时，我又是苦苦地在等着谁？

我的心就像莲子一样，时常含着痛苦，我的愁绪啊，就像春蚕吐出的丝，到死才有尽头。

我宁可抛却功名，守着幽兰，和她一起老去，此生再也没有缘分了却这段相思。

简析

这首诗写得缠绵悱恻，情意绵长。首联借李商隐《无题》“画楼西畔桂堂东”的意象，点出旧地重游，伊人不在的惆怅，诗人不只说自己怎样想对方，却想象对方也在想自己，两方的想念交相辉映，更显厚重绵长。颔联写遥望星空的无限遐想。牛郎织女尚且能一年见一次，自己只能心生羡慕；然而明知爱情无望，却仍然不知为了谁久久地站立在风露之中。颈联用“莲子”与“春蚕”作比喻，一语双关，点出“常含苦”“未断丝（思）”，形象鲜明，耐人寻味。尾联仍然用比，为了感情，作者宁可不去追求功名，守着幽兰跟它一起老去，但是无奈中的无奈，化成了最后一句：此生再也没有缘分了结这桩相思。前面的种种悲苦，随着这决绝痛苦的结尾，尽成了无谓的付出。此情之深，此哀之切，令人闻之泪下。

（阳旦）

梅修重有浙江之行（其二）① ［清］宋湘

君向杭州我惠州，西湖大小各成游。
相思但看湖心月，有汝清光有我秋。

作者简介

宋湘（1757—1826），诗人、书法家，字焕襄，号芷湾，嘉应州（今广东梅县）人。政声廉明的清官。他出身贫寒，受家庭影响勤奋读书，年轻时便在诗及楹联创作中崭露头角，被称为“岭南第一才子”。《清史稿·列传》中称“粤诗惟湘为巨”。

注释

①梅修：为清代著名经学家陈寿祺。陈寿祺与宋湘是同年进士，友谊深厚。

译文

你去了杭州，而我在惠州，我们虽然分别了，但两地都有西湖（可以游玩）。

当相互思念的时候啊，（我们）就看看那湖心的月亮吧，那儿有你的秋夜的清光，这儿也有我的。

简析

这首诗的语言明白如话，但它的艺术表现手法却复杂多样。诗的第二句中说“西湖大小各成游”，诗人这样想来，虽然身处两地，但他们实际上还是等于在一起，诗人是很会聊以自慰的，且于无奈之中反映出诗人心胸的豁达。

诗的最后一句写道：“有汝清光有我秋。”运用的互文见义的修辞手法。抒写的其实还是彼此的思念之情；意思是：在我们互相想念的时候，只要我们彼此在湖边上走一走，看一看，那湖心的月亮，知道吗，那里既有属于你的一份秋夜的清光，也有我的一份秋夜清光的，我们虽然身处两地，但我们的心却心心相印。全诗萦绕着一股友情的浓郁气息，这份坚实牢靠的情谊，不以山高路远而变淡、变浅，让人读罢，耐人寻味。

（阳旦）

论诗十二绝句（选一） [清] 张问陶

胸中成见尽消除，一气如云自卷舒。
写出此身真阅历，强于饤饾古人书①。

作者简介

张问陶（1764—1814），杰出诗人、诗论家，著名书画家。字仲冶，一字柳门，号船山、蜀山老猿，清四川遂宁金桥（今四川省遂宁市蓬溪县金桥镇）人。其诗天才横溢，价重鸡林，与袁枚、赵翼合称清代“性灵派三大家”，被誉为“青莲再世”“少陵复出”、清代“蜀中诗人之冠”。其生平事迹见《清史稿》卷四八五《文苑》《清史列传》卷七二《文苑传三》《张问陶年谱》《张船山书画年谱》等文献。

注释

①饤饾：（dìng dóu）比喻堆砌、杂凑。明王鏊《震泽长语·文章》：“唐人虽为律诗，犹以韵胜，不以饤饾为工。”

译文

把内心的文学各种成见一一消除，提起笔，文思在纸上行云流水。收放自如，亦如同云卷云舒。

写出来的东西，（倘若）建立在自身阅历上，远胜于那些泛泛而谈，堆砌古人辞藻的诗文。

简析

一个作家最可宝贵的就是他的生活阅历。能够写出自己的遭遇，自己的身世，就是真诗人，躲在书房里抄袭古人之作的就是假诗人。从创作的源泉上讲，张船山无疑是正确的。李白的天真，杜甫的迂腐，苏轼的“一肚子不合时宜”，辛弃疾的“投闲弃置”都不重要，重要的是他们如实写出自己的遭遇，折射出一个时代的真面目，他们才能成为大家。

（阳旦）

吴兴杂诗[①] [清] 阮元

交流四水抱城斜[②]，散作千溪遍万家[③]。
深处种菱浅种稻，不深不浅种荷花。

作者简介

阮元（1764—1849），字伯元。清仪征（今属江苏）人，号云台。乾隆五十四年（1789）进士。嘉庆、道光年间，历任户、工、兵部侍郎，浙、闽、赣诸省巡抚，两广、云贵总督，迁体仁阁大学士，卒谥文达。平生以治经学、考据著名。历官所至，以提倡学术自任，撰有《十三经注疏校勘记》等书其文崇尚骈丽，其诗出入中晚唐与两宋。

注释

①吴兴：今浙江省湖州市。杂诗：题目中不指明题材内容的诗。②交流四水：即“四水交流”：四条河流交错地流通。交流，交叉沟通。四水，湖州城附近有西苕溪、东苕溪，二水合成霅溪，另有一条东去的运河。抱城斜（xiá）：绕着城斜流。③散作：分散成。遍：遍及。

译文

四条河流交错环抱着吴兴城，一起流向与城墙偏斜。
这四条河又分出许多溪水，溪水边居住着许多人家。
在水深的地方种上菱角，水浅的地方种植水稻。
在那不深不浅的水域里种上荷花。

简析

《吴兴杂诗》是清代学者阮元的诗作。这首诗前两句写吴兴周围河流纵横交错，分支遍及千家万户，既描绘出江南水乡的美丽风光，也为农民进行水生植物生产交代了自然条件。后两句不仅生动地反映了农民进行种菱、种稻、种荷花等多种水生植物生产的繁忙场面，而且反映了农民因地制宜，根据湖泽沼地水位深浅，合理安排种植品种的科学态度。诗句平易浅近，既有一种纯真自然的情趣，也有发人深思的理趣。

（谭静）

新雷[1] [清] 张维屏

造物无言却有情[2]，每于寒尽觉春生[3]。
千红万紫安排著，只待新雷第一声。

作者简介

张维屏（1780—1859），字子树，号南山，又号松心子，晚号珠海老渔，广东番禺（今广东省广州市）人。嘉庆九年（1804）中举人，道光二年（1822）中进士，因厌倦官场黑暗，于道光十六年（1836）辞官归里，隐居“听松园”，闭户著述。

注释

①新雷：春天的第一个雷声，象征春天的莅临。古人认为雷是动生万物的。②造物：指天。古人认为天是创造万物的。③每于：常常在。

译文

大自然虽然默默无言，但却有情，寒尽而带来春天，
悄悄地安排好万紫千红的百花含苞待放。
大自然早已安排好了万紫千红，只等春雷一响，百花就将竞相开放。

简析

《新雷》写的是迎春的情景。“造物”就是大自然。大自然虽然不言，但是是有感情的。这不，冬寒尚未退尽，春天已经悄悄地来临了。百花园里万紫千红的花朵都已准备就绪，只待春雷一声，就会竞相开放。这首诗不仅表现了诗人对大自然的无限赞美，更重要的是抒发了对社会变革的热切期待。

（阳旦）

赴戍登程口占示家人（其一） [清] 林则徐

出门一笑莫心哀，浩荡襟怀到处开。
时事难从无过立[1]，达官非自有生来。

风涛回首空三岛[②]，尘壤从头数九垓[③]。
休信儿童轻薄语[④]，嗤他赵老送灯台[⑤]。

作者简介

林则徐（1785—1850），伟大的民族英雄，政治家、思想家和诗人。福建侯官人（今福建福州），字元抚，又字少穆、石麟，晚号俟村老人、俟村退叟、七十二峰退叟、瓶泉居士、栎社散人等。官至一品，曾任江苏巡抚、两广总督、湖广总督、陕甘总督和云贵总督，两次受命为钦差大臣，主要功绩是虎门销烟。因其主张严禁鸦片、抵抗西方的侵略、坚持维护中国主权和民族利益深受全世界中国人的敬仰。

注释

①立：成。②三岛：指英伦三岛，即英国的英格兰、苏格兰、爱尔兰。此句回顾抗英经历，足见英国无人。③九垓（gāi）：九州，天下，这句可能是用古神话中竖亥自东极步行至西极的故事（见《山海经·海外东经》），表示自己将风尘仆仆地走遍各地观察形势。④儿童：指幼稚无知的人，代指对林则徐被贬幸灾乐祸的人。⑤赵老送灯台：即上句的轻薄语。《归田录》：“俚谚云：‘赵老送灯台，一去更不来。’”当时清廷中的投降派诅咒林则徐。说他被贬新疆是“赵老送灯台”，永无回来之日。

译文

我离家外出去远行，无论到哪里，都会敞开宽阔的胸怀。我们要乐观旷达，心里不要难受悲哀。

世上的大事、国家的大事，是很难从没有过错中成功的，就连高官达贵也不是天生得来。

回想广东那轰轰烈烈的禁烟抗英，我蔑视英国侵略者。从今以后，我将游历祖国大地，观察形势，数历山川。

不要理会那些人幸灾乐祸、冷嘲热讽，鄙弃那些“赵老送灯台”之类的混话。

简析

林则涂因抗英禁烟被贬，远戍伊犁，心中自有一股不平之气。但临行与家人告别，深恐家人担忧，又需笑言相劝，故开首二句强作欢颜。然而这也的确体现出诗人襟怀坦荡，四海为家的壮志豪情。诗人自信抗英禁烟有功无罪，历史自会做出公正结论，面对贬谪问心无愧。“时事”二句便是对人生经验的总结，人不能生而知之，要想办成一件事，总要经过多次反复和波折，包括犯错误。这也是对家人子女的教诲。“风涛”一联以轻蔑口吻讥讽英帝国主义国中无人，外强中干；而自己正好借远戍之机游遍全国，了解情况，寻求抗击侵略者的方法，胸怀广阔，气势豪迈。末二句针对朝中投降派幸灾乐祸，说自己永无回乡之日的谏言。表示自己一定会安全返回家乡，返回首都，再与侵略者一决雌雄。“儿童轻薄语”五字生动刻画了那些卖国小人的卑鄙行径，表示出作者对他们的无比蔑视和嘲笑。全诗虽有眷恋故乡之意，却毫无小儿女悲戚之态，雄健豪劲，不失民族英雄本色。

（阳旦）

赴戍登程口占示家人（其二）[清]林则徐

力微任重久神疲，再竭衰庸定不支①。
苟利国家生死以②，岂因祸福避趋之。
谪居正是君恩厚③，养拙刚于戍卒宜④。
戏与山妻谈故事，试吟断送老头皮⑤。

注释

①衰庸：意近“衰朽”，衰老而无能，这里是自谦之词。②以：用，去做。“苟利”二句：郑国大夫子产改革军赋，受到时人的诽谤，子产曰：“何害！苟利社稷，死生以之。”（见《左传·昭公四年》）诗语本此。③谪居：因有罪被遣戍远方。④养拙：犹言藏拙，有守本分、不显露自己的意思。刚：正好。戍卒宜：做一名戍卒为适当。这句诗谦恭中含有愤激与不平。⑤“戏与”二句：作者自注，宋真宗闻隐者杨朴能诗，召对问：“此来有人作诗送卿否？”对曰：“臣妻有一首，云‘更休落魄耽杯酒，且莫猖狂爱咏诗。今日捉将官里去，这回断送老头皮。’上大笑，放还山。东坡赴诏狱，妻子送出门皆哭。坡顾渭曰：‘子独不能如杨处士妻作一首诗送我乎？’妻子失笑，坡乃出。”这两句诗用此典故，表达他的旷达胸襟。山妻：对自己妻子的谦称。故事：旧事，典故。

译文

我能力低微而肩负重任，早已感到筋疲力尽。一再担当重任，以我衰老之躯，平庸之才，是定然不能支撑了。

如果对国家有利，我将不顾生死。难道能因为有祸就躲避、有福就上前迎受吗？

我被流放伊犁，正是君恩高厚。我还是退隐不仕，当一名戍卒适宜。

我开着玩笑，同老妻谈起《东坡志林》所记宋真宗召对杨朴和苏东坡赴诏狱的故事，说你不妨吟诵一下“这回断送老头皮”那首来为我送行。

简析

首联是说：我以微薄的力量为国担当重任，早已感到疲惫。如果继续下去，再而衰，三而竭，无论自己衰弱的体质还是平庸的才干必定无法支持。这与孟浩然的“不才明主弃”、杜牧的“清时有味是无能”等句同一机杼，都是正话反说、反言见意之辞。

颔联若用现代语言表达，即“只要有利于国家，哪怕是死，我也要去做；哪能因为害怕灾祸而逃避呢。”此联已成为百余年来广为传颂的名句，也是全诗的思想精华之所在，它表现了林则徐刚正不阿的高尚品德和忠诚无私的爱国情操。

颈联从字面上看似乎心平气和、逆来顺受，其实心底却埋藏着剧痛，细细咀嚼，似有万丈波澜。“谪居”，意为罢官回乡或流放边远地区。

尾联从赵令《侯鲭录》中的一个故事生发而来：宋真宗时，访天下隐者，杞人杨朴奉召廷对，自言临行时其妻送诗一首云：“更休落魄贪杯酒，亦莫猖狂爱咏诗。今日捉将官里去，这回断送老头皮。”杨朴借这首打油诗对宋真宗表示不愿入朝为官。林则徐巧用此典幽默地说："我跟老伴开玩笑，这一回我也变成杨朴了，弄不好会送掉老命的。"言外之意，等于含蓄地对道光帝表示："我也伺候够您了，还是让我安安生生当老百姓吧。"封建社会中的一位大忠臣，能说出这样的牢骚话来，也就达到极限了。我们认真体味这首七律，当能感觉出它和屈原的《离骚》一脉相通的心声。

（阳旦）

咏史[①] [清]龚自珍

金粉东南十五州[②]，万重恩怨属名流。
牢盆狎客操全算[③]，团扇才人踞上游[④]。
避席畏闻文字狱[⑤]，著书都为稻粱谋[⑥]。
田横五百人安在[⑦]，难道归来尽列侯？

作者简介

龚自珍（1792—1841），思想家、文学家及改良主义的先驱者。字尔玉，又字瑟人；更名易简，字伯定；又更名巩祚，号定盦，又号羽琌山民。浙江仁和（今浙江杭州）人。出身于世代官宦学者家庭，27岁中举人，38岁中进士。曾任内阁中书、宗人府主事和礼部主事等官职。主张革除弊政，抵制外国侵略，曾全力支持林则徐禁除鸦片。48岁辞官南归，次年暴卒于江苏丹阳云阳书院。他的诗文主张"更法""改图"，揭露清统治者的腐朽，洋溢着爱国热情，被柳亚子誉为"三百年来第一流"。著有《定庵文集》，留存文章300余篇，诗词近800首，今人辑为《龚自珍全集》。著名诗作《己亥杂诗》共350首。有《国语注补》《三礼图考》《两汉书质疑》《楚辞名物考》等书。

注释

①此题虽为"咏史"，实为揭露社会现实，作于清道光五年乙酉（公元1825）。②金粉：妇女化妆用品，用作繁华绮丽之意。③牢盆：煮盐器，代指盐商，此诗中实指主管盐务的官僚。④团扇才人："团扇"代指美人。团扇才人即专门吟咏淫辞艳赋的无聊文人。踞上游：指占居高位。⑤文字狱：反动统治者迫害知识分子，以文字犯忌，罗织罪名。⑥稻粱谋：只考虑维持生计。语出杜甫《同诸公登慈恩寺塔》一诗："君看随阳雁，各有稻粱谋。"⑦田横：秦末群雄之一，原为齐国贵族，在陈胜吴广起义后，田横与田儋、田荣也反秦自立，兄弟三人先后占据齐地为王。后刘邦统一天下，田横不肯称臣于汉，率门客逃往海岛，刘邦派人招抚，田横被迫赴洛，在途中自杀。

译文

在这繁荣绮丽的东南十五州中，上流社会的人啊彼此钩心斗角，恩怨不断。

主管盐务的官僚和陪伴权贵游乐的人操纵着社会，专门吟咏淫辞艳赋的无聊文人占据着社会的上流。

避开宴席，人们谈论文字狱，都吓个半死，有人写书著文也只是为了养家糊口。

像田横及其部下那一类刚勇猛烈的中国人都哪里去了？难道都爬上官位享受荣华富贵去了吗？

简析

龚自珍这首《咏史》诗写出了清代一些知识分子的典型心情。清前期曾屡兴文字狱，大量知识分子因文字获罪被杀。在这种酷虐的专制统治下，大多数知识分子不敢参与集会，言行十分谨慎，唯恐被牵入文字狱中。他们著书立说，也只是为了自己的生计，弄口饭吃，不敢追求真理，直抒自己的见解。作者是清代后期的一个有叛逆精神的思想家，对这种现象十分愤慨，因而以婉转之笔出之。

对于当时日趋颓废的社会风气，诗人有着清醒的认识。此诗以东南一带上层社会生活为背景，对这一现象作了充分的揭示。首联以概括之笔，渲染东南名流们纸醉金迷的生活，暴露其空虚无聊的精神世界。颔联写市侩小人、虚浮之徒把握权柄、占据要津的不合理现象。颈联则反映处于思想高压下的文人们，已成为一群苟且自保的庸俗之辈。尾联借田横五百壮士杀身取义的故事，感叹气节丧尽、毫无廉耻的社会现状。此诗从现实感慨出发，而以历史故事作为映衬，具有强烈的批判与讽刺效果。

（阳旦）

己亥杂诗（其二）①

[清] 龚自珍

我马玄黄盼日曛②，关河不窘故将军。
百年心事归平淡，删尽蛾眉惜誓文③。

注释

①己亥：道光十九年（1839）。这年作者四十八岁，因不满于清朝官场的黑暗，辞官去京返杭。后因接眷属又往返一次。这一年往返京杭道中，共作七绝三百一十五首，统名《己亥杂诗》。这里选录的一首，原列第二首。②玄黄：指马儿疲惫的样子。日曛（xūn）：指日落时分。③删尽：不再写的意思。蛾眉：指美好的人。

译文

我的马儿已经走得疲惫不堪，盼望日暮时分早点来临。

这一路上经过的关隘大河，让我想起那些故去的有名的将军们和他们的故事。

生平激烈的心情如今已趋于平淡。

即使像屈原那样被迫离京，我也不写像《惜誓》这类的文章了。

简析

龚自珍所作诗文，提倡“更法”“改革”，批评清王朝的腐朽，洋溢着爱国热情。诗的首句“我马玄黄盼日曛”，诗人牵着疲惫的马，盼望着黄昏，这正是值垂暮之年的诗人的写照，心里涌动着一股对现实社会的疲态和厌倦，“关河不窘故将军”，这一路上经过的关隘大河，诗人想起那些故去的有名的将军们和他们的故事，诗人的心中还是仰慕着那些为国捐躯，真英雄豪杰的，“百年心事归平淡，删尽蛾眉惜誓文”，奈何世事百态，曾经翻涌的心也归于死寂，自己再也不愿意操笔写文章了，一个文人要放弃自己本来最热衷的事业，这是一种何等的悲哀？更加折射出诗人面对混沌末世透骨的心凉。

（阳旦）

己亥杂诗（五）［清］龚自珍

浩荡离愁白日斜[①]，吟鞭东指即天涯[②]。
落红不是无情物[③]，化作春泥更护花[④]。

注释

①浩荡离愁：离别京都的愁思浩如水波，也指作者心潮不平。浩荡：无限。②吟鞭：抽响马鞭。东指：东方故里。天涯：指离京都遥远。③落红：落花。花朵以红色者为尊贵，因此落花又称为落红。④花：比喻国家。

译文

浩浩荡荡的离别愁绪向着日落西斜的远处延伸，
马鞭向东举起这一起身，从此就是天涯海角了。
我辞官归乡，有如从枝头上掉下来的落花，但它却不是无情之物，
化成了泥土，还能起着培育下一代的作用。

简析

这首是《己亥杂诗》的第五首，写诗人离京的感受。虽然载着“浩荡离愁”，却表示仍然要为国为民尽自己最后一份心力。诗的前两句抒情叙事，在无限感慨中表现出豪放洒脱的气概。一方面，离别是忧伤的，毕竟自己寓居京城多年，故友如云，往事如烟；另一方面，离别是轻松愉快的，毕竟自己逃出了令人桎梏的樊笼，可以回到外面的世界里另有一番作为。这样，离别的愁绪就和回归的喜悦交织在一起，既有“浩荡离愁”，又有“吟鞭东指”；既有白日西斜，又有广阔天涯。这两个画面相反相成，互为映衬，是诗人当日心境的真实写照。诗的后两句以落花为喻，表明自己的心志，在形象的比喻中，自然而然地融入议论。“化作春泥更护花”，诗人是这样说的，也是这样做的。鸦片战争爆发后，他多次给驻防上海的江西巡抚梁章钜写信，商讨国事，并希望参加他的幕府，献计献策。可惜诗人不久就死在丹阳书院（年仅 49 岁），无从实现他的社会理想了，令人叹惋。

（阳旦）

己亥杂诗（一二三）［清］龚自珍

不论盐铁不筹河[①]，独倚东南涕泪多[②]。
国赋三升民一斗，屠牛那不胜栽禾[③]？

注释

①论：讲究，提倡。盐铁：指制盐冶铁，西汉时代，盐和铁都由政府专卖。筹：筹划，治理。河：泛指水利运输。②倚：倚身而立，意即置身其中。东南：指江苏、浙江等东南沿海省份。③屠牛：宰牛。栽禾：种庄稼。这句说：（这样一来，农民破产，纷纷出卖耕牛）屠牛行业兴旺，怎么不胜过种田呢?

译文

我既不议论盐铁，也无权筹划治理黄河。
回到江南，独自倚身而立，耳闻目见农民生活的痛苦，使我洒下许多眼泪。
国家赋税规定三升，农民实际上要交纳一斗粮食，
这就难怪干屠牛的营生，都要比种田好多了。

简析

此诗表现了作者对清王朝严重剥削江南农民的强烈愤慨。前两句写置身于江南，耳闻目见江南农民的痛苦生活，伤心泪下。叙写中饱含着对江南农民的深切同情和关心。这首诗的三句，揭示了农民生活痛苦的主要原因："国赋三升民一斗"，是统治阶级无止境剥削。结尾则以愤激的语气揭露了在这种严重剥削下的不正常的现象。

（阳旦）

己亥杂诗（一二五）［清］龚自珍

九州生气恃风雷[①]，万马齐喑究可哀[②]。
我劝天公重抖擞[③]，不拘一格降人才[④]。

注释

①九州：中国。生气：生气勃勃的局面。恃（shì）：依靠。②喑（yīn）：哑。万马齐喑：比喻社会政局毫无生气。语出苏轼《三马图赞序》："振鬣（马鬃）长鸣，万马皆喑。"究：终究、毕竟。"③天公：造物主。重：重新。抖擞：振作精神。④降：降生。

译文

九州内生机勃勃要有风雷激荡，

万马齐喑的沉闷局面实在可哀。
我劝告天公要重新把精神振作，
打破一切清规戒律去选用人才。

简析

这一首是龚自珍《己亥杂诗》中最突出的一首，最能体现作者的精神及对时代的要求。作者就眼前赛神会的玉皇等形象，巧妙地联系到"天公""风雷"进行构思，表现了清王朝统治下人们的思想十分压抑，社会一片死寂的"万马齐喑"的现实。这一现实是"可哀"的，作者在召唤着巨大的社会变革风雷的到来，期待着生气勃勃的新局面的出现。新局面是不可能自动出现的，他要依靠人才去破坏旧世界，缔造新世界。而人才需要多种多样，不应嵌在一个框子里。

这首诗的重心，前半提出了"生气"问题，后半提出了人才的"不拘一格"问题，这是个新问题，作者要求人们去重新考虑，振奋起来，以达到改造世界的目的。这诗的启蒙意义就在于此，两诗句当然是健笔拿云的。

（阳旦）

寰海十章（第九首）[①] [清] 魏源

城上战旗城下盟[②]，怒潮已作落潮声。
阴疑阳战玄黄血[③]，电挟雷攻水火并[④]。
鼓角岂真天上降[⑤]？琛珠合向海王倾[⑥]。
全凭宝气销兵气[⑦]，此夕蛟宫万丈明[⑧]。

作者简介

魏源（1794—1857），著名的思想家、史学家。字汉士，号默深，湖南邵阳人。道光二十四年（1844）进士，官至高邮知州。以诗闻名于当时，现存诗近千首，代表作品有《寰海》《秋兴》等组诗，抒发了爱国忧民的思想感情。其古体诗有近五百首，尤以五古擅长。他是主张学习西方，改良政治，主张富国强兵，抗击外敌侵略，主张"经世致用"，反对脱离实际。他的思想对后来的资产阶级改良运动有较大影响。有《古微堂诗文集》等著作二十余种。

注释

①寰海十章：作于1840年至1841年，这些诗以鸦片战争为题材，深刻地揭露了清政府投降派卖国苟安的罪行，愤怒谴责了英国侵略者的野蛮行径。这里选的是其中的第九首。②城下盟：在敌人兵临城下时订立的和约。这里指1841年5月，清政府和英军所订的《广州和约》。历来人们都把城下之盟看作奇耻大辱。杜预在注解《左传》时指出："城下盟，诸侯所深耻。"③阴疑阳战：《周易正义·坤上六·文言》："阴疑于阳必战。"

意谓阴和阳是对立的双方，其矛盾发展到不可调和的程度，必发生公开的冲突。孔颖达《周易正义》云："阴盛为阳所疑，阳乃发动，欲除去此阴，阴既强盛不肯退避，故必战也。"玄黄：黑色与黄色，即杂色。《周易正义·坤上六·文言》："夫玄黄者，天地之杂也，天玄而地黄。"荀爽注："天者阳，始于东北，故玄色；地者阴，始于西南，故色黄也。"④水火并：水战火攻并用，⑤鼓角：古代作战时的战鼓和号角，这里指英军。天上降：从天而降。汉景帝时，吴楚七国诸侯王叛乱，周亚夫前往征讨时，选择了一条正确的行军路线，突然出现在敌人面前，"直入武库，击鸣鼓，诸侯闻之，以为将军从天而下也。"⑥琛珠：珠宝。海王：海龙王，这里指英国。⑦宝气：金银财物，指赔款。销：消除。兵气：指战祸。⑧蛟宫万丈明：喻指英国从清投降派的屈辱投降中掠夺的珠宝发出光芒照亮了万丈海空。杜光庭《录异记》："海龙王宅在苏州东，入海五六日程，小岛之前，阔百余里……夜中远望，见此水上红光如日，上与天连，船人相传龙王宫在其下矣。"

译文

城头上飘扬着战旗就签订和约，抗英怒潮声变成了落潮声。
中国人民奋起自卫浴血鏖战，用水战火攻如雷电般痛击敌人。
侵略者并不是什么天兵神将，投降派却躬手送给他们大量金银。
清政府全凭赔款来消除战祸，英国宫殿堆满珠宝放射万张光明。

简析

这首诗将《广州和约》签订前后清政府的投降卖国行为作为抨击对象，一层一层地揭露，一笔一笔地勾勒，形象地刻画了投降派反动、懦弱、昏愦的形象。诗一开头就指出，城上还飘扬着战旗，城下就和敌人签订屈辱的条约，活画出投降派腐败无能、恬不知耻的丑态。颔联以中国人民和英国侵略者势不两立、英勇善战的精神，反对出投降派的腐败怯懦，为后两联作铺垫。"鼓角岂真天上降？"作者故作反问，引人深思，意在说明英国侵略军并非天兵神将，中国人民完全可以打败他们。但投降派以投降为是，以抗战为非，敌人不放一枪一炮，结果就"琛珠合向海王倾"了。诗人感慨时局，抒发隐忧，心情万分沉痛。诗的尾联把投降派的全部本领斥之为"全凭宝气销兵气"，把英国侵略者的贪婪掠夺概括为"蛟宫万丈明"，造语警拔，立意深刻。

这是一首悲愤诗，诗人在对出卖国家，出卖人民的投降派的无情抨击中，吐露其抑郁悲愤之情，表现出忧国忧民的伤感。但是，魏源毕竟是一个爱国主义者，他那始终燃烧在胸中的熊熊爱国烈火，使他与颓废、消沉的悲观主义绝缘。在签订《广州和约》前前后后的日子里，诗人已十分清楚地看到，搞城下之盟、向侵略者献诸珠宝的，只是一小撮清王朝的弄臣贼子，而广大人民有同自己的敌人血战到底的气概，反击侵略者的怒潮始终是不可遏制的，人民是振兴国威的希望和栋梁！因此，全诗的气氛于抑郁中有振奋，意境悲怆而雄壮，声情幽婉而激昂，使这相对应的二者于诗中取得和谐完美的统一，有如天衣无缝，针缕莫寻。这样，使全诗语近情遥，令人测之无端，玩之无尽，这正是此诗的一个显著特点。

（唐嗣德）

慈仁寺荷花池① [清] 何绍基

坐看倒影浸天河②，风过栏杆水不波③。
想见夜深人散后④，满湖萤火比星多⑤。

作者简介

何绍基（1799—1873），诗人、画家、书法家、藏书家。字子贞，号东洲，别号东洲居士，晚号蝯叟。湖南道州（今道县）人。道光十六年（1836）进士，授翰林院编修。历任文渊阁校理、国史馆提调等职，历充广东乡试考官、提督，擢四川学政，后被罢官。晚年主山东泺源。长沙城南、苏州扬州诸书院，提携后进颇多。博览群书，于经、史、子皆有著述，尤精小学。书法尤著名于世。书法初学颜真卿，又融汉魏而自成一家。平生作书，对联特多，而不是一般应酬之作，书作着力，书艺很高，被誉为“书联圣手”。著有《东洲草堂金石跋》《东洲草堂诗·文钞》《惜道味斋经说》《说文段注校正》等。

注释

①慈仁寺：始称“报国寺”，建于元世祖中统年间（1260—1264）。明成化年间，宪宗以为周太后祝寿为由，为太后之弟周吉祥重修，改名“慈仁寺”。清康熙十八年（1679）大地震后坍塌，乾隆十九年（1754）再次重修，改名“大报国慈仁寺”。现名“报国寺”，位于北京市广安门大街之北。②倒影浸天河：这里是天河的影子倒映在荷花池中的意思。浸，浸泡。天河，银河。③水不波：水面上没吹起波纹。④想见：由推想而知道。这里含有想象得到的意思。⑤萤火：指萤火虫的亮光。

译文

夜坐荷花池旁，池水倒映银河，
轻风吹过栏杆，池水不起微波。
可以想象得到，夜深人散以后，
满湖萤火虫光，可比星星还多。

简析

这是一首写景诗。前两句写眼前之景。夏天晴日的夜晚，人们坐在慈仁寺荷花池畔，或纳凉，或聊天，一并观赏荷塘夜景。他们看到池内荷花荷叶连同天上的银河，倒映在清澈的池水之中，柔和的晚风轻轻拂过栏杆，池水不起波纹。从末句“满湖”一词可以看出，这荷花池水面应较宽阔，并非“满湖”荷花，不少水域未长荷花。不然，天上银河、池上荷花倒影池水的景象便不可见。末两句写想象之景，诗人想象着夜深人静之后，萤火虫会飞来更多，到时，满湖水面上萤火虫的亮光，甚至比星星还要多。

这首诗通过描写夏夜慈仁寺荷花池的怡人景色，表达诗人的愉悦心情。这与诗人当时的心境是一致的。道光二十三年（1843），时任翰林院编修的何绍基与他人集资，为纪念明末清初的“三大儒”之一的顾炎武，在慈仁寺顾炎武生前居住的地方修建了顾亭林祠。

这首诗虚实相生，以动衬静。前两句写实、后两句写虚。前两句写风吹栏杆，水波不兴，后两句写到夜深人散、萤火飞动，又是以动衬静。意境盎然，美不胜收。

（桂郁文）

饲蚕词 [清] 金和

阿娘辛苦养蚕天[①]，娇女陪娘瞋不眠[②]。
含笑许缝新袜袴[③]，待娘五月卖丝钱。

作者简介

金和（1818—1885），诗人。字弓叔，号亚匏，江苏上元（今南京市）人，诸生。因亲身经历了鸦片战争和太平天国起义，其诗大多反映这些历史事变。诗多长篇，具有散文化的特点。梁启超《清代学术概论》以金和与黄遵宪、康有为并举，誉为“元气淋漓，卓然称大家”。著有《秋蟪吟馆诗钞》等。

注释

①天：日子，这里指养蚕的日子。②娇女：幼女，小女孩。瞋：睁大眼睛看。③袴：裤子。

译文

母亲辛辛苦苦养蚕的日子里啊，（夜晚）小女儿陪着母亲，睁着眼不眠不休。
母亲笑着许诺她等待五月份卖了蚕丝，给她缝制新的裤子和袜子。

简析

金和《饲蚕词》原五首，作于咸丰二年（1852）。这首诗以通俗的语言，素朴的白描，再现了一幕动人的劳动生活场景。诗中写到母女两个。母亲是一位辛苦的农妇，有着丰富的养蚕经验，春蚕一出，蚕妇就开始忙采桑、换叶以及查看蚕种，是相当费时间费神的活儿，所以难免熬夜。女儿为什么也“不眠”呢？既称“娇女”，可见尚小。她看见妈妈弄蚕，也很兴奋，只是想看，不愿先睡。“阿娘辛苦养蚕天，娇女陪娘嗔不眠”两句既无华美词藻，又无夸张形容，却朴素地表现劳动者之家母女情深的感人场面。

“含笑许缝新袜裤，待娘五月卖丝千。”大约是看到蚕宝宝长势很好，母亲心头高兴，就许下了一愿：“等娘五月卖丝得钱，就给你缝制一双新袜套，一条新裤子，好不好？”这完全是生活中信手拈来的话语，但如此耐人玩味，也许母亲讲这话还有一个先决条件，就是女儿必须表现乖些，现在赶快去睡。也可以想象那个小女孩，终于带着甜甜的微笑，上床去做穿新衣的梦了。

然而，这一愿不是许得太早，有些“二月卖新丝”（聂夷中）的味道？要是遭了天灾呢，要是蚕丝压了价呢？这都是说不准的事儿，善良的读者希望那母女的“含笑”能持续到五月，可千万不要让新袜裤成了画饼！

（阳旦）

江行（二首选一）①［清］翁同龢

风帆一片傍山行，滚滚长江泻不停。
传语蛟龙莫作怪，老夫惯听怒涛声。

作者简介

翁同龢（hé）（1830—1904），帝师，文学家。江苏常熟（今江苏常熟）人。晚清政坛的重要人物。先后担任同治、光绪两代帝师。历任户部、工部尚书、军机大臣兼总理各国事务衙门大臣。在光绪时期，因卷入“帝党”与“后党”的政治斗争被慈禧太后罢官。他在书法艺术方面也有很深的造诣。徐珂《清稗类钞》说：“晚年造诣实远出覃溪，南园之上，论国朝书家刘石庵外，当无其匹，非过论也。”著有《瓶庐之诗文稿》《翁文恭公日记》等。

注释

①此诗作于光绪二十四年戊戌（1898）八月，是一首感时抒愤之作。辑入翁同龢《瓶庐诗补》的《江行》共二首，此选为其第二首。

译文

我乘坐着一片孤舟，沿着青山一路前行，
长江水滚滚东流，永不停歇。
替我告诉那兴风作浪的蛟龙，不要再作怪了！
老夫我浑然不怕，早已听惯了惊涛骇浪的声音。

简析

此诗所写，决非一般旅行江上的感受。知人论诗。翁同龢以权臣之重，辅佐德宗，变法图强，负朝野众望，却屡遭慈禧为首的后党保守势力的排挤和打击，郁愤不平，其情可发，遂成此诗。

上联云：“风帆一片傍山行，滚滚长江泻不平。”诗人举帆江上，傍山远行，乘长风，破巨浪，鼓风击浪，顺江而下，何等轻松快意！似乎诗人因罢官回籍，了断宦情，得以江上放舟，悠闲自得。其实又不尽然，诗人遭慈禧后党排斥，使其远离德，莫问“新政”，又加重惩严处，愤然不平，郁结心头，其内心有如“滚滚长江”，心事激胸，不平之情，真能倾泻不止。

从上联知诗人既心潮不平，又志节尚存，那么即知下联“传语蛟龙莫作怪，老天惯听怒涛声”二句，其情意的抒发，却是一气呵成，表达了诗人志高情豪，大气磅礴的意气。江浪滚滚，疑是蛟龙作祟。这使我们联想到周处斩蛟，为民除害的故事。诗人此指蛟龙，当有隐射，联系诗人当时处境和时间，即不难明了其有所指。然而诗人孤舟击浪，犹自闲庭信步，既无丝毫惧色，更有一身正气。诗中所用“莫作怪”“老天惯听”等词语，读似平常，但细味其意，却表现了诗人居高临下，理直气顺的意志和不屈不挠，勇任直前的精神，且显得豁达自信，不仅充分表达了诗意题旨，也吻合诗人性格，颇为传神。

（阳旦）

村居[1] ［清］高鼎

草长莺飞二月天[2]，拂堤杨柳醉春烟[3]。
儿童散学归来早[4]，忙趁东风放纸鸢[5]。

作者简介

高鼎（生卒年不详），诗人。字象一，又字拙吾，仁和（今浙江省杭州市）人。大约活动在咸丰年间（1851—1861）。他的诗语言平易近人，多以描写自然景物见长。

注释

①村居：在乡村里居住时见到的景象。②二月天：早春二月天气，刚刚立春后的一段时间。③杨柳拂堤：像杨柳一样抚摸堤岸。醉：迷醉，陶醉。春烟：春天水泽、草木间蒸发形成的烟雾般的水汽。④散学：放学。⑤纸鸢：泛指风筝，一种纸做的形状像老鹰的风筝。鸢，老鹰。

译文

早春二月黄莺和鸣青草猛涨，乡村堤岸烟雾迷蒙杨柳轻扬。
少年儿童放学之后急忙回家，迎着东风托举纸鸢放飞上天。

简析

这首诗风格清新，语言平易，富有鲜活浓郁的生活气息。诗的前两句写乡村二月春景，把早春描绘得风光明媚，景色迷人；“草长莺飞”，一派生机盎然景象。“杨柳拂堤醉烟”，生动形象，巧妙地状写出杨柳的葱茏柔媚，令人陶醉。诗的后两句写少年儿童放风筝。“归来早”“忙趁东风”，突出了少年儿童贪玩好动的天性，他们尽情地享受春光，自然无可非议。绚丽迷人的自然景物，加上天真活泼的孩子们放风筝的无线情趣，就把江南早春的二月风光点缀得更加欢快，更加祥和。

（刘艳敏）

春愁 ［清］丘逢甲

春愁难遣强看山，往事惊心泪欲潸[1]。
四百万人同一哭[2]，去年今日割台湾[3]。

作者简介

丘逢甲（1864—1912），近代诗人。字仙根，又字吉甫，号蛰庵、仲阏、华严子，别署海东遗民、南武山人、仓海君。辛亥革命后以仓海为名。祖籍嘉应镇平（今广东蕉岭）。同治三年（1864年）生于台湾彰化，光绪十四年（1887年）中举人，光绪十五年登进士（1889年），授任工部主事。但丘逢甲无意在京做官返回台湾，到台湾台中衡文书院担任主讲，后又于台湾的台南和嘉义教育新学。

注释

①潸：流泪的样子。②四百万人：指当时台湾人口合闽、粤籍，约四百万人。③去年今日：指1895年4月17日，清王朝与日本签订丧权辱国的《马关条约》，将台湾割让给日本。

译文

春愁难以排遣，强打起精神眺望远山，
往事让人触目惊心热泪将流。
台湾的四百万同胞齐声大哭，
去年的今天，就是祖国宝岛被割让的日子！

简析

这是一首即景抒情。诗的大意说：春回大地，面对着春天的景色，引起我无限春愁，这春愁无涯无际，难以排遣，勉强观望山景，仍然难以消除胸中的悲愁。想起惊心动魄的往事，不禁使人潸然泪下。四百万同胞都为此伤心万分，同声大哭，因为去年的今天被迫割让了台湾。作者是台湾省苗栗县人，近代爱国诗人。清政府割台湾给日本时，他曾领导义军抗日，表现了崇高的民族气节。失败后退到大陆，他心怀故土，想起家乡被侵略者占领，家仇国恨交织在一起，对着春景，不免有“感时花溅泪”之慨。全诗直抒胸臆，十分感人。

（阳旦）

元夕无月①（其二） [清]丘逢甲

三年此夕月无光，明月多应在故乡。
欲向海天寻月去，五更飞梦渡鲲洋②。

注释

①这些诗是作者在故乡台湾被割让后三年的一个元宵节晚上所写。因望月而引起乡思，又不能回去，只可向梦中寻求，其心情的悲苦可知。②鲲洋：台湾南部有海口名七鲲身，鲲洋，指台湾海峡。

译文

三年后的今夜天空不见月光，
美丽的月亮大概在台湾故乡。
想到海天之外去寻找明月，
半夜里做梦神魂飞渡重洋。

简析

这首诗的主题表达的是对台湾强烈的思念之情。这种思乡之情，作者却是借“月”来抒发的，即寄情于月，借月抒情。由全诗来看，元夕不是真的“无月”，而是他乡元宵“月无色”。全诗由观月而思月，进而寻月而梦月，一“月”贯全篇，含蓄而强烈地表达了极其深厚真挚的思乡爱国之情。

（肖建辉）

夜起 [清] 黄遵宪

千声檐铁百淋铃[①]，雨横风狂暂一停[②]。
正望鸡鸣天下白[③]，又惊鹅击海东青[④]。
沉阴曀曀何多日[⑤]，残月晖晖尚几星[⑥]。
斗室苍茫吾独立[⑦]，万家酣睡几人醒？

作者简介

黄遵宪（1848—1905），诗人，外交家、政治家、教育家。字公度，别号人境庐主人，广东嘉应州（今广东省梅州）人，光绪二年（1876）中举后，便为外交官吏。在日、美、英、南洋（新加坡）等地为参赞或总领事，近 20 年。长期的外交生活使他对西方资本主义国家的政治、经济制度与思想、文化有较深刻的了解，因而确信当时中国只有学习西方，方能使国家转弱为强。戊戌变法，他热情参加；即在变法失败，罢官家居时，主张仍不改变。工诗，他的创作体现“诗界革命”的主要主张，“以旧风格含新意境”，有“诗界革新导师”之称。在艺术技巧上常不受传统格律的局限，诗风明朗畅达。有《人境庐诗草》《日本国志》《日本杂事诗》。被誉为“近代中国走向世界第一人”。

注释

①檐铁：指挂在屋檐下的铁制风铃。淋铃：指风铃声。②雨横风狂：形容风雨势猛，比喻当时的政治形势。③鸡鸣天下白：比喻局势好转，光明到来。唐代诗人李贺《致酒行》：“一唱雄鸡天下白”，从此句化出。④鹅击海东青：暗指俄国侵占我国东北部分地区。鹅，俄的谐音，暗指沙俄。海东青，产于辽东的一种鸟，用来指代我国东北地区。⑤曀曀（yì）：形容天色阴沉昏暗的样子。⑥晖晖：形容明亮的样子。⑦斗室：指小得像斗一样的房子，

形容屋子极小。

译文

屋檐下的风铃发出千百遍声响，暴雨狂风暂时停了一停。
正盼着光明降临，形势好转，沙俄侵占东北的消息又使人震惊。
天色阴沉昏暗为何这么长久，残月虽明星星稀少令人忧心。
望着苍茫的夜空，我独立斗室，万家都在酣睡，又有几人清醒？

简析

这是一首政治抒情诗。光绪二十六年（1900），俄美等八国联军侵略中国。同时，沙俄还单独出兵，企图独占我国东北三省。清政府昏聩无能，反向帝国主义屈辱求和，于次年订立了丧权辱国的《辛丑条约》。本诗就是有感于这些政治事件而作的。

首联，写夜间所见所闻的十分险恶的自然环境，以此象征着当时国家政治上的艰难形势，奠定了全诗忧国忧民的基调。颔联，写沙俄悍然入侵我东北三省，表达了诗人强烈的愤慨之情。颈联，写夜色迷茫，残月星稀，寄意诗人在国家危难中忧虑深重的心情。尾联，写诗人独居斗室，凝望夜空，思绪万端，为国事忧心悬念。

这首诗谴责了帝国主义的侵略，指出了时局的艰危，表现了对国人尚未觉醒，没有同道的孤独的心情，进而表达了诗人对祖国命运的深切忧虑和关心，暗含了对清廷阻挠变法，导致国势日衰的愤懑之情。

这首诗善于通过景物、环境描写衬托诗人的思想感情。全诗几乎都在写景，但景无虚设，句句凝聚着诗人深沉、诚挚的思想感情。具有扣人心弦、撼人心魄的力量！

（桂郁文）

狱中题壁① [清]谭嗣同

望门投止思张俭②，忍死须臾待杜根③。
我自横刀向天笑④，去留肝胆两昆仑⑤。

作者简介

谭嗣同（1865—1898），字复生，号壮飞，湖南浏阳人。他是杰出的爱国志士，近代改良派政治家和思想家，曾积极参加维新戊戌变法运动，失败后与刘光第、林旭等五人同时被害，史称“戊戌六君子”。现存诗近200首，大部分是他30岁以前的作品，这些诗作纪游与咏怀相结合，抒发感时伤己的忧愤和济世报国的襟抱，渗透幽挚之思、慷慨之音，交织成深邃沉雄、激越苍郁的艺术风格。

注释

①狱中题壁：写在狱中墙壁上的诗。②望门投止：走上门去求人留宿。张俭：东汉人，

因弹劾残害老百姓的侯览，被反诬为结党营私，朝廷下令逮捕他，他只好只身逃亡。人们敬仰他的人品，都甘冒风险接待他。③须臾：很短的时间，这里有“暂时”之意。杜根：东汉人，曾上书摄政弄权的邓太后，要她把政权归还给汉安帝刘祜。太后大怒，命人把杜根装入口袋中摔死。执刑人很同情他，未将他摔死。杜根苏醒后，装死三天，逃过太后的检查得以活下来。邓太后被诛后，杜根官复原职。④我自横刀：我自让屠刀架在脖子上。⑤去留：去，就是去者，指潜逃出京的康有为。留，就是留者，指暂时忍耐留下来的大刀王五。肝胆：比喻真诚的心。两昆仑：比喻去者和留者，都像昆仑山一样巍峨高大。昆仑：山名，西起帕米尔高原东部，横贯新疆、西藏，东面延伸到青海境内。

译文

果断逃难就要像东汉张俭那样，
忍死复仇必须有杜根那种机敏刚强。
我既不出逃又不忍死自会迎着屠刀仰天大笑，
或去或留都将和巍峨昆仑与日月同光！

简析

谭嗣同是中国改良主义运动中保皇党的激进派，他参加1898年的变法维新运动失败，被捕入狱，临终时写下《狱中题壁》这首绝笔诗。诗中虽采用典故和比喻等修辞手法，其意婉曲，让读者去深味，但字里行间，却洋溢着作者敢为变法而流血牺牲的英雄气概，表现了对同志的怀念和对变法成功的渴望，是一首充满爱国激情的光辉诗篇。

（唐嗣德）

太平洋遇雨[1] [清] 梁启超

一雨纵横亘二洲[2]，浪淘天地入东流[3]。
劫余人物淘难尽[4]，又挟风雷作远游[5]。

作者简介

梁启超（1873—1929），近代改革家、思想家，学者。字卓如，号任公，别号饮冰室主人。新会（今广州新会）人。12岁中秀才，17岁中举人。康有为的弟子，维新变法运动的主要人物之一。曾组织北京和上海的强学会，主编《时务报》，大力宣传资产阶级改良主义。戊戌变法失败后，逃亡日本，与康有为共同组织保皇会，创办《清议报》和《新民从报》，宣扬君主立宪。他提倡“诗界革命”和“小说界革命”，对推动诗歌和小说的发展起了促进作用。他作诗较晚，并不以诗人自命，而以余事为诗，绝大部分是流亡国外的作品，抒发被迫流亡的愤慨，富有自豪感和积极乐观、献身革命的精神。

注释

①太平洋遇雨：戊戌变法失败后，诗人先逃亡日本，第二年（1899）出游美洲，这首诗作于前往美洲途中。②亘（gèn）：横贯，从此端到彼端。二洲：指亚洲和美洲。诗人在太平洋船上看去雨雾迷茫，一望无际，故说“一雨亘二洲”。③浪淘天地：谓太平洋的波浪冲刷着天地。淘：冲洗，荡涤。白居易《浪淘沙》：“暮去朝来淘不住，遂令东海变桑田。”“浪淘天地”中的“淘”，既描写狂涛掀天揭地的气概，又引发作者对人类社会浩茫世事的寻思。入东流：指向东流去。④却：还，再。关联上句，使本句语义格外突兀：自信自己虽是戊戌劫余的人物，但绝不会像千古风流人物那样，瞬间即被历史横流所淘尽。淘难尽：谓天地间仍有冲刷不尽的人物。苏轼《念奴娇·赤壁怀古》：“浪淘尽千古风流人物。”这里是反其意而用之。⑤挟：挟持，挟制。《孟子·梁惠王上》：“挟天子以令诸侯。”都是言宏伟气魄。风雷：风神雷神，这里指叱咤风云人物的作为和锐气。作远游：到美洲旅行，说明作者壮志未泯，此次赴美绝不是消极逃遁，而是谋求转机继续变法图强。

译文

迷蒙的雨雾好像笼住了亚美二洲，波涛汹涌掀天揭地向东流。
维新人物劫后余生本色依旧，又挟狂风迅雷去把真理追求。

简析

诗前两句写太平洋中的雨景，以虚带实，写得气象雄伟，境界壮阔动人，既如实描绘自然现象，活现了“雨”的全貌，又分明在讴歌社会翻天覆地的巨大变化，令人心神为之一振。诗的后两句抒情寓志，化用苏轼“浪淘尽千古风流人物”这一名句，而翻出新意，巧妙地表现了诗人英雄落难的处境和依旧怀挟风雷，不甘沉沦的气概。

“登山则情满于山，观海则意溢于海，我才之多少，将与风云而并驱矣。”（刘勰《文心雕龙·神思》）梁启超这位坚强的改革家虽处于政治逆境之中，却能选定“遇雨”为创作契机，面对太平洋“浪淘天地”的奇险壮观，遥视亚美二洲，情思飞扬，雄心勃发，抒发了坚持变法图强、“远游”以求转机的凌云壮志。全篇直抒胸臆，朴实晓畅，格调高昂，襟怀阔大，热情奔放，形象丰满，具有强大的艺术感染力。

（刘艳敏）

黄海舟中日人索句并见日俄战争地图 [清] 秋瑾

万里乘风去复来[①]，只身东海挟春雷[②]。
忍看图画移颜色[③]，肯使江山付劫灰[④]。
浊酒不销忧国泪[⑤]，救时应仗出群才[⑥]。
拼将十万头颅血[⑦]，须把乾坤力挽回[⑧]。

作者简介

秋瑾（1875—1907），近代民主革命志士，清末杰出的女革命家。原名秋闺瑾，字璿卿（璇卿），号旦吾，东渡后改名瑾，号竞雄，自称“鉴湖女侠”，浙江会稽（今浙江绍兴）人。生于福建闽县（今福建福州）。她出身于一个小官僚地主家庭，自幼性格豪放倔强，富有正义感，善诗词，会骑马舞剑。封建家庭的压迫与国家的危难，促使她为民族解放，为妇女解放献身革命，终为革命牺牲，牺牲时年仅32岁。她的诗豪迈奔放，渗透着革命者的战斗激情，摒除雕饰，而自能感人。有《秋瑾集》。

注释

①乘风：乘风而行的意思。这里指乘船渡海。去复来：指作者1904年夏赴日留学，1905年春回国省亲，同年6月再次赴日。②只身东海：指单身乘船渡海。挟春雷：形容胸中怀着革命的雄心壮志。挟，挟持。春雷，比喻革命的雄心壮志。③忍看：反诘之词，意为“怎忍看”。图画：指地图。移颜色：指中国的领土被日俄帝国主义侵吞。移，改变。④肯使：怎肯使，怎肯让。付：交给。劫灰：劫火之灰，佛家语。这里指战争的灰烬，即帝国主义掠夺战争的破坏。⑤浊酒：浓酒。销：消除。⑥救时：挽救国家危亡的局势。仗：依靠。出群才：指杰出的人才，出类拔萃的人物。出群，犹超群。⑦拼将：豁上。将，语助词。⑧乾坤：天地。这里指中国危亡的局势。

译文

乘风万里，离开日本又返回，只身渡东海，胸怀革命风雷。
怎忍看祖国版图改变颜色，怎能让大好河山化作劫灰。
浓酒浇愁洗不尽忧国之泪，拯救危局要靠那超群人才。
拼出去十万头颅，洒尽鲜血，定要把祖国从危亡中挽救回来。

简析

1904年夏秋瑾赴日留学，1905年春回国探亲，5月由上海乘船东渡日本。诗题说明了写作此诗的缘由：一是重返日本途中，在黄海船上应日人要求而写；二是见日俄战争地图。1904年2月，日俄为争夺我国东北领土发动了一场战争。战争结果，日胜俄败。沙俄把霸占我国的旅顺、大连及南满铁路让给日本。从此，日本控制了我国东北南部，沙俄控制东北北部。秋瑾在黄海舟中看到日俄战争地图，十分愤慨，于是写下了这首七言律诗。

首联，写诗人乘船来往于中日之间，心中怀着巨大的义愤和革命的雄心壮志，统领全篇。颔联，写诗人对日俄在我国领土上进行罪恶战争，瓜分我国领土以及对腐朽的清王朝丧权辱国的极大愤慨。颈联抒发深沉的忧国之情，表达以身许国的心愿。尾联，写诗人的豪言壮志，自己与革命战士要拼上头颅，洒尽热血，要把濒于危亡的祖国挽救回来，进一步表达了自己爱国情怀和救国决心。

这首七言赠诗，抒发了诗人反帝爱国的豪情壮志，表达了诗人以身许国的英雄气概。风格慷慨悲壮，豪放雄健，让人感悟到巾帼不逊须眉的豪迈气魄。具有撼人心魄，催人奋击的艺术感召力！

（桂郁文）

参考文献

[1] 姜亮夫，等 . 先秦诗鉴赏辞典 [M]. 上海：上海辞书出版社，1998，12.
[2] 周啸天 . 诗经楚辞鉴赏辞典 [M]. 北京：商务印书馆，2012，6.
[3] 朱自清，等 . 名家品诗经 [M]. 北京：中国华侨出版社，2009，1.
[4] 宗九奇 . 屈原诗歌新译 [M]. 南昌：江西人民出版社，1980，5.
[5] 王运熙，等 . 汉魏六朝诗鉴赏辞典 [M]. 上海：上海辞书出版社，1992，9.
[6] 王守华，等 . 汉魏六朝诗一百首 [M]. 上海：上海古籍出版社，1981，3.
[7] 萧涤非，等 . 唐诗鉴赏辞典 [M] 上海：上海辞书出版社，1983，12.
[8] 杨佐义 . 全唐诗精品译注汇典 [M] 长春：长春出版社，1994，1.
[9] 黄肃秋 . 唐人绝句选 [M]. 北京：中华书局，1982，2.
[10] 沈祖棻 . 唐人七绝诗浅释 [M]. 2 版 . 上海：上海古籍出版社，1983，2.
[11] 孙琴安 . 唐人七绝选 [M]. 西安：陕西人民出版社，1982，8.
[12] 羊春秋 . 唐诗精华评译 [M]. 长沙：岳麓书社，1997，6.
[13] 管又清 . 白话唐诗三百首 [M]. 长沙：岳麓书社，1996，7.
[14] 陈贻焮 . 唐诗论丛 [M]. 长沙：湖南人民出版社，1980，9.
[15] 周振甫，等 . 宋诗鉴赏辞典 [M]. 上海：上海辞书出版社，1987，12.
[16] 钱钟书 . 宋诗选注 [M]. 北京：人民文学出版社，1958，9.
[17] 周振甫，等 . 元明清诗鉴赏辞典 [M]. 上海：上海辞书出版社，1994，12.
[18] 米治国，等 . 元明清诗文选 [M]. 长春：吉林人民出版社，1981，4.
[19] 王向峰 . 古典抒情诗鉴赏 [M]. 长春：春风文艺出版社，1984，12.
[20] 张秉戍 . 山水诗歌鉴赏辞典 [M]. 北京：中国旅游出版社，1989，10.
[21] 管士光 . 咏物诗 [M]. 北京：人民文学出版社，1988，5.
[22] 万云骏，等 . 古诗鉴赏辞典 [M]. 上海：上海辞书出版社，2004，4.
[23] 林庚 . 中国历代诗歌选 [M]. 北京：人民文学出版社，1964，1.
[24] 暨南大学中文系 . 中国历代诗歌名篇赏析 [M]. 湖南人民出版社，1983，6.
[25] 周道荣，等 . 中国历代女子诗词选 [M]. 北京：新华出版社，1983.
[26] 李元洛 . 历代文人爱情诗词曲三百首 [M]. 长沙：岳麓书社， 2012，7.
[27] 曾敏之 . 古诗撷英 [M]. 北京：人民文学出版社，1998，11.
[28] 于丹 . 重温最美古诗词 [M]. 北京：北京联合出版公司，2012，6.
[29] 丁成泉，等 . 古今诗粹 [M]. 武汉：湖北教育出版社，1985，4.
[30] 侯健 . 中国诗歌大辞典 [M]. 北京：作家出版社，1990，12.
[31] 钱钟书 . 谈艺录 [M]. 北京：中华书局，1984，9.
[32] 宗白华 . 艺境 [M]. 3 版 . 北京：北京大学出版社，1999，1.
[33] 赵永纪 . 诗论 [M]. 桂林：广西师范大学出版社，1999，6.
[34] http：//m.baidu.com/
[35] http：//m.gushiwen.org/

后记

中国古典诗歌是中华民族优秀传统文化的精粹，是世界文学艺术宝库中的明珠，其精品浩如恒河沙数，蔚为大观。我们按照中国文学史的发展顺序，选取从先秦到清末历代的五百多首古诗加以评注。这些诗大多为历代诗界的大家名作，体现了作者、作品的代表性和题材、风格的多样化。同时也选录了一些其他颇有特色的作品，以免遗珠之憾。

本书从基础工作入手，对每位作者作了简介，对每首诗作了注释，为读者扫除阅读障碍。在作者简介方面，既介绍其生卒仕履，又对其创作活动、创作主要内容、创作风格特色和创作成就作了简述。在注释方面，对难理解的词语以及人名、地名作简明通俗的解释和说明，释词力求准确，对典故的出处力求溯本探源，且指出在诗中的作用。

中国古典诗歌一向讲究意境，追求“诗中有画，画中有诗”，达到景中生情，情中含景，情景交融，物我合一的艺术境界。这种意境既是作者匠心独运的原始创造，也是通过欣赏者的想象和进行艺术再创造的结晶。因此，我们在译文（今译）方面，注重凸显“诗言志，歌缘情”的基本特性，深切捉摸作者的真实情志和触境兴怀之所在，尽量用浅近流畅的语言，忠实地把原诗的内容和意境传达出来，做到再现与原创的统一。既然是诗，就要有诗之“雅”。书中大多数译文大致句式整齐，并用口头的韵脚，不但译出内容，而且译出诗味。在简析方面，对每首诗的思想内容和艺术形式作了评析，让读者品味其中的鉴赏作用、认识作用、教育作用和审美作用，以逐步提高欣赏古典诗歌艺术的能力。

本书为集体编写，撰稿者多达九人，他们在文学理论、鉴赏角度、语言风格和审美倾向等方面难以达到一致，而且也用不着一致。书中的五百多篇文稿虽有“五花八门”之弊，但他们在将近一年中加班加点，数易其稿，其敬业精神和所付出的心血是值得充分肯定的。由于我们对古典诗歌缺乏系统的、深入的研究，加之时间仓促，资料不全，书中难免有不当之处，尚赖方家不吝教正。

唐嗣德　桂郁文

2017 年 7 月